Regulator

RICHARD BACHMAN

Regulator

ROMAN

Aus dem Amerikanischen
von Joachim Körber

WILHELM HEYNE VERLAG
MÜNCHEN

Titel der amerikanischen Originalausgabe: Regulators
Die Originalausgabe erschien bei Dutton, Penguin, New York

3. Auflage

Umwelthinweis:
Dieses Buch wurde auf
chlor- und säurefreiem Papier gedruckt.

Umschlaggestaltung: Christian Diener, Berlin
Satz: Leingärtner, Nabburg
Druck und Bindung: Wiener Verlag, Himberg
Printed in Austria

ISBN 3-453-11499-X

Anmerkung des Herausgebers

Richard Bachman veröffentlichte fünf Romane, bevor er Ende des Jahres 1985 an Krebs verstarb. Bei den Vorbereitungen zu einem Umzug in ein neues Haus fand seine Witwe 1994 einen Karton mit Manuskripten im Keller. Diese befanden sich in verschiedenen Stadien der Fertigstellung. Bruchstückhaft blieben die handschriftlichen Notizen auf den Stenoblöcken, die Bachman benutzte, um erste Entwürfe festzuhalten. Vollendet war das maschinengeschriebene Manuskript des nachfolgenden Romans. Es befand sich in einem mit Gummibändern verschlossenen Karton, als wäre Bachman im Begriff gewesen, es an seinen Verleger zu schicken, als sein irdisches Dasein zu Ende ging.

Die frühere Mrs. Bachman brachte es mir zur Begutachtung, und ich stellte fest, daß es zumindest der Qualität seiner früheren Arbeiten entsprach. Ich habe einige geringfügige Änderungen vorgenommen, hauptsächlich Aktualisierungen bestimmter Verweise (zum Beispiel habe ich im ersten Kapitel Rob Lowe durch Ethan Hawke ersetzt), das Manuskript ansonsten aber weitgehend so belassen, wie ich es bekommen habe. Dieses Werk wird nun (mit Erlaubnis der Witwe des Autors) als Abschluß einer eigentümlichen, aber nicht uninteressanten Laufbahn präsentiert.

Mein Dank gilt Claudia Eschelman (der früheren Claudia Bachman), dem Bachman-Forscher Douglas Winter, Elaine Koster von der New American Library und Carolyn Stromberg, die die frühen Bachman-Romane lektoriert und die Authentizität des vorliegenden bestätigt hat.

Die frühere Mrs. Bachman sagt, daß Bachman ihres Wissens nie in Ohio gewesen sei, »obwohl er ein- oder zweimal darüber hinweggeflogen sein könnte«. Sie hat keine Ahnung, wann dieser Roman geschrieben wurde, vermutet aber, daß es nachts gewesen sein muß. Richard Bachman litt an chronischer Schlaflosigkeit.

Charles Verrill
New York City

In Gedanken bei Jim Thompson und Sam Peckinpah:
legendäre Schatten

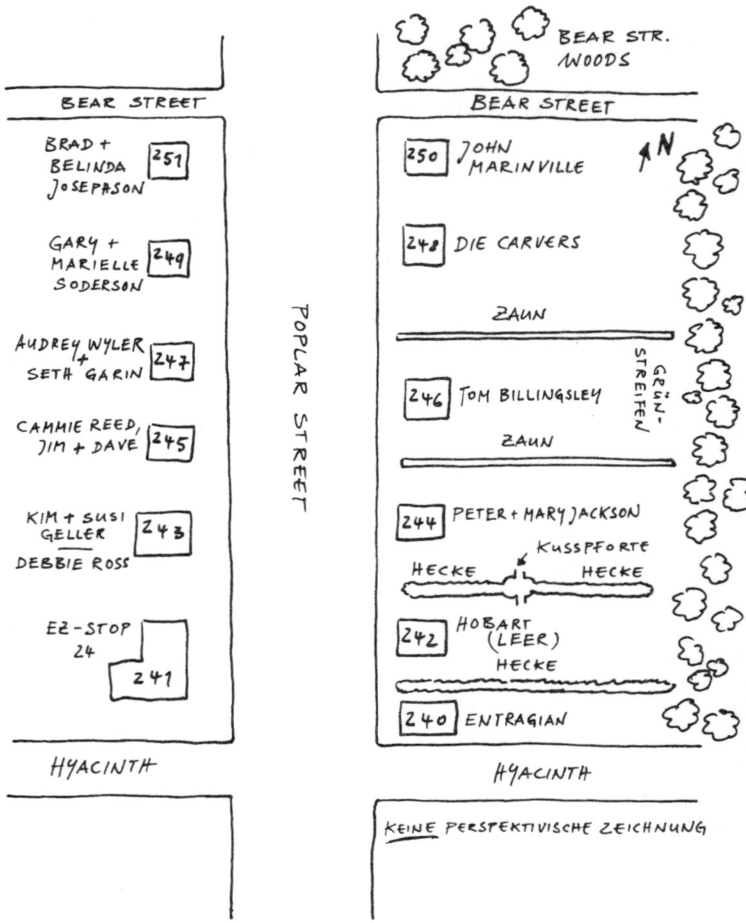
BEAR STR. WOODS
BEAR STREET
BEAR STREET
BRAD + BELINDA JOSEPASON
251
250
JOHN MARINVILLE
N
GARY + MARIELLE SODERSON
249
248
DIE CARVERS
ZAUN
AUDREY WYLER + SETH GARIN
247
POPLAR STREET
GRÜN-STREIFEN
246
TOM BILLINGSLEY
CAMMIE REED, JIM + DAVE
245
ZAUN
KIM + SUSI GELLER
DEBBIE ROSS
243
244
PETER + MARY JACKSON
KUSSPFORTE
HECKE
HECKE
EZ-STOP 24
241
242
HOBART (LEER)
HECKE
240
ENTRAGIAN
HYACINTH
HYACINTH
KEINE PERSPEKTIVISCHE ZEICHNUNG

»Mister, wir handeln mit Blei.«

– Steve McQueen
Die glorreichen Sieben

Postkarte von William Garin an seine Schwester Audrey Wyler:

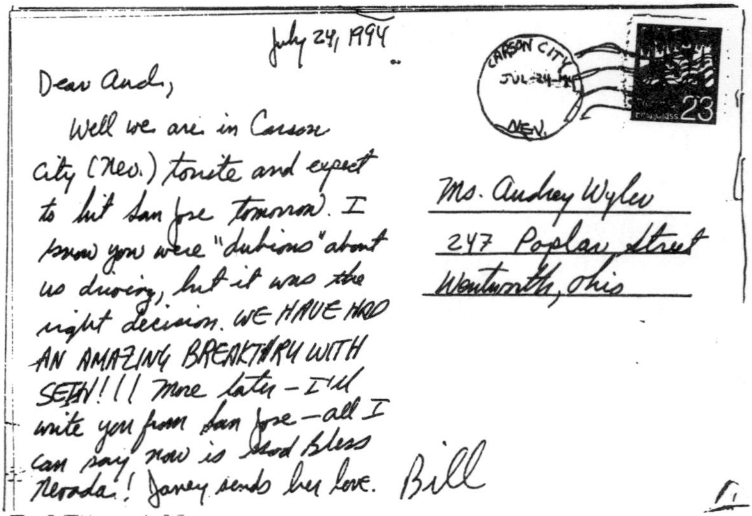
July 24, 1994

Dear Aud,

Well we are in Carson City (Nev.) tonite and expect to hit San Jose tomorrow. I know you were "dubious" about us driving, but it was the right decision. WE HAVE HAD AN AMAZING BREAKTHRU WITH SETH!!! More later – I'll write you from San Jose – all I can say now is God Bless Nevada! Janey sends her love. Bill

CARSON CITY JUL 24 NEV.

23

Ms. Audrey Wyler
247 Poplar Street
Wentworth, Ohio

Mrs. Audrey Wyler
247 Poplar Street
Wentworth, Ohio

24. Juli 1994

Liebe Audrey,

wir sind heute nacht in Carson City (Nev.) und gehen davon aus, daß wir es morgen bis San José schaffen. Ich weiß, Du hast Deine »Zweifel« gehabt, was die Reise betrifft, aber es war die richtige Entscheidung. WIR HABEN MIT SETH EINEN ERSTAUNLICHEN DURCHBRUCH ERZIELT!!! Mehr dazu später – ich schreibe Dir aus San José –, im Augenblick kann ich nur sagen: Gott segne Nevada! Janey läßt Dich schön grüßen. Bill

Kapitel 1

Poplar Street, 15. Juli 1996, 15:45 Uhr

Es ist Sommer.

Aber nicht *nur* Sommer, nicht in diesem Jahr, sondern die Apotheose des Sommers, der Avatara des Sommers, ein saftig grüner, perfekter Ohio-Sommer mitten im Juli, die weiße Sonne gleißt von dem verwunschenen verwaschen-blauen Levi's-Himmel, das Geschrei von Kindern hallt durch die Bear Street Woods oben auf dem Hügel, das *Klack!* von Baseballschlägern der Jugendliga ertönt von dem Spielfeld auf der anderen Seite des Wäldchens, das Geräusch von Rasenmähern, das Geräusch aufgemotzter Motoren auf dem Highway 19, das Geräusch von Rollschuhen auf den betonierten Bürgersteigen und dem glatten Asphalt der Poplar Street, das Geräusch von Radios – die Cleveland Indians (das einsame Spiel des Tages) wetteifern mit Tina Turner, die »Nutbush City Limits« schmettert – das folgendermaßen geht: »Twenty-five is the speed limit, motorcycles not allowed in it« –, und das einschläfernde, seidige Zischeln der Rasensprenger umhüllt alles wie ein akustischer Spitzenvorhang.

Sommer in Wentworth, Ohio, o Mann, ist das zu fassen! Sommer hier in der Poplar Street, die mitten durch den verwunschenen verwaschen-blauen amerikanischen Traum führt, wo der Duft von Hot dogs in der Luft liegt, und die

Fetzen der Feuerwerkskörper vom vierten Juli noch in den Rinnsteinen. Es ist ein heißer Juli gewesen, ein perfekter, guter, alter himmelblauer *Knüller* von einem Juli, bei Gott, gar keine Frage, aber wenn du die Wahrheit wissen willst, es ist auch ein *trockener* Juli gewesen, kein Wasser, abgesehen von vereinzelten verirrten Spritzern aus Schläuchen, die jene Fetzen chinesischen Papiers in ihrer Ruhe gestört haben. Das könnte sich heute ändern; im Westen ist ab und zu Donnergrollen zu hören, und alle, die den Wetterkanal sehen (es gibt jede Menge Kabelfernsehen in der Poplar Street, da kannst du einen drauf lassen), wissen, daß für später mit Gewittern gerechnet wird. Möglicherweise mit einem Tornado, aber das ist unwahrscheinlich.

Im Augenblick aber dreht sich alles nur um Wassermelonen und Kool Aid und Fehlschläge mit der Spitze des Schlägers; es ist ein Sommer, wie du ihn dir immer gewünscht hast, und noch mehr, hier im Zentrum der Vereinigten Staaten von Amerika, das Leben so gut, wie du es dir immer erträumt hast – Chevrolets parken in den Einfahrten, und in den Gefrierfächern der Kühlschränke warten Steaks nur darauf, im Garten auf den Grill geworfen zu werden, sobald es Abend wird (und wird es danach Apfelkuchen geben? Was meinst du?). Dies ist das Land der grünen Rasen und sorgfältig gepflegten Blumenrabatten; dies ist das Königreich Ohio, wo die Kinder ihre Mützen verkehrt herum tragen und ihre Träger-Shirts über ihre weiten Hosen hängen lassen und auf allen großen und ausgelatschten Turnschuhen das schwungvolle Nike-Signet zu prangen scheint.

In dem Block der Poplar Street, der zwischen Bear Street auf dem Hügelkamm und Hyacinth an seinem Fuß liegt, gibt es elf Häuser und einen Laden. Bei dem Laden, der an der Ecke Poplar und Hyacinth gelegen ist, handelt es sich um den allseits beliebten, allerorts anzutreffenden US-Kramladen, wo man seine Zigaretten bekommt, sein Blatz oder Rolling Rock, seine Penny-Süßigkeiten (obwohl die heutzutage meistens zehn Cent kosten), sein Grillzubehör (Pappteller, Plastikbesteck, Taco-Chips, Eiskrem, Ketchup, Senf-Dressing), sein Eis am Stiel sowie eine große Auswahl Babbelwasser aus den besten Zutaten auf Erden. Im E-Z Stop 24 kann man sogar eine Ausgabe von *Penthouse* bekommen, wenn man will, aber man muß den Verkäufer fragen; im Königreich Ohio lassen sie die Busenmagazine fast überall unter dem Ladentisch. Und hey, das ist auch völlig in Ordnung so. Wichtig ist nur, daß man weiß, wo man eins bekommen kann, wenn man eins braucht.

Die Verkäuferin von heute ist neu, hat den Job noch keine zwei Wochen, und im Augenblick, um 15:45 Uhr, bedient sie einen kleinen Jungen und ein Mädchen. Das Mädchen sieht aus, als wäre sie elf, und ist dabei, sich zu einer Schönheit zu entwickeln. Der Junge, eindeutig ihr kleiner Bruder, ist ungefähr sechs und dabei (jedenfalls nach Meinung der Verkäuferin), sich zu einer erstklassigen Rotznase zu entwickeln.

»Ich will *zwei* Schokoriegel!« ruft Bruder Rotznase aus.

»Wir haben nur noch Geld für einen, wenn wir beide eine Limo trinken wollen«, erklärt ihm Schwesterherz mit einer, wie die Verkäuferin findet, bewundernswerten Geduld. Wenn er *ihr* Bruder wäre, würde sie in Versuchung geraten, ihm einen Tritt in den Hintern zu geben, und zwar so tief, daß ihr Schuh drin steckenbliebe.

»Mom hat dir heute morgen fünf Mäuse gegeben, das hab ich gesehen«, sagt Rotznase. »Wo ist der Rest geblieben, Marrrrr-grit?«

»Nenn mich nicht so, das hasse ich«, sagt das Mädchen. Sie hat langes, honigblondes Haar, das die Verkäuferin für absolut phänomenal hält. Das Haar der neuen Angestellten ist kurz und schrill, rechts orangefarben und links grün gefärbt. Sie ist ziemlich sicher, sie hätte den Job hier nicht bekommen, ohne die Tönung auszuwaschen, wenn der Geschäftsführer nicht absolut verzweifelt jemanden gesucht hätte, der von elf bis sieben arbeitet – ihr Glück, sein Pech. Er *hatte* ihr das Versprechen abgerungen, daß sie ein Kopftuch oder eine Baseballmütze über dem gefärbten Schopf tragen würde, aber Versprechen waren da, um gebrochen zu werden. Nun, stellt sie fest, mustert Schwesterherz ihre Frisur ziemlich fasziniert.

»Margrit-Margrit-Margrit!« kräht der kleine Bruder mit der fröhlichen, vitalen Boshaftigkeit, wie sie nur kleine Brüder aufbringen können.

»Eigentlich heiße ich Ellen«, sagt das Mädchen mit der Haltung von jemandem, der ein großes Geheimnis verrät. »Margaret ist mein zweiter Vorname. Er nennt mich so, weil er weiß, daß ich es hasse.«

»Freut mich, dich kennenzulernen, Ellen«, sagt die Verkäuferin und tippt die Einkäufe des Mädchens ein.

»Freut mich, dich kennenzulernen, *Marrrrr-grit*«, äfft Bruder Rotznase sie nach und verzieht das Gesicht zu einem so angestrengt häßlichen Ausdruck, daß er schon wieder komisch wirkt. Er rümpft die Nase und schielt. »Freut mich, dich kennenzulernen, Margrit die Made!«

Ellen beachtet ihn gar nicht und sagt: »Mir gefällt Ihre Frisur.«

»Danke«, sagt die neue Verkäuferin lächelnd. »Sie ist nicht so schön wie deine, aber sie tut's. Das macht einen Dollar sechsundvierzig.«

Das Mädchen holt eine kleine Geldbörse aus Plastik aus ihrer Hosentasche. So eine, die man aufdrücken muß. Zwei zerknitterte Eindollarscheine und ein paar Pennys sind darin.

»Fragen Sie Margrit die Made, wo die restlichen drei Mäuse geblieben sind!« trompetet die Rotznase. Er ist ein regelrechtes öffentliches Lautsprechersystem. »Sie hat damit eine Zeitschrift mit *Eeeeeeethan Hawwwwwke* auf dem Umschlag gekauft!«

Ellen schenkt ihm auch weiter keine Beachtung, aber ihre Wangen werden ein wenig rot. Als sie der Verkäuferin die zwei Dollar gibt, sagt sie: »Ich hab Sie noch nie gesehen, oder?«

»Wahrscheinlich nicht – ich hab erst letzten Mittwoch hier angefangen. Sie wollten jemand, der von sieben bis elf arbeitet und im Zweifelsfall auch ein paar Stunden länger bleibt, falls der Typ von der Nachtschicht zu spät aufkreuzt.«

»Nun, es war sehr schön, Sie kennenzulernen. Ich bin Ellie Carver. Und das ist mein kleiner Bruder Ralph.«

Ralph Carver streckt die Zunge heraus und gibt ein Geräusch von sich wie eine in einem Mayonnaiseglas gefangene Wespe. Was für ein höfliches kleines Biest er ist, denkt die junge Frau mit dem zweifarbigen Haar.

»Ich bin Cynthia Smith«, sagt sie und hält dem Mädchen über den Tresen hinweg die Hand hin. »Immer eine Cynthia, nie eine Cindy. Kannst du dir das merken?«

Das Mädchen nickt lächelnd. »Und ich bin immer eine Ellie, niemals eine Margaret.«

»*Margrit die Made!*« kreischt Ralph mit dem aufgekratzten Triumph eines Sechsjährigen. Er hebt die Arme in die Luft und wackelt mit den Hüften, eine Geste purer, boshafter Lebensfreude. »*Margrit die Made liebt Eeeeeeethan Hawwwwwke!*«

Ellen wirft Cynthia einen Blick zu, der viel zu reif für ihr Alter wirkt, ein Ausdruck weltmüder Resignation, der sagt: *Da sehen Sie, was ich durchmachen muß*. Cynthia, die selbst einen kleinen Bruder gehabt hat und *genau* weiß, was die hübsche Ellie durchmachen muß, möchte glatt rausplatzen, schafft es aber dennoch, ein ernstes Gesicht zu wahren. Und das ist gut. Das Mädchen ist eine Gefangene seiner Zeit und seines Alters, wie alle anderen auch, was bedeutet, daß sie das alles vollkommen ernst nimmt. Ellie gibt ihrem Bruder eine Dose Pepsi. »Den Schokoriegel teilen wir draußen«, sagt sie.

»Jetzt wirst du mich in Buster ziehen«, sagt Ralph, während sie in dem gleißenden Rechteck des Sonnenscheins, der wie Feuer zum Fenster hereinfällt, zur Tür gehen. »Du wirst mich *den ganzen Weg* in Buster ziehen, *bis nach Hause!*«

»Den Teufel werd ich«, sagt Ellie, aber als sie die Tür aufmacht, dreht sich Bruder Rotznase um und wirft Cynthia einen listigen Blick zu, der sagt: *Warten Sie ab, wer hier gewinnt. Warten Sie nur mal ab*. Dann gehen sie hinaus.

Sommer, ja, aber nicht *einfach* Sommer; wir sprechen hier vom 15. Juli, dem *Dachfirst* des Sommers, in einer kleinen Stadt in Ohio, wo die meisten Kinder in den Ferien die Bibelschule besuchen und am Sommer-Leseprogramm der öffentlichen Bibliothek teilnehmen, und wo ein Junge einfach einen kleinen roten Wagen haben *muß*, den er (aus Gründen, die nur er selbst je begreifen wird) Buster nennt. Elf Häuser und ein Kramladen kochen in dem grellen, nackten Juli-Gleißen des Mittleren Westens, zweiunddreißig Grad im Schatten, siebenunddreißig in der Sonne, heiß genug, daß die Luft über den Bürgersteigen flimmert wie über einem offenen Müllverbrennungsofen.

Die Straße verläuft von Norden nach Süden, ungerade Hausnummern auf der Los-Angeles-Seite, gerade auf der New-York-Seite. Oben, an der westlichen Ecke von Poplar und Bear Street, liegt 251 Poplar. Brad Josephson ist im Vorgarten und wässert mit dem Schlauch die Blumenrabatten am Weg. Er ist sechsundvierzig, mit atemberaubend schokoladenfarbiger Haut und einem ausladenden Bauch. Ellie Carver findet, er sieht wie Bill Cosby aus ... jedenfalls ein bißchen. Brad und Belinda Josephson sind die einzigen Schwarzen im Block, und der ganze Block ist verdammt stolz darauf, daß sie hier sind. Sie sehen genau so aus, wie die Menschen in den Vororten Ohios ihre Schwarzen haben wollen, und wenn sie sich im Freien zu schaffen machen, rundet das das Bild ab. Sie sind nette Leute. Alle mögen die Josephsons.

Cary Ripton, der Montag nachmittags den *Wentworth Shopper* zustellt, kommt um die Ecke geradelt und wirft Brad eine zusammengerollte Zeitung zu. Brad fängt sie geschickt mit der Hand, die nicht den Schlauch hält. Bewegt sich kein bißchen. Nur die Hand zuckt hoch, und rumms, hat er sie.

»Klasse, Mr. Josephson!« ruft Cary und radelt bergab, während der Jutesack mit den Zeitungen darin an seiner Hüfte baumelt. Er trägt einen viel zu großen Orlando-Magic-Trainingsanzug mit Shaq's Nummer, 32, darauf.

»Jawoll, ich bring's noch«, sagt Brad und klemmt sich den Schlauch unter den Arm, damit er das Wochenblatt aufschlagen und nachsehen kann, was auf der Titelseite steht. Natürlich wird es derselbe altbekannte Quark sein –

Flohmärkte und Gemeindeveranstaltungen –, aber er will es sich trotzdem ansehen. Liegt in der menschlichen Natur, denkt er. Auf der anderen Straßenseite, Nummer 250, sitzt Johnny Marinville auf der Treppe, spielt Gitarre und singt dazu. Einen der dümmeren Folksongs dieser Welt, aber Marinville spielt nicht schlecht, und auch wenn ihn nie jemand für Marvin Gaye halten wird (oder Perry Como, was das betrifft), kann er eine Melodie singen und den Ton halten. Das hat Brad immer ein klein wenig gestört; ein Mann, der in einem gut ist, sollte sich damit zufriedengeben und den Rest bleibenlassen, findet Brad.

Cary Ripton, vierzehn, Bürstenschnitt, ist Reserveabwehrspieler des Wentworth American Legion Teams (den Hawks, derzeit 14:4 bei zwei verbleibenden Spielen). Er wirft den nächsten *Shopper* auf die Veranda von Nummer 249, dem Haus der Sodersons. Die Josephsons sind das »schwarze Paar« der Poplar Street; die Sodersons, Gary und Marielle, sind die Bohemiens der Poplar Street. Auf der Waage der öffentlichen Meinung halten sich die Sodersons einigermaßen im Gleichgewicht. Gary ist im großen und ganzen ein hilfreicher Kerl und wird von allen Nachbarn gemocht, obwohl er fast ununterbrochen zumindest einen kleinen in der Krone hat. Marielle dagegen … nun, wie Törtchen Carver bekanntlich mal gesagt hat: »Es gibt ein Wort für Frauen wie Marielle. Es reimt sich auf das abfällige Wort für Fernseher.«

Cary legt einen perfekten Wurf gegen das Brett hin, der *Shopper* prallt von der Eingangstür der Sodersons ab und landet auf ihrer Fußmatte, aber niemand kommt raus, um die Zeitung zu holen: Marielle ist im Haus und duscht (zum zweitenmal heute; sie haßt es, wenn ihr bei diesem Wetter die Klamotten am Leib kleben), und Gary ist hinten im Garten, wo er geistesabwesend den Grill in Betrieb nimmt und schließlich so viel Holzkohle darauf kippt, daß man einen Wasserbüffel damit abfackeln könnte. Er trägt eine Schürze mit der Aufschrift SIE *DÜRFEN* DEN KOCH KÜSSEN. Es ist zu früh, um mit den Steaks anzufangen, aber es ist nie zu früh, um Vorkehrungen zu treffen. Mitten im Garten der Sodersons steht ein Tisch im Schatten eines Schirms, und auf diesem Tisch steht Garys tragbare Bar: ein Glas Oliven, eine Flasche Gin und eine Flasche Wermut. Die Flasche Wermut ist noch ungeöffnet. Davor steht ein doppelter Martini. Gary bringt das Unternehmen »Grill-Überladen« zum Abschluß, geht zum Tisch und schluckt, was sich noch im Glas befindet. Er ist ein großer Freund von Martinis und meistens um vier Uhr nachmittags breit, wenn er nicht unterrichten muß. Heute ist keine Ausnahme.

»Na gut«, sagt Gary, »weiter im Text.« Dann geht er dazu über, einen frischen Soderson-Martini zu mixen. Das macht er, indem er a) sein Martiniglas zu drei Vierteln mit Bombay-Gin füllt; b) eine Amati-Olive hineinwirft; c) mit dem Rand des Glases auf gutes Gelingen gegen die ungeöffnete Flasche Martini stößt.

Er kostet; schließt die Augen; kostet wieder. Seine Augen, die bereits ziemlich rot sind, öffnen sich. Er lächelt. »Ja, meine Damen und Herren!« verkündet er seinem simmernden Garten. »Wir haben einen Sieger!«

Gary kann leise, über all die anderen Geräusche des Sommers hinweg – Kinder, Rasenmäher, frisierte Motoren, Rasensprenger, summende Insekten im verdorrten Gras seines Gartens – die Gitarre des Schriftstellers hören, ein verträumter, leichter Sound. Er erkennt die Melodie fast sofort, tanzt mit dem Glas in der Hand im kreisförmigen Schatten des Schirms und singt mit: »*So kiss me and smile for me … Tell me that you wait for me … Hold me like you'll never let me go …*«

Ein hübsches Lied, das er noch aus den Zeiten kennt, als man an die Reed-Zwillinge zwei Häuser weiter noch nicht mal gedacht hat, geschweige denn, daß sie geboren worden wären. Nur einen Augenblick trifft ihn das Bewußtsein der Realität, mit der die Zeit verstreicht, wie kraß sie ist und wie unwiderruflich. Sie streicht mit einem Geräusch wie Eisen am Ohr vorbei. Er trinkt noch einen großen Schluck von seinem Martini und fragt sich, was er jetzt anfangen soll, da der Grill startklar ist. Neben allen anderen Geräuschen kann er die Dusche oben hören und stellt sich vor, wie Marielle nackt da oben steht – das größte Miststück der westlichen Welt, aber ihren Körper hat sie einwandfrei in Form gehalten. Er stellt sich vor, wie sie ihre Brüste einseift, möglicherweise die Brustwarzen mit kreisförmigen Bewegungen streichelt, so daß sie hart werden. Natürlich tut sie nichts derverdammtgleichen, aber es ist ein Bild, das einen einfach nicht mehr losläßt, wenn man nichts dagegen unternimmt. Er beschließt, daß er ein St. Georg des zwanzigsten Jahrhunderts sein wird; er wird den Drachen ficken, statt ihn zu erschlagen. Er stellt das Martiniglas auf den Picknicktisch und geht auf das Haus zu.

Herr im Himmel, es ist *summertime, summertime, sum-sum-summertime,* und in der Poplar Street ist das Leben *easy*.

Cary Ripton sieht in den Rückspiegel nach Verkehr, sieht keinen und schwenkt nach Osten, über die Straße zum Haus der Carvers. Mr. Marinville hat er ausgelassen, weil Mr. Marinville ihm am Sommeranfang fünf Dollar gegeben hat, damit er ihm den *Shopper nicht* zustellt. »Bitte, Cary«, sagte er mit feierlichem und ernstem Blick. »Ich kann nicht über eine weitere Supermarkteröffnung oder einen Ausverkauf im Drugstore lesen. Es würde mich umbringen.« Cary versteht Mr. Marinville nicht im geringsten, aber er ist ein netter Mann, und fünf Mäuse sind fünf Mäuse.

Mrs. Carver macht die Verandatür von Poplar Nr. 248 auf und winkt Cary zu, als Cary ihr den *Shopper* zuwirft. Sie will die Zeitung fangen, verfehlt sie total und lacht. Cary lacht mit ihr. Sie hat Brad Josephsons Hände oder Reflexe nicht, aber sie ist hübsch und ein verdammt guter Kumpel. Ihr Mann, der Badehosen und Badelatschen trägt, ist neben dem Haus und wäscht das Auto. Er sieht Cary aus den Augenwinkeln, dreht sich um und zeigt mit dem Finger auf ihn. Cary zeigt ebenfalls, und sie tun so, als würden sie aufeinander schießen. Das ist Mr. Carvers kläglicher, aber unverdrossener Versuch, *cool* zu sein, und das respektiert Cary. David Carver arbeitet im Postamt, und Cary denkt, daß er diese Woche Urlaub haben muß. Er schwört sich eines: Wenn er erwachsen ist und einen ganz gewöhnlichen Acht-Stunden-Job annehmen muß (er weiß, daß das manchen Leuten eben zustößt, wie Diabetes oder Nierenversagen), dann wird er *niemals* seinen Urlaub zu Hause verbringen und in der Einfahrt sein Auto waschen.

Ich werde sowieso kein Auto haben, denkt er. Ein Motorrad. Und auch keine japanische Maschine. Amerikanisches Modell. Eine verdammt große alte Harley Davidson, wie Mr. Marinville eine in der Garage stehen hat.

Er sieht wieder in den Rückspiegel und erblickt etwas Grellrotes oben auf der Bear Street, hinter dem Haus der

Josephsons – sieht aus wie ein Lieferwagen, der gleich hinter der südwestlichen Ecke der Kreuzung parkt –, dann steuert er seinen Schwinn-Drahtesel wieder auf die andere Straßenseite, diesmal auf Nr. 247 zu, das Wyler-Haus.

Von den bewohnten Häusern in der Straße (242, das, in dem die Hobarts gewohnt haben, steht leer) ist das Wylersche das einzige, das einen leicht verwahrlosten Eindruck macht – es ist ein kleines Haus im Ranch-Stil, das einen frischen Anstrich und einen frischen Belag für die Einfahrt brauchen könnte. Auf dem Rasen dreht sich ein Sprenger, aber man sieht dem Gras, im Gegensatz zu allen anderen Rasenflächen in der Straße (das leerstehende Haus der Hobarts *eingeschlossen*) trotzdem die Folgen des heißen, trockenen Wetters an. Gelbe Flecken verunstalten es, die zwar noch klein sind, aber langsam wachsen.

Sie weiß nicht, daß Wasser nicht genug ist, denkt Cary und holt einen weiteren zusammengerollten *Shopper* aus der Jutetasche. Ihr Mann hätte es gewußt, aber –

Plötzlich merkt er, daß Mrs. Wyler (er geht davon aus, daß man auch Witwen noch Mrs. nennt) hinter dem Fliegengitter der Verandatür steht, und daß er sie so dort stehen sieht, kaum mehr als eine Silhouette, erschreckt ihn ganz schön. Er schwankt einen Moment auf seinem Fahrrad, und als er die zusammengerollte Zeitung wirft, geht sein sonst so akkurat gezielter Wurf weit daneben. Der *Shopper* landet auf einem der Büsche, welche die Eingangstür flankieren. Es stinkt ihm, wenn ihm so was passiert, stinkt ihm *gewaltig*, es ist wie in einer dummen Comedy-Serie, wo der Zeitungsjunge den *Daily Bugle* grundsätzlich aufs Dach oder in die Rosenbüsche wirft – harhar, ein Zeitungsjunge, der schlecht zielt, wat hamwa jelacht –, und an jedem anderen Tag (und bei jedem anderen Haus) wäre er umgekehrt, um den Irrtum zu korrigieren ... vielleicht hätte er der Lady die Zeitung sogar mit einem Lächeln und einem Nicken und einem schönen Tag noch persönlich in die Hand gedrückt. Aber heute nicht. Etwas gefällt ihm nicht. Etwas an der Art, wie sie mit hängenden Schultern und baumelnden Händen hinter dem Fliegengitter steht, wie bei einem Kinderspielzeug, dem man die Batterien rausgenommen hat. Und das ist vielleicht nicht alles, was nicht in Ordnung ist. Er kann sie nicht gut genug sehen, um ganz sicher zu sein, glaubt aber, daß Mrs. Wyler vielleicht von der Taille an aufwärts nackt ist, daß sie in ihrer Diele steht und nichts als ein Paar Shorts anhat. Daß sie dort steht und ihn anstarrt.

Wenn ja, ist es nicht sexy. Es ist unheimlich.

Der Junge, der bei ihr wohnt, ihr Neffe, das kleine Wiesel, ist auch unheimlich. Seth Garland oder Garin oder so. Er sagt nie was, nicht mal, wenn man ihn anspricht – he, wie geht's dir, gefällt's dir hier, glaubst du, daß die Indians es wieder bis zur Endrunde schaffen –, sondern steht nur da und sieht einen mit seinen schlammfarbenen Augen an. Sieht einen so an, wie Mrs. Wyler, die sonst ziemlich nett ist, ihn seiner Meinung nach gerade anstarrt. Immer rein in die gute Stube, sagte die Spinne zu der Fliege, so was in der Art. Ihr Mann ist letztes Jahr gestorben (genau zu der Zeit, als die Hobarts diesen Ärger hatten und weggezogen sind, jetzt, wo er darüber nachdenkt), und die Leute behaupten, es war kein Unfall. Die Leute sagen, daß Herb Wyler, der Mineralien sammelte und Cary mal ein altes Luftgewehr geschenkt hat, Selbstmord begangen hat.

Er bekommt eine Gänsehaut auf dem Rücken – was an

einem heißen Tag wie dem hier irgendwie doppelt so gruselig ist – und lenkt, nach einem beiläufigen Blick in den Rückspiegel – wieder auf die andere Straßenseite. Der rote Lieferwagen steht immer noch an der Ecke Bear und Poplar (ein aufgemotzter Schlitten, denkt der Junge), aber diesmal kommt auch noch ein Fahrzeug die Straße entlanggefahren, ein blauer Acura, den Cary sofort erkennt. Das ist Mr. Jackson, der andere Lehrer, der in der Straße wohnt. Freilich ist er kein Lehrer an der High School; Mr. Jackson ist eigentlich *Professor* Jackson, oder vielleicht nur Privatdozent Jackson. Er unterrichtet an der Ohio State, kaum zu glauben. Die Jacksons wohnen in Nummer 244, eins vor dem alten Hobart-Haus. Es ist das hübscheste Haus im Block, eine alte Cape-Cod-Villa mit hoher Hecke an der bergab gelegenen Seite und einem hohen Zaun aus Kiefernlatten an der bergauf gelegenen, zwischen ihrem Haus und dem des alten Tierarztes.

»Ho, Cary!« sagt Peter Jackson, der zu ihm aufschließt. Er trägt verblichene Jeans und ein T-Shirt mit einem großen runden Smiley-Gesicht darauf. SCHÖNEN TAG AUCH! sagt Mr. Smiley-Smile. »Wie geht's, böser Bube?«

»Prima, Mr. Jackson«, sagt Cary lächelnd. Er überlegt, ob er hinzufügen soll: *Abgesehen davon, daß ich glaube, Mrs. Wyler steht ohne Bluse an ihrer Tür,* läßt es aber. »Alles ist super-*cool.*«

»Warst du schon bei irgendwelchen Spielen dabei?«

»Bis jetzt erst bei zweien, aber das macht nichts. Ich konnte gestern abend zwei Innings mitspielen, und heute abend werde ich wahrscheinlich wieder zwei machen. Mehr hatte ich eigentlich auch nicht erwartet. Aber es ist Frankie Albertinis letztes Jahr in der Mannschaft, wie Sie wissen.« Er hält ihm eine zusammengerollte Ausgabe des *Shopper* hin.

»Ganz recht«, sagt Peter und nimmt die Zeitung. »Und nächstes Jahr ist Monsieur Cary Ripton dran und heult als Shortstop.«

Der Junge lacht und genießt die Vorstellung, daß er in seinem Legion-Trikot draußen im Infield steht und heult wie ein Werwolf. »Machen Sie dieses Jahr wieder bei den Sommerkursen mit?«

»Jawoll. Zwei Seminare. Königsdramen von Shakespeare und James Dickey und der neue Schauerroman der Südstaaten. Klingt eins davon interessant für dich?«

»Ich glaube, ich passe.«

Peter nickt ernst. »Passe, und du mußt nie in die Sommerkurse, böser Bube.« Er klopft auf das Smiley-Gesicht. »Ab Juni ist die Kleiderordnung nicht mehr so streng, aber die Sommerkurse sind trotzdem eine Qual. Wie immer.« Er läßt den zusammengerollten *Shopper* auf den Beifahrersitz fallen und schiebt den Schalthebel des Acura wieder in die *Drive*-Position. »Hol dir keinen Hitzschlag, wenn du mit deinen Zeitungen hier durch die Gegend radelst.«

»Nee. Ich glaube, später wird es sowieso regnen. Ich hab's schon ein paarmal donnern hören.«

»Das sagen sie auch im – *paß auf!*«

Eine große, pelzige Gestalt schießt vorbei und jagt einer roten Scheibe nach. Cary neigt das Fahrrad zu Mr. Jacksons Auto hin und wird von Hannibals Schwanz gerade noch gestreift, als der deutsche Schäferhund das Frisbee zu schnappen versucht.

»*Ihn* sollten Sie vor einem Hitzschlag warnen«, sagt Cary.

»Vielleicht hast du recht«, sagt Peter und fährt langsam weiter.

Cary sieht Hannibal zu, wie er das Frisbee auf der anderen Straßenseite vom Bürgersteig mit den Zähnen packt und kehrtmacht. Er trägt ein modisches Tuch um den Hals und scheint ein breites Hundegrinsen aufgesetzt zu haben.

»Bring's her, Hannibal!« ruft Jim Reed, und Dave, sein Zwillingsbruder, stimmt ein: »Komm schon, Hannibal! Sei kein Spielverderber! Hol's! Bring's!«

Hannibal bleibt vor 246 stehen, gegenüber von Audrey Wylers Haus, hält das Frisbee im Maul und wedelt mit dem Schwanz. Sein Grinsen scheint noch breiter zu werden.

Die Reed-Zwillinge wohnen in 245, ein Haus neben dem von Mrs. Wyler. Sie stehen am Rand ihres Vorgartens (einer dunkel, einer blond, beide sind groß und sehen gut aus in ihren abgeschnittenen T-Shirts und äußerlich identischen Shorts von Eddie Bauer) und starren Hannibal über die Straße hinweg an. Hinter ihnen stehen zwei Mädchen. Eine davon ist Susi Geller von nebenan. Hübsch, aber nicht, du weißt schon, *ka-wumm*. Die andere, eine Rothaarige mit langen Cheerleaderbeinen, ist da schon ein ganz anderes Kaliber. Ihr Bild könnte unter dem Stichwort *ka-wumm* im Lexikon abgebildet sein. Cary kennt sie nicht, würde sie aber gern kennen*lernen*, ihre Hoffnungen und Träume und Pläne und Phantasien. Ganz besonders die Phantasien. Nicht in *diesem* Leben, denkt er. Das ist eine reife Muschi. Die ist mindestens siebzehn.

»Och, *Zucker!*« sagt Jim Reed und dreht sich zu seinem dunkelhaarigen Bruder um. »Diesmal gehst *du* ihn holen.«

»Nie und nimmer, der ist bestimmt ganz vollgesabbert«, sagt Dave Reed. »*Hannibal, sei ein braver Hund und bring das hierher!*«

Hannibal steht vor dem Haus des Doc auf dem Bürgersteig und grinst immer noch. Nöh-nöh, sagt er, ohne daß er etwas sagen muß; das Grinsen und das träge Schwanzwedeln verraten mehr als Worte. Nöh-nöh, ihr habt Mädchen und Shorts von Eddie Bauer, aber ich hab das Frisbee und kann es ganz mit Hundespucke vollsabbern, und meiner Meinung nach bin ich damit der Grand Wazoo.

Cary greift in die Tasche und holt eine Tüte Sonnenblumenkerne heraus – er hat festgestellt, wenn man die Reservebank drücken muß, helfen einem Sonnenblumenkerne, die Zeit zu vertreiben. Er hat sich ziemliche Übung darin erworben, sie mit den Zähnen zu knacken und den leckeren Kern zu zerbeißen, während er die Hülsen mit der maschinengewehrartigen Schnelligkeit eines Spielers der Major League auf den Betonboden des Unterstands spuckt.

»Ich übernehme ab hier«, ruft er den Reed-Zwillingen zu und hofft, die süße kleine Rothaarige werde gebührend von seinen Dompteurfähigkeiten beeindruckt sein, wohl wissend, daß das ein alberner Traum ist, wie ihn ein Junge nur als Anfänger an der High School haben kann, aber sie sieht so bezaubernd in ihren umgeschlagenen weißen Shorts aus, allmächtiger Herr im Himmel, und wann hat ein kleiner Tagtraum einem Jungen schon mal geschadet?

Er hält die Tüte mit den Sonnenblumenkernen in Hundehöhe und raschelt mit dem Zellophan. Hannibal, der immer noch das rote Frisbee mitten in seinem Grinsen trägt, kommt sofort näher. Cary schüttet ein paar Kerne auf seine Hand. »Gut, Hannibal«, sagt er. »Das ist *gut*. Sonnenblumenkerne, die mögen Hunde überall auf der Welt. Versuch sie. Sie werden dir schmecken.«

Hannibal studiert die Kerne noch einen Moment mit bebenden Nasenflügeln, dann läßt er das Frisbee auf die Poplar Street fallen und lutscht sie Cary von der Hand. Der Junge bückt sich blitzschnell, hebt das Frisbee auf (es ist wirklich ziemlich vollgesabbert an den Rändern) und wirft es zu Jim Reed zurück. Ein perfekter, schwebender Wurf, Jim kann die Scheibe fangen, ohne sich auch nur einen Schritt zu bewegen. Und, o Gott, o Jesus Christus, die Rothaarige *applaudiert* ihm und hüpft neben Susi Geller auf und ab, so daß ihre Möpse (klein, aber fein) in dem knappen Oberteil mithüpfen, das sie trägt. O danke, lieber Gott, vielen Dank, jetzt haben wir genügend Wichsvorlagen für mindestens eine Woche in unserem Gedächtnisspeicher.

Grinsend und ohne zu ahnen, daß er als Jungfrau und Ersatzspieler sterben wird, wirft Cary einen *Shopper* auf die Veranda von Tom Billingsleys Haus (er kann den Rasenmäher des Doc hinter dem Haus hören) und steuert wieder über die Straße, auf das Haus der Reeds zu. Dave wirft Susi Geller das Frisbee zu und fängt selbst den *Shopper*, den Cary ihm zuwirft.

»Danke, daß du das Frisbee geholt hast«, sagt Dave.

»Kein Problem.« Er nickt zu der Rothaarigen. »Wer ist sie?«

Dave lacht nicht unfreundlich. »Vergiß es, kleiner Mann. Frag nicht mal danach.«

Cary überlegt, ob er ein bißchen nachhaken soll, denkt sich aber, daß es besser wäre, damit aufzuhören, solange er vorne liegt – schließlich hat er das Frisbee geholt, sie hat ihm applaudiert, und der Anblick, wie sie in dem knappen Oberteil rumgehüpft ist, hätte eine verkochte Nudel hart machen können. Für einen so heißen Sommernachmittag ist das ganz sicher genug.

Hinter ihnen, über ihnen, auf der Hügelkuppe, setzt sich der rote Lieferwagen in Bewegung und nähert sich langsam der Kreuzung.

»Kommst du heute abend zum Spiel?« wendet sich Cary an Dave Reed. »Wir spielen gegen die Columbus Rebels. Dürfte ziemlich gut werden.«

»Spielst du?«

»Ich sollte zwei Innings aufs Feld und mindestens einmal zum Schlag kommen.«

»Dann wahrscheinlich nicht«, sagt Dave und jodelt ein Lachen hinaus, bei dem Cary zusammenzuckt. Er denkt, daß die Reeds in ihren abgeschnittenen T-Shirts wie junge Götter aussehen, aber wenn sie den Mund aufmachen, haben sie eine verdächtige Ähnlichkeit mit den Hagar-Zwillingen aus *Hee-Haw.*

Cary sieht zu dem Haus an der Ecke Poplar und Hyacinth, gegenüber von dem Laden. Das letzte Haus links, wie in dem Horrorfilm gleichen Namens. Es steht kein Auto in der Einfahrt, aber das hat nichts zu sagen; es könnte in der Garage stehen.

»Ist er zu Hause?« fragt er Dave und hebt das Kinn in Richtung Nr. 240.

»Keine Ahnung«, sagt Jim und kommt näher. »Aber das weiß man nie so genau, oder? Darum ist er ja so unheimlich. Manchmal läßt er sein Auto in der Garage und geht zu Fuß durch den Wald zur Hyacinth. Wahrscheinlich fährt er dann mit dem Bus dahin weiter, wo er gerade hinwill.«

»Hast du Angst vor ihm?« will Dave von Cary wissen. Er spöttelt nicht gerade, aber es ist nahe dran.

»Scheiße, nein«, sagt Cary, sieht zu der Rothaarigen und fragt sich, wie es sein würde, ein Bündel wie sie in den Armen zu haben, schlank und drahtig, sie, die ihn mit der Zunge leckt, während sie sich an seinen Ständer schmiegt. Nicht in *diesem* Leben, mein Junge, denkt er wieder.

Er winkt der Rothaarigen zu, ist äußerlich unberührt, aber innerlich überglücklich, als sie zurückwinkt, dann segelt er diagonal über die Straße Richtung 240 Poplar. Er wird den *Shopper* mit seinem gewohnt harten Wurf auf die Veranda schleudern, und dann – wenn der verrückte Ex-Cop nicht mit Schaum vor dem Mund zur Tür herausgestürmt kommt und ihn mit benebelten PCP-Augen anglotzt, während er mit seinem Dienstrevolver oder einer Machete oder so was schwenkt – wird Cary rüberfahren zum E-Z Stop und sich eine Limo gönnen, weil er seine Route wieder einmal erfolgreich hinter sich gebracht hat: Anderson Avenue zur Columbus Broad, Columbus Broad zur Bear Street, Bear Street zur Poplar Street. Dann nach Hause, um das Trikot anzuziehen, und ab an die Baseballfront.

Vorher muß er aber noch Poplar 240 hinter sich bringen, das Haus des Ex-Cops, der angeblich seinen Job verloren hat, nachdem er zwei unschuldige Jungs von der North Side totgeschlagen hat, weil er annahm, sie hätten ein kleines Mädchen vergewaltigt. Cary hat keine Ahnung, ob an der Geschichte was Wahres dran ist – auf jeden Fall hat er nie was in der Zeitung drüber gelesen –, aber er hat die Augen des Ex-Cops gesehen, und in diesen Augen ist ein Ausdruck, den er nie in einem anderen Augenpaar gesehen hat, ein Ausdruck, bei dem man weggucken will, bevor man zu genau weiß, was man eigentlich sieht.

Oben auf dem Hügel biegt der rote Lieferwagen – wenn es denn einer ist, er ist so bunt und aufgemotzt, daß man es nur schwer sagen kann – auf die Poplar ein. Er beschleunigt. Sein Motor gibt ein melodisches, samtweiches Schnurren von sich. Und was, sag an, ist dieses Ding aus Chrom auf seinem Dach?

Johnny Marinville hört auf, Gitarre zu spielen, und sieht dem vorbeifahrenden Lieferwagen nach. Ins Innere kann er nicht sehen, weil die Scheiben getönt sind, aber, hol's der Teufel, das Ding auf dem Dach sieht wie eine verchromte Radarschüssel aus. Ist die CIA in der Poplar Street gelandet? Auf der anderen Straßenseite sieht Johnny Brad Josephson, der immer noch mit dem Gartenschlauch in einer und dem *Shopper* in der anderen Hand in seinem Vorgarten steht. Brad sieht ebenfalls mit offenem Mund dem dahinzockelnden Lieferwagen nach (aber *ist* es ein Lieferwagen? *Ist* es einer?) und macht ein Gesicht, bei dem sich Staunen und Verblüffung die Waage halten.

Sonnenlicht spiegelt sich funkelnd in der knallroten Karosserie und dem Chrom unter den dunklen Scheiben – so grell, daß Johnny die Augen zukneifen muß.

Vor dem Haus nebenan wäscht David Carver immer noch sein Auto. Er ist mit Feuereifer bei der Sache, das muß man ihm lassen; er hat seinen Chevy bis zu den Wischerblättern eingeseift.

Der rote Lieferwagen rollt summend und funkelnd an ihm vorbei.

Auf der anderen Straßenseite stellen die Reed-Zwillinge und ihre Freundinnen das Frisbeespiel auf dem Rasen ein und betrachten den dahinrollenden Lieferwagen.

Die Jugendlichen bilden ein Rechteck; in der Mitte sitzt Hannibal, hechelt glücklich und wartet auf die nächste Chance, sich das Frisbee zu schnappen.

Die Ereignisse spitzen sich langsam zu, aber das merkt noch niemand in der Poplar Street.

In der Ferne grollt Donner.

Cary Ripton bemerkt den Lieferwagen im Rückspiegel kaum, ebensowenig den hellgelben Ryder, der von der Hyacinth links auf die Poplar einbiegt und auf den Asphaltparkplatz des E-Z Stop fährt, wo die Kinder der Carvers immer noch neben Buster, dem roten Wagen, stehen und diskutieren, ob Ralph von seiner Schwester den Berg hinaufgezogen wird, oder nicht. Ralph hat eingewilligt, zu Fuß zu gehen *und* das mit der Zeitschrift, auf deren Umschlag Ethan Hawke abgebildet ist, für sich zu behalten, aber nur, wenn seine teure Schwester Margrit die Made ihm den ganzen Schokoriegel gibt, nicht nur die Hälfte.

Die Kinder unterbrechen ihren Streit, als sie den weißen Dampf bemerken, der wie der Atem eines Drachen aus dem Kühler des Ryder entweicht, aber Cary Ripton schenkt den Problemen des Ryder null Aufmerksamkeit. Seine ganze Aufmerksamkeit ist auf eines, und nur auf eines gerichtet: dem irren Ex-Cop seinen *Shopper* zuzustellen und unbeschadet davonzukommen. Der Name des Ex-Cops ist Collie Entragian, und er ist der einzige im ganzen Block mit einem BETRETEN VERBOTEN-Schild auf dem Rasen. Es ist klein, es ist diskret, aber es ist da.

Wenn er zwei Jungs getötet hat, wieso ist er dann nicht im Gefängnis? fragt sich Cary nicht zum erstenmal. Er kommt zu dem Ergebnis, daß ihm das egal ist. Die Freiheit des Ex-Cops ist nicht sein Bier an diesem strahlenden Nachmittag; ihn zu *überleben* ist sein Bier.

Da ihm das alles durch den Kopf geht, verwundert es nicht, daß Cary den Ryder nicht sieht, der aus dem Kühlergrill dampft, oder die beiden Kinder, die ihre komplizierten Verhandlungen über die Zeitschrift, den Three-Musketeers-Schokoriegel und den roten Leiterwagen vorübergehend eingestellt haben, oder den Lieferwagen, der bergab gefahren kommt. Er konzentriert sich darauf, nicht zum nächsten Opfer eines Psycho-Cops zu werden, und das ist eine Ironie des Schicksals, da sich ihm genau dieses derweil von hinten nähert.

Eines der Seitenfenster des Lieferwagens gleitet nach unten.

Der Lauf einer Flinte kommt zum Vorschein. Er hat eine seltsame Farbe, nicht ganz silbern, nicht ganz grau. Die doppelte Mündung sieht aus wie das schwarzgefärbte, auf die Seite gelegte Symbol für die Unendlichkeit.

Irgendwo jenseits des strahlenden Himmels grollt wieder nachmittäglicher Donner.

Aus dem *Columbus Dispatch*, 31. Juli 1994:

FAMILIE AUS TOLEDO IN SAN JOSÉ ERMORDET

Vier Menschen sterben durch die Hand vorbeifahrender Bandenmitglieder; Sechsjähriger überlebt

SAN JOSÉ (AP) Ein Familienurlaub im nördlichen Kalifornien endete gestern mit einer Tragödie, als vier Mitglieder einer Familie aus Toledo in einem Kugelhagel starben – Opfer, wie die Polizei von San José spekuliert, eines fehlgeleiteten Bandenangriffs. Durch die Schüsse aus einem vorbeifahrenden Fahrzeug starben William Garin, 42, June Garin, 40, sowie zwei ihrer drei Kinder: John Garin, 12, und Mary Lou Garin, 10. Die Garins waren bei Joseph und Roxanne Calabrese, Freunden vom College, zu Besuch. Die Calabreses hielten sich zum Zeitpunkt der Schüsse im Garten auf und wurden nicht verletzt. Ebenfalls unverletzt blieb der sechsjährige Seth Garin, der im Sandkasten im Garten spielte. Wie Joseph Calabrese aussagte, spielten die Garins und ihre älteren Kinder auf dem Rasen im Vorgarten Crockett, als sie niedergeschossen wurden.

»Ich kann nicht glauben, daß in der Gesellschaft, in der wir leben, so etwas möglich ist«, sagte ein sichtlich erschütterter Calabrese. »Dies ist eine anständige Gegend. So etwas ist hier noch nie vorgekommen.«

Zeugen berichten, daß sie kurz vor der Schießerei einen roten Lieferwagen in der Gegend gesehen hatten. Ein Mann behauptete, der Lieferwagen könnte mit einer technisch hochentwickelten Überwachungsanlage ausgestattet gewesen sein. »Er hatte eine Art Radarantenne auf dem Dach«, sagte der Mann. »Wenn die Verbrecher ihn nicht verschwinden lassen, müßte er leicht zu finden sein.«

Die Polizei konnte jedoch den geheimnisvollen Lieferwagen bis jetzt noch nicht aufspüren, und es sind auch noch keine Festnahmen erfolgt. Auf die Frage nach bei dem Überfall verwendeten Waffen sagte Lieutenant Robert Alvarez nur, daß die Ballistiker sie noch nicht eindeutig bestimmen konnten und das Ergebnis weiterer Ermittlungen abzuwarten sei.

Kapitel 2

1

Steve Ames sah die Schüsse wegen der beiden Kinder, die neben dem roten Leiterwagen vor dem Laden stritten. Das Mädchen schien ernsthaft sauer auf den kleinen Jungen zu sein, und einen Augenblick war Steve überzeugt, sie werde ihm einen Schubs geben ... so daß er in hohem Bogen über den Wagen fliegen und vor den Bus stürzen werde. Mitten in Ohio einen Bengel in einem Bart-Simpson-T-Shirt zu überfahren, das wäre auf jeden Fall das perfekte Ende für diesen durch und durch beschissenen Tag gewesen.

Als er ein gutes Stück von ihnen entfernt anhielt – Vorsicht ist die Mutter der Porzellankiste –, sah er, daß sie ihren wie auch immer gearteten Streit vorübergehend vergessen hatten und den Dampf betrachteten, der aus seinem Kühler zischte. Hinter ihnen fuhr ein roter Lieferwagen auf der Straße, möglicherweise der grellste rote Lieferwagen, den Steve je in seinem Leben gesehen hatte. Aber nicht die Farbe erregte seine Aufmerksamkeit. Mehr das glänzende Chrom-Dingsda auf dem Dach. Es sah wie eine futuristische Radarschüssel aus. Und es schwenkte immer wieder in einem knappen Halbkreis herum, genau wie eine richtige Radarantenne.

Auf der anderen Straßenseite fuhr ein Junge mit dem

Fahrrad. Der Lieferwagen fuhr hinüber, als wollte der Fahrer (oder irgend jemand im Inneren) mit ihm reden. Der Junge hatte keine Ahnung, daß der Lieferwagen da war; er hatte gerade eine zusammengerollte Zeitung aus dem Beutel an seiner Hüfte geholt und winkelte den Arm an, um sie zu werfen.

Steve machte den Motor des Ryder aus, ohne darüber nachzudenken. Er hörte das konstante Zischen des Kühlers nicht mehr, sah die Kinder neben dem roten Leiterwagen nicht mehr, überlegte sich nicht mehr, was er sagen sollte, wenn er die 800er Telefonnummer anrief, die einem die Leute von Ryder für den Fall gaben, daß man Probleme mit dem Motor bekam. Ein- oder zweimal in seinem Leben hatte er kleine, blitzartige übersinnliche Wahrnehmungen gehabt – Ahnungen, Anfälle von Hellseherei –, aber jetzt erlebte er kein kurzes Aufblitzen, sondern mehr eine Art von Krampf: Die Gewißheit erfüllte ihn, daß etwas geschehen würde. Und nichts von der Sorte, die einem Freudenschreie entlocken konnte.

Er sah den Doppellauf nicht, der zum Seitenfenster des Lieferwagens hinausgestreckt wurde, dazu stand er auf der falschen Seite, aber er hörte das *Kawumm!* der Schrotflinte und wußte sofort, worum es sich handelte. Er war in Texas aufgewachsen und hatte Gewehrfeuer nie mit Donner verwechselt.

Der Junge flog mit gekrümmten Schultern und verdrehten Beinen vom Sattel seines Fahrrads, und die Mütze flog ihm vom Kopf. Der Rücken seines T-Shirts war zerfetzt, und Steve konnte mehr sehen, als er wollte – rotes Blut und schwarzes, zerrissenes Fleisch. Der Junge hatte die Wurfhand an den Kopf gehoben, die zusammengerollte Zeitung fiel hinter ihm in den trockenen Rinnstein, während der Junge selbst schlaff und ungraziös mit einer linkischen Rolle vorwärts auf der Rasenfläche im Vorgarten des kleinen Bungalows an der Ecke landete.

Der Lieferwagen blieb mit laufendem Motor unmittelbar vor der Kreuzung Poplar/Hyacinth mitten auf der Straße stehen.

Steve Ames saß mit offenem Mund am Steuer seines Mietwagens, als ein kleines Fenster an der rechten Hinterseite des Lieferwagens nach unten glitt, wie das elektrisch betriebene Seitenfenster eines Cadillac oder Lincoln.

Ich wußte nicht, daß es so was gibt, dachte er, und dann: *Was* ist *das überhaupt für ein Lieferwagen?*

Er merkte, daß jemand aus dem Laden gekommen war – ein Mädchen in einem blauen Kittel der Sorte, wie sie Verkäuferinnen gewöhnlich trugen. Sie hob eine Hand an die Stirn und schirmte die Augen vor der Sonne ab. Er konnte die junge Frau sehen, aber der Leichnam des Zeitungsjungen wurde im Moment von dem Lieferwagen verdeckt. Er stellte fest, daß eine doppelläufige Schrotflinte aus dem Fenster ragte, das gerade heruntergeglitten war.

Und last not least fiel ihm auf, daß die beiden Kinder neben dem roten Leiterwagen standen – im Freien, völlig ungeschützt – und in die Richtung sahen, aus der die ersten Schüsse gekommen waren.

2

Hannibal, der Schäferhund, sah eines, und nur eines: die zusammengerollte Zeitung, die Cary Ripton aus der Hand fiel, als der Schuß der Schrotflinte ihn von seinem

Fahrradsitz und aus seinem Leben fegte. Hannibal bellte glücklich und rannte los.

»Hannibal, nein!« rief Jim Reed. Er hatte keine Ahnung, was los war (er war nicht in Texas aufgewachsen und *hatte* die beiden ersten Schüsse mit Donner verwechselt, nicht, weil sie sich wie Donner *angehört* hatten, sondern weil er sie nicht als das identifizieren konnte, was sie tatsächlich waren, nicht im Kontext eines Sommernachmittags in der Poplar Street), aber es gefiel ihm nicht. Ohne nachzudenken, was er tat – oder warum –, warf er das Frisbee den Bürgersteig entlang Richtung Laden und hoffte, damit Hannibals Aufmerksamkeit zu erregen und ihn von seinem momentanen Kurs abzubringen. Der Trick funktionierte nicht. Hannibal achtete nicht auf das Frisbee und lief weiter wie ein Pfeil auf das zu Boden gegangene Exemplar des *Shopper* zu, das er direkt vor dem mit laufendem Motor stehengebliebenen roten Lieferwagen liegen sehen konnte.

3

Cynthia Smith erkannte auch den Klang einer Flinte, wenn sie ihn hörte – ihr Vater, der Pfarrer, hatte jeden Samstag auf Tontauben geschossen, als sie noch ein kleines Mädchen gewesen war, und sie hatte ihn ab und zu auf seine Expeditionen begleiten dürfen.

Aber diesmal hatte niemand *Los* gerufen.

Sie legte das Taschenbuch weg, in dem sie gelesen hatte, ging um den Tresen herum und lief hastig auf die Eingangstreppe des Ladens hinaus. Die grelle Sonne blendete sie, und sie hob eine Hand, um die Augen abzuschirmen.

Sie sah den Lieferwagen, der mit laufendem Motor mitten auf der Straße stand, sah die Flinte aus dem hinteren Fenster herausragen und sah, wie sie auf die Kinder der Carvers gerichtet wurde. Die Kinder schauten verwirrt drein, aber noch nicht ängstlich.

Mein Gott, dachte sie. Mein Gott, er will auf die Kinder schießen.

Einen Augenblick stand sie wie erstarrt da. Ihr Gehirn befahl ihren Beinen, sich in Bewegung zu setzen, aber nichts geschah.

Geh! Geh! Geh! schrie sie sich selbst an, und das brach das Eis, das ihre Nerven umschloß. Sie stakste auf Beinen vorwärts, die sich wie Stelzen anfühlten, wäre um ein Haar die drei betonierten Stufen hinuntergefallen, und schnappte sich die Kinder. Die Zwillingsmündung der Doppelflinte sah riesig aus, klaffend, und sie sah, daß sie zu spät kam. Ihre Schrecksekunde erwies sich als fatal. Sie hatte es lediglich geschafft sicherzustellen, daß der Typ hinten auf dem Lieferwagen nicht nur zwei unschuldige Kinder töten würde, wenn er abdrückte, sondern obendrein noch eine zwanzig Jahre alte Vagabundin.

4

David Carver warf seinen Schwamm in den Eimer mit Seifenwasser neben dem rechten Vorderreifen seines Caprice und schlenderte seine Einfahrt zur Straße hinunter, um nachzusehen, was da vor sich ging. Nebenan, ein Haus weiter rechts, bergauf, folgte Johnny Marinville seinem Beispiel. Er hielt seine Gitarre am Hals. Auf der gegenüberliegenden Seite kam Brad Josephson ebenfalls auf seinem Rasen zur Straße gelaufen, während sein Gartenschlauch hinter ihm das Gras wässerte. Sein Exemplar des *Shopper* hielt er immer noch in einer Hand.

»War das eine Fehlzündung?« fragte Johnny. Er glaubte es selbst nicht. In der Zeit vor Kitty-Cat, als er sich noch für einen »ernsthaften Schriftsteller« gehalten hatte (ein Ausdruck, der seiner Ansicht nach den abfälligen Beigeschmack »einer richtig guten Hure« enthielt), hatte Johnny einmal eine höllische Tour durch Vietnam gemacht, um zu recherchieren, und er glaubte, daß das Geräusch, das er gerade gehört hatte, mehr nach den Fehlzündungen klang, die er während der Tet-Offensive gehört hatte. Dschungel-Fehlzündungen, die Menschen töteten.

David schüttelte den Kopf und hob die Hände, um anzudeuten, daß er es wirklich nicht wußte. Hinter ihm fiel die Fliegengittertür des beigegrünen Ranchhauses ins Schloß, und das Geräusch von bloßen Füßen ertönte auf der Einfahrt. Es war Törtchen, die Jeans und eine falsch zugeknöpfte Bluse trug. Ihr Haar klebte ihr wie ein feuchter Helm am Kopf. Sie roch noch nach der Dusche.

»War das eine Fehlzündung? Herrgott, Dave, es hat sich angehört wie ein –«

»Wie ein Schuß«, sagte Johnny und fügte widerstrebend hinzu: »Ich bin ziemlich sicher, daß es einer war.«

Kirsten Carver – für ihre Freunde Kirstie und für ihren Mann Törtchen, aus Gründen, die nur ein Ehemann wissen konnte – sah den Hügel hinab. Ihr Gesicht nahm einen entsetzten Ausdruck an, der irgendwie nicht nur ihre Augen, sondern sämtliche Gesichtszüge groß werden ließ. David folgte ihrem Blick. Er sah den tuckernden Lieferwagen, und er sah die Schrotflinte, die aus dem rechten hinteren Fenster herausragte.

»*Ellie! Ralph!*« schrie Törtchen. Es war ein bohrender, durchdringender Schrei, und hinter dem Haus der Sodersons blieb Gary stehen und lauschte mit zu den Lippen erhobenem Martiniglas. »*O Gott, Ellie und Ralph!*«

Törtchen rannte den Bürgersteig entlang auf den Lieferwagen zu.

»*Kirsten, nein, tu das nicht!*« rief Brad Josephson. Er rannte hinter ihr her, setzte den Fuß im selben Moment auf die Straße wie sie und lief dabei ein wenig schräg, um sie in der Mitte abzufangen und vielleicht zwischen den Häusern der Jacksons und Gellers in Sicherheit zu bringen. Er lief überraschend behende für einen so großen Mann, stellte aber nach einem Dutzend Schritten fest, daß er sie nicht einholen würde.

David Carver rannte ebenfalls hinter seiner Frau her. Sein Bauch wogte über der lächerlich winzigen Badehose auf und ab, und seine Latschen klatschten auf den Bürgersteig und erzeugten Geräusche wie Platzpatronen. Sein Schatten folgte ihm auf der Straße, länger und dünner, als es der Postangestellte David Carver je in seinem Leben gewesen war.

5

Ich bin tot, dachte Cynthia, ließ sich hinter und zwischen den Kindern auf ein Knie fallen und wollte die Arme um ihre Schultern legen, damit sie sie an sich ziehen konnte. Auch wenn es zwecklos war. Ich bin tot, ich bin tot, ich bin mausetot. Und immer noch konnte sie den Blick nicht von der Zwillingsmündung der Doppelflinte abwenden, schwarze Löcher, die erbarmungslosen Augen glichen.

Die Beifahrertür des gelben Busses wurde aufgestoßen, und sie sah einen schlaksigen Mann in Blue Jeans und einer Art Rock'n'Roll-T-Shirt, einen Typen mit grauem, schulterlangem Haar und zerfurchtem Gesicht.

»Hier rein mit ihnen, Lady!« schrie er. »Sofort, *sofort!*«

Sie schubste die Kinder auf den Bus zu, obwohl sie wußte, daß es zu spät war. Und während sie noch dabei war, sich auf den Schuß oder die Schrote gefaßt zu machen (als ob man sich je auf etwas derart Drastisches gefaßt machen *könnte*), wurde die Flinte, die aus dem hinteren Fenster des Lieferwagens ragte, von ihnen weggeschwenkt, nach vorne, an der roten Flanke des Lasters entlang. Sie ging los, und das Geräusch des Knalls rollte durch den heißen Tag wie eine Bowlingkugel einen gemauerten Rinnstein entlang. Cynthia sah eine Feuerzunge aus dem Ende des Laufs lecken. Der Hund der Reeds, der zum Endspurt auf die zusammengerollte Zeitung angesetzt hatte, wurde brutal nach rechts geschleudert, und seine Anmut war ebensoschnell dahin wie die von Cary Ripton.

»*Hannibal!*« schrien Jim und Dave wie aus einem Mund. Bei dem Geräusch mußte Cynthia an die Doublemint-Zwillinge denken.

Sie stieß die Kinder der Carvers so heftig in Richtung des Busses, daß Bruder Rotznase stürzte. Er fing sofort an zu plärren. Das Mädchen – immer eine Ellie, niemals eine Margaret, erinnerte sich Cynthia – drehte sich mit einem Ausdruck herzzerreißender Bestürzung um. Dann packte der Mann mit dem langen Haar sie am Arm und zog sie in die Kabine. »Auf den Boden, Mädchen, auf den Boden!« herrschte er sie an und beugte sich hinaus, um sich den heulenden Jungen zu packen. Die Hupe des Ryder ertönte einmal kurz; der Fahrer hatte einen turnschuhbewehrten Fuß ins Lenkrad verhakt, damit er nicht kopfüber hinausstürzte. Cynthia stieß den roten Leiterwagen beiseite, packte die Rotznase an der Kehrseite seiner Shorts und hob ihn dem Busfahrer in die Arme. Weiter unten an der Straße konnte sie einen Mann und eine Frau hören, die angerannt kamen und die Namen der Kinder riefen. Dad und Mom, vermutete sie, die wahrscheinlich auf der Straße erschossen werden würden wie der Hund und der Zeitungsjunge, wenn sie nicht aufpaßten.

»*Steigen Sie ein!*« bellte der Fahrer sie an. Das mußte er Cynthia nicht zweimal sagen; sie kletterte in die überfüllte Fahrerkabine des Busses.

6

Gary Soderson kam zielstrebig (wenn auch etwas schwankend) mit dem Martiniglas in einer Hand um das Haus herum. Er hatte einen zweiten lauten Knall gehört und fragte sich, ob vielleicht der Gasgrill der Gellers explodiert war. Er sah Marinville, der in den achtziger Jahren reich geworden war, indem er Kinderbücher über einen unmöglichen Helden namens Pat Kitty-Cat geschrieben hatte, mitten auf der Straße stehen, seine Augen abschirmen und bergab sehen.

»Was geht da vor, Bruder?« fragte Gary und ging zu ihm.

»Ich glaube, jemand in dem Lieferwagen da unten hat gerade Cary Ripton getötet und den Hund der Reeds erschossen«, sagte Johnny Marinville mit seltsam tonloser Stimme.

»*Was?* Warum sollte jemand so etwas tun?«

»Ich habe keine Ahnung.«

Gary sah ein Paar – die Carvers, da war er fast sicher – die Straße in Richtung Laden hinunterlaufen, dicht gefolgt von einem stampfenden afroamerikanischen Herrn, bei dem es sich nur um den einzig wahren Brad Josephson handeln konnte.

Marinville drehte sich zu ihm um. »Das ist eine schlimme Sache. Ich werde die Cops rufen. Bis dahin würde ich Ihnen raten, von der Straße zu verschwinden. *Jetzt gleich.*«

Marinville lief den Fußweg zu seinem Haus hoch. Gary schlug seinen Rat in den Wind, blieb, wo er war, sah mit dem Glas in der Hand zu dem Lieferwagen, der mit laufendem Motor unten vor Entragians Haus stand und wünschte sich plötzlich (was für ihn ein ausgesprochen seltener Wunsch war), er wäre nicht ganz so betrunken.

7

Die Tür des Bungalows 240 Poplar Street wurde aufgestoßen, und Collie Entragian kam herausgestürmt, wie Cary Ripton es immer befürchtet hatte: mit einer Waffe in der Hand. Ansonsten sah er jedoch ganz normal aus – kein Schaum vor dem Mund, keine blutunterlaufenen, glasigen Augen. Er war ein großer Mann, mindestens einsneunzig, und setzte am Bauch ein wenig Speck an, aber im übrigen war er so breit und muskulös gebaut wie ein Linebacker beim Football. Er trug eine Khakihose, aber kein Hemd. Seine linke Gesichtshälfte war mit Rasierschaum eingeseift, und er hatte ein Handtuch über der

Schulter hängen. Die Waffe in seiner Hand war eine .38er, bei der es sich gut und gerne um die Dienstpistole handeln konnte, die sich Cary Ripton so oft ausgemalt hatte, wenn er den *Shopper* bei dem Eckhaus ablieferte.

Collie richtete seinen Blick auf den Jungen, der mit dem Gesicht nach unten und vom Rasensprenger durchnäßter Kleidung tot in seinem Vorgarten lag (die Zeitungen, die aus seinem Beutel gefallen waren, wurden schon grau und aufgeweicht), und dann auf den Lieferwagen. Er hob die Pistole und klammerte die linke Hand um das rechte Handgelenk. Genau in diesem Augenblick setzte sich der Lieferwagen wieder in Bewegung. Fast hätte Collie trotzdem geschossen, dann ließ er es bleiben. Es gab Leute in Columbus, einige ziemlich einflußreiche Leute, die nur zu gern gehört hätten, daß Collie Entragian auf einer Vorortstraße von Wentworth eine Waffe abgefeuert hatte ... eine Waffe, die er nach dem Gesetz eigentlich hätte abgeben müssen.

Das ist keine Entschuldigung, und das weißt du, dachte er, drehte sich, als der Lieferwagen anfuhr, und folgte ihm. Schieß! Schieß mit deiner gottverdammten Waffe!

Aber er schoß nicht, und als der Lieferwagen nach links in die Hyacinth einbog, sah er, daß hinten kein Nummernschild angebracht war ... und was war mit dem silbernen Ding auf dem Dach? Was, in Gottes Namen, war *das* gewesen?

Auf der anderen Straßenseite rannten Mr. und Mrs. Carver auf den Parkplatz des E-Z Stop. Josephson war hinter ihnen. Der Schwarze schaute nach links und sah, daß der rote Lieferwagen fort war – er war gerade hinter den Bäumen verschwunden, die den Abschnitt der Hyacinth Street östlich der Poplar abschirmten –, bückte sich, stützte die Hände auf die Knie und rang keuchend nach Luft.

Collie ging über die Straße, steckte den Lauf der .38er hinten in den Hosenbund und legte Josephson eine Hand auf die Schulter. »Alles klar, Mann?«

Brad sah zu ihm auf und lächelte gequält. Sein Gesicht war schweißüberströmt. »Vielleicht«, sagte er.

Collie ging zu dem gelben Mietbus, wobei ihm der rote Leiterwagen in der Nähe auffiel. Zwei ungeöffnete Limodosen lagen darin. Neben einem der Hinterreifen lag ein Schokoriegel, Three Musketeers. Jemand war darauf getreten und hatte ihn zerquetscht.

Schreie hinter ihm. Er drehte sich um und sah die Zwillinge der Reeds mit trotz der Sommerbräune aschfahlen Gesichtern, die über ihren Hund hinweg zu dem Jungen auf dem Rasen sahen. Der Bruder mit dem blonden Haar – Jim, dachte er – fing an zu weinen. Der andere wich einen Schritt zurück, verzog das Gesicht, bückte sich und erbrach sich auf seine bloßen Füße.

Mrs. Carver holte laut weinend ihren Sohn aus dem Bus. Der Junge, der ebenfalls in voller Lautstärke plärrte, schlang die Arme um ihren Hals und hing an ihr wie eine Klette.

»Psst«, sagte die Frau mit den Jeans und der falsch zugeknöpften Bluse. »Psst, Liebchen, es ist vorbei. Der böse Mann ist fort.«

David Carver nahm seine Tochter aus den Armen des Mannes, der verdreht auf der Sitzbank lag, und drückte sie an sich.

»*Dad-dy*, du machst mich ganz voll Seife!« protestierte das Mädchen.

Carver küßte sie zwischen den Augen auf die Stirn. »Macht nichts«, sagte er. »Geht's dir gut, Ellie?«

»Ja«, sagte sie. »Was ist passiert?«

Sie versuchte, zur Straße zu sehen, aber ihr Vater verdeckte ihr die Sicht.

Collie ging zu der Frau und dem kleinen Jungen. »Ist er okay, Mrs. Carver?«

Sie sah ihn an, schien ihn jedoch nicht zu erkennen, dann wandte sie sich wieder dem quäkenden Jungen zu, strich ihm mit einer Hand durch das Haar und schien ihn mit Blicken zu verschlingen. »Ich glaube ja«, sagte sie. »Du *bist* doch okay, Ralphie? Oder?«

Der Junge holte tief und ruckartig Luft und plärrte: »*Margrit hat mich'n Berg raufziehn soll'n! So war's abgemacht!*«

Für Collie klang der kleine Rotzlöffel ganz okay. Er drehte sich wieder zum Schauplatz des Verbrechens um und sah den Hund, der in einer sich ausbreitenden Blutlache lag, und den blonden Reed-Zwilling, der sich zögernd dem Leichnam des unglücklichen Zeitungsjungen näherte.

»Bleib weg da!« bellte Collie schneidend über die Straße.

Jim Reed drehte sich zu ihm um. »Aber wenn er noch lebt?«

»Was soll dann sein? Hast du heilenden Feenstaub bei dir, den du auf ihn streuen kannst? Nicht? Dann bleib weg!«

Plötzlich fühlte sich Collie Entragian wieder in den Job zurückversetzt, von dem er sich letzten Oktober endgültig verabschiedet hatte, wie er dachte, als er nach einem Drogentest mit positivem Ergebnis aus der Polizei von

Columbus rausgeworfen worden war. Kokain und Heroin. Ein guter Trick, da er weder die eine noch die andere Droge je in seinem Leben genommen hatte.

Erste Priorität: Mitbürger beschützen. Zweite Priorität: Verletzten helfen. Dritte Priorität: Tatort sichern. Vierte Priorität …

Nun, über die vierte Priorität konnte er sich Gedanken machen, wenn eins, zwei und drei erledigt waren.

Die neue Verkäuferin des Ladens – ein mageres Mädchen mit zweifarbigem Haar, das Collie in den Augen weh tat – glitt aus dem Bus und strich ihren völlig verrutschten blauen Kittel zurecht. Der Fahrer folgte ihr. »Sind Sie ein Cop?« fragte er Collie.

»Ja.« Das war leichter als ein Erklärungsversuch. Die Carvers wußten natürlich Bescheid, aber die waren mit ihren Kindern beschäftigt, und Brad Josephson stand immer noch gebückt hinter ihm und versuchte, wieder zu Atem zu kommen. »Gehen Sie bitte in den Laden. Alle. Brad? Jungs?« Beim letzten Wort hob er die Stimme ein wenig, damit die Reed-Zwillinge wußten, daß sie gemeint waren.

»Nein, ich geh besser wieder nach Hause«, sagte Brad. Er richtete sich auf, sah über die Straße zu Carys Leichnam, dann zu Collie. Seine Miene war verlegen, aber entschlossen. Wenigstens kam er wieder zu Atem; vor einer Minute hatte sich Collie den Kopf zerbrochen, woran er sich noch von seinem Erste-Hilfe-Kurs erinnerte. »Belinda ist da oben und …«

»Ja, aber es wäre besser für Sie, wenn Sie mit in den Laden kommen würden, Mr. Josephson, zumindest vorerst. Falls der Lieferwagen zurückkommt.«

»Warum sollte er?« fragte David Carver. Er hielt immer

noch seine Tochter auf den Armen und sah Collie über ihren Kopf hinweg an.

Collie zuckte die Achseln. »Ich weiß nicht. Ich weiß auch nicht, warum er überhaupt hier war. Aber lieber auf Nummer Sicher gehen. Rein mit euch, Leute.«

»Fällt das hier irgendwie in Ihre Zuständigkeit?« fragte Brad. Seine Stimme klang zwar nicht gerade herausfordernd, aber er wußte, daß es nicht so war, das hörte man deutlich heraus. Collie verschränkte die Arme vor der nackten Brust. Die Depressionen, die ihn seit seinem Hinauswurf aus der Truppe plagten, hatten in den vergangenen Wochen ein wenig nachgelassen, aber jetzt konnte er sie wieder aufwallen spüren. Nach einem Augenblick schüttelte er den Kopf. Nein. Er hatte hier nichts zu sagen. Derzeit nicht.

»Dann gehe ich zu meiner Frau. Nichts gegen Sie, Sir.«

Collie mußte ein wenig über den geflissentlich höflichen Tonfall des Mannes lächeln. Du fährst mir nicht an den Karren, und ich dir nicht, sagte dieser Tonfall. »Kein Problem.«

Die Zwillinge sahen einander unsicher an, dann Collie.

Er sah, was sie wollten, und seufzte. »Na gut. Aber geht mit Mr. Josephson. Und wenn ihr zu Hause seid, geht ihr mit euren Freundinnen rein. Okay?«

Der blonde Junge nickte.

»Jim – du *bist* doch Jim, richtig?«

Der blonde Junge nickte und wischte sich verlegen die roten Augen.

»Ist deine Mom daheim? Oder dein Dad?«

»Mom«, sagte er. »Dad arbeitet noch.«

»Okay, Jungs. Geht. Beeilt euch. Sie auch, Brad.«

»Ich werde tun, was ich kann«, sagte Brad, »aber ich

glaube, mein Laufpensum für heute habe ich absolviert.«

Die drei gingen auf der westlichen Straßenseite, wo die ungeraden Hausnummern waren, bergauf.

»Ich würde gern auch mit den Kindern nach Hause gehen, Mr. Entragian«, sagte Kirsten Carver.

Er seufzte und nickte. Klar, was soll's, gehen Sie mit ihnen, wohin Sie wollen. Gehen Sie mit ihnen nach Alaska. Er wollte eine Zigarette, aber die Zigaretten waren im Haus. Er hatte seit zehn Jahren nicht mehr geraucht gehabt, als die Arschlöcher im Präsidium ihm zuerst die Tür gezeigt und ihn dann rausgeworfen hatten. Er hatte mit einer Geschwindigkeit wieder angefangen, die unheimlich war. Und jetzt wollte er rauchen, weil er nervös war. Nicht nur aufgebracht wegen des toten Jungen in seinem Vorgarten, was verständlich gewesen wäre, sondern *nervös*. Nervös wie 'n Huhn vorm *Eierlegen*, hätte seine Mutter gesagt. Und warum?

Weil zu viele Leute hier auf der Straße sind, sagte er sich. Darum.

Ach, wirklich? Und was genau bedeutet das?

Er wußte es nicht.

Was ist los mit dir? Zu lange arbeitslos? Wirst du zappelig? Ist es *das*, was dir zu schaffen macht, Bürschchen?

Nein. Das silberne Ding auf dem Dach des Lieferwagens. Das ist es, was mir zu schaffen macht, Bürschchen.

Ach? Wirklich?

Nun, vielleicht nicht wirklich ... aber für den Anfang würde es genügen. Als Ausrede. Schließlich war eine Vorahnung eben eine Vorahnung, und entweder man glaubte daran und handelte danach, oder nicht. Er selbst hatte stets danach gehandelt, und an dem Einfluß, den seine

Ahnungen auf ihn ausübten, hatte offensichtlich auch eine unbedeutende Kleinigkeit wie sein Hinauswurf nichts ändern können.

David Carver stellte seine Tochter auf die Füße und nahm seiner Frau den plärrenden Sohn ab. »Ich zieh dich im Wagen«, sagte er zu dem Jungen. »Bis rauf zum Haus. Was hältst du davon?«

»Margrit die Made liebt Ethan Hawke«, weihte ihn sein Sohn ein.

»Echt wahr? Nun, schon möglich, aber du solltest sie nicht so nennen«, sagte David. Er sagte es in dem zerstreuten Tonfall eines Mannes, der seinem Kind – jedenfalls *einem* seiner Kinder – einfach alles verzeiht. Und seine Frau betrachtete den Jungen, als hätte sie einen Heiligen vor sich, oder einen jungen Propheten. Nur Collie Entragian sah den verletzten Ausdruck in den Augen des Mädchens, als ihr vergötterter Bruder in den Leiterwagen gesetzt wurde. Collie mußte an andere Dinge denken, sogar eine ganze Menge, aber dieser Ausdruck war einfach so gewaltig und traurig, daß man ihn unmöglich übersehen konnte. Jawoll.

Er sah von Ellie Carver zu dem Mädchen mit der irren Frisur und dem alternden Hippie aus dem Mietwagen. »Glauben Sie, ich könnte wenigstens Sie überzeugen, da reinzugehen, bis die Polizei eintrifft?« fragte er.

»He«, sagte das Mädchen, »kein Problem.« Sie sah ihn argwöhnisch an. »Sie sind doch ein Cop, oder nicht?«

Die Carvers zogen ab, Ralph saß mit übereinandergeschlagenen Beinen in seinem Leiterwagen, aber sie waren vielleicht noch nahe genug, daß sie hören konnten, was er sagte … aber überhaupt, was wollte er tun? Lügen? Wenn du das erst mal anfängst, sagte er zu sich, endest du vielleicht in der Freak Street, ein Ex-Cop mit einer Sammlung von Medaillen im Keller, wie Elvis, und obendrein ein paar extra in der Brieftasche. Nennst dich Privatdetektiv, auch wenn du nie dazu kommst, die Lizenz zu beantragen. In zehn oder fünfzehn Jahren wirst du immer noch große Sprüche klopfen und wenigstens versuchen, Nägel mit Köpfen zu machen, wie eine Frau über dreißig, die Miniröcke trägt und ohne BH herumläuft, um andere Leute (von denen es die meisten sowieso einen Scheißdreck interessiert) davon zu überzeugen, daß ihre Cheerleader-Zeiten noch nicht vorbei sind.

»Ich war einer«, sagte er. Die Verkäuferin nickte. Der Typ mit dem langen Haar sah ihn seltsam an, aber nicht respektlos. »Das mit den Kindern haben Sie gut gemacht«, fügte er hinzu und sah sie an, meinte aber beide.

Cynthia dachte darüber nach, dann schüttelte sie den Kopf. »Es war Hannibal«, sagte sie und ging auf den Laden zu. Collie und der alternde Hippie folgten ihr. »Der Kerl in dem Lieferwagen – der mit der Flinte – wollte wirklich auf die Kinder schießen.« Sie drehte sich zu dem Langhaarigen um. »Haben Sie's gesehen? Was meinen Sie?«

Er nickte. »Und wir beide hätten nichts tun können, um ihn dran zu hindern.« Sein Akzent war zu gedehnt für den tiefsten Süden. Texas, dachte Collie. Texas oder Oklahoma. »Dann hat ihn der Hund abgelenkt – ist es nicht so gewesen? – und er hat statt dessen ihn erschossen.«

»So ist es«, sagte Cynthia. »Wenn Hannibal den Kerl *nicht* abgelenkt hätte … nun … ich glaube, dann wären wir jetzt so tot wie der da.« Sie nickte mit dem Kinn in Richtung von Cary Ripton, der nach wie vor tot und feucht auf Collies Rasen lag. Dann führte sie die anderen in das E-Z Stop hinein.

Aus *Movies on TV*, herausgegeben von Steven H. Scheuer, Bantam Books:

Die Regulatoren (1958) ** John Payne, Ty Hardin, Karen Steele, Rory Calhoun. Unterdurchschnittliches Westernmelodram über marodierende Vigilanten; enthält einige Szenen und Spezialeffekte, die für einen Western der späten fünfziger Jahre erstaunlich drastisch sind. Ein Bergarbeiterstädtchen in Colorado wird von Vigilanten terrorisiert (angeführt von Rory Calhoun), die anfangs übernatürliche Wesen zu sein scheinen, sich aber als Nach-Bürgerkriegs-Banditen aus Col. Quantrills Guerillatruppe entpuppen. Payne ist heldenhaft, aber hölzern; Steele setzt ihre tief ausgeschnittenen Saloon-Kostüme wirkungsvoll ein. (Regie: Billy Rancourt, American International Pictures, 81 Min, s/w.)

Kapitel 3

1

Poplar Street, 15. Juli 1996, 15:58 Uhr

Augenblicke nachdem Collie, Cynthia und der Langhaarige aus dem Ryder in dem Laden verschwunden sind, fährt ein Lieferwagen an der südwestlichen Ecke von Poplar und Hyacinth vor, gegenüber vom E-Z Stop. Er ist metallicblau mit dunklen, getönten Scheiben. Er hat kein Chromgerät auf dem Dach, aber seine Seiten sind in einer futuristischen Art und Weise verziert und mit Flammenmuster geschmückt, so daß er eher wie ein Explorer-Fahrzeug in einem Science-fiction-Film aussieht. Die Reifen sind völlig ohne Profil, so glatt und leer wie die Oberfläche einer frischgeputzten Schultafel. Tief in der Dunkelheit hinter den getönten Scheiben leuchten rhythmisch undeutlich bunte Lichter auf wie Anzeigen an einer Kontrollkonsole.

Donner grollt jetzt näher und schärfer. Die sommerliche Helligkeit verblaßt am Himmel; Wolken, purpurnschwarz und bedrohlich, türmen sich von Westen her auf. Sie greifen nach der Julisonne und löschen sie aus. Die Temperatur fällt fast auf der Stelle.

Der blaue Lieferwagen summt leise. Weiter entfernt in dem Block, oben auf dem Hügel, fährt ein weiterer Lieferwagen – in einer hellgelben Farbe, wie eine künstliche Banane – an der südöstlichen Ecke von Bear Street und Poplar vor. Dort bleibt er stehen und summt ebenfalls leise.

Der erste wirklich laute Donnerschlag ertönt, gefolgt von der grellen, stotternden Explosion eines Blitzes. Der Blitz spiegelt sich einen Moment in Hannibals rechtem Auge, so daß es leuchtet wie eine Petroleumlampe.

2

Gary Soderson stand immer noch auf der Straße, als seine Frau zu ihm kam. »Was, zum Teufel, treibst du hier?« fragte sie. »Du siehst aus, als wärst du in Trance, oder so.«

»Hast du nichts gehört?«

»Was gehört?« fragte sie gereizt. »Ich war unter der Dusche, was soll ich da schon hören?« Gary war seit neun Jahren mit der Lady verheiratet und wußte, daß Gereiztheit die vorherrschende Charaktereigenschaft Marielles war. »Die Kinder der Reeds mit ihrem Frisbee, die hab ich gehört. Ihr verdammter Hund hat gebellt. Donner. Was sollte ich sonst noch hören? Den Norman-Dickersnackle-Chor?«

Er zeigte die Straße hinunter, zuerst auf den Hund (wenigstens würde sie sich nicht mehr über Hannibal beschweren müssen), dann auf die gekrümmte Gestalt auf dem Rasen von Nr. 240. »Ich weiß es nicht genau, aber ich *glaube*, jemand hat gerade den Jungen erschossen, der den *Shopper* bringt.«

Sie kniff die Augen zusammen, sah in die Richtung, wohin sein Finger zeigte, und schirmte die Augen ab, obwohl die Sonne nicht mehr schien (Gary hatte den Eindruck, als wäre die Temperatur schon um zwei Grad gefallen). Brad Josephson stapfte den Bürgersteig herauf auf sie zu. Peter Jackson stand vor seinem Haus und sah neugierig bergab. Ebenso Billingsley, der Tierarzt, den die meisten Leute Doc nannten. Die Familie Carver war gerade dabei, die Straße von der Seite des Ladens zu der, wo ihr Haus lag, zu überqueren, das Mädchen lief neben seiner Mutter und hielt ihre Hand. Dave Carver (der in seiner Badehose wie ein gekochter Hummer aussah, fand Gary – ein gekochter Hummer voller Seifenschaum) zog seinen Sohn in einem kleinen roten Wagen. Der Junge, der im Schneidersitz dasaß und sich mit der anmaßenden Ungnädigkeit eines Paschas umsah, hatte für Gary auf der Arschloch-Skala von 1 bis 10 immer satte 9,5 erreicht.

»He, Dave!« rief Peter Jackson. »Was geht da vor?«

Bevor Carver antworten konnte, schlug Marielle Gary so fest mit der Hand auf die Schulter, daß er den Rest seines Martinis auf seine zerschlissenen alten Converse-Turnschuhe schüttete. Nun gut. Vielleicht würde er seiner Leber sogar einen Gefallen tun und ihr den Rest des Tages freigeben.

»Bist du taub, Gary, oder nur verblödet?« wollte sein Augenstern wissen.

»Wahrscheinlich beides«, antwortete er und überlegte sich, wenn er je dauerhaft nüchtern werden wollte, müßte er sich wahrscheinlich erst von Marielle scheiden lassen. Oder ihr zumindest die Stimmbänder durchschneiden. »Was hast du gesagt?«

»Ich hab dich gefragt, warum, in Gottes Namen, jemand den *Zeitungsjungen* erschießen sollte?«

»Vielleicht war es jemand, der letzte Woche seine Coupons nicht bekommen hat«, sagte Gary. Donner krachte –

immer noch westlich von ihnen, aber näher. Er schien wie eine Harpune durch die aufziehenden Wolken zu dringen.

3

Johnny Marinville, der einmal den National Book Award für einen Roman über sexuelle Obsession mit dem Titel *Die Wonne* bekommen hatte und heute Kinderbücher über einen Katzendetektiv namens Pat Kitty-Cat schrieb, betrachtete sein Telefon im Wohnzimmer und hatte Angst. Etwas war hier im Gange. Er versuchte, nicht paranoid zu sein, aber dennoch, etwas war hier im Gange.

»Vielleicht«, sagte er mit leiser Stimme.

Ja, okay. *Vielleicht*. Aber das Telefon –

Er war reingekommen, hatte die Gitarre in die Ecke gestellt und 911 gewählt. Nach einer ungewöhnlich langen Pause, so lange, daß er drauf und dran gewesen war, die Verbindung zu unterbrechen (*welche* Verbindung, ha-ha?) und es noch einmal zu versuchen, hatte sich eine Kinderstimme gemeldet. Der Klang dieser Stimme, singend und leer zugleich, hatte Johnny überrascht und ihm einen schlimmen Schrecken eingejagt – er hatte nicht einmal versucht, so zu tun, als wäre sein Schrecken nur ein Überraschungsreflex gewesen.

»Klitzekleines Baby Smitten, du beißt gern in Mamas Titten«, hatte die Stimme gesungen. »Zeter nicht und mach was draus, spuck das Tittchen ja nicht aus.«

Danach ein Klicken, gefolgt vom Summen des Freizeichens. Johnny hatte stirnrunzelnd noch einmal gewählt. Wieder eine lange Pause, dann ein Klicken, dann ein

Geräusch, das Johnny kannte: Jemand atmete durch den Mund. Möglicherweise ein Kind mit einer Erkältung. Nicht, daß es eine Rolle spielte. Entscheidend war, irgendwo in der Nachbarschaft waren die Telefonleitungen durcheinandergeraten, und nun kam er nicht zu den Cops durch, sondern –

»Wer ist da?« fragte er schneidend.

Keine Antwort. Nur das Atmen durch den Mund. Kam ihm das Geräusch vertraut vor? Das war lächerlich, oder nicht? Wie, in Gottes Namen, konnte einem das Geräusch von Mundatmung im Telefon bekannt vorkommen? Natürlich überhaupt nicht, aber trotzdem –

»Wer immer Sie sind, verpissen Sie sich aus der Leitung«, sagte Johnny. »Ich muß die Polizei anrufen.«

Der Atem stockte, verstummte. Johnny wollte die Verbindung gerade erneut unterbrechen, als die Stimme wieder ertönte. Diesmal spöttisch. Er war ganz sicher. »Klitzekleines Baby Smitten, steckt den Schwanz in Mamas Schlitten. Zeter nicht und mach was draus, dann läßt sie ihn nicht mehr raus.« Dann, mit einer tonlosen und irgendwie gräßlichen Stimme: »Rufen Sie nicht mehr hier an, Sie alter Trottel. *Tak!*«

Ein erneutes Klicken, dann wurde die Verbindung unterbrochen, aber diesmal ertönte kein Freizeichen. Diesmal folgte nur Stille.

Johnny drückte mit einem Finger mehrmals kurz hintereinander auf den Unterbrecherknopf des Telefons. Nichts passierte. Die Leitung blieb tot. Donner grollte, immer noch im Westen, aber näher, und Johnny zuckte zusammen.

Er legte den Hörer auf die Gabel und ging in die Küche, wo ihm auffiel, wie schnell es dunkel wurde, und ermahnte sich, das obere Fenster zu schließen, falls es anfing zu regnen ... *wenn* es anfing zu regnen, so wie es jetzt aussah.

Hier hing das Telefon an der Wand neben dem Küchentisch, wo er sich nur mit dem Stuhl zurücklehnen mußte, um den Hörer abnehmen zu können, falls es läutete, wenn er beim Essen war. Nicht, daß er viele Anrufe bekam; seine Ex-Frau manchmal, das war alles. Seine Leute in New York hatten genug Grips, die Gans, die ihre goldenen Eier legte, in Ruhe zu lassen.

Er nahm den Hörer ab, horchte und bekam eine zweite Portion Stille. Kein Freizeichen, kein statisches Knistern, als ein blauer Blitz vor dem Küchenfenster zuckte, kein *Wah-wah-wah*, das anzeigte, daß die Leitung gestört war. Einfach gar nichts. Er versuchte es trotzdem noch mal mit 911, aber jetzt hörte er nicht mal mehr das Piepsen beim Wählen, wenn er die Tasten drückte. Er legte den Hörer auf und betrachtete das Telefon in der dunklen Küche. »Klitzekleines Baby Smitten«, murmelte er und erschauerte plötzlich in einer Weise, die man melodramatisch hätte nennen können, wäre er nicht allein gewesen. Seine Schultern zuckten heftig vorwärts und rückwärts. Ein häßlicher kleiner Kinderreim, und dazu einer, den er noch nie gehört hatte.

Vergiß den Vers, dachte er. Was ist mit der *Stimme?* Du hast die *Stimme* schon mal gehört ... oder nicht?

»Nein«, sagte er laut. »Jedenfalls nicht ... daß ich wüßte.«

Richtig. Aber das Atmen ...

»Quatsch mit Soße, man erkennt jemanden nicht am *Atmen*«, sagte er zu der verlassenen Küche. »Es sei denn, dein Großvater hätte ein Emphysem.«

Er lief aus der Küche zur Eingangstür. Plötzlich wollte er wissen, was da draußen auf der Straße vor sich ging.

4

»Was ist da unten passiert?« wandte sich Peter Jackson an David, als die Familie Carver den östlichen Bürgersteig erreicht hatte. Er neigte den Kopf zu David und murmelte, damit die Kinder ihn nicht hören konnten. »Ist das ein Toter da unten?«

»Ja«, sagte David ebenfalls murmelnd. »Ich glaube, er heißt Cary Ripton.« Er sah seine Frau an, ob sie es bestätigen konnte, und Kirsten nickte. »Der Junge, der Montag nachmittags den *Shopper* ausliefert. Ein Kerl in einem Lieferwagen. Im Vorbeifahren.«

»Jemand hat *Cary* erschossen?« Das war unmöglich. Unmöglich, daß jemand erschossen worden sein sollte, mit dem er gerade eben noch geredet hatte. Aber Carver nickte. »Heilige Scheiße!«

David nickte. »Heilige Scheiße trifft es ziemlich gut, glaube ich.«

»Beeil dich, Daddy-Doo«, befahl Ralph von seinem Leiterwagen.

David drehte sich zu ihm um, lächelte dem Jungen zu und wandte sich wieder an Peter. Diesmal sprach er so leise, daß es wirklich ein Flüstern war. »Die Kinder waren unten im Laden und haben sich eine Limo gekauft. Ich kann es nicht mit Sicherheit sagen, glaube aber, daß der Kerl beinahe auch auf sie geschossen hätte. Dann kam der Hund der Reeds gelaufen, und der Mann mit der Flinte hat statt dessen ihn erschossen.«

»Himmel!« sagte Peter. Die Vorstellung, daß jemand Hannibal erschossen hatte – den freundlichen, Frisbee-jagenden Hannibal mit seinem grellen Halstuch –, machte es unmöglich, die Ereignisse nicht zu akzeptieren. Peter hatte keine Ahnung, warum, aber es war so. »Ich meine, Herr im *Himmel!*«

David nickte. »Wenn allerdings der Herr im Himmel etwas präsenter auf der Welt wäre, würde so etwas vielleicht nicht so häufig vorkommen. Klar?«

Peter mußte an die Millionen denken, die im Verlauf der Geschichte im Namen des hier gemeinten Herrn abgeschlachtet worden waren, schob den Gedanken aber beiseite und nickte. Er dachte, daß kaum der geeignete Zeitpunkt für ein theologisches Streitgespräch mit seinem Nachbarn wäre.

»Ich will sie reinbringen, Dave«, murmelte Kirsten. »Von der Straße, okay?«

David nickte, ging an Peter vorbei bergauf, blieb wieder stehen und drehte sich um. »Wo ist Mary?«

»Arbeiten«, sagte Peter. »Sie hat einen Zettel dagelassen, daß sie auf dem Heimweg wahrscheinlich noch einen Abstecher zur Crossroads Mall macht. Aber sie müßte jeden Moment hier sein – montags arbeitet sie nur halbtags und hat um zwei Feierabend. Warum?«

»Ich würde nur darauf achten, daß sie gleich ins Haus kommt, das ist alles. Der Kerl ist wahrscheinlich längst über alle Berge, aber man kann nie wissen, richtig? Und ein Kerl, der einen *Zeitungsjungen* erschießt –«

Peter nickte. Über ihnen grollte lautstark der Donner. Ellie drückte sich an das Bein ihrer Mutter, aber Ralphie lachte in seinem Wagen.

Kirsten zog David am Arm. »Komm schon. Und bleib

nicht stehen, um mit Doc zu reden.« Sie nickte in Richtung Billingsley, der mit den Händen in den Hosentaschen im trockenen Rinnstein stand und die Straße hinuntersah. Er kniff die Augen so sehr zusammen, daß sie nur ein hellblauer Glanz waren, wie exotische Fische in einem Netz aus Haut.

David zog den Wagen wieder an. »Wie geht's, Ralphie?« fragte Peter, als der Wagen an ihm vorbeirollte. Er sah, daß das Wort BUSTER mit verblichener weißer Farbe auf die Seite des Leiterwagens geschrieben worden war. Ralphie streckte die Zunge heraus und machte wieder das Geräusch der Wespe im Glas, wobei er so heftig blies, daß sich seine Wangen blähten wie die von Dizzy Gillespie.

»He, ganz reizend«, sagte Peter. »Damit wirst du im späteren Leben Mädchenherzen brechen. Glaub mir.«

»Kaka-Dödel!« schrie das kleine Monster im Wagen und ließ Peter eine reichlich frühreife Wichsgeste mit der rechten Hand sehen.

»Das reicht jetzt, Großer«, sagte David nachsichtig, ohne sich umzudrehen. Seine Pobacken bewegten sich unter der zu kleinen Badehose. Peter fand, sie sahen wie Biskuits auf Kolben aus.

»Was ist passiert?« fragte Tom mit seiner bärbeißigen Stimme, als der Leiterwagen vorüberrollte.

Peter blendete Carvers Antwort aus (David dachte an die Bedenken seiner Frau und ging weiter, während er den Doc informierte) und hielt nach dem Lumina seiner Frau Ausschau. Er sah überhaupt keine fahrenden Autos, nur einen parkenden Lieferwagen diesseits von Abelsons Haus in der Bear Street. Er war von einem derart grellen Gelb, daß es fast schrie. Er vermutete, daß das unangenehm starke Glänzen zum Teil darauf zurückzuführen war, wie das Licht verblaßte, je näher die Wolken rückten, trotzdem taten ihm die Augen davon weh. Müssen Halbstarke sein, dachte er. Niemand sonst würde etwas in der Farbe überhaupt *wollen*. Sah überhaupt nicht wie ein richtiges Fahrzeug aus, mehr wie etwas aus einem *Raumschiff-Enterprise*-Film oder –

Plötzlich hatte er eine Idee. Keine besonders gute.

»Dave?«

Carver drehte sich um; sein sonnenverbrannter Bauch hing über die Badehose, Seifenschaum vom Autowaschen trocknete darauf.

»Was hat er gefahren, der Kerl, der Cary erschossen hat?«

»Einen roten Lieferwagen.«

»Ganz recht«, warf Ralphie ein. »Rot wie Tracker Arrow.«

Das hörte Peter kaum. Er registrierte nur das Wort *Lieferwagen* und spürte, wie sich sein Magen zusammenzog, als hinge er an einer Winde.

»So ein rotes Rot haben Sie noch nie gesehen«, fügte Kirsten hinzu. »Ich hab ihn auch gesehen. Ich war am Fenster, als er vorbeigefahren ist. David, *kommst* du jetzt bitte?«

»Klar«, sagte er und zog den Wagen weiter. Als David sich abwandte, streckte Peter (dessen vorübergehendes Unbehagen von ihm abfiel) Ralphie, der zufällig gerade in seine Richtung sah, die Zunge heraus. Ralphies überraschter Gesichtsausdruck war zu komisch.

Doc kam mit den Händen in den Hosentaschen zu Peter geschlendert. Donner grollte. Sie schauten auf und sahen dunkle Wolkenbänke, die den Himmel über der Poplar Street verdunkelten. Gabelförmige Blitze stachen auf die Innenstadt von Columbus herunter.

»Wird schütten wie aus Kannen«, sagte der Tierarzt. Sein Haar war dünn, weiß, fein wie bei einem Baby. »Ich hoffe, sie können den Leichnam des Jungen anständig zudecken, bevor es losgeht.« Er verstummte, nahm eine Hand aus der Tasche und strich sich langsam damit über die Stirn, als wollte er beginnende Kopfschmerzen vertreiben. »Schreckliche Sache. Er war ein guter Junge. Hat Baseball gespielt.«

»Ich weiß.« Peter dachte daran, wie Cary gelacht hatte, als er ihm sagte, daß er nächstes Jahr dran sein werde, am Shortstop zu heulen, und verspürte einen plötzlichen Schmerz im Magen, dem Organ, das am empfindlichsten auf die Emotionen der Menschen reagierte (und nicht das Herz, wie die Dichter immer behaupteten). Plötzlich wurde ihm alles erst richtig bewußt. Cary Ripton würde nächsten Sommer nicht als Shortstop der Wentworth Hawks spielen; Cary Ripton würde heute abend nicht zur Hintertür reinstürmen und fragen, was es zum Essen gab. Cary Ripton war nach Nimmer-Nimmerland geflogen und hatte seinen Schatten zurückgelassen. Jetzt war er einer der Verlorenen Jungs.

Wieder grollte Donner, diesmal so nahe und krachend, daß Peter zusammenzuckte. »Hören Sie«, sagte er zu Tom. »Ich habe eine große Plastikplane in der Garage. Fast so groß wie eine Autoabdeckplane. Wenn ich sie hole, würden Sie dann mit mir die Straße runtergehen und mir helfen, ihn zuzudecken?«

»Das gefällt Officer Entragian vielleicht nicht«, sagte der alte Mann.

»Scheiß auf Officer Entragian, er ist ebensowenig ein Cop wie ich«, sagte Peter. »Sie haben seinen Arsch letztes Jahr wegen Korruption vor die Tür gesetzt.«

»Aber die anderen Polizisten, wenn die kommen –«

»Die sind mir auch egal«, sagte Peter. Er weinte nicht gerade, aber seine Stimme klang belegt und nicht mehr ganz fest. »Er war ein netter Junge, ein wirklich *reizender* Junge, und irgend ein Drogenkurier hat ihn vom Fahrrad geschossen wie in einem Film von John Ford einen Indianer vom Pferd. Es wird regnen, und er wird tropfnaß werden. Ich würde seiner Mutter gerne sagen, daß ich getan habe, was ich konnte. Also was ist, helfen Sie mir, oder nicht?«

»Nun, wenn Sie es so sagen«, antwortete Tom. Er klopfte Peter auf die Schulter. »Kommen Sie, Lehrer, machen wir es.«

»Gut so.«

5

Kim Geller verschlief die ganze Sache. Sie schlief immer noch auf der Überwurfdecke ihres Betts, als Susi und Debbie Ross – die Rothaarige, von der Cary Ripton so begeistert gewesen war – in ihr Schlafzimmer gestürmt kamen und sie wachrüttelten. Sie richtete sich benommen auf, fast als ob sie verkatert wäre (an knallheißen Tagen wie diesem zu schlafen, war fast immer ein Fehler, aber manchmal konnte man einfach nicht anders), und versuchte den Worten der Mädchen zu folgen, verlor aber fast auf der Stelle den Faden. Sie schienen ihr mitteilen zu wollen, daß jemand erschossen worden war, in der *Poplar Street* erschossen, und das war selbstverständlich völlig ausgeschlossen.

Aber als sie ans Fenster ging, ließ sich nicht mehr leugnen, daß *etwas* geschehen war. Die Reed-Zwillinge und Cammie, ihre Mutter, standen am Ende ihrer Einfahrt. Der Waschlappen und das Miststück, in höflicheren Kreisen als die Sodersons bekannt, standen am Ende des Blocks mitten auf der Straße … aber jetzt zog Marielle Gary in Richtung ihres Hauses, und er schien mitzukommen. Hinter ihnen standen die Josephsons zusammen auf dem Bürgersteig. Und auf der anderen Seite sah sie Peter Jackson und den alten Billingsley, die ein großes Stück blaues Plastik zwischen sich trugen, aus Jacksons Garage kommen. Es kam Wind auf, und die Plastikplane flatterte hin und her.

Praktisch alle waren auf der Straße. Jedenfalls alle, die zu Hause waren. Von hier aus konnte man nicht erkennen, was sie alle angafften. Die Ecke des Hauses versperrte die Sicht den Block hinunter zur Kreuzung.

Kimberley Geller drehte sich wieder zu den Mädchen um und gab sich größte Mühe, die Spinnweben aus ihrem Kopf zu bekommen. Die Mädchen tanzten von einem Fuß auf den anderen, als müßten sie aufs Klo; Debbie, sah sie, spreizte und schloß die Finger. Beide waren blaß und aufgeregt, eine Kombination, die Kim nicht gerade ruhiger stimmte. Aber die Vorstellung, daß jemand *getötet* worden war … da mußten sie sich irren … oder nicht?

»Und jetzt sagt mir, was passiert ist«, verlangte sie. »Ohne Flachs.«

»Jemand hat Cary Ripton erschossen, das haben wir dir doch *gesagt!*« rief Susi ungeduldig, als wäre ihre Mutter der dümmste Mensch auf der Welt … und in diesem Moment hatte Kim selbst den Eindruck, als wäre es so. »Komm schon, Mom! Wir können zusehen, wie die Polizei kommt!«

»Ich will ihn noch mal sehen, bevor ihn jemand zudeckt!« kreischte Debbie plötzlich. Sie drehte sich um und rannte die Treppe hinunter. Susi blieb noch einen Augenblick zweifelnd stehen – sie sah sogar fast angewidert aus –, dann folgte sie ihrer Freundin.

»Komm schon, Mom!« rief sie über die Schulter, und dann lief sie polternd die Treppe hinunter, die Rosenkönigin der High School in diesem Frühjahr, so anmutig wie ein Wasserbüffel, so daß die Fenster klirrten und die Lampen an der Decke erbebten.

Kim ging langsam zum Bett, schob die bloßen Füße in ihre Sandalen und fühlte sich langsam und verwirrt und zu spät gekommen.

6

»Und du bist den ganzen Weg da runter gerannt?« fragte Belinda Josephson zum drittenmal. Das schien der Teil der Geschichte zu sein, den sie nicht auf die Reihe bekam. »So fett, wie du bist?«

»Scheiße, Weib, ich bin nicht fett«, sagte Brad. »Ich bin nur *stark.*«

»Liebling, das werden sie auf deinen Totenschein schreiben, wenn du noch ein paar solche Hundert-Meter-Sprints hinlegst«, sagte Belinda. »›Das Opfer starb an unheilbarer *Stärke.*‹« Die Worte waren tadelnd, der Tonfall nicht. Sie rieb ihm beim Sprechen den Rücken und spürte den kalten Schweiß dort.

Er zeigte die Straße entlang. »Sieh mal. Pete Jackson und Doc.«

»Was machen sie?«

»Ich glaube, sie wollen den Jungen zudecken«, sagte er und setzte sich in Bewegung.

Sie riß ihn sofort zurück. »O nein, Bruder Bär. Auf gar keinen Fall, Sir. Du hast deinen Ausflug die Straße hinunter heute schon gehabt.«

Er bedachte Belinda mit einem Nerv-mich-nicht-Blick – und zwar einem ziemlich guten für einen in Boston aufgewachsenen Schwarzen, der sich sein Wissen über das Getto überwiegend im Fernsehen angeeignet hatte –, widersprach aber nicht. Vielleicht hätte er es getan, wenn Johnny Marinville nicht in diesem Augenblick auf ihre Haustür zugekommen wäre. Der Donner grollte lauter. Inzwischen wehte ein konstanter Wind. Belinda fand, daß er kalt war – zum Frösteln kalt. Über ihnen rollten purpurne Gewitterwolken dahin, häßlich, aber nicht furchteinflößend. Furchteinflößend dagegen war – zumindest ein bißchen – der gelbe Himmel im Südwesten. Sie hoffte bei Gott, daß sie zwischen jetzt und dem Einbruch der Dunkelheit keinen Tornadotrichter zu sehen bekommen würden; das wäre die Krönung eines Tages, der so schiefgegangen war wie keiner in jüngster Zeit, an den sie sich erinnern konnte.

Sie vermutete, daß der Regen die Leute in die Häuser treiben würde, wenn er endlich anfing, aber im Augenblick war so ziemlich jeder, der in dieser Straße wohnte, draußen und gaffte bergab zu Entragians Haus. Vor ihren Augen kam Kim Geller aus Nr. 243, sah sich um, ging ein Haus weiter und stellte sich neben Cammie Reed im Vorgarten der Reeds. Die Reed-Zwillinge (Belinda Josephsons bescheidener Meinung zufolge der Stoff, aus dem die harmlosen Phantasien von Hausfrauen gemacht sind) standen zusammen mit Susi Geller und einer knackigen

Rothaarigen, die Belinda nicht kannte, auf dem Rasen. Davey Reed kniete und schien sich die Füße mit seinem Hemd abzuwischen, weiß Gott, warum –

Natürlich weißt du, warum, sagte sie sich. Da unten liegt tatsächlich ein Toter, und Davey Reed hat sich übergeben, als er ihn gesehen hat. Hat sich übergeben und dabei etwas abbekommen, der arme Junge.

Sie sah Leute vor jedem Haus oder *aus* jedem Haus, abgesehen von dem alten Haus der Hobarts, das leerstand, dem Haus des Ex-Cops, und Nr. 247, dem drittnächsten Haus auf ihrer Straßenseite. Das Wyler-Haus. Das war eine Familie im Pech, wenn es je eine gegeben hatte. Weder Audrey noch das arme Waisenkind, das sie großzog (nicht, daß man einen Jungen wie Seth je richtig *großziehen* konnte, überlegte Belinda; das war ja das Schreckliche daran), waren draußen. Ob sie einen Ausflug machten? Möglich, aber sie war sicher, daß sie Audrey um die Mittagszeit noch gesehen hatte, als sie achtlos den Rasensprenger aufstellte. Belinda überlegte gründlich und kam zu dem Ergebnis, daß sie den Zeitpunkt in etwa richtig behalten hatte. Sie hatte gedacht, daß Audrey sich gehen ließ, daran erinnerte sie sich – das Oberteil und die blauen Shorts, die sie trug, hatten beide schmutzig ausgesehen, und weshalb die Frau ihr hübsches brünettes Haar derart abscheulich purpurrot gefärbt hatte, würde Belinda wohl nie erfahren. Falls sie damit jünger aussehen sollte, war es ein Fehlschlag auf der ganzen Linie. Ihr Haar sollte auch mal gewaschen werden – es sah fettig und verfilzt aus.

Als Teenager hatte sich Belinda ab und zu gewünscht, daß sie weiß wäre – die weißen Mädchen schienen immer mehr Spaß zu haben und wirkten entspannter –, aber jetzt ging sie auf die Fünfzig und die Wechseljahre zu und war ausgesprochen froh, schwarz zu sein. Weiße Frauen schienen sich mit zunehmendem Alter immer mehr zusammenreißen zu müssen. Vielleicht war ihr Leim einfach von Natur aus nicht so stark.

»Ich hab versucht, die Cops anzurufen«, sagte Johnny Marinville. Er trat auf die Straße, als wollte er zu den Josephsons herüberkommen, blieb aber stehen. »Mein Telefon ...« Er verstummte und schien nicht sicher zu sein, wie er fortfahren sollte. Belinda fand das *außerordentlich* seltsam. Sie hatte immer gedacht, daß gerade dieser Mann noch auf dem Totenbett wie ein Wasserfall plappern würde; Gott würde persönlich herunterfassen und ihn durch die goldene Tür tragen müssen, nur damit er die Klappe hielt.

»Ihr Telefon – was?« fragte Brad.

Johnny schwieg noch einen Augenblick länger und schien sich verschiedene Antworten zu überlegen, dann entschied er sich für eine kurze. »Es ist tot. Könnten Sie es mit Ihrem versuchen?«

»Kann ich«, sagte Brad. »Aber ich könnte mir denken, daß Entragian sie schon von dem Geschäft aus angerufen hat. Er hat so ziemlich das Kommando übernommen.«

»So?« sagte Marinville nachdenklich und sah bergab. »Tatsächlich?« Er ließ sich nicht anmerken, ob er die beiden Männer mit der flatternden Plane gesehen hatte und ahnte, was sie vorhatten. Er wirkte gedankenverloren.

Belinda fiel eine Bewegung auf. Sie sah zur Bear Street hinauf und sah, wie sich ein olivgrüner Lumina der Kreuzung näherte. Mary Jacksons Auto. Sie fuhr an dem gelben Lieferwagen vorbei, der an der Ecke parkte, und bremste.

Hast es vor dem Wolkenbruch nach Hause geschafft, schön für dich, dachte Belinda. Obwohl sie nicht gerade Busenfreundinnen waren, mochte sie Mary Jackson so sehr wie alle anderen in der Straße. Sie war komisch und hatte eine unverblümte, direkte Art an sich ... obwohl sie gerade in letzter Zeit häufig einen zerstreuten Eindruck machte. Auf ihr Aussehen wirkte sich das allerdings, ganz im Gegensatz zu Audrey Wyler, nicht nachteilig aus. Tatsächlich schien Mary in letzter Zeit förmlich zu erblühen wie ein Blumenbeet nach einem Regenschauer.

7

Der Münzfernsprecher befand sich neben dem Zeitschriftenregal, das leer war, abgesehen von einem einsamen, übriggebliebenen Exemplar der Wochenendausgabe von *USA Today* und ein paar Exemplaren des *Shopper*. Von letzter Woche. Es gab Collie Entragian ein seltsames, nachdenklich stimmendes Gefühl, sich vorzustellen, daß der Junge, der den Austausch mit der aktuellen Ausgabe vorgenommen hätte, tot in seinem Vorgarten lag. Und dann war dieses lausige öffentliche Telefon auch noch –

Er knallte den Hörer auf die Gabel und wischte sich mit dem Handtuch den letzten Rest Rasierschaum aus dem Gesicht. Das Schnuckelchen mit dem zweifarbigen Haar und der alternde Hippie aus dem Ryder sahen ihn beide an, und er war sich deutlich der Tatsache bewußt, daß er kein Hemd trug. Er fühlte sich mehr denn je wie ein unehrenhaft entlassener Cop.

»Das verdammte Münztelefon funktioniert nicht«, sagte er zu dem Mädchen. Er sah, daß sie ein kleines Namensschild an ihrem Kittel trug. »Haben Sie keine Außer-Betrieb-Tafel, Cynthia?«

»Doch, aber um eins hat es noch prima funktioniert«, sagte sie. »Der Mann von der Bäckerei hat seine Freundin angerufen.« Sie verdrehte die Augen, dann sagte sie etwas, das Collie unter den gegebenen Umständen beinahe surrealistisch fand: »Haben Sie Ihre Münze wiederbekommen?«

Nein, aber unter den gegebenen Umständen spielte das keine große Rolle. Er sah zur Tür des E-Z Stop hinaus und erblickte Peter Jackson und den pensionierten Tierarzt, die mit einer großen blauen Plastikplane auf seinen Rasen zugingen. Sie hatten eindeutig vor, den Leichnam zuzudecken. Collie wollte zur Tür gehen und ihnen sagen, daß es sich um den Schauplatz eines Verbrechens handelte, von dem sie die Finger lassen sollten, und dann donnerte es wieder – der lauteste Schlag bisher, so laut, daß Cynthia überrascht aufschrie.

Scheiße, dachte er. Sollen sie doch. Es wird sowieso regnen.

Ja, das wäre vielleicht das Beste. Wahrscheinlich würde es zu regnen anfangen, bevor die Cops hier waren (bis jetzt konnte er nicht einmal Sirenen hören), und damit wäre jede potentielle Spurensicherung sowieso im Eimer. Insofern wäre es schon besser, den Jungen zu bedecken … aber er hatte dennoch das unangenehme Gefühl, daß die Ereignisse außer Kontrolle gerieten. Und selbst das, wurde ihm klar, war eine Illusion: Er hatte von Anfang an nichts an der Situation unter Kontrolle gehabt. Im Grunde genommen war er nichts weiter als einer von vielen Anwohnern der Poplar Street. Nicht, daß das nicht auch seine Vorzüge gehabt hätte; wenn er hier etwas versaute, konnten sie ihm schlecht einen Strick daraus drehen, oder?

Er machte die Tür auf, ging hinaus und legte die hohlen Hände an den Mund, damit sie ihn über den zunehmenden Wind hinweg hören konnten. »Peter! Mr. Jackson!«

Jackson sah mit verkniffenem Gesicht herüber und schien damit zu rechnen, daß man ihm sagen würde, er solle sein Vorhaben aufgeben.

»Rühren Sie die Leiche nicht an!« rief er. *»Rühren Sie die Leiche nicht an!* Breiten Sie das Ding einfach nur wie eine Bettdecke über ihm aus! Haben Sie verstanden?«

»Ja!« rief Peter. Der Tierarzt nickte.

»In meiner Garage stehen ein paar Betonblöcke an der hinteren Wand!« rief Collie. »Das Tor ist nicht abgeschlossen. Holen Sie sie und beschweren Sie damit die Plane, damit sie nicht fortgeweht wird.« Jetzt nickten sie beide, und Collie fühlte sich ein wenig besser.

»Wir können sie so weit ausbreiten, daß sie auch sein Fahrrad bedeckt!« rief der alte Mann. »Sollen wir das tun?«

»Ja!« rief er zurück, dann hatte er noch eine Idee. »In der Garage ist auch ein Stück Plastik – in der Ecke. Damit können Sie auch den Hund zudecken, wenn es Ihnen nichts ausmacht, noch ein paar Blöcke zu tragen.«

Jackson machte mit Daumen und Zeigefinger einen Kreis, dann gingen die beiden zur Garage und ließen die Plane liegen. Collie hoffte, die beiden würden sie ausbreiten und sichern können, bevor der Wind so stark wurde, daß er sie fortwehte. Er ging wieder hinein, um Cynthia zu fragen, ob der Laden einen eigenen Telefonanschluß hatte – selbstverständlich mußte er einen haben –, und sah, daß sie ihm den Apparat schon auf den Tresen gestellt hatte. Gutes Mädchen.

»Danke.«

»Gern geschehen.«

Er nahm den Hörer ab, hörte das Freizeichen und tippte vier Ziffern, dann mußte er aufhören und über sich selbst lachen.

»Was ist?« fragte der Hippie.

»Nichts.« Wenn er dem Kerl gesagt hätte, daß er gerade die ersten vier Nummern seines alten Reviers gewählt hatte – wie ein ausrangierter Ackergaul, der zu seiner alten Scheune zurückstapft –, hätte er es nicht verstanden. Er drückte den Unterbrecherknopf und wählte statt dessen 911.

Das Telefon läutete einmal ... und es läutete *tatsächlich*, als hätte er einen Privathaushalt angerufen. Collie runzelte die Stirn. Wenn man 911 anrief, bekam man ein schrilles, tonloses Piepsen zu hören – es sei denn, sie hätten das geändert, seit es zu seinem Job gehört hatte, sich die aufgezeichneten Anrufe anzuhören.

Nun, sie *haben* es geändert, das ist alles, dachte er. Haben es ein bißchen benutzerfreundlicher gemacht.

Es läutete noch einmal, dann wurde abgenommen. Aber statt der Tonbandstimme von 911, die ihm sagte, welche Taste er für welchen Notfall drücken mußte, hörte er ein leises, röchelndes Atmen. Was, zum *Teufel* –?

»Hallo?«

»Süßigkeit oder Streich«, antwortete eine Stimme. Eine junge und irgendwie unheimliche Stimme. So unheimlich, daß er eine Gänsehaut auf dem Rücken bekam. »Riech an meinen Füßen dran und schlepp was zu schlecken an. Tust du's nicht, ist's auch egal, auf jeden

Fall, du kannst mich mal.« Dem folgte ein schrilles, näselndes Kichern.

»Wer ist da?«

»Rufen Sie hier nicht mehr an, Partner«, sagte die Stimme. »*Tak!*«

Das Klicken, das folgte, war ohrenbetäubend, so ohrenbetäubend, daß das Mädchen es auch hörte und schrie. Nicht das Telefon, dachte er. Donner. Sie schreit wegen des Donners. Aber der Typ mit dem langen Haar rannte zur Tür, als säße ihm der Teufel im Nacken; das Telefon in Collies Hand war tot, so tot wie der Münzfernsprecher, auch nachdem er seinen Vierteldollar reingeworfen hatte, und als das Geräusch wieder ertönte, erkannte er, worum es sich handelte: nicht um Donner, sondern um Gewehrschüsse.

Collie rannte ebenfalls zur Tür.

8

Mary Jackson hatte die Anwaltskanzlei, wo sie halbtags arbeitete, nicht um zwei verlassen, sondern um elf. Aber sie war nicht zur Crossroads Mall gefahren. Sie war zum Hotel Columbus gefahren. Dort hatte sie sich mit einem Mann namens Gene Martin getroffen und in den nächsten drei Stunden alles Erdenkliche für ihn gemacht, was eine Frau nur für einen Mann machen konnte, außer ihm die Zehennägel geschnitten. Und selbst das hätte sie getan, wenn er es von ihr verlangt hätte, nahm sie an. Und nun war sie hier, fast zu Hause, und sah (jedenfalls soweit sie es im Rückspiegel erkennen konnte) wieder halbwegs anständig aus … aber sie mußte schnell unter die Dusche, möglichst noch bevor Peter sie eingehender betrachten konnte. Und, ermahnte sie sich, sie mußte einen Schlüpfer aus der obersten Schublade nehmen und mit Rock und Bluse in die Schmutzwäsche werfen. Der, den sie heute getragen hatte – was noch davon übrig war –, lag derzeit unter dem Bett von Zimmer 203. Gene Martin, ein Wolf im Buchhalterpelz, wenn es je einen gegeben hatte, hatte ihn ihr buchstäblich vom Leib gerissen. Huch, du Bestie, sprach die Jungfer hold.

Die Frage war, was tat sie da? Und was *sollte* sie tun? Sie hatte Peter in den ganzen neun Jahren ihrer Ehe geliebt, nach der Fehlgeburt noch mehr als vorher, falls das überhaupt möglich war, und liebte ihn immer noch. Das änderte nichts an der Tatsache, daß sie jetzt schon wieder bei Gene sein und Sachen mit ihm anstellen wollte, an die sie bei Peter niemals auch nur gedacht hatte. Schuldgefühle froren ihren halben Verstand ein, Wollust grillte die andere Hälfte, und dazwischen, in einer Art schrumpfender Twilight-Zone, steckte die maßvolle, gutgelaunte, vernünftige Frau, für die sie sich immer gehalten hatte. Sie hatte eine ehebrecherische Affäre, und der Mann, mit dem sie sie hatte, war ebenso verheiratet wie sie; sie befand sich auf dem Heimweg zu einem guten Mann, der nichts ahnte (sie war sicher, daß er nichts ahnte, betete, daß er nichts ahnte, *natürlich* ahnte er nichts, wie sollte er), trug keine Unterwäsche unter dem Rock, war immer noch wund von ihren Abenteuern und wußte nicht, wie das alles angefangen hatte und warum sie wollte, daß etwas so Dummes und Abgeschmacktes weiterging, der gottverdammte Gene Martin hatte kein Gehirn im Kopf, aber selbstverständlich interessierte sie sich auch nicht für seinen *Kopf*, sein *Kopf* hätte ihr nicht gleichgültiger sein können, und was sollte sie nur tun? Sie wußte es nicht. Sie wußte nur eines sicher, nämlich wie sich Drogensüchtige fühlen mußten, und sie würde in ihrem ganzen Leben keinen mehr verurteilen. Einfach nein sagen? Also *wirklich*, Mutter!

Diese chaotischen Gedanken gingen ihr beim Fahren durch den Kopf, die Vorstadtstraßen zogen wie Wegemarken aus einem Traum an ihr vorbei, und sie hoffte, Peter würde nicht zu Hause sein, wenn sie heimkam, er würde vielleicht zu Milly's am Plätzchen gegangen sein, um Eis zu holen (oder, noch besser, ein paar Wochen nach Santa Fe, um seine Mutter zu besuchen, das wäre großartig, das würde ihr die Möglichkeit geben, dieses schreckliche Fieber zu überwinden, das wie Scheiße stank und sich wie Ekstase anfühlte). Sie merkte nicht, daß der Nachmittag immer dunkler wurde und viele der entgegenkommenden Wagen die Scheinwerfer eingeschaltet hatten; sie hörte weder den Donner, noch sah sie die Blitze. Ebensowenig den gelben Lieferwagen, der an der Ecke Bear Street und Poplar parkte, als sie an ihm vorbeifuhr.

Aus ihrer Träumerei riß sie erst der Anblick von Brad und Belinda Josephson, die vor ihrem Haus standen. Johnny Marinville war bei ihnen. Weiter unten auf der Straße sah sie noch mehr Leute: David Carver stand in einer fast obszön engen Badehose in seiner Einfahrt und stemmte die Hände an die wulstigen Hüften … die Reed-Zwillinge … Cammie, ihre Mutter … Susi Geller und eine Freundin auf dem Rasen in ihrem Vorgarten, und Kim Geller dahinter …

Ein entsetzlicher Gedanke kam ihr: Sie *wußten* es. Alle *wußten* es. Alle warteten auf sie, weil sie Peter helfen wollten, sie an einem Gallapfelbaum aufzuhängen oder sie zu steinigen wie die Frau in der Story von Shirley Jackson, die sie damals auf der High School gelesen hatte.

Mach dich nicht lächerlich, sagte der Teil von ihr, der noch ihr *gehörte*. Dieser Teil war momentan beunruhigend klein, aber noch vorhanden. Es geht nicht immer nur um dich, *Mare*; in welcher Scheiße du dich auch gewälzt haben magst, die Welt dreht sich nicht nur um *dich*, also warum entspannst du dich nicht ein bißchen? Wahrscheinlich wärst du nicht halb so paranoid, wenn du nicht ohne Höschen herumfahren –

O Scheiße. War das *Peter*, da unten am Ende der Straße? Sie konnte es nicht mit Sicherheit sagen, aber es sah so aus. Peter und Doc von nebenan. Sie schienen etwas auf dem Rasen des kleinen Hauses gegenüber vom Laden zuzudecken.

Donner krachte so heftig, daß sie nun endlich doch zusammenzuckte und keuchte. Die ersten Regentropfen, die sich wie Metallsplitter anhörten, klatschten auf das Glas der Windschutzscheibe. Sie stellte fest, daß sie mit laufendem Motor hier an der Kreuzung stand und wartete … nun, sie wußte nicht genau, wie lange, aber jedenfalls eine ganze Weile. Die Josephsons und Johnny Marinville mußten denken, daß sie nicht mehr ganz bei Verstand war. Aber die Welt drehte sich wirklich *nicht* nur um sie, die anderen beachteten sie gar nicht, konnte sie jetzt erkennen, als sie um die Kurve bog. Belinda hatte ihr einen kurzen Blick zugeworfen, und jetzt sah sie, wie alle anderen, wieder die Straße hinunter, was ihr Mann und der alte Billingsley trieben. Was sie zudeckten.

Sie versuchte, es mit eigenen Augen zu sehen und tastete nach dem Knopf des Scheibenwischers, während mehr Regentropfen – große – auf das Glas klatschten, und sie hatte keine Ahnung, daß ihr der futuristische gelbe Lieferwagen in die Poplar Street gefolgt war, bis er sie nun von hinten rammte.

Aus *Playthings. The International Merchandising Magazine of the Toy Industry*, Januar 1994 (94. Jg. Nr. 2), S. 96. Auszug aus »Lizenzenverkäufe '94, Ein Überblick«, von John P. Muller.

Obwohl das Verkaufsjahr gerade erst angefangen hat, wurde ein Gewinner in der Nachweihnachtszeit bereits durch öffentliche Nachfrage gekrönt. Reaktionen des Einzelhandels in den sonst eher ruhigen Wintermonaten deuten darauf hin, daß selbst so bahnbrechende Lizenzverkaufs-Abschlüsse wie mit den Teenage Mutant Hero Turtles oder den Power Rangers neben dem neuesten Hit verblassen könnten, bei dem es sich, wie Ihnen die Eltern jedes zwei- bis achtjährigen Kindes (in diesem Fall Jungs und Mädchen gleichermaßen) sagen könnten, um das Team von *MotoKops 2200* und ihre schicken, futuristischen Lieferwagen handelt.

Die Herstellung von Artikeln der Samstag-vormittags-Zeichentrickserie von NBC begann in fast allen Produktkategorien etwa drei Wochen zu spät für das Weihnachtsgeschäft. John Kleist, Seniorvizepräsident von Good Palz, Inc., die Lizenzen für MotoKops-Produkte verkauft, gibt zu, daß solche Versäumnisse (in diesem Fall durch mittlerweile gelöste Arbeitsprobleme in der Palz-Fabrik in Toledo verursacht) normalerweise einem Todesstoß gleichkommen, räumt aber ein, daß der verspätete Start in diesem Fall tatsächlich zugunsten der Firma gewirkt haben könnte. »Manchmal nimmt einen der Markt besser wahr, wenn man zum erstenmal außerhalb der Spielzeugfabrik des Weihnachtsmannes antritt«, sagte Kleist mit einem Lächeln.

Welche Gründe auch immer verantwortlich sein mögen, man kann sagen, daß Col. Henry, Snake Hunter, Bounty, Maj. Pike, Rooty der Roboter und die harte, doch mädchenhafte Cassandra Styles von den MotoKops *die* brandheißen Action-Figuren dieses Sommers sein werden, zusammen mit ihren Erzfeinden No Face und Gräfin Lili Marsh.

Hauptgrund für das Entzücken der Marketingstrategen und Hersteller von Palz ist der unmittelbare Erfolg der kostspieligen MotoKop-Fahrzeuge, der sogenannten Power Wagons, futuristischen Lieferwagen mit einklappbaren Reifen und ausfahrbaren kurzen Tragflächen. Col. Henrys gelber Justice Wagon, Snake Hunters roter Tracker Arrow, Rootys silberfarbenes Rooty-Toot und Cassie Styles' in Mary-Kay-Rosa gehaltener Dream Floater verkaufen sich trotz hoher Preise glänzend. Bestseller der derzeit acht auf dem Markt befindlichen Fahrzeuge ist jedoch der pechschwarze Meatwagon, der von dem finsteren No Face gefahren wird. Das überrascht den ausgebufften Profi Kleist kaum. »Kinder lieben Bösewichter«, sagt er lachend.

Verschiedene Erwachsene haben gegen den, wie sie sich ausdrücken, »hohen Gewaltquotienten« der Zeichentrickserie *MotoKops 2200* protestiert, aber laut Kleist sollen neue Folgen der *MotoKops* mehr Nachdruck auf »traditionelle Familienwerte und friedliche Lösungen« legen. Welche Wertvorstellungen den Fans der MotoKops letztendlich auch vermittelt werden, man kann die Euphorie in den Büros von Good Palz förmlich spüren. Die kleine Firma scheint in der Tat einen unüberbietbaren Trumpf in Händen zu halten.

Kapitel 4

Poplar Street, 15. Juli 1996, 16:09 Uhr

Er sieht alles.

Das ist all die Jahre sein Segen und sein Fluch zugleich gewesen – er sieht die Welt immer noch mit den Augen eines Kindes, gleichwertig, wahllos, unvoreingenommen wie das Gewicht des Lichts.

Er sieht Marys Lumina an der Ecke und weiß, sie versucht zu enträtseln, was sie vor sich sieht – zu viele Leute in einer steifen, aufmerksamen Haltung, die nicht zu einem trägen Julinachmittag paßt. Als sie wieder anfährt, sieht er den gelben Lieferwagen, der hinter ihr geparkt war, ebenfalls anfahren, hört ein erneutes teuflisches Donnerkrachen und spürt die ersten kalten Regentropfen auf seinen heißen Unterarmen. Als sie die Straße entlangfährt, sieht er plötzlich, wie der gelbe Lieferwagen beschleunigt, und weiß, was passieren wird, kann es aber dennoch nicht glauben.

Paß auf, alter Junge, denkt er. Wenn du zu sehr damit beschäftigt bist, sie zu beobachten, wirst du möglicherweise überfahren wie ein Eichhörnchen auf der Straße.

Er weicht auf den Bürgersteig vor dem Haus der Josephsons zurück, Kopf immer noch nach links gedreht, Augen groß. Er sieht Mary am Steuer ihres Lumina, aber sie schaut nicht ihn an, sie schaut die Straße hinunter. Hat wahrscheinlich ihren Mann erkannt, dazu war die Entfernung nicht zu groß, und fragt sich wahrscheinlich, was er treibt, und sie sieht Johnny Marinville nicht, ebensowenig wie den unheimlichen gelben Lieferwagen mit den getönten Scheiben hinter ihr.

»*Mary, paß auf!*« ruft er. Brad und Belinda, die auf der Eingangstreppe zu ihrem Haus angelangt sind, wirbeln herum. Im selben Augenblick stößt die hohe, klobige Frontpartie des Lieferwagens mit dem Heck des Lumina zusammen; die Heckleuchten bersten, die Stoßstange bricht durch und der Kofferraum wird eingedrückt. Er sieht, wie Marys Kopf nach hinten und dann nach vorne schnellt wie die Blüte einer Blume mit langem Stengel bei starkem Wind. Die Reifen des Lumina quietschen, der rechte Vorderreifen platzt mit einem lauten Knall. Das Auto schmiert nach links ab, der platte Reifen macht ein klatschendes Geräusch, die Radkappe springt ab und rollt die Straße hinunter wie das Frisbee der Reed-Jungs.

Johnny sieht alles, hört alles, spürt alles; Input strömt in ihn ein, und sein Verstand besteht darauf, jede irre Einzelheit aneinanderzureihen, als würde hier etwas Zusammenhängendes passieren, das man tatsächlich linear erzählen könnte.

Der Gewitterhimmel reißt auf und entleert seinen kalten Stausee. Er sieht überall Tropfen, die den Bürgersteig dunkel färben, und spürt, wie Tropfen ihm in immer schnellerer Folge in den Nacken klatschen, während Brad Josephson hinter ihm »Beim gütigen *Himmel!*« ruft.

Der Lieferwagen klebt immer noch am Arsch des Lumina, rammt ihn und vergräbt sich in das dünne New-Age-Heck; ein gräßliches metallisches Knirschen ertönt, dann ein *Wonk!*, als das Kofferraumschloß bricht und die

Klappe hochschnellt, so daß man einen Ersatzreifen, ein paar alte Zeitungen und eine orangefarbene Kühltasche aus Styropor sehen kann. Das vordere Ende des Lumina springt über die Bordsteinkante. Das Auto überquert den Bürgersteig und kommt mit der Stoßstange am Zaun zwischen Billingsleys Haus und dem daneben, Marys eigenem, zum Stillstand.

Ein Blitz – nahe, sehr nahe – taucht die Straße vorübergehend in einen grellvioletten Glanz, Donner folgt wie Mörserfeuer, der Wind nimmt zu, zischt in den Bäumen, und der Regen fällt in Strömen. Die Sicht verschlechtert sich rapide, aber er kann noch erkennen, wie der gelbe Lieferwagen beschleunigt, in den Regen davonrast, und die Fahrertür des Lumina geöffnet wird. Ein Bein wird herausgestreckt, dann folgt Mary Jackson, die aussieht, als hätte sie nicht die geringste Ahnung, wo sie ist.

Jetzt umklammert Brad mit einer sehr großen und sehr nassen Hand Johnnys Oberarm und fragt ihn, ob er das gesehen hat, ob er das *gesehen* hat, der gelbe Lieferwagen hat sie *mit voller Absicht gerammt,* aber Johnny hört ihn kaum. Johnny kann jetzt einen *anderen* Lieferwagen sehen, einen mit schrägen Seiten und blauer Metalliclackierung. Er taucht aus dem Sturm auf wie die Schnauze einer prähistorischen Bestie, und der Regen fließt in Strömen über die dunkel getönte Scheibe, die nicht von einem Scheibenwischer freigemacht wird. Und plötzlich weiß er, was passieren wird.

»*Mary!*« schreit er der benommenen Frau zu, die mit hochhackigen Pumps von ihrem Auto wegstolpert, aber ein neuerliches krachendes Bombardement von Donner ertränkt seine Worte. Sie sieht nicht einmal in seine Richtung. Regen strömt ihr über das Gesicht wie extravagante Tränen in einer südamerikanischen Seifenoper.

»*MARY, RUNTER!*« schreit er diesmal so laut, daß er fürchtet, seine Stimmbänder könnten reißen. »*UNTER DAS AUTO!*«

Dann senkt sich die Windschutzscheibe des blauen Lieferwagens. *Gleitet* nach unten. Ja. Die senkrechte Windschutzscheibe verschwindet in der Karosserie des Lieferwagens wie die Front eines gläsernen Fahrstuhls; dahinter ist Dunkelheit, und in dieser Dunkelheit sind Gespenster. Gespenster. Ja. Zwei. Es *müssen* Gespenster sein; es sind Wesen, so hellgrau wie eine nebelverhangene Landschaft, kurz bevor die Sonne durchbricht. Der am Steuer trägt die Uniform eines Soldaten der Südstaatenarmee – dessen ist sich Johnny ziemlich sicher –, ist aber kein Mensch. Unter dem weit nach hinten geschobenen Kavalleriehut befinden sich eine gewölbte Stirn, unheimliche, mandelförmige Augen und ein Mund, der aus dem Gesicht ragt wie ein fleischiger Rüssel. Sein Gefährte, ebenfalls von einem hellen und geradezu trügerischen Grau, sieht zumindest aus wie ein Mensch. Er trägt ein Trapperhemd aus Wildleder und einen Gurt darüber. Bartstoppeln, etwa eine Woche alt, zieren sein Antlitz; die Stoppeln wirken vor dem unnatürlichen Silberfarbton des Gesichts sehr schwarz. Er steht, dieser Bursche, und hält eine schwere Doppelflinte in der Hand. Diese Flinte hebt Trapper John vor Johnnys Augen hoch, beugt sich in die überschäumende, nasse Welt der Farben hinaus, zu der er nicht im mindesten gehört, grinst mit zurückgezogenen Lippen und enthüllt dabei einen Mund voller schiefer Zähne, die eindeutig noch nie die Dienstleistungen eines Zahnarztes erfahren haben. Dieses Geschöpf aus einem Traum sieht wie etwas aus einem Horrorfilm über inzuchtgeschädigte Kretins aus, die in einem entlegenen Sumpfgebiet hausen.

Nein, das stimmt nicht, denkt Johnny. Er sieht wie etwas aus einem Film aus, das stimmt, aber nicht aus diesem.

»*MARY!*« ruft er, und Brad Josephson an seiner Seite stimmt ein: »*HO, MARY, PASSEN SIE AUF, HINTER IHNEN!*«

Aber sie sieht nichts. Der Mann im Wildlederhemd eröffnet das Feuer, schießt dreimal, lädt die Waffe nach jedem Schuß schnell durch und schultert sie anschließend wieder. Der erste Schuß geht daneben, soweit Johnny sehen kann. Der zweite pulverisiert die Antenne des Lumina. Der dritte reißt die linke Seite von Mary Jacksons Kopf weg. Sie stolpert trotzdem weiter von ihrem Auto fort auf das Haus des alten Doc zu, während Blut an ihrem Hals hinunterläuft und die Bluse tränkt, und ihr Haar kurz im Regen brennt (das sieht er, er sieht alles), und dann dreht sie sich einen Moment in Johnnys Richtung und schaut ihn mit ihrem einen verbliebenen Auge an, ein Blitzschlag zuckt herab und füllt dieses Auge mit Feuer; es scheint, als wäre in den letzten beiden Sekunden ihres Lebens nichts anderes als Elektrizität mehr in ihr. Dann stolpert sie, rutscht aus einem ihrer hohen Pumps heraus und fällt nach hinten, taucht regelrecht ein in den Hall des Donners, die Flämmchen in ihrem Haar erlöschen, während ihr Kopf noch raucht wie eine achtlos ausgedrückte Zigarette. Sie bricht auf Billingsleys Rasen in der Nähe des deutschen Schäferhunds aus Keramik zusammen, auf dem sein Name und seine Hausnummer stehen, und als ihre Beine schlaff werden und sich leicht spreizen, sieht Johnny etwas, das schrecklich und traurig und unerklärlich zugleich ist: einen dunklen Schatten, der nur eines sein kann. Groteskerweise leuchtet die Pointe eines alten Witzes wie eine Neonreklame in seinem Gedächtnis auf: *Die beiden andern kenn ich nicht, aber der in der Mitte sieht aus wie Willie Nelson*. Er lacht im Regen laut auf. Peter Jacksons Frau, die Buchhalterin, ist gerade von einem Gespenst getötet worden, aus einem Lieferwagen heraus erschossen worden, der von einem anderen Gespenst gesteuert wurde (dem Geist eines Außerirdischen in einer Sesech-Uniform), und die Dame ist ohne Höschen gestorben. Das ist alles gar nicht komisch, aber er lacht trotzdem. Vielleicht nur, damit er nicht schreit. Er fürchtet, wenn er damit anfangen würde, könnte er nicht mehr aufhören.

Nun dreht sich das leuchtendgraue Wesen am Lenkrad zu ihm um, und Johnny bemerkt nur einen Sekundenbruchteil, wie es ihn ansieht und ihn mit seinen großen Mandelaugen mustert, und er hat das Gefühl, daß er *dieses Ding schon einmal gesehen hat*, was selbstverständlich Wahnsinn ist, aber das Gefühl ist trotzdem ausgesprochen stark. Es dauert nur einen Augenblick, dann ist der Lieferwagen vorbei.

Aber er hat mich wirklich gesehen, denkt Johnny. Dieses Ding mit der Maske (es *muß* eine Maske gewesen sein) hat mich gesehen und markiert, wie man ein Eselsohr in die Seite eines Buchs macht, damit man die Stelle später wieder findet.

Die Flinte wird noch zweimal abgefeuert, und zuerst kann Johnny nicht sehen, was das zu bedeuten hat, weil der blaue Lieferwagen im Weg ist – er glaubt, daß er über das Tosen des Sturms hinweg Glas bersten hören kann, aber das ist alles. Dann verschwindet der Lieferwagen im peitschenden Platzregen, und er sieht David Carver inmitten der Glasscherben des zerschellten Wohnzimmerfensters tot auf dem Fußweg zu seinem Haus liegen. Eine rote Pfütze befindet sich in der Mitte von Carvers Bauch, umgeben von zerfetztem weißem Fleisch, das wie Talg aussieht, und Johnny denkt, daß Carvers Tage als Postangestellter vorüber sind, ganz zu schweigen davon, daß er nie wieder sein Auto waschen wird.

Der blaue Lieferwagen fährt schnell zur Ecke. Als er dort ankommt und rechts in die Bear Street einbiegt, sieht er für Johnny genau wie das Trugbild aus, das er von Rechts wegen auch sein sollte.

»*Herrgott, sehen Sie sich das an!*« schreit Brad und läuft auf die Straße.

»*Bradley, nein!*« Seine Frau streckt die Hand nach ihm aus, aber zu spät. Unten an der Straße kommen die Reed-Zwillinge in ihre Richtung gelaufen.

Johnny läuft mit tauben, unsicheren Beinen auf die Straße. Er hebt eine Hand, stellt fest, daß die Fingerspitzen bereits weiß und verschrumpelt sind (er sieht alles, ja, allerdings, und wie konnte ein Kerl in der Maske eines Außerirdischen aus den *Unheimlichen Begegnungen* einem nur *bekannt* vorkommen) und streicht sich das nasse Haar aus den Augen. Ein Blitz zuckt über den Himmel wie ein heller Riß in einem dunklen Spiegel, dicht gefolgt von Donner. Seine Füße quatschen in den Turnschuhen, und er kann feuchten Pulverrauch riechen. Noch zehn oder zwanzig Sekunden, und der Rauch wird sich verzogen haben, das weiß er, zu Boden gehämmert und von dem sintflutartigen Regen fortgespült, aber im Augenblick ist er noch da, als wollte er verhindern, daß Johnny auch nur auf den *Gedanken* käme, es könnte alles eine Halluzination gewesen sein … ein »Gehirnkrampf«, wie seine Ex-Frau Terry immer gesagt hat.

Und ja, er kann Mary Jacksons Muschi sehen, dieses heißbegehrte Teil der weiblichen Anatomie, das in fernen High-School-Zeiten auch die »bärtige Muschel« genannt wurde. Er will das nicht denken – will auch nicht sehen, was er sieht, da wir schon dabei sind –, aber er hat hier nichts zu sagen. Sämtliche Barrieren in seinem Geist sind gefallen, wie früher beim Schreiben (das war einer der Gründe, weshalb er aufgehört hat, Romane zu schreiben, nicht der einzige, aber ein wichtiger), der Lauf der Zeit wird langsamer, je akuter seine Wahrnehmung ist, bis er sich vorkommt wie in einem Film von Sergio Leone, wo Leute sterben, wie sie sonst in einem Unterwasserballett schwimmen.

Klitzekleines Baby Smitten, dachte er und hörte wieder die Stimme aus dem Telefon. *Du beißt gern in Mamas Titten.* Warum sollte ihn diese Stimme an den Mann in dem bizarren Kostüm und der noch bizarreren Alien-Maske mit den Mandelaugen erinnern?

»Was, im Namen von Jesus H. Sodapop Christus, ist passiert?« fragt eine Stimme neben ihm. Die anderen haben sich um David Carver geschart, aber Gary Soderson ist hierher gekommen, auf den Rasen des alten Doc. Mit seinem blassen Gesicht und dem hageren Körper sieht er aus, als leide er an Cholera im fortgeschrittenen Stadium. »Heilige Scheiße, Johnny! Ich sehe Leute, kleine, große, nicht aber ihre Unter–«

»Halten Sie den Mund, Sie betrunkenes Arschloch«, sagt Johnny. Er schaut nach links und erblickt die Reed-Zwillinge und ihre Mutter, Kim Geller und ihre Tochter, plus eine Rothaarige, die er nicht kennt. Sie haben sich um

David Carvers Leichnam versammelt wie Footballspieler um einen verletzten Mannschaftskameraden. Garys Kratzbürste von einer Frau ist ebenfalls dabei, aber sie hat Gary entdeckt und schlendert in die Richtung von *chez Billingsley*. Dann bleibt sie fasziniert stehen, als die Tür der Carvers aufgerissen wird und Kirstie in den Regen herausgeflogen kommt wie die Gouvernante in einem alten Schauerroman, und den Namen ihres Mannes kreischt, während Donner grollt und Blitze zucken.

Langsam, wie ein dummes Kind, das aufgefordert worden ist, etwas zu rezitieren, sagt Gary: »*Wie* haben Sie mich genannt?« Aber er sieht nicht Johnny an, nicht einmal die Menge auf dem Rasen der Carvers; er betrachtet, was der hochgerutschte Rock der Frau entblößt hat, und prägt es sich zur späteren Auswertung (und möglicherweise Konversation) ein. Plötzlich verspürt Johnny den fast unwiderstehlichen Wunsch, dem Mann eins auf die Nase zu geben.

»Vergessen Sie's, halten Sie einfach nur den Mund. Das ist mein Ernst.« Er schaut nach rechts, die Straße hinunter, und sieht Collie Entragian auf sich zulaufen. Er scheint rosa Badesandalen zu tragen. Hinter ihm kommt ein langhaariger Mann, den Johnny noch nie vorher gesehen hat, und das neue Mädchen vom Markt – Cynthia heißt sie.

Und hinter ihnen kommt der ortsansässige Experte in Sachen James Dickey und die neuen Südstaatenautoren, der mit wildem Blick dem alten Tom Billingsley davonläuft und Cynthia rasch einholt.

»*Daddy!*« Der durchdringende, trostlose Aufschrei eines kleinen Mädchens: Ellen Carver.

»Schafft die Kinder hier weg!« Brad Josephson, in strengem Kommandoton, Gott segne ihn, aber Johnny sieht nicht mal in seine Richtung. Peter Jackson kommt gelaufen, und es gibt etwas, das er noch viel weniger sehen sollte als er selbst und Gary Soderson, obwohl Peter es mit Sicherheit schon gesehen hat, sie aber nicht. Ein Rätsel für einen Englischlehrer, wenn es je eines gegeben hat. Eine andere irre alte Pointe schießt ihm durch den Kopf: *He, Mister, Ihr Schild ist runtergefallen!* Er kann sich nicht mal an den Scheißwitz erinnern, aus dem sie stammt. Er schaut sich noch einmal um und vergewissert sich, daß niemand außer Gary zu Mary hinsieht. Das ist ein Wunder, das sicher nicht mehr lange dauern wird. Er bückt sich, dreht Mary auf die Hüfte – wie schwer sie im Tod ist, denkt er, wie hundsgemein *schwer* –, und ihre Beine fallen zusammen. Wasser läuft an einem weißen Schenkel hinunter wie Regen an einem Grabstein. Er zieht den Rocksaum herunter, wobei er sich absichtlich so stellt, daß er den Leuten, die den Hügel hochkommen, den Rücken zudreht. Er kann Peter schon rufen hören: »Mary? *Mary?*« Natürlich wird er den Lumina gesehen haben, den Lumina, der mit der Schnauze an dem Lattenzaun steht.

»Warum –« setzt Gary an, verstummt aber, als Johnny wütend aufschaut.

»Ein Wort, und ich schlage Ihnen die Nase platt«, sagte er. »Das ist mein Ernst.«

Gary sieht einen Moment ratlos aus – beinahe debil –, dann erhellt eine Art geiles Begreifen sein Gesicht, gefolgt von gespieltem Ernst. Er macht aber eine Geste, als würde er einen Reißverschluß über seine Lippen ziehen, und das ist gut. Auf lange Sicht wird Gary mit Sicherheit reden, aber die lange Sicht hat in Johnny Marinvilles Leben noch nie weniger eine Rolle gespielt.

Er dreht sich zum Haus der Carvers um und sieht Dave Reed, der die Tochter der Carvers – das Mädchen kreischt und strampelt mit weiten Scherenbewegungen mit den Beinen – zum Haus trägt. Törtchen Carver liegt auf den Knien und wimmert, wie Johnny vor all den Jahren die Frauen in den Dörfern von Vietnam wimmern gehört hat (aber mit dem Geruch von Pulverqualm in der Luft scheint es gar nicht so lange her zu sein), sie hat die Arme um den Hals des toten Mannes geschlungen, und Davids Kopf wackelt auf gräßliche Weise hin und her. Noch gräßlicher ist Ralphie, der kleine Junge, der neben ihr steht. Normalerweise ist er ein quirliger unermüdlicher Schreihals, ein kleines Arschgesicht der übelsten Sorte, aber jetzt sieht er aus wie eine Wachspuppe und starrt seinen toten Vater mit einem Gesicht an, das im Regen zu schmelzen scheint. Niemand bringt ihn weg, weil seine Schwester zur Abwechslung einmal den Lärm macht, aber jemand sollte ihn wegbringen.

»Jim«, sagt Johnny zu dem anderen Reed-Bruder und geht zum Heck von Marys Wagen, damit er sich verständlich machen kann, ohne zu schreien. Der Junge schaut von dem toten Mann und der wimmernden Frau auf. Sein Gesicht wirkt benommen.

»Bring Ralphie ins Haus, Jim. Er sollte nicht hier sein.«

Jim nickt, schnappt sich den Jungen und geht mit ihm den Fußweg entlang. Johnny rechnet mit kreischenden Einwänden – schon mit sechs weiß Ralphie, daß es sein Schicksal ist, eines Tages die Welt zu beherrschen –, aber der Junge hängt nur wie eine Puppe mit großen, starren Augen in den Armen des Teenagers. Johnny glaubt, daß der Einfluß von Kindheitstraumata auf das Leben von Erwachsenen völlig überschätzt wird von einer Generation, die in ihrer Jugend zu viele Platten der Moody Blues gehört hat, aber bei etwas wie dem hier muß es anders sein; es wird lange dauern, denkt Johnny, bis der bestimmende Faktor von Ralph Carvers Verhalten nicht mehr der Anblick seines Vaters sein wird, der tot auf dem Rasen liegt, und seiner Mutter, die daneben im Regen kniet, die Hände unter seinem Nacken verschränkt, und immer wieder Daddys Namen schreit, als könnte sie ihn aufwecken.

Er überlegt sich, ob er versuchen soll, Kirsten von dem Toten zu trennen – früher oder später muß es sein –, doch Collie Entragian erreicht das Haus von Billingsley, bevor er eingreifen kann, dicht gefolgt von der Verkäuferin aus dem E-Z Stop. Das Mädchen ist dem schwerkeuchenden Langhaarigen davongelaufen. Der Typ ist nicht so jung, wie er wegen seiner Rock-and-Roll-Haare von weitem ausgesehen hat. Am meisten ist Johnny von den Josephsons gefesselt. Sie stehen am Anfang der Carverschen Einfahrt und sehen im strömenden Regen geradezu wie eine Spike-Lee-Version von *Hänsel und Gretel* aus. Marielle Soderson geht an Johnny vorbei zu ihrem Mann auf dem Rasen von Billingsley. Johnny überlegt, wenn Brad und Belinda Josephson in Spike Lees neuem, nicht jugendfreiem Film Hänsel und Gretel sein können, dann kann Marielle die Hexe spielen.

Es ist wie im letzten Kapitel eines Romans von Agatha Christie, denkt er, wenn Miss Marple oder Hercule Poirot alles erklären, sogar, wie der Mörder nach vollbrachter Tat aus dem abgeschlossenen Schlafwagenabteil entkommen konnte. Wir sind alle hier, außer Frank Geller und Jack Reed, die noch bei der Arbeit sind. Ein richtiges Straßenfest.

Aber, stellt er fest, das stimmt nicht ganz. Audrey Wyler ist nicht hier, und ihr Neffe auch nicht. Als ihm das auffällt, funkelt der Rand von etwas in seinem Kopf. Er erlebt eine blitzartige Erinnerung – *das Geräusch eines erkälteten Kindes,* hatte er gedacht –, aber bevor er mehr tun kann, als nach der Erinnerung zu greifen, weil er sehen will, in welchem Zusammenhang sie mit allem steht (es *scheint* einen Zusammenhang zu geben, weiß Gott, warum), kommt Collie Entragian zu Marys Auto und packt ihn mit einer tropfnassen Hand so fest an der Schulter, daß es weh tut. Er sieht an Johnny vorbei zum Haus der Carvers.

»Was – *zwei?* – wie – *Herrgott!*«

»Mr. Entragian ... Collie ...« Er versucht, gelassen zu klingen und keine Grimasse zu schneiden. »Sie brechen mir die Schulter.«

»Oh. Entschuldigung, Mann. Aber –« Er sieht von der erschossenen Frau zu dem erschossenen Mann, David Carver, an dessen weißen, feisten Hüften das Blut in dünnen Rinnsalen herabfließt. Entragian kann sich nicht entscheiden, wen er anschauen soll, und sieht demzufolge wie ein Mann aus, der ein Tennisspiel verfolgt.

»Ihr Hemd«, sagt Johnny und denkt, was für ein blödsinniger Auftakt für eine Unterhaltung das ist. »Sie haben vergessen, es anzuziehen.«

»Ich hab mich rasiert«, antwortet Collie und streicht sich mit den Händen durch sein kurzes, tropfnasses Haar. Die Geste ist deutlicher Ausdruck – vielleicht gibt es keinen besseren – für einen Verstand, der die Verwirrung hinter sich gelassen und einen Zustand fast völliger Ratlosigkeit erreicht hat. Das findet Johnny seltsam liebenswert. »Mr. Marinville, haben Sie die geringste Ahnung, was hier vor sich geht?«

Johnny schüttelt den Kopf. Er hofft nur, was immer es war, daß es jetzt vorbei ist.

Dann ist Peter da, sieht seine Frau vor Billingsleys Keramikschäferhund liegen und heult los. Das Geräusch zaubert eine frische Gänsehaut auf Johnnys nasse Arme. Peter sinkt neben seiner Frau auf die Knie wie Törtchen Carver neben ihrem Mann, heiliger Strohsack, hat Johnny Marinville wieder einen Rückfall in den Ole-Kozmic-Vietnam-Blues, oder was? Jetzt brauchen wir nur noch Hendrix, der für den Soundtrack »Purple Haze« spielt, denkt er.

Peter umarmt seine Frau, und Johnny sieht, wie Gary es mit einer Art starrer Faszination beobachtet und darauf wartet, daß Peter ihren Leichnam in seinen Armen umdreht. Johnny kann Sodersons Gedanken lesen, als würden sie in Leuchtschrift über seine Stirn wandern: *Was wird er dazu sagen? Wenn er sie rumdreht, ihre Beine auseinandergleiten, und er sieht, was er sieht, was wird er dazu sagen? Oder vielleicht ist es gar nichts Besonderes, vielleicht läuft sie immer so rum.*

»*MARY!*« schreit Peter. Er dreht sie nicht um (Gott sei Dank, wenigstens das nicht), hebt aber ihren Oberkörper und richtet sie in eine sitzende Haltung auf. Er schreit wieder – diesmal kein Wort, überhaupt keinen artikulierten Laut, nur einen Aufschrei fassungslosen Kummers –, als er den Zustand ihres Kopfes sieht, das halbe Gesicht weg, das halbe Haar verbrannt.

»Peter –« setzt Doc an, und dann zerreißt eine lange Lanze von Elektrizität, die mit dem Regen herabfährt, den Himmel. Johnny wirbelt herum, er ist zwar geblendet, sieht aber noch ausgezeichnet (o ja selbstverständlich jede Wette). Donner kracht über die Straße hinweg, noch ehe der Blitz richtig abgeklungen ist, und zwar so laut, daß

Johnny das Gefühl hat, ihm hätten Hände auf die Wangen geklatscht. Johnny sieht den Blitz in das leerstehende Hobart-Haus einschlagen, das zwischen dem des Cops und dem der Jacksons steht. Er vernichtet den dekorativen Kamin, den William Hobart letztes Jahr angebaut hat, bevor seine Probleme anfingen und er beschloß, es zu verkaufen. Der Blitz setzt auch das Schindeldach in Flammen. Bevor der Donner aufgehört hat, bevor Johnny auch nur dazu kommt, den verbrannten Geruch in seiner Nase als Ozon zu definieren, trägt das leerstehende Haus eine Flammenkrone. Es brennt lichterloh im peitschenden Regen, wie eine optische Täuschung.

»Hei-lige Scheiße«, sagt Jim Reed. Er steht mit Ralphie auf den Armen im Hauseingang der Carvers. Ralphie, sieht Johnny, lutscht wieder am Daumen. Und Ralphie ist (das heißt, neben Johnny selbst) der einzige, der nicht mehr nur das brennende Haus ansieht. Er schaut den Hügel hinauf, und jetzt sieht Johnny, wie seine Augen groß werden. Er nimmt den Daumen aus dem Mund, und bevor er vor Angst zu schreien anfängt, hört Johnny deutlich zwei Worte … und wieder kommen sie ihm quälend und nervtötend vertraut vor. Wie Worte, die er in einem Traum gehört hat.

»Dream Floater«, sagt der Junge.

Dann fällt die unnatürliche, wächserne Trägheit von ihm ab, als wären die Worte ein Zauberspruch gewesen. Er fängt an zu schreien und windet sich in den Armen des jungen Jim Reed. Jim ist überrascht und läßt den Jungen fallen, der auf dem Hintern landet. Das muß hundsgemein weh tun, denkt Johnny, der in die Richtung geht, ohne auch nur darüber nachzudenken, aber das Kind zeigt keine Anzeichen von Schmerzen, nur Angst. Er starrt immer noch mit aufgerissenen Augen die Straße hinauf, während er hektisch mit den Beinen strampelt und auf dem Hosenboden ins Haus hineinrutscht.

Johnny, der am Rand der Carverschen Einfahrt steht, dreht sich um und sieht zwei weitere Lieferwagen von der Bear Street einbiegen. Der erste ist bonbonrosa und so stromlinienförmig, daß er Johnny wie ein gigantisches Good 'n Plenty mit getönten Scheiben vorkommt. Auf dem Dach befindet sich eine Radarschüssel, die geformt ist wie ein Valentinsherz. Unter anderen Umständen könnte das niedlich aussehen, jetzt aber wirkt es nur bizarr. Gekrümmte, aerodynamische Aufbauten ragen auf beiden Seiten des Good-'n-Plenty-Lieferwagens heraus. Sie sehen wie Seitenflossen oder gar Stummelflügel aus.

Hinter diesem Fahrzeug, das Dream Floater heißen mag, oder auch nicht, folgt ein langes schwarzes Fahrzeug mit einer gewölbten, dunkel getönten Windschutzscheibe und einem giftpilzförmigen, ebenfalls schwarzen Gehäuse auf dem Dach. Dieser ebenholzfarbene Alptraum ist mit zickzackförmigen Chromblitzen geschmückt, die wie kaum verhohlene SS-Abzeichen aussehen.

Die Fahrzeuge beschleunigen, ihre Motoren schnurren mit einer summenden, zyklischen Ebenmäßigkeit.

In der linken Seite des rosa Fahrzeugs tut sich irisförmig ein großes Loch auf. Und oben auf dem schwarzen Laster, der aussieht wie ein Leichenwagen, der versucht, sich in eine Lokomotive zu verwandeln, gleitet eine Seite des Pilzes zurück und läßt zwei Gestalten mit Flinten erkennen. Bei einer handelt es sich um einen bärtigen Menschen. Er scheint, genau wie der Außerirdische, der den blauen Lieferwagen gefahren hat, Orden und Abzeichen einer Bürgerkriegsuniform zu tragen. Das Ding neben ihm trägt eine völlig andersartige Uniform: schwarz, mit hochgeschlossenem Kragen und silbernen Knöpfen. Die Uniform hat etwas Nazihaftes an sich wie der schwarze Lieferwagen, aber nicht das erweckt Johnnys Aufmerksamkeit und lähmt seine Stimmbänder so sehr, daß er zuerst keinen Warnschrei ausstoßen kann.

Über dem hohen Kragen scheint nur Dunkelheit zu sein. Er hat kein Gesicht, denkt Johnny in dem Augenblick, bevor die Wesen in dem rosaroten und pechschwarzen Lieferwagen das Feuer eröffnen. Er hat kein Gesicht, das Ding hat überhaupt kein Gesicht.

Johnny Marinville, der alles sieht, überlegt sich, daß er gestorben sein könnte; dies könnte die Hölle sein.

Brief von Audrey Wyler (Wentworth, Ohio) an Janice Conroy (Plainview, New York), datiert 18. August 1994:

Liebe Janice,

vielen herzlichen Dank für Deinen Anruf. Natürlich auch für die Kondolenzkarte, aber Du kannst Dir nicht vorstellen, wie gut es getan hat, gestern abend Deine Stimme zu hören – wie ein kühler Schluck Wasser an einem heißen Tag. Vielleicht meine ich auch, wie eine Stimme der Vernunft, wenn man in der Klapsmühle sitzt.

Hat irgendwas von dem, was ich am Telefon gesagt habe, für Dich einen Sinn ergeben? Ich kann mich nicht mehr genau erinnern. Ich bin total von der Rolle – »Scheiß auf diese Scheiße«, wie wir damals am College zu sagen pflegten –, aber erst seit einigen Tagen, und obwohl Herb eingesprungen ist und hilft, wo er kann, kommt mir die Welt wie ein einziges großes Durcheinander vor. Angefangen hat alles, als Joe Calabrese, Bills Freund, hier angerufen und gesagt hat, daß mein Bruder, seine Frau und die beiden ältesten Kinder aus einem vorbeifahrenden Auto heraus mit Schrotflinten erschossen wurden. Der Mann, den ich nie persönlich kennengelernt habe, hat geweint, war schwer zu verstehen und *viel* zu erschüttert, um diplomatisch zu sein. Er sagte immer wieder, daß er sich so sehr schämte, und am Ende mußte ich *ihn* trösten, während ich die ganze Zeit gedacht habe: »Das muß ein Irrtum sein. Bill kann nicht tot sein, es war abgemacht, daß mein Bruder so lange auf der Welt ist, wie ich ihn brauche.« Ich wache immer noch nachts auf und denke: »Nicht Bill, es ist nur ein Irrtum, es *kann* nicht Bill sein.«

Ich kann mich nur an ein Ereignis in meiner Kindheit erinnern, das ähnlich verrückt war, als alle gleichzeitig die Grippe bekamen.

Herb und ich sind nach San José geflogen, um Seth abzuholen, dann flogen wir im selben Flugzeug wie die Leichen nach Toledo zurück. Sie verstauen sie im Frachtraum, hast du das gewußt? Ich auch nicht. Und wollte es auch nicht wissen.

Die Beerdigung war eines der schrecklichsten Erlebnisse meines Lebens – wahrscheinlich *das* schrecklichste. Die vier Särge – mein Bruder, meine Schwägerin, meine Nichte und mein Neffe – standen in einer Reihe, erst in der Kirche, dann auf dem Friedhof, wo sie auf diesen gräßlichen Chromgestellen über den offenen Gräbern aufgebahrt waren. Möchtest Du etwas vollkommen Verrücktes hören? Während der ganzen Trauerfeier mußte ich an meine Flitterwochen auf Jamaika denken. Sie haben Bremsschwellen auf der Straße, die sie schlafende Polizisten nennen. Und aus irgendeinem Grund habe ich die Särge auf einmal so gesehen – als schlafende Polizisten. Nun, ich hab Dir ja gesagt, daß ich verrückt bin, oder nicht? Ohios Valiumkönigin des Jahres 1994, das bin ich.

Der Trauergottesdienst in der Kirche war überfüllt – Bill und June hatten eine *Menge* Freunde –, und alle haben geweint. Außer dem armen kleinen Seth natürlich, der es nicht kann. Oder nicht will. Wer weiß? Er saß einfach mit zwei seiner Spielsachen zwischen mir und Herb – einem rosa Lieferwagen, den er »Dweem Fwoatah« nennt, und der dazugehörigen Action-Figur, eine sexy kleine Rothaarige namens Cassandra Styles. Die Spielsachen gehören zu einer Fernsehserie mit dem Titel *MotoKops 2200*, und die Namen der Lieferwagen dieser verdammten Moto-

Kops (entschuldige, der *Power Wagons* der MotoKops, ladi-dah) gehören zu den wenigen Dingen, die Seth sagt und die sogar verständlich sind (»Krapfen kauf mir welche« ist auch etwas; und »Seth geht Klo«, was bedeutet, daß man mit ihm da reingehen muß – er ist sauber, hat aber ausgesprochen befremdliche Toilettengewohnheiten).

Ich hoffe, er hat nicht begriffen, daß der Gottesdienst bedeutete, der Rest seiner Familie ist tot und für immer dahin. Herb ist sicher, daß er es *nicht* weiß (»Der Junge weiß nicht mal, wo er ist«, sagt Herb), aber ich bin da nicht so sicher. Das ist das Vertrackte am Autismus, richtig? Man mutmaßt immer, man weiß nie etwas genau, sie senden, aber Gott hat ihnen ein Telefon mit Zerhacker vorgeschaltet, so daß am anderen Ende nichts als unverständliches Gestammel ankommt.

Eins muß ich Dir sagen – in den vergangenen Wochen habe ich neuen Respekt vor Herb Wyler bekommen. Er hat ALLES arrangiert, von der Überführung bis zu den Todesanzeigen im *Columbus Dispatch* und dem *Toledo Blade.* Und daß er Seth aufgenommen hat, ohne ein Widerwort – nicht nur ein Waisenkind, sondern ein *autistisches* Waisenkind – nun, ich meine, ist das erstaunlich, oder bilde ich es mir nur ein? Ich stimme für erstaunlich. Und er scheint das arme Kind wirklich zu mögen. Wenn er den Jungen manchmal ansieht, bekommt sein Gesicht einen versonnenen Ausdruck, der tatsächlich Liebe ausdrücken könnte. Jedenfalls erste Ansätze.

Das kommt mir um so bemerkenswerter vor, wenn man bedenkt, wie wenig ein Kind wie Seth zurückgeben kann. Meistens sitzt er nur weggetreten in dem Sandkasten draußen, den Herb gleich nach unserer Rückkehr aus Toledo aufgestellt hat, wie eine große, knabenförmige Rosine, trägt nur seine *MotoKops 2200*-Unterhosen (den Frühstückskoffer hat er auch), stammelt seine sinnlosen Worte und spielt mit seinen Lieferwagen und den dazugehörigen Action-Figuren, besonders mit der sexy Rothaarigen in den blauen Shorts. Diese Spielsachen beunruhigen mich ein wenig, weil ich *nicht sicher bin, woher er sie hat* – und wenn Du bis jetzt nicht überzeugt bist, daß ich nicht mehr alle Tassen im Schrank habe, dann dürfte dich *das* wohl endgültig überzeugen, Jan. Als ich Bill und June das letztemal in Toledo besucht habe, hatte Seth mit hundertprozentiger Sicherheit noch keine derartig teuren Spielsachen (ich habe mich bei Toys ' ' Us vergewissert, daß diese *MotoKops*-Sachen wirklich SEHR kostspielig sind), das kann ich Dir sagen. Außerdem sind es keine Spielsachen, die Bill und Junie gern gesehen hätten – ihre Kaufgewohnheiten bei Spielzeug gingen mehr in Richtung Barney als *Krieg der Sterne*, sehr zum Mißfallen ihrer Kinder. Der arme kleine Seth kann es mir mit Sicherheit nicht verraten, soviel steht fest, und wahrscheinlich spielt es sowieso keine Rolle. Ich kenne die Namen der Wagen und der Figuren, zu denen sie gehören, auch nur deshalb, weil ich mir Samstag morgens die Zeichentrickserie mit ihm ansehen muß. Der Chefbösewicht, No Face, ist *très* gruselig.

Er ist *so* seltsam, Jan (Seth, meine ich, nicht No Face, harhar). Ich weiß nicht, ob Herb das so deutlich spürt wie ich, weiß aber, daß er *etwas* spürt. Wenn ich manchmal aufschaue und feststelle, daß Seth mich ansieht (er hat so dunkelbraune Augen, daß sie manchmal tatsächlich schwarz zu sein scheinen), fröstle ich regelrecht und bekomme eine Gänsehaut, als würde jemand auf meiner

Wirbelsäule Xylophon spielen. Außerdem sind ein paar merkwürdige Dinge passiert, seit Seth bei uns wohnt. Lach nicht, aber wir hatten eine Reihe von Vorkommnissen, die Ähnlichkeit mit den Poltergeist-Phänomenen haben, die sie manchmal in den, wie Herb immer sagt, »Psycho-Reality-Sendungen« zeigen. Gläser, die aus Regalen fallen; zwei Fenster, die ohne ersichtlichen Grund zerbrochen sind; und seltsam krakelige Spuren, die nachts manchmal in Seths Sandkasten auftauchen. Sie sind wie seltsame, surrealistische Sandgemälde. Nächstesmal schicke ich Dir ein paar Polaroidfotos mit, wenn ich daran denke. Außer Dir würde ich *keinem Menschen* etwas davon erzählen, Jan, glaub mir. Gott sei Dank kenne ich Dich und vertraue auf Deine Unvoreingenommenheit ... Deine Neugier ... und Deine DISKRETION.

Meistens macht Seth keine Probleme. Das Schlimmste an seiner Gegenwart ist die Art, wie er atmet! Er holt mit tiefen, blubbernden Zügen Luft, *immer* durch den Mund, den er ständig offen hat. Dadurch sieht er aus wie der Dorftrottel, aber das ist er trotz seiner Probleme nicht. Mr. Marinville von gegenüber war gestern mit einem Bananenkuchen hier, den er gebacken hat (er ist ein ausgesprochen liebenswürdiger Mensch für jemanden, der einmal ein Buch über einen Mann geschrieben hat, der eine Affäre mit seiner eigenen Tochter hatte ... und das Buch dann auch noch ausgerechnet *Die Wonne* nannte), und er hat einige Zeit mit Seth verbracht, der sein Spielen im Sandkasten unterbrochen hatte, um sich *Bonanza* anzusehen. Erinnerst Du Dich daran? TNT bringt montags bis freitags nachmittags eine Wiederholung (sie nennen es die Ponderosa-Nachmittagsparty, ist das nicht süß?), und Seth liebt die Serie. Wessern, Wessern, sagt er immer, wenn es losgeht. Mr. Marinville, der sich lieber Johnny nennen läßt, hat eine ganze Weile mit uns ferngesehen, wir haben Gewürzkuchen gegessen und Schokoladenmilch getrunken wie alte Freunde, und als ich mich für Seths röchelndes Atmen entschuldigt habe (selbstverständlich hauptsächlich, weil es *mich* verrückt macht), da lachte Marinville nur und sagte, daß Seth nichts für seine Polypen könnte. Ich weiß nicht einmal genau, was Polypen sind, denke aber, daß wir die von Seth einmal untersuchen lassen sollten. Gott sei Dank für die Blue-Zwillinge – Cross und Shield.

Eines beschäftigt mich, darum habe ich Dir eine Fotokopie der Postkarte beigelegt, die mir mein Bruder kurz vor seinem Tod aus Carson City geschickt hat. Er sagt darin, daß sie einen Durchbruch mit Seth hatten, einen *erstaunlichen* Durchbruch, so hat er sich ausgedrückt. Großbuchstaben, jede Menge Ausrufungszeichen. Sieh selbst. Ich war neugierig, also habe ich ihn danach gefragt, als wir wieder miteinander telefoniert haben. Das muß am 27. oder 28. Juli gewesen sein, und es war unser letztes Gespräch. Seine Reaktion war sehr eigentümlich, sehr untypisch für Bill. Ein langes Schweigen, dann ein seltsam gekünsteltes Lachen, »ha-ha-ha!«, wie man es schreiben würde, richtiges Gelächter sich aber höchst selten anhört, außer bei langweiligen Cocktailpartys. Ich habe meinen Bruder in seinem ganzen Leben nie so lachen hören. »Nun, Aud«, sagt er, »was das betrifft, habe ich vielleicht ein bißchen überreagiert.«

Mehr wollte er zu dem Thema nicht sagen, aber als ich hartnäckig blieb, meinte er, Seth wäre *wacher* gewesen, mehr *bei* ihnen, als sie so weit in Colorado waren, daß sie die Rockies sehen konnten. »Du weißt, wie sehr er Westernfilme und -Serien immer geliebt hat«, sagte er, und auch wenn ich es damals nicht wußte, heute weiß ich es ganz bestimmt. Der junge Seth Garin ist ganz verrückt nach Cowboys und Verfolgungsjagden und Schneidet-ihnen-am-Paß-den-Weg-ab. Bill sagte, Seth hat wahrscheinlich wegen der ganzen Autos und Wohnmobile gewußt, daß er sich nicht im richtigen Wilden Westen befand, aber »die Landschaft hat ihn doch angesprochen«, so hat Bill sich ausgedrückt.

Ich hätte es dabei bewenden lassen, wenn er nicht so merkwürdig ausweichend gewesen wäre, so ganz anders als sonst. Man kennt seine Verwandtschaft, richtig? Oder glaubt es zumindest. Und Bill war immer extrovertiert und überschäumend *oder* introvertiert und verschlossen. Dazwischen gab es nicht viel. Aber bei diesem Telefongespräch schien er sich *nur* dazwischen zu befinden. Also habe ich immer wieder nachgehakt, was ich unter normalen Umständen nicht getan hätte. Ich sagte, daß EIN ERSTAUNLICHER DURCHBRUCH sich nach einem bestimmten Ereignis anhörte. Also sagte er, ja, nicht weit von Ely, einer der wenigen etwas größeren Städte nördlich von Las Vegas, hätte sich *tatsächlich* etwas Bestimmtes zugetragen. Kurz nachdem sie an einem Hinweisschild vorbeigefahren waren, das den Weg zu einem Kaff namens Desperation wies (reizende Namen haben sie da draußen, das muß ich zugeben, machen einen richtig scharf darauf, hinzufahren), sei Seth »irgendwie ausgerastet.« So hat sich Bill ausgedrückt. Sie waren auf dem Highway 50, der mautfreien Route, und links von ihnen, südlich des Highway, lag ein riesiger Erdwall.

Bill fand ihn interessant, aber mehr auch nicht. Aber Seth – als er in die Richtung schaute und den Wall sah, drehte er durch. Ruderte mit den Armen und plapperte in seiner typischen Sprache. Für mich hört sich das immer an, als würde jemand ein Tonband rückwärts abspielen.

Bill und June und die beiden älteren Kinder sind auf ihn eingegangen wie immer, wenn er aus dem Häuschen gerät und zu plappern anfängt, was selten vorkommt, aber keineswegs unerhört ist. Du weißt schon, in der Art: Ja, Seth, jede Wette, Seth, das ist *echt* aufregend, Seth –, und während sie das tun, bleibt dieser Erdwall immer weiter hinter ihnen zurück. Bis Seth schließlich – stell Dir das vor – deutlich spricht, und zwar kein Gestammel, sondern normale Sprache. Er *redet wahrhaftig* und sagt: »Stop, Daddy, fahr zurück, Seth will Berg sehen, Seth will Hoss und Little Joe sehen.« Hoss und Little Joe, falls Du Dich daran nicht erinnerst, sind zwei der Hauptfiguren von *Bonanza*.

Bill sagte, das seien mehr richtige Worte gewesen, als Seth vorher in seinem ganzen Leben gesprochen hatte, und nachdem ich einige Zeit mit Seth verbracht habe, kommt es mir auch reichlich ungewöhnlich vor, daß er auf einmal so viel in einer verständlichen Sprache gesagt haben soll. *Aber* ... ERSTAUNLICHER DURCHBRUCH? Ich will nicht gemein sein, aber es war schließlich auch kaum die Ansprache von Gettysburg, oder? Ich brachte damals wie heute wenig Begeisterung auf. Auf dieser Postkarte macht Bill einen so aufgeregten Eindruck, als würde er gleich platzen; am Telefon hört er sich an wie einer der Sporenmenschen in *Die Körperfresser kommen*. Und noch etwas. Auf der Postkarte heißt es »mehr davon später«, als könnte er es kaum erwarten, die ganze Geschichte zu erzählen, aber kaum habe ich ihn am Telefon, muß ich es ihm förmlich aus der Nase ziehen. Höchst seltsam!

Bill sagte, nach dem Vorfall habe er an den alten Witz mit dem Ehepaar denken müssen, das glaubt, sein Sohn wäre stumm. Eines Tages dann, als er sechs ist, spricht der Junge plötzlich bei Tisch. »Mutter, könnte ich bitte noch einen Maiskolben haben?« Die Eltern stürzen sich geradezu auf ihn und fragen ihn, warum er bis heute kein Wort gesprochen habe. »Weil ich nie einen Grund hatte«, antwortet er ihnen. Bill erzählte mir diesen Witz (den ich schon mal gehört hatte, ich glaube zu der Zeit, als sie die Jungfrau von Orleans auf dem Scheiterhaufen verbrannt haben), und stieß dann wieder dieses gekünstelte Cocktailpartylachen aus, ha-ha-ha. Als wäre das Thema damit ein für allemal erledigt. Nur daß es für mich noch nicht erledigt war.

»Und hast du ihn gefragt, Bill?« fragte ich.

»Was gefragt?« sagt er.

»Warum er vorher nie gesprochen hat?«

»Aber er *spricht* doch.«

»Aber nicht *so*. Er spricht nicht *so*, darum hast du mir diese aufgeregte Postkarte geschickt, richtig?« Da war ich richtig wütend auf ihn. Ich weiß nicht, warum, aber es ist so. »Hast du ihn nicht gefragt, warum er vorher nie fünfzehn oder zwanzig Worte verständlich nacheinander ausgesprochen hat?«

»Hm, nein«, sagt er. »Hab ich nicht.«

»Und seid ihr zurückgefahren? Habt ihr ihn nach Desperation gebracht, damit er nach der Ponderosa oder was auch immer suchen konnte?«

»Das konnten wir wirklich nicht, Aud«, sagt er nach erneutem längerem Schweigen. Es war, als würde man darauf warten, daß ein Schachcomputer auf einen Zug reagiert, der's in sich hat. Ich rede nicht gerne so über meinen Bruder, den ich wirklich gern gehabt habe und den Rest meines Lebens vermissen werde, aber ich möchte Dir begreiflich machen, wie merkwürdig unsere letzte Unterhaltung wirklich gewesen ist. Die Wahrheit? Es war, als würde ich gar nicht mit meinem Bruder reden. Ich wünschte, ich könnte das erklären, aber ich kann es nicht.

»Was soll das heißen, das *konntet* ihr nicht?« frage ich ihn.

»Das soll heißen, das konnten wir nicht«, sagt er. Ich glaube, er war ein bißchen sauer auf mich, aber das störte mich nicht; auf jeden Fall schien er wieder mehr der alte zu sein. »Ich wollte es vor Einbruch der Dunkelheit nach Carson City schaffen, was wir nicht gepackt hätten, wenn ich gewendet hätte und zu der kleinen Stadt gefahren wäre, wegen der er so außer sich war. Jeder hat mich gewarnt, wie heimtückisch der Highway 50 nach Einbruch der Dunkelheit sein kann, und ich wollte meine Familie nicht in Gefahr bringen.« Als hätte er die Wüste Gobi durchquert und nicht Nevada.

Das war dann auch schon alles. Wir haben uns noch eine Weile unterhalten, und dann sagte er: »Nimm's leicht, Baby«, wie immer, und das waren die letzten Worte, die ich von ihm gehört haben werde … zumindest in dieser Welt. Nimm's leicht, Baby, und dann gerät er einem herumfahrenden Arschloch vor die Flinte. Alle, ausgenommen Seth. Die Polizei konnte bis jetzt nicht einmal das Kaliber der Waffen herausfinden, die sie benutzt haben, hatte ich das schon erwähnt? Verglichen mit Büchern und Filmen ist das Leben so gottverdammt *unfertig*! Wie ein beschissener *Salat*!

Aber ich kann dieses letzte Gespräch nicht vergessen. Immer wieder denke ich an dieses dumme Cocktailpartylachen. Bill – *mein* Bill – hat in seinem ganzen Leben nie so gelacht.

Und ich war nicht die einzige, der aufgefallen ist, daß er nicht ganz auf dem Damm war. Sein Freund Joe, den sie besucht haben, sagte aus, die *ganze Familie* schien von der Rolle zu sein, ausgenommen Seth. Ich habe mich im Bestattungsunternehmen mit ihm unterhalten, während Herb die Überführungsformulare ausgefüllt hat. Joe sagte, er hätte sich dauernd gefragt, ob sie sich einen Virus eingefangen haben könnten, oder die Grippe. »Außer dem Kleinen«, sagte er. »Der hatte jede Menge Pep und war ständig draußen im Sandkasten mit seinen Spielsachen.«

Okay, ich habe genug geschrieben – wahrscheinlich viel zuviel. Aber denk über alles nach, würdest Du das tun? Laß Deine klugen grauen Zellen arbeiten, weil die Sache mich WIRKLICH BESCHÄFTIGT! Es hat keinen Sinn, mit Herb darüber zu reden; er nennt es fehlgeleitete Trauer. Ich habe mir überlegt, ob ich mit J. Marinville von gegenüber reden sollte – er scheint freundlich und einfühlsam genug zu sein –, aber ich kenne ihn nicht so gut. Also mußt Du herhalten. Das siehst Du doch ein, oder nicht?

Ich liebe Dich, Mädchen. Du fehlst mir. Und manchmal, besonders spät abends, wünsche ich mir, wir wären wieder jung, und alle fiesen Karten, die einem das Leben austeilt, wären noch weit unten im Stapel. Erinnerst Du Dich, wie es auf dem College war, als wir dachten, wir würden ewig leben und nur unsere dumme Periode uns immer überrascht hat?

Ich muß aufhören, sonst fange ich wieder an zu weinen.

XXX (und noch tonnenweise mehr),

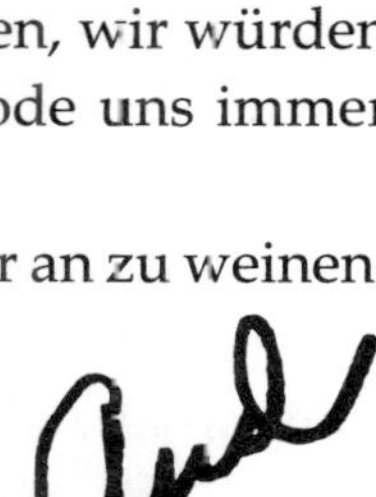

Kapitel 5

1

Als er an jenem Nachmittag, bevor die Welt in die Hölle fiel wie ein Eimer an einer durchgetrennten Schnur, mit nackter Brust vor dem Spiegel im Badezimmer stand, hatte Collie Entragian drei bedeutende Entschlüsse gefaßt. Der erste war, daß er an Wochenenden nicht mehr unrasiert herumlaufen würde. Der zweite war, daß er zu trinken aufhören würde, jedenfalls bis er sein Leben wieder einigermaßen in Ordnung gebracht hatte – er schluckte viel zuviel, was ihn nervös machte, und das mußte aufhören. Der dritte war, daß er seine Arbeitssuche nicht länger hinausschieben würde. Es gab drei gute private Wachdienste in der Gegend von Columbus, er kannte Leute, die für zwei davon arbeiteten, und es wurde Zeit, sich von der faulen Haut zu erheben. Schließlich war er nicht *gestorben*, es wurde Zeit, mit dem Jammern aufzuhören und sein Leben weiterzuleben.

Jetzt, als Hobarts Haus weiter unten in der Straße fröhlich brannte und die beiden bizarren Lieferwagen näherkamen, ging es ihm nur noch darum, dieses Leben nicht zu verlieren. Das schwarze Fahrzeug, das hinter dem pinkfarbenen herkroch, jagte ihm den größeren Schrecken ein und weckte jeden Instinkt in ihm, sofort das Weite zu suchen, am besten in der äußeren Mongolei. Er konnte nicht mehr als einen vom Regen getrübten Blick auf die Gestalt im Turm des schwarzen Wagens werfen, aber der Wagen selbst reichte schon aus. Collie fand, daß er wie ein Leichenwagen in einem Science-fiction-Film aussah.

»Ins Haus!« hörte er sich schreien – ein Teil von ihm wollte offenbar immer noch das Kommando haben. »Alle sofort ins Haus!«

An dieser Stelle verlor er den Überblick über die Leute, die sich um den verstorbenen Postangestellten und seine wehklagende, kreischende Frau geschart hatten – Mrs. Geller, Susi, Susis Freundin, die Josephsons, Mrs. Reed. Marinville, der Schriftsteller, stand etwas näher bei ihm, aber auch ihn verlor Collie aus den Augen. Sein Blick konzentrierte sich auf diejenigen vor Docs Bungalow: Peter Jackson, die Sodersons, die Verkäuferin, der Langhaarige aus dem Ryder und Doc selbst, der seine Tierarztpraxis ein Jahr zuvor aufgegeben hatte und in den Ruhestand gegangen war, ohne zu ahnen, daß *so etwas* auf ihn zukommen würde.

»Los!« schrie Collie in Garys nasses, glotzendes, halb betrunkenes Gesicht. In diesem Augenblick wollte er den Mann umbringen, sich einfach auf ihn stürzen und ihn umbringen, ihn anzünden oder so. »*Gehen Sie in das beschissene HAUS!*« Er konnte hören, wie Marinville hinter ihm dasselbe schrie, obwohl der Schriftsteller wahrscheinlich an das Haus der Carvers dachte.

»Was –« begann Marielle und stellte sich neben ihren Mann, dann sah sie an Gary vorbei, und ihre Augen wurden groß. Sie hob ihre Hände mit gekrümmten Fingern ans Gesicht, sperrte den Mund auf, und einen irren Augenblick dachte Collie, sie würde auf die Knie sinken und »Mammy« singen wie Al Jolson. Statt dessen schrie sie. Dann begann das Gewehrfeuer, als hätten ihre Angreifer nur auf dieses Zeichen gewartet – schroffe, kompakte Explosionen, die niemand mit Donner hätte verwechseln können.

Der Hippietyp packte Peter Jackson an Peters rechtem Handgelenk und versuchte, ihn von seiner toten Frau wegzuziehen. Peter wollte sie nicht loslassen. Er heulte immer noch und schien überhaupt nicht mitzubekommen, was rings um ihn herum vor sich ging. Ein KA-BUMM ertönte, ohrenbetäubend wie Dynamit, gefolgt vom Klirren von Glas. Dann ein KA-BAMM, noch lauter, gefolgt von einem Angst- oder Schmerzensschrei. Collie tippte auf Angst ... *diesmal* zumindest. Ein dritter Knall, und Billingsleys Schäferhund aus Keramik verschwand von den Vorderpfoten aufwärts. Docs Eingangstür, hinter dem Fliegengitter mit einem verschnörkelten B darauf, stand offen. Das dunkle rechteckige Loch – eine Öffnung, die möglicherweise in die Sicherheit führte –, sah aus, als wäre es tausend Meilen entfernt.

Collie rannte zuerst zu Peter, ohne daß ihm auch nur ein Gedanke an Tapferkeit durch den Kopf gegangen wäre; er lief einfach zuerst dorthin. Ein weiterer lauter Knall, und Collie kniff die Arschbacken zusammen und wartete auf den tödlichen Treffer, während sein Verstand ihn noch davon in Kenntnis setzte, daß es sich zumindest bei diesem um Donner gehandelt hatte. Beim nächsten nicht. Es war ein weiteres KA-BUMM, wie ein Peitschenknall, und er spürte, wie etwas dicht neben seinem rechten Ohr vorbei durch die Luft pfiff.

Zum erstenmal wird auf mich geschossen, dachte er. Neun Jahre Cop, bevor sie mich angeschmiert und gefeuert haben – vier auf Streife, vier in Zivil, eins bei Internal

Affairs –, und bis zum heutigen Tag ist nie auf mich geschossen worden.

Ein weiterer Knall. Eines von Billingsleys Wohnzimmerfenstern zerschellte, die weißen Vorhänge bauschten sich wie Geisterarme. Hinter ihm feuerten die Gewehre mittlerweile wie Artillerie, nur *bumm-bumm-bumm-bumm*, und er spürte wieder eine heiße Ladung vorbeizischen, diesmal links von seinem Kopf, und ein schwarzes Loch klaffte in der Fassade neben dem geborstenen Fenster. Collie fand, daß das Loch wie ein großes, verblüfft aufgerissenes Auge aussah. Der nächste heulte an seiner Hüfte vorbei. Er konnte nicht glauben, daß er nicht tot war, konnte es einfach nicht glauben. Er konnte brennende Zedernschindeln riechen und hatte noch Zeit, an Oktobernachmittage zu denken, die er mit seinem Dad im Garten verbracht hatte, wo sie Laub in großen, duftenden Haufen verbrannten.

Er rannte schon seit Stunden, er kam sich wie eine Keramikente in einem gottverdammten Schießstand vor, und war noch nicht einmal bei Peter Jackson angelangt; was, zum Teufel, war hier los?

Es ist fünf Sekunden her, seit die Schießerei angefangen hat, informierte ihn der nüchterne Teil seines Verstands. Vielleicht nur drei.

Der Hippietyp zerrte immer noch an Peters Handgelenk, und nun griff auch noch Cynthia zu, das Mädchen. Aber Peter leistete aktiven Widerstand, sah Collie. Peter wollte bei seiner Frau bleiben, die sich einen denkbar ungünstigen Zeitpunkt ausgesucht hatte, um nach Hause zu kommen.

Collie, der immer noch beschleunigte (er konnte den Boogie ziemlich gut tanzen, wenn er wollte), bückte sich und schob dem knienden Mann im Vorbeilaufen eine Hand unter die linke Achselhöhle. Nennt mich einfach den Postzug, dachte er. Peter schlug aus und versuchte, die drei daran zu hindern, ihn von seiner toten Frau zu trennen. Collies Hand rutschte ab. O Scheiße, dachte er. Leck uns doch alle. Kreuzweise.

Hinter ihm ertönte wieder ein Schrei, bei den Carvers. Aus dem Augenwinkel sah er den pinkfarbenen Lieferwagen, der an ihnen vorbei war und bergab raste, Richtung Hyacinth Street.

»*Mary!*« schrie Peter. »*Sie ist verletzt!*«

»Ich hab sie, Pete, keine Bange, ich hab sie!« rief der alte Doc fröhlich, und obwohl er niemanden hatte – er lief sogar an Marys liegendem Leichnam vorbei, ohne ihn auch nur eines Blickes zu würdigen –, nickte Peter erleichtert. Es lag am Ton, dachte Collie. Diesem irre fröhlichen Tonfall.

Inzwischen half der Hippietyp tatsächlich und versuchte es nicht mehr nur. Zunächst mal hatte er Peter am Gürtel gepackt, und das klappte besser. »Helfen Sie mit, Kumpel«, sagte der Hippietyp zu Peter. »Nur ein bißchen.«

Peter beachtete ihn nicht. Er sah Collie mit großen, glasigen Augen an. »Er holt sie doch, richtig? Doc. Er hilft ihr.«

»Stimmt genau!« brüllte Collie. Er versuchte, Docs fröhlichen Tonfall nachzuahmen – eine Art aufmunternden Krankenhauston –, hörte aber nur Angst. Der pinkfarbene Lieferwagen war verschwunden, aber der schwarze verweilte noch, rollte langsam, blieb fast stehen. In dem Aufbau befanden sich Gestalten – zu hell, fast fluoreszierend. »Billingsley –«

Marielle Soderson raste links an ihm vorbei und hätte Collie fast umgerannt, so eilig hatte sie es, zur Eingangstür von Docs Haus zu kommen. Gary fegte rechts vorbei, rammte die Verkäuferin mit der Schulter und stieß sie auf ein Knie. Sie schrie vor Schmerzen auf und zog die Mundwinkel halbkreisförmig nach unten, als sie sich etwas – wahrscheinlich den Knöchel – verstauchte. Gary würdigte sie nicht auch nur eines Blickes; er hatte die Augen nur auf das Ziel gerichtet. Das Mädchen stand im Handumdrehen wieder auf. Ihr Gesicht war immer noch schmerzverzerrt, aber sie hielt tapfer Peters Arm fest und versuchte, ihm zu helfen. Collie empfand allmählich Bewunderung für sie, trotz ihrer zweifarbigen Schizo-Frisur.

Die Sodersons setzten ihren Sprint fort. Sie hatten einen Moment gebraucht, bis sie die Situation begriffen hatten, aber jetzt, sah Collie, war der Groschen bei ihnen eindeutig gefallen.

Ein neuerlicher Schuß. Der Langhaarige schrie vor Überraschung und Schmerzen auf und hielt sich das rechte Bein. Collie sah Blut, das im trüben Grau des Gewitters erstaunlich hell aussah, zwischen den Fingern des Mannes herausquellen. Das Mädchen sah ihn mit offenem Mund und aufgerissenen Augen an.

»Schon gut«, sagte der Hippie, der das Gleichgewicht wiedererlangte. »Nur ein Streifschuß. Weiter, weiter!«

Endlich kam auch Peter auf die Füße, im tatsächlichen wie im übertragenen Sinne. »Was, zum Teufel ... geht hier vor?« fragte er Collie. Er hörte sich an, als stünde er unter Drogen.

Bevor Collie etwas sagen konnte, wurde aus dem schwarzen Lieferwagen ein letzter Schuß abgefeuert und ein Geräusch ertönte, das sich – er hätte schwören können – wie ein Artilleriegeschoß anhörte. Marielle Soderson, die die Treppe erreicht hatte (Gary, alles andere als ein Gentleman, hatte sich schon drinnen in Sicherheit gebracht), schrie und prallte seitwärts gegen die Tür. Ihr linker Arm wirbelte haltlos in die Höhe. Blut spritzte gegen Docs Aluminiumverkleidung; der Regen spülte es als Rinnsal an der Seite des Hauses hinab. Collie hörte die Verkäuferin schreien, und ihm war selbst ein wenig nach Schreien zumute. Das Geschoß hatte Marielle an der Schulter getroffen und ihr den linken Arm fast völlig vom Körper abgetrennt. Der Arm sank wieder nach unten und hing baumelnd an einem dünnen Fetzen Fleisch mit einem Muttermal darauf. Dieses Muttermal – eine Stelle, die Gary möglicherweise zärtlich geküßt hatte, als er noch jünger war und nicht so an der Flasche hing – machte alles irgendwie real. Sie stand kreischend vor der Tür, und ihr linker Arm hing an ihr hinunter wie ein Tor, das aus zwei seiner drei Scharniere gesprengt worden ist. Hinter ihr beschleunigte der schwarze Lieferwagen nun ebenfalls bergab, und der turmartige Aufbau wurde wieder geschlossen. Er verschwand im Regen und den Qualmwolken des Hobart-Hauses, wo das Dach gerade sein Geschenk des Feuers an die Wände weitergab.

2

Sie hatte eine Zuflucht.

Das schien manchmal ein Segen zu sein, und manchmal (weil es die Situation hinauszögerte, das höllische Spiel am Laufen hielt) ein Fluch, aber so oder so, es war der einzige Grund, weshalb sie noch *sie selbst* war, jedenfalls manchmal; der einzige Grund, weshalb sie nicht von innen her aufgefressen worden war. So wie Herb. Am Ende war es freilich auch Herb gelungen, noch einmal zu sich selbst zu finden. Es war ihm gelungen, lange genug bei Sinnen zu sein, um in die Garage hinauszugehen und sich eine Kugel in den Kopf zu schießen.

Jedenfalls wollte sie das glauben.

Aber manchmal wußte sie es besser. Manchmal dachte sie an die endlosen Abende vor dem Schuß in der Garage, und sie konnte Seth auf seinem Stuhl sehen, dem mit den Pferd-und-Reiter-Abziehbildern, die sie und Herb angebracht hatten, als ihnen klargeworden war, wie sehr der Junge »Wessern« liebte. Seth saß einfach nur da und schenkte dem Fernseher keine Beachtung (es sei denn, es lief eine Pferdeoper oder eine Science-fiction-Serie) und sah Herb mit seinen gräßlichen schlammbraunen Augen an, den Augen eines Geschöpfs, das sein ganzes Leben in einem Sumpf verbracht hat. Er saß auf dem Stuhl, den seine Tante und sein Onkel damals so liebevoll geschmückt hatten, bevor der Alptraum anfing. Zumindest bevor sie *wußten*, daß er angefangen hatte. Er saß da und sah Herb an, kaum je einmal sie selbst, jedenfalls damals noch nicht. Saß da und sah ihn an. *Dachte* ihn an. Saugte ihn aus wie ein Vampir in einem Horrorfilm. Und genau das war das Ding in Seth ja auch, oder nicht? Ein Vampir. Und ihr Zusammenleben hier in der Poplar Street, das war der Film. Ausgerechnet Poplar Street, wo es wahrscheinlich in jedem Haus noch mindestens eine Platte von den Carpenters gab. Nette Leute, die alles stehen- und liegenlassen, wenn sie im Radio hören, daß dem Roten Kreuz die Vorräte der Blutgruppe Null ausgehen, und niemand, der wußte, daß Audrey Wyler, die ruhige Witwe, die zwischen den Sodersons und den Reeds wohnte, mittlerweile die Hauptrolle in ihrem eigenen Hammer-Film spielte.

An guten Tagen glaubte sie, daß Herb, dessen Sinn für Humor als Schild und Ansporn für das Ding in Seth gewirkt hatte, sich lange genug hatte festklammern können, um seine Flucht zu organisieren. An schlechten Tagen wußte sie, daß das Bockmist war, daß Seth einfach alles aus Herb herausgeholt hatte, was herauszuholen war, und ihn dann mit einem Selbstzerstörungsprogramm, das in seinem Kopf leuchtete wie eine Neonbierreklame im Schaufenster einer Bar, in die Garage geschickt hatte.

Aber eigentlich *war* es gar nicht Seth; nicht der Seth, der sie manchmal (am Anfang) umarmt und ihnen kurze Küsse mit offenem Mund gegeben hatte, die sich anfühlten wie platzende Seifenblasen. »Ich 'owboy«, sagte er da ab und zu, wenn er auf seinem speziellen Stuhl saß; Worte, die aus seinem sonstigen unverständlichen Gebrabbel herausragten und ihnen den, wenn auch vorübergehenden, Eindruck vermittelten, daß sie Fortschritte erzielten: *Ich bin ein Cowboy*. Dieser Seth war reizend gewesen; liebenswürdig nicht trotz seines Autismus, sondern teilweise gerade deshalb. Aber dieser Seth war auch ein Medium gewesen, wie kontaminiertes Blut, das einen Virus gleichzeitig ernährt und transportiert.

Der Virus – der *Vampir* – war Tak. Ein kleines Geschenk aus der großen amerikanischen Wüste. Laut Bill hatte die Familie Garin nicht gewendet, war nicht nach Desperation gefahren, hatte nie untersucht, was hinter dem Erdwall lag, den sie von der Straße gesehen hatten, dem Erdwall, der Seth in solche Aufregung versetzt hatte, daß er sein sonstiges Stammeln überwand und in verständlicher Sprache redete. *Das konnten wir wirklich nicht, Aud,* hatte Bill gesagt. *Ich wollte es vor Einbruch der Dunkelheit nach Carson City schaffen.* Aber Bill hatte gelogen. Das wußte sie wegen eines Briefs, den ein Mann namens Allen Symes ihr geschickt hatte.

Symes, Bergbauingenieur für eine Firma, die sich Deep Earth Mining Corporation nannte, hatte die Familie Garin am 24. Juli 1994 gesehen, demselben Tag, an dem Audreys Bruder ihr die überschwengliche Postkarte geschickt hatte. Symes hatte ihr versichert, daß sich nichts besonders Aufregendes zugetragen hatte, daß er die Garins lediglich an den Rand der Tagebaumine geführt (hineinzugehen hätte gegen die Vorschriften der MSHA verstoßen, stand in seinem Brief) und ihnen einen kurzen historischen Abriß gegeben, bevor er sie wieder ihres Weges schickte. Das war eine gute Geschichte, langweilig und plausibel zugleich. Unter normalen Umständen hätte Audrey an keinem Wort gezweifelt, aber sie wußte etwas, das Mr. Allen Symes aus Desperation, Nevada, nicht wußte: daß Bill geleugnet hatte, den Abstecher überhaupt gemacht zu haben. Bill hatte behauptet, sie wären einfach weitergefahren, weil er vor Einbruch der Dunkelheit in Carson City sein wollte. Und wenn Bill gelogen hatte, war es dann nicht möglich – sogar wahrscheinlich? –, daß Symes ebenfalls log?

Weshalb sollte er lügen? Weshalb?

Stop, Daddy, fahr zurück, Seth will Berg sehen.

Warum hast du mich belogen, Bill?

Das war eine Frage, die sie wohl beantworten konnte: Bill hatte gelogen, weil Seth ihn *gezwungen* hatte, zu lügen. Sie glaubte, daß Seth während des Telefongesprächs mit ihrem Bruder direkt neben dem Apparat gestanden und das Wesen, das er nicht mehr als seinen Vater betrachtete, mit schlammbraunen Augen angesehen hatte, die in einen Sumpf unter einen Baumstamm gehörten. Bill hatte nur sagen dürfen, was Tak ihm erlaubte, wie jemand, dem man eine Pistole an den Kopf hält. Er hatte seine unbeholfenen Lügen erzählt und sein unnatürliches Cocktailpartylachen ertönen lassen, ha-ha-ha.

Das Ding in Seth hatte Herb im Lauf der Zeit bei lebendigem Leib aufgefressen, und nun versuchte es, sie aufzufressen, aber sie unterschied sich offenbar in einer entscheidenden Hinsicht von Herb: *Sie* hatte eine Zuflucht. Die hatte sie möglicherweise zufällig entdeckt, möglicherweise mit Hilfe von Seth – dem *richtigen* Seth –, und sie konnte nur beten, daß Tak nie herausfand, was sie tat oder wohin sie ging. Daß das Monster ihr niemals in ihre Freistatt folgen konnte.

Im Mai 1982, als sie einundzwanzig und noch Audrey Garin gewesen war, hatten sie und ihre Zimmergenossin Janice Goodlin (die auch ihre beste Freundin war, damals wie heute) ein wunderbares Wochenende – höchstwahrscheinlich das perfekteste Wochenende in Audrey Wylers Leben – im Mohonk Mountain House im Staat New York verbracht. Die Reise war ein Geschenk von Jans Vater gewesen, der für seine Umsätze im Vertrieb einen Geldpreis von seiner Firma bekommen hatte und dabei auch zwei oder drei Sprossen die Karriereleiter hinaufgeklettert war. Wenn es seine Absicht gewesen war, andere an seinem Glück teilhaben zu lassen, war ihm das mit den beiden jungen Frauen großartig gelungen.

Am Samstag des magischen Wochenendes hatten sie ein Picknick vorbereitet (das sie in der Küche in einem wunderbar altmodischen Weidenkorb verstauten) und waren stundenlang spazierengegangen, um nach der perfekten Stelle zu suchen. Normalerweise findet man sie gerade dann nicht, aber sie hatten Glück gehabt. Es war eine wunderbare, fast unberührte Hochlandwiese mit Butterblumen und Gänseblümchen und wilden Rosen. Bienen summten, weiße Schmetterlinge tanzten wie verzaubertes Konfetti, das niemals zur Erde fällt, in der warmen Luft. An einem Ende dieser Wiese lag ein exzentrisch wirkendes kleines, kuppelförmiges Ding – Janice sagte, man würde Folly dazu sagen und könne sie überall auf dem Gebiet der Mohonk finden. Es hatte ein Dach, um Schutz und Schatten zu bieten, war aber nach allen Seiten offen, um Luft und Aussicht zu gewähren.

Die beiden Frauen hatten unglaublich viel gegessen, geredet wie die Wasserfälle und zu drei verschiedenen Anlässen so sehr gelacht, daß ihnen Tränen über die Wangen gelaufen waren. Audrey glaubte nicht, daß sie seitdem je wieder so herzlich gelacht hatte. Sie vergaß nie das leuchtende, klare Sommerlicht dieses Nachmittags, ebensowenig wie die tanzenden weißen Schnipsel der Schmetterlinge.

An diese Stelle kehrte sie zurück, wenn Tak herauskam und die uneingeschränkte Kontrolle von Seth übernahm. Dort versteckte sie sich mit einer Janice, die noch Goodlin statt Conroy hieß, einer Janice, die noch jung war. Manchmal erzählte sie Janice von Seth – wie er zu ihnen gekommen war, und daß weder sie noch Herb festgestellt oder vermutet hatten (jedenfalls anfangs nicht), was in Seth steckte, ein Ding, das sich mucksmäuschenstill verhielt, sie beobachtete, seine Kräfte sammelte und auf den geeigneten Zeitpunkt wartete, um herauszukommen. Bei diesen Gelegenheiten erzählte sie Jan manchmal, wie sehr sie Herb vermißte und welche Angst sie hatte … daß sie sich gefangen fühlte wie eine Fliege im Spinnennetz oder ein Kojote in einem Tellereisen.

Aber solche Worte schienen gefährlich zu sein, daher versuchte Audrey, sie zu vermeiden. Meistens spielte sie nur die reizenden Nebensächlichkeiten dieses längst vergangenen Tages durch, als Reagan in seiner ersten Amtszeit gewesen war und in den Schallplattenläden noch richtige Platten aus Vinyl standen. Ob Ray Soames, Jans damaliger Freund, sich als zärtlicher und rücksichtsvoller Liebhaber erweisen würde (egoistisch wie ein Schwein, hatte Jan drei Wochen später in sachlichem Tonfall berichtet, kurz bevor sie Ray mit seinem aufreizend guten Aussehen endgültig den Laufpaß gab); welche Jobs sie einmal haben würden; wie viele Kinder sie bekommen wollten; und wer aus ihrem Freundeskreis es am weitesten bringen würde.

Alles war erfüllt von der großen, aber unausgesprochenen – vielleicht hatten sie nicht *gewagt,* davon zu sprechen, weil sie Angst gehabt hatten, es könnte alles verderben – Freude an dem Tag, an der unspektakulären Gesundheit zweier junger Frauen und an der Freundschaft, die sie füreinander empfanden. Auf das alles, und nicht ihre momentane Situation, konzentrierte sich Audrey, wenn Tak seine unsichtbaren, aber nichtsdestotrotz schmerzhaften Zähne in sie schlug und versuchte, sie unterzubuttern und anzuzapfen. Sie floh in die Liebe und Helligkeit jenes Tages, und bisher hatte ihr das Beistand und Zuflucht geboten.

Bis jetzt lebte sie noch.

Wichtiger, bis jetzt war sie immer noch sie selbst.

Auf der Wiese verschwanden die Verwirrung und das Dunkel, und alles wurde *klar*: die splittrigen grauen Balken, die das Dach des Folly stützten und je einen dünnen, präzise abgegrenzten Schatten warfen; der Tisch (ebenfalls gesplittert), an dem sie einander auf Holzbänken gegenübersaßen, in die tiefe Initialen eingeschnitzt waren, überwiegend von Liebespärchen; der Picknickkorb, der abseits auf dem Dielenboden stand, noch offen, aber in Wirklichkeit für heute abgehakt; das Besteck und die Plastikbehälter für das Essen, die fein säuberlich für die Rückfahrt zum Hotel gepackt worden waren. Sie konnte das goldene Leuchten in Jans Haar sehen, die lose Haarsträhne auf der linken Schulter ihrer Bluse. Sie hörte jeden Schrei von jedem Vogel.

Nur eines war anders, als es tatsächlich gewesen war. Auf dem Tisch, wo der Picknickkorb gestanden hatte, bis sie ihn wieder zusammenpackten und wegstellten, stand ein rotes Telefon aus Plastik. Audrey hatte mit fünf Jahren genau so eines gehabt, mit dem sie lange und köstliche Nonsens-Telefonate mit einer imaginären Spielgefährtin namens Missy Lulu geführt hatte.

Bei manchen Besuchen in dem Folly auf der Wiese stand das Wort PLAYSKOOL auf dem Telefonhörer. Manchmal (für gewöhnlich an besonders schrecklichen Tagen, die in letzter Zeit immer häufiger wurden) sah sie ein kürzeres und wesentlich geheimnisvolleres Wort darauf: den Namen des Vampirs.

Es war das Tak-Phon, und es läutete nie. Jedenfalls noch nicht. Audrey hegte die Vermutung, wenn es je läuten würde, dann nur, weil Tak ihren sicheren und geheimen Ort gefunden hatte. Wenn das geschah, da war sie ganz sicher, würde das ihr Ende bedeuten. Sie würde vielleicht noch eine Weile atmen und essen, wie Herb auch, aber es wäre nichtsdestotrotz ihr Ende.

Manchmal versuchte sie, das Tak-Phon verschwinden zu lassen. Sie hatte sich überlegt, wenn sie es loswerden, wenn sie das verdammte Ding fortwünschen könnte, würde sie möglicherweise der Kreatur, die ihr Leben in der Poplar Street beherrschte, entkommen können. Aber sie konnte nichts an dem Telefon ändern, so sehr sie es auch versuchte. Es verschwand *manchmal*, aber nie, wenn sie es ansah oder daran dachte. Statt dessen sah sie in Jans lachendes Gesicht (die erzählte, wie sie manchmal in Ray Soames Arme springen und ihm das Gesicht weglutschen wollte, und wie sie sich manchmal wünschte – wenn sie ihn dabei erwischte, wie er sich heimlich in der Nase bohrte –, er würde sich einfach in einer Ecke verkriechen und sterben), und dann sah sie zum Tisch zurück und stellte fest, daß die Tischplatte frei war, das kleine rote Telefon verschwunden. Das bedeutete, *Tak* war verschwunden, jedenfalls für eine Weile, daß er schlief (zumindest döste) oder sich zurückgezogen hatte. Bei vielen dieser Anlässe fand sie Seth auf der Toilette, von wo er sie mit benommenen und umwölkten, aber wenigstens deutlich erkennbar menschlichen Augen ansah. Tak wollte offensichtlich nicht dabei sein, wenn sein Wirtskörper die Eingeweide leerte. Das war Audreys Meinung zufolge eine seltsame und fast existentielle Zaghaftigkeit in einer derart erbarmungslos grausamen Kreatur.

Sie sah nach unten und stellte fest, daß das Telefon verschwunden war.

Sie stand auf, und Jan – die jüngere Jan mit beiden unversehrten Brüsten – hörte fast sofort auf zu sprechen und sah Audrey mit traurigen Augen an. »Schon?«

»Es tut mir leid«, sagte Audrey, obwohl sie keine Ahnung hatte, wie lange sie schon hier war. Wenn sie zurückkam und auf die Uhr sah, würde sie es wissen, aber wenn sie hier war, kam ihr schon das Prinzip der Uhr lächerlich vor. Die Wiese, die im Mai 1982 oberhalb von Mohonk lag, war eine uhrenfreie Zone, barmherzigerweise ohne Ticken.

»Vielleicht kannst du das verdammte Telefon eines Tages endgültig loswerden und bleiben«, sagte Jan.

»Vielleicht. Das wäre schön.«

Aber wäre es schön? Wäre es wirklich schön? Sie wußte es nicht. In der Zwischenzeit mußte sie sich um einen kleinen Jungen kümmern. Und noch etwas: Sie war noch nicht bereit, aufzugeben, und darauf würde es hinauslaufen, wenn sie für immer im Mai 1982 leben würde. Und wer konnte sagen, was sie über die Bergwiese denken würde, wenn sie sie nicht mehr verlassen konnte? Unter diesen Umständen könnte sich ihre Zuflucht in eine Hölle verwandeln.

Allerdings veränderte sich die Situation, und nicht zum Besseren. Zunächst einmal wurde Tak nicht schwächer, wie sie anfangs vielleicht närrischerweise gehofft hatte; wenn überhaupt, wurde Tak immer stärker. Der Fernseher lief ununterbrochen und sendete stets dieselben wiederaufbereiteten Fernsehserien (*Bonanza, The Rifleman* ... und *MotoKops 2200* natürlich), immer und immer wieder. Für sie hörten sich die Leute in den einzelnen Folgen immer mehr wie durchgedrehte Demagogen an, grausame Stimmen, die einen aufrührerischen Mob zu unaussprechlichen Taten anstachelten. Es würde etwas geschehen, und zwar bald. Sie war ziemlich sicher. Tak plante etwas ... wenn man davon ausging, daß er planen konnte, oder überhaupt denken. Vielleicht reichte *Veränderung* als Wort nicht aus – es schien, als würde das Oberste nach unten und das Innerste nach außen gekehrt werden, wie bei einem Erdbeben. Und falls das geschah, *wenn* das geschah –

»Flieh«, sagte Jan mit blitzenden Augen. »Hör auf, daran zu denken, und *tu* es, Aud. Mach die Eingangstür auf, wenn Seth schläft oder scheißt, und lauf wie der Teufel. Verlaß das Haus. Geh weg von diesem Ding.«

Es war das erste Mal, daß Janice ihr einen Rat gab, und das schockierte sie. Sie wußte nicht, was sie darauf antworten sollte. »Ich ... denke darüber nach.«

»Aber nicht zu lange, Mädchen – ich habe das Gefühl, als wäre deine Zeit fast abgelaufen.«

»Ich muß jetzt gehen.« Sie warf einen letzten hektischen Blick auf den Tisch und vergewisserte sich, ob das Play-Skool-Telefon immer noch nicht da war. Es war nicht da.

»Ja. Gut. Tschüs, Aud.« Jans Stimme schien jetzt aus weiter Ferne zu kommen und verblaßte wie ein Gespenst. Verblassend bekam sie eine immer größere Ähnlichkeit mit der Frau, die darauf wartete, daß sie zu ihr aufschloß, eine Frau mit einer Brust und verbohrten, häufig ungnädigen Ansichten. »Komm bald wieder. Vielleicht unterhalten wir uns über *Sergeant Pepper*.«

»Einverstanden.«

Audrey verließ das Folly und sah bergab zu der Natursteinwand mit den wilden rosafarbenen Rosen, über denen weiße Schmetterlinge ihre Pirouetten drehten. Donner grollte an einem dunstigen blauen Himmel. Gott schickte ein Gewitter von den Catskill-Bergen her, was nicht überraschend kam; nichts, das so perfekt war wie dieser Nachmittag, durfte lange währen. *Nichts Goldenes kann bestehen* ... welcher Dichter hatte das gesagt? Es spielte keine Rolle. Janice Goodlin Conroy hatte herausgefunden, daß es ebensosehr wahr wie poetisch war. Und Audrey Garin mit der Zeit auch.

Sie drehte sich um und suchte nach den Gewitterwolken, aber anstelle von dunklen, tiefhängenden Wolken im Frühling über den Catskills sah sie ihr eigenes Wohnzimmer, schäbig und reinigungsbedürftig, Staub unter jedem Möbelstück, jede Glasoberfläche von Fingerabdrücken, Fettspritzern, verschütteter Limonade oder allen dreien verunziert. Es roch nach Schweiß und Hitze, aber hauptsächlich nach Spaghetti aus der Dose und alten gebratenen Hamburgern, denn etwas anderes schien ihr seltsamer Kostgänger nicht essen zu wollen.

Sie war wieder zurück.

Und sie fror. Sie sah an sich hinab und stellte fest, daß sie nur ein Paar Shorts und Turnschuhe trug. Selbstverständlich blaue Shorts, weil Cassandra Styles meistens blaue Shorts trug, und Cassie war Seths Lieblings-MotoKop. Ihre Hände, Handgelenke, Knöchel und Unterarme waren schmutzig. Die weiße, ärmellose Bluse, die sie heute morgen angezogen hatte (bevor er sie übernommen hatte; seither war sie mal mehr, mal weniger da, aber überwiegend hatte Tak das Sagen gehabt und sie dirigiert wie seine eigene elektrische Eisenbahn), lag gleichgültig hingeworfen auf der Couch. Ihre Brustwarzen pochten.

Er hat mich wieder gezwungen, sie zu kneifen, dachte sie, während sie zum Sofa ging und ihre Bluse aufhob. Warum? Weil Cary Ripton, der Junge, der den *Shopper* ausfuhr, sie ohne Bluse gesehen hatte? Ja, möglich. Wahrscheinlich. Wie immer war alles verschwommen, aber sie war ziemlich sicher, daß es nur deswegen sein konnte. Tak war wütend gewesen … die Bestrafung hatte angefangen … und sie ging auf und davon an jenen sagenhaften

Ort früherer Zeiten. Sobald er zurück ins Erkerzimmer gegangen war, um sich wieder seinen gottverdammten Film anzusehen.

Das Kneifen jagte ihr große Angst ein. Bei anderen Gelegenheiten waren die Schmerzen schlimmer gewesen, ganz zu schweigen von den niederträchtigen kleinen Demütigungen – wenn es darum ging, entpuppte sich Tak als wahrer Künstler –, aber dem Brustwarzenkneifen haftete ein eindeutig sexueller Aspekt an. Und dann die Art, wie sie sich kleidete ... oder entkleidete. Tak zwang sie immer häufiger, sich auszuziehen, wenn er wütend auf sie war oder sich auch nur langweilte. Als würde er (oder Seth, oder beide) sie manchmal als seine eigene private Pinup-Version der harten, aber unverändert wachsamen Cassie Styles betrachten. He, Jungs, schaut euch die Titten eures Lieblings-MotoKops an!

Sie wußte praktisch nichts über die Wechselwirkungen zwischen Wirt und Parasit, was ihre Situation nur verschlimmerte. Sie glaubte, daß sich Seth mehr für Cowboys als für Brüste interessierte; schließlich war er erst acht. Aber wie alt war das Ding in ihm? Und was wollte es? Es gab weitaus Schlimmeres als das Kneifen, aber daran wollte sie lieber nicht denken. Doch kurz vor Herbs Tod –

Nein. Daran würde sie ganz bestimmt nicht denken.

Sie schlüpfte in die Bluse und knöpfte sie zu, während sie zur Uhr auf dem Kaminsims sah. Erst 16:15 Uhr, Jan hatte recht gehabt mit ihrem *schon?* Aber das Wetter hatte sich eindeutig verändert, Catskills hin oder her. Donner grollte, Blitze zuckten, und der Regen klatschte so heftig gegen das Wohnzimmerfenster, daß er wie Rauch aussah.

Im Erkerzimmer lief der Fernseher. Selbstverständlich der Film. Der gräßliche, abscheuliche Film. Es war die vierte Kopie von *Die Regulatoren*. Herb hatte die erste etwa einen Monat vor seinem Tod aus dem Video Clip im Einkaufszentrum mitgebracht. Und dieser alte Film war in einer Weise, die sie immer noch nicht verstand, das letzte Teil des Puzzles gewesen, die letzte Zahl der Kombination. Er hatte Tak in gewisser Weise befreit ... oder *gebündelt*, so wie ein Vergrößerungsglas Licht bündeln und in Feuer verwandeln kann. Aber woher hätte Herb wissen sollen, daß das passieren würde? Wie hätte einer von ihnen es wissen können? Damals hatten sie kaum etwas von Taks Existenz geahnt. Er hatte Herb bearbeitet, ja, das wußte sie heute, aber er hatte es fast so lautlos wie ein Egel getan, der sich unter der Wasseroberfläche an einem Menschen festsaugt.

»Wollen Sie es drauf ankommen lassen, Sheriff?« fragte Rory Calhoun zähneknirschend.

Audrey sagte murmelnd, ohne sich dessen richtig bewußt zu sein: »Warum beruhigen wir uns nicht einfach? Denken noch mal darüber nach?«

»Warum beruhigen wir uns nicht einfach?« fragte John Payne im Fernseher. Audrey konnte das Licht der Mattscheibe sehen, das durch den Torbogen zwischen den beiden Zimmern flackerte. »Denken noch mal darüber nach?«

Sie schlich auf Zehenspitzen zu dem Bogen, steckte die Bluse in den Bund ihrer blauen Shorts (eine von einem runden Dutzend, alle dunkelblau mit weißen Streifen an den Seitennähten, an blauen Shorts herrschte hier in der *Casa* Wyler sicherlich kein Mangel), und schaute hinein. Seth saß nackt auf der Couch, abgesehen von einer schmutzigen MotoKops-Unterhose. Die Wände, die Herb selbst mit erstklassigen Kiefernpaneelen verkleidet hatte, waren mit Nägeln übersät, die Seth in Herbs Werkstatt in der Garage gefunden hatte. Viele Kiefernbretter waren vertikal gesplittert. An den achtlos eingeschlagenen Nägeln hingen Bilder, die Seth aus verschiedenen Zeitschriften ausgeschnitten hatte. Überwiegend zeigten sie Cowboys, Raumfahrer und – natürlich – MotoKops. Dazwischen verstreut fand sich eine Auswahl von Seths eigenen Zeichnungen, hauptsächlich Landschaften, die er mit schwarzem Filzstift gemalt hatte. Auf dem Beistelltisch vor ihm standen Gläser mit den eingetrockneten Resten von Schokoladenmilch der Marke Hershey, weil Seth / Tak keine andere trank, und ein Durcheinander von Tellern mit halbverzehrten Mahlzeiten darauf. Bei sämtlichen Mahlzeiten handelte es sich um Seths Leibgerichte: Spaghetti von Chef Boy-Ar-Dee und Hamburger, Makkaroni von Chef Boy-Ar-Dee und Hamburger, Tomatensuppe mit großen Hamburgerstücken, die aus der geronnenen Flüssigkeit herausragten wie verbrannte Pazifikatolle, wo Generationen von Atombomben getestet worden waren.

Seths Augen waren offen, aber leer – er und Tak waren beide fort, wahrscheinlich, um die Batterien aufzuladen, möglicherweise schliefen sie mit offenen Augen wie eine Eidechse auf einem heißen Stein, vielleicht konzentrierten sie sich auch in einer tiefgreifenden und elementaren Art und Weise auf den Film, die Audrey niemals begreifen konnte. Oder wollte. Die Wahrheit war schlicht und einfach, ihr war scheißegal, wo er – *es* – sich befand. Vielleicht konnte sie in Ruhe etwas essen, das hätte ihr schon gereicht. *Die Regulatoren* würden heute, bei der neunmilliardsten Vorführung in *Casa* Wyler, noch etwa zwanzig Minuten laufen, und Audrey dachte, daß ihr soviel Zeit mindestens noch bleiben würde. Zeit für ein Sandwich und ein paar

Zeilen in dem Tagebuch, für das Tak sie wahrscheinlich töten würde, sollte er jemals etwas darüber herausfinden.

Flieh. Hör auf, daran zu denken, und tu es, *Aud.*

Sie blieb mitten im Wohnzimmer stehen und hatte Salami und Salat vorübergehend vergessen. Die Stimme klang so deutlich, daß es einen Augenblick schien, als wäre sie gar nicht aus Audreys Verstand gekommen. Einen Augenblick war sie überzeugt, daß Janice ihr irgendwie aus dem Jahr 1982 gefolgt war und sich hier bei ihr im Zimmer befand. Aber als sie sich mit wildem Blick umdrehte, sah sie niemanden. Nur die Stimmen aus dem Fernseher, Rory Calhoun sagte John Payne, daß genug geredet worden sei, John Payne antwortete: »Na gut, wenn Sie es so wollen.« Nicht mehr lange, und Karen Steele würde zwischen sie treten und sie anschreien, daß sie aufhören sollten, endlich aufhören. Sie würde durch eine Kugel aus Rory Calhouns Waffe getötet werden, die für John Payne bestimmt war, und dann würde die letzte Schießerei beginnen. KA-BUMM und KA-BAMM bis zum bitteren Ende.

Niemand war hier, außer ihr und ihren toten Freunden im Fernseher.

Mach die Eingangstür auf und lauf wie der Teufel.

Wie oft hatte sie schon daran gedacht? Aber sie durfte Seth nicht vergessen; er war ebenso eine Geisel wie sie, vielleicht noch mehr als sie. Mochte er auch autistisch sein, so blieb er doch ein Mensch. Sie wollte gar nicht daran denken, was Tak ihm in seiner Wut antun könnte. Und Seth *war* noch da drinnen, voll und ganz – das wußte sie. Parasiten ernähren sich von ihren Wirten, töten sie aber nicht … es sei denn mit Absicht. Vielleicht, weil sie wütend sind.

Auch an sich selbst mußte sie denken. Janice konnte gut von Flucht reden, einfach die Tür aufmachen und laufen wie der Teufel, aber Janice wußte nicht, daß Tak sie mit Sicherheit töten würde, wenn er sie erwischte, bevor sie entkommen konnte. Und *wenn* sie aus dem Haus kam, wie weit würde sie fliehen müssen, bis sie in Sicherheit war? Auf die andere Straßenseite? Ans Ende der Straße? Terre Haute? New Hampshire? Mikronesien? Sie glaubte, daß es ihr nicht mal in Mikronesien gelingen würde, sich zu verstecken. Weil es eine geistige Verbindung zwischen ihnen gab. Das kleine rote PlaySkool-Telefon – das Tak-Phon – lieferte den Beweis dafür.

Ja, sie wollte fliehen. O ja, so sehr. Aber manchmal war der Teufel, den du kanntest, besser als der, den du nicht kanntest.

Sie ging wieder Richtung Küche, blieb wieder stehen und sah zu dem großen Fenster mit Ausblick auf die Straße. Sie hatte gedacht, der Regen würde so heftig gegen die Scheibe klatschen, daß er wie Rauch aussah, aber die erste Wut des Sturms war bereits verflogen. Das da draußen *sah* nicht nur *aus* wie Rauch, es *war* Rauch.

Sie lief zum Fenster, schaute die Straße entlang und stellte fest, daß das Haus der Hobarts im Regen brannte, so daß dicke weiße Rauchwolken in den grauen Himmel stiegen. Sie sah keine Fahrzeuge oder Menschen in der Nähe (und der Rauch selbst hüllte den toten Jungen und den Hund ein), daher sah sie zur Bear Street hinauf. Wo blieben die Polizeiautos? Die Feuerwehr? Sie sah keine, konnte aber genug erkennen, daß sie hinter vorgehaltenen Händen aufschrie – ohne zu wissen, wann sie die Hände vor den Mund geschlagen hatte.

Ein Auto, das von Mary Jackson, da war sie ganz sicher,

stand mit der Haube fast am Zaun zwischen dem Haus der Jacksons und dem von Doc auf dem Gras. Der Kofferraumdeckel stand offen, und das Heck sah eingedrückt aus. Aber nicht deshalb schrie sie auf. Dahinter lag der Leichnam einer Frau auf Docs Rasen wie eine umgestürzte Statue. Audreys Verstand unternahm kurz den Versuch, sie davon zu überzeugen, daß es sich um etwas anderes handelte – zum Beispiel eine Schaufensterpuppe, die jemand aus unerfindlichen Gründen in Billingsleys Vorgarten geworfen hatte –, dann gab er auf. Es war wirklich eine Leiche. Es war Mary Jackson, und sie war so tot wie … nun, so tot wie Audreys verstorbener Mann.

Tak, dachte sie. War es Tak? Ist er draußen gewesen?

Du hast gewußt, daß er sich auf etwas vorbereitet, dachte sie kalt. Du hast es *gewußt*. Du hast gespürt, wie er seine Kräfte gesammelt hat, während er immer mit diesen verdammten Lieferwagen im Sandkasten gespielt hat, oder vor dem Fernseher, während er Hamburger-Menüs aß und Schokoladenmilch trank und immer beobachtete, beobachtete, beobachtete. Du hast es gespürt wie ein Gewitter, das an einem heißen Nachmittag aufzieht –

Hinter der Frau, vor dem Haus der Carvers, lagen zwei weitere Tote. David Carver, der Donnerstag abends manchmal mit Herb und Herbs Freunden Poker gespielt hatte, lag wie ein gestrandeter Wal in seinem Vorgarten. Über der Badehose, die er immer trug, wenn er das Auto wusch, klaffte ein gewaltiges Loch in seinem Bauch. Auf der Treppe des Carverschen Hauses lag eine Frau in weißen Shorts mit dem Gesicht nach unten. Meterlange rote Haare bildeten eine zerzauste Korona um ihren Kopf herum. Regen glänzte auf ihrem nackten Rücken.

Aber das ist keine Frau, dachte Audrey. Ihr war durch

und durch kalt, als wäre ihre Haut mit Eis abgeschrubbt worden. Das ist nur ein Mädchen, wahrscheinlich nicht älter als siebzehn. Das Mädchen, das heute nachmittag bei den Reeds zu Besuch war. Bevor ich meinen kleinen Ausflug ins Jahr 1982 unternommen habe. Das war Susi Gellers Freundin.

Audrey sah den Block hinab und war plötzlich überzeugt, daß sie sich das alles nur einbildete, daß die Wirklichkeit zurückschnalzen würde wie ein gespanntes Gummiband, sobald sie das unversehrte Haus der Hobarts sehen würde. Aber das Haus der Hobarts brannte immer noch, immer noch stiegen gewaltige, nach Zedernholz riechende Rauchwolken davon auf, und als Audrey die Straße wieder hinaufschaute, sah sie immer noch die Toten. Die Leichen ihrer Nachbarn.

»Es hat angefangen«, flüsterte sie, und hinter ihr, im Erkerzimmer, schrie Rory Calhoun etwas, einen gräßlich prophetischen Fluch: »*Wir werden diese Stadt ausradieren!*«

Flieh! kreischte Jan, eine Stimme nicht aus dem Fernseher, sondern in Audreys Kopf, aber ebenso eindringlich. *Du hast nicht mehr nur noch wenig Zeit, du hast* gar keine *Zeit mehr! Flieh, Aud! Flieh! Lauf! Flieh!*

Okay. Sie würde ihre Sorgen um Seth über Bord werfen und fliehen. Später würde sich das vielleicht an ihr rächen – wenn es ein Später *gab* –, aber vorerst …

Sie ging zur Eingangstür und streckte die Hand nach dem Knauf aus, als eine Stimme hinter ihr ertönte. Sie hörte sich wie eine Kinderstimme an, aber nur, weil sie mit den Stimmbändern eines Kindes geformt wurde. Sonst klang sie tonlos, lieblos, tückisch.

Am schlimmsten aber, nicht ohne eine Prise Humor.

»Einen Augenblick, Ma'am«, sagte Tak mit der Stimme

von Seth Garin, die die Stimme von John Payne imitierte. »Warum beruhigen wir uns nicht einfach, denken noch mal darüber nach?«

Sie versuchte, den Knauf zu drehen, weil sie es trotzdem riskieren wollte – sie war zu weit gegangen, um jetzt noch einen Rückzieher zu machen. Sie würde in den prasselnden Regen hinausstürzen und einfach laufen. Wohin? Irgendwohin.

Aber statt den Knauf zu drehen, sank ihre Hand wieder hinab wie ein beinahe zum Stillstand gekommenes Pendel. Dann drehte sie sich um, obwohl sie sich mit all ihrer Willenskraft dagegen wehrte, und sah das Ding an, das unter dem Torbogen stand, der zum Erkerzimmer führte.

Sie war von ihrem Zufluchtsort zurückgekehrt.

Gott steh ihr bei, sie war von ihrem Zufluchtsort zurückgekehrt, und der Dämon, der sich in dem autistischen kleinen Sohn ihres toten Bruders versteckte, hatte sie bei einem Fluchtversuch erwischt.

Sie spürte, wie Tak sich in ihrem Kopf einnistete und die Kontrolle übernahm, und obwohl sie alles sah und alles spürte, konnte sie nicht einmal schreien.

3

Johnny sprang über den Leichnam von Susi Gellers Freundin hinweg, die mit dem Gesicht nach unten am Boden lag, während ihm der Kopf von einer Kugel dröhnte, die kreischend an seinem linken Ohr vorbeigesaust war ... buchstäblich kreischend, hatte es den Anschein gehabt. Das Herz schlug ihm wie ein Preßlufthammer in der Brust. Er war nahe genug beim Haus der Carvers gewesen, um sich in einer Art Niemandsland zu befinden, als die beiden Lieferwagen das Feuer eröffneten, und wußte, daß er großes Glück hatte, überhaupt noch am Leben zu sein. Einen Augenblick wäre er fast starr stehengeblieben, wie ein Tier im Scheinwerferlicht eines Autos. Dann war das Geschoß – das etwa so groß wie ein Ziegelstein zu sein schien – an seinem Ohr vorbeigeflogen, und er war mit gesenktem Kopf und pumpenden Armen auf die Haustür der Carvers zugerannt. Das Leben war erstaunlich einfach geworden. Er hatte Soderson und dessen wollüstigen Gesichtsausdruck halbbetrunkener Komplizenschaft vergessen; ebenso seine Befürchtung, Jackson könnte nicht ahnen, daß seine gerade verstorbene Frau offenbar von einem Intermezzo nach Hause gekommen war, wie sie in Country- und Westernsongs besungen wurden; hatte Entragian, Billingsley und alle anderen vergessen. Sein einziger Gedanke war gewesen, er könnte im Niemandsland zwischen den beiden Häusern sterben, von Psychopathen getötet, die Masken und seltsame Uniformen trugen und leuchteten wie Gespenster.

Nun befand er sich in einer dunklen Diele und war heilfroh, daß er sich nicht in die Hose gemacht hatte. Irgendwo hinter ihm schrien Leute. An einer Wand war eine Schar Hummel-Figuren befestigt. Sie standen auf kleinen Plattformen … und in jeder anderen Hinsicht hatten die Carvers so normal gewirkt, dachte er. Er kicherte und preßte eine Hand auf die Lippen, um das Kichern zu unterdrücken. Es war entschieden keine Situation, in der man kicherte. Er hatte einen Geschmack auf der Haut, selbstverständlich nur den Geschmack seines eigenen Schweißes, aber einen Augenblick glaubte er, es wäre der Geschmack einer Möse, und er beugte sich nach vorne und glaubte, daß er sich übergeben müßte. Ihm wurde klar, daß er mit ziemlicher Sicherheit ohnmächtig werden würde, wenn er das tat, und der Gedanke half ihm, den Drang zu überwinden. Er nahm die Hand vom Mund, und das half ebenfalls. Zum Lachen war ihm auch nicht mehr zumute, und das mußte ein gutes Zeichen sein.

»Mein *Daddy!*« heulte Ellen Carver hinter ihm. Johnny versuchte sich zu erinnern, ob er jemals – zum Beispiel in Vietnam – ein so durchdringendes, wehklagendes Heulen der Trauer aus dem Mund eines so jungen Mädchens gehört hatte, konnte es aber nicht. *»Mein DADDY!«*

»Still, Liebling.« Das war die frischgebackene Witwe – Törtchen hatte David sie immer genannt. Sie schluchzte selbst noch, versuchte aber schon, zu trösten. Johnny machte die Augen zu und versuchte, sich von allem zu befreien, aber statt dessen zeigte ihm eine gräßliche Erinnerung, worüber er gerade hinweggelaufen – besser gesagt, hinweg*gesprungen* – war. Susi Gellers Freundin. Ein kleines rothaariges Mädchen, wie in den *Peanuts*-Comics.

Er konnte sie nicht da draußen lassen. Sie hatte so tot ausgesehen wie Mary und der arme alte Dave, aber er war über sie hinweggesprungen wie Jack über den Leuchter, während die Kugel noch in seinen Ohren heulte, die ihn knapp verfehlt hatte, und seine Hoden sich hart wie zwei Pfirsichkerne und zusammengeschrumpelt an seinen Unterleib preßten, kein Zustand, in dem ein Mann eine sichere Diagnose treffen konnte.

Er schlug die Augen auf. Ein Hummel-Mädchen mit Schottenmütze ließ ihm eine tote Porzellanbegrüßung zuteil werden. He, Matrose, möchtest du ein bißchen Wolle mit mir kämmen? Johnny lehnte auf den Unterarmen an der Wand. Eine der anderen Hummel-Figuren war von ihrer kleinen Plattform gefallen und lag in Scherben zu seinen Füßen. Johnny vermutete, daß er sie selbst heruntergestoßen hatte, als er versuchte, nicht zu kotzen und diese abscheuliche Pointe – die beiden anderen kenne ich nicht, aber der in der Mitte sieht aus wie Willie Nelson – aus dem Kopf zu bekommen.

Er sah langsam nach links, hörte die Sehnen in seinem Hals ächzen und sah, daß die Eingangstür der Carvers noch offenstand. Das Fliegengitter war nur einen Spalt offen und die Hand der Rothaarigen, weiß und still wie ein ans Ufer gespülter Seestern, dazwischen eingeklemmt. Die Luft draußen war grau vom Regen. Der Regen fiel mit einem konstanten Zischen, wie vom größten Dampfbügeleisen der Welt. Er konnte das Gras wie ein süßliches Parfum riechen. Gewürzt war es mit dem Aroma von Zedernrauch. Gott segne den Blitz, dachte er. Das brennende Haus würde Feuerwehr und Polizei auf den Plan rufen. Aber vorerst …

Das Mädchen. Ein kleines rothaariges Mädchen, wie das, in das Charlie Brown so vernarrt war. Johnny war einfach über sie hinweggesprungen, vom blinden Instinkt getrieben, seinen eigenen Arsch zu retten. Im Eifer des Gefechts verständlich, aber man konnte es nicht dabei bewenden lassen. Nicht, wenn man nachts ruhig schlafen wollte.

Er wollte zur Tür. Jemand hielt ihn am Arm fest. Er drehte sich um und sah das angespannte, ängstliche Gesicht von Dave Reed, dem dunkelhaarigen Zwillingsbruder.

»Nicht«, sagte Dave mit einem verschwörerischen heiseren Flüstern. Sein Adamsapfel hüpfte in seinem Hals auf und ab wie ein Kolben. »Nicht, Mr. Marinville, die könnten noch da draußen sein. Sie würden nur das Feuer auf sich lenken.«

Johnny betrachtete die Hand auf seinem Arm, legte seine eigene darauf und entfernte sie sanft, aber bestimmt. Er konnte sehen, wie ihn Brad Josephson hinter Dave beobachtete. Brad hatte den Arm um die ansehnlichen Hüften seiner Frau gelegt. Belinda schien am ganzen Körper zu zittern, und das war eine Menge, was zittern konnte. Tränen liefen an ihren Wangen hinab und hinterließen glänzende Mokkaspuren.

»Brad«, sagte Johnny. »Bringen Sie alle, die hier sind, in die Küche. Ich bin ziemlich sicher, das ist der am weitesten von der Straße entfernte Raum. Lassen Sie alle auf den Boden setzen, okay?« Er schubste den jungen Reed behutsam in die Richtung. Dave ging, aber langsam, ohne Rhythmus im Gang. Johnny fand, er sah wie ein Aufziehspielzeug mit rostigen Zahnrädern aus.

»Brad?«

»Okay. Aber lassen Sie sich nicht den Kopf wegpusten. Das hatten wir schon zur Genüge.«

»Nein. Ich hänge dran.«

»Dann sehen Sie zu, daß er an Ihnen dranbleibt.«

Johnny sah Brad, Belinda und Dave Reed nach, wie sie den Flur entlang zu den anderen gingen – im Halbdunkel waren sie nur eine Gruppe Schatten –, dann drehte er sich wieder zur Tür um. Er sah, daß ein faustgroßes Loch mit scharfkantigem Drahtgeflecht an den Rändern in das Fliegengitter gerissen worden war. Etwas so Großes, daß er gar nicht daran denken wollte (möglicherweise etwas so Großes wie ein Ziegelstein) war da durchgeschossen worden und hatte die versammelten Nachbarn wie durch ein Wunder verfehlt … hoffte er. Jedenfalls schrie keiner vor

Schmerzen. Aber, Herrgott, womit, um Himmels willen, hatten die Typen in dem Lieferwagen geschossen? Was war so groß?

Er ließ sich auf die Knie nieder und kroch auf den kühlen, feuchten Luftzug zu, der zur Tür hereinkam. Auf den angenehmen Geruch von Regen und Gras zu. Als er so nahe war, wie es nur ging, und mit der Nase fast an das Fliegengitter stieß, sah er nach rechts und dann nach links. Rechts war frei – er konnte fast bis zur Kreuzung sehen, obwohl die Bear Street selbst sich hinter Regenschleiern verbarg. Nichts zu sehen – keine Lieferwagen, keine Außerirdischen, keine Irren, die sich wie Flüchtlinge aus Stonewall Jacksons Armee anzogen. Er sah sein eigenes Haus nebenan; erinnerte sich daran, wie er Gitarre gespielt und seinen alten Folk-Hirngespinsten nachgehangen hatte. Ramblin Jack Marinville, mit seinen unersättlichen Halbstiefeln von Eric Anderson, immer auf dem Weg zum nächsten Horizont, auf der Suche nach den Veilchen der Dämmerung. Er dachte von einer ebenso brennenden wie sinnlosen Sehnsucht erfüllt an seine Gitarre.

Der Ausblick nach links war nicht so gut; man konnte ihn sogar beschissen nennen. Der Bretterzaun und Marys Lumina versperrten die Sicht bergab. Jemand – ein Heckenschütze im Grau der Konföderierten zum Beispiel – könnte sich da unten praktisch überall verstecken und auf die nächste Zielscheibe warten. Ein etwas verbrauchter Schriftsteller, dem noch eine Menge Kaffeehaus-Phantasien durch den Kopf spukten, käme da gerade recht. Wahrscheinlich war niemand mehr da – sie würden wissen, daß die Cops und die Feuerwehr jeden Moment auftauchen konnten, und sich verdünnisiert haben –, aber *wahrscheinlich* schien unter den Umständen nicht ausreichend zu sein. Weil diese Umstände nicht den geringsten Sinn ergaben.

»Miss?« sagte er zu der ausgebreiteten Masse roten Haars auf der anderen Seite des Fliegengitters. »He, Miss! Können Sie mich hören?« Er schluckte und hörte ein lautes Klicken im Hals. Es kreischte nicht mehr in seinem Ohr, dafür ertönte jetzt ein konstantes Summen. Johnny hegte die Befürchtung, daß er damit noch eine ganze Weile würde leben müssen. »Wenn Sie nicht sprechen können, bewegen Sie die Finger.«

Keine Antwort, und das Mädchen bewegte auch die Finger nicht. Sie schien nicht zu atmen. Er konnte Regen auf ihrer für Rothaarige typischen blassen Haut sehen, der zwischen ihrem BH und dem Hosenbund ihrer Shorts hinabfloß, aber sonst schien sich nichts zu bewegen. Nur ihr Haar schien am Leben zu sein, üppig und leuchtend, etwa zwei Töne dunkler als Orange. Wassertropfen funkelten wie Perlen darin.

Der Donner grollte jetzt nicht mehr so bedrohlich und weiter entfernt. Johnny streckte die Hand nach dem Fliegengitter aus, als er einen deutlich lauteren Knall hörte. Johnny fand, daß es sich nach einem Kleinkalibergewehr angehört hatte, und warf sich flach auf den Boden.

»Ich glaube, das war nur eine Dachschindel«, sagte eine Stimme hinter ihm, und Johnny schrie überrascht auf. Er drehte sich um und sah Brad Josephson hinter sich. Brad kauerte ebenfalls auf Händen und Knien. In dem dunklen Gesicht wirkten seine Augen außerordentlich weiß.

»Was, zum Teufel, machen Sie hier?« fragte Johnny.

»Spaßkontrolle bei den weißen Brüdern und Schwestern«, sagte Brad. »Jemand muß darauf achten, daß ihr es nicht zu toll treibt – das ist nicht gut für euer Herz.«

»Ich dachte, Sie würden die andern in die Küche bringen.«

»Und da sind sie auch«, sagte Brad. »Sitzen in einer ordentlichen kleinen Reihe auf dem Boden. Cammie Reed hat das Telefon ausprobiert. Es ist tot, genau wie Ihres. Wahrscheinlich wegen dem Sturm.«

»Ja, wahrscheinlich.«

Brad betrachtete den roten Haarschopf auf der Treppe der Carvers. »Sie ist auch tot, richtig?«

»Ich weiß nicht. Ich glaube ja, aber ... ich werde das Fliegengitter aufmachen und mich vergewissern. Irgendwelche Einwände?«

Er hoffte, Brad würde ja sagen, daß er verdammt viele Einwände hätte, ein ganzes verdammtes *Buch* voll, aber Brad schüttelte nur den Kopf.

»Sie sollten besser flach am Boden bleiben, während ich es tue«, sagte Johnny. »Rechts ist alles klar, aber links kann ich nur bis zu Marys Auto sehen.«

»Ich werde mich flacher machen als eine Ringelnatter in einer Druckerpresse.«

»Ich hoffe, Sie besuchen nie ein Schreibseminar, das ich abhalte«, sagte Johnny. »Und passen Sie auf diese zerbrochene Porzellanfigur auf – zerschneiden Sie sich nicht die Hände.«

»Los«, sagte Brad. »Wenn Sie es tun wollen, dann tun Sie es.«

Johnny zog das Fliegengitter auf. Er zögerte, weil er nicht sicher war, wie er weiter vorgehen sollte, dann nahm er die kalte Seesternhand des Mädchens und fühlte nach einem Puls. Im ersten Moment spürte er nichts, dann –

»Ich glaube, sie lebt!« flüsterte er Brad zu. Seine Stimme

klang rauh vor Aufregung. »Ich glaube, ich spüre einen Puls!«

Johnny vergaß, daß bewaffnete Leute draußen im Regen lauern konnten, riß das Fliegengitter auf, packte eine Handvoll vom Haar des Mädchens und hob ihren Kopf. Brad drängte sich jetzt mit ihm an der Tür; Johnny konnte sein aufgeregtes Atmen hören und Schweiß und Aftershave riechen.

Das Gesicht des Mädchens kam hoch, und doch auch wieder nicht, weil es kein Gesicht mehr gab. Johnny konnte nur eine zerschmetterte rote Masse und ein schwarzes Loch sehen, wo ihr Mund gewesen war. Darunter sah er weiße Brösel, die er auf den ersten Blick für Reis hielt. Dann wurde ihm klar, daß es sich um ihre Zähne handelte, was noch davon übrig war. Die beiden Männer schrien gleichzeitig und harmonisch im Sopran; Brads Aufschrei bohrte sich in Johnnys summendes Ohr wie ein Stachel. Der Schmerz schien ihm durch und durch zu gehen.

»Was ist los?« schrie Cammie Reed hinter der Schwingtür zur Küche. »O Gott, was ist jetzt los?«

»Nichts«, sagten die beiden Männer wieder gemeinsam und sahen einander an. Brad Josephsons Gesicht hatte eine seltsam aschfahle Farbe angenommen.

»Bleiben Sie alle hinten«, rief Johnny. Er wollte es lauter sagen, bekam aber keine Lautstärke in seine Stimme. »Bleiben Sie in der Küche!«

Er stellte fest, daß er immer noch das Haar des toten Mädchens hielt. Es war drahtig, wie ein aufgewickeltes Ako-Pads –

Nein, dachte er kalt. Nicht so. Als würde man einen Skalp halten. Den Skalp eines Menschen.

Er verzog das Gesicht und spreizte die Finger. Das Gesicht des Mädchens fiel mit einem feuchten Platschlaut auf den Beton zurück, auf den Johnny gerne hätte verzichten können. Neben ihm stöhnte Brad und preßte die Innenseite seines Unterarms auf den Mund, um das Geräusch zu unterdrücken.

Johnny zog die Hand zurück, und als das Fliegengitter zufiel, glaubte er, eine Bewegung auf der anderen Straßenseite zu sehen, in Audrey Wylers Haus. Jemand bewegte sich im Wohnzimmer, hinter dem Fenster. Aber jetzt konnte er sich keine Gedanken wegen der Leute da drüben machen. Im Augenblick war er so außer sich, daß er sich um niemanden Gedanken machen konnte, nicht einmal um sich selbst. Er wollte nur eines – aber das, schien es, mehr als alles andere auf der Welt –, nämlich das Heulen der Sirenen von Feuerwehr- und Streifenwagen hören.

Aber er hörte nur Donner, das prasselnde Feuer in Hobarts Haus und das Zischen des Regens.

»Lassen –« begann Brad, verstummte und gab ein Geräusch zwischen einem Würgen und einem Schlucken von sich. »Lassen Sie sie liegen.«

Ja. Was sonst, wenigstens im Moment, hätte er tun können?

Sie zogen sich auf Händen und Knien den Flur entlang zurück. Johnny ging anfangs rückwärts und drehte sich dann um, wobei er mit den Mokassins durch die Scherben der heruntergefallenen Hummel-Figur strich. Brad hatte bereits die Eßzimmertür hinter sich gelassen und fast den halben Weg zur Küche, wo seine Frau, ebenfalls auf den Knien, auf ihn wartete. Brads ansehnliches Hinterteil wippte in einer Art und Weise hin und her, die

Johnny unter anderen Umständen komisch gefunden hätte.

Etwas stach ihm ins Auge, und er blieb stehen. Ein kleines, dekoratives Tischchen stand neben der Tür zum Eßzimmer, wo David Carver nie wieder an Thanksgiving einen Truthahn oder an Weihnachten eine Gans tranchieren würde. Auf diesem Tischchen standen, hey, was für eine Überraschung, ein rundes Dutzend Hummel-Figuren. Der Tisch stand nicht mehr gerade, sondern lehnte an der Wand rechts von der Tür wie ein Betrunkener, der an einem Laternenpfahl döste. Er war eines seiner Beine beraubt worden. Die Schäferinnen, die Melkerinnen und die Bauernjungen von Hummel lagen weitgehend auf dem Rücken oder den Gesichtern; unter dem Tischchen lagen Scherben, da einige heruntergefallen und zerschellt waren. Zwischen den buntbemalten Splittern lag noch etwas, etwas Schwarzes. Im Halbdunkel hielt Johnny es zuerst für den Kadaver eines großen schwarzen Käfers. Er kroch noch ein Stück näher hin und verwarf den Gedanken.

Er sah über die Schulter zu dem faustgroßen Loch in der oberen Hälfte des Fliegengitters. Wenn das von einem Geschoß auf dem letzten Abschnitt einer abwärts verlaufenden Flugbahn stammte –

Er schätzte die Flugbahn eines solchen hypothetischen Projektils ab und stellte fest, daß es tatsächlich ein Tischbein zertrümmert und den Tisch selbst in diese schräge Haltung trunkener Überraschung befördert haben könnte. Und dann, als seine Wucht sich erschöpft hatte, war es zum Stillstand gekommen?

Johnny griff mit der Hand in den Scherbenhaufen hinein und hoffte, daß er sich nicht schneiden würde (seine

Hand zitterte stark, was sich auch durch Konzentration nicht beseitigen ließ), dann hob er den schwarzen Gegenstand auf.

»Was haben Sie da?« fragte Brad und kroch auf Johnny zu.

»Brad, komm sofort hierher!« flüsterte Belinda wütend.

»Ruhig«, sagte Brad zu ihr. »Was haben Sie da, John?«

»Ich weiß nicht«, sagte er und hielt das Ding hoch. Er nahm an, er wisse es doch, habe es eigentlich schon gewußt, seit er es nicht mehr für die sterblichen Überreste eines merkwürdigen Sommerkäfers halten konnte. Aber in seinem ganzen Leben hatte er noch nie so ein abgefeuertes Geschoß gesehen. Es war nicht das Geschoß, welches das Mädchen getötet hatte, so viel schien festzustehen; sonst wäre es plattgedrückt und verformt gewesen. Dieses Ding schien nicht mal einen Kratzer abbekommen zu haben, obwohl es abgefeuert worden und durch das Fliegengitter gegangen war und das Tischbein abgetrennt hatte.

»Zeigen Sie her«, sagte Brad. Seine Frau war zu ihm gekrochen und sah ihm über die Schulter.

Johnny ließ es auf seine blasse Handfläche fallen, einen schwarzen Kegel, etwa siebzehn Zentimeter von der Spitze, die scharf genug aussah, um Haut zu durchstoßen, bis zur runden Basis. Er schätzte, daß der Durchmesser an der breitesten Stelle etwa fünf Zentimeter betrug. Es bestand aus schwarzem Metall und wies, soweit Johnny sehen konnte, keinerlei Markierungen auf. Keine konzentrischen Ringe waren in die Grundfläche eingestanzt, keine Spur von einem Zündhütchen (auch kein heller Kratzer vom Schlagbolzen des Gewehrs, aus dem es abgefeuert worden war), kein Herstellername, keine Kaliberangabe.

Brad sah auf. »Was, zum *Teufel?*« fragte er und hörte sich so bestürzt an, wie Johnny sich fühlte.

»Laßt mich sehen«, sagte Belinda mit leiser Stimme. »Mein Vater hat mich immer mit zum Schießstand genommen, und ich war seine kleine Gehilfin, wenn es ans Nachladen ging. Gib her.«

Brad gab ihr das Geschoß. Sie drehte den Metallkegel zwischen den Fingern, dann hielt sie ihn vor die Augen. Draußen grollte Donner, der lauteste Knall in den letzten paar Minuten, und alle zuckten zusammen.

»Wo haben Sie das gefunden?« fragte sie Johnny.

Er zeigte auf den Haufen Porzellanscherben unter dem schiefen Tischchen.

»Ach ja?« Sie sah skeptisch drein. »Und wieso ist es nicht in die Wand eingedrungen?«

Jetzt, wo sie die Frage aufwarf, sah er, daß es eine verdammt gute Frage war. Das Geschoß war nur durch ein Fliegengitter und ein schmales Tischbein gegangen; warum *war* es nicht in die Wand eingedrungen und hatte nur ein Loch hinterlassen?

»Ich habe so was wie dieses Püppchen in meinem ganzen Leben noch nicht gesehen«, sagte Belinda. »Natürlich habe ich nicht *alles* gesehen, nicht mal annähernd, aber ich kann Ihnen verraten, daß das da nicht mit einer Pistole oder einem Gewehr oder einer Flinte abgefeuert worden ist.«

»Aber sie haben mit Flinten geschossen«, sagte Johnny. »Mit Doppelflinten. Sind Sie sicher, daß das nicht doch –«

»Ich kann mir nicht einmal erklären, wie es abgefeuert worden ist«, sagte sie. »Es hat keine Spuren von einer Zündvorrichtung an der Unterseite, so viel steht fest. Und es ist so *klobig*. Fast wie sich ein Kind ein Geschoß vorstellen würde.«

Die Schwingtür zwischen Flur und Küche ging auf, knallte gegen die Wand und erschreckte sie noch mehr als der Donnerschlag. Es war Susi Geller. Ihr Gesicht war totenblaß, und Johnny fand, daß sie nicht älter als elf aussah. »Nebenan schreit jemand, bei Billingsley«, sagte sie. »Hört sich wie eine Frau an, ist aber schwer zu sagen. Es macht den Kindern angst.«

»Schon gut, Liebes«, sagte Belinda. Sie hörte sich vollkommen ruhig an, und dafür bewunderte Johnny sie. »Geh wieder in die Küche. Wir kommen gleich nach.«

»Wo ist Debbie?« fragte Susi. Die Josephsons versperrten ihr mit ihren ausladenden Figuren barmherzigerweise die Sicht den Flur hinunter zur Eingangstreppe. »Ist sie nach nebenan gelaufen? Ich dachte, sie wäre dicht hinter mir gewesen.« Pause. »Sie glauben doch nicht, daß sie da drüben schreit, oder?«

»Nein, da bin ich ganz sicher«, sagte Johnny und stellte erschrocken fest, daß er schon wieder kurz vor einem hysterischen Lachkrampf stand. »Geh jetzt, Suze.«

Sie ging in die Küche zurück und ließ die Tür hinter sich zufallen. Die Drei sahen einander einen Moment mit ratlosen Verschwörerblicken an. Keiner sagte etwas. Dann gab Belinda Johnny den klobigen schwarzen Kegel zurück, ging im Entengang an ihm vorbei zur Küche und stieß die Tür auf. Brad folgte ihr auf Händen und Knien. Johnny betrachtete das Geschoß noch einen Augenblick und dachte darüber nach, was die Frau gesagt hatte, daß sich so ein Kind eine Gewehrkugel vorstellen würde. Sie hatte recht. Er hatte seinen Anteil von Grundschulklassenzimmern besucht, seit er über die Abenteuer von Pat

Kitty-Cat schrieb, und er hatte eine Menge Bilder gesehen, breit grinsende Mommys und Daddys unter gelben Buntstiftsonnen; merkwürdige grüne Landschaften mit braunen Bäumen, und das hier sah aus wie etwas, das intakt und irgendwie Wirklichkeit geworden aus einem dieser Bilder herausgefallen sein konnte.

Klitzekleines Baby Smitten, sagte eine Stimme tief in seinem Innern, aber als er die Stimme verfolgen und sie fragen wollte, ob sie tatsächlich etwas wußte oder nur leeres Stroh drosch, war sie verschwunden.

Johnny ließ das Geschoß zu den Autoschlüsseln in die rechte Hosentasche gleiten und folgte den Josephsons in die Küche.

4

Steven Jay Ames, ein Läufer, der seine Nominierung zum großen amerikanischen Hürdenrennen ziemlich früh zurückgezogen hatte, folgte einem Motto, und dieses Motto lautete:

KEIN PROBLEM, MANN.

In seinem ersten Semester am MIT hatte er nur Vieren bekommen – trotz SAT-Punktezahlen irgendwo in der Ionosphäre – aber, he,

KEIN PROBLEM, MANN.

Er hatte von Elektroingenieurwissenschaft auf allgemeine Ingenieurwissenschaft umgesattelt, und als seine Zensuren immer noch nicht über die magischen 2.0 Punkte hinausgekommen waren, hatte er seine Koffer gepackt und war die Straße runter zur Boston University gegangen, nachdem er beschlossen hatte, den keimfreien Korridoren der Wissenschaft den Rücken zu kehren und sich den grünen Feldern der englischen Literatur zuzuwenden. Coleridge, Keats, Hardy, ein wenig T. S. Eliot. Ich hätte ein Paar spitzer Klauen sein sollen, die auf dem Grund des Universums kratzen, hier tanzen wir um den Stachelbaum; Angst im zwanzigsten Jahrhundert, Mann. An der BU war er eine Zeitlang ganz gut zurechtgekommen, dann war er in seinem ersten Jahr ausgestiegen, ebensosehr Opfer von besessenem Bridgespielen wie von Alkohol und Panama Red. Aber

KEIN PROBLEM, MANN.

Er war nach Cambridge gegangen, hatte sich treiben lassen, Gitarre gespielt und herumgevögelt. Gitarre spielen konnte er nicht besonders gut, vögeln schon besser, aber

KEIN PROBLEM, MANN,

echt nicht. Er hatte einfach die Gitarre eingepackt und war per Daumen nach New York City gereist.

In den Jahren seither hatte er mit seinen spitzen Klauen auf Vertreterjobs gekratzt, war als Discjockey eines kurzlebigen Heavy-Metal-Senders in Fishkill, New York, um den Stachelbaum getanzt, hatte sich als Ingenieur bei einem Rundfunksender verdingt, als Promoter von Rockkonzerten (sechs gute Auftritte, gefolgt von einer alptraumhaften Flucht aus Providence mitten in der Nacht –

er blieb ein paar ziemlich harten Typen rund sechzigtausend Dollar schuldig, aber

ECHT KEIN PROBLEM, MANN),

als handlesender Guru an der Strandpromenade des Palisades Park, und dann als Gitarrentechniker. Darin fühlte er sich irgendwie wohl und wurde Helfer in der Not im Staat New York und im östlichen Pennsylvania. Es gefiel ihm, Gitarren zu stimmen und zu reparieren – das war friedlich. Außerdem konnte er sie viel besser reparieren als spielen. In dieser Zeit hatte er auch aufgehört, Dope zu rauchen und Bridge zu spielen, was seine Lage noch weiter vereinfachte.

Zwei Jahre zuvor, als er in Albany gelebt hatte, hatte er Freundschaft mit Deke Ableson geschlossen, der den Club Smile leitete, ein gutes Roadhouse, wo man fast an jedem Abend Blues hören konnte. Zuerst war Steve in seiner Eigenschaft als freiberuflicher Gitarrentechniker im Smile aufgekreuzt, dann war er eingesprungen, als der Typ am Mischpult einen kleineren Herzinfarkt hatte. Das *war* anfangs problematisch gewesen, möglicherweise die erste Herausforderung, die Steve als Erwachsener meistern mußte, aber er war aus unerfindlichen Gründen dabei geblieben, obwohl er Angst gehabt hatte, es zu vermasseln und von betrunkenen Motorradfreaks gelyncht zu werden. Teilweise lag es an Deke, der anders war als alle Clubbesitzer, die Steve bis dahin kennengelernt hatte: Er war kein Dieb, kein Wüstling und kein Mann, der Selbstbestätigung nur darin fand, daß er andere einschüchterte und herunterputzte. Außerdem *mochte* er Rock and Roll wirklich, während die meisten Clubbesitzer, die Steve vorher kennengelernt hatte, ihn verabscheuten und Yanni oder Zhamfir und seine Panflöte hörten, wenn sie allein in ihren Autos saßen. Deke war genau der Typ, den Steve, der gerade einmal in seinem Leben daran gedacht hatte, das Formblatt 1040 auszufüllen, gut leiden konnte: ein

ZERO-PROBLEM-

Typ. Seine Frau war auch okay, umgänglich und nachsichtig, mit Schlafzimmerblick, einem guten Sinn für Humor, wunderbaren Brüsten und, soweit Steve das beurteilen konnte, keiner untreuen Ader im Leib. Am besten war aber, daß Sandy ebenfalls dabei war, sich von ihrer Bridge-Sucht zu erholen. Steve führte viele tiefschürfende Unterhaltungen mit ihr, über den fast übermächtigen Zwang zu überreizen, besonders, wenn um Geld gespielt wurde.

Im Mai dieses Jahres hatte Deke das Angebot bekommen, einen Job als Manager in einem sehr großen Club – einer Art House of Blues – in San Francisco zu übernehmen, und akzeptiert. Er und Sandy waren vor drei Wochen per Flugzeug aufgebrochen. Er hatte Steve einen guten Job versprochen, wenn Steve ihre ganze Scheiße (überwiegend Platten, mehr als zweitausend, Anachronismen wie Hot Tuna und Quicksilver Messenger Service und Canned Heat) zusammenpacken und mit einem Mietwagen rüberbringen würde. Steves Antwort:

KEIN PROBLEM, DEKE.

He, er war seit fast sieben Jahren nicht mehr an der Westküste gewesen und dachte sich, daß ihm die Veränderung guttun würde. Um die alten Duracells wieder aufzuladen.

Er hatte etwas länger als erwartet gebraucht, um seinen Scheiß in Albany auf die Reihe zu kriegen, den Bus zu organisieren, den Bus zu beladen und sich auf den Weg zu machen. Er hatte mehrere Anrufe von Deke bekommen, und beim letzten schien der ein bißchen angekratzt gewesen zu sein, und als Steve ihn darauf angesprochen hatte, hatte Deke gesagt, nun, so würde man eben nach drei Wochen werden, die man in Schlafsäcken pennen und in denen man immer dasselbe halbe Dutzend T-Shirts tragen mußte – ob er denn nun käme oder nicht? Ich komme, ich komme, hatte Steve geantwortet. Reg dich ab, Großer. Und er war losgefahren. Schon vor drei Tagen. Anfangs lief alles super. Aber heute nachmittag war ein Schlauch oder so was geplatzt, er hatte den Highway an der Ausfahrt Wentworth verlassen und sich auf die Suche nach der Großen Amerikanischen Werkstatt gemacht, und dann – boa, ey! – war der große Knall unter der Haube gekommen, und sämtliche Anzeigen am Armaturenbrett verkündeten schlechte Nachrichten. Er hoffte, daß es nur ein Ventil war, aber eigentlich hatte es sich mehr nach einem Kolbenfresser angehört. Auf jeden Fall hatte sich der Ryder, der seit dem Aufbruch in New York eine Schöne gewesen war, mit einem Mal in ein Biest verwandelt. Trotzdem,

KEIN PROBLEM;

er mußte nur Mr. Schraubenschlüssel finden und ihn sein Ding durchziehen lassen.

Allerdings hatte Steve die falsche Abzweigung genommen und war vom Industriegebiet an der Mautstraße in eine Wohngegend geraten, auf jeden Fall nicht in eine Gegend, wo sich Mr. Schraubenschlüssel während der Arbeitszeit aufhalten würde. Inzwischen hatte er den Bus schon wie ein Baby behandelt, weil Dampf aus dem Kühler kam, der Öldruck sank, die Temperatur stieg, ein unangenehm *verbrannter* Geruch aus der Lüftung drang … aber echt

KEIN PROBLEM, MANN.

Nun … vielleicht ein

ganz kleines Problem

für die Leute von Ryder, das stimmte, aber Steve dachte sich, daß sie nicht unter der Last zusammenbrechen würden. Dann – he, Klasse, Baby – ein kleiner Laden mit einem blauen Münzfernsprecher-Schild über der Tür … und die Nummer, die man bei einem Motorschaden anrufen mußte, stand direkt hier auf der Sonnenblende der Fahrerseite.

ABSOLUT KEIN PROBLEM,

die Geschichte seines Lebens.

Aber *jetzt* hatte er ein Problem. Ein Problem, neben dem es eine Kleinigkeit zu sein schien, sich mit der Bedienung des Mischpults im Smile Club vertraut zu machen.

Er befand sich in einem kleinen Haus, das nach Pfeifenrauch roch, in einem Wohnzimmer, wo gerahmte Fotos von Tieren an den Wänden hingen – ganz besonderen Tieren, wenn man den Bildlegenden glauben durfte –, einem Wohnzimmer, in dem nur der große, unförmige Fernsehsessel wirklich abgenutzt aussah, und hatte sich gerade sein Taschentuch um das Bein gebunden, wo er eine Schußwunde abbekommen hatte, zwar nur eine oberflächliche, aber nichtsdestotrotz eine *Schußwunde*, und Leute schrien, hatten Angst und schrien, und die magere Frau in der ärmellosen Bluse war ebenfalls verwundet (und nicht nur oberflächlich), und draußen lagen *Tote* herum, und wenn das alles kein Problem war, überlegte Steve, dann mußte »Problem« ein sinnloser Begriff sein.

Sein Arm wurde über dem Handgelenk festgehalten, und zwar schmerzhaft. Eigentlich wurde er nicht nur gepackt; er wurde *gekniffen*. Er schaute nach unten und sah das Mädchen im blauen Verkäuferinnenkittel, die mit der irren Frisur. »Flippen Sie mir bloß nicht aus«, sagte sie mit gepreßter Stimme. »Die Frau da braucht Hilfe, sonst wird sie sterben, also flippen Sie mir *ja nicht* aus.«

»Kein Problem, Rehlein«, sagte er, und als er die Worte – x-beliebige Worte – aus seinem Mund kommen hörte, fühlte er sich gleich etwas kräftiger.

»Nennen Sie mich nicht Rehlein, dann nenne ich Sie nicht Böckchen«, sagte sie mit einer leisen, spröden Keine-Faxen-Stimme.

Er prustete vor Lachen. In diesem Zimmer hörte es sich äußerst befremdlich an, aber das kümmerte ihn nicht. Sie offenbar auch nicht. Sie sah ihn mit dem zaghaftesten Ansatz eines Lächelns in den Mundwinkeln an. »Okay«, sagte er. »Ich nenne Sie nicht Rehlein, Sie nennen mich nicht Böckchen, und keiner von uns wird ausflippen, einverstanden?«

»Ja. Was ist mit Ihrem Bein?«

»Nichts weiter. Sieht mehr nach einer Schürfwunde als nach einer Schußverletzung aus.«

»Sie Glücklicher.«

»Ja, ich werd vielleicht ein bißchen Desinfektionsmittel draufschütten, wenn es sich ergibt, aber im Vergleich zu ihr ...«

»*Gary!*« heulte das Vergleichsobjekt. Ihr Arm, sah Steve, war kaum noch mit dem Rest des Körpers verbunden; er schien nur an einem dünnen Strang Fleisch zu hängen. Ihr Mann (ebenfalls mager, aber mit einer erblühenden vorstädtischen Wampe, die gerade begann, Form anzunehmen) führte eine Art hilflosen, hektischen Tanz um sie herum auf. Steve mußte an einen Eingeborenen in einem alten Dschungelstreifen denken, der um einen düsteren Steingötzen herumhüpft und den Zappelphilipp macht.

»*Gary!*« kreischte sie wieder. Ein konstanter Blutstrom floß aus ihrer verletzten Schulter und färbte die linke Seite ihres rosa Oberteils dunkelorange. Ihr kalkweißes Gesicht war schweißgebadet; das Haar klebte ihr strähnig am Kopf. »*Gary, hüpf hier nicht rum wie ein Hund, der eine Stelle zum Pissen sucht, sondern hilf mir –*«

Sie sackte gegen die Wand zwischen Wohnzimmer und Kochnische und atmete keuchend. Steve rechnete damit, daß ihre Knie einknicken würden, aber das taten sie nicht. Sie umklammerte das linke Handgelenk mit der rechten Hand und hielt Steve und Cynthia behutsam den verletzten Arm hin. Der blutglänzende Knorpel, der den Arm noch mit dem Rest des Körpers verband, gab ein schmatzendes Geräusch von sich, wie ein Putzlappen, wenn man ihn auswringt, und Steve wollte ihr sagen, daß sie das lassen, daß sie nicht an sich herumspielen sollte, damit sie das verdammte Ding nicht ganz abriß, wie den Flügel eines Brathühnchens.

Dann machte Gary vor Steve den Zappelphilipp, hüpfte auf und ab wie ein Mann auf einem Pogo-Stick, während hektische rote Flecken sein blasses Gesicht färbten. Gib etwas mehr Baß auf die Achtundachtziger, dachte Steve.

»Helfen Sie ihr!« kreischte Gary. »Helfen Sie meiner Frau! Sie verblutet!«

»Ich kann nicht –« begann Steve.

Gary streckte den Arm aus und packte Steve am T-Shirt. *Wenn kein Platz mehr in der Hölle ist,* stand auf diesem Schmuckstück, *kommen die Toten auf die Erde zurück.* Er reckte Steve sein schmales, fiebriges Gesicht entgegen. Gin und Panik glitzerten in seinen Augen. »Gehören Sie zu ihnen? Sind Sie einer von denen?«

»Ich verstehe nicht –«

»Gehören sie zu dem Mordkommando? Sagen Sie die Wahrheit!«

Steve stieß die Hände des Mannes wütender, als er für möglich gehalten hatte (Wut war normalerweise nicht sein Ding, ganz und gar nicht), von seinem alten und heißgeliebten T-Shirt weg, und schubste ihn. Gary taumelte einen Schritt zurück, riß erst die Augen auf und kniff sie dann wieder zusammen.

»Okay«, sagte er. »Okay, ja. Sie haben es so gewollt. Sie haben es gewollt, und jetzt bekommen Sie es.«

Cynthia trat zwischen die beiden und sah Steve einen Moment an – wahrscheinlich, um sich zu vergewissern, daß er noch nicht auf Angriffsmodus gegangen war –, dann Gary. »Was, zum Teufel, ist denn mit Ihnen los?« fragte sie ihn.

Gary lächelte gezwungen. »Er ist nicht von hier, oder?«

»Herrgott, ich auch nicht! Ich komme aus Bakersfield, Kalifornien – gehöre *ich* deshalb zu ihnen?«

»Gary!« Es klang wie das Kläffen eines Hundes, der eine lange Strecke auf einer staubigen Straße gelaufen ist und sich heiser gebellt hat. »Hör auf mit dem Scheiß und hilf mir! Mein Arm –« Sie hielt den Arm weiter hoch, und jetzt mußte Steve – er wollte es nicht, konnte aber nicht anders – an Mucci's Fleischerei in Newton denken. Typ mit weißem Hemd, weißer Mütze, blutbefleckter Schürze, der seiner Mutter ein Stück Fleisch hinhielt. *Servieren Sie es fast blutig mit ein bißchen Minzsoße, Mrs. Ames, und Ihre Familie wird nie wieder Brathühnchen verlangen, das garantiere ich Ihnen.*

»Gary!«

Der magere Typ mit dem ginversetzten Atem ging einen Schritt auf sie zu, dann sah er wieder Steve und Cynthia an. Das gezwungene, wissende Lächeln war verschwunden. Nun sah er nur elend aus. »Ich weiß nicht, was ich für sie tun soll«, sagte er.

»Gary, du krankes Spatzenhirn!« sagte Marielle mit leiser, hoffnungsloser Stimme. »Du völliger Schwachkopf.« Ihr Gesicht wurde noch weißer. Sie hatte, um es genau zu sagen, diesen legendären *whiter shade of pale* angenommen. Unter den Augen hatte sie braune Flecken – die sich auszubreiten schienen wie Schwingen –, und ihr linker Turnschuh war inzwischen nicht mehr weiß, sondern durch und durch rot.

Sie wird sterben, wenn sie nicht sofort Hilfe bekommt, dachte Steve. Er fühlte sich erstaunt und irgendwie dumm zugleich bei dem Gedanken. Er dachte an *professionelle* Hilfe, vermutete er, an Männer in grünen Notarztkitteln, die Sachen sagten wie »zehn Kubik Epi, Stat«. Aber solche Männer waren nicht hier, und offenbar würden auch keine kommen. Er konnte immer noch keine Sirenen hören, nur das Donnergrollen, das sich langsam Richtung Osten entfernte.

An der Wand links von ihm hing das gerahmte Foto eines kleinen braunen Hundes mit unheimlich intelligenten Augen. Auf dem weißen Feld unter dem Foto stand in sorgfältigen Druckbuchstaben: DAISY, PEMBROKE-CORGI, 9 JAHRE, KONNTE ZÄHLEN. WAR OFFENSICHTLICH IMSTANDE, KLEINE ZAHLEN ZU ADDIEREN. Links von Daisy hing das mit dem Blut der Frau bespritzte Foto eines Collies, der wirklich und wahrhaftig in die Kamera zu grinsen schien. Die gedruckte Bildlegende lautete: CHARLOTTE, BORDER-COLLIE, 6 JAHRE. KONNTE FOTOS DURCHSEHEN UND DIE AUSSORTIEREN, DIE IHR BEKANNTE PERSONEN ZEIGTEN.

Links von Charlotte hing das Foto eines Papageis, der eine Camel zu rauchen schien.

»Nichts von alledem passiert wirklich«, sagte Steve mit einer freundlichen – beinahe jovialen – Stimme. Er wußte nicht, ob er mit Cynthia oder nur sich selbst redete. »Ich glaube, ich bin irgendwo in einem Krankenhaus. Ich glaube, ich hatte auf dem Highway einen Frontalzusammenstoß mit dem Bus. Es ist wie *Alice im Wunderland,* nur die Version von den Nine Inch Nails.«

Cynthia machte den Mund auf, um zu antworten, aber da kam der alte Mann – der wahrscheinlich Daisy beobachtet hatte, wie sie sechs und zwei addierte und auf acht kam,

ABSOLUT KEIN PROBLEM FÜR DAISY –

mit einer alten schwarzen Tasche herein. Der Cop (war sein Name wirklich Collie, überlegte Steve, oder war das nur eine groteske Illusion, ausgelöst durch die Fotos an der Wand?) folgte ihm und zog dabei seinen Gürtel aus den Schlaufen. Als letzter kam benommen schlendernd Peter Wie-hieß-er-gleich-wieder, der Mann der Frau, die tot da draußen lag.

»Helfen Sie ihr!« schrie Gary und vergaß Steve und seine Verschwörungstheorien zumindest vorerst. »Helfen Sie ihr, Doc, sie blutet wie ein gestochenes Schwein!«

»Sie wissen, daß ich kein richtiger Arzt bin, Gary, oder nicht? Nur ein alter Pferdedoktor, das ist al–«

»Nenn mich nicht Schwein«, unterbrach ihn Marielle. Ihre Stimme war so leise, daß man sie fast nicht hören konnte, aber in ihren Augen, die sie auf ihren Mann gerichtet hatte, loderte Verachtung. Sie wollte sich aufrichten, konnte es nicht und rutschte statt dessen weiter an der Wand hinunter. »Wage es nicht … mich so zu nennen.«

Der alte Tierarzt drehte sich zu dem Cop um, der mit entblößtem Oberkörper an der Küchentür stand und den Gürtel gestreckt zwischen den Fäusten hielt. Er sah wie der Raußschmeißer einer Leder-Bar aus, wo Steve einmal für eine Gruppe mit Namen The Big Chrome Holes am Mischpult gestanden hatte.

»Muß ich?« fragte der Cop mit dem entblößten Oberkörper. Er war selbst ziemlich blaß, aber Steve fand, daß er noch einigermaßen fit zu sein schien, zumindest vorläufig.

Billingsley nickte und stellte seine Tasche auf den großen Sessel vor dem Fernseher. Er klappte sie auf und kramte darin herum. »Und beeilen Sie sich. Je mehr Blut sie verliert, desto schlimmer wird ihr Zustand.« Er sah auf, in einer Hand eine Spule Faden, in der anderen eine

Chirurgenschere mit gebogenen Spitzen. »Für mich ist das auch kein Vergnügen. Als ich das letztemal einen Patienten in einer ähnlichen Lage hatte, war es ein Pferd, das jemand für einen Hirsch gehalten und ins Bein geschossen hatte. Legen Sie ihn so hoch oben wie möglich an die Schulter. Drehen Sie die Schnalle zur Brust und ziehen Sie so fest zu, wie Sie können.«

»Wo ist Mary?« fragte Peter. »Wo ist Mary? Wo ist Mary? *Wo ist Mary?*« Jedesmal, wenn er die Frage stellte, wurde seine Stimme kläglicher. Bei der vierten Wiederholung klang sie nur noch wie ein Krächzen im Falsett. Unvermittelt schlug er die Hände vor das Gesicht, wandte sich von allen anderen ab und drückte die Stirn an die Wand zwischen BARON, einem Labrador, der seinen Namen mit Klötzchen buchstabieren konnte, und DIRTY-FACE, einem verdrossen dreinschauenden Ziegenbock, der offenbar eine Reihe einfacher Melodien auf der Harmonika spielen konnte. Steve überlegte sich, wenn er je eine Ziege hören würde, die »The Yellow Rose of Texas« auf der Hohner spielte, würde er sich wahrscheinlich vor einen Zug werfen.

Derweil sah Marielle Soderson Billingsley so stechend an wie ein Vampir einen Mann, der sich beim Rasieren geschnitten hat. »Tut weh«, krächzte sie. »Geben Sie mir was dafür.«

»Ja«, sagte Billingsley. »Aber zuerst der Druckverband.«

Er nickte dem Cop ungeduldig zu. Der Cop setzte sich in Bewegung. Inzwischen hatte er das Ende des Gürtels in die Schnalle geschoben und eine Schlinge gebildet. Er streckte die Hand zaghaft nach der blonden Frau aus, deren blondes Haar durch den Schweiß zwei Schattierungen dunkler geworden war. Sie hob die unversehrte Hand und stieß ihn überraschend kräftig zurück. Der Cop hatte nicht damit gerechnet. Er stolperte zwei Schritte rückwärts, stieß gegen die Armlehne des Fernsehsessels und fiel darauf. Er sah aus wie ein Komiker, der gerade in einem Film einen bühnenreifen Sturz hingelegt hat.

Die magere Frau würdigte ihn keines weiteren Blickes. Ihre ganze Aufmerksamkeit galt dem alten Mann und seiner schwarzen Tasche.

»*Sofort!*« bellte sie, und jetzt hörte es sich *tatsächlich* an, als würde sie bellen. »Geben Sie mir *sofort* was dafür, sie alter Scheiß-Quacksalber, die Schmerzen bringen mich um!«

Der Cop rappelte sich aus dem Sessel auf und sah Steve in die Augen. Steve verstand die Botschaft, nickte und näherte sich der Frau namens Marielle von rechts. Sei vorsichtig, ermahnte er sich, sie ist total ausgerastet und wird wahrscheinlich kratzen oder beißen oder was weiß ich, also sei vorsichtig.

Marielle stieß sich von der Wand ab, schwankte, fing sich und ging auf den alten Mann zu. Sie hielt ihren Arm wieder vor sich wie Beweisstück A bei einem Prozeß. Billingsley wich einen Schritt zurück und sah nervös von dem Cop mit entblößtem Oberkörper zu Steve.

»Geben Sie mir Demerol, Sie Frettchen!« schrie sie mit ihrer bellenden, erschöpften Stimme. »Her damit, oder ich dreh Ihnen den Hals um, bis Sie gebutterte Maiskolben scheißen! Ich werde –«

Der Cop nickte Steve wieder zu und sprang auf der linken Seite nach vorn. Steve sprang ebenfalls und legte der Frau einen Arm um den Hals. Er wollte sie nicht würgen, hatte aber Angst, sich hinter sie zu stellen, aus Versehen ihren verletzten Arm zu packen und sie noch mehr zu verletzen. »Halten Sie still!« brüllte er. Er wollte nicht brüllen, er wollte es nur *sagen*, aber es kam nicht so heraus. Im selben Moment schob ihr der Cop die Gürtelschlinge über die linke Hand und an ihrem Arm hinauf.

»Halten Sie sie fest, Kumpel!« rief der Cop. »Halten Sie sie still!«

Einen Augenblick gelang es Steve, dann lief ihm ein warmer und brennender Schweißtropfen ins Auge, und er lockerte seinen Würgegriff, als Collie Entragian gerade seinen behelfsmäßigen Druckverband festziehen wollte. Marielle wandte sich nach rechts, den haßerfüllten Falkenblick immer noch auf den alten Tierarzt gerichtet, und ihr Arm löste sich in der Hand des barbrüstigen Cops. Steve konnte ihre Armbanduhr sehen, eine Indiglo, deren Sekundenzeiger zwischen der Vier und der Fünf stehengeblieben war. Der Gürtel hielt noch einen Moment an der Schulter, dann fiel er zu Boden, eine Schlaufe mit nichts darin. Die Verkäuferin schrie und sah den Arm mit aufgerissenen Augen an. Der Cop betrachtete ihn mit offenem Mund.

»Legen Sie ihn auf Eis!« plärrte Gary, »Legen Sie ihn sofort auf Eis! Sof –« Dann schien ihm mit einemmal wirklich klar zu werden, was geschehen war. Was der Cop in der Hand hielt. Er machte den Mund auf, drehte den Kopf auf eine seltsame Weise herum und reiherte auf das Foto des zigarettenrauchenden Papageis.

Marielle bemerkte nichts davon. Sie stolperte mit dem verbliebenen ausgestreckten Arm auf den eindeutig entsetzten Tierarzt zu. »Ich will eine Spritze, und ich will sie *jetzt!*« krächzte sie. »Hast du mich verstanden, du altes Waschweib? Ich will eine verdammte Spri-Spri–«

Sie sank auf die Knie. Senkte den Kopf, ließ ihn hängen. Dann hob sie ihn mit gewaltiger Willenskraft wieder. Für einen Moment fiel ihr Raubvogelblick auf Steve. »Wer, zum Teufel, sind Sie?« fragte sie mit klarer, verständlicher Stimme, dann kippte sie vornüber auf das Gesicht. Ihr Kopf kam Zentimeter von Peters Fersen entfernt zu liegen, dem Mann, der gerade seine Frau verloren hatte. Jackson, dachte Steve plötzlich. Das ist sein Nachname, Jackson. Peter Jackson stand immer noch mit dem Gesicht in den Händen an der Wand. Wenn er einen Schritt rückwärts macht, dachte Steve, stolpert er über sie.

»Himmel Arsch«, sagte der Cop mit leiser, fassungsloser Stimme. Dann sah er hinab und stellte fest, daß er immer noch den Arm der Frau hielt. Er hielt ihn weit von sich und ging mit steifen Schritten in die Küche. Das Prasseln des Regens tönte sehr laut in Steves Ohren.

»Kommen Sie«, sagte der alte Mann, der wieder zu sich kam. »Wir sind noch nicht fertig. Streifen Sie ihr den Gürtel über, junger Mann. Schnalle zur Brust hin. Alles klar?«

»Ich denke ja«, sagte Steve, aber er war erleichtert, als Cynthia, die Verkäuferin, den Gürtel aufhob und sich damit neben die bewußtlose Frau kniete.

Aus »Der Energiekorridor«, Folge 55 von *MotoKops 2200*, Originaldrehbuch von Allen Smithee

ZWEITER AKT

AUFBLENDE:

INNEN KRISENZENTRUM; HQ DER MOTOKOPS

Der Raum wird, wie immer, von dem riesigen SituSchirm beherrscht. Davor, auf einer Schwebeplattform, steht COLONEL HENRY mit ernster Miene. An dem hufeisenförmigen Krisentisch sitzen PIKE, ROOTY und CASSIE.

Auf dem SituSchirm sehen wir ein WELTRAUM-PANORAMA. In der Ferne die Erde, auf die Entfernung nicht mehr als eine blau-grüne Münze. Sie sieht recht friedlich aus.

SNAKE HUNTER (verächtlich wie immer): Was soll die ganze Aufregung? Ich sehe nichts, das aussieht, als wäre es – *Was zum –??!!*

Plötzlich taucht der ENERGIEKORRIDOR auf dem SituSchirm auf, den er fast ausfüllt, und läßt die Sterne rechts und links verschwinden. Es ist, als würde man die Ankunft von Darth Vaders Schlachtschiff am Anfang des ersten *Krieg-der-Sterne*-Films sehen; mit einem Wort, ehrfurchtgebietend!

Der KORRIDOR besteht aus zwei langen Metallplatten, aus denen in Abständen große, quadratische Vorsprünge herausragen. Der KORRIDOR SUMMT GEHEIMNISVOLL, und BLAUES ELMSFEUER FLACKERT KNISTERND zwischen den quadratischen Vorsprüngen.

Cassie Styles stöhnt und sieht bestürzt zum SituSchirm. COLONEL HENRY drückt einen Knopf an seiner Handbedienung, worauf der Schirm auf STANDBILD schaltet. Wir können die Erde immer noch sehen, aber mit dem Korridor auf beiden Seiten sieht sie aus, als wäre sie in einem möglicherweise tödlichen ELEKTRISCHEN NETZ gefangen!

COL. HENRY (zu SNAKE HUNTER):
Deshalb die ganze Aufregung! Der Energiekorridor, Überbleibsel einer längst verschwundenen außerirdischen Rasse! Tödlich ... und er rast *direkt auf die Erde zu!*

CASSIE (erschrocken):
Heiliger Strohsack!

COLONEL HENRY:
Ruhig, Cassie – er ist immer noch mehr als hundertfünfzigtausend Lichtjahre entfernt. Das hier ist eine Simulation.

MAJOR PIKE:
Ja, aber wie schnell bewegt er sich?

COLONEL HENRY:
Das ist das Problem. Ich würde sagen, wenn es uns nicht gelingt, diese Krise in den kommenden zweiundsiebzig Stunden zu bewältigen, könnt ihr wahrscheinlich, eure Pläne für das Wochenende vergessen.

ROOTY:
Root-root-root-root!

SNAKE HUNTER:
Sei still, Rooty!
(zu COL. HENRY).
Und wie sieht *unser* Plan aus?

COLONEL HENRY steigt mit der Schwebeplattform höher, damit er mit seinem Zeigestock auf einige Vorsprünge an den Innenseiten des Korridors deuten kann.

COLONEL HENRY:
Telemetrische Daten der Sonde besagen, daß der Energiekorridor selbst mehr als zweihunderttausend Meilen lang und fünfzigtausend Meilen breit ist, ein Flur des Todes, in dem nichts überleben kann! Aber er könnte eine Schwachstelle haben! Ich glaube, diese quadratischen Vorsprünge

sind Energiegeneratoren. Wenn wir sie ausschalten könnten –

BOUNTY:
Sprechen wir von einem Angriff mit den Power Wagons, Boß?

Kamerafahrt auf COLONEL HENRYS grimmiges Gesicht.

COLONEL HENRY:
Es ist die einzige Chance für die Erde.

INNEN, KRISENTISCH, MIT DEN MOTOKOPS

SNAKE HUNTER:
Ein Angriff mit den Power Wagons im All? Das könnte schnell zu einem Himmelfahrtskommando werden!

ROOTY:
Root-root-root-root!

ALLE:
Sei still, Rooty!

INNNEN, EIN FLUR IM KRISENZENTRUM

COLONEL HENRY und CASSIE STYLES gehen voraus, die anderen MotoKops folgen ihnen. ROOTY stolpert wie immer als letzter hinterher.

COLONEL HENRY:
Du machst dir Sorgen, Kleines.

CASSIE:
Natürlich mache ich mir Sorgen! Snake Hunter hat recht! Die Power Wagons wurden nicht für die Belastungen eines Einsatzes im Weltraum gebaut!

COLONEL HENRY:
Aber das ist nicht das *einzige*, das dir durch den Kopf geht.

CASSIE:
Manchmal *hasse* ich deine telepathischen Fähigkeiten, Hank.

COLONEL HENRY:
Komm schon ... raus damit.

CASSIE:
Etwas an diesen Aufbauten in dem Energiekorridor macht mir Kopfzerbrechen. Wenn es nun *keine* Energiegeneratoren sind?

COLONEL HENRY:
Was sollten sie *sonst* sein?

Sie haben die Schiebetür zum Power Wagon Korral erreicht. COLONEL HENRY legt die Hand auf das Handflächenschloß, und die Tür geht auf.

CASSIE:
Ich weiß nicht, aber ...

INNEN, DER POWER WAGON KORRAL MIT DEN MOTOKOPS

CASSIE stöhnt erschrocken auf, ihre Augen werden groß! COLONEL HENRY legt mit grimmiger Miene einen Arm um sie. Die anderen Mitglieder scharen sich um beide.

ROOTY:
Root-root-root-root!

SNAKE HUNTER:
Ja, Rooty! Du hast ja so recht!

Er schaut verbittert auf.

INNEN, DER POWER WAGON KORRAL, AUS DER SICHT DER MOTOKOPS

In der Mitte der parkenden Power Wagons, zwischen dem Tracker Arrow von Snake Hunter und dem silberfarbenen Rooty-Toot, schwebt ein grimmiger Besucher: der Meatwagon, der LEISE SUMMT.

INNEN, SCHNITT AUF DIE MOTOKOPS

COLONEL HENRY:
MotoKops, macht euch bereit zum Gefecht!

SNAKE HUNTER (mit schon gezückter Pistole):
Schon passiert, Boß.

Die anderen zücken die Waffen.

INNEN, MEATWAGON

Der Doom-Turm GLEITET ZURÜCK und gibt den Blick frei auf NO FACE, bedrohlich wie immer in seiner schwarzen Uniform. Hinter ihm am Kontrollpult sitzt, sexy herausgeputzt wie immer, GRÄFIN LILI. Das Hypno-Juwel um ihren Hals FLACKERT WILD durch das gesamte Farbspektrum.

NO FACE:
Schwebeplattform, Gräfin. Sofort!

GRÄFIN LILI:
Ja, Erhabener.

Die GRÄFIN zieht einen Hebel. Eine Schwebeplattform erscheint. NO FACE steigt darauf und wird auf den Boden des Korrals hinabgetragen. Er ist unbewaffnet, und als COLONEL HENRY nach vorne tritt, steckt der seine Waffe ins Halfter.

COLONEL HENRY:
Sind Sie nicht ein bißchen weit von zu Hause entfernt, No Face?

NO FACE:
Man ist immer da zu Hause, wo man sich zu Hause fühlt, mein lieber Hank.

BOUNTY:
Wir haben keine Zeit für Spielchen.

NO FACE:
Zufällig muß ich Ihnen beipflichten. Der Energiekorridor rückt näher. Sie, Colonel Henry, planen einen Angriff mit den Power Wagons -

MAJOR PIKE:
Woher wissen Sie das?

NO FACE (eiskalt):
Weil ich das *auch* tun würde, du Idiot!
(zu COL. HENRY):
Ein Angriff mit den Power Wagons ist ein unglaubliches Risiko, aber er könnte auch die einzige Chance für die Erde sein. Sie brauchen jede Hilfe, und Ihnen steht kein Fahrzeug zur Verfügung, das so mächtig wie der Meatwagon ist.
SNAKE HUNTER
Das ist Ansichtssache, Sie Armleuchter. Mein Tracker Arrow -

COLONEL HENRY:
Schluß damit!

(zu NO FACE):
Worauf wollen Sie hinaus?

NO FACE:
Ich biete Ihnen eine Partnerschaft, bis die Krise überwunden ist. Wir sollten unsere alte Feindschaft begraben, zumindest vorübergehend. Den Energiekorridor gemeinsam angreifen.

Er streckt die schwarzbehandschuhte Hand aus. COLONEL HENRY will einschlagen, doch da tritt MAJOR PIKE nach vorne. Seine mandelförmigen Augen sind groß, sein Mundrüssel bebt besorgt.

MAJOR PIKE:
Nicht, Hank! Du kannst ihm nicht trauen! Es ist ein Trick!

NO FACE:
Ich kann Ihre Gefühle verstehen, Major ... wir beide, oder nicht, Gräfin?

GRÄFIN LILI:
Ja, Erhabener.

NO FACE:
Aber diesmal gibt es keine Tricks, keine verdeckten Karten.

COLONEL HENRY (zu MAJOR PIKE):
Und wir haben keine andere Wahl.

NO FACE:
Wirklich nicht. Die Zeit wird knapp.

COLONEL HENRY schüttelt NO FACE die Hand.

NO FACE:
Partner?

COLONEL HENRY:
Vorübergehend.

ROOTY:
Root-root-root-root!

AUSBLENDE. Ende des Zweiten Akts.

Kapitel 6

1

Mit der Stimme Ben Cartwrights, des Patriarchen der Ponderosa, sagte Tak: »Ma'am, ich habe den Eindruck, als hätten Sie ausbüchsen wollen.«

»Nein ...« Es war ihre Stimme, aber schwach und weit entfernt, wie eine Rundfunksendung von der Westküste in einer regnerischen Nacht. »Nein, ich wollte nur in den Laden. Uns fehlt ...« *Was?* Was könnte ihnen fehlen, das diesem Monster etwas bedeuten würde, woran es glaubte? Gott sei Dank fiel ihr etwas ein: »Schokoladensirup! Von Hershey!«

Es kam von der Tür auf sie zu, Seth Garin in seinen MotoKops-Unterhosen, aber jetzt sah sie etwas Erstaunliches, Gräßliches: Die nackten Zehen des Jungen streiften über den Wohnzimmerteppich, aber sonst schwebte er wie ein Luftballon. Es war Seths Körper, an Hand- und Fußgelenken sichtlich schmutzig, aber in den Augen war kein Seth zu sehen. Überhaupt keiner. Jetzt war es nur das Ding, das aussah, als gehörte es in einen Sumpf.

»Sagt, sie wollte einen Bummel runter zum Laden machen«, sagte die Stimme von Ben Cartwright. Was immer auch Tak sein mochte, es war ein teuflisch guter Stimmenimitator. Das mußte man ihm lassen. »Was meinst du, Adam?«

»Ich glaube, sie lügt, Pa«, sagte die Stimme von Pernell Roberts, dem Schauspieler, der Adam Cartwright gespielt hatte. Roberts hatte im Lauf der Jahre seine Haare verloren, aber trotzdem als bester abgeschnitten; die Schauspieler, die seinen Vater und seine Brüder gespielt hatten, waren alle gestorben, seit *Bonanza* in den Sonnenuntergang von Wiederholungen und Kabelfernsehen geritten war.

Wieder die Stimme von Ben Cartwright, als das Ding näher kam – so nahe, daß sie sauren Schweiß und den süßlichen Nachgeschmack von *No More Tears Shampoo* riechen konnte. »Was meinst du, Hoss? Raus damit, Junge.«

»Sie lügt, Pa«, sagte die Stimme von Dan Blocker ... und einen Moment sah der schwebende Junge *wirklich* wie Blocker aus.

»Little Joe?«

»Lügt, Pa.«

»Root-root-root-root!«

»Sei still, Rooty!« sagte die Stimme von Snake Hunter. Es war, als würde ein unsichtbares Ensemble talentierter Wahnsinniger eine Show für sie abziehen. Als das Ding vor ihr wieder das Wort ergriff, war Snake Hunter verschwunden und Ben Cartwright wieder zur Stelle, der gestrenge Moses der Sierra Nevada. »Wir sehen Lügner nicht gern auf der Ponderosa, Ma'am. Ausbüchser auch nicht. Was, meinen Sie, sollen wir mit Ihnen anfangen?«

Tu mir nicht weh, versuchte sie zu sagen, brachte aber keine Worte heraus, nicht einmal ein Flüstern. Sie versuchte, auf ein internes Leitungsnetz umzuschalten, indem sie sich das kleine rote Telefon vorstellte, nur mit dem in den Plastikhörer eingestanzten Wort SETH darauf. Es machte ihr angst, daß sie Seth auf diese Weise direkt erreichen wollte, aber sie hatte noch nie so in der Klemme gesteckt. Wenn es beschloß, daß sie sterben mußte …

Sie sah das Telefon im Geiste, sah sich selbst in den Hörer sprechen, und was sie zu sagen hatte, war schmerzlich einfach: Laß nicht zu, daß es mir weh tut, Seth. Am Anfang hast du Macht über es gehabt, das weiß ich. Vielleicht nicht viel, aber ein wenig. Wenn du noch welche hast – Macht, Einfluß –, bitte laß nicht zu, daß es mir weh tut, bitte laß nicht zu, daß es mich tötet. Es geht mir elend, aber nicht so elend, daß ich sterben möchte. Noch nicht.

Sie suchte nach einem Flackern von Menschlichkeit in den Augen des schwebenden Dings, nach der winzigsten Spur von Seth, fand aber nichts.

Plötzlich schnellte ihre linke Hand in die Höhe, stieß wieder herab und schlug ihr mit einem Klatschen auf die linke Wange, das sich anhörte, als würde ein Stück Feuerholz brechen. Hitze strömte durch ihre Haut; es war, als hätte jemand eine UV-Lampe auf diese Gesichtshälfte gerichtet. Ihr linkes Auge tränte.

Nun stieg ihre rechte Hand vor ihren Augen empor wie die Schlange eines hinduistischen Swamis aus ihrem Korb. Sie verharrte einen Moment vor ihrem Gesicht, dann ballte sie sich langsam zur Faust.

Nein, versuchte sie zu sagen, bitte nicht, bitte, Seth, laß es nicht zu, aber auch diesmal brachte sie nichts heraus; die Faust, deren Knöchel im Halbdunkel übertrieben weiß wirkten, schlug zu, und dann schien Audreys Nase zu einer Wolke weißer Pünktchen, Schmetterlingen gleich, zu explodieren. Die Pünktchen tanzten irre vor ihren Augen, während warmes Blut ihr über Lippen und Kinn floß. Sie taumelte rückwärts.

»Diese Frau ist eine Beleidigung für das Rechtsempfinden des dreiundzwanzigsten Jahrhunderts!« sagte Colonel Henry mit seiner strengen Stimme – einer Stimme, die sie mit jeder Folge der verdammten Zeichentrickserie selbstgefälliger fand und mehr haßte. »Man muß ihr klarmachen, wie verwerflich ihr Tun ist.«

Hoss: »Ganz recht, Colonel! Wir müssen diesem Miststück zeigen, wer die Oberhand hat!«

»Root-root-root-root!«

Cassie Styles: »Ganz recht, Rooty! Und wir wollen damit anfangen, daß wir sie ein wenig süßer machen!«

Sie ging wieder – besser gesagt, wurde gegangen. Das Wohnzimmer schwebte an ihr vorbei wie eine Landschaft vor den Fenstern eines Zuges. Ihre Wange pochte. Ihre Nase pochte. Sie konnte Blut auf ihren Zähnen schmecken. Jetzt stellte sie sich ein Telefon im Stil der MotoKops vor, in dem man seinen Gesprächspartner tatsächlich sehen konnte, und stellte sich weiter vor, wie sie Seth in diesem Telefon erblickte. Bitte, Seth, es ist deine Tante Audrey, erkennst du mich wieder, auch wenn mein Haar jetzt eine andere Farbe hat? Tak hat mich gezwungen, es zu färben, damit es wie das von Cassie aussieht, und wenn ich ausgehe, muß ich ein blaues Stirnband tragen, wie Cassie, aber ich bin es trotzdem, Tante Audrey, die dich aufgenommen hat, die auf dich aufpaßt, es zumindest versucht, und jetzt mußt du auf mich aufpassen. Laß nicht zu, daß es mich zu sehr verletzt, Seth, bitte nicht.

In der Küche waren die Lichter aus, der Raum war eine Höhle voll dunkler, wallender Schatten. Als sie über den gelben Linoleumboden befördert wurde (der in sauberem Zustand fröhlich aussah, jetzt aber fettig und gelbstichig wirkte), kam ihr ein von einer schrecklichen Logik diktierter Gedanke: Warum *sollte* Seth ihr helfen? Selbst wenn er ihre Botschaft bekam und noch helfen konnte, warum sollte er? Flucht vor Tak bedeutete, Seth seinem Schicksal zu überlassen, und genau das hatte sie gerade versucht. Wenn der Junge noch da war, mußte er das so gut wissen wie Tak.

Ein Schluchzen, kläglich und matt wie der Atem eines Invaliden, entrang sich ihr, als die Finger ihrer blutigen rechten Hand nach dem Lichtschalter tasteten, ihn fanden und darauf drückten.

»Mach sie süßer, Pa!« hechelte Little Joe Cartwright. »Mach sie süßer, bei Jasper!« Die Stimme schnellte plötzlich in die Höhe und wurde zum schrillen Lachen von Rooty dem Roboter. Audrey wünschte sich, sie würde den Verstand verlieren. Immer noch besser als dies hier, oder nicht? Es mußte besser sein.

Statt dessen sah sie mit an, ein hilfloser Passagier in ihrem eigenen Körper, wie Tak sie herumdrehte, mit ihr zum Gewürzregal ging und ihre Hand benützte, um das Schränkchen darüber zu öffnen. Die andere Hand riß einen gelben Tupperware-Behälter heraus, der auf den Boden fiel; Makkaroni flogen in alle Richtungen über den Boden. Als nächstes kam das Mehl, das neben ihren Füßen landete und ihre Beine mit feinem Staub überzog. Die Hand schnellte in das Loch das sie geschaffen hatte, und ergriff den Honigbären aus Plastik. Die andere Hand nahm seinen Deckel, schraubte ihn auf und warf den Deckel beiseite. Einen Augenblick später schwebte der Bär verkehrt herum über ihrem offenen, wartenden Mund.

Die Hand, die sie um den feisten Bauch des Bären gelegt hatte, drückte rhythmisch, wie sie einst den Gummiball der Hupe an ihrem Schwinn-Fahrrad gedrückt hatte. Blut von ihrer geschundenen Nase lief ihr in den Hals. Dann floß ihr Honig in den Mund, dickflüssig und zum Erbrechen süß.

»Schluck's runter!« schrie Tak jetzt mit keiner anderen Stimme als seiner eigenen. »Schluck's runter, du Miststück!«

Sie schluckte. Einen Mundvoll, dann zwei, dann drei. Beim drittenmal schien sich ihr die Kehle zuzuschnüren. Sie versuchte vergeblich zu atmen. Alptraumhafter süßer Leim klebte ihre Luftröhre zu. Sie fiel auf die Knie, kroch auf dem Küchenboden herum, während ihr das dunkelrot gefärbte Haar ins Gesicht hing, und hustete dicke Klumpen blutigen Honigs aus. Der Honig war ihr auch in die Nase gedrungen, verklebte sie und tropfte aus ihren Nasenlöchern.

Noch einige Augenblicke schien sie nicht atmen zu können, und die weißen Punkte, die vor ihren Augen tanzten, wurden schwarz. Ich werde ertrinken, dachte sie. In Sue-Bee-Honig ertrinken.

Dann wurde ihre Luftröhre wieder frei, jedenfalls ein wenig, und sie sog Luft in die Lungen, ihren verstopften, verschleimten Hals hinab, und weinte vor Schrecken und Schmerz.

Tak ließ sich vor ihr auf Seth Garins schorfige Knie fallen und schrie ihr ins Gesicht: »Versuch *nie wieder*, vor mir zu fliehen! *Nie* wieder! *Nie* wieder! Hast du verstanden? Nick mit deinem dummen Kopf, du dumme Kuh, und zeig mir, daß du verstanden hast!«

Seine Hände – die Hände, die sie nicht sehen konnte, die in ihrem Kopf waren –, ergriffen sie, und auf einmal bewegte sich ihr Kopf auf und ab, ihr Kopf stieß bei jeder Abwärtsbewegung gegen den Boden, und Tak lachte.

Lachte. Sie glaubte, er würde weiter mit ihrem Kopf auf den Boden schlagen, bis sie bewußtlos wurde und einfach in der Schweinerei liegenblieb, die sie angerichtet hatte.

Dann hörte es so plötzlich auf, wie es angefangen hatte. Die Hände waren fort. Die Berührung seines Geistes war ebenfalls fort. Sie sah vorsichtig auf, wischte sich mit dem Handrücken die Nase ab, sog voller Panik Luft ein und stieß sie mit großen, halb würgenden Atemzügen wieder aus. Ihre Stirn pochte. Sie konnte bereits eine Schwellung spüren.

Der Junge sah sie an. Und sie glaubte, es *war* der Junge. Ganz sicher war sie nicht, aber –

»Seth?«

Einen Augenblick hockte er nur da, ohne zu nicken, ohne den Kopf zu schütteln. Dann streckte er eine schmutzige Hand aus und wischte mit Fingern, die sie kaum spüren konnte, Honig von ihrem Kinn.

»Seth, wo ist es hin? Wo ist Tak?«

Er quälte sich. Sie konnte sehen, wie er sich abmühte. Möglicherweise mit seiner Angst, aber sie war nicht sicher, ob er Angst empfand. Selbst wenn, kämpfte er im Moment wahrscheinlich gegen seinen eigenen defekten Kommunikationsapparat. Er gab ein Gurgeln von sich, das sich anhörte wie Luft in Abwasserleitungen, und sie dachte, daß er wahrscheinlich nicht mehr herausbringen würde. Als sie gerade versuchen wollte, sich auf die Füße zu rappeln, brachte er doch zwei erstickte Worte heraus.

»Fort. Bau.«

Sie sah ihn an, wobei sie immer noch durch einen Honigfilm atmete, es aber vorübergehend gar nicht merkte. Ihr Herz schlug etwas schneller bei dem Wort *fort.* Sie sollte es besser wissen, zumal nach dem, was eben geschehen war, aber –

»Ist er in einem Bau, Liebling? In einen Bau gegangen? Willst du das damit sagen? Was für einen Bau?«

»Bau«, wiederholte Seth. Er bemühte sich und warf den Kopf von einer Seite auf die andere. Schließlich: »Bau-en. *Machen*.«

Bauen. Nicht Bau, sondern bauen, das Verb. Tak *baute*. Tak *machte* etwas. Was machte er ... außer Ärger?

»Er«, sagte Seth. »Er. Er. *Er –!*«

Der Junge schlug sich mit einer Frustration selbst auf den Oberschenkel, die sie noch nie an ihm gesehen hatte. Sie nahm die Faust, mit der er sich geschlagen hatte, und öffnete sie sanft wieder zur Hand.

»Nein, Seth.« Ihr Zwerchfell zog sich wieder zusammen, aber sie unterdrückte den Würgereflex – der Honig lag ihr wie ein schwerer Stein im Magen. »Liebes, nicht. Ganz ruhig. Sag es mir, wenn du kannst. Wenn nicht, ist es auch nicht schlimm.« Eine Lüge, aber wenn sie ihn noch mehr unter Druck setzte, würde er es nie herausbekommen. Schlimmer, er könnte sich wieder zurückziehen. Zurückziehen und die behagliche freie Nische hinterlassen, die Tak so gerne bewohnte.

»Er –!« Seth streckte die Hände aus, berührte ihre Ohren. Dann legte er die Handrücken hinter seine eigenen Ohren und drückte sie nach vorne. Sie sah, daß sie nach den vielen Stunden im Sandkasten ebenfalls schmutzig waren – sandig –, und da brannten Tränen in ihren Augen. Aber er sah sie erwartungsvoll an, und sie nickte. Ja, sie hatte begriffen. Wenn Seth sich wirklich anstrengte, konnte er ziemlich gut sein – jedenfalls so gut er sein mußte.

Er hört dir zu, wollte der Junge sagen. Tak hört dir mit meinen Ohren zu. Selbstverständlich tat er das. Tat *es* das. Tak der Glorreiche, ein Geschöpf mit tausend Stimmen, die meisten im bärbeißigen Westerntonfall, und einem Paar Ohren.

Tak hatte sich vor ihr niedergelassen, aber es war Seth, der wieder aufstand, nur ein magerer kleiner Junge in schmutzigen Unterhosen. Er ging zur Tür, drehte sich aber wieder um. Audrey selbst kauerte noch auf den Knien und überlegte, ob sie von hier aus nach dem Tresen greifen oder erst noch ein Stückchen näher hinkriechen sollte.

Sie zuckte zusammen, als sie ihn zurückkommen sah, und dachte, Tak wäre zurückgekommen, weil sie den harten Glanz seiner Intelligenz in Seths Augen zu erkennen glaubte. Als er näherkam, stellte sie fest, daß sie einen verzeihlichen Fehler gemacht hatte. Seth weinte. Sie hatte ihn noch nie weinen gesehen, nicht einmal, wenn er mit aufgeschürften Knien oder einer Beule am Kopf zu ihr kam. Bis eben war sie nicht ganz sicher gewesen, ob er überhaupt weinen *konnte*.

Er legte die Arme um ihren Hals und ließ seine Stirn gegen ihre fallen. Es tat weh, aber sie wich nicht zurück. Einen Augenblick sah sie das verschwommene, aber sehr nachdrückliche Bild eines roten, zu enormer Größe angewachsenen Telefons. Dann verschwand es, und sie hörte Seths Stimme in ihrem Kopf. Sie hatte schon mehrfach gedacht, daß sie ihn hören könnte, daß er versuchte, telepathisch mit ihr in Verbindung zu treten. Das Gefühl empfand sie am stärksten, wenn sie kurz vor dem Einschlafen war oder gerade erwachte. Aber stets weit entfernt, wie eine Stimme, die durch Nebelbänke ruft. Aber nun schien die Stimme erschreckend nahe zu sein. Es war die Stimme eines klugen, nicht im geringsten behinderten Kindes.

Ich mache dir keinen Vorwurf, daß du weglaufen wolltest, sagte die Stimme. Audrey spürte einen Eindruck von Hast und Verstohlenheit. Es war, als würde sie einem Schüler zuhören, der seinem Klassenkameraden hastig wichtigen Klatsch und Tratsch zuflüstert, während die Lehrerin ihnen den Rücken zudreht. *Geh zu den anderen, denen auf der anderen Straßenseite. Du mußt warten, aber es wird nicht lange dauern. Weil er –*

Keine Worte, aber ein anderes verschwommenes Bild, das ihren ganzen Kopf ausfüllte und vorübergehend alle anderen Gedanken verdrängte. Es war Seth. Er trug das Kostüm eines Narren und eine Mütze mit Glöckchen. Er jonglierte. Keine Bälle, Puppen. Kleine Porzellanpuppen. Hummel-Figuren. Aber erst, als er eine fallenließ, die zerschellte, und sie das zerbrochene Gesicht von Mary Jackson neben den rot-weißen Schnabelschuhen des Narren liegen sah, wurde ihr bewußt, daß es die Puppen ihrer Nachbarin waren. Sie dachte, daß sie selbst teilweise für diese Metapher verantwortlich war – sie hatte Kirstie Carvers Hummel-Figuren (ein so langweiliges Hobby, wie man es sich nur vorstellen konnte, fand Audrey) tausendmal gesehen –, aber sie spürte, was immer sie hinzugefügt haben konnte, änderte nicht das Geringste an dem, was Seth ihr mitteilen wollte. Welchen Irrsinn Tak auch immer vorhatte – sein *Bauen*, sein *Machen* –, er war emsig damit beschäftigt.

Aber so emsig offenbar auch wieder nicht, als ich vor ein paar Minuten zur Tür hinaus wollte, dachte sie. Nicht zu beschäftigt, um mich aufzuhalten. Und nicht zu beschäftigt, um mich zu bestrafen. Vielleicht werde ich beim nächstenmal Salz statt Honig schlucken müssen.

Oder Abflußreiniger.

Ich sage dir, wann, kam die Stimme des Kindes wieder. *Hör auf mich, Tante Audrey. Wenn die Power Wagons wiederkommen. Hör auf mich. Es ist wichtig, daß du fliehst. Weil –*

Diesmal flackerten viele Bilder vorüber. Manche kamen und gingen so schnell, daß sie sie nicht identifizieren konnte, aber ein paar bekam sie mit: eine leere Chef-Boy-Ar-Dee-Dose, die im Abfall lag, eine alte, zerbrochene Toilettenschüssel auf einer Müllhalde, ein Auto auf Betonklötzen, ohne Räder, ohne Scheiben. Sachen, die kaputt waren. Sachen, die verbraucht waren.

Als letztes, bevor der Kontakt unterbrochen wurde, sah sie das Porträt von sich selbst auf dem Tisch in der Diele. Die Augen des Porträts waren verschwunden, ausgestochen worden.

Seth ließ sie los, wich zurück und sah zu, wie sie die Kante des Tresens ergriff und sich daran hochzog. Ihr Magen, in dem schwer der Honig lag, den Tak sie hatte schlucken lassen, fühlte sich wie ein Gegengewicht an. Seth sah wieder aus wie immer – distanziert und abgeschaltet, mit dem emotionalen Empfinden eines Felsbrockens. Aber da waren die sauberen Streifen unter seinen Augen. Die waren da.

»Ah-oh«, sagte er mit seiner tonlosen Stimme – sie und Herb hatten angenommen, diese Laute könnten *Audrey, hallo* bedeuten –, dann verließ er die Küche. Ging ins Erkerzimmer zurück, wo die entscheidende Schießerei noch im Gange war. Und wenn sie zu Ende war? Nun, wahrscheinlich würde Seth bis zur FBI-Warnung zurückspulen und wieder von vorne anfangen.

Aber er hat mit mir gesprochen, dachte sie. Laut und deutlich in meinem Kopf. Über seine Version des Play-Skool-Telefons. Nur ist seine Version so *groß*.

Sie holte den Besen aus der Kammer und fegte Mehl und Makkaroni zusammen. Im Erkerzimmer schrie Rory Calhoun: »Hiergeblieben, du hühnerbrüstiger Yankee!«

»Es muß nicht so kommen, Jeb«, murmelte Audrey beim Fegen.

»Es muß nicht so kommen, Jeb«, sagte Ty Hardin – der im Film Deputy Laine spielte –, und dann erschoß der böse alte Colonel Murdock ihn. Seine letzte Schurkentat; noch dreißig Sekunden, und er würde selbst erschossen werden.

Audreys Zwerchfell zog sich wieder zusammen. Krampfartig. Sie ging zur Spüle, zog den Besen in einer Hand hinter sich her, und beugte sich darüber. Sie würgte, aber nichts kam heraus. Einen Augenblick später ließ der Krampf nach. Sie drehte den Kaltwasserhahn auf, beugte sich hinunter und trank direkt daraus, dann spritzte sie sich zaghaft zwei Handvoll auf ihre schmerzende Stirn. Es tat gut. Herrlich.

Sie drehte den Hahn zu, ging in die Kammer zurück und holte die Kehrschaufel. Tak baute, hatte Seth gesagt. Tak machte etwas. Aber was? Als sie sich unbeholfen vor dem zusammengefegten Haufen auf die Knie niederließ, Besen in einer Hand, Kehrschaufel in der anderen, fiel ihr eine dringendere Frage ein: Wenn sie tatsächlich fliehen konnte, was würde es mit ihrem Neffen machen? Was würde es Seth antun?

2

Belinda Josephson hielt ihrem Mann die Küchentür auf, dann richtete sie sich auf und sah sich um. Das Deckenlicht war nicht an, trotzdem herrschte etwas mehr Helligkeit in dem Raum als vorher. Der Sturm ließ nach, und sie vermutete, daß es in einer oder zwei Stunden wieder heiß und strahlend sein würde.

Sie sah zur Uhr an der Wand über dem Küchentisch und erlebte einen leichten Ausbruch von Unwirklichkeit. 16:03? War es möglich, daß so wenig Zeit verstrichen sein konnte? Sie sah genauer hin und stellte fest, daß sich der Sekundenzeiger nicht bewegte. Sie streckte die Hand nach dem Lichtschalter aus, als Johnny auf Händen und Knien in die Küche gekrochen kam und sich aufrichtete.

»Das können Sie sich sparen«, sagte Jim Reed. Er saß zwischen Kühlschrank und Herd auf dem Boden und hatte Ralphie Carver auf dem Schoß. Ralph hatte den Daumen im Mund. Seine Augen wirkten glasig und apathisch. Belinda hatte ihn nie besonders gut leiden können und kannte niemanden in der Straße, der ihn leiden konnte (ausgenommen seine Eltern, dachte sie), aber dennoch rührte der Anblick ihr Herz.

»Was können wir uns sparen?« fragte Johnny.

»Den Lichtschalter. Der Strom ist ausgefallen.«

Sie glaubte ihm, drückte aber trotzdem mehrmals auf den Schalter. Nichts.

Es waren eine Menge Leute in diesem Zimmer – sie zählte elf, sich selbst eingeschlossen –, aber durch das dumpfe Schweigen schienen es weniger zu sein. Ellie Carver gab immer noch ab und zu ein feuchtes Schluchzen von sich, aber sie hatte das Gesicht an der Brust ihrer Mutter liegen, und Belinda hielt es für möglich, daß sie tatsächlich schlief. David Reed hatte einen Arm um Susi Geller gelegt. Auf der anderen Seite saß ihre Mutter, die ebenfalls einen Arm um sie gelegt hatte. Glückliches Mädchen, dachte Belinda, so viel Trost. Cammie Reed, die Mutter der Zwillinge, saß mit dem Rücken an einer Tür mit der Aufschrift DIE ALTE SPEISEKAMMER. Belinda dachte, daß Cammie vielleicht nicht ganz so weggetreten war wie die anderen; ihre Augen hatten einen kalten, nachdenklichen Ausdruck.

»Du hast gesagt, du hättest Schreie gehört«, sagte Johnny zu Susi. »Ich höre keine Schreie.«

»Sie haben aufgehört«, sagte das Mädchen niedergeschlagen. »Ich glaube, es war Mrs. Soderson.«

»Klar war sie es«, sagte Jim. Er schob Ralphie auf seinem Schoß ein Stück weiter, wobei er das Gesicht verzog. »Ich habe ihre Stimme erkannt. Wir haben uns fast unser ganzes Leben anhören müssen, wie sie Gary angeschrien hat. Richtig, Dave?

Dave Reed nickte. »Ich hätte sie schon längst umgebracht. Im Ernst.«

»Ah, aber du schluckst ja nicht, mein Junge«, sagte Johnny mit seiner besten W.-C.-Fields-Stimme. Er nahm das Telefon in der Küche vom Hörer, horchte, drückte ein paarmal auf die Null-Taste und legte wieder auf.

»Debbie ist tot, richtig?« wandte sich Susi an Belinda.

»Psst, Baby, nicht«, sagte Kim Geller mit erschrockener Stimme.

Susi beachtete sie nicht. »Sie ist gar nicht nach nebenan gelaufen. Oder? Lügen Sie mich nicht an.«

Belinda überlegte, ob sie genau das tun sollte – Susi erinnerte sie ein wenig an Bruder Rabbit, der bettelte, nicht in den Dornenstrauch geworfen zu werden –, aber irgendwie schien es nicht die richtige Vorgehensweise zu sein. Sie hatte die Erfahrung machen müssen, daß selbst gutgemeinte Lügen meist alles nur noch schlimmer machten. Noch verrückter. Belinda fand aber, daß die Lage in der Poplar Street schon verrückt genug war.

»Ja, Liebes«, sagte sie und staunte, was für einen ausgeprägten Südstaatenakzent ihre Stimme stets annahm – jedenfalls für ihre Ohren –, wenn sie jemandem eine schlechte Nachricht überbringen mußte. Vielleicht war das eine existentielle Erfahrung von Schwarzen, über die noch niemand in einem College-Kurs unterrichtet hatte. Ihr Fall wurde dadurch besonders interessant, daß sie in ihrem ganzen Leben noch nie südlich der Mason-Dixon-Linie gewesen war. »Ja, Liebes, ich fürchte, das ist sie.«

Susi schlug die Hände vor das Gesicht und fing an zu schluchzen. Dave Reed zog sie zu sich, und Susi legte den Kopf an seine Schulter. Als Kim versuchte, sie zurückzuziehen, machte sie sich steif und widersetzte sich. Ihre Mutter warf David Reed einen bösen Blick zu, den der Junge überhaupt nicht mitbekam. Statt dessen wandte sie sich zornig an Belinda. »Warum haben Sie ihr das gesagt?«

»Das Mädchen liegt gleich da draußen auf der Treppe, und mit dem roten Haar ist sie schwer zu übersehen.«

»Still jetzt«, sagte Brad zu ihr. Er nahm sie am Handgelenk und zog sie zur Spüle. »Mach sie nicht wütend.«

Oh Lieber, du kommst zu spät, dachte Belinda, sagte aber klugerweise nichts.

Über der Spüle befand sich ein Fenster. Wenn sie nach rechts hinausschaute, konnte sie den Lattenzaun sehen, der das Grundstück der Carvers von dem abtrennte, das

Doc gehörte. Außerdem konnte sie das grüne Dach von Billingsleys Haus sehen. Die Wolken darüber schienen bereits aufzureißen. Sie drehte sich um, stemmte sich hoch und saß seitlich auf der Spüle. Dann beugte sie sich so dicht an das Fliegengitter, daß sie das Metall und die feuchte Sommerluft riechen konnte, die durch das Drahtgeflecht hereinwehte. Die beiden Gerüche beschworen für kurze Zeit Sehnsucht nach ihrer Kindheit herauf, ein ebenso angenehmes wie trauriges Gefühl. Seltsam, dachte sie, daß es immer Gerüche waren, die die wehmütigsten Erinnerungen in einem wachriefen.

»*Hallooo!*« rief sie mit an den Mund gelegten Händen. Brad packte sie an den Schultern, weil er offensichtlich wollte, daß sie aufhörte, aber sie schüttelte ihn nachdrücklich ab. »*Hallooo, Billingsley!*«

»Lassen Sie das, Bee«, sagte Cammie Reed. »Es ist nicht klug.«

Und was *wäre* klug? dachte Belinda. Einfach auf dem Küchenboden sitzenbleiben und warten, bis die Kavallerie kommt?

»Verdammt, machen Sie weiter«, sagte Johnny. »Was kann es schaden? Wenn die Leute, die geschossen haben, noch in der Nähe sind, dürfte es sie nicht nennenswert überraschen, daß wir uns hier verschanzt haben.« Da schien ihm ein Gedanke zu kommen, und er kniete vor der Frau des toten Postangestellten nieder. »Kirsten, hatte David eine Waffe? Vielleicht ein Jagdgewehr oder –«

»Er hat einen Revolver in seinem Schreibtisch«, sagte sie. »Zweite Schublade links von der Knieaussparung. Die Schublade ist abgeschlossen, aber der Schlüssel ist in der breiten Schublade ganz oben. Er liegt auf einem Stück grünem Filz.«

Johnny nickte. »Und der Schreibtisch? Wo ist der?«

»Oh. In seinem kleinen Arbeitszimmer. Oben, Ende des Flurs«, sagte sie, während sie die ganze Zeit ihre eigenen Knie zu betrachten schien, bis sie mit verzweifelten, geistesabwesenden Augen zu ihm aufschaute. »Er ist draußen im Regen, Johnny. Susis Freundin auch. Wir sollten sie nicht draußen im Regen lassen.«

»Es hört gleich auf«, sagte Johnny, und sein Gesicht ließ erkennen, daß er wußte, wie nichtssagend sich das anhörte. Aber Törtchen schien es zu genügen, und Belinda dachte, daß es nur darauf ankam. Vielleicht lag es an Johnnys Tonfall. Die Worte mochten nichtssagend sein, aber Belinda hatte ihn noch nie so sanft sprechen hören. »Kümmern Sie sich nur um Ihre Kinder, Kirstie, und machen Sie sich um alles andere vorerst keine Gedanken.«

Er stand auf und ging in geduckter Haltung, wie auf dem Schlachtfeld, zur Schwingtür.

»Mr. Marinville?« fragte Jim Reed. »Kann ich mit Ihnen kommen?« Aber als er versuchte, Ralphie abzusetzen, trat ein Ausdruck von Panik in die Augen des Jungen. Er nahm mit einem deutlichen Plop den Daumen aus dem Mund, klammerte sich wie eine Klette an Jim und murmelte »Nein, Jim, nein, Jim«, daß Belinda eine Gänsehaut bekam. Sie dachte, daß Verrückte möglicherweise so redeten, wenn sie nachts allein in ihren Zellen waren.

»Bleib, wo du bist, Jim«, sagte Johnny. »Brad? Was ist mit Ihnen? Kleiner Ausflug in höhere Gefilde? Um die Stirnhöhlen freizubekommen?«

»Klar.« Brad sah seine Frau mit dieser Mischung aus Liebe und Resignation an, wie sie ausschließlich Leuten vorbehalten ist, die länger als zehn Jahre verheiratet sind.

»Glauben Sie wirklich, es ist in Ordnung, wenn meine Frau weiter hier rumschreit?«

»Ich wiederhole, was kann es schaden?«

»Sei vorsichtig«, sagte Belinda. Sie strich Brad kurz mit einer Hand über die Brust. »Laß den Kopf unten. Versprich es mir.«

Sie sah Johnny an. »Jetzt Sie.«

»Hm? Oh.« Er schenkte ihr ein charmantes Grinsen, und Belinda hatte eine plötzliche Erkenntnis: So grinste Mr. John Edward Marinville immer, wenn er einer Frau ein Versprechen gab. »Versprochen.«

Sie gingen, wobei sie sich ein wenig verlegen auf die Knie niederließen, als sie durch die Schwingtür in die Diele der Carvers gingen. Belinda lehnte sich wieder an das Fliegengitter. Außer Regen und nassem Gras konnte sie das alte Hobart-Haus brennen riechen. Sie stellte fest, daß sie es auch hören konnte – ein prasselndes Knistern. Der Wolkenbruch würde wahrscheinlich verhindern, daß sich das Feuer ausbreitete, aber wo, um Himmels willen, blieben die Fahrzeuge der Feuerwehr? Wozu bezahlte man seine Steuern? »*Hallooo, Billingsley! Wer ist da?*«

Nach einem Augenblick rief eine Männerstimme (die sie nicht kannte): »*Wir sind sieben! Das Paar von oben an der Straße –*«

Das müssen die Sodersons sein, dachte Belinda.

»*– plus der Cop und der Typ, der mit der toten Frau verheiratet ist. Außerdem Mr. Billingsley und Cynthia aus dem Laden!*«

»*Wer sind Sie?*« rief Belinda.

»*Steve Ames! Ich komme aus New York. Ich hatte Schwierigkeiten mit dem Auto, bin von der Interstate runter und hab mich verirrt! Ich hab da unten bei dem Laden gehalten, um zu telefonieren!«*

»Armer Kerl«, sagte Dave Reed. »Als hätte er das große Los in der Hölle gezogen.«

»*Was geht hier vor?*« rief die Stimme von der anderen Seite des Lattenzauns. »*Wissen Sie, was hier läuft?*«

»*Nein!*« brüllte Belinda zurück. Sie dachte angestrengt nach. Es mußte mehr zu sagen geben, andere Fragen zu stellen, aber ihr fiel nichts ein.

»*Haben Sie die Straße hochgesehen? Ist sie leer?*« rief Ames.

Belinda machte den Mund auf, um zu antworten, wurde aber vorübergehend von einem Spinnennetz vor dem Fliegengitter abgelenkt. Der Sims über dem Fenster hatte es vor dem schlimmsten Wolkenbruch bewahrt, aber dennoch funkelten Regentropfen wie schwebende Diamanten an den hauchdünnen Fäden. Die Bewohnerin/Betreiberin befand sich in der Mitte des Netzes. Bewegte sich nicht. Wahrscheinlich tot.

»*Ma'am, ich hab gefragt –*«

»*Ich weiß nicht!*« rief sie zurück. »*Johnny Marinville und mein Mann haben nachgesehen, aber jetzt sind sie nach oben, um –*« Aber sie wollte die Waffe nicht erwähnen. Das war vielleicht dumm – Rattenloch-Denken –, aber sie konnte nichts daran ändern. »*– um besser sehen zu können! Was ist mit Ihnen?*«

»*Hier geht es ganz schön rund, Ma'am! Die Frau vom oberen Ende der Straße –*« Eine Pause. »*Funktioniert Ihr Telefon?*«

»*Nein!*« rief Belinda. »*Kein Telefon, kein Strom!*«

Wieder eine Pause. Dann hörte sie, leiser, über das abklingende Zischen des Regens hinweg, wie er Scheiße sagte. Dann eine andere Stimme, die sie kannte, aber nicht gleich einordnen konnte. »*Belinda, sind Sie das?*«

»Ja!« erwiderte sie und sah sich hilfesuchend zu den anderen um.

»Das ist Mr. Jackson«, sagte Jim Reed um Ralphies Schulter herum. Dem kleinen Jungen war es noch nicht ganz gelungen, wie seine Schwester im Schlaf Zuflucht zu finden, aber Belinda dachte, daß es nicht mehr lange dauern könne; sein Daumen hing schon kraftlos zwischen seinen Lippen.

»Ich war an der Eingangstür!« rief Peter. *»Die Straße ist bis runter zur Kreuzung verlassen!* Völlig ausgestorben! *Keine Gaffer oder Neugiersnasen von der Hyacinth oder dem nächsten Block der Poplar. Können Sie sich das erklären?«*

Belinda dachte stirnrunzelnd nach, dann drehte sie sich um. Sie sah nur verwirrte Augen und gesenkte Köpfe. Sie drehte sich wieder zum Fenster um. *»Nein!«*

Peter lachte. Das Geräusch ließ sie ebenso erschauern wie Ralphie Carvers geistesabwesendes Murmeln. *»Willkommen im Club, Bee! Ich kann's mir auch nicht erklären!«*

»Wer würde hierher kommen?« fragte Kim Geller giftig. »Wer, der bei Verstand ist? Wo geschossen wird und Leute schreien und alles?«

Belinda wußte nicht, was sie darauf sagen sollte. Es war logisch, hielt aber trotzdem näherer Betrachtung nicht stand … weil die Leute sich nicht logisch verhielten, wenn es Ärger gab. Sie kamen und gafften. Normalerweise in einer Entfernung, die sie für sicher hielten, aber sie kamen.

»Sind Sie sicher, daß keine Leute jenseits der Kreuzung sind?« rief sie.

Diesmal war die Pause so lang, daß sie die Frage wiederholen wollte, als sich eine dritte Stimme meldete. Sie hatte keine Schwierigkeiten, Doc zu erkennen. *»Keiner von uns sieht jemanden, aber der Dunst steigt in Schwaden vom*

Bürgersteig hoch und hüllt alles ein! Bis die Sicht wieder frei ist, können wir es nicht mit Sicherheit sagen!«

»*Aber es sind keine Sirenen zu hören!*« Wieder Peter. »*Hören Sie welche von Norden kommen?*«

»*Nein!*« entgegnete sie. »*Muß am Sturm liegen!*«

»Das glaube ich nicht«, sagte Cammie Reed. Sie redete bei sich, *mit* sich, und wenn DIE ALTE SPEISEKAMMER nicht so nahe an der Spüle gewesen wäre, hätte Belinda sie gar nicht gehört. »Nee, das glaube ich ganz und gar nicht.«

»*Ich werde meine Frau holen gehen!*« rief Peter Jackson. Sofort wurden andere Stimmen laut, die dagegen Einwände erhoben. Belinda konnte die Stimmen nicht erkennen, aber die emotionale Tonlage war unüberhörbar.

Plötzlich krabbelte die Spinne – die Belinda für tot gehalten hatte – aus der Mitte ihres Netzes und kletterte an den seidenen Fäden hinauf, bis sie unter dem Erker verschwunden war. Also war sie doch nicht tot gewesen, dachte Belinda. Sie hatte sich nur tot gestellt.

Dann beugte sich Kirsten Carver an Belinda vorbei und rempelte sie so fest mit der Schulter an, daß Belinda mit dem Hintern ins Spülbecken gerutscht wäre, wenn sie sich nicht an einem Hängeschrank hätte festhalten können. Törtchens Gesicht war kalkweiß, Angst blitzte in ihren Augen.

»*Gehen Sie ja nicht da raus!*« schrie sie. »*Die werden zurückkommen und Sie töten! Sie werden uns alle töten!*«

Eine ganze Weile keine Antwort aus dem gegenüberliegenden Haus, dann meldete sich Collie Entragian mit einer Stimme, die nachdenklich und kleinlaut zugleich klang: »*Sinnlos, Ma'am! Er ist schon weg!*«

»*Sie hätten ihn aufhalten müssen!*« kreischte Kirsten. Belinda legte der Frau einen Arm um die Schultern und registrierte erschrocken das konstante Zittern, das sie spürte. Als stünde Kirsten kurz vor der Explosion. »*Was für ein Polizist sind Sie denn?*«

»*Gar* keiner«, sagte Kim. Sie sagte es in einem Was-zum-Teufel-haben-Sie-erwartet-Tonfall. »Er wurde rausgeworfen. Weil er der Kopf einer Bande von Autodieben war.«

Susi hob den Kopf. »Das glaube ich nicht.«

»Was weißt *du* denn darüber, ein Mädchen in deinem Alter?« fragte ihre Mutter.

Belinda wollte gerade von der Spüle heruntergleiten, als sie etwas auf dem Rasen im Garten sah und erstarrte. Es lag an einem Pfosten der Schaukel, und genau wie bei dem Spinnennetz funkelten Regentropfen wie Juwelen darauf.

»Cammie?«

»Was?«

»Kommen Sie her.«

Wenn es jemand wissen würde, dann Cammie; sie hatte einen Garten hinter dem Haus, einen Dschungel von Topfpflanzen im Haus und eine ganze Bibliothek von Büchern darüber, wie man Pflanzen kultivierte.

Cammie stand von ihrem Platz an der Speisekammertür auf und kam herüber. Susi folgte ihr; Dave Reed ebenso.

»Was?« fragte Törtchen Carver und richtete einen wilden Blick auf Belinda. Ihre Tochter hatte die Arme um Kirstens Beine geschlungen wie um einen Baumstamm und versuchte immer noch, das Gesicht an ihrer jeansbekleideten Hüfte zu verbergen. »Was ist?«

Belinda beachtete sie nicht und wandte sich an Cammie. »Sehen Sie da rüber. Bei der Schaukel. Sehen Sie es?«

Cammie wollte verneinen, aber da zeigte Belinda mit dem Finger darauf, und sie sah es. Donner grollte östlich von ihnen, und der Wind steigerte sich zu einer kurzen Bö. Das Spinnennetz vor dem Fenster erzitterte und schüttelte winzige Regentropfen ab. Das Ding, das Belinda gesehen hatte, löste sich von dem Pfosten der Schaukel und rollte ein Stück durch den Garten der Carvers, Richtung Lattenzaun.

»Das ist unmöglich«, sagte Cammie tonlos. »Salzkraut wächst nicht in Ohio. Selbst wenn ... wir haben Sommer. Es *wurzelt* im Sommer.«

»Was ist Salzkraut, Mom?« fragte Dave. Er hatte einen Arm um Susis Taille gelegt. »Davon hab ich noch nie gehört.«

»Windhexe«, sagte Cammie mit derselben tonlosen Stimme. »Salzkraut ist die Windhexe.«

3

Brad sah zur Tür von Carvers Arbeitszimmer hinein und bekam gerade noch mit, wie Johnny eine grün-weiße Schachtel Munition aus der Schublade nahm. In der anderen Hand hielt der Schriftsteller David Carvers Revolver. Er hatte die Trommel herausgeklappt und sich vergewissert, daß sämtliche Kammern leer waren; sie waren leer, aber er hielt die Waffe trotzdem übervorsichtig und hatte sämtliche Finger außerhalb des Abzugsbügels. Brad fand, er sah aus wie einer, der im Kabelfernsehen fragwürdige Artikel anpreist: *Leute, diese kleine Schönheit kann jeden nächtlichen Eindringling löchern, der dumm genug ist, in Ihr Haus einzubrechen, ja, ganz bestimmt, aber das ist noch nicht alles! Es schneidet! Es schnitzelt! Gehören Sie auch zu den Leuten, die Herzoginkartoffeln lieben, aber einfach nie die Zeit haben, sie zu Hause zu machen?*

»Johnny.«

Er schaute auf, und Brad sah zum erstenmal deutlich, welche Angst der Mann hatte. Das machte ihm Johnny sympathischer. Einen Grund dafür sah er nicht, es war einfach so.

»Irgendein Idiot treibt sich in Docs Vorgarten herum. Jackson, glaube ich.«

»Scheiße. Das ist nicht besonders klug, was?«

»Nein. Erschießen Sie sich nicht selbst mit dem Ding.« Er wollte den Raum verlassen, drehte sich aber noch einmal um. »Sind wir verrückt? Weil es mir nämlich so vorkommt.«

Johnny hob die Hände mit nach oben gekehrten Handflächen, um zu zeigen, daß er es nicht wußte.

4

Johnny sah noch einmal in die Kammern des Revolvers – als hätte eine Kugel darin wachsen können, während er nicht hinsah –, dann klappte er die Trommel wieder zu. Er steckte den Revolver in den Gürtel und steckte die Munitionsschachtel in die Tasche.

Die Diele war von Ralphie Carvers Spielsachen in ein Minenfeld verwandelt worden; offenbar hatten seine nachsichtigen Eltern ihm noch nicht beigebracht, daß man seine Sachen aufräumte. Brad betrat das Zimmer des kleinen Mädchens. Johnny folgte ihm. Brad zeigte zum Fenster hinaus.

Johnny sah nach unten. Es war tatsächlich Peter Jackson. Er kniete in Docs Vorgarten neben seiner Frau. Er hatte sie wieder in eine sitzende Haltung aufgerichtet und ihr einen Arm um den Rücken gelegt. Die andere schob er unter ihren angewinkelten Knien durch. Ihr Rock war ihr bis zu den Oberschenkeln hochgerutscht, und Johnny mußte wieder an ihren fehlenden Schlüpfer denken. Na, wenn schon. Johnny konnte sehen, wie sich der Rücken des Mannes bewegte, während er von Schluchzen geschüttelt wurde.

Silberfarbenes Licht glitt über sein Gesichtsfeld. Er schaute auf und sah etwas, das wie ein altes Airstream-Wohnmobil aussah – oder vielleicht ein Lebensmittelwagen –, von der Hyacinth in die Poplar Street einbiegen. Dicht dahinter folgte der rote Lieferwagen, von dem aus der Junge und der Hund erschossen worden waren, und dahinter kam der mit der dunkelblauen Metalliclackierung. Johnny sah in die andere Richtung, zur Bear Street, und sah den Lieferwagen mit der Mary-Kay-Lackierung und der herzförmigen Radarschüssel, den gelben, der Mary zuerst gerammt und sie dann von der Straße gedrängt hatte, und den schwarzen mit dem Turm.

Sechs insgesamt. Sechs in zwei konvergierenden Reihen. Vor langer Zeit, in Vietnam, hatte er amerikanische Schützenpanzer in derselben Formation gesehen.

Sie bildeten einen Feuerkorridor.

Einen Augenblick konnte er sich nicht bewegen. Seine Hände schienen an den Armen zu hängen wie Betonklötze. Das könnt ihr nicht, dachte er, von einer angewiderten, ungläubigen Wut erfüllt. Ihr könnt nicht *zurückkommen*, ihr Dreckskerle, ihr könnt nicht *zurückkommen*.

Brad sah sie nicht; er hatte nur Augen für den Mann auf

dem Rasen des Hauses nebenan und beobachtete Peters Bemühungen, mit der Last seiner toten Frau auf den Armen aufzustehen. Und Peter ...

Johnny brachte seine rechte Hand dazu, sich zu bewegen. Er wollte, daß sie vorschnellte, statt dessen schien sie zu schweben. Er legte sie um den Griff der Waffe und zog sie aus dem Hosenbund. Konnte nicht schießen; keine Patronen in den Kammern. Konnte sie auch nicht laden, nicht in seiner momentanen Verfassung. Daher schlug er mit dem Griff zu und zerschmetterte die Scheibe von Ellens Zimmerfenster.

»*Kommen Sie rein!*« schrie er Peter zu und fand, daß sich seine Stimme leise und kraftlos anhörte. Großer Gott, was war das für ein Alptraum, und wie waren sie da hineingeraten? »*Kommen Sie rein! Sie sind wieder auf dem Weg hierher! Sie kommen zurück!*«

Zeichnung, die zusammengefaltet in einem unbetitelten Notizbuch gefunden wurde, das offenbar als Audrey Wylers Tagebuch fungierte. Sie ist zwar unsigniert, stammt aber mit ziemlicher Sicherheit von Seth Garin. Wenn man davon ausgeht, daß ihr Platz in dem Tagebuch mit der Entstehungszeit übereinstimmt, dann muß sie im Sommer 1995 gemalt worden sein, nach dem Tod von Herbert Wyler und dem überstürzten Auszug der Familie Hobart aus ihrem Haus in der Poplar Street. Anm. d. Hrsg.

Kapitel 7

Poplar Street, 15. Juli 1996, 16:44 Uhr

Sie scheinen wie Dinosaurier aus Metall aus dem Dunst zu kommen, der von der Straße aufsteigt. Fenster gleiten nach unten; die Luke an der Seite des pinkfarbenen Dream Floater öffnet sich irisförmig; die Windschutzscheibe von Bountys blauem Freedom-Lieferwagen verschwindet in der Dunkelheit, aus der drei graue Flintenläufe herausragen.

Donner grollt, und irgendwo schreit schrill ein Vogel. Einen Herzschlag lang herrscht Stille, dann fangen die Schüsse an.

Es ist wieder wie während des Gewitters, nur schlimmer, denn jetzt ist es etwas Persönliches. Und die Gewehre sind lauter als vorher; Collie Entragian, der mit dem Gesicht nach unten in der Tür zwischen Billingsleys Küche und dem Wohnzimmer liegt, bemerkt es als erster, aber es dauert nicht lange, bis auch die anderen dahinterkommen. Jeder Schuß hört sich wie die Explosion einer Granate an, und jedem folgt ein leises, stöhnendes Geräusch, etwas zwischen einem Summen und einem Pfeifen.

Zwei Schüsse aus dem roten Tracker Arrow, und die Spitze von Collie Entragians Kamin besteht nur noch aus dunkelrotem Staub im Wind und kieselsteingroßen Backsteintrümmern, die auf dem Dach herunterkullern. Ein Schuß streift die Plastikplane über Cary Ripton, so daß sie wogt wie ein Fallschirm, ein zweiter reißt den Hinterreifen des Fahrrads weg. Vor dem Tracker Arrow fährt das silberne Fahrzeug, das wie ein altmodischer Speisewagen aussieht. Das Dach hebt sich ein Stück, und eine silberne Gestalt – es scheint sich um einen Roboter in der Uniform eines konföderierten Infanteristen zu handeln – beugt sich heraus. Er schickt drei Schrotschüsse per Eilboten in das brennende Hobart-Haus. Jeder Knall scheint so laut wie eine Dynamitexplosion zu sein.

Dream Floater und Justice Wagon, die von der Bear Street bergab kommen, eröffnen das Feuer auf Nr. 251 und Nr. 249 – die Häuser der Josephsons und der Sodersons. Die Fensterscheiben zerplatzen. Die Türen springen auf. Ein Geschoß, das sich anhört, als wäre es von einer kleinen Fliegerabwehrkanone abgefeuert worden, trifft das Heck von Garys altem Saab. Das ganze Heck wird eingedrückt, Scherben der Rücklichter fliegen davon, und der Benzintank explodiert mit einem *Wumm!* und hüllt das kleine Auto in einen orangefarbenen Feuerball ein. Die Stoßstangenaufkleber – ICH BIN VIELLEICHT LANGSAM, ABER ICH BIN VOR DIR auf der rechten, DIENSTWAGEN DER MAFIA auf der linken Seite – schimmern in der Hitze wie Trugbilder. Das Trio der Lieferwagen, das nach Süden, und das, das nach Norden fährt, treffen sich, fahren ein kurzes Stück aneinander vorbei und bleiben vor den Lattenzäunen stehen, die Billingsleys Grundstück von dem der Carvers auf der einen und dem der Jacksons auf der anderen Seite abgrenzen.

Audrey Wyler, die in der Küche ein Sandwich und eine Dose alkoholfreies Bier zu sich nahm, als die Schießerei angefangen hat, steht im Wohnzimmer, starrt mit großen Augen auf die Straße hinaus und merkt nicht, daß sie noch ein halbes Roggenbrötchen mit Salami und Salat in einer Hand hält. Das Schießen ist in ein kontinuierliches, ohrenbetäubendes Röhren übergegangen, als wäre der Dritte Weltkrieg ausgebrochen, aber sie ist nicht in Gefahr; das Feuer ist im Augenblick ausschließlich auf die beiden gegenüberliegenden Häuser gerichtet.

Sie sieht, wie Ralphie Carvers roter Leiterwagen – Buster – in die Luft gewirbelt wird, wobei sich eine Seite in eine Blüte aus verformtem Metall verwandelt. Er fliegt über David Carvers durchnäßten Leichnam, landet mit den kreisenden Rädern nach oben, und dann klappt ihn ein zweiter Schuß fast in sich zusammen und schleudert ihn in das Blumenbeet links von der Einfahrt. Eine zweite Salve reißt das Fliegengitter vor der Tür der Carvers aus den Scharnieren und hämmert es durch die Diele; zwei Schüsse aus Bountys Freedom Fighter verdampfen fast den gesamten Rest von Törtchens kostbaren Hummel-Figuren.

Löcher klaffen im eingedrückten Heck von Mary Jacksons Lumina, und dann explodiert auch das Auto, Flammen lodern auf und verschlingen das Auto von vorne bis hinten. Kugeln reißen zwei der alten Fensterläden von Docs Haus ab. Ein Loch, so groß wie ein Baseball, tut sich in dem Briefkasten neben seiner Tür auf; der Kasten fällt rauchend auf die Fußmatte. Im Inneren brennen eine Wurfsendung des Kmart und ein Brief von der Veterinärmedizinischen Vereinigung Ohio. Ein weiteres KA-BAMM, und der Türklopfer des Bungalows – ein Bernhardinerkopf aus Silber – verschwindet so spurlos wie eine Münze in der Hand eines Zauberers. Peter Jackson scheint von alledem nichts mitzubekommen, als er sich mit seiner toten Frau auf den Armen aufrichtet. Seine runde, randlose Brille, deren Gläser mit Wasser bespritzt sind, funkelt im langsam zunehmenden Lichtschein. Sein blasses Gesicht wirkt mehr als nur geistesabwesend; es ist das Gesicht eines Mannes, dem sämtliche Sicherungen durchgebrannt sind. Aber er steht da, sieht Audrey, und ist wie durch ein Wunder unversehrt, wie durch ein Wunder –

Tante Audrey!

Seth. Ganz schwach, aber eindeutig Seth.

Tante Audrey, kannst du mich hören?

Ja! Seth, was ist da los?

Vergiß es! Die Stimme scheint einer Panik nahe zu sein. *Du hast einen Platz, wohin du gehen kannst, richtig? Den sicheren Platz?*

Mohonk? Meinte er Mohonk? Es konnte nicht anders sein, überlegte sie.

Ja, ich –

Geh dorthin! ruft die schwache Stimme. *Geh JETZT dorthin! Weil –*

Die Stimme spricht nicht zu Ende, muß es aber auch nicht. Audrey hat sich von dem tollen Schießstand auf der Straße abgewandt und dem Erkerzimmer zu, wo der Film – *der* Film – schon wieder läuft. Der Ton ist lauter, als es dem Zenith-Fernseher eigentlich möglich sein sollte. Seths Schatten hüpft an der Wand ekstatisch auf und ab, in die Länge gezogen und irgendwie gräßlich anzuschauen; er erinnert sie daran, wovor sie als Kind am meisten Angst hatte, an den gehörnten Dämon aus der »Nacht auf dem Kahlen Berg« in *Fantasia*. Es ist, als würde sich Tak im Körper des Kindes regen, ihn verformen, strecken, unbarmherzig über seine normalen Grenzen und Formen hinaus dehnen.

Doch das ist längst nicht alles. Sie dreht sich zu dem Fenster zurück und sieht hinaus. Zuerst denkt sie, es liegt an ihren Augen – daß etwas mit ihren Augen nicht stimmt –, vielleicht hat Tak sie irgendwie geschmolzen oder die Linsen verkrümmt, aber sie hält die Hände vor sich hoch, und *die* sehen ganz normal aus. Nein, mit der Poplar Street stimmt etwas nicht. Die Straße scheint in einer Weise, die Audrey nicht eindeutig definieren kann, aus der Perspektive zu geraten; Winkel verändern sich, Ecken blähen sich auf, Farben verschwimmen. Es ist, als wäre die Realität in einem Prozeß der Verflüssigung begriffen, und sie glaubt, daß sie den Grund dafür kennt: Taks lange Zeit seiner Vorbereitung und seines stillen Wachstums sind zu Ende. Die Zeit zum Handeln ist gekommen. Tak *macht* etwas, Tak *baut* etwas. Seth hat ihr gesagt, sie soll fortgehen, wenigstens eine Weile, aber wohin kann *Seth* gehen?

Seth! versucht sie ihr Glück und konzentriert sich so fest sie kann. *Seth, komm mit mir!*

Ich kann nicht! Geh, Tante Audrey! Geh sofort!

Die Qual in seiner Stimme ist mehr, als sie ertragen kann. Sie dreht sich wieder dem Torbogen zu, der ins Erkerzimmer führt, sieht aber statt dessen eine Wiese, die von einer Felswand abwärts führt. Sie riecht wilde Rosen und spürt die aufreizende, feine Wärme des Frühlings, die den kommenden Sommer bereits ahnen läßt. Und dann steht Janice neben ihr, und Janice fragt sie nach ihrem Lieblingsstück von Simon and Garfunkel, und wenig später sind sie in eine angeregte Diskussion über »Homeward Bound« und »I Am A Rock« verstrickt, mit der Textzeile »If I'd never loved, I never would have cried.«

In der Küche der Carvers liegen die Flüchtlinge auf dem Boden, haben die Hände über den Köpfen verschränkt und pressen die Gesichter auf den Boden; rings um sie herum scheint die Welt sich selbst in Stücke zu reißen. Glas splittert, Möbelstücke fallen um, etwas explodiert. Kugeln durchschlagen die Wände mit gräßlich klatschenden Lauten.

Plötzlich kann Törtchen Carver es nicht mehr ertragen, daß Ellie sich an sie klammert. Sie liebt Ellen selbstverständlich, aber jetzt will sie Ralphie, Ralphie muß sie haben; den klugen, frechen Ralphie, der so große Ähnlichkeit mit seinem Vater hat. Sie stößt Ellen grob von sich, ohne auf den erschrockenen, entsetzten Aufschrei des Mädchens zu achten, und läuft zu der Nische zwischen Herd und Kühlschrank, wo Jim sich über den kreischenden Ralphie beugt und ihm eine Hand wie eine Mütze über den Kopf hält.

»*Mommmmiiiii!*« heult Ellen und versucht, ihr nachzulaufen. Cammie Reed stößt sich von der Tür der Vorratskammer ab, packt das Mädchen an der Taille und läßt sich mit ihr zu Boden fallen, als etwas, das sich wie eine monströse Heuschrecke anhört, durch die Küche saust und den Wasserhahn trifft, den es hochschleudert wie ein Tambourmajor seinen Stock. Der größte Teil des wirbelnden Wasserhahns fliegt durch die Scheibe und das Spinnennetz auf der anderen Seite. Wasser schießt aus dem verbliebenen Stück heraus, im ersten Moment fast bis zur Decke hinauf.

»*Gib ihn mir!*« schreit Törtchen. »*Gib mir meinen Sohn! Gib mir meinen S –*«

Wieder nähert sich etwas mit dröhnendem Summen, gefolgt von einem lauten, unmelodischen Scheppern, als einer der Kupfertöpfe über dem Herd zu einer Masse verformter Trümmer und herumfliegender Bruchstücke zerfetzt wird. Und plötzlich schreit Törtchen nur noch, keine Worte mehr, nur Schreie. Sie hat die Hände vor das Gesicht geschlagen, Blut quillt zwischen den Fingern hervor und läuft an ihrem Hals hinunter. Kupferfäden bedecken die Vorderseite ihrer falsch zugeknöpften Bluse. Kupfer glänzt in ihrem Haar, und ein großes Stück ragt mitten aus ihrer Stirn heraus wie die Klinge eines Wurfmessers.

»Ich kann nichts sehen!« schreit sie und läßt die Hände sinken. Natürlich kann sie nichts sehen; ihre Augen sind nicht mehr da. Ebenso wie der größte Teil ihres Gesichts. Kupfersplitter funkeln auf ihren Wangen, ihren Lippen, ihrem Kinn. *»Hilf mir, ich kann nichts sehen! Hilf mir, David! Wo bist du?«*

Johnny, der mit dem Gesicht auf dem Boden in Ellens Zimmer neben Brad liegt, kann sie hören und weiß, daß etwas Schreckliches geschehen sein muß. Geschosse durchpflügen die Luft über ihnen. An der Wand gegenüber hängt ein Bild von Eddie Vedder; als Johnny auf die Tür zum Flur zukriecht, tut sich ein Einschußloch in Eddies Brust auf. Eine andere Kugel trifft den kleinen Frisierspiegel auf Ellens Kommode und zertrümmert ihn in glitzernde Scherben. Irgendwo in dem Block geht heulend ein Autoalarm los, ein Geräusch, das auf diabolische Weise mit Törtchen Carvers Schreien von unten verschmilzt. Und immer noch geht das Gewehrfeuer weiter.

Als er in den von Spielsachen übersäten Flur hinauskriecht, hört er den schwer atmenden Brad neben sich. Johnny denkt, daß es ein Tag schrecklich anstrengender

Turnübungen für einen so dicken Mann gewesen sein muß ... doch dann werden dieser Gedanke, die Schreie der Frau einen Stock tiefer und das Knattern des Gewehrfeuers mit einemmal aus seinem Kopf gehämmert. Einen Augenblick fühlt er sich, als wäre er in Mike Tysons Rechte gelaufen.

»Es ist derselbe Kerl«, flüstert er. »O heiliger Himmel, es ist derselbe Scheißkerl.«

»Runter, Sie Narr!« Brad packt ihn und zieht. Johnny kippt vorwärts wie ein Auto auf einem schief aufgestellten Wagenheber und merkt erst, daß er sich auf Hände und Knie aufgerichtet hatte, als er wieder auf den Boden klatscht. Unsichtbare Kugeln pfeifen über seinem Kopf durch die Luft. Das Glas eines gerahmten Hochzeitsbilds am Ende der Treppe zerschellt; das Bild selbst fällt polternd verkehrt herum auf den Teppich. Eine Sekunde später wird die Holzkugel auf dem Pfosten des Treppengeländers zertrümmert und läßt ein tödliches Bukett von Splittern herabregnen. Brad duckt sich und schützt das Gesicht, aber Johnny hat nur Augen für etwas auf dem Flurboden und vergißt alles andere ringsum.

»Was ist denn mit Ihnen los?« fragt Brad. »Wollen Sie sterben?«

»Er ist es, Brad«, wiederholt Johnny. Er gräbt die Finger in sein Haar und zieht einmal fest, als wolle er sich vergewissern, daß all das wirklich passiert. »Der –« Ein teuflisches Summen ertönt über ihren Köpfen, fast wie eine reißende Gitarrensaite, und die Deckenlampe explodiert; Glasscherben regnen auf sie herab. »Der Kerl, der den blauen Lieferwagen gefahren hat«, sagt er. »Der andere hat sie erschossen – der Mensch –, aber das ist der Kerl, der gefahren ist.«

Er streckt den Arm aus und hebt eine von Ralphie Carvers Action-Figuren vom Boden auf, der jetzt auch von Holzsplittern und Glasscherben übersät ist, nicht mehr nur von Spielsachen. Es ist ein Außerirdischer mit gewölbter Stirn, großen und dunklen mandelförmigen Augen und einem Mund, der gar kein Mund ist, sondern eine Art fleischiger Rüssel. Gekleidet ist er in eine grün irisierende Uniform. Sein Kopf ist kahl, abgesehen von einem Streifen steifer blonder Haare. Johnny findet, daß das Haar wie der Kamm auf dem Helm eines römischen Zenturio aussieht. Wo ist dein Hut? fragt er die kleine Figur in Gedanken, während Kugeln über ihre Köpfe hinwegpeitschen, durch den Verputz dringen und das Lattengitter darunter zertrümmern. Die Figur hat eine gewisse Ähnlichkeit mit Spielbergs E. T. Wo ist dein in den Nacken geschobener Kavalleriehut, Junge?

»Was reden Sie da?« fragt Brad. Er liegt der Länge nach auf dem Bauch. Nun nimmt er Johnny die Figur ab, die etwa zwanzig Zentimeter lang ist, und betrachtet sie. Brad hat eine Schnittwunde an einer Pausbacke. Scherben von der Lampe, denkt Johnny. Unten verstummt die schreiende Frau. Brad sieht den Außerirdischen an, dann Johnny mit Augen, die auf fast komische Weise rund sind. »Sie verscheißern mich«, sagt er.

»Nein«, sagt Johnny. »Das tu ich nicht. Gott ist mein Zeuge, daß ich es nicht tue. Ich vergesse nie ein Gesicht.«

»Was wollen Sie damit sagen? Daß die Leute, die das tun, Masken tragen, damit sie später niemand identifizieren kann?«

Der Gedanke ist Johnny bis zu diesem Augenblick nicht gekommen, aber es ist ein ziemlich guter Gedanke. »Ich schätze, so muß es sein. Aber –«

»Was aber?«

»Es hat nicht wie eine Maske ausgesehen. Das ist alles. Es hat nicht wie eine Maske *ausgesehen.*«

Brad sieht ihn noch einen Moment an, dann wirft er die Figur beiseite und kriecht Richtung Treppe. Johnny hebt sie auf, betrachtet sie eine Weile und verzieht das Gesicht, als ein weiteres Geschoß durch das Fenster am Ende des Flurs – das zur Straße – hereingeflogen kommt und unmittelbar über seinen Kopf hinwegsummt. Er steckt die Action-Figur in die andere Tasche, nicht zu dem überdimensionierten Geschoß, und kriecht hinter Brad her.

Auf dem Rasen vor Docs Haus steht Peter Jackson unverletzt mit seiner Frau auf den Armen mitten im Kugelhagel. Er sieht die Lieferwagen mit ihren getönten Scheiben und futuristischen Konturen, er sieht die Läufe der Flinten, aus denen Mündungsfeuer blitzt, und zwischen dem silbernen und dem roten Wagen kann er Garys alte Scheißkarre von einem Saab in der Einfahrt der Sodersons brennen sehen. Nichts hinterläßt einen nennenswerten Eindruck bei ihm. Er denkt daran, wie er gerade von der Arbeit nach Hause gekommen ist. Aus einem unerfindlichen Grund scheint ihm das außerordentlich wichtig zu sein. Er denkt, daß er jede Schilderung dieses schrecklichen Nachmittags (der Gedanke, daß er diesen schrecklichen Nachmittag nicht *überleben* könnte, ist ihm nicht gekommen, jedenfalls noch nicht) mit den Worten *Ich war gerade von der Arbeit nach Hause gekommen* beginnen wird. Dieser Ausdruck ist bereits zu einem magischen Gebilde in seinem Kopf geworden; eine Brücke zu der ordentlichen und normalen Welt, die, wie er noch vor einer Stunde glaubte, rechtmäßig seine war und noch Jahre und Jahrzehnte sein würde: *Ich war gerade von der Arbeit nach Hause gekommen.*

Außerdem denkt er an Marys Vater, einen Professor am Meermont College der Zahnmedizin in Brooklyn. Er hat immer eine gewisse Angst vor Henry Kaepner gehabt, vor Henry Kaepners irgendwie einschüchternder Integrität; im Grunde seines Herzens hat Peter immer gewußt, daß Henry Kaepner ihn als seiner Tochter nicht würdig betrachtete (und im Grunde seines Herzens ist das eine Meinung, mit der Peter Jackson stets übereinstimmte). Und jetzt steht Peter im Kugelhagel, die Füße im nassen Gras, und fragt sich, wie er Mr. Kaepner jemals sagen soll, daß die schlimmste unausgesprochene Befürchtung seines Schwiegervaters in Erfüllung gegangen ist: Sein unwürdiger Schwiegersohn ist schuld am Tod seines einzigen Kindes.

Aber es ist nicht meine Schuld, denkt Peter. Vielleicht kann ich ihm das begreiflich machen, wenn ich ihm sage, daß ich gerade von der Ar–

»Jackson!«

Die Stimme vertreibt seine Befürchtungen, er schwankt und möchte schreien. Es ist, als hätte sich ein fremder Mund in seinem Geist aufgetan und ein Loch hineingerissen. Mary rutscht in seinen Armen und droht seinem Griff zu entgleiten, und Peter drückt sie wieder fest an sich und achtet nicht auf die Schmerzen in seinen Armen. Im selben Augenblick nimmt er seine Umgebung wieder auf eine vage Weise wahr. Die meisten der Lieferwagen haben sich wieder in Bewegung gesetzt, aber sehr langsam, und sie feuern immer noch. Der pinkfarbene und der gelbe ballern inzwischen auf die Häuser der Reeds und Gellers, zertrümmern Vogelbäder, schießen Springbrunnen zu Klump, zerschmettern Kellerfenster, zerfetzen Blumen und Büsche und verwüsten Regenrinnen, die schräg zu den Rasenflächen darunter führen.

Aber einer bewegt sich nicht. Der Schwarze. Er parkt auf der anderen Straßenseite und versperrt die Sicht auf den größten Teil des Wyler-Hauses. Der Turm ist aufgegangen, und nun kommt eine leuchtende Gestalt, grau und pechschwarz, daraus hervor wie ein Gespenst aus einem Spukhaus. Aber Peter sieht, daß die Gestalt auf etwas steht. Es sieht aus wie ein schwebendes Kissen und scheint zu summen.

Ist es ein Mann? Er kann es nicht mit Sicherheit sagen. Die Gestalt scheint eine Naziuniform zu tragen, schwarzer, glänzender Stoff mit silbernen Litzen, aber über den Abzeichen am Kragen ist kein menschliches Gesicht zu sehen; tatsächlich ist da überhaupt kein Gesicht.

Nur Schwärze.

»Jackson! Kommen Sie hier rüber, Partner!«

Er versucht, Widerstand zu leisten, auf der Stelle stehenzubleiben, aber als die Stimme wieder ertönt, ist sie nicht mehr wie ein Mund, sondern wie ein Angelhaken, der in seinem Kopf zerrt und seine Gedanken aufreißt. Jetzt weiß er, wie sich eine Forelle am Haken fühlen muß.

»Beweg dich, Partner!«

Peter geht über die vom Regen verwaschenen Linien eines Himmel-und-Hölle-Gitters auf dem Bürgersteig (Ellen Carver und ihre Freundin Mindy aus der Nachbarschaft haben es gerade an diesem Morgen aufgemalt) und tritt in den Rinnstein. Wasser füllt ihm einen Schuh, aber er bemerkt es nicht einmal. Im Geiste hört er jetzt etwas ausgesprochen Seltsames, eine Art Soundtrack. Eine akustische Gitarre, wie ein altes Instrumentalstück von

Duane Eddy. Eine Melodie, die er kennt, aber nicht identifizieren kann. Das ist die Krönung des Wahnsinns.

Die leuchtende Gestalt auf dem schwebenden Kissen sinkt auf die Höhe der Straße herunter. Als Peter näherkommt, rechnet er damit, daß er schwarzen Stoff sehen wird (möglicherweise Nylon, möglicherweise Seide), der das Gesicht des Mannes bedeckt und ihm dieses unheimlich leere Aussehen verleiht, aber er sieht *keinen* Stoff, und in dem Moment, als die Schaufensterscheibe des E-Z Stop weiter unten an der Straße explodiert, wird ihm etwas Schreckliches klar: Er kann kein Gesicht sehen, weil keines da ist. Der Mann aus dem schwarzen Wagen hat wirklich kein Gesicht.

»O Gott«, stöhnt Peter mit einer so leisen Stimme, daß er sie selbst kaum hören kann. »O Gott, bitte.«

Zwei weitere Gestalten schauen aus dem Turm des schwarzen Wagens herunter. Einer ist ein bärtiger Mann, der, wie es aussieht, die Fetzen einer Uniform aus dem Bürgerkrieg trägt. Die andere ist eine Frau mit glattem schwarzem Haar und grausam wirkenden, aber wunderschönen Gesichtszügen. Sie ist so blaß wie ein Vampir in einem Comic. Ihre Uniform ist, wie die des Mannes ohne Gesicht, in Schwarz und Silber gehalten und hat etwas Gestapohaftes. Eine Art protziger Edelstein – so groß wie ein Taubenei – hängt an einer Kette um ihren Hals und flimmert wie ein Überbleibsel aus den psychedelischen sechziger Jahren.

Sie ist eine Karikatur, denkt Peter. Der erste zaghafte Versuch eines pubertierenden Jungen, eine Sexphantasie zu erschaffen.

Als er sich dem Mann ohne Gesicht nähert, stellt er etwas noch Schrecklicheres fest: Er ist eigentlich gar nicht da. Ebensowenig die beiden anderen, ebensowenig der schwarze Lieferwagen. Er erinnert sich an eine Samstagsmatinee – er kann nicht älter als sechs oder sieben Jahre gewesen sein –, als er bis vor zur Kinoleinwand gegangen war, daran hinaufgesehen und zum erstenmal erkannt hatte, wie billig der Trick war. Aus vierzig Zentimetern Entfernung waren die Bilder nur Gaze; das einzige Reale waren die hellen Fundamente der Leinwand, die selbst völlig leer war, konturenlos wie eine Schneeverwehung. Das mußte sie sein, wenn die Illusion gelingen sollte. Dies hier ist genau dasselbe, und Peter empfindet jetzt dieselbe dumme Überraschung wie damals. Ich kann Herbie Wylers Haus sehen, denkt er. Ich kann es durch den Lieferwagen hindurch sehen.

»*JACKSON!*«

Aber *das* ist real, genau wie die Kugel, die Mary das Leben gekostet hat. Peter schreit, während er gleichzeitig schmerzverzerrt grinst, drückt sie einen Moment fester an die Brust und läßt sie dann auf die Straße fallen, ohne es zu bemerken. Es ist, als hätte ihm jemand den Trichter eines elektrisch verstärkten Megaphons an ein Ohr gehalten, die Lautstärke bis zum Anschlag aufgedreht und dann seinen Namen hineingebrüllt. Blut quillt ihm aus der Nase und läuft ihm aus den Augenwinkeln.

»HIER LANG, PARTNER!« Die Gestalt in Schwarz und Silber, jetzt ohne jede Substanz, aber nach wie vor bedrohlich, zeigt auf das Wyler-Haus. Die Stimme ist das einzig Reale, aber mehr Realität braucht Peter auch nicht; sie ist wie die Schneide einer Kettensäge. Er schnellt so heftig mit dem Kopf zurück, daß seine Brille verrutscht. »*WIR HAM NOCH WAS VOR! AM BESTEN GIBSTE GAS!*«

Er geht nicht auf Herbies und Audreys Haus zu, er wird

dorthin *gezogen,* hingespult. Als er durch die schwarze Gestalt ohne Gesicht hindurchgeht, schießt ihm nur einen Augenblick lang ein verrücktes Bild durch den Kopf: Spaghetti, die unnatürlich roten aus der Dose, und Hackfleisch. Alles zusammengemischt in einer weißen Schüssel mit Zeichentrickfiguren von Warner Bros. – Bugs Bunny, Elmer, Daffy –, die auf dem Rand der Schüssel tanzen. Allein beim *Gedanken* an diese Art von Essen wird ihm normalerweise übel, aber in dem Moment, als er das Bild vor seinem geistigen Auge sieht, verspürt er nagenden Hunger; das Wasser läuft ihm im Mund zusammen, wenn er an die bleichen Nudelstränge und die unnatürlich rote Soße denkt. In diesem Augenblick sind sogar seine Kopfschmerzen vergessen.

Er geht durch das projizierte Bild des schwarzen Lieferwagens, als dieser gerade wieder anfährt, und dann bewegt er sich den betonierten Weg zum Haus entlang. Seine Brille verliert den letzten dürftigen Halt und fällt herunter; er bemerkt es nicht. Er kann immer noch ein paar vereinzelte Schüsse hören, aber sie sind weit weg, in einer anderen Welt. In seinem Kopf spielt immer noch die gezupfte Gitarre, und als die Tür von Audrey Wylers Haus ganz von alleine aufgeht, stimmen Hörner in die Gitarrenmelodie ein, und jetzt endlich erkennt er die Melodie. Es ist die Titelmusik der alten Fernsehserie *Bonanza.*

Ich bin gerade von der Arbeit nach Hause gekommen, denkt er und betritt einen dunklen, stickigen Raum, in dem es nach Schweiß und altem Hamburger riecht. Ich bin gerade von der Arbeit nach Hause gekommen, und die Tür fällt hinter ihm ins Schloß. Ich bin gerade von der Arbeit nach Hause gekommen, und er geht durch das Wohnzimmer auf den Torbogen und das Geräusch des

Fernsehers zu. »Weshalb tragen Sie diese Uniform?« fragt jemand. »Der Krieg ist fast drei Jahre vorbei, haben Sie es nicht gehört?«

Ich bin gerade von der Arbeit nach Hause gekommen, denkt Peter, als würde das alles erklären – seine tote Frau, die Schießerei, den Mann ohne Gesicht, die übelriechende Luft in diesem kleinen Zimmer –, und dann dreht sich das Ding, das vor dem Fernseher sitzt, zu ihm um, und Peter denkt überhaupt nicht mehr.

Draußen, auf der Straße, beschleunigen die Lieferwagen, die den Feuerkorridor gebildet haben; der schwarze zieht rasch mit Dream Floater und dem Justice Wagon gleich. Der bärtige Mann im Türmchen feuert einen letzten Schuß ab. Er trifft den blauen US-Briefkasten vor dem E-Z Stop und hinterläßt ein baseballgroßes Loch. Dann biegen die Marodeure nach links auf die Hyacinth ab und sind fort. Rooty-Toot, Freedom und Tracker Arrow ziehen sich über die Bear Street zurück und verschwinden im Dunst, der sie zuerst einhüllt und dann ganz verschluckt.

Im Haus der Carvers schreien Ralphie und Ellen beim Anblick ihrer Mutter, die an der Tür zur Diele zusammengebrochen ist. Aber sie ist nicht bewußtlos; ihr Körper zappelt, von Krämpfen geschüttelt, heftig hin und her. Es ist, als würde ihr Nervensystem von heftigen Regenschauern gebeutelt. Blut spritzt in dicken Strahlen aus ihrem zerschmetterten Gesicht, und sie erzeugt ein kompliziertes Geräusch tief in der Kehle, eine Art singendes Knurren.

»*Mommy! Mommy!*« schreit Ralphie, und Jim Reed verliert den Kampf gegen den zappelnden Jungen, der aufspringt und zu der Frau läuft, die sterbend in dem Eingang zur Küche liegt.

Johnny und Brad kommen auf dem Hosenboden die Treppe heruntergerutscht – eine Stufe nach der anderen, wie spielende Kinder –, aber als Johnny unten ankommt und begreift, was geschehen ist, was immer noch geschieht, springt er auf und läuft, kickt zuerst die zertrümmerte Tür beiseite und tritt dann knirschend in die Trümmer von Kirstens Hummel-Figuren.

»Nein, runter!« ruft Brad ihm zu, aber Johnny beachtet ihn nicht. Er denkt nur an eines, nämlich die Kinder so schnell wie möglich von der sterbenden Mutter zu trennen, damit ihnen der Rest ihres Leidens erspart bleibt.

»*Mommiiiii!*« heult Ellen und versucht, sich unter Cammie hervorzuwinden. Das Mädchen hat Nasenbluten. Ihre Augen sind weit aufgerissen, doch ihnen entgeht absolut nichts. »*Mommiiiiiiii!*«

Kirsten Carver, deren Tage als fürsorgliche Hüterin ihrer Kinder, ihres Mannes und ihrer heimlichen Ambition, selbst einmal wunderschöne Hummel-Figuren anzufertigen (die meisten, hat sie immer gedacht, werden wie ihr atemberaubender Sohn aussehen), vorbei sind, hört nichts, während sie zuckend in der Türöffnung liegt, mit den Füßen strampelt, die Hände hebt und wieder fallen läßt, so daß sie kurz in ihrem Schoß trommeln und dann wie aufgeschreckte Vögel in die Höhe schnellen. Sie knurrt und singt, knurrt und singt; Laute, die fast wie Worte klingen.

»Schaffen Sie sie raus!« ruft Cammie Johnny zu. Sie sieht Törtchen mit Entsetzen und Mitleid an. »Schaffen Sie sie von den Kindern weg, um Himmels willen!«

Er bückt sich, hebt sie hoch, und dann kommt ihm Belinda zu Hilfe. Sie tragen Kirsten ins Wohnzimmer und legen sie auf eine Couch, für die sie sich nach langen Wochen der Unentschlossenheit entschieden hat, und nun quillt die Füllung aus einem klaffenden Loch in dem Stoff. Brad weicht vor ihnen zurück, um ihnen Platz zu machen, und wirft dabei nervöse Blicke über die Schulter zur Straße, die wieder einsam und verlassen zu sein scheint.

»Verlangt nicht von *mir*, daß ich sie nähe«, sagt Törtchen in einem schelmischen Tonfall und stößt ein gräßliches, ersticktes Lachen aus.

»Kirsten«, sagt Belinda, beugt sich über sie und nimmt eine ihrer Hände. »Sie werden wieder gesund. Alles wird gut.«

»Verlangt nicht von *mir*, daß ich sie nähe«, wiederholt die Frau auf der Couch. Diesmal hört sie sich oberlehrerhaft an. Das Kissen unter ihrem Kopf färbt sich dunkel, der Blutfleck wird immer größer, während die drei auf sie hinabschauen. Johnny findet, der Fleck sieht wie die Heiligenscheine aus, mit denen die Maler der Renaissance manchmal ihre Madonnen geschmückt haben. Dann fangen die Krämpfe wieder an.

Belinda beugt sich hinab und hält Kirstens zuckende Schultern. »Helft mir doch!« herrscht sie Johnny und ihren Mann wütend an. »Ihr Dummköpfe, ich schaffe es nicht alleine, *helft* mir!«

Im Haus nebenan hat Tom Billingsley seine Bemühungen um Marielles Leben fortgesetzt, selbst während der Angriff seinen Höhepunkt erreicht, wobei er mit der Sicherheit eines Chirurgen im Feldlazarett vorgegangen ist. Inzwischen hat er die Wunde genäht, und das Blut sikkert nur noch langsam durch drei Lagen Mull, aber als er zu Collie aufschaut, schüttelt Doc den Kopf. Die Schreie von nebenan haben ihn mehr mitgenommen als die gerade vollzogene Operation. Marielle Soderson ist ihm ziemlich gleichgültig, aber er vermutet, daß die Frau, die drüben schreit, Kirstie Carver ist, und Kirstie mag er sehr. »Mann o Mann«, sagt er. »Ich meine, hallo.«

Collie sieht nach, ob Gary in Hörweite ist, und sieht ihn, wie er sich in Docs Kochnische zu schaffen macht, ohne auf die Schreie und das Weinen der Kinder nebenan zu achten, ohne zu bemerken, daß die Operation an seiner Frau beendet ist; er öffnet und schließt die Schränke mit der Gründlichkeit des gestandenen Alkoholikers auf der Jagd nach Stoff. In den Kühlschrank hat er verständlicherweise nur einen kurzen Blick geworfen und geprüft, ob er Bier oder vielleicht gekühlten Wodka findet: Der Arm seiner Frau liegt darin, im zweiten Fach. Collie hat ihn selbst dort hineingetan und andere Sachen weggeschoben – Saladressing, eingelegtes Gemüse, Mayonnaise, Reste von Schweinefilet in Klarsichtfolie –, bis er genügend Platz hatte. Er glaubt nicht, daß der Arm jemals wieder angenäht werden wird, nicht einmal in diesem Zeitalter der Zeichen und Wunder kann man so etwas wieder hinkriegen, trotzdem hat er es nicht über sich gebracht, den Arm in Docs Vorratskammer zu legen. Zu warm. Dort würde der Arm die Fliegen anlocken.

»Wird sie sterben?« fragt Collie.

»Ich weiß nicht«, sagt Billingsley. Er macht eine Pause, sieht Gary ebenfalls an, seufzt und streicht sich mit den Händen durch seinen weißen Albert-Einstein-Haarschopf. »Wahrscheinlich. Ziemlich sicher, wenn sie nicht umgehend in ein Krankenhaus kommt. Sie braucht medizinische Versorgung. Vor allem eine Transfusion. Und nebenan ist jemand verletzt; Kirsten, glaube ich, wie es sich angehört hat. Und vielleicht ist sie nicht die einzige.«

Collie nickt.

»Mr. Entragian, was glauben Sie, geht hier vor?«

»Ich habe nicht die geringste Ahnung.«

Cynthia nimmt sich eine Zeitung (es ist der *Columbus Dispatch,* nicht der *Wentworth Shopper*), der während des ganzen Tohuwabohus auf den Wohnzimmerboden gefallen ist, rollt sie zusammen und fegt damit den Fußboden von Glasscherben frei – es sind überraschend viele –, während sie langsam zur Eingangstür kriecht.

Steve überlegt, ob er eingreifen und sie fragen soll, ob sie vielleicht einen Todeswunsch verspürt, verkneift es sich aber. Manchmal hat er Eingebungen. Ziemlich ausgeprägte sogar. Als er seinerzeit nichtsahnend an der Strandpromenade im Palisades Park aus Handflächen gelesen hat, war dieses Gefühl auf einmal so stark, daß er noch am selben Abend den Job hinschmiß. Es handelte sich um ein lachendes, siebzehnjähriges Mädchen mit einem Eierstockkarzinom. Bösartig, im fortgeschrittenen Stadium, vielleicht einen Monat zu spät, um noch etwas ausrichten zu können. Nicht gerade die Vorstellung, die man haben wollte, wenn man ein hübsches Mädchen von der High School mit grünen Augen sah und getreu dem Motto

KEIN PROBLEM

lebte. Die Vorstellung, die er gerade jetzt hat, ist ebenso stark, wenn auch ein wenig optimistischer: Die Angreifer sind fort, jedenfalls vorerst. Er kann es unmöglich wissen, ist seiner Sache aber trotzdem ziemlich sicher.

Statt Cynthia zurückzurufen, geht er mit ihr. Die Innentür ist von mehreren Schüssen aufgestoßen worden (und so stark verzogen, daß Steve bezweifelt, daß sie sich je wieder schließen lassen werde), und der Lufthauch, der durch das zerschmetterte Fliegengitter hereinweht, ist himmlisch – angenehm und kühl auf seinem verschwitzten Gesicht. Die Kinder nebenan weinen immer noch, aber die Schreie sind verstummt, und das ist eine Erleichterung.

»Wo ist er?« fragt Cynthia verblüfft. »Sehen Sie, da ist seine Frau –« Sie zeigt auf Marys Leichnam, der jetzt auf der Straße liegt, so weit auf der gegenüberliegenden Seite, daß Strähnen ihres Haares im Wasser des westlichen Rinnsteins treiben. »– aber wo ist *er?* Mr. Jackson?«

Steve deutet durch die zerfetzte untere Hälfte des Fliegengitters. »In dem Haus da. Muß er sein. Sehen Sie seine Brille auf dem Weg?«

Cynthia kneift die Augen zusammen und nickt.

»Wer wohnt da?« fragt Steve sie.

»Ich weiß nicht. Ich bin noch nicht lange genug hier, daß ich alle –«

»Mrs. Wyler und ihr Neffe«, sagt Collie hinter ihnen. Sie drehen sich um und sehen, wie er auf den Hinterbacken hockt und zwischen ihnen hindurchsieht. »Der Junge ist autistisch oder dyslexisch oder katatonisch ... eins von diesen verdammten -ischs, die ich nie auseinanderhalten kann. Ihr Mann ist letztes Jahr gestorben, seitdem leben nur noch die beiden dort. Jackson muß ... muß ...« Er bricht nicht ab, sondern verstummt ganz allmählich, bis die Worte nicht mehr zu hören sind. Als er fortfährt, klingt seine Stimme immer noch leise ... und sehr nachdenklich. »Was, zum Teufel, ist das?«

»Was?« fragt Cynthia nervös. »Was?«

»Wollen Sie mich verschaukeln? Sehen Sie es nicht?«

»Was sehen? Ich sehe die Frau, ich sehe die Brille ihres Ma ...« Nun ist sie diejenige, die langsam verstummt.

Steve will fragen, worum es eigentlich geht, aber dann sieht er es. Er glaubt, daß er es schon früher gesehen hätte, obwohl er fremd in der Straße ist, wenn seine Aufmerksamkeit nicht von der Toten, der heruntergefallenen Brille und seiner Sorge um Mrs. Soderson abgelenkt gewesen wäre. Er weiß, was er dagegen unternehmen muß, und hat sich mehr als alles andere darauf vorbereitet, es zu tun.

Aber jetzt sieht er einfach nur über die Straße und läßt den Blick langsam vom E-Z Stop zum nächsten Gebäude schweifen, und dann weiter zu dem, wo die Kinder Frisbee gespielt haben, als er in die Straße eingebogen ist, und weiter zu dem direkt gegenüber, wo Jackson sich verkrochen haben muß, als ihm die Schießerei zu bunt wurde.

Seit die Schützen in ihren Lieferwagen gekommen sind, hat da drüben eine Veränderung stattgefunden.

Wie sehr, kann er nicht sagen, und zwar größtenteils eben weil er ein Fremder *ist* und die Straße *nicht* kennt, aber teilweise auch, weil der Rauch des brennenden Hauses und der Dunst, der noch von der nassen Straße aufsteigt, den Häusern da drüben ein fast geisterhaftes Aussehen verleihen, wie Häuser, die man in einer Fata Morgana sieht … aber es hat eindeutig eine Veränderung stattgefunden.

Der Verputz des Wyler-Hauses ist durch Holzbalken ersetzt worden, und anstelle des großen Panoramafensters besitzt es jetzt drei konventionellere – fast möchte man sagen altmodische – unterteilte Fenster. Auf die vertikalen Bretter der Tür wurden Z-förmig Dielen zur Verstärkung genagelt. Das Haus links daneben …

»Verraten Sie mir etwas«, sagt Collie, der dasselbe Haus betrachtet. »Seit wann leben die Reeds in einer Scheiß-Blockhütte?«

»Seit wann wohnen die Gellers in einer Hazienda aus Lehmziegeln?« antwortet Cynthia, die ein Haus weiter schaut.

»Ihr macht Witze«, sagt Steve. Dann, kläglich: »Oder nicht?«

Niemand antwortet. Sie sehen fast hypnotisiert aus.

»Ich bin nicht sicher, ob ich das wirklich sehe«, sagt Collie schließlich. Seine Stimme klingt ungewöhnlich zaghaft. »Es ...«

»Flimmert«, sagt das Mädchen.

Er dreht sich zu ihr um. »Ja. Als würde man etwas über einen Heizofen hinweg ansehen, oder –«

»Jemand soller Frau helfn!« ruft Gary aus den Schatten im Wohnzimmer. Er hat eine Flasche gefunden – was es ist, kann Steve nicht erkennen – und steht neben dem Foto von Hester, einer Taube, die gerne mit Fingerfarben malte. Nicht, denkt Steve, daß Tauben im eigentlichen Sinne Finger haben. Gary ist nicht ganz sicher auf den Füßen und nuschelt. »Jemand soll Marelle helfn! Hatn verdammn Arm verlorn!«

»Wir brauchen Hilfe für sie«, sagt Collie nickend.»Und –«

»– für uns andere auch«, beendet Steve den Satz. Er ist erleichtert, daß auch jemand anders daran gedacht hat, daß er vielleicht nicht allein gehen muß. Der Junge nebenan hat aufgehört zu weinen, aber Steve kann das Mädchen noch hören, das ausgiebig und tränenreich schluchzt. Margrit die Made, denkt er. So hat ihr Bruder sie genannt. Margrit die Made liebt Ethan Hawke, hat er gesagt.

Steve verspürt den plötzlichen Drang, ebenso stark wie ungewohnt, nach nebenan zu gehen und das kleine Mädchen zu suchen. Vor ihr niederzuknien und sie in die

Arme zu nehmen, sie zu drücken und ihr zu sagen, daß sie lieben kann, wen immer sie will. Ethan Hawke oder Newt Gingrich oder wen auch immer. Statt dessen sieht er die Straße entlang. Das E-Z Stop hat sich, soweit er sagen kann, nicht verändert; seine Architektur entspricht immer noch dem typischen Kramladen zum Ende des 20. Jahrhunderts, manchmal als Pastell-Schlackestein bezeichnet, manchmal als Stilleben mit Müllcontainer. Nicht schön anzusehen, weit gefehlt, aber eine bekannte Größe, und das ist unter den gegebenen Umständen eine Erleichterung. Der Ryder-Bus parkt immer noch davor, das blaue Telefonschild hängt immer noch an seinem Haken, der Marlboro-Mann schmückt nach wie vor die Tür, und …

… und der Fahrradständer ist verschwunden.

Nun, nicht exakt *verschwunden*; ersetzt worden.

Durch etwas, das verdächtig nach einer Pflockstange für Pferde aussieht, wie man sie aus Westernfilmen kennt.

Mit einiger Anstrengung richtet er erst den Blick und dann seine Konzentration wieder auf den Cop, der sagt, daß Steve recht hat und sie alle Hilfe brauchen. Bei den Carvers und bei Doc ebenfalls, wie es sich anhört.

»Auf dieser Straßenseite verläuft ein Grüngürtel hinter dem Haus«, sagt Collie. »Ein Fußweg führt hindurch. Hauptsächlich benützen ihn Kinder, aber ich kenne ihn auch ganz gut. Er gabelt sich hinter dem Haus der Jacksons. Ein Weg führt zur Hyacinth. Mündet an der Bushaltestelle in der Mitte. Der andere führt nach Osten, Richtung Anderson Avenue. Wenn die Anderson, bitte die Ausdrucksweise zu entschuldigen, auch am Arsch ist –«

»Warum sollte sie?« fragt Cynthia. »Aus der Richtung waren keine Schüsse zu hören.«

Er mißt sie mit einem seltsamen, geduldigen Blick. »Aber es kommt auch keine *Hilfe* aus der Richtung. Und unsere Straße ist in einer Art und Weise am Arsch, die nichts mit den Schüssen zu tun hat, falls Ihnen das noch nicht aufgefallen ist.

»Oh«, sagt sie mit kleinlauter Stimme.

»Wie auch immer, wenn die Anderson Avenue so verrückt ist wie die Poplar – ich hoffe es nicht, aber wenn –, es gibt ein Wasserrohr, das mindestens unter der Straße her verläuft, wenn nicht darüber hinaus. Es könnte bis hin zur Columbus Broad führen. Dort müssen Leute sein.« Er sieht aber nicht aus, als würde er wirklich daran glauben.

»Ich komme mit«, sagt Steve.

Den Cop scheint das Angebot zu überraschen, dann denkt er nach. »Sind Sie sicher, daß das eine gute Idee ist?«

»An sich ja. Ich glaube, die Schurken sind fort, zumindest vorläufig.«

»Wie kommen Sie darauf?«

Steve, der nicht daran denkt, seine kurze Laufbahn als Wahrsager anzusprechen, sagt, daß es nur eine Vermutung ist. Er sieht, wie Collie Entragian darüber nachdenkt, und weiß, daß der Cop einwilligen wird, noch bevor er den Mund aufmacht. Und daran ist nichts Übersinnliches. Heute nachmittag sind drei Menschen auf der Poplar Street getötet worden (ganz zu schweigen von Hannibal, dem frisbeestehlenden Hund), mehr sind verwundet, ein Haus brennt bis auf die Grundmauern nieder, ohne daß sich auch nur ein einziges gottverdammtes Löschfahrzeug sehen ließe, Irre treiben auf der Straße ihr Unwesen – mordlüsterne Wahnsinnige –, und der Mann wäre selbst nicht bei Verstand, wenn er versuchen wollte, allein durch den Wald zwischen hier und der nächsten Straße zu kriechen.

»Was ist mit ihm?« fragt Cynthia und zeigt mit dem Daumen auf Gary.

Collie verzieht das Gesicht. »In seinem Zustand würde ich nicht mit ihm ins Kino gehen, geschweige denn in den Wald, während eine solche Scheiße hier abläuft. Aber wenn Sie es ernst meinen, Mr. ... Ames, so heißen Sie doch?«

»Nennen Sie mich Steve. Und es ist mein Ernst.«

»Okay. Mal sehen, ob Doc ein oder zwei Gewehre in seinem Keller hat. Ich wette, ja.«

Sie gehen geduckt durch das Wohnzimmer zurück. Cynthia dreht sich um und will ihnen folgen, dann sieht sie eine Bewegung. Sie dreht sich um und sperrt den Mund auf. Ihrer Überraschung folgt Ekel, und sie muß eine Hand vor den Mund legen, um einen Aufschrei zu unterdrücken. Sie überlegt, ob sie die Männer zurückrufen soll, läßt es aber. Was würde es ändern?

Ein Geier – es *könnte* ein Geier sein, obwohl es keine Ähnlichkeit mit etwas hat, das sie je in einem Buch oder Film gesehen hätte – ist aus den Qualmwolken über dem Hobart-Haus gekommen und neben Mary Jackson auf der Straße gelandet. Ein riesiges Tier von einer unnatürlichen Plumpheit mit einem häßlichen, kahlen Kopf. Es tappt um den Leichnam herum und sieht aus wie ein Gast, der das Buffet inspiziert, bevor er sich einen Teller holt, dann schnellt sein Kopf nach vorne, und er reißt der Frau fast die ganze Nase ab.

Cynthia schließt die Augen und versucht sich einzureden, daß dies ein Traum ist, nur ein Traum. Es wäre schön, wenn sie es glauben könnte.

Aus Audrey Wylers Tagebuch:

10. Juni 1995

Hatte Angst heute nacht. Solche Angst. In letzter Zeit ist es ruhig gewesen – mit Seth, meine ich –, aber jetzt hat sich alles verändert.

Zuerst wußte keiner von uns, was nicht stimmt – Herb stand ebenso vor einem Rätsel wie ich. Wir gingen zu Milly's On The Square Eis essen, Teil unseres samstäglichen Rituals, wenn Seth »gut« ist (was bedeutet, wenn Seth Seth ist), und es ging ihm bestens. Als wir in die Einfahrt fuhren, hob er die Nase und begann mit diesem Schnüffeln, wie er es manchmal macht – er hebt irgendwie seine Nase in die Luft und schnuppert wie ein Hund. Ich hasse es, wenn er das macht, und Herb ebenso. Ich nehme an, so wie Farmer es hassen, wenn sie Sturmwarnungen im Radio hören. Ich habe gehört, daß die Eltern von Epileptikern lernen, nach ähnlichen Vorzeichen vor einem Anfall Ausschau zu halten ... zwanghaftes Kopfkratzen, Fluchen, sogar Nasebohren. Bei Seth ist es dieses Schnuppern. Aber es sind keine epileptischen Anfälle. Ich wünschte, es wären welche.

Herb fragte ihn, was los sei, sobald er es sah, und bekam null Reaktion, nicht einmal das übliche Ausstoßen von Vokalen. Dasselbe, als ich es versuchte. Keine Worte, nicht einmal Stammeln. Nur dieses Schnuppern. Und als wir im Haus waren, dieses Staksen *– er ging von Zimmer zu Zimmer, als könnte er die Knie nicht beugen. Er ging nach hinten zum Sandkasten, er ging in sein Zimmer, er ging in den Keller, alles in geheimnisvollem Schweigen. Herb folgte ihm eine Zeitlang und fragte, was ihm fehlte, dann ließ er es sein. Als ich* die Spülmaschine ausräumte, kam Herb herein und winkte mit einem religiösen Traktat, das er im Behälter für die Milchflaschen beim Seiteneingang gefunden hatte, und rief johlend: »Halleluja! Ja, Jesus!« Er ist ein guter Mann und versucht immer, mich aufzumuntern, obwohl ich weiß, daß er sich selbst nicht besonders wohl fühlt. Seine Haut ist ganz blaß geworden, und mir macht angst, wieviel er abgenommen hat, hauptsächlich seit Januar oder so. Es müssen mindestens zwanzig Pfund sein, wenn nicht gar dreißig, aber wenn ich ihn danach frage, weicht er nur lachend aus.

Wie auch immer, das Traktat war der übliche Baptistenquatsch. Der Umschlag zeigte das Bild eines Mannes in Qualen, die Zunge hing ihm heraus, Schweiß lief ihm über das Gesicht, und er hatte die Augen verdreht. STELLEN SIE SICH EINE MILLION JAHRE OHNE EINEN SCHLUCK WASSER VOR, stand über seinem Gesicht. Und darunter: WILLKOMMEN IN DER HÖLLE! Ich habe auf der Rückseite nachgesehen, und tatsächlich, es kam von der Zion's Covenant Baptistenkirche. Diese Bande aus Elder. »Schau her«, sagt Herb, »so sieht mein Dad aus, bevor er sich morgens die Haare kämmt.«

Ich wollte lachen – ich weiß, daß es ihn glücklich macht, wenn er mich zum Lachen bringt –, aber ich konnte es einfach nicht. Ich konnte Seth überall spüren; es kribbelte fast auf meiner Haut. Wie man manchmal spüren kann, wenn ein Sturm im Anzug ist.

Genau in diesem Moment kam er hereingelaufen – hereingestakst –, und zwar mit diesem gräßlichen Stirnrunzeln, das er immer an den Tag legt, wenn etwas passiert, das nicht in seinen allgemeinen Ablauf des Lebens paßt. Aber das ist nicht er, das ist er nicht, Seth ist das süßeste, freundlichste, umgänglichste Kind, das ich mir vorstellen kann. Aber er hat diese andere Persönlichkeit, die wir immer häufiger sehen. Die mit den steifen Beinen. Die in die Luft schnuppert wie ein Hund.

Herb fragte ihn, was nicht stimme, was in seinem Kopf vorgehe, und auf einmal hob er – Herb, meine ich – die Hand und zog an seiner Unterlippe. Zog sie heraus wie eine Jalousie und fing an, sie zu drehen. Bis sie blutete. Und die ganze Zeit tränten ihm seine armen Augen vor Schmerzen und traten aus den Höhlen vor Angst, und Seth starrte ihn mit dieser häßlichen Fratze an, die er ziehen kann, die sagt: »Ich mache, was ich will, und du kannst mich nicht dran hindern.« Vielleicht können wir das wirklich nicht, aber ich denke, daß Seth es kann – manchmal zumindest.

»Hör auf, ihm das anzutun!« schrie ich ihn an. »Hör augenblicklich auf!«

Als dann der andere, der Nicht-Seth, wirklich wütend wird, scheinen sich seine braunen Augen schwarz zu verfärben. Dann richtete er den Blick auf mich, und plötzlich schnellte meine Hand in die Höhe, und ich schlug mir selbst ins Gesicht. So fest, daß mein Auge auf dieser Seite tränte.

»Mach, daß er damit aufhört, Seth«, sagte ich. »Es ist nicht recht. Was auch immer nicht stimmt, wir sind nicht dafür verantwortlich. Wir wissen nicht mal, was es ist.«

Zuerst keine Reaktion. Nur diese finstere Miene. Meine Hand schnellte wieder in die Höhe, doch dann veränderte sich sein haßerfüllter Blick auf mich ein wenig. Nicht sehr, aber genug. Meine Hand sank nach unten, Seth drehte sich um und sah in das offene Schränkchen über der Spüle, wo wir die Gläser stehen haben. Die meiner Mutter stehen auf dem obersten Fachboden, hübsches Waterford-Kristall, das ich nur an Feiertagen benütze. Jedenfalls standen sie da oben. Sie sind zerplatzt, als Seth sie angesehen hat, eines nach dem anderen, *wie Tontauben auf dem Schießstand. Als alle kaputt waren, die elf verbliebenen, sah er mich mit diesem gemeinen, gönnerhaften Lächeln an, das er manchmal aufsetzt, wenn man ihm in die Quere kommt und er es einen büßen läßt. Seine Augen sind so schwarz und wirken irgendwie alt in dem kindlichen Gesicht.*

Ich fing an zu weinen. Ich konnte nicht anders. Nannte ihn einen bösen Jungen & sagte ihm, daß er fortgehen sollte. Da geriet das Lächeln ins Wanken. Er mag es nicht, wenn man ihm irgend etwas *sagt, aber das am allerwenigsten. Ich dachte, er könnte mich wieder dazu bringen, mir selbst weh zu tun, aber dann stellte sich Herb vor mich und sagte ihm dasselbe, daß er fortgehen und sich beruhigen sollte, und daß er dann wiederkommen könne, damit wir ihm helfen konnten, in Ordnung zu bringen, was nicht mit ihm stimmte.*

Seth zog ab, und ich konnte, noch ehe er das Wohnzimmer durchquert hatte und bei der Treppe angelangt war, sehen, daß der andere entweder schon verschwunden war oder gerade im Begriff dazu. Seth hatte nicht mehr diesen abscheulichen steifen Gang. (Herb nennt ihn »Seths Rooty-der-Roboter-Gang.«) Später konnten wir ihn dann in seinem Zimmer weinen hören.

Herb half mir, die Scherben wegzuräumen, während ich die ganze Zeit geheult habe wie eine Närrin. Er versuchte auch nicht, mich zu trösten oder mit einem seiner Witze aufzumuntern. Manchmal kann er sehr weise sein. Als wir fertig waren (keiner von uns hat sich geschnitten, was an sich schon an ein Wunder grenzt), sprach er das Offensichtliche aus, daß Seth nämlich etwas verloren hatte. Ich sagte, ohne Scheiß, Sherlock, wie bist du denn darauf gekommen? Dann fühlte ich mich mies, nahm ihn in die Arme und sagte, daß es mir leid tat, ich wollte nicht biestig sein. Herb sagte, das wüßte er, dann drehte er das dumme Baptistentraktat herum und schrieb auf die Rückseite: »Was sollen wir tun?«

Ich schüttelte den Kopf. Häufig wagen wir nicht einmal mehr, etwas laut auszusprechen, weil wir fürchten, er könnte zuhören – der Nicht-Seth, meine ich. Herbie knüllte das Traktat zusammen & warf es in den Mülleimer, aber das genügte mir nicht. Ich holte es wieder heraus & riß es in Stücke. Aber vorher betrachtete ich das schwitzende, gequälte Gesicht auf dem Umschlag. WILLKOMMEN IN DER HÖLLE.

Ist das Herb? Bin ich es? Ich will nein sagen, aber manchmal kommen wir uns vor wie in der Hölle. Eigentlich ziemlich oft. Weshalb sonst würde ich dieses Tagebuch führen?

11. Juni 1995

Seth schläft. Wahrscheinlich erschöpft. Herbie ist draußen im Garten und sucht überall. Obwohl ich glaube, daß Seth schon gesucht hat. Aber wenigstens wissen wir jetzt, was fehlt: der Dream Floater, einer seiner Power Wagons. Er besitzt die ganze MotoKops-Scheiße – Action-Figuren, Hauptquartier-Krisenzentrum, Cassies Party Pad, den Power Wagon Korral, zwei Strahlenpistolen, sogar »Schwebeplattform-Laken« für sein Bett. Aber mehr als das alles liebt er die Power Wagons. Das sind batteriebetriebene Lieferwagen, ziemlich groß, sehr futuristisch. Die meisten haben Flügel, die man ausfahren kann, indem man auf einen Knopf an der Unterseite drückt, und Radarschüsseln auf den Dächern, die sich wirklich drehen (die auf Cassie Styles' Dream Floater ist wie ein Valentinsherz geformt, und das nach schätzungsweise dreißig Jahren voller Diskussionen über Gleichberechtigung

& Rollenvorbilder für Mädchen; ich könnte fast kotzen), Blinklichtern, Sirenen, futuristischen Geräuschen, usw., usw.

Wie auch immer, Seth kam mit allen sechs, die derzeit auf dem Markt sind, aus Kalifornien zurück: dem Roten (Tracker Arrow), dem Gelben (Justice Wagon), dem Blauen (Freedom Fighter), dem Schwarzen (Meatwagon, gehört dem Bösewicht), dem Silbernen (Rooty-Toot, & wenn man sich vorstellt, daß irgend jemand dafür bezahlt wird, daß er sich diese Scheiße ausdenkt), und dem albernen Pinkfarbenen, der von Cassie Styles gefahren wird, der großen Liebe unseres jungen Neffen. Irgendwie ist es ja komisch & süß, wie verknallt er ist, aber das, was momentan hier vor sich geht, ist alles andere als komisch: Seths »Dweam Fwoatah« ist verschwunden, und all das ist eine Art Wutanfall.

Herbie hat mich heute morgen um sechs Uhr wachgerüttelt und aus dem Bett gezerrt. Seine Hand war eiskalt. Ich fragte ihn, was passiert sei, aber er konnte nicht antworten. Er hat mich nur ans Fenster gezogen & gefragt, ob ich draußen was erkennen könnte. Ich wußte, daß er meinte, ob ich sehen konnte, was er sah.

Ich sah es tatsächlich. Es war der Dream Floater, der ein gewisses Art-déco-Aussehen hat, wie etwas aus alten Batman-*Comics. Aber es war nicht* Seths *Dream Floater, nicht das Spielzeug. Das ist etwa sechzig Zentimeter lang & rund dreißig Zentimeter hoch. Was wir sahen, war in Lebensgröße, wahrscheinlich vier Meter lang und über zwei Meter hoch. Die Dachluke stand teilweise offen & die herzförmige Radarschüssel drehte sich, genau wie in der Fernsehserie.*

»Großer Gott«, sagte ich. »Woher kommt das denn?« Ich konnte nur denken, daß es mit seinen ausfahrbaren kleinen Stummelflügeln hergeflogen sein mußte. Es war, als würde

man mit einem offenen Auge vom Bett aufstehen und eine fliegende Untertasse entdecken, die im Garten gelandet ist. Ich konnte nicht atmen. Mir war, als hätte mir jemand in den Magen geschlagen!

Als er mir sagte, daß der Wagen gar nicht da sei, verstand ich zuerst nicht, was er meinte, doch dann ging die Sonne weiter auf und ich merkte, daß ich die Espen hinter unserem Zaun durch ihn hindurch sehen konnte. Er war wirklich *nicht da. Gleichzeitig aber* doch.

»Er zeigt uns, was er uns nicht sagen konnte«, sagte Herb.

Ich fragte, ob Seth wach sei, & Herb sagte nein, er wäre in Seths Zimmer gewesen, und der Junge schliefe fest. Das ängstigte mich in einer Weise, die ich nicht beschreiben kann. Denn es bedeutete, daß wir hier im Pyjama am Schlafzimmerfenster standen und den Traum unseres Neffen vor uns sahen. Er war da hinten im Garten wie eine große pinkfarbene Seifenblase.

Wir standen etwa zwanzig Minuten da und betrachteten den Wagen. Ich weiß nicht, ob wir damit rechneten, daß Cassie Styles aussteigen würde oder was, aber nichts dergleichen geschah. Der pinkfarbene Lieferwagen stand einfach da, Dachluke ein Stück offen, kreisende Radarantenne, und dann verblaßte er allmählich, bis er nur noch schimmernd zu sehen war. Am Ende konnte man nicht mehr sagen, was es war, wenn man es nicht vorher gesehen hätte, als es noch deutlicher strahlte. Dann hörten wir Seth aufstehen und den Flur entlanggehen. Als die Toilettenspülung ertönte, war der Wagen verschwunden.

Beim Frühstück rückte Herb den Stuhl neben den von Seth, wie immer, wenn er wirklich mit ihm reden will. In gewisser Weise, glaube ich, ist Herb tapferer als ich es je sein könnte. Zumal es Herb ist, der –

Nein, das werde ich nicht niederschreiben.

Wie auch immer, Herb sieht Seth von Angesicht zu Angesicht an – so daß Seth ihn anschauen muß – & redet mit einer leisen, gütigen Stimme mit ihm. Er sagt Seth, daß wir wissen, was ihn quält, was ihn so aufregt, er sich aber keine Sorgen zu machen braucht, weil Cassies Power Wagon ganz bestimmt irgendwo im Haus oder im Garten ist. Wir werden ihn ganz bestimmt finden, sagt er.

Seth ging es die ganze Zeit gut. Er aß seine Cornflakes & verzog keine Miene, aber manchmal weiß man einfach, daß er es ist und daß er zuhört und wenigstens ein bißchen versteht. Dann sagte Herb: »Und wenn wir ihn absolut nicht *finden können, dann kaufen wir dir einen neuen«, & da brach die Hölle los.*

Seths Schüssel flog durch die Küche, Milch und Cornflakes wurden auf dem ganzen Boden verspritzt. Sie prallte gegen die Wand & zerschellte. Die Schublade unter dem Herd ging auf, und alles, was ich darin aufbewahre – Pfannen, Backformen, Plätzchenförmchen – kam herausgeflogen. Die Wasserhähne der Spüle wurden aufgedreht. Angeblich kann die Geschirrspülmaschine nicht spülen, wenn die Tür offensteht, aber sie fing an zu spülen & Wasser lief über den ganzen Boden. Die Vase, die ich auf dem Fenstersims über der Spüle stehen habe, flog quer durch den Raum & zerschellte an der Wand. Am beängstigendsten war das mit dem Toaster. Der Toaster war eingeschaltet, ich wollte mir zwei Scheiben Toast zu meinem Orangensaft machen, & plötzlich leuchtete es rotglühend aus den Schlitzen, als wäre es ein Brennofen und kein kleines Küchengerät. Der Griff schnalzte hoch & der Toast flog bis zur Decke hinauf. Er war schwarz und rauchte. Sah radioaktiv aus. Die beiden Scheiben landeten in der Spüle und waren so heiß, daß sie unter dem fließenden Wasser zischten.

Seth stand auf und ging aus der Küche. Mit seinem staksigen Gang. Herb und ich sahen einander nur eine oder zwei Sekunden an, & dann sagte er: »Mit etwas Erdnußbutter schmeckt der Toast wahrscheinlich noch ganz gut.« Zuerst habe ich ihn nur angestarrt, aber dann habe ich angefangen zu lachen. Da mußte er einstimmen. Wir haben die Köpfe auf den Küchentisch gelegt und gelacht & gelacht. Damit er nichts hört, nehme ich an, aber das ist albern, denn Seth muß nicht immer alles hören, um es zu wissen. Ich bin nicht sicher, ob er Gedanken lesen kann, aber irgend etwas *in der Art ist es.*

Als ich mich schließlich wieder so weit unter Kontrolle hatte, daß ich aufschauen konnte, holte Herb den Mop, um unter der Spülmaschine aufzuwischen. Er kicherte immer noch und wischte sich die Augen ab. Gott sei Dank, daß ich ihn habe. Ich ging Kehrschaufel und Besen für die zertrümmerte Vase holen.

»Ich schätze, er hängt ziemlich an dem alten Dream Floater«, sagte Herb nur. Und weshalb sollte er mehr sagen? Das traf den Nagel ziemlich genau auf den Kopf.

Jetzt ist es drei Uhr nachmittags, und wir haben das ganze Haus auf den Kopf gestellt, wie meine alte Schulfreundin Jan sagen würde. Auf seine eigene seltsame Art hat Seth zu helfen versucht. Es hat mir fast das Herz gebrochen, als ich gesehen habe, wie er die Sofakissen hochgehoben hat, als könnte sein verschwundener Lieferwagen da hinuntergerutscht sein wie eine Münze oder eine Pizzakruste. Herb fing voller Hoffnung an und sagte, der Wagen wäre zu groß & leuchtend, als daß man ihn übersehen könnte, & ich dachte, daß er recht hatte. Tatsächlich denke ich immer noch, *daß er recht hatte, aber wieso konnten wir den Wagen dann nicht finden? Ich schreibe am Küchentisch und kann Herb auf Händen und*

Knien bei der Hecke hinten im Garten sehen, unter der er mit dem Stiel eines Rechens herumstochert. Ich würde ihm gerne sagen, daß er aufhören soll – es sucht schon zum drittenmal dort –, aber ich bringe es nicht übers Herz.

Geräusche oben. Seth erwacht von seinem Nickerchen, daher muß ich zum Ende kommen. Das Tagebuch verstecken. Und versuchen, nicht mehr daran zu denken. Was nicht weiter schlimm ist. Ich glaube, Seth kann Herbs Gedanken besser empfangen als meine. Einen Grund für diese Annahme habe ich nicht, aber das Gefühl ist ziemlich stark. Und ich habe sorgfältig darauf geachtet, Herb nicht zu sagen, daß ich ein Tagebuch führe.

Ich weiß, was alle sagen würden, die dieses Tagebuch lesen: Ihr seid verrückt. Verrückt, ihn bei euch zu behalten. Etwas stimmt nicht mit ihm, ganz und gar nicht, *und wir wissen nicht, was es ist. Aber wir wissen, daß es gefährlich ist. Also warum behalten wir ihn? Warum machen wir weiter? Genau weiß ich es nicht. Weil wir ihn lieben? Weil er uns kontrolliert? Nein. Manchmal* kommt *es zu solchen Zwischenfällen (wenn Herb sich die Lippe herumdreht oder ich mich selbst schlage), zu so etwas wie starker Hypnose, aber nicht oft. Meistens ist er nur Seth, ein Kind, das in seinem eigenen Verstand gefangen ist. Außerdem ist er das letzte bißchen, das von meinem Bruder übriggeblieben ist.*

Aber auf jeden Fall steht hinter alledem (und darüber, und darunter, und drumherum) nur die Liebe. Und jeden Abend, wenn Herb und ich uns schlafen legen, sehe ich in seinen Augen, was er in meinen sehen muß – daß wir wieder einen Tag überstanden haben, & wenn wir es heute geschafft haben, können wir es morgen auch schaffen. Abends ist es einfach, sich einzureden, daß alles nur ein Aspekt von Seths Autismus ist, wirklich keine große Sache.

Schritte oben. Er geht ins Bad. Wenn er fertig ist, wird er runterkommen und hoffen, daß wir sein fehlendes Spielzeug gefunden haben. Aber wer wird die schlechte Nachricht hören? Seth, der nur enttäuscht dreinschauen (und vielleicht ein bißchen weinen) wird? Oder der andere? Der Staksende, der Dinge durch die Gegend wirft, wenn er nicht bekommt, was er will?

Ich habe überlegt, ob ich noch einmal mit ihm zum Arzt gehen soll, logisch, und ich bin sicher, Herb auch … aber nicht ernsthaft. Nicht nach dem letztenmal. Wir waren beide da & haben beide gesehen, wie sich der andere, der Nicht-Seth, versteckt. Wie Seth es ihm ermöglicht, *sich zu verstecken: Autismus ist ein verdammt guter Schutzschild. Aber das wahre Problem ist* nicht *Autismus, es spielt keine Rolle, was alle Ärzte auf der Welt sehen oder nicht sehen. Wenn ich meinen Geist öffne & alles verdränge, was ich hoffe & was ich wünsche, dann weiß ich das. Und als wir versuchten, mit dem Arzt zu reden und ihm zu sagen, warum wir wirklich da waren, konnten wir es nicht. Ob jemand, falls dieses Tagebuch jemals gelesen wird, verstehen kann, wie schrecklich das ist, wenn man so etwas wie eine Hand spürt, die einem über den Mund gelegt wurde und die Verbindung zwischen Stimmbändern und Zunge unterbricht? VERDAMMT, WIR* KONNTEN NICHT SPRECHEN.

Ich habe solche Angst.

Angst vor dem Staksenden, ja, aber auch Angst vor anderen Dingen. Manche Ängste kann ich überhaupt nicht ausdrücken, manche nur zu gut. Im Augenblick graut mir am meisten davor, was mit uns geschehen wird, wenn wir den Dream Floater nicht finden können. Diesen gottverdammten, albernen pinkfarbenen Lieferwagen. Wo kann das verdammte Ding sein? Wenn wir es nur finden könnten –

Kapitel 8

I

In dem Augenblick, als Kirsten Carver starb, dachte Johnny an Bill Harris, seinen Literaturagenten, und Bills Reaktion auf die Poplar Street: reines, ungespieltes Entsetzen. Da er ein guter Agent war, hatte er auf der Fahrt vom Flughafen die ganze Zeit ein neutrales, wenn auch etwas starres Lächeln gewahrt, aber das Lächeln wurde zunehmend verzerrter, als sie den Vorort Wentworth erreichten (bei dem es sich, wie man einem Schild entnehmen konnte, um OHIOS »GUTE LAUNE«-GEMEINDE handelte), und es verschwand völlig, als sein Klient, den man einst in einem Atemzug mit John Steinbeck, Sinclair Lewis und (nach *Delight*) Vladimir Nabokov genannt hatte, in die Einfahrt des kleinen und vollkommen anonymen Vororthauses an der Ecke Poplar und Bear einbog. Bill hatte von dumpfer Fassungslosigkeit erfüllt den Rasensprenger betrachtet, das Aluminiumfliegengitter mit dem verschnörkelten M in der Mitte und den Inbegriff des Vorortlebens, einen motorisierten Rasenmäher mit Grasflecken, der in der Einfahrt stand wie ein Benzingott, der nur darauf wartet, angebetet zu werden. Von da hatte Bill den Blick auf einen Jungen gerichtet, der mit einem Walkman auf den Ohren, einer schmelzenden Eistüte von Milly's in der Hand und einem glücklichen, hirnlosen Grinsen in seinem pickeligen Gesicht mit einem Skateboard den gegenüberliegenden Bürgersteig entlangrollte. Das war vor sechs Jahren gewesen, im Sommer 1990, und als Bill Harris, der einflußreiche Agent, Johnny wieder angesehen hatte, war das Lächeln endgültig verschwunden gewesen.

Das kann nicht dein Ernst sein, hatte Bill mit einer tonlosen, ungläubigen Stimme gesagt. O doch, Bill, mein völliger Ernst, hatte Johnny geantwortet, und etwas in seinem Tonfall schien zu Bill durchzudringen, zumindest so viel, daß er sich flehentlich anhörte, als er wieder das Wort ergriff, und nicht mehr ungläubig. Aber warum? fragte er. Gütiger Gott, warum *hier?* Ich kann spüren, wie mein IQ fällt, und dabei bin ich eben erst angekommen. Ich verspüre den fast unwiderstehlichen Drang, den *Reader's Digest* zu abonnieren und mir Talkshows im Radio anzuhören. Also sag mir, warum. Ich denke, das bist du mir schuldig. Zuerst dieser gottverdammte Miezetatzendetektiv, und jetzt ein Viertel, wo Obstsalat wahrscheinlich als Delikatesse betrachtet wird. Sag mir, was das zu bedeuten hat, okay? Und Johnny hatte geantwortet, okay, es hat zu bedeuten, daß alles vorbei ist.

Nein, selbstverständlich nicht. *Belinda* hatte das gesagt. Nicht Bill Harris, sondern Belinda Josephson. Gerade eben.

Johnny konzentrierte sich mit einiger Anstrengung und sah sich um. Er saß auf dem Wohnzimmerboden und hielt eine Hand von Kirsten zwischen seinen. Die Hand war kalt und reglos. Belinda hatte sich mit einem Küchentuch in der Hand und einem quadratischen Stück weißen Leinens – Johnny fand, daß es wie eine Tischserviette aussah –, das sie wie ein Kellner über der Schulter trug, über Kirstie gebeugt. In Belindas Augen standen keine Tränen, dennoch hatte sie einen Ausdruck von Zuneigung und

Trauer im Gesicht, der Johnnys Herz rührte, und er mußte daran denken, wie es gewesen sein mußte, als die beiden Marias – Magdalena und diejenige, die Matthäus schlicht »die andere Maria« nannte – den Leichnam Jesu für die Beisetzung im Grab des Joseph von Arimathia vorbereiteten. Brads Frau wischte Kirstens blutverschmiertes Gesicht mit dem Geschirrtuch ab und legte die Überbleibsel ihres Antlitzes frei.

»Haben Sie gesagt –« begann Johnny.

»Sie haben mich verstanden.« Belinda hielt das fleckige Geschirrtuch von sich, ohne hinzusehen, und Brad nahm es. Sie nahm die Serviette von der Schulter, entfaltete sie und breitete sie über Kirstens Gesicht aus. »Gott sei ihrer Seele gnädig.«

»Dem stimme ich zu«, sagte Johnny. Es hatte etwas Hypnotisierendes, wie kleine rote Tupfen auf der weißen Stoffserviette erblühten, drei auf einer Seite der verhüllten Wölbung von Kirstens Nase, zwei auf der anderen, etwa ein halbes Dutzend auf ihrer Stirn. Johnny strich sich mit der Hand über die Stirn und wischte eine Handfläche voll Schweiß weg. »Herrgott, es tut mir so leid.«

Belinda sah ihn an, dann ihren Mann. »Ich denke, es tut uns allen leid. Die Frage ist, was nun?«

Bevor einer der Männer antworten konnte, kam Cammie Reed von der Küche in das Zimmer. Ihr Gesicht war blaß, aber gefaßt. »Mr. Marinville?«

Er drehte sich zu ihr um. »Johnny«, sagte er.

Sie mußte einen Moment grübeln – ein klassischer Fall von durch Schock verlangsamtem Denken –, bis sie begriff, daß sie ihn beim Vornamen anreden sollte. Dann verstand sie es und nickte. »Johnny, okay, klar. Haben Sie die Waffe gefunden? War Munition dabei?«

»Ja, beides.«

»Kann ich sie haben? Meine Jungs wollen Hilfe holen. Ich habe darüber nachgedacht und beschlossen, ihnen die Erlaubnis zu geben. Das heißt, wenn Sie ihnen Davids Waffe überlassen.«

»Ich habe nichts dagegen, die Waffe herzugeben«, sagte Johnny, der nicht wußte, ob er die Wahrheit sagte oder nicht, »aber es könnte außerordentlich gefährlich sein, den Unterschlupf zu verlassen, meinen Sie nicht?«

Sie sah ihn gelassen an, keine Spur von Ungeduld in den Augen oder der Stimme, aber sie machte sich beim Sprechen an einem Blutfleck auf ihrer Bluse zu schaffen. Ein Andenken an Ellen Carvers Nasenbluten. »Ich bin mir der Gefahren bewußt, und wenn sie die Straße benützen müßten, hätte ich nein gesagt. Aber die Jungs sagen, daß ein Weg durch den Grüngürtel hinter den Häusern auf dieser Seite führt. Sie könnten bis zur Anderson Avenue durchkommen. Da drüben befindet sich ein leerstehendes Gebäude, das einmal als Lager für eine Umzugsfirma gedient hat –«

»Veedon Brothers«, sagte Brad nickend.

»– und ein Wasserrohr, das von dem Platz dahinter bis zur Columbus Broad verläuft, wo es sich in einen Bach ergießt. Dann können sie sich wenigstens zu einem funktionierenden Telefon durchschlagen und melden, was hier los ist.«

»Cam, kann einer Ihrer Jungs mit einer Waffe umgehen?« fragte Brad.

Wieder der gelassene Blick, der zu fragen schien: *Warum beleidigen Sie meine Intelligenz?* »Sie haben beide vor zwei Jahren mit ihrem Dad einen Sicherheitslehrgang gemacht. Es ging vornehmlich um Gewehre und Jagdsicherheit, aber Faustfeuerwaffen wurden ebenfalls behandelt, ja.«

»Wenn Jim und Dave von diesem Weg wissen, dann vielleicht auch die Leute, die für das alles hier verantwortlich sind«, sagte Johnny. »Haben Sie daran gedacht?«

»Ja.« Nun endlich trat die Ungeduld zutage, aber nur ein wenig. Johnny bewunderte ihre Selbstbeherrschung. »Aber diese ... Wahnsinnigen ... sind Fremde. Sie *müssen* Fremde sein. Haben Sie vor dem heutigen Tag schon mal einen von diesen Lieferwagen gesehen?«

Möglicherweise, dachte Johnny. Ich bin noch nicht ganz sicher, aber wenn ich nur ein bißchen Zeit zum Nachdenken bekomme ...

»Nein, aber ich glaube ...« begann Brad.

»Wir sind 1982 hierhergezogen, als die Jungs drei waren«, sagte Cammie. »Sie sagen, daß es einen Weg gibt, von dem kaum jemand weiß und den kaum jemand benützt, abgesehen von Kindern, und sie sagen, daß es ein Abwasserrohr gibt. Ich glaube ihnen.«

Na klar, dachte Johnny, aber das ist zweitrangig. Ebenso die Hoffnung, daß sie Hilfe bringen könnten. Du willst sie nur hier weg haben, oder? Logisch, und ich kann es dir nicht verdenken.

»Johnny«, sagte sie, wohl in der Annahme, sein Schweigen würde bedeuten, daß er gegen den Vorschlag war, »vor gar nicht so langer Zeit haben Jungs in Vietnam gekämpft, die nicht viel älter als meine Söhne waren.«

»Manche sogar jünger«, sagte er. »Ich war dort, ich habe sie gesehen.« Er stand auf, zog mit einer Hand die Pistole aus dem Hosenbund und nahm mit der anderen die Schachtel Munition aus der linken Tasche. »Ich übergebe das hier gerne Ihren Jungs … aber ich möchte mit ihnen gehen.«

Brad sah überrascht auf. Belinda nicht.

Cammie warf einen Blick auf Johnnys Bauch – nicht so groß wie der von Brad, aber trotzdem ansehnlich. Sie fragte ihn nicht, warum er mitgehen wollte oder wozu er seiner Meinung nach nützlich sein konnte. Dazu war ihr Verstand, zumindest im Augenblick, zu kalt. Sie sagte: »Die Jungs spielen im Herbst Fußball und machen im Frühjahr Langlauf. Können Sie mit Ihnen mithalten, Johnny?«

»Nicht über eine Meile oder die vierhundertvierzig Yards, selbstverständlich nicht«, entgegnete er. »Auf einem Weg durch den Wald und möglicherweise durch eine Abwasserleitung? Ich denke schon.«

»Machen Sie sich selbst was vor, oder was?« fragte Belinda unvermittelt. Sie sagte es zu Cammie, nicht zu Johnny. »Ich meine, wenn es in Hörweite der Poplar Street ein funktionierendes Telefon gäbe, glauben Sie, dann würden wir noch hier sitzen, mit Toten auf der Straße und einem Haus, das bis auf die Grundmauern niederbrennt?«

Cammie sah sie an, strich wieder über den Blutfleck auf ihrer Bluse und blickte zu Johnny. Hinter ihr spähte Ellie um die Ecke ins Wohnzimmer. Die Augen des Mädchens waren groß vor Schock und Trauer, ihr Mund und Kinn mit Blut aus der Nase verschmiert.

»Wenn die Jungs einverstanden sind, bin ich es auch«, sagte Cammie, die überhaupt nicht auf Belindas Einwand einging. Cammie Reed hatte im Augenblick keinen Nerv für Spekulationen. Später vielleicht, aber jetzt nicht. Jetzt interessierte sie nur *eines*: die Würfel ins Rollen zu bringen, solange sie annahm, daß das Glück ihr noch günstig gesonnen war. Sie ins Rollen zu bringen und ihre Söhne durch die Hintertür hinauszuschmuggeln.

»Sie werden einverstanden sein«, sagte er und gab ihr die Pistole samt Munition, bevor er wieder in die Küche ging. Sie waren gute Jungs, das war angenehm, und sie waren auch Jungs, die programmiert waren, sich in neun von zehn Fällen den Wünschen von Leuten, die älter waren als sie, zu fügen. In dieser Situation war das noch viel angenehmer. Im Gehen berührte Johnny den Gegenstand, den er in die vordere rechte Hosentasche gesteckt hatte. »Aber bevor wir gehen, ist es wichtig, daß ich mit jemandem rede. Sehr wichtig.«

»Mit wem?« fragte Cammie.

Johnny hob Ellen Carver hoch. Er drückte sie an sich, gab ihr einen Kuß auf eine blutige Wange und war froh, als sie ihn mit aller Kraft umarmte. Eine Umarmung wie diese konnte man nicht kaufen. »Ralphie Carver«, sagte er und trug das Mädchen zurück in die Küche.

2

Wie sich herausstellte, *hatte* Tom Billingsley einige Gewehre im Haus, aber vor denen holte er ein Hemd für Collie. Nichts Besonderes – ein altes T-Shirt der Cleveland Browns mit einem Riß unter einem Ärmel –, aber es war in Größe XL, und es war besser damit, als mit bloßem Oberkörper auf dem Trampelpfad durch den Grüngürtel zu gehen. Collie hatte den Weg selbst oft genug benutzt und wußte, daß er von Brombeerbüschen und anderen Dornenhecken überwuchert war.

»Danke«, sagte er und zog das T-Shirt an, während Doc

sie an der Tischtennisplatte im hinteren Teil seines Kellers vorbeiführte.

»Keine Ursache«, sagte Billingsley, hob einen Arm und zog an der Leine, mit der man das Neonlicht einschaltete. »Kann mich nicht mal erinnern, woher ich es habe. Ich selbst war immer ein Bengals-Fan.«

In der Ecke hinter der Tischtennisplatte lagen ein Durcheinander von Angelausrüstung, ein paar orangefarbene Jagdwesten und ein Bogen ohne Sehne. Doc ging mit einer Grimasse in die Hocke, schob die Westen beiseite und förderte eine Steppdecke zutage, die zusammengerollt und mit Schnur umwickelt worden war. Im Inneren befanden sich vier Gewehre, aber zwei davon waren zerlegt. Billingsley hielt die beiden hoch, die noch ganz waren. »Die müßten es tun«, sagte er.

Collie nahm die .30-06, die für einen Streifzug durch den Wald wahrscheinlich sowieso besser geeignet war als seine Dienstwaffe (und nicht so viele Fragen aufwerfen würde, falls er jemanden erschießen mußte). Damit blieb das andere, kleinere Gewehr für Ames. Eine Mossberg. »Man kann nur .22er-Munition damit verschießen«, sagte Doc entschuldigend, während er in einem Schränkchen neben dem Sicherungskasten kramte und Schachteln mit Munition auf die Tischtennisplatte legte, »aber es ist trotzdem eine verdammt gute Waffe. Neun Patronen passen ins Magazin. Was meinen Sie?«

Ames zeigte ein Grinsen, das Collie einfach gefallen mußte. »Ich meine, o-ho, tolle Geschichte«, sagte er und nahm die Mossy. Billingsley lachte – das brüchige Kichern eines alten Mannes – und führte sie wieder nach oben.

Cynthia hatte Marielle ein Kissen unter den Kopf geschoben, aber die Frau lag immer noch auf dem Wohnzimmerboden (unter dem Bild von Daisy, dem mathematisch begabten Corgi, um genau zu sein). Sie hatten nicht gewagt, sie zu bewegen; Billingsley fürchtete, die Nähte könnten wieder aufreißen. Sie lebte noch, das war gut, und war noch bei Bewußtsein, was ebenfalls gut sein konnte, wenn man bedachte, was ihr zugestoßen war. Aber ihre heftigen Atemzüge gingen unregelmäßig und hörten sich für Collie gar nicht gut an. Sie hörten sich nach Atemzügen an, die jeden Moment aufhören konnten.

Ihr Mann, der charmante Gary, saß auf einem Küchenstuhl, den er herumgedreht hatte, so daß er seine Frau beim Trinken wenigstens ansehen konnte. Collie sah, daß es sich bei der Flasche, die er gefunden hatte, um Mother DeLucca's Best Cooking Sherry handelte, und der Magen drehte sich ihm um.

Gary bemerkte seinen Blick (oder spürte ihn vielleicht) und sah Collie an. Seine Augen waren rot und aufgequollen. Wund. Kläglich. Collie horchte in sich hinein und spürte eine gewisse Sympathie für den Mann. Aber nicht viel. »Ihrn verdammn Arm verlorn«, sagte der in einem nuschelnden, vertraulichen Tonfall zu Collie. »Goh heffa.« Collie dachte darüber nach und kam zum Ergebnis, daß es in der Betrunkenensprache *Gott helfe ihr* oder *Geh, hilf ihr* heißen mußte.

»Ja«, sagte er. »Wir werden Hilfe für sie holen.«

»Sollelängs hissa. Hattn verdammn Arm vellon. Issim verdammn *Kühlschang!*«

»Ich weiß.«

Cynthia kam zu ihnen. »Sie waren doch Tierarzt, oder nicht, Mr. Billingsley?«

Billingsley nickte.

»Dachte ich mir. Könnten Sie mal herkommen? Sich etwas vor der Eingangstür ansehen?«

»Glauben Sie, es ist sicher?«

»Ich glaube, im Augenblick ja. Das Ding da draußen … nun, es wäre mir lieber, Sie würden es sich selbst ansehen.« Sie sah die beiden anderen Männer an. »Sie auch.«

Sie führte Billingsley durch das Wohnzimmer zur Tür auf die Poplar Street hinaus. Collie sah Steve an, der die Achseln zuckte. Collie vermutete, daß das Mädchen Doc zeigen wollte, wie sich die Häuser auf der anderen Straßenseite verändert hatten, aber was das mit Billingsleys Beruf als Tierarzt zu tun haben sollte, wußte er nicht.

»Heilige Scheiße«, sagte er zu Steve, als sie vor der Tür standen. »Sie haben sich zurückverwandelt; alles ist wieder normal! Oder haben wir uns nur eingebildet, daß sie sich verändert hatten?« Er starrte das Haus der Gellers an. Vor zehn Minuten, als er und der Hippie und die Verkäuferin durch eben diese Tür gesehen hatten, hätte er schwören können, daß sich das Haus der Gellers in ein Lehmziegelhaus verwandelt gehabt hatte – wie man sie von Bildern aus New Mexico und Arizona kannte, als sie noch Territorien gewesen waren. Nun konnte man wieder die schlichte alte Ohio-Aluminiumverkleidung sehen.

»Wir haben es uns nicht eingebildet, und es ist *nicht* wieder normal«, sagte Steve. »Jedenfalls nicht ganz. Sehen Sie da.«

Collie folgte Steves ausgestrecktem Finger mit dem Blick und sah zum Haus der Reeds. Die moderne Aluminiumverkleidung war wieder da und hatte die Holzbalken ersetzt, und das Dach bestand wieder aus ganz gewöhnlichen Asphaltziegeln und nicht mehr aus dem, was es vorher geschmückt hatte (Stroh, dachte er); die mittelgroße Satellitenschüssel prangte wieder auf der Garage. Aber das Fundament des Hauses bestand aus rauhen Holzbalken, nicht aus Backsteinen, und sämtliche Fensterläden waren geschlossen. In den Läden konnte man Schießscharten erkennen, als würden die Bewohner damit rechnen, daß zu den alltäglichen Ärgernissen, mit denen sie sich herumschlagen mußten, neben Zeugen Jehovas und Versicherungsvertretern auch Indianer auf dem Kriegspfad gehörten. Collie konnte es nicht mit Sicherheit sagen, aber er glaubte nicht, daß das Haus der Reeds gestern überhaupt Läden *gehabt* hatte, geschweige denn welche mit Schießscharten.

»Al-sooo.« Billingsley hörte sich an, als wäre er eben endlich dahintergekommen, daß dies alles ein Streich von *Vorsicht Kamera* war. »Sind das *Pflockstangen* vor Audreys Haus? Das sind sie doch, oder nicht? Was *soll* das alles?«

»Vergessen Sie das«, sagte Cynthia. Sie hob die Arme, nahm das Gesicht des alten Mannes zwischen die Hände und drehte es herum wie eine Kamera auf einem Stativ, bis er zu dem Leichnam von Peter Jacksons Frau sah.

»O mein Gott«, sagte Collie.

Ein großer Vogel saß auf dem nackten Oberschenkel der Frau und hatte die gelben Krallen tief in ihre Haut geschlagen. Er hatte schon den größten Teil ihres Gesichts weggefressen und tat sich gerade am Fleisch unter dem Kinn gütlich. Collie wurde von einer kurzen und unliebsamen Erinnerung daran heimgesucht, wie er eines Nachts im Autokino von West Columbus versucht hatte, Mary Lou Eberhart an genau derselben Stelle zu küssen und sie sagte, ihr Dad würde sie wahrscheinlich beide erschießen, wenn er ihr einen Knutschfleck machte.

Er merkte erst, daß er die .30-06 in Schußhaltung gebracht hatte, als Steve den Lauf mit der Handfläche nach unten drückte. »Nein, Mann. Das würde ich nicht tun. Vielleicht ist es besser, mucksmäuschenstill zu sein.«

Er hatte recht, aber ... *Herrgott.* Es ging nicht nur darum, was der Vogel machte, sondern was für ein Vogel es *war.*

»Ihrn verdammn Arm verlorn«, verkündete Gary aus der Küche, als hätte er Angst, sie würden diese Tatsache vergessen, wenn er sie nicht daran erinnerte. Doc beachtete ihn gar nicht. Er hatte das Wohnzimmer durchquert, als hätte er jeden Moment erwartet, daß er erschossen werden würde, aber jetzt schien er Killer, seltsame Lieferwagen und verwandelte Häuser vollkommen vergessen zu haben.

»Meine Güte, sehen Sie sich das an!« rief er in einem beinahe ehrfurchtsvollen Ton aus. »Das sollte ich fotografieren. Ja! Entschuldigen Sie ... ich gehe nur die Kamera holen ...«

Er wollte sich umdrehen. Cynthia packte ihn an den Schultern. »Die Kamera kann warten, Mr. Billingsley.«

Da schien er wieder ein wenig in die Wirklichkeit zurückzukehren. »Ja ... wahrscheinlich, aber ...«

Das Tier drehte sich um, als hätte es sie gehört, und schien mit blutunterlaufenen Augen in den Bungalow des Tierarztes zu sehen. Sein rosa Schädel schien von schwarzen Stoppeln übersät zu sein. Sein Schnabel bestand aus einem schlichten gelben Haken.

»Ist das ein Geier?« fragte Cynthia. »Oder vielleicht ein Kondor?«

»Geier? *Kondor?*« Doc sah erstaunt drein. »Großer Gott, nein. So einen Vogel habe ich in meinem ganzen Leben noch nicht gesehen.«

»Sie meinen in Ohio«, sagte Collie, der wohl wußte, daß Billingsley das *nicht* meinte, es aber selbst hören wollte.

»Ich meine *überall.*«

Der Hippie sah von dem Vogel zu Billingsley und dann wieder zu dem Vogel. »Was ist das? Eine neue Gattung?«

»Neue Gattung, am Arsch! Entschuldigen Sie meine Ausdrucksweise, junge Dame, aber das ist ein verdammter Mutant!« Billingsley beobachtete gebannt, wie der Vogel die Flügel spreizte und damit schlug, damit er ein Stück weiter an Marys Bein hinaufhüpfen konnte. »Sehen Sie doch, wie groß sein Rumpf ist, und wie klein die Flügel in Relation dazu – verglichen mit diesem Ding ist ein Vogel Strauß ein Wunder an Aerodynamik! Ich glaube, die Flügel sind nicht mal gleich *lang!*«

»Stimmt«, sagte Collie. »Das glaube ich auch.«

»Wie kann er *fliegen?*« wollte Doc wissen. »Wie, um alles in der Welt, kann er *fliegen?*«

»Das weiß ich nicht, aber er kann es.« Cynthia zeigte auf die dichten Schwaden, hinter denen sich mittlerweile die ganze Welt unterhalb der Hyacinth Street versteckt hatte. »Er ist aus dem Rauch geflogen gekommen. Das habe ich gesehen.«

»Das glaube ich Ihnen, ich habe auch nicht gedacht, daß ihn jemand in einem … einem Vogelmobil hergebracht und rausgeworfen hat, aber wie er *überhaupt* fliegen kann, ist mir vollkommen –« Er verstummte und betrachtete das Ding. »Ich kann aber verstehen, daß Sie es zuerst für einen Geier gehalten haben.« Collie dachte, daß Doc inzwischen hauptsächlich mit sich selbst redete, hörte aber trotzdem aufmerksam zu. »Er sieht *wirklich* ein bißchen wie ein Geier aus. Jedenfalls wie ein Kind einen malen würde.«

»Was?« sagte Cynthia.

»Wie ein Kind einen malen würde«, wiederholte Billingsley. »Vielleicht eins, das ihn in Gedanken mit einem weißköpfigen Seeadler durcheinandergebracht hat.«

3

Der Anblick von Ralphie Carver tat Johnny in der Seele weh. Jim Reed, dessen Mitgefühl von der Aufregung über das bevorstehende Unternehmen verdrängt worden war, hatte Ralphie von sich gestoßen, so daß der Junge nun mit dem Daumen im Mund und einem großen nassen Fleck im Schritt seiner Shorts zwischen Herd und Kühlschrank stand. Sein ungezogenes, prahlerisches Benehmen war verschwunden. Seine Augen waren riesig und still und glänzend. Johnny fand, er sah aus wie Drogensüchtige, die er gekannt hatte.

Johnny blieb an der Küchentür stehen und setzte Ellie ab. Sie wollte nicht gehen, aber schließlich gelang es ihm, ihre Hände behutsam von seinem Nacken zu lösen. Ihre Augen blickten ebenfalls wie im Schock, aber Johnny konnte nichts von dem barmherzigen Glanz sehen, der in denen ihres Bruders stand. Er sah an ihr vorbei und erblickte Kim und Susi Geller, die auf dem Boden saßen und die Arme umeinander gelegt hatten. Gefällt Mom wahrscheinlich besser, dachte Johnny und dachte daran, wie die Frau mit dem jungen David Reed um das Mädchen zu kämpfen schien. Vorhin hatte David gewonnen, aber jetzt hatte er ein heißeres Eisen im Feuer; er würde sich zur Anderson Avenue und in die unbekannte Wildnis aufmachen. Das änderte aber nichts an der Tatsache, daß es hier zwei Kinder gab, die seit dem Mittagessen zu Waisen geworden waren.

»Kim?« fragte er. »Könnten Sie mir vielleicht ein bißchen helfen und –«

»Nein«, sagte sie. Nicht mehr, nicht weniger. Und ruhig. Ohne trotzigen Blick, ohne hysterische Stimme ... aber auch ohne Mitgefühl. Sie hatte einen Arm um ihre Tochter gelegt, ihre Tochter einen Arm um sie, schnuckelig wie selten, zwei weiße Mädchen, die herumsaßen und darauf warteten, daß die Wolken sich verzogen. Möglicherweise verständlich, aber Johnny war trotzdem wütend auf sie; plötzlich verkörperte sie für ihn alle, die gelangweilt dreinschauten, wenn das Gespräch auf Aids oder obdachlose Kinder oder die Abholzung des Regenwalds kam; sie verkörperte jeden, der über einen auf der Straße schlafenden Obdachlosen hinwegschritt, ohne ihn auch nur eines Blickes zu würdigen. Was er selbst gelegentlich auch schon getan hatte. Johnny konnte sich vorstellen, wie er sie an den Armen packte, auf die Füße zerrte, sie herumdrehte und ihr einen saftigen Tritt mitten in ihren schmalen Arsch versetzte. Vielleicht würde sie das aufwecken. Und selbst wenn nicht, würde wenigstens *er* sich ein bißchen besser fühlen.

»Nein«, wiederholte er und spürte, wie eine alberne Wut in seinen Schläfen pochte.

»Nein«, stimmte sie zu und zeigte ihm ein klägliches kleines Wenigstens-Sie-verstehen-mich-Lächeln. Dann drehte sie den Kopf zu Susi und strich dem Mädchen über das Haar.

»Komm her, Liebes«, sagte Belinda zu Ellen, bückte sich und breitete die Arme aus. »Komm her und bleib ein Weilchen bei Bee.« Das Mädchen kam stumm, das Gesicht zu einer verkrampften Maske des Kummers verzerrt, die ihr Schweigen irgendwie noch schlimmer machte, und Belinda nahm sie in die Arme.

Die Reed-Zwillinge beobachteten das alles, sahen es aber eigentlich nicht. Sie standen mit großen Augen und aufgeregt an der Hintertür. Cammie ging zu ihnen, stellte sich vor sie und maß sie mit einem Blick, den Johnny zuerst für Strenge hielt. Nach einem Augenblick wurde ihm klar, worum es sich tatsächlich handelte: eine so große Angst, daß sie sich nur teilweise verbergen ließ.

»Na gut«, sagte sie schließlich. Ihre Stimme klang trocken und nüchtern. »Wer nimmt ihn?«

Die Jungs sahen einander an, und Johnny hatte das Gefühl, als würde eine Kommunikation zwischen ihnen stattfinden – kurz, aber komplex, wie es vielleicht nur Zwillinge fertigbringen. Vielleicht, dachte er, ist aber auch nur dein Gehirn weichgekocht, John. Was gar nicht so abwegig war. Es *fühlte* sich auf jeden Fall wie weichgekocht an.

Jim streckte die Hand aus. Einen Augenblick bebte die Oberlippe seiner Mutter. Dann riß sie sich zusammen und gab ihm David Carvers Revolver. Dave nahm die Munition und machte die Schachtel auf, während sein Bruder den Zylinder der Fünfundvierziger drehte und die Waffe ans Licht hielt, um sich zu vergewissern, daß die Kammern leer waren, wie Johnny es getan hatte. Wir sind vorsichtig, weil wir begreifen, daß eine Waffe verstümmeln und töten kann, dachte Johnny, aber das ist nicht alles. Auf einer bestimmten Ebene wissen wir, daß sie böse ist. Teufelswerk. Das spüren sogar die größten Waffenfetischisten und Partisanen.

Dave hielt seinem Bruder einige Patronen auf der

Handfläche hin. Jim nahm eine nach der anderen und lud die Waffe.

»Ihr benehmt euch, als wäre euer Vater ständig bei euch«, sagte Cammie dabei. »Wenn ihr daran denkt, etwas zu tun, das er euch nicht tun lassen würde, dann *tut es nicht*. Ist das klar?«

»Ja, Mom.« Jim klappte die Trommel der Pistole ein und hielt sie, Mündung nach unten und alle Finger außerhalb des Abzugsbügels, auf Armeslänge von sich. Die Anweisungen seiner Mutter – die sich anhörte wie ein Offizier in einem alten Roman von Leon Uris, der für eine Schar frischgebackener Rekruten die Regeln herunterbetet – schienen ihm ebenso peinlich zu sein, wie er die Aussicht auf das bevorstehende Abenteuer aufregend fand.

Sie wandte sich an den Zwillingsbruder. »David?«

»Ja, Mom?«

»Wenn ihr Leute – Fremde – im Wald seht, kommt ihr sofort zurück. Das ist das Wichtigste. Stellt keine Fragen, antwortet nicht auf ihre, geht nicht einmal in ihre Nähe.«

Jim begann: »Mom, wenn sie nicht bewaffnet sind –«

»Stellt keine *Fragen*, geht nicht in ihre *Nähe*«, wiederholte sie. Sie sagte es nicht viel lauter, aber da war etwas in ihrer Stimme, vor dem beide ein bißchen zurückschraken. Etwas, das die Diskussion beendete.

»Und wenn sie nun Cops sehen, Mrs. Reed?« fragte Brad. »Vielleicht hat die Polizei entschieden, daß der Grüngürtel das beste Gelände zur Annäherung ist.«

»Am besten halten wir uns bedeckt«, sagte Johnny. »Wenn wir Cops sehen, sind sie mit größter Wahrscheinlichkeit … nun, nervös. Es ist schon vorgekommen, daß nervöse Cops unschuldige Menschen verletzt haben. Es geschieht nie mit Absicht, trotzdem ist Vorsicht geboten. Um Unfälle zu vermeiden.«

»Kommen Sie mit uns, Mr. Marinville?« fragte Jim.

»Ja.«

Keiner der Zwillingsbrüder sagte etwas, aber Johnny gefiel die Erleichterung, die er in ihren Augen sah.

Cammie warf Johnny einen finsteren Blick zu – *Sind Sie fertig? Kann ich jetzt weitermachen?* sagte dieser Blick – und fuhr fort mit ihren Anweisungen. »Geht zur Anderson Avenue. Sollte dort alles normal sein ...« Sie verstummte einen Moment bei dem Gedanken, wie unwahrscheinlich das war, dann sprach sie weiter. »... bittet jemanden, sein Telefon benutzen zu dürfen, und ruft die Polizei. Aber wenn es in der Anderson Avenue ist wie hier oder es auch nur im geringsten so aussieht, als wäre es ... nun ...«

»Schräg«, sagte Johnny. In Vietnam hatten sie so viele Ausdrücke für das Gefühl gehabt, von dem sie sprach, wie Indianer sie für Nuancen des Wetters hatten, und es war komisch, wie sie einem alle wieder einfielen und aufleuchteten wie Neonröhren in einem dunklen Zimmer. Schräg. Abgefuckt. Daneben. Abgefahren. Mau-mau. Ja, Doc, jetzt fällt mir alles wieder ein. Nicht mehr lange, und ich werde ein Taschentuch zusammenrollen und mir um die Stirn binden, um den Schweiß aufzusaugen, und die versammelte Mannschaft den F. U. C. K. johlen lassen wie Country Joe in Woodstock.

Cammie sah immer noch ihre Jungs an. Johnny hoffte, daß sie schnell machen würde. Die Jungs betrachteten sie immer noch mit Respekt (und ein wenig Angst), aber das meiste, was sie jetzt noch sagte, würde zum einen Ohr rein und zum anderen wieder rausgehen.

»Wenn euch nicht gefällt, was ihr in der Anderson Avenue seht, dann schlagt euch zu dem Rohr durch, das ihr kennt. Geht zur Columbus Broad. Ruft die Polizei. Erzählt ihnen, was hier passiert ist. Und denkt nicht mal *im Traum* daran, zur Poplar Street zurückzukehren!«

»Aber Mom –« begann Jim.

Sie hob die Hand und drückte ihm die Lippen zusammen. Nicht schmerzhaft, aber fest. Johnny konnte sich lebhaft vorstellen, wie sie dasselbe getan hatte, als die Zwillinge zehn Jahre jünger gewesen waren, nur daß sie sich da hatte bücken müssen.

»Spar dir dein ›Aber Mom‹ für ein andermal auf«, sagte sie. »Diesmal *gehorcht* ihr Mom einfach nur. Sucht einen sicheren Platz, ruft die Polizei und rührt euch nicht von der Stelle, bis dieser Wahnsinn vorbei ist. Verstanden?«

Sie nickten. Cammie nickte zurück und ließ Jims Lippen los. Jim ließ ein verlegenes Lächeln sehen – O Mann, das ist meine Ma – und errötete bis in die Ohrläppchen. Aber er hatte Verstand genug, nicht zu widersprechen.

»Und seid vorsichtig«, sagte sie. Etwas leuchtete in ihren Augen – der Wunsch, sie zu küssen, dachte Johnny, vielleicht auch nur der Wunsch, die ganze Sache abzublasen, solange sie es noch konnte. Dann erlosch das Leuchten.

»Fertig, Mr. Marinville?« fragte Dave. Er betrachtete neidisch die Waffe, die sein Bruder am ausgestreckten Arm hielt. Johnny vermutete, daß es in dem Grüngürtel nicht lange dauern würde, bis er seinen Bruder bat, ob er sie eine Weile tragen dürfe.

»Augenblick noch«, sagte er und kniete vor Ralphie nieder. Ralphie wich zurück, bis er seinen kleinen Hintern fest gegen die Wand drückte, dann sah er Johnny über seinen Daumen hinweg an. Hier unten, auf Ralphies Höhe war der Geruch von Urin und Angst so durchdringend wie ein Dschungelaroma.

Johnny holte die Figur, die er oben im Flur gefunden hatte – den Außerirdischen mit den großen Augen, dem Rüsselmund und dem Streifen steifen Haars auf seinem sonst kahlen Schädel –, aus der Hosentasche. Er hielt ihn Ralphie vor die Augen. »Ralphie, was ist das?«

Im ersten Moment dachte er, der Junge werde nicht antworten. Dann streckte dieser langsam die Hand aus, die er nicht im Mund verankert hatte, und nahm die Figur. Zum erstenmal seit Beginn des Überfalls war ein Funke Leben in seinen Augen zu sehen. »Das ist Major Pike«, sagte er.

»Ach?«

»Ja. Er ist ein Canopaleaner.« Er sprach das Wort sorgfältig und stolz aus. »Das bedeutet, er ist ein Naußerirdischer. Aber ein *guter* Naußerirdischer. Nicht wie No Face.« Eine Pause. »Major Pike war nicht bei ihnen, oder?« Plötzlich quollen Tränen aus Ralphies Augen, und plötzlich fiel Johnny die Geschichte über den Baseballskandal der Black Sox aus dem Jahre 1919 ein, die jedes Kind kannte. Angeblich war ein weinender kleiner Junge zu Shoeless Joe Jackson gekommen und hatte den Spieler angefleht, ihm zu sagen, daß sie kein Geld genommen hatten –, daß es nicht stimmte. Und obwohl Johnny diesen Freak *doch* gesehen hatte – oder jemanden mit einer Maske, damit er aussah wie dieser Freak –, schüttelte er auf der Stelle den Kopf und klopfte Ralphie tröstend auf die Schulter.

»Ist Major Pike aus einem Film oder einer Fernsehserie?« fragte Johnny, aber er kannte die Antwort darauf bereits. Alles fügte sich zusammen und hätte sich vielleicht schon viel früher zusammenfügen sollen. In den letzten paar Jahren hatte er eine Menge Kurse an Schulen abgehalten, wo sich die Erwachsenen ziemlich tief bücken mußten, um aus den Trinkfontänen zu trinken, und hatte häufig in Bibliotheken gelesen, wo die Stühle überwiegend neunzig Zentimeter hoch waren. Er hörte ihren Gesprächen zu, sah sich aber nicht ihre Fernsehserien oder Kinofilme an. Er wußte instinktiv, daß diese Art von Recherche seiner Arbeit eher hinderlich als dienlich gewesen wäre. Daher wußte er nicht alles und hatte immer noch eine Menge Fragen, aber langsam glaubte er, daß dieser Wahnsinn *doch* Methode hatte.

»Ralphie?«

»Aus einer Fernsehserie«, sagte Ralphie mit dem Daumen im Mund. Er hielt immer noch Major Pike vor die Augen, so wie Johnny es getan hatte. »Er ist ein MotoKop.«

»Und Dream Floater. Was ist das, Ralphie?«

»Mr. Marinville«, begann Dave. »Wir sollten jetzt wirklich gehen –«

Johnny wandte den Blick nicht von Ralphie ab. »Dream Floater?«

»Cassies Power Wagon«, sagte Ralphie. »Cassie Styles. Ich glaube, sie ist Colonel Henrys Freundin. Mein Freund Jason sagt, das ist sie nicht, weil MotoKops keine Freundinnen haben, aber ich glaube doch. Warum sind die Power Wagons in der Poplar Street, Mr. Marinville?«

»Das weiß ich nicht, Ralphie.« Aber er wußte es beinahe.

»Warum sind sie so *groß?* Und wenn sie gut sind, warum haben sie dann meinen Daddy und meine Mommy erschossen?«

Ralphie ließ die Figur von Major Pike auf den Boden fallen und kickte sie quer durch das Zimmer. Dann schlug er die Hände vor das Gesicht und fing an zu schluchzen. Cammie Reed setzte sich in Bewegung, aber bevor sie zur Stelle war, wand sich Ellen aus Belindas Umarmung. Sie ging zu Ralphie und legte die Arme um ihn. »Keine Angst«, sagte sie. »Keine Angst, Ralphie, ich kümmere mich um dich.«

»Wenn *das* nicht die Wucht in Tüten ist«, sagte Ralphie schluchzend, und Johnny schlug sich so fest die Hand auf den Mund, daß die Lippen fast bluteten. Es war die einzige Möglichkeit, irres, wieherndes Gelächter zu unterdrücken.

Und wenn sie gut sind, warum haben sie dann meinen Daddy und meine Mommy erschossen?

»Kommt, Jungs«, sagte er, stand auf und drehte sich zu den Reed-Zwillingen um. »Gehen wir auf Entdeckungsreise.«

4

Über der Poplar Street ging langsam die Sonne unter. Es war zu früh dafür, und dennoch ging sie unter. Sie glomm im Westen über dem Horizont wie ein haßerfülltes rotes Auge und verwandelte die Pfützen auf der Straße und den Einfahrten und den Stufen in Feuerseen. Sie machte aus den Glasscherben, mit denen der ganze Block übersät war, glühende Schlacke. Aus den Augen des falschen Geiers machte sie rotglühende Gruben, als er sich mit seinen ungleichen Schwingen vom Leichnam Mary Jacksons erhob und auf den Rasen der Carvers flog. Da zauderte er und sah von dem toten David Carver zu Susi Gellers toter Freundin. Er schien unschlüssig, wo er anfangen sollte.

So viel zu essen, so wenig Zeit. Schließlich entschied er sich für den Vater von Ellen und Ralphie und näherte sich dem toten Mann mit einer Reihe linkischer Sprünge. An einem seiner gelben Krallenfüße hatte er fünf Klauen, am anderen nur zwei.

Auf der anderen Straßenseite, im Haus der Wylers – im Geruch von Schmutz und alten Hamburgern und Tomatensuppe – plärrte der Fernseher weiter. Es war die erste Saloon-Szene von *Die Regulatoren*.

»Sie sind mir ja eine kesse kleine Lady«, sagte Rory Calhoun. Mit dieser wissenden, höhnischen Stimme, die sagte: *Babydoll, ich werde dich lecken wie Eiscreme, bevor diese beschissene kleine Pferdeoper vorbei ist, und das wissen wir beide.* »Warum setzen Sie sich nicht und trinken einen mit mir? Bringen mir Glück?«

»Ich trinke nicht mit Abschaum«, antwortete Karen Steele kalt, worauf sämtliche Männer von Rory Calhoun – das heißt alle, die sich nicht gerade außerhalb der Stadt versteckten – in brüllendes Gelächter ausbrachen.

»Na, sind wir nicht eine kleine Kratzbürste«, sagte Rory Calhoun entspannt, worauf seine Männer noch lauter johlten.

»Möchtest du ein paar Doritos, Pete?« sagte Tak. Nun sprach er mit der Stimme von Lucas McCain, der in *Westlich von Santa Fé* durch die Prärien des Kabelfernsehens ritt.

Peter Jackson, der in dem La-Z-Boy-Sessel vor dem Fernseher saß, antwortete nicht. Er grinste breit. Schatten glitten über sein Gesicht, so daß das Grinsen gelegentlich wie ein stummer Schrei wirkte, aber dennoch war und blieb es ein Grinsen.

»Er sollte ein paar bekommen, Pa«, sagte Tak mit der fast pubertären Stimme von Johnny Crawford, der Lucas' Sohn gespielt hatte. »Die sind echt gut. Cool Ranch. Kommen Sie, Mr. Jackson, Lippen auf und Zähne breit, sie kommen, Magen, sei bereit!«

Der Junge hielt ihm mit einer schmutzigen Hand Chips hin und fuchtelte damit vor Peter Jacksons Gesicht herum. Peter achtete nicht darauf. Er starrte mit Augen, die an die eines exotischen Tiefseefischs erinnerten, der eine explosionsartige Dekompression hinter sich hat, den Fernseher an, durch den Fernseher hindurch. Und er grinste.

»Scheint kein' Honger zu haben, Pa.«

»Ich glaube doch, Sohn. Großen Honger. Du hast doch Honger, Pete, oder nicht? Brauchst nur ein bißchen Hilfe, das ist alles. *Also nimm die verdammten Chips!*«

Eine Art Summen ertönte in dem Raum. Vorübergehend wanderte eine statische Störung über den Bildschirm, wo Rory Calhoun gerade versuchte, Karen Steele zu küssen. Sie schlug ihm ins Gesicht und stieß ihm den Hut vom Kopf. Da verschwand sein lüsternes, höhnisches Grinsen. Volk – schon gar nicht Weibervolk – schlug Jeb Murdock nicht so frech den Hut vom Kopf.

Peter hob langsam die Chips. Er verfehlte seinen unablässig grinsenden Mund und schob sie statt dessen gegen die Nase und zerkrümelte sie, so daß ihm einige kleinere Bruchstücke in die Nasenlöcher gerieten. Er nahm den Blick seiner aufgequollenen Augen nicht einen Moment vom Bildschirm.

»Bißchen zu hoch, Mr. Jackson.« Das war jetzt die ernste Stimme von Hoss Cartwright. Hoss war einer von Seths Lieblingen gewesen, bevor Tak sich in ihm eingenistet hatte, und jetzt war er auch einer von Taks Lieblingen. Solcher Einklang herrschte zwischen ihnen. »Versuchen wir es noch mal, was meinen Sie?«

Die Hand senkte sich langsam und ruckartig, wie ein Lastenaufzug. Diesmal trafen die Chips Peters Mund, und er fing mechanisch an zu kauen. Tak lächelte ihm mit Seths Mund zu. Es hoffte – auf seine seltsame Weise verfügte es über Emotionen, wenn auch nicht präzise über menschliche –, daß Peter die Doritos schmecken würden, denn sie würden seine letzte Mahlzeit sein. Es hatte eine Menge Lebenskraft aus Peter herausgesogen, um zuerst die gewaltige Menge Energie aufzutanken, die es heute nachmittag verbraucht hatte, und dann, um neue zu speichern. Um sich auf den nächsten Schritt vorzubereiten.

Um sich auf die Nacht vorzubereiten.

Peter kaute und kaute, Doritokrümel fielen aus seinem Grinsen heraus und bröselten auf sein T-Shirt mit dem glücklichen alten Mr. Smiley-Smile darauf. Seine Augäpfel, die so weit aus den Höhlen quollen, daß sie auf den Wangen zu liegen schienen, bebten im Takt mit seinen Kaubewegungen. Das linke Auge war aufgeplatzt wie eine gequetschte Traube, als Tak in seinen Verstand eingedrungen war und den größten Teil davon gestohlen hatte – den nützlichen Teil –, aber mit dem rechten konnte er noch ein wenig sehen. Genug, um den nächsten Teil ganz alleine machen zu können. Will sagen, wenn sein Motor wieder lief.

»Peter? Ich sage, Peter, alter Knabe, können Sie mich hören?« Nun sprach Tak mit dem gezierten britischen Tonfall von Andrew Case, Peters Institutsdirektor. Die Imitation war ziemlich gut, wie alle Imitationen von Tak. Nicht so gut wie seine Western- und Fernsehserienimitationen (in denen er wesentlich mehr Übung hatte), aber trotzdem nicht schlecht.

Die Stimme der Autorität wirkte Wunder, hatte es herausgefunden, sogar bei unheilbar Hirngeschädigten. Vage Lebenszeichen huschten über Peters Gesicht. Er drehte sich um und sah Andrew Case in einem eleganten Jackett mit Hahnentrittmuster anstelle von Seth Garin in einer Motokops-Unterhose mit rötlich-orangefarbenen Flecken von Chef-Boy-Ar-Dee-Soße darauf.

»Ich möchte, daß Sie jetzt über die Straße gehen, alter Knabe. In den Wald, hm? Aber Sie müssen nicht bis zu Großmutters Haus gehen. Nur bis zum Weg. Kennen Sie den Weg durch den Wald?«

Peter schüttelte den Kopf. Seine vorstehenden Augäpfel bebten über dem verkrampften Clownsgrinsen seiner Lippen.

»Einerlei, Sie werden ihn finden. Man kann ihn kaum verfehlen, Sportsfreund. Wenn Sie zur Gabelung kommen, können Sie sich hinsetzen mit Ihrem ... Freund.«

»Meinem Freund«, sagte Peter. Nicht exakt eine Frage.

»Ja, ganz recht.«

Peter hatte den Mann nie kennengelernt, der an der Weggabelung auf ihn warten sollte, und würde es strenggenommen auch nie, aber es hatte keinen Zweck, Peter das alles zu erzählen. Er hatte zunächst einmal nicht mehr genügend Hirn, um es zu begreifen. Zum anderen würde er bald tot sein. So tot wie Herb Wyler. So tot wie der Mann mit dem Einkaufswagen, den Peter in Kürze im Wald treffen würde.

»Mein Freund«, sagte Peter zum zweitenmal. Jetzt ein wenig sicherer.

»Jawoll.« Der britische Fakultätsvorstand war verschwunden; an seiner Stelle machte Tak wieder auf John Payne, der seine Gary-Cooper-Nummer abzog. »Schiebst besser ab, Partner.«

»Den Weg entlang bis zur Gabelung.«

»Will ich wohl meinen.«

Peter stand auf wie ein altes Aufziehspielzeug mit Rost im Getriebe. Seine Augäpfel bebten im silbernen Traumlicht des Fernsehers.

»Ich schiebe besser ab. Und wenn ich zu der Gabelung komme, kann ich mich mit meinem Freund hinsetzen.«

»Ja, Sir, so lautet die Abmachung.« Jetzt mit der halb lüsternen, halb höhnischen Stimme von Rory Calhoun. »Er ist schon ein Pfundskerl, dein Freund. Man *könnte* sagen, daß er diese ganze Sache angefangen hat. Jedenfalls hat er die Zündschnur angezündet. Mach dich jetzt auf die Socken, Partner. Und gute Reise, bis wir uns wiedersehen.«

Peter ging unter dem Türbogen hindurch, sah Audrey, die schief im Wohnzimmersessel hing und die Augen halb offen hatte, aber nicht mit seinem einen lädierten Auge an. Sie schien bewußtlos oder gar im Koma zu sein. Sie atmete langsam und regelmäßig. Ihre langen und hübschen Beine (die Herb als erstes gefesselt hatten, als sie noch Audrey Garin gewesen war) hatte sie von sich gestreckt, und Peter stolperte beinahe über sie, als er schlafwandlerisch zur Eingangstür ging. Während er die Tür aufmachte und das rote Licht des schwindenden Tages auf sein Grinsen fiel, sah es mehr denn je wie ein Schrei aus.

Als er schon auf halbem Weg zum Bürgersteig war und das rote Licht wie geronnenes Blut durch den Rauch des Hobart-Hauses fiel, fuhr Rory Calhouns Stimme so schneidend wie eine Rasierklinge durch seinen Kopf:

Mach die Tür hinter dir zu, Partner, oder bist du in einem Stall geboren worden?

Peter machte eine trunkene Kehrtwendung, ging zurück und tat wie befohlen. Die Tür war unversehrt, die einzige in der Straße, die nicht von Einschußlöchern durchbohrt war. Er machte wieder kehrt (wobei er diesmal um ein Haar von der Treppenstufe gefallen wäre) und setzte dann im roten Licht Segel mit Kurs auf sein eigenes Haus, wo er die Einfahrt hinauf und an der Seite vorbei in den Garten gehen würde. Dort würde er über den niedrigen Drahtzaun klettern und in den Grüngürtel eindringen. Den Weg suchen. Die Gabelung suchen. Seinen Freund suchen. Sich mit seinem Freund hinsetzen.

Er stieg über den Leichnam seiner Frau und blieb stehen, als ein wilder Schrei durch die heiße, rauchige Luft schallte: *Wu-wu-wuhuuuu* ... So weggetreten er auch war, dieser Schrei zauberte doch eine Gänsehaut auf Peters Arme. Was hatte ein Kojote in Ohio zu suchen? In einem Vorort von Colum-

Schiebst besser ab, Partner. Machst dich auf die Socken.

Schmerzen, sogar noch qualvoller als zuvor. Er stöhnte durch die erstarrte Krümmung seines Grinsens. Frisches Blut quoll aus seinem geplatzten Auge und lief an seiner Wange hinab.

Er setzte sich wieder in Bewegung, und als der Schrei wieder ertönte, wobei sich diesmal ein zweiter, dritter, und schließlich ein vierter dazugesellte, reagierte er gar nicht. Er dachte nur an den Weg, die Gabelung, den Freund. Tak sondierte den Verstand des Mannes noch einmal (was nicht lange dauerte, da Peter nicht mehr viel Verstand zum Sondieren hatte), dann zog es sich zurück.

Jetzt waren nur noch Tak und die Frau da. Es glaubte

den Grund dafür zu kennen, daß es sie am Leben gelassen hatte, wie der Vogel, der angeblich im Maul von Krokodilen lebt, nicht von den Zähnen des Krokodils behelligt wird, weil er diese Zähne reinigt, aber allzu lange würde Tak sie nicht mehr schonen. In gewisser Weise war der Junge ein hervorragender Gastgeber gewesen – vielleicht der *einzige* Gastgeber, in dem es so gut leben und wachsen konnte –, aber es gab diese eine ironische Unzulänglichkeit: Was Tak sich wünschte und begehrte, konnte der Körper des Jungen nicht ausführen. Es konnte die Frau einkleiden und ihre Haare färben, es konnte sie nackt ausziehen, es konnte sie zwingen, sich selbst in die Brustwarzen zu kneifen und alle möglichen unreifen Scherze mit ihr treiben, wenn es das wollte. Aber das wollte es nicht. Es wollte sich mit ihr paaren, und das konnte es nicht bewerkstelligen. Unter gewissen Umständen, das spürte es, hätte es trotz der Unreife des Gastgebers eine Art von Vereinigung herbeiführen können ... aber Seth war immer noch da, und jedesmal, wenn es wirklich einen ernsthaften Versuch unternommen hatte, hatte Seth es verhindert. Tak hätte den Jungen herausfordern können und wäre mit Sicherheit siegreich geblieben, aber vielleicht war es klüger, das nicht zu tun. Schließlich war es nicht nach Jahrtausenden der Gefangenschaft aus seinem schwarzen Bau unter dem Staub Nevadas entkommen, um Sex mit einer Frau zu machen, die viel jünger als Tak selbst und viel älter als der Körper seines Gastgebers war.

Aber weshalb war es *dann* gekommen?

Nun ... um Spaß zu haben. Und ...

Um fernzusehen, flüsterte eine Stimme weit hinten in seinem Verstand. *Um fernzusehen, Spaghetti-Os zu essen, und um zu machen. Um zu bauen.*

»Wollen Sie es drauf ankommen lassen, Sheriff?« fragte Rory Calhoun, und Taks Blick wanderte wieder zum Fernseher. Einige der anderen konnten in den Wald gehen. Es hätte sich so oder so vergewissern können, wenn es wirklich gewollt hätte, ließ es aber sein. Sollten sie in den Wald gehen, wenn sie wollten. Ihnen würde nicht gefallen, was sie fanden. Und wohin konnten sie schon gehen? Zurück, das war alles. Zurück zu den Häusern. In einem durchaus realen Sinne *existierte* nichts anderes. Derweil würde Tak seine Energiereserven schonen. Sich einfach entspannen und den Film ansehen. Nicht mehr lange, und es wäre an der Zeit, die Nacht kommen zu lassen.

»Warum beruhigen wir uns nicht einfach? Denken noch mal darüber nach?« fragte John Payne, worauf Seth und Tak sich wieder vereinten, wie die Western – dieser besonders – sie immer vereint hatten. Tak beugte sich nach vorne, ohne den Bildschirm aus den Augen zu lassen, und nahm einen Teller mit einer geronnenen Mischung von Spaghetti und Hackfleisch. Es begann zu essen, während es gebannt auf den Fernseher starrte und nicht merkte, wie ihm von Zeit zu Zeit Fleischstückchen die nackte Brust hinunterkullerten und auf seinem Schoß liegenblieben. Bald würde die letzte Schießerei wieder anfangen – KA-BUMM und KA-BAMM und kein Ende –, und Tak ging ganz in der Geschichte und den silbrigen Schwarzweißbildern auf und labte sich an der Atmosphäre der Gewalt, die so elektrisch aufgeladen war wie die Luft vor einem bevorstehenden Gewitter.

Während es gebannt fernsah, löste sich Seth Garin von Tak und entfernte sich so verstohlen von ihm wie Jack, der an dem schlafenden Riesen vorbeischleicht. Er sah zum

Fernseher und registrierte ohne Überraschung, daß ihm *Die Regulatoren* nicht mehr besonders gut gefielen. Dann wandte er sich ab, suchte einen der geheimen Durchgänge, die er während Taks Herrschaft für sich angelegt hatte, und verschwand geräuschlos darin. Er tauchte tiefer in seinen eigenen Verstand ein, und der Weg führte ihn immer weiter bergab. Zuerst ging er, dann lief er. Er verstand diese Welt ebensowenig wie die Welt draußen und konnte nur hoffen, daß er wissen würde, wonach er suchte, wenn er es fand.

Aus *Die Regulatoren*, Drehbuch von Craig Goodis und Quentin Woolrich

AUSSEN. MAINSTREET. TAG

SHERIFF STREETER beobachtet DEPUTY LAINE, der CANDY auf die Füße zerrt. Hinter ihnen, in dem Lehmziegelhaus, wo Lushans Chinesische Wäscherei untergebracht ist, drängen sich ein paar chinesische Arbeiter an der Tür und sehen zu.

CANDY:
Was starrt ihr Schlitzaugen so?

Diesmal weichen sie nicht zurück.

CHINESISCHER WÄSCHEREIARBEITER:
Sie! Kleidung muß jetzt gleich gewaschen welden, sichel, sichel!

Die anderen CHINESEN lachen. Sogar STREETER lächelt ein bißchen. CANDY macht einen benommenen Eindruck. Kann nicht glauben, daß STREETER ihn in einem fairen Kampf geschlagen hat, kann nicht glauben, daß diese Schlitzaugen über ihn lachen, kann nicht glauben, daß dies alles wirklich geschieht.

STREETER:
Geht lieber wieder rein, Jungs!

Die WÄSCHEREIARBEITER gehen wieder ins Haus, sehen aber zu den Fenstern heraus.

STREETER (zu LAINE):
Sieh zu, daß er seinen Hut bekommt, Josh. Ich will nicht, daß er ohne seinen Hut ins Gefängnis muß.

Grinsend hebt LAINE CANDYS Johnny-Reb-Kavalleriehut auf, der ihm vom Kopf gefallen war, als STREETER ihn über den Querbalken geprügelt hat. Breiter grinsend denn je setzt DEPUTY LAINE dem besiegten Schurken den Hut auf den Kopf. Ein Staubwölkchen wirbelt auf.

LAINE:
Kommen Sie mit, Cap'n. Hab Ihnen das hübscheste Zelt im Lager aufgehoben. Warten Sie nur, bis Sie's sehen.

Er schiebt den benommenen und besiegten CANDY auf das Gefängnis zu. SHERIFF STREETER sieht ihnen grinsend hinterher und bemerkt zuerst nicht, wie die Schwingtür des Lady Day Saloon aufgeht und MAJOR MURDOCK auf den Bürgersteig herauskommt. MURDOCKS Grinsen, sein Markenzeichen, ist ausnahmsweise verschwunden.

MURDOCK:
Glauben Sie, daß Ihre Probleme gelöst

sind, wenn Sie Candy ins Gefängnis sperren, Sheriff?

STREETER dreht sich zu ihm um. MURDOCK schiebt seinen schlammverspritzten Kavallerierock zurück und läßt den Griff seines Armeecolts sehen.

STREETER (lächelnd):
Könnte sein, daß ich gerade mein erstes Gespenst eingesperrt habe. Wo haben sich die restlichen Ihrer Regulatoren verkrochen? Im Desatoya Canyon? Skate Rock? Können Sie es mir schon verraten?

MURDOCK:
Sie sind ja verrückt!

STREETER:
Tatsächlich? Nun, wir werden sehen. Ich schätze, heute nacht werden keine Gespenster ausreiten, wo Captain Candell keine Zettel verteilt.

STREETER dreht sich immer noch lächelnd wieder Richtung Gefängnis um.

MURDOCK:
Angenommen, ich würde Ihnen sagen, daß die Regulatoren viel näher sind als im Desatoya Canyon oder Skate Rock? Angenommen, ich würde Ihnen sagen, daß sie

unmittelbar vor der Stadt sind und nur darauf warten, daß der erste Schuß fällt? Wie würde Ihnen das gefallen, Sie verdammter Yankee?

STREETER:
Ich glaube, es würde mir ganz gut gefallen.

Er schaut auf, führt die Finger zum Mund und PFEIFT.

AUSSEN. DÄCHER DER MAIN STREET VON DER STRASSE AUS GESEHEN

MÄNNER tauchen hinter jedem Schild, jedem Kamin und jeder falschen Fassade auf. Ehedem verängstigte BÜRGER DER STADT, die jetzt grimmig aussehen und bewaffnet sind. Sie stehen auf der chinesischen Wäscherei, dem Owl Country Store, Worrell's Mercantile, sogar auf Craven's Bestattungsinstitut. Unter ihnen sehen wir PREDIGER YEOMAN und ANWALT BRADLEY. YEOMAN, der nicht mehr glaubt, die Regulatoren seien eine übernatürliche Heimsuchung, die die Stadt für ihre Sünden bestraften, hebt eine Hand und grüßt den SHERIFF.

SCHNITT AUF: MAIN STREET MIT STREETER UND MURDOCK

STREETER erwidert YEOMANS Gruß mit einer Handbewegung, dann wendet er sich wieder MURDOCK zu, der wütend und verwirrt aussieht. Eine gefährliche Kombination!

STREETER:
Jawoll, lassen Sie sie nur kommen, wenn es Ihnen gefällt.

MURDOCKS Gesicht wird verkniffen. Er läßt die Hand sinken, bis sie über dem Griff seines Colts verharrt. Keiner von ihnen sieht, wie LAURA hinter MURDOCK aus dem Saloon kommt. Sie trägt eins ihrer gewagten Kleider und hat ihren DERRINGER in der Hand.

MURDOCK:
Wollen Sie es drauf ankommen lassen, Sheriff?

STREETER:
Warum beruhigen wir uns nicht einfach? Denken noch mal darüber nach?

Aber er weiß, daß es zu spät ist, er hat MURDOCK zu weit getrieben. STREETER läßt seine Hand ebenfalls über den Griff der Waffe sinken.

MURDOCK:
Genug geredet, Sheriff.

STREETER:
Nun denn, wenn Sie es so haben wollen.

MURDOCK:
Sie hätten Ruhe geben können, und niemand wäre verletzt worden.

STREETER:
So läuft das hier bei uns nicht. Wir -

STREETER (sieht LAURA):
Laura, nein!

Während er abgelenkt ist, GREIFT MURDOCK ZUR WAFFE. LAURA wirft sich zwischen die beiden Männer und richtet den DERRINGER auf MURDOCK. Sie drückt ab, aber nur ein KLICK ist zu hören. VERSAGER! Einen Sekundenbruchteil später feuert MURDOCK seinen Kavalleriecolt ab, und die Kugel, die für STREETER bestimmt war, trifft LAURA. Sie BRICHT ZUSAMMEN.

AUSSEN. DÄCHER

Die BÜRGER DER STADT legen die Gewehre an.

SCHNITT AUF: MAIN STREET VOR DEM SALOON

MURDOCK sieht, was passieren wird, und hechtet durch die Schwingtür in die relative Sicherheit des Lady Day zurück. STREE-

TER schießt zweimal auf ihn, dann läuft er zu LAURA und kniet neben ihr nieder.

SCHNITT AUF: DÄCHER

FLIP MORAN, der Stallknecht, feuert einen Schuß ab. Zwei Gefährten folgen seinem Beispiel, aber glücklicherweise *nur* zwei.

SCHNITT AUF: MAIN STREET VOR DEM SALOON

EINE KUGEL PRALLT HEULEND von einer der Schwingtüren ab und reißt einen Splitter aus dem Holz.

STREETER:
Nicht schießen, er ist weg!

SCHNITT AUF: DÄCHER

Die Männer lassen die Waffen sinken. FLIP MORAN sieht verwirrt und beschämt drein.

AUSSEN. STREETER UND LAURA, NAHAUFNAHME

Die rauhe Schale des SHERIFFS ist vorübergehend dahin - zerbrochen. Er sieht auf das STERBENDE SALOON-MÄDCHEN hinab und erkennt, daß er sie liebt!

STREETER:
Laura!

LAURA (hustend):
Die Waffe hat versagt ... Sie haben immer gesagt ... traue nie einer ... einer Waffe ... die ...

Sie bricht hustend zusammen.

STREETER:
Nicht sprechen. Ich werde Joe Prudum zum Doc schicken -

LAURA (hustend):
Zu ... zu spät. Halten Sie mich nur fest!

STREETER gehorcht. Sie sieht SELTSAM BERÜHRT zu ihm auf.

LAURA:
Aber Sheriff! ... weinen Sie etwa?

AUSSEN. RÜCKSEITE DES LADY DAY

MURDOCK kommt herausgerannt. SERGEANT MATHIS ist noch da und hält die Pferde.

SARGE:
Was ist passiert? Ich hab Schüsse gehört!

MURDOCK (schwingt sich auf sein Pferd):
Vergiß es. Es wird höchste Zeit, die Jungs zu holen.

SARGE:
Sie meinen -?!

Plötzlich gewinnt MURDOCKS Wahnsinn die Oberhand. Seine Augen BLITZEN. Er fletscht die Lippen zu einer Grimasse, die fast ein GRINSEN ist. Es ist das Grinsen eines in die Enge getriebenen TIERES!

MURDOCK:
Wir werden diese Stadt dem Erdboden gleichmachen!

Sie reißen die Pferde herum, um zu den anderen Regulatoren zu reiten, und wir

BLENDEN ÜBER ZU:

Kapitel 9

1

Steve und Collie mußten nicht über den Zaun an der hinteren Grenze von Docs Grundstück springen; es war ein Tor da, aber sie mußten eine gehörige Menge Efeugestrüpp abreißen, ehe sie es benützen konnten. Sie redeten nur zweimal miteinander, bevor sie den Pfad erreichten. Beim erstenmal ergriff Steve das Wort. Er betrachtete die Bäume – überwiegend struppige Pflanzen, wie Unkraut, in denen es jetzt geheimnisvoll raschelte, da Regenwasser von den Blättern tropfte – und fragte: »Sind das Pappeln?«

Collie, der sich gerade um ein besonders tückisches Dornendickicht herumgearbeitet hatte, sah ihn an. »Was haben Sie gesagt?«

»Ich fragte, ob das Pappeln sind: Hat mich nur interessiert, weil wir doch von der Poplar Street kommen.«

»Oh.« Collie sah sich zweifelnd um, nahm die .30-06 von einer Hand in die andere und wischte sich mit dem Arm über die Stirn. Es war sehr heiß in dem Grüngürtel. »Ich habe keine Ahnung, ob das Pappeln oder Kiefern oder gottverdammte Eukalyptusbäume sind, um ehrlich zu sein. Botanik war nie mein Ding. Das da drüben ist eine dürre Birke, und das ist so ziemlich alles, was ich weiß.« Damit machte er sich wieder auf den Weg.

Fünf Minuten später (Steve fragte sich, ob es da hinten

tatsächlich einen Weg gab, oder ob es nur Wunschdenken war) blieb Collie stehen. Er sah zu Steve zurück, und seine Augen blickten so stechend, daß Steve sich selbst umdrehte, um herauszufinden, was er anstarrte. Steve sah nichts als das grüne Dickicht, durch das sie sich bereits einen Weg gebahnt hatten. Keine Spur von Docs Haus; auch nicht von dem der Jacksons. Er sah einen winzigen roten Streifen und dachte, daß es sich vielleicht um den Kamin auf dem Haus der Carvers handelte, aber das war alles. Sie hätten genausogut hundert Meilen von der nächsten menschlichen Ansiedlung entfernt sein können. Als er das dachte – und feststellte, daß es ein zutreffender Gedanke sein könnte –, bekam Steve eine Gänsehaut.

»Was?« fragte er und dachte, daß der Cop ihn fragen würde, warum sie nicht ein einziges Auto hören konnten, oder eine Stereoanlage mit aufgedrehten Bässen, ein Motorrad, eine Hupe, einen Ruf, *irgendwas*.

Statt dessen sagte Collie: »Es wird dunkel.«

»Kann nicht sein. Es ist erst –« Steve sah auf seine Uhr, aber die war stehengeblieben. Wahrscheinlich war die Batterie leer; er hatte sie nicht ausgetauscht, seit seine Schwester ihm die Uhr vor zwei Jahren zu Weihnachten geschenkt hatte. Aber es war merkwürdig, daß sie ausgerechnet kurz nach vier stehengeblieben sein sollte, kurz nachdem er in diesem wunderbaren kleinen Vorort angekommen war.

»Erst was?«

»Ich kann es nicht genau sagen, meine Uhr ist stehengeblieben, aber denken Sie doch mal nach. Es *kann nicht* später als halb sechs, Viertel vor sechs sein. Vielleicht sogar noch früher. Heißt es nicht, daß man die verstrichene Zeit überschätzt, wenn man sich in einer Krisensituation befindet?«

»Ich habe keine Ahnung, wer das sagt, und habe es nie gewußt«, sagte Collie. »Aber sehen Sie sich doch nur das Licht an. Die Tönung des Lichts.«

Das tat Steve, und tatsächlich hatte der Cop nicht so unrecht. Steve gab es nicht gerne zu, aber es war so. Das Licht fiel in warmen, rötlichen Strahlen schräg durch das Dickicht (und das war das angemessene Wort dafür, nicht Grüngürtel). Abendrot, Schönwetterbot', dachte er, und als wäre das der Auslöser gewesen, stürzte alles auf ihn ein, was nicht in Ordnung war, und er konnte es nicht mehr ertragen. Er hob die Hände und schlug sie vor das Gesicht, wobei er sich einen ordentlichen Schlag mit dem Kolben der .22er verpaßte, die er trug, spürte den Druck in seiner Blase und wußte, er war kurz davor, sich in die Hose zu machen, doch es war ihm gleichgültig. Er taumelte rückwärts und hörte Collie Entragian – scheinbar aus großer Entfernung – fragen, ob mit ihm alles in Ordnung sei. Mit der, wie ihm schien, größten Anstrengung seines Lebens, sagte Steve ja und zwang sich, die Hände zu senken und wieder in das wahnwitzige rote Licht zu sehen.

»Ich möchte Ihnen eine sehr persönliche Frage stellen«, sagte Steve. Er fand, daß sich seine Stimme nicht mal entfernt wie seine eigene anhörte. »Wieviel Angst haben Sie?«

»Sehr viel.« Der große Mann strich sich wieder den Schweiß von der Stirn. Es war ausgesprochen heiß hier, aber trotz der tropfenden, raschelnden Blätter kam Steve die Hitze seltsam trocken vor, ganz und gar nicht wie in einem Treibhaus. Ebenso die Gerüche. Nicht unangenehm, aber trocken. Fast ägyptisch. »Aber ich gebe die Hoffnung nicht auf. Ich sehe, daß das Dickicht da vorne dünner wird. Muß der Weg sein.«

Es war tatsächlich der Weg, den sie kaum eine Minute, nachdem sie sich wieder in Bewegung gesetzt hatten, endlich betraten, und Steve sah – unter den Umständen tröstliche – Spuren der Tiere, die diesen speziellen Wildwechsel benützt hatten: eine Kartoffelchipstüte; die Packung von einem Stapel Baseballkarten; zwei Batterien, die ein Kind wahrscheinlich aus seinem Walkman gepult hatte, als sie leer waren; in einen Baumstamm geschnitzte Initialen.

Auf der anderen Seite des Weges sah er etwas weitaus weniger Tröstliches: ein unförmiges Gewächs, stachlig und giftgrün, zwischen Sumachbäumen und Sträuchern. Dahinter standen zwei weitere, deren knorrige Arme steif emporstanden wie die von außerirdischen Verkehrspolizisten.

»Heilige Scheiße, sehen Sie die?« fragte Steve.

Collie nickte. »Sehen wie Kaktusse aus. Oder Kakteen. Oder wie auch immer man mehr als einen nennt.«

Ja, dachte Steve, aber nur in dem Sinne, in dem die Frauen, die Picasso in seiner kubistischen Phase gemalt hatte, wie richtige Frauen aussahen. Die Einfachheit der Kakteen und die fehlende Symmetrie – wie bei dem Vogel mit den unterschiedlichen Flügeln – verliehen ihnen ein surrealistisches Aussehen, das ihm Kopfschmerzen bereitete. Als würde man etwas ansehen, das einfach nicht klar und deutlich werden wollte.

Er sieht wirklich *ein bißchen wie ein Geier aus,* hatte der alte Doc gesagt. *Jedenfalls wie ein Kind einen malen würde.*

Im Geiste fügte sich allmählich alles für ihn zusammen.

Es *paßte* nicht zusammen, noch lange nicht, aber langsam kristallisierte sich etwas heraus, das sie damals im Algebraunterricht eine Reihe genannt hatten. Die Lieferwagen, die wie Requisiten aus einer Kindersendung am Samstagvormittag aussahen. Der Vogel. Jetzt diese giftgrünen Kakteen, die der Phantasie eines Erstkläßlers entsprungen zu sein schienen.

Collie näherte sich dem, der am dichtesten beim Weg wuchs, und streckte zögernd einen Finger aus.

»Mann, lassen Sie das, Sie sind verrückt«, sagte Steve.

Collie achtete nicht auf ihn. Streckte den Finger weiter aus. Weiter. Und noch weiter, bis –

»*Autsch!* Du Aas!«

Steve zuckte zusammen. Collie zog die Hand ruckartig zurück und betrachtete sie wie ein Kind eine interessante neue Schramme. Dann drehte er sich zu Steve um und hielt ihm die Hand hin. Ein Blutstropfen, klein und dunkel und perfekt, bildete sich auf der Kuppe des Zeigefingers. »Sie sind so echt, daß sie stechen«, sagte er. »Jedenfalls dieser hier.«

»Klar. Und wenn er Sie nun vergiftet hat? Wie etwas aus dem Kongobecken, oder so?«

Collie zuckte die Achseln, als wollte er sagen, zu spät, Kumpel, und stapfte weiter den Weg entlang. Der führte an dieser Stelle nach Süden, Richtung Hyacinth. Da das rötlich-orangefarbene Sonnenlicht von rechts durch die Bäume schimmerte, konnte man sich wenigstens nicht verirren. Sie gingen bergab. Je weiter sie gingen, desto mehr mißgestaltete Kakteen sah Steve im Wald östlich des Wegs. An manchen Stellen verdeckten sie sogar die Bäume. Das Unterholz wurde dünner, und das aus gutem Grund: Die Krume des Mutterbodens wurde ebenfalls flacher und wich einem grauen, körnigen Sandbett, das aussah wie … wie …

Schweiß lief Steve stechend in die Augen. Er wischte ihn weg. So heiß, das Licht so kräftig und rot. Ihm war übel.

»Sehen Sie.« Collie zeigte nach vorn. Zwanzig Meter vor ihnen bewachte eine weitere Ansammlung Kakteen eine Gabelung im Weg. Ein umgestürzter Einkaufswagen ragte zwischen ihnen hervor wie der Bug eines Schiffes. Im düsteren Licht sah das Metallgestänge des Wagens aus wie in Blut getaucht.

Collie lief zu der Biegung hinab. Steve beeilte sich, um Schritt zu halten, da er nicht mal ein paar Meter von dem anderen getrennt werden wollte. Als Collie die Gabelung erreichte, schwoll in der seltsamen Luft ein Heulen an, scharf und doch ekelhaft melodisch, wie bei der Probe eines dilettantischen Männerquartetts: *Wuuuuh! Wuuuuh! Wu-hu-huuuu!* Nach einer Pause ertönte es wieder, diesmal mehrstimmig, kläffend und durcheinander, so daß Steve am ganzen Körper eine Gänsehaut bekam. Meine Kinder der Nacht, dachte er und sah Bela Lugosi vor seinem geistigen Auge, eine Spukgestalt in Schwarzweiß, wie er seinen Mantel ausbreitete. Unter den gegebenen Umständen vielleicht nicht das tröstlichste Bild, aber manchmal ging der Verstand eben eigene Wege.

»Herrgott!« sagte Collie, und Steve dachte, er meinte das Heulen – Kojoten heulten irgendwo östlich von ihnen, wo sich angeblich Häuser und Geschäfte und fünf verschiedene McBurger-Restaurants befinden sollten –, aber der große Cop sah nicht in die Richtung. Er schaute nach unten. Steve folgte seinem Blick und sah einen Mann neben dem gestrandeten Einkaufswagen sitzen. Er lehnte an dem Kaktus und war von den Stacheln aufgespießt wie ein grotesker menschlicher Merkzettel, der hier zurückgelassen worden war, damit sie ihn fanden.

Wu-hu-huuuu …

Steve streckte ohne nachzudenken den Arm aus und tastete nach der Hand des Cops. Collie spürte die Berührung und erwiderte sie. Es war ein fester Griff, aber das störte Steve nicht.

»O Scheiße, ich hab den Kerl schon mal *gesehen*«, sagte Collie.

»Wie, in Gottes Namen, können Sie das wissen?« fragte Steve.

»Wegen seiner Kleidung. Seinem Einkaufswagen. Seit Sommeranfang hat er sich zwei- oder dreimal auf der Straße rumgetrieben. Ich wollte ihn wegjagen, sollte ich ihn noch einmal sehen. Wahrscheinlich harmlos, aber –«

»Aber was?« Steve, der selbst ein- oder zweimal in seinem Leben auf der Walze gewesen war, wußte nicht, ob er eingeschnappt oder amüsiert sein sollte. »Was dachten Sie, würde er tun? Jemandem seinen liebsten Elvis-Gobelin stehlen? Bei diesem Soderson einen Drink schnorren?«

Collie zuckte die Achseln.

Der Mann, der am Kaktus feststeckte, trug fleckige Khakihosen und ein T-Shirt, das noch älter, schmutziger und zerrissener war als das, welches Billingsley für Collie gefunden hatte. Seine uralten Turnschuhe waren mit Klebeband ausgebessert. Es waren die Kleidungsstücke eines Penners, und die Habseligkeiten, die aus dem umgestürzten Einkaufswagen herausgefallen waren, legten denselben Schluß nahe: ein altes Paar Gamaschenschuhe, ein Stück abgerissenes Seil, eine Barbiepuppe, eine blaue Jacke mit dem Schriftzug BUCKEYE LANES in Goldbuchstaben auf dem Rücken, eine halbvolle Flasche Wein, mit etwas verkorkt, das wie der Finger eines Damenhandschuhs aussah, und ein Gettoblaster, der dem Aussehen nach mindestens zehn Jahre alt war. Das Plastikgehäuse war mit Sekundenkleber geflickt worden. Außerdem mindestens ein Dutzend Plastiktüten, alle sorgfältig zusammengerollt und mit Schnur zusammengebunden.

Ein toter Penner im Wald. Aber wie, in Gottes Namen, war er gestorben? Seine Augen waren aus den Höhlen gefallen und hingen an vertrockneten Sehnerven auf die Wangen hinab. Beide Augäpfel wirkten eingefallen, als hätte die Kraft, die sie aus den Höhlen gequetscht hatte, sie auch zerdrückt. Blut aus der Nase war im Überfluß über seine Lippen und die graumelierten Stoppeln am Kinn gelaufen. Das Blut verdeckte freilich nicht den Mund – Steve wünschte sich nur, es wäre so gewesen. Der Mund war zu einem breiten, schiefen Grinsen verzerrt, das die Mundwinkel des Penners fast bis zu den schmutzigen Ohren zu dehnen schien. Etwas – eine Kraft – hatte ihn in das Kaktuswäldchen gestoßen und so brutal getötet, daß ihm die Augäpfel aus den Höhlen getrieben worden waren. Und doch hatte dieselbe Kraft ihn grinsen lassen.

Collies Hand umklammerte seine fester denn je. Zerquetschte ihm die Finger.

»Könnten Sie loslassen?« fragte Steve. »Sie brechen mir –«

Er sah zur östlichen Fortsetzung des Wegs, die sie angeblich zur Anderson Avenue bringen sollte, wo Hilfe zu vermuten war. Der Pfad verlief noch rund zehn Meter und tat sich dann wie ein Trichter zu einem alptraumhaften Wüstenpanorama auf. Es beeindruckte Steven Ames wenig, daß diese Landschaft keinerlei Ähnlichkeit mit

Ohio aufwies, und zwar aus dem einfachen Grund, daß sie überhaupt keine Ähnlichkeit mit irgendeiner Landschaft aufwies, die er in seinem Leben gesehen hatte. Oder in seinen Träumen.

Jenseits der letzten paar normalen grünen Bäume lag eine weite Ausdehnung weißlichen Wüstenbodens, der sich bis zu einem unebenmäßigen Horizont gezackter Berggipfel erstreckte. Diese Gipfel wiesen weder schattige Stellen noch eine Oberflächenbeschaffenheit auf, weder Klüfte noch Plateaus noch Täler. Sie waren die toten schwarzen Zeichenstiftberge eines Kindes.

Der Pfad verschwand nicht, sondern wurde breiter und zu einer Art von Zeichentrickfilmstraße. Links lag ein halb im Sand vergrabenes Planwagenrad. Dahinter befand sich eine schattige Steinschlucht. Rechts stand ein Schild, schwarze Buchstaben auf einem ausgebleichten weißen Brett.

ZUR PONDEROSA

stand darauf. Das Schild wurde von einem Rinderschädel gekrönt, der ebenso mißgestaltet aussah wie die Kakteen. Hinter dem Schild verlief die Straße schnurgerade bis zum Horizont, eine künstlich tiefe Perspektive, die Steve das Filmplakat von *Unheimliche Begegnung der dritten Art* ins Gedächtnis rief. Über den Bergen standen bereits Sterne am Himmel, unmögliche, viel zu große Sterne. Sie schienen nicht zu blinken, sondern an- und ausgeknipst zu werden wie Lichter am Weihnachtsbaum. Das Heulen erklang wieder, diesmal kein Trio oder Quartett, sondern ein ganzer Chor. Nicht aus den Vorbergen; es *gab* keine Vorberge. Nur flache weiße Wüste, grüne Klumpen von Kakteen, die Straße, die Schlucht und in der Ferne das Haifischzahnkollier der Berge.

Collie flüsterte: »Was, in Gottes Namen, ist *das?*«

Bevor Steve antworten konnte – *Die geistige Welt eines Kindes,* hätte er gesagt, wenn er die Möglichkeit bekommen hätte –, ertönte ein tiefes Fauchen aus der Schlucht. Steve fand, daß es sich fast wie ein leistungsstarker Bootsmotor im Leerlauf anhörte. Dann wurden zwei grüne Augen im Schatten aufgeschlagen, und Steve wich einen Schritt zurück; die Zunge schien ihm am Gaumen zu kleben. Er hob die Mossberg, aber seine Hände fühlten sich wie zwei Holzklötze an, und das Gewehr schien winzig und unzulänglich zu sein. Die Augen (sie schwebten wie Augen in einem dunklen Raum im Comic Strip) schienen so groß wie *Fußbälle* zu sein, und er wollte gar nicht wissen, wie groß das Tier sein mochte, zu dem sie gehörten. »Können wir es töten?« fragte er. »Wenn es uns angreift, glauben Sie –«

»Sehen Sie sich um!« unterbrach ihn Collie. »Sehen Sie, was passiert!«

Er gehorchte. Die grüne Welt entfernte sich von ihnen, die Wüste rückte vor. Die Flora unter ihren Füßen wurde zuerst blaß, als hätte jemand den ganzen Saft herausgesaugt, dann verschwand sie, während die dunkle, feuchte Erde ausbleichte und körnig wurde. *Perlen.* Das hatte er vor ein paar Augenblicken gedacht, als die Krume dieser merkwürdigen runden, perlenartigen Substanz gewichen war. Rechts von ihm wurde einer der verkümmerten Bäume plötzlich schlagartig praller. Der Vorgang wurde von einem Geräusch begleitet, als würde man sich den

Finger in den Mund stecken und herausploppen lassen. Der blasse Stamm des Baums wurde grün, Stacheln wuchsen an ihm. Die Äste vereinigten sich fließend, die Farbe in den Blättern schien sich auszubreiten und zu verschwimmen, als sie zu Kaktusarmen wurden.

»Wissen Sie, ich glaube, es wäre an der Zeit, den Rückzug anzutreten«, sagte Collie.

Steve schenkte sich eine Antwort; statt dessen antwortete er mit den Füßen. Einen Augenblick später rannten sie auf dem Weg zurück, den sie gekommen waren, zu der Stelle, wo sie ihn betreten hatten. Anfangs drehten sich Steves Gedanken nur darum zu vermeiden, daß ihm ein Zweig in die Augen geriet, er in einen Dornbusch lief oder an den beiden weggeworfenen Batterien vorbeirannte, wo sie scharf nach Westen abbiegen und zu Billingsleys Tor sprinten wollten. Dann hörte er das hustende Fauchen wieder, und alles andere verblaßte zur Bedeutungslosigkeit. Das Ding war nahe. Die Bestie mit den grünen Augen aus der Schlucht folgte ihnen. Verdammt, *jagte* sie. Und kam immer näher.

2

Ein Schuß ertönte, und Peter Jackson drehte langsam den Kopf in seine Richtung. Er merkte (sofern er überhaupt noch etwas bemerken konnte), daß er an der Grenze seines Gartens stand und den Tisch auf der Veranda betrachtete (sofern er überhaupt noch etwas betrachten konnte). Auf dem Tisch lagen ein Stapel Bücher und Zeitschriften, die meisten mit leuchtend rosa Markierzetteln. Er hatte an einem wissenschaftlichen Artikel mit dem Titel »James

Dickey und die neue Realität des Südens« gearbeitet und sich in der Vorfreude gesonnt, daß der Essay in gewissen efeuumrankten Landsitzen eine ziemlich ernste Kontroverse auslösen würde. Möglicherweise würde er zu Podiumsdiskussionen an anderen Colleges eingeladen werden! Podiumsdiskussionen, zu denen er auf Spesenkonto anreisen würde! (Selbstverständlich in vernünftigen Grenzen.) Wie er davon geträumt hatte. Jetzt kam es ihm fern und unbedeutend vor. Wie der Schuß aus dem Wald, und der anschließende Schrei, und die beiden Schüsse nach dem Schrei. Selbst das Fauchen – wie von einem Tiger, der aus dem Zoo entkommen war und sich in ihrem Grüngürtel versteckt hatte – schien fern und unwichtig zu sein. Wichtig war nur ... war nur ...

»Meinen Freund finden«, sagte er. »Zu der Gabelung des Weges gehen und mich mit meinem Freund hinsetzen.«

Er überquerte die Veranda diagonal und stieß dabei mit der Hüfte an den Tisch. Eine Ausgabe von *Verse Georgia* und mehrere seiner Handbücher fielen von dem Stapel und landeten auf den schmuddeligen rosa Fliesen. Peter achtete nicht darauf. Sein sterbender Blick war auf das Wäldchen gerichtet, das hinter den Häusern auf der Ostseite der Poplar Street verlief. Sein Interesse an Fußnoten, das ihn fast sein ganzes Leben lang begleitet hatte, hatte ihn im Stich gelassen.

3

Als es geschah, sprach Jan nicht gerade von Ray Soames; sie fragte sich nur, warum Gott eine Welt geschaffen hatte, wo man nicht anders konnte, als von einem Mann geküßt und angefaßt zu werden, der häufig – verdammt, meistens! – schmutzige Knöchel hatte und sich das Haar etwa viermal im Monat wusch. Das heißt, wenn es ein guter Monat war. Also redete sie in Wirklichkeit *doch* über Ray Soames, nur den Namen verschwieg sie.

Und zum erstenmal, seit sie hierher gekommen war, hierher *gerannt* war, verspürte Audrey einen Anflug von Ungeduld, die ersten zarten Regungen, daß sie ihrer Freundin überdrüssig wurde. Es schien, als würde ihr Jans Besessenheit allmählich doch auf die Nerven gehen.

Audrey stand am Eingang des Folly, sah die Wiese hinab bis zu der Steinmauer, lauschte dem Summen der Bienen und fragte sich, was sie eigentlich hier zu suchen hatte. Es gab Menschen, die Hilfe brauchten, Menschen, die sie kannte und, in den meisten Fällen, auch gern hatte. Ein Teil von ihr – und ein ziemlich überzeugender obendrein – versuchte ihr einzureden, daß diese Menschen keine Rolle spielten, daß sie sich nicht nur vierhundert Meilen westlich von hier aufhielten, sondern auch vierzehn Jahre in der Zukunft, aber das war eine Lüge, überzeugend oder nicht. *Dieser* Ort war die Illusion. *Dieser* Ort war die Lüge.

Aber ich muß hier sein, dachte sie. Ich muß unbedingt hier sein.

Dennoch langweilte Janices Haßliebe zu Ray Soames sie plötzlich zu Tode. Sie fühlte sich versucht, auf den Absätzen herumzuwirbeln und zu sagen: *Na gut, warum hörst du nicht auf zu winseln und machst Schluß mit ihm? Du bist jung, du bist hübsch, du hast eine gute Figur. Ich bin sicher, du kannst jemanden mit gewaschenen Haaren und ohne Mundgeruch finden, der dir die Stellen kratzt, wo es am meisten juckt.*

Wenn sie so etwas Abscheuliches zu Jan sagen würde,

dann würde sie sie damit bestimmt von diesem Ort der Sicherheit vertreiben, wie Adam und Eva aus dem Garten Eden vertrieben worden waren, weil sie den falschen Apfel gegessen hatten, aber das änderte nichts an ihren Empfindungen. Und wenn es ihr gelang, den Mund zu halten, was Jans Besessenheit betraf, was würde als nächstes kommen? Jans hundertundfünfzigste Versicherung, daß Paul zwar vielleicht der niedlichste von den Beatles sei, sie aber trotzdem nur ernsthaft in Erwägung ziehen würde, mit John ins Bett zu gehen?

Doch bevor sie etwas sagen oder tun konnte, drang ein neues Geräusch in diesen friedlichen Ort ein, wo sonst nur das Summen der Bienen, das Zirpen der Grillen im Gras und die murmelnden Stimmen zweier junger Frauen zu hören waren. Es war ein Klingeln, leise, aber irgendwie gebieterisch, wie die Glocke einer Schulmeisterin vergangener Zeiten, die die Schüler aus der Pause zurück in den Unterricht rief.

Sie drehte sich um, da Jans Stimme verstummt war. Kein Wunder. Jan war nicht mehr da. Und auf dem gesplitterten Tisch mit den eingeritzten Initialen, die fast bis zum Ersten Weltkrieg zurückreichten, läutete das Tak-Phon.

Zum erstenmal bei allen ihren Besuchen hier läutete das Tak-Phon.

Sie ging langsam darauf zu – mehr als drei kleine Schritte waren nicht erforderlich – und betrachtete es mit klopfendem Herzen. Ein Teil von ihr schrie auf, daß sie nicht antworten solle, daß sie wisse und immer gewußt habe, was das Läuten zu bedeuten hätte: Seths Dämon hatte sie gefunden. Aber was blieb ihr anderes übrig?

Lauf, schlug eine andere Stimme (möglicherweise die

Stimme ihres eigenen Dämons) kalt vor. Lauf in diese Welt hinaus, Audrey. Den Berg hinab, so daß die Schmetterlinge vor dir in die Höhe flattern, über die Steinmauer und zur Straße auf der anderen Seite. Sie führt nach New Paltz, diese Straße, und es spielt keine Rolle, ob du den ganzen Tag laufen mußt und an beiden Fersen Blasen bekommst. Es ist eine College-Stadt, und irgendwo an der Main Street wird ein Schild – KELLNERIN GESUCHT – in einem Fenster stehen. Du kannst dich hocharbeiten. Los doch. Du bist jung, wieder Anfang Zwanzig, du bist gesund, siehst nicht schlecht aus, und dieser ganze Alptraum hat noch nicht mal angefangen.

Das konnte sie nicht tun … oder doch? Schließlich war dies alles hier nicht *real*. Es war nur eine Zuflucht in ihrem Kopf.

Ring, ring, ring.

Leise, aber gebieterisch. Nimm mich ab, sagte es. Nimm mich ab, Audrey. Nimm mich ab, Partner. Wir müssen zur Ponderosa rüberreiten, aber diesmal wirst du nicht mehr zurückkommen.

Ring, ring, ring.

Sie bückte sich plötzlich und stützte die Hände auf beiden Seiten des kleinen Telefons auf. Sie spürte trockenes Holz unter ihren Handflächen, sie spürte die Schnörkel geschnitzter Initialen unter den Fingerspitzen, und ihr wurde klar, wenn sie sich in dieser Welt einen Splitter einziehen würde, würde sie bluten, wenn sie wieder in der anderen ankam. Denn diese Welt *war* real, sie *war* es, und Audrey wußte, wer sie geschaffen hatte. Seth hatte diese Zuflucht für sie gemacht, da war sie plötzlich ganz sicher. Er hatte diese Welt aus ihren, Audreys, besten Erinnerungen und süßesten Träumen gestrickt, hatte ihr eine

Zufluchtsstätte geschaffen, für den Fall, daß der Wahnsinn sie zu überwältigen drohte, und wenn die Phantasie ein wenig fadenscheinig wurde, wie ein Teppich, bei dem man die Fäden sehen konnte, wo er am stärksten begangen wurde, dann war das nicht seine Schuld.

Und sie konnte ihn nicht seinem Schicksal überlassen. *Würde* es nicht tun.

Audrey nahm den Hörer von der Gabel. Der Hörer war lächerlich klein, für ein Kind gedacht, aber das fiel ihr kaum auf. »Tu ihm nicht weh!« schrie sie hinein. »Tu ihm nicht weh, du Monster! Wenn du jemandem weh tun mußt, dann m–«

»Tante Audrey!« Es war Seths Stimme, durchaus, aber verändert. Kein Stottern, kein Ringen nach Wörtern, keine Anfälle von Gestammel, und obwohl die Stimme ängstlich klang, schien sie weit von einer Panik entfernt zu sein. Jedenfalls noch. »Tante Audrey, hör mir zu!«

»Ich *höre!* Sprich!«

»Komm zurück! Du kannst jetzt aus dem Haus! Du kannst fliehen! Tak ist im Wald ... aber die Power Wagons werden zurückkommen! Du mußt weg, bevor sie hier sind!«

»Was ist mit dir?«

»Mir wird nichts geschehen«, sagte die Stimme aus dem Telefon, und Audrey dachte, daß sie eine Lüge heraushörte. Zumindest Unsicherheit. »Du mußt zu den anderen. Aber bevor du gehst ...«

Sie hörte sich an, was er von ihr wollte, und absurderweise war ihr zum Lachen zumute – warum hatte sie nie selbst daran gedacht? Es war so einfach! Aber ...

»Kannst du es vor Tak verheimlichen?« fragte sie.

»Ja. Aber du mußt dich beeilen!«

»Was sollen wir tun? Selbst wenn ich zu den anderen komme, was können wir –«

»Das kann ich jetzt nicht erklären, die Zeit reicht nicht. Du mußt mir vertrauen, Tante Audrey! Komm jetzt zurück und vertrau mir! *Komm zurück! KOMM ZURÜCK!*«

Der letzte Schrei war so laut, daß sie sich den Hörer vom Ohr riß und einen Schritt zurückwich. Sie verspürte einen Augenblick völliger Orientierungslosigkeit, als sie fiel, dann schlug sie mit dem Kopf seitlich auf dem Boden auf. Der Teppich im Wohnzimmer milderte den Aufprall, dennoch tanzte vorübergehend ein Kometenschwarm vor ihren Augen. Sie richtete sich auf und roch altes Bratfett und das stickige Aroma eines Hauses, das seit einem Jahr oder mehr nicht mehr richtig geputzt oder gelüftet worden war. Zuerst betrachtete sie den Stuhl, von dem sie gefallen war, dann den Telefonhörer, den sie mit der rechten Hand umklammerte. Sie mußte ihn in dem Moment vom Tisch genommen haben, als sie im Traum das Tak-Phon abgenommen hatte.

Aber es war kein Traum gewesen, keine Halluzination.

Sie hielt den Hörer ans Ohr (der schwarz war und groß genug für ihr Gesicht) und lauschte. Selbstverständlich nichts. Es gab Strom in diesem Haus, nur in diesem einzigen im ganzen Straßenabschnitt – Tak brauchte seinen Fernseher –, aber das Telefon hatte er auch hier gekappt.

Audrey stand auf, sah zum Bogen, der ins Erkerzimmer führte, und wußte, was sie sehen würde, sollte sie hineinschauen: Seth in Trance, Tak verschwunden. Aber diesmal nicht in den Film, jedenfalls nicht im wörtlichen Sinne. Sie hörte verwirrte Schreie und mit ziemlicher Sicherheit einen Schuß von der anderen Straßenseite, und eine Zeile aus dem ersten Buch Mose fiel ihr ein, etwas über den Geist Gottes, der auf dem Wasser schwebt. Der Geist Taks, überlegte sie, schwebte ebenfalls und war emsig mit seinen eigenen Angelegenheiten beschäftigt, und *wenn* sie jetzt floh, dann *würde* sie es wahrscheinlich schaffen. Aber wenn sie zu den anderen durchkam und ihnen erzählte, was sie wußte, was konnten sie tun, um der Trugwelt zu entkommen, in der sie gefangen waren? Was würden sie vielleicht Seth antun, um Tak zu entkommen?

Er hat mir gesagt, ich soll gehen, dachte sie. Ich sollte ihm besser vertrauen. Aber vorher –

Vorher mußte sie noch erledigen, was er ihr aufgetragen hatte, erst dann konnte sie gehen. Etwas so Einfaches ... aber es konnte eine Menge Probleme lösen. Alle, wenn sie Glück hatten. Audrey lief hastig in die Küche, ohne auf die Schreie und hektischen Worte von der anderen Straßenseite zu achten. Jetzt, wo sie sich entschieden hatte, wurde sie förmlich überwältigt von einem Gefühl der Eile, diese letzte Aufgabe zu erledigen, bevor Tak ihr wieder seine Aufmerksamkeit zuwandte.

Oder bevor er wieder Colonel Henry und seine Freunde schickte.

4

Als es schiefging, geschah es mit atemberaubender Geschwindigkeit. Johnny fragte sich später, wieviel Schuld er selbst daran trug – immer und immer wieder fragte er es sich – und kam nie zu einer klaren Antwort. Er war eindeutig mit den Gedanken anderswo gewesen, freilich schon lange bevor die Kacke richtig am Dampfen war.

Er war den Reed-Zwillingen gefolgt, die auf den Weg zu durch den Wald stapften, und hatte seine Gedanken abschweifen lassen, weil sich die Zwillinge so quälend langsam bewegten und versuchten, nicht mit einem einzigen Zweig zu rascheln oder auf einen einzigen Ast zu treten. Niemand hatte die geringste Ahnung, daß sie nicht allein in dem Grüngürtel waren; als Johnny und die Zwillinge das Wäldchen betraten, schritten Collie und Steve weit vor ihnen schon leise auf dem Weg nach Süden.

Johnnys Gedanken kreisten wieder um Bill Harris' entsetzte Reaktion auf die Poplar Street am Tag seines Besuches 1990. Bill hatte Johnny zuerst gesagt, daß das nicht sein Ernst sein könnte, und als er sah, daß es doch so war, hatte er ihn gefragt, was das zu bedeuten habe. Und Johnny Marinville, der die Abenteuer einer Katze aufzeichnete, die Fingerabdrücke untersuchte, hatte geantwortet: *Es bedeutet, ich will noch nicht sterben, was wiederum bedeutet, daß ich ein paar Änderungen in meinem persönlichen Manuskript vornehmen muß. Ein revidierter Johnny Marinville, wenn du so willst. Und das kann ich. Weil ich den Wunsch verspüre, und das ist wichtig, und weil ich über das Werkzeug verfüge, und das ist entscheidend. Man könnte sagen, es ist eine Variante meiner Tätigkeit. Ich schreibe mein Leben um.* Lektoriere *mein Leben.*

Terry, seine erste Frau, hatte ihm möglicherweise seine letzte Chance gegeben, obwohl er das nicht zu Bill gesagt hatte. Bill wußte nicht einmal, daß Johnny und die ehemalige Theresa Marinville nach fast fünfzehn Jahren, in denen sie praktisch ausschließlich über Anwälte miteinander verkehrten, wieder einen zaghaften Dialog begonnen hatten, manchmal in Briefen, häufiger am Telefon. Dieser Kontakt hatte sich seit 1988 vertieft, als Johnny Alkohol und Drogen abgeschworen hatte – endgültig, wie er hoffte. Trotzdem war immer noch nicht alles im Lot, und im Frühjahr 1989 hatte er seiner Ex-Frau, die er einmal mit einem Buttermesser zu erstechen versucht hatte, das Geständnis gemacht, daß sein Leben nüchtern so ziel- und sinnlos zu sein schien. Er könne sich nicht vorstellen, sagte er, jemals wieder einen Roman zu schreiben. Das Feuer schien erloschen zu sein, und es fehlte ihm nicht, wenn er morgens ohne das Brennen im Gehirn aufwachte … zusammen mit dem unvermeidlichen Kater. Diesen Abschnitt schien er hinter sich zu haben. Und er konnte damit leben. Nicht leben konnte er damit, wie sein altes Leben, zu dem auch seine Romane gehörten, immer noch allgegenwärtig war, in den Ecken flüsterte und jedesmal, wenn er sie einschaltete, aus seiner alten IBM murmelte. Ich bin, was du gewesen bist, sagte das Summen zu ihm, und was du immer sein wirst. Es ging nie um dein eigenes Bild von dir, oder auch nur dein Ego, sondern nur darum, was von Anfang an in deinen Genen programmiert war. Lauf zum Ende der Welt, nimm ein Zimmer im letzten Hotel und geh ans Ende des letzten Korridors, und wenn du die letzte Tür aufmachst, die dort ist, werde ich auf dem Tisch stehen, mein altes Summen von mir geben, das du an so vielen verkaterten Vormittagen gehört hast, und eine Dose Coors wird neben deinen Notizen stehen und ein Gramm Koks wird in der linken Schublade sein, denn letztendlich bist du das, und nur das. Wie der eine oder andere weise Mann einmal gesagt hat, es gibt keine Schwerkraft, die Erde zieht dich nur runter.

»Du solltest dieses Kinderbuch ausgraben«, hatte sie gesagt und ihn aus seinen düsteren Gedanken gerissen.

»*Welches* Kinderbuch? Ich habe nie –«

»Erinnerst du dich nicht an *Detektiv Pat Kitty-Cat?*«

Er brauchte eine Weile, aber dann fiel es ihm wieder ein. »Terry, das war nur eine kleine Geschichte, die ich mir für den Balg deiner Schwester ausgedacht habe, als er eines nachts keine Ruhe geben wollte und ich dachte, sie würde einen Nervenzusammenbruch be–«

»Sie hat dir so gut gefallen, daß du sie aufgeschrieben hast, oder nicht?«

»Ich kann mich nicht erinnern«, sagte er, erinnerte sich aber sehr wohl.

»Du *weißt* es, und du mußt sie irgendwo haben, weil du nie etwas wegwirfst. Analfixierter Mistkerl! Ich habe immer vermutet, daß du deine verdammten *Nasenpopel* irgendwo aufheben würdest. Vielleicht in einer Sucrets-Schachtel, wie Angelköder.«

»Wahrscheinlich *wären* sie gute Angelköder«, sagte er, dachte aber nicht darüber nach, was er sagte, sondern überlegte statt dessen, wo die kleine Geschichte – acht oder neun handschriftliche Seiten – sein könnte. Teil der Marinville-Sammlung in Fordham? Möglich. In dem Haus in Connecticut, wo er und Terry einmal gelebt hatten, das sie jetzt allein bewohnte, von wo sie ihn in diesem Augenblick anrief? Auch möglich. Zum Zeitpunkt des Gesprächs war dieses Haus weniger als zehn Meilen entfernt gewesen.

»Du solltest diese Geschichte suchen«, sagte sie. »Sie war gut. Du hast sie in einer Zeit geschrieben, als du in mancherlei Hinsicht gut warst, ohne es selbst zu wissen.« Eine Pause. »Bist du noch da?«

»Ja.«

»Ich weiß immer, wann ich dir etwas sage, das dir nicht

gefällt«, sagte sie fröhlich, »weil du nur dann die Klappe hältst. Du wirst nachdenklich.«

»Ich werde nicht nachdenklich.«

»Doch, doch.« Und dann hatte sie möglicherweise das Allerwichtigste gesagt. Mehr als zwanzig Millionen Dollar Tantiemen hatte ihm die Tatsache eingebracht, daß sie sich an die Geschichte erinnerte, die er sich einst ausgedacht hatte, um seinen vermaledeiten Neffen zum Einschlafen zu bringen, und weltweit waren Zigmillionen Bücher verkauft worden, die Pats alberne Abenteuer schilderten, aber die nächsten Worte aus ihrem Mund schienen wichtiger zu sein als das viele Geld und alle Bücher. Damals wie heute. Er vermutete, daß sie sie in ganz normalem Tonfall ausgesprochen hatte, aber die Worte gingen ihm zu Herzen wie die einer Prophetin, die in einem Hain in Delphi stand.

»Du mußt dich rückbesinnen«, hatte Terry Alvey gesagt.

»Hm?« hatte er gefragt, als er wieder zu Atem gekommen war. Er wollte nicht, daß sie merkte, wie sehr ihre Worte ihn beschäftigten. Wollte sie nicht wissen lassen, daß sie nach all den Jahren immer noch diese Macht über ihn hatte. »Was soll *das* bedeuten?«

»Auf die Zeit, als du dich noch gut gefühlt hast. Gut *warst*. Ich erinnere mich an diesen Mann. Er war in Ordnung. Nicht perfekt, aber in Ordnung.«

»Es führt kein Weg zurück, Terr. Du mußt in der Woche krank gewesen sein, als man in amerikanischer Literatur Thomas Wolfe durchgenommen hat.«

»Ach, verschon mich. Wir kennen einander zu lange für Debattierklub-Spielchen. Du bist in Connecticut geboren worden, in Connecticut aufgewachsen, warst erfolgreich in Connecticut und ein besoffener, bekiffter Penner in Connecticut. Du mußt nicht nach Hause *zurück*, du mußt von zu Hause *fort*.«

»Das ist keine Rückbesinnung, so was nennen wir Jungs von den AA eine geographische Kur. Und sie funktioniert nicht.«

»Du mußt dich *im Geiste* rückbesinnen«, erwiderte sie – geduldig, als würde sie mit einem Kind sprechen. »Ich glaube, dein Körper braucht einen neuen Boden, auf dem er wandeln kann. Außerdem trinkst du nicht mehr. Und nimmst keine Drogen.« Eine kurze Pause. »Das stimmt doch, oder?«

»Ja«, sagte er. »Nun ja, das Heroin.«

»Ha-ha.«

»Was schlägst du vor, wohin soll ich gehen?«

»An den Ort, an den du zuallerletzt denken würdest«, hatte sie ohne zu zögern geantwortet. »Den unwahrscheinlichsten Ort auf Erden. Akron oder Afghanistan, das spielt keine Rolle.«

Dieser Anruf hatte Terry reich gemacht, denn er hatte seine Kitty-Cat-Einnahmen mit ihr geteilt, Penny für Penny. Und dieser Anruf hatte ihn hierher gebracht. Nicht Akron, sondern Wentworth, Ohios Gute-Laune-Gemeinde. Eine Stadt, wo er noch nie vorher gewesen war. Er hatte sich die Gegend ausgesucht, indem er mit geschlossenen Augen eine Stecknadel in eine Karte der Vereinigten Staaten gebohrt hatte, und Terry hatte recht gehabt, Bill Harris' entsetzte Reaktion hin oder her. Was er anfangs als eine Art Forschungsjahr betrachtet hatte, war –

Ganz in seinen Gedanken verloren, lief er direkt gegen Jim Reeds Rücken. Die Jungs waren am Rand des Wegs stehengeblieben. Jim hob die Waffe und richtete sie mit blassem, verbissenem Gesicht nach Süden.

»Was –« begann Johnny, aber Dave Reed drückte ihm eine Hand auf den Mund, bevor er mehr sagen konnte.

5

Ein Schuß ertönte, dann ein Schrei. Marielle Soderson schlug die Augen auf, als wäre der Schrei ein Signal gewesen, krümmte den Rücken, stieß einen langgezogenen, kehligen Laut aus, möglicherweise Worte, und zitterte am ganzen Körper. Ihre Füße trommelten auf den Boden.

»Doc!« rief Cynthia und rannte zu Marielle. »*Doc!*«

Gary kam zuerst. Er stolperte zur Küchentür und wäre mit den Knien auf den Bauch seiner Frau gestürzt, wenn Cynthia ihn nicht zurückgestoßen hätte. Der Geruch von Sherry schwebte wie eine süßliche Wolke um ihn herum.

»Wassnlos?« fragte Gary. »Wassnlos mitter Frau?«

Marielle schlug den Kopf von einer Seite auf die andere. Stieß ihn an der Wand an. Das Bild von Daisy, der Corgi-Hündin, die zählen und addieren konnte, fiel herunter und landete auf ihrer Brust. Glücklicherweise zerbrach das Glas im Rahmen nicht. Cynthia packte es und warf es beiseite. Dabei sah sie, daß der Verbandsstoff über dem Armstummel der Frau rot geworden war. Die Stiche – jedenfalls ein paar – waren aufgerissen.

»*Doc!*« schrie sie.

Er kam von der Tür hergelaufen, wo er gestanden und ins Freie gesehen hatte, beinahe hypnotisiert von den Veränderungen, die immer noch stattfanden. Ein Fauchen ertönte aus dem Wäldchen hinten, weitere Schreie, weitere Schüsse. Mindestens zwei. Gary sah blinzelnd wie eine Eule in diese Richtung. »Wassnlos?« fragte er wieder.

Marielle hörte auf zu zittern. Sie bewegte die Finger, als wollte sie schnippen, dann hörte auch das auf. Ihre Augen starrten blicklos zur Decke. Eine einzige Träne rann aus dem Winkel des linken. Doc nahm ihre Hand und fühlte den Puls. Dabei sah er Cynthia mit einer Art durchbohrender Verzweiflung an. »Ich glaube, wenn Sie weiter da vorne arbeiten wollen, müssen Sie Ihren Kittel mit dem Kostüm einer Tänzerin vertauschen«, sagte er. »Das E-Z Stop ist jetzt ein Saloon. Das Lady Day.«

»Ist sie tot?« fragte Cynthia.

»Jau«, sagte Doc und ließ Marielles Hand sinken. »Nicht, daß es wichtig wäre, aber ich glaube, ihre letzte Chance ist vor fünfzehn Minuten abgelaufen. Sie hätte eine Intensivstation gebraucht, keinen alten Tierarzt mit zitternden Händen.«

Noch mehr Schreie. Schüsse. Jemand weinte da draußen, weinte und schrie, Sie hätten ihn aufhalten müssen, Sie hätten ihn aufhalten müssen. Plötzlich überkam Cynthia eine Gewißheit: Steve, ein Mann, den sie schon ein bißchen mochte, war tot. Die Amokschützen waren da draußen, und sie hatten ihn getötet.

»Wassnlos?« fragte Gary zum drittenmal. Weder der alte Mann noch das Mädchen antworteten ihm. Obwohl er dabei gewesen war und neben ihr an der Küchentür gekniet hatte, als Billingsley verkündete, daß Garys Frau tot war, schien er nicht mitbekommen zu haben, was sich abspielte, bis Doc die braune Korddecke von seiner Couch zog und über sie breitete. Da begriff er es, betrunken oder nicht. Garys Gesicht bebte. Er tastete unter der Decke, fand die Hand seiner Frau, zog sie hervor, küßte sie. Dann drückte er sie an seine Wange und fing an zu weinen.

6

Als Jim Reed die Schemen sah, die rasch den Weg entlang auf ihn zukamen, war seine Aufregung im Nu verflogen. Angst nahm die Stelle ein, wo sie gewesen war. Zum erstenmal kam ihm der Gedanke, daß es keine vernünftige Entscheidung gewesen sein könnte, hierherzukommen.

Wenn ihr Fremde im Wald seht, kommt ihr sofort zurück. Das hatte seine Mom gesagt. Aber er konnte sich nicht mal bewegen. Er war erstarrt. Dann ertönte dieses schreckliche Fauchen im Unterholz, das Fauchen eines Tiers, und er geriet in Panik. Er sah Collie Entragian und Steve Ames nicht, als sie auftauchten; er sah Killer, die ihre Fahrzeuge verlassen hatten und den Wald unsicher machten. Jim hörte Johnnys gedämpften Schrei nicht und sah auch nicht, wie Jonny sich bemühte, sich aus dem Griff von Jims Bruder zu befreien.

»*Schieß, Jimmy!*« kreischte Dave. Seine Stimme war in ein bebendes, hysterisches Falsett umgeschlagen. »*Schieß, Jimmy, Himmelherrgott, sie sind es!*«

Jim schoß, und der linke der beiden ging zu Boden und hob die Hände zur Schädeldecke, die als roter Film von Kopfhaut und Haaren und Knochen zerstob. Das Gewehr, das der Mann in der Hand gehalten hatte, fiel auf den Weg. Blut strömte zwischen seinen Fingern hervor und lief ihm am Gesicht hinab.

»*Den andern auch!*« schrie Dave. »*Erschieß ihn, bevor er uns erschießen kann!*«

»Nein, nicht schießen«, sagte der andere Mann und hielt die Hände hoch. In einer hielt er ein Gewehr. »Bitte, Mann, erschieß mich nicht!«

Aber er würde ihn erschießen, er würde ihn totschießen. Jim legte auf den Mann an und bemerkte kaum, daß er dabei schrie und ihn mit Schimpfnamen belegte: Schwanzlutscher, Drecksack, Pißkopf. Er wollte den Kerl nur umlegen und zu seiner Mutter zurück. Er und Dave. Es war ein schrecklicher Fehler gewesen, hierherzukommen.

7

Johnny rammte Dave Reed beide Ellbogen in den Magen. Dave war zwar hart und durchtrainiert, aber unvorbereitet. Dave gab ein überraschtes *Pffffh!* von sich, und Johnny wand sich aus seinem Griff. Bevor Jim wieder schießen konnte, packte Johnny seinen Arm und drehte ihn brutal herum. Der Junge schrie vor Schmerzen. Er spreizte die Finger, und David Carvers Pistole fiel auf den Boden.

»*Was machen Sie denn?*« schrie Dave. »*Er wird uns umbringen, sind Sie wahnsinnig?*«

»Dein Bruder hat gerade euren Nachbarn Collie Entragian erschossen, wenn das nicht wahnsinnig ist«, sagte Johnny. Ja, das hatte der Junge getan, aber wessen Schuld war es? Er war der Erwachsene hier. Er hätte die Waffe an sich nehmen sollen, sobald sie in sicherer Entfernung von Cammie Reeds fanatischen Augen und trockenen Befehlen waren. Er hätte es tun können; warum hatte er es nicht getan?

»Nein«, flüsterte Jim, drehte sich zu ihm um und schüttelte den Kopf. »Nein!« Aber seinen Augen, die groß und rund wurden und sich mit Tränen füllten, sah man an, daß er es bereits wußte.

»Warum ist *er* hier draußen?« fragte Dave. »Warum hat er uns nicht gewarnt, um Gottes –«

Das Fauchen, das nie richtig aufgehört hatte, schwoll wieder an und wurde zu einem richtigen Knurren. Der Mann, der noch auf den Füßen stand – der Typ aus dem Mietwagen – drehte sich in die Richtung um und hob instinktiv die Hände. Sein Gewehr war ziemlich klein, daher tat er gut daran, es auf diese Weise zu benutzen, nicht angelegt, sondern um seinen Hals damit abzuschirmen.

Die Kreatur, die sie den Weg entlang verfolgt hatte, sprang aus dem Wald heraus. Johnnys Fähigkeit zu bewußtem und zusammenhängendem Denken erlosch, als er sie erblickte – er konnte nur noch *sehen*. Diese Fähigkeit – mehr Fluch als Segen – hatte ihn nie im Stich gelassen, auch jetzt nicht.

Das Ding war ein Alptraum mit lohfarbenem braunem Fell, schrägen grünen Augen und einem Mund voller spitzer, orangefarbener Zähne. Keine Katze, sondern eine katzenhafte Mißgeburt. Es sprang, zertrümmerte die hochgehaltene Mossberg mit seinen riesigen Klauen und riß sie aus den verkrampften Händen, die sie hielten. Dann ging es Steve, immer noch fauchend, an die Kehle.

Aus Audrey Wylers Tagebuch:

12. Juni 1995

Sie ist wieder passiert – diese Tagtraumgeschichte. Wenn es denn Tagträume sind. Zum 3. oder 4. Mal, aber zum ersten Mal (glaube ich), seit ich dieses Tagebuch führe, & bei weitem am lebhaftesten. Es scheint immer zu passieren, wenn es hier nicht gut aussieht, & oh Gott, wann sieht es hier schon mal gut aus?

Herb stand heute morgen mit Seth auf, ging mit ihm unter die Dusche (spart eine Menge Zeit), und als sie nach unten kamen, war Seth mürrisch & Herb hatte die Ansätze eines blauen Auges. Ich mußte ihn nicht nach dem Grund fragen. Natürlich hat Seth ihn gezwungen, sich selbst zu schlagen, so wie er ihn zwang, seine Unterlippe herumzudrehen, als wir von der Eisdiele zurückkamen und Seth feststellte, daß sein verdammter Power Wagon verschwunden war. Ich sah Herb an & er schüttelte unmerklich den Kopf, womit er mir sagen wollte, ich sollte still sein. Was ich war. Ich habe festgestellt, daß man immer Grund hat, für etwas dankbar zu sein, nämlich, daß Seth nicht mehr *getan hat, als Herb zu zwingen, daß er sich selbst schlug (obwohl es in Wirklichkeit gar nicht Seth ist, der das tut, sondern der andere, der Staksende Kleine Junge). Seth steht morgens gerne am Waschbecken und sieht Herb zu, wie er sich rasiert. Ich nehme an, der SKJ hätte herauskommen und ihn zwingen können, sich mit seiner eigenen Rasierklinge die Kehle durchzuschneiden. Es macht mir angst, so etwas zu schreiben, aber manchmal ist es besser, wenn man es schwarz auf weiß vor sich sieht. Als würde man Eiter aus einer entzündeten Schnittwunde drücken.*

Der Staksende Kleine Junge meldete sich zurück, noch ehe ich das Frühstück auf dem Tisch hatte – ich weiß immer, wenn er es ist, und nicht Seth, weil seine Augen nicht dunkelbraun sind, sondern fast schwarz. »Wo ist mein Dweem Fwoatah?« fragte er.

»Wir haben den Dream Floater noch nicht gefunden«, sagte ich. »Aber ich bin sicher, er taucht wieder auf.«

»Ich will meinen Dweem Fwoatah!« *schrie er aus vollem Halse, und Herb zuckte zusammen. Ich nicht. Wenn er schreit, wirft er wenigstens nichts herum.* »Ich will meinen Scheiß-DWEEM-FWOATAH!«

»Fluch nicht vor deiner Tante Audrey«, sagte Herb, und ich bekam Angst, als ich den Blick sah, den der SKJ ihm da zuwarf, große *Angst, aber Herbs Blick blieb unerschütterlich. Er ist so tapfer. Auf eine so einfache Mach-keinen-Scheiß-Art tapfer. Und es war der SKJ, der schließlich den Blick senkte.*

»Ich will meinen Dweem Fwoatah«, murmelte er mit dieser mürrischen Stimme, die ich am allermeisten hasse. »Ich will meinen Dweem Fwoatah, also findet ihn.«

Ich machte ihm French Toast, normalerweise sein Leibgericht, aber er rührte ihn nicht an. Ging einfach (Entschuldigung, stakste*) ins Erkerzimmer. Kurz darauf hörte ich den Videorecorder, dann fing eine seiner* MotoKops*-Kassetten an. Er hat vier oder fünf, jede mit einem Dutzend Folgen darauf. Ich hasse diese dummen Zeichentrickfilmstimmen wirklich, besonders die von Cassie. Manchmal wünsche ich mir, No Face würde sie töten und ihre geköpfte Leiche irgendwo in den Straßengraben werfen. Gott steh mir bei, ich wünschte, ich würde Witze machen, aber es ist nicht so.*

Als sie da drinnen vor sich hin salbaderten (er dreht immer den Ton auf, was manchmal gut ist), fragte ich Herb, wie er das blaue Auge erklären wollte, wenn er zur Arbeit ging. Er hob die Stimme zu einem schrillen Falsett, hielt die Faust vor das Auge und sagte: »Ich werde den Jungs einfach sagen, daß ich gegen eine Tür gelaufen bin, Liebling.« Er versuchte, einen Witz daraus zu machen. Es hat nicht funktioniert.

Das Schlimmste heute war nicht, daß Seth versucht hätte, mit Gegenständen zu werfen, wie er es getan hat, als Herb sagte, wir könnten einen neuen Dream Floater kaufen. Das hat er heute nicht getan. Ich wünschte fast, er hätte. Er geht einfach von einem Zimmer ins andere, staksend, lauernd, Unterlippe vorgeschoben, und sucht nach dem fehlenden P. W. Manchmal geht er ins Erkerzimmer, um fernzusehen, aber heute hat ihn nicht mal Bonanza *lange fesseln können. Ich versuchte, mit ihm zu reden, aber er wollte nicht. & die Sache ist die … oh, ich wünschte, ich könnte besser schreiben, es so ausdrücken, daß jemand, der diese Zeilen liest (nicht, daß ich denke, es würde sie jemals jemand zu Gesicht bekommen), es verstehen könnte. Es ist, als würde er – der SKJ – eine Art giftiger Elektrizität erzeugen, wenn er wütend ist. Er scheint sie direkt aus seinem Körper abzusondern wie eine Spinne elektrisch geladene Seide oder Wolken, die Blitze schleudern. Sie staut sich immer weiter auf, bis man von Zimmer zu Zimmer laufen, schreien und den Kopf gegen die Wand hämmern möchte. Es ist echt, nicht nur ein Gefühl, sondern etwas Körperliches. Man schwitzt (& es ist ein* stinkender *Schweiß, wie bei hohem Fieber), & die Muskeln zittern & der Mund wird trocken. Ich schreibe hier etwas nieder, das ich Herb nie erzählt habe. Manchmal, wenn es so ist, gehe ich ins Bad, schließe die Tür ab & masturbiere wie verrückt. Es ist das einzige, das den Druck ein wenig zu lindern scheint. Die Orgasmen sind so heftig, daß mir angst und bange dabei wird. Wie explodierende Bomben!*

Ich habe das alles schon erlebt, wenn der Staksende Kleine

Junge in Seth wegen etwas wütend ist, aber es hat noch nie so lange gedauert und ist nie so intensiv gewesen. Am Nachmittag kam es mir vor, als wäre das ganze Haus voll von Erdgas, das nur auf ein Streichholz wartete, um hochzugehen. Ich war in der Küche, ging ziellos hin und her, mein Kopf schmerzte so sehr, daß ich die Augäpfel pochen spüren konnte, & ich wollte grinsen. *Ich weiß nicht, warum; die ganze Sache hat überhaupt nichts Komisches, aber je mehr mein Kopf schmerzte und je mehr meine Augen pochten und je mehr ich die bedrückende Atmosphäre des Hauses spürte, desto mehr wollte ich grinsen. Herrgott!*

Ich ging zur Spüle & sah zum Fenster hinaus in den Garten. Seth saß im Sandkasten und spielte mit seinen anderen Power Wagons. Aber wenn außer mir jemand gesehen hätte, wie *er spielte, wäre er bei Einbruch der Nacht in einem Speziallabor gewesen, einer Einrichtung, wo die Regierung außergewöhnliche Kinder studiert, da bin ich ganz sicher.*

Die P. W.s haben ausklappbare Flügel, aber selbstverständlich fliegen sie nicht richtig. Die von Seth aber manchmal schon. Er saß mit den Händen im Schoß im Sandkasten, und da flogen sie um seinen Kopf herum, Tracker Arrow und Rooty-Toot und der Meatwagon und der Rest, tauchten untereinander hindurch, flogen Loopings, setzten auf einer Rollbahn auf, die Seth im Sandkasten für sie gebaut hatte, hoben wieder ab, stießen manchmal im Formationsflug quer durch den Garten bis zu seiner Schaukel vor, flogen unter dem Schaukelsitz hindurch wie Stunt-Piloten in einem Film, wendeten und kamen zurück. Kinderspielzeuge in bunten Farben, die Einsätze im Garten fliegen. Ich weiß, ich höre mich wie eine Verrückte an, aber ich schwöre im Namen Gottes, daß es stimmt. Manchmal läßt er sie im Sturzflug auf

Hannibal herunterstoßen, den Hund der Nachbarn, & Hannibal läuft mit eingeklemmtem Schwanz weg. Das hat Herb auch schon gesehen.

Jedes andere Kind würde lachen & in die Hände klatschen & johlen, wenn es die Power Wagons der MotoKops solche Tricks ausführen sehen würde, aber nicht der Staksende Kleine Junge. Er sitzt einfach nur im Sand, hat die Unterlippe vorgeschoben & starrt mürrisch vor sich hin.

Seth beobachtet die Wagen, und ich beobachte ihn und spüre, wie das, was in ihm ist, in Abständen herauskommt und ein Summen in die Luft zaubert, das sich zum größten Teil im Kopf abspielt. Mir war, als müßte ich aus der Haut fahren, als müßte ich gleich hier vor der Spüle ausflippen. & dann, auf einmal, kam der Tagtraum. Es war einfach wunderbar, und obwohl ich es einen Tagtraum nenne, kommt es mir nicht so vor; es wirkt so echt. *In dem Traum durchlebe ich wieder einen Nachmittag am Wochenende, den ich mit meiner Freundin Jan im Mohonk Mountain House verbracht habe. Das war 1982, bevor die erste von uns verheiratet war. Wir saßen herum und haben ich weiß nicht wie lange geredet – sie hauptsächlich von dem komischen, schmierigen Kauz, in den sie damals so vernarrt war, ich darüber, daß ich nach dem Schulabschluß gern drei Monate freinehmen und im ganzen Land herumreisen wollte.*

Es ist so wunderschön dort in Mohonk, so friedlich. Wir machen ein Picknick. Es ist warm. Jan sieht so großartig aus, wie ich mich fühle. Ich weiß, es ist nicht real, & ich muß wieder in den ganzen Schlamassel zurückkehren, aber solange ich dort bin, spielt das alles keine Rolle. Jan & ich reden, ich spüre die Sonne auf dem Gesicht, ich rieche die Blumen. Es ist herrlich. Ich weiß nicht, was es ist oder warum es passiert, aber als Gegengift zu den Wutanfällen des SKJ ist es immer noch besser, als sich andauernd im Bad einen abzurubbeln. Ich frage mich, ob Seth etwas damit zu tun hat.

Ich wünschte, Herb hätte auch so eine Zuflucht, glaube es aber nicht. Seine dummen Witze sind der beste Ersatz, den er zustande bringt, der arme Mann. Ich wünschte, ich könnte ihm von meiner Zuflucht erzählen, ihn vielleicht sogar dorthin mitnehmen, aber das wäre nicht klug. Ich glaube, der SKJ kann Herb besser ausspionieren als mich. & Herb sieht so müde aus. Es ist schlimm für uns beide, daß das alles passiert, aber für Herb ist es ganz besonders *schlimm.*

13. Juni 1995

»Dweem Fwoatah« ist wieder da. Seit gerade eben. Ich weiß nicht, ob ich Angst oder Erleichterung empfinden soll.

Ich meine, natürlich bin ich erleichtert, das wäre jeder, seit Samstag war dieses Haus wie ein Konzentrationslager, aber was passiert als nächstes? Wie wird der SKJ reagieren? Gott sei Dank hat er geschlafen, als es geklingelt hat, & Gott sei Dank ist Herb zur Arbeit, weil der SKJ manchmal in Herbs Gedanken spioniert, das weiß ich. Ich glaube, bei mir kann er es nicht, wenn ich ihn nicht hereinlasse oder unvorbereitet bin.

Mann. Ich habe dies gerade noch mal durchgelesen, und es ist vollkommen verrückt. Ich will tief Luft holen und noch einmal von vorne anfangen. Zeit müßte ich haben. Seth hat seit Freitagnacht nicht gut geschlafen, und wenn ich Glück habe, dauert sein Nickerchen bis 16:30 Uhr. Damit bleibt mir mindestens eine Stunde.

Gegen drei, als ich staubgesaugt habe, klopfte es an der Küchentür. Ich machte auf, & da stand Mr. Hobart von ne-

benan, und sein Sohn, ein pummeliger rothaariger Junge mit dicker Brille und blasser Haut. Sieht ziemlich abstoßend aus, um die Wahrheit zu sagen. Der Junge hatte einen Dream Floater im Arm. Kein Zweifel, daß es sich um den von Seth handelte. Ich mußte den zerbrochenen Heckscheinwerfer und den Kratzer auf der Fahrerseite nicht sehen, um es zu wissen, konnte aber beides erkennen. Man hätte mich mit einem Strohhalm umstoßen können. Ich wollte etwas sagen & konnte nicht, meine Kehle war zugeschnürt. Ich weiß nicht, was herausgekommen wäre, wenn *ich hätte reden können!*

Es ist heiß heute, um die dreißig Grad, aber Wm. Hobart war wie ein Diakon gekleidet (ich bin sicher, daß er einer ist), schwarzer Anzug & Schuhe. Sein Junge trug die Juniorversion derselben Uniform & schniefte. Außerdem hatte er einen ordentlichen blauen Fleck auf der Wange. Ich wette meine gesamten Ersparnisse, daß das sein alter Herr gewesen ist.

Es spielte keine Rolle, daß ich nichts sagen konnte, weil Hobart die ganze Sache vorbereitet hatte. »Mein Sohn hat Ihnen etwas zu sagen, Mrs. Wyler«, sagte er und betrachtete den Jungen, als wollte er sagen, jetzt bist du dran, vermassle es nicht. »Hugh?«

Hugh, der heftiger denn je schniefte, sagte mir, daß er der Verführerischen Stimme Satans erlegen sei (ich schätze, das ist die VSS, so wie der Staksende Kleine Junge der SKJ ist) & Seths Spielzeug gestohlen habe. Er redete ziemlich schnell & schluchzte dabei immer heftiger. Der Junge kam zum Ende mit den Worten: »Sie können zur Polizei gehen, ich werde ein vollständiges Geständnis ablegen. Sie können mich verprügeln, oder mein Dad wird mich verprügeln.« Als ich mir diesen Teil anhörte, kam ich mir vor, als hätte ich den Wetterdienst angerufen & eine Automatenstimme sagte. »Um die derzeitigen Wetterverhältnisse zu erfahren, drücken Sie die

Eins. Um die aktuelle Vorhersage zu erfahren, drücken Sie die Zwei. Um den Straßenzustandsbericht zu erfahren, drücken Sie die Drei.« Ich glaube, es war ein Glück, daß ich so fassungslos gewesen bin. Wenn nicht, hätte ich vielleicht gelacht, aber die beiden hatten nichts Komisches an sich, wie sie so heilig & beschämt dastanden. Ich hatte mehr Angst vor ihnen – besonders vor dem Vater – als an den meisten Tagen vor Seth.

Und Angst um *sie.*

»Es tut mir sehr leid«, sagte der Junge und plapperte es immer noch herunter, als würde es vor ihm auf Textkarten stehen. »Ich habe meinen Dad gebeten, mir zu vergeben, ich habe unseren Herrn Jesus Christus gebeten, mir zu vergeben, und jetzt bitte ich Sie, mir zu vergeben.«

Da hatte ich meine Sinne wieder so weit beisammen, daß ich ihm den Wagen abnehmen konnte – ich war so fahrig, daß er mir beinahe auf die Füße gefallen wäre –, und ich sagte dem Jungen, Prügel seien nicht nötig.

»Der Junge muß sich auch bei Ihrem Sohn entschuldigen«, sagte Mr. Hobart. Er sieht aus wie Moses mit glattrasiertem Gesicht und ordentlichem Haarschnitt, wenn man sich Moses im konservativen Zweireiher von Sears vorstellen kann. Nach dem Affentheater, das sich in den vergangenen Monaten hier abgespielt hat, kann ich mir alles mögliche vorstellen. Das ist Teil meines Problems. »Wenn Sie uns zu ihm bringen würden, Mrs. Wyler –«

Und da versuchte der selbstgefällige Scheißkerl doch tatsächlich, sich an mir vorbei ins Haus zu drängen! Ich drängte ihn einfach zurück, das kann ich dir flüstern. (Und ließ dabei den Dream Floater beinahe wieder fallen.) Ich wollte auf gar keinen Fall, daß der kleine fette Dieb vor den Staksenden Kleinen Jungen trat. Ich wollte sie aus meinem Haus haben, und zwar schnell. Bevor entweder ihre Stimmen oder ihre emotionalen Schwingungen (obwohl er nicht weinte, war Hobart eindeutig ebenso aus dem Häuschen wie sein Junge, wenn nicht noch mehr) ihn aufwecken konnten.

»Seth ist nicht mein Sohn, er ist mein Neffe«, sagte ich, »und er macht gerade ein Nickerchen.«

»Nun gut«, sagt Hobart mit einem knappen, steifen Nicken. »Dann kommen wir später wieder. Paßt es heute abend? Wenn nicht, kann ich morgen nachmittag wieder mit Hugh herkommen. Ich kann es mir kaum leisten, einen weiteren Nachmittag freizunehmen – Sie müssen wissen, daß ich im Walzwerk in Ten Mile arbeite –, aber Gottes Angelegenheiten sollten stets Vorrang vor denen der Menschen haben.«

Seine Stimme wurde beim Sprechen immer lauter, wie es bei Typen wie ihm fast immer zu sein scheint, als könnten sie einem nicht sagen, daß sie scheißen gehen müssen, ohne gleich eine Predigt daraus zu machen. Ich bekam richtig Angst, Seth könnte aufwachen. & ich schwöre, die ganze Zeit schaut sich der Bengel um, ob es nicht etwas anderes gibt, das sich abzustauben lohnt. Ich würde sagen, der Tag kommt, an dem Hughie auf der Couch eines Seelenklempners landet, aber selbstverständlich halten Leute wie die Hobarts nichts von Seelenklempnern, richtig?

Ich scheuchte sie zur Tür hinaus & drängte sie den ganzen Weg entlang, ich meine, ich war echt sauer. Dabei fragt der Junge die ganze Zeit: »Vergeben Sie mir? Vergeben Sie mir?« Immer & immer wieder, wie eine kaputte Schallplatte. Als ich sie unten am Bürgersteig hatte, stellte ich fest, daß ich auf alle beide stinksauer war. Nicht wegen der Hölle, die wir durchmachen mußten, sondern weil sie beide so taten, als wäre ich irgendwie für die unsterbliche Seele des diebischen kleinen Stinkers verantwortlich. Und mir entging nicht, wie sein

Blick überall hinwanderte und sich merkte, was wir in unserem Haus hatten und er in seinem nicht.

Ich bin ziemlich sicher – sogar fast überzeugt –, daß eine Menge von Seths »seltsamen Kräften« nur eine kurze Reichweite haben, wie die Rundfunksender früher in den Autokinos, die den Ton des Films direkt in das Autoradio übermittelten. Als ich sie unten an der Straße hatte, fühlte ich mich sicher genug (jedenfalls relativ *sicher), die Frage zu stellen, wie Hugh Hobart überhaupt dazu gekommen war, Seths Power Wagon zu klauen.*

Daraufhin wechselten père *und* fils *einen Blick. Es war ein komischer, unbehaglicher Blick, und mir wurde klar, daß beide der Gedanke an eine Tracht Prügel oder einen Besuch von den Cops nicht besonders schreckte, es ihnen aber ganz und gar nicht gefiel, über den Diebstahl selbst zu reden. Kein bißchen. Kein Wunder, daß die Fundamentalisten die Katholiken so sehr hassen. Beim Gedanken, zur Beichte gehen zu müssen, dürften ihnen die Eier zusammenschrumpeln.*

Trotzdem hatte ich sie in die Ecke gedrängt, & schließlich rückten sie damit heraus. William redete fast ausschließlich; inzwischen hatte der Junge entschieden, daß er mich nicht leiden konnte. Seine Augen waren zusammengekniffen und tränten auch nicht mehr.

Den größten Teil hätte ich mir selbst zusammenreimen können. Die Hobarts gehören der Baptistenkirche Zion's Covenant an, und zu ihren Pflichten als gute Kirchenleute gehört es, das Evangelium zu verbreiten. Das heißt, Traktate zu verteilen wie das, welches Herb in unserem Milchflaschenbehälter gefunden hatte, dasjenige über die Million Jahre in der Hölle ohne einen einzigen Schluck Wasser. William und Hugh machen das gemeinsam, eine Vater-und-Sohn-Sache, schätze ich, ein heiliger Ersatz für die Jugend-

liga oder Touch-Football. Sie konzentrieren sich dabei auf Häuser, in denen offenbar vorübergehend niemand da ist, da sie »das Wort verbreiten & die Saat ausstreuen, aber keine Diskussionen führen« wollen (William Hobarts Worte), oder sie stecken ihre kleinen Liebesbriefe an die Scheibenwischer parkender Autos auf der Straße.

Sie müssen gleich, nachdem wir zu Milly's gegangen waren, bei uns gewesen sein. Hugh lief die Einfahrt hinauf und steckte die Broschüre in den Milchflaschenbehälter, und natürlich sah er den Dream Floater da, wo Seth ihn stehengelassen hatte. Später, als sein Vater ihm für den Rest des Tages freigegeben hatte, aber bevor wir vom Einkaufszentrum nach Hause kamen, schlenderte Hugh die Straße entlang ... & erlag der allseits beliebten VSS (Verführerische Stimme Satans). Seine Mutter fand den P. W. gestern, am Montag, als Hugh in der Schule war und sie in seinem Zimmer aufräumte. Gestern abend hatten sie eine »Familienkonferenz« deswegen, dann riefen sie ihren Priester an und holten seinen Rat ein, beteten gemeinsam ein wenig am Telefon, und jetzt waren sie hier.

Kaum war die Geschichte erzählt, fing der Junge wieder mit seinem »Vergeben Sie mir?« an. Aber beim zweitenmal sagte ich: »Hör auf damit.«

Er sah aus, als hätte ich ihn geschlagen, und das Gesicht seines Vaters wurde völlig verkniffen. War mir scheißegal. Ich ging in die Hocke, damit ich direkt in Hughs kleine Schweinsäuglein sehen konnte. Es war nicht ganz einfach, sie zu sehen, wegen der Schuppen und Fettschlieren auf seiner Brille.

»Vergebung ist etwas zwischen dir und deinem Gott«, sagte ich. »Was mich betrifft, ich werde Stillschweigen über die ganze Angelegenheit bewahren, und ich kann den Hobarts nur raten, dasselbe zu tun.« Ich bin ziemlich sicher, daß

sie meinen Rat befolgen werden. Ich mußte mir nur den Bluterguß auf Hughs Wange ansehen, um das zu wissen. Ich weiß nicht, wie es mit der Mutter des kleinen Stinkers aussieht, aber was er getan hat, brachte seinen Vater förmlich um.

Hugh wich einen Schritt zurück, und ich sah seinem Gesicht an, daß es nicht wie erwartet abgelaufen war, & dafür haßte er mich. Macht nichts. Ich hasse ihn auch ein bißchen. Nach dem Wochenende, das wir wegen seiner langen Finger durchmachen mußten, eigentlich nicht überraschend, oder?

»Wir verlassen Sie jetzt, Mrs. Wyler, wenn Sie fertig sind«, sagte Hobart. »Hugh muß eine Menge meditieren. In seinem Zimmer. Auf den Knien.«

»Aber ich bin nicht *fertig«, sagte ich. »Noch nicht ganz.« Ich sah ihn nicht an, sondern den Jungen. Ich glaube, ich versuchte hinter den Haß & die Scham & das Selbstmitleid zu schauen, um festzustellen, ob da irgendwo noch ein richtiger Junge steckte. Ob ich einen gesehen habe? Ich kann es wirklich nicht sagen.*

»Hugh«, sagte ich, »du weißt, daß man nur um Vergebung bitten muß, wenn man etwas Falsches getan hat, oder nicht?«

Er nickte argwöhnisch … als müßte er vor Gericht aussagen & befürchtete, einer der Anwälte werde ihm eine Falle stellen.

»Also weißt du, daß es falsch gewesen ist, Seths Spielzeug zu stehlen.«

Er nickte wieder, zögernder denn je. Inzwischen versteckte er sich praktisch hinter dem Bein seines Vaters, als wäre er nicht acht oder neun, sondern drei.

»Mrs. Wyler, ich glaube nicht, daß es nötig ist, dem Jungen eine Moralpredigt zu halten«, sagte sein alter Herr. Dieses scheinheilige Arschloch! Er würde zulassen, daß ich den Jun-

gen übers Knie lege & ihm den Hosenboden strammziehe, aber wenn ich ihn dazu bringen will, laut und deutlich zu sagen, daß er falsch gehandelt hat, dann geht das auf einmal zu weit. Das ist eine Lektion, aber der Teufel soll mich holen, wenn ich weiß, was für eine. »Ich halte ihm keine Moralpredigt, aber er soll wissen, daß die letzten paar Tage hier außerordentlich schwierig gewesen sind«, sagte ich. Ich antwortete dem Erwachsenen, redete aber immer noch mit dem Kind. »Seth liebt seine Power Wagons sehr. Darum möchte ich, daß du eines tust, Hugh. Du sollst mir sagen, daß es falsch war, was du getan hast, und böse, und daß es dir leid tut. Dann sind wir fertig.«

Hugh starrte mich an, & wenn Blicke töten könnten, dann würde ich jetzt nicht in dieses Buch schreiben. Ob ich Angst hatte? Also bitte. Sofern es um wütende Kinder geht, lebe ich mit dem Weltmeister aller Klassen zusammen.

»Mrs. Wyler, finden Sie, daß das wirklich nötig ist?« fragte Hobart.

»Ja, Sir«, sagte ich. »Mehr für Ihren Sohn als für mich.«

»Dad, muß ich?« winselt er. Er sieht mich hinter seiner verschmierten Brille immer noch mit dem tödlichen Blick an.

»Los doch, sag ihr, was sie hören will«, sagte er. »Bittere Medizin schluckt man am besten auf einmal runter.« Dann klopfte er dem Jungen auf die Schulter, als wollte er sagen: Ja, sie ist gemein, ein richtiges Aas, aber wir müssen mitspielen.

»Es-war-falsch-und-es-war-böse-und-es-tut-mir-leid«, sagt der Junge, als würde er wieder ablesen. Dabei starrt er mich die ganze Zeit finster an – keine Tränen, kein Schniefen mehr. Ich schaute auf & sah denselben Blick beim Vater. Die beiden haben sich nie ähnlicher gesehen als in diesem Augenblick. Die Leute sind schon erstaunlich. Sie kamen die Straße herauf, ängstlich und gleichzeitig irgendwie aufgeregt beim

Gedanken, gekreuzigt zu werden, genau wie ihr Oberbefehlshaber. Statt dessen lasse ich den Jungen zugeben, was er ist, & das tat weh, & sie hassen mich beide dafür.

Wichtig sind freilich zwei Dinge: 1) D. F. ist wieder da, und 2) die Hobarts werden nicht darüber reden. Manchmal ist Scham der einzige Knebel, der bei den Leuten wirkt. Ich muß mir eine Geschichte ausdenken, die ich Seth erzähle, und Herb auch. Die Wahrheit zu sagen, wäre einfach nicht sicher.

Schritte oben, die ins Bad gehen. Er ist aufgestanden. Bitte, lieber Gott, laß mich recht haben, daß er meine Gedanken nicht lesen kann.

Später

Großer Stoßseufzer der Erleichterung. Und vielleicht auch ein wenig Schulterklopfen. Ich glaube, die Dream-Floater-Krise ist überstanden und keine Verluste sind zu beklagen (außer ein paar zerbrochenen Tellern und meinen wunderschönen Waterford-Gläsern). Seth & Herb schlafen beide. Ich habe vor, selbst nach oben zu gehen, wenn ich ein wenig in dieses Buch geschrieben (es mag gefährlich sein, unter diesen Umständen ein Tagebuch zu führen, aber, Herrgott, es kann so beruhigend *sein) und es wieder auf den Küchenschrank gelegt habe, wo ich es verstecke.*

Daß Seth aufgestanden war, bevor ich Gelegenheit hatte, mir etwas auszudenken, das ich ihm erzählen konnte, hat sich im nachhinein als Segen erwiesen. Als er mit schlafverklebten Augen nach unten kam, hielt ich ihm einfach den D. F. hin. Die Veränderung seines Gesichts – es leuchtete vor Überraschung & Entzücken auf wie eine Blume in der Sonne – reichte beinahe als Wiedergutmachung für die ganze verdammte Horror-Show. Ich sah bei beiden diesen glücklichen

Ausdruck – bei Seth und *dem SKJ. Der SKJ war einfach froh, daß er seinen Power Wagon wiederhatte. Seth war, glaube ich, aus anderen Gründen froh. Vielleicht irre ich mich und interpretiere zuviel in ihn hinein, aber das glaube ich nicht. Ich glaube, Seth war froh, weil er weiß, daß der SKJ uns jetzt in Ruhe lassen wird. Jedenfalls eine Weile.*

Eine Zeitlang dachte ich, als gutes Collegemädchen, das ich bin, daß der SKJ nur ein Aspekt von Seths Persönlichkeit sei – der amoralische Teil, den die Freudianer das Es nennen –, aber jetzt bin ich nicht mehr so sicher. Ich denke an die Reise, die die Garins unternommen haben, bevor Bill & June & die beiden älteren Kinder getötet wurden. Dann denke ich daran, wie unser Vater mit uns gesprochen hat, als wir Teenager waren und den Führerschein machten, zuerst Bill, dann ich. Er sagte uns, daß wir drei Dinge niemals tun dürften: mit zu wenig Reifendruck fahren, betrunken fahren oder Anhalter mitnehmen.

Könnte es sein, daß Bill in der Wüste einen Anhalter mitgenommen hat, ohne es zu wissen? Daß dieser Anhalter immer noch in Seth herumreist? Verrückter Gedanke, ich weiß, aber ich habe festgestellt, daß dies die Zeit ist, wo die meisten verrückten Gedanken kommen, spät in der Nacht, wenn es im Haus still ist & die anderen schlafen. Und verrückt heißt nicht zwangsläufig falsch.

Wie auch immer, da ich keine Zeit für eine phantasievolle Lüge hatte, gab ich mich mit einer einfachen Lüge zufrieden. Ich sagte, ich hätte ihn im Keller gefunden, als ich nach unten ging, um Staubsaugerbeutel zu holen. Wir hatten selbstverständlich da unten gesucht, aber ich sagte, er wäre weit hinten gewesen, unter der Treppe. Seth akzeptierte es ohne Fragen (ich bin nicht sicher, ob es ihn überhaupt interessierte, so glücklich war er, daß er seinen »Dweem Fwoatah« wieder-

hatte, aber an sich redete ich sowieso mit dem SKJ). Herb hatte nur eine Frage: Wie war der P. W. überhaupt da unten hingekommen? Seth geht nie in den Keller, weil er ihn gruselig findet, und H. weiß das. Ich sagte, ich wüßte es nicht, und damit – Wunder über Wunder – schien das Thema abgeschlossen zu sein.

Seth saß die ganze Nacht auf seinem Lieblingssessel im Erkerzimmer, hielt den Dream Floater auf dem Schoß wie ein kleines Mädchen seine Lieblingspuppe, und sah fern. Herb brachte einen Film vom Video Clip mit. Ein altes Schwarzweißding aus der Ramschkiste, aber Seth gefällt er wirklich gut. Es ist ein Western (logisch) aus den späten fünfziger Jahren. Seth hat ihn sich schon zweimal angesehen.

Rory Calhoun spielt mit. Er trägt den Titel Die Regulatoren.

19. Juni 1995

Ich glaube, wir bekommen Ärger.

William Hobart kam heute morgen wütend herüber. Herb war etwa zwanzig Minuten vor seinem Auftauchen zur Arbeit gegangen, Gott sei Dank, und Seth war draußen im Garten.

»Ich will Ihnen eine Frage stellen, Mrs. Wyler«, sagte er. »Haben Sie oder Ihr Mann etwas damit zu tun, was gestern nacht mit meinem Auto passiert ist? Ein einfaches Ja oder Nein genügt. Wenn Sie etwas damit zu tun haben, wäre es am besten, Sie sagen es frei heraus.«

»Ich weiß nicht, wovon Sie reden«, sagte ich, und es muß überzeugend gewesen sein, weil er sich ein wenig beruhigte.

Er führte mich den Fußweg hinunter (ich folgte ihm

erleichtert, je weiter von Seth im Garten entfernt, desto besser) & zeigte auf sein Haus. Er fährt einen Geländewagen, möglicherweise einen Explorer, etwas in der Art. Alle vier Reifen waren platt, sämtliche Scheiben eingeschlagen worden. Einschließlich der Windschutzscheibe und der großen Heckscheibe.

»O mein Gott, das tut mir leid«, sagte ich. Das stimmte auch, wenn auch vielleicht nicht aus den Gründen, die er vermutete.

»Ich entschuldige mich für meinen Vorwurf«, sagt er, ebenso steif wie förmlich. »Ich nehme an, ich dachte ... das Spielzeug, das Hugh gestohlen hatte ... Sie wären immer noch wütend ...« Fahrzeug um Fahrzeug, wollte er wohl damit sagen, so wie Auge um Auge.

»Ich habe die ganze Sache schon längst vergessen, Mr. Hobart«, sagte ich. »Ich bin sowieso nicht das, was man gemeinhin eine rachsüchtige Person nennen würde.«

»Die Rache ist mein, spricht der Herr, ich will vergelten«, antwortet er.

»Richtig!« sagte ich. Ich weiß nicht, ob das stimmt oder nicht, aber da wollte ich ihn nur noch loswerden. Er ist mir unheimlich.

»Es müssen Vandalen gewesen sein«, sagt er. »Trunkenbolde. Gewiß würde niemand aus der Straße hier so etwas tun.«

Ich hoffe, es waren *Vandalen. Ich hoffe es. Und wie hätte es Seth – oder der Staksende Kleine Junge, wenn dir das lieber ist – sein können, wenn ich recht habe und seine Kräfte nur von kurzer Reichweite sind? Es sei denn, seine Fähigkeiten wachsen. Sein Wirkungskreis wird größer.*

Ich wage nicht, Herb das zu sagen.

Als ich heute morgen nach unten kam, um das Frühstück zu machen, sah ich Jack & Cammie Reed noch in den Morgenmänteln draußen auf ihrem Gehweg. Ich ging hinaus. Es war heiß, hatte aber mitten in der Nacht geregnet – heftig –, & es war kühler heute morgen, mit diesem angenehm nassen Duft nach einem Sommerregen.

Es war früh am Samstagmorgen, andernfalls wäre, glaube ich, die ganze Straße zusammengelaufen. Ein Polizeiauto parkte vor dem Haus der Hobarts, wo in der Einfahrt & auf dem Rasen, überall Glasscherben lagen, die in der Sonne funkelten. William und seine Frau (Irene) standen in Pyjamas auf der vorderen Veranda und sprachen mit den Cops. Der kleine Dieb stand hinter ihnen auf der Stufe und lutschte am Daumen. Dazu ist er ein bißchen zu alt, aber es muß ein schlechter Morgen chez Hobart *gewesen sein. Es sah aus, als wäre jede Fensterscheibe des Hauses eingeworfen worden, im Erdgeschoß wie im ersten Stock.*

Cammie sagte, es sei gegen Viertel vor sechs passiert, sie sei gerade aufgewacht & hätte es gehört. »Nicht so laut, wie man bei dem vielen Glas erwartet hätte, aber laut genug, daß man erkennen konnte, was es war«, sagte sie. »Unheimlich, hm?«

»Sehr«, sagte ich. Meine Stimme hörte sich normal an, aber ich wagte nicht, mehr zu sagen, weil ich fürchtete, sie könnte zu beben anfangen.

Cammie sagte, sie hätte praktisch in dem Augenblick hinausgeschaut, als sie die Geräusche hörte, aber die Leute, die die Steine geworfen hatten, seien schon wieder fort gewesen (falls die Polizei tatsächlich *Steine findet, esse ich sie mit Spaghettisoße und Mozzarella auf). »Wer immer es gewesen ist, sie müssen sehr schnell gewesen sein.« Sie stieß Jack mit dem Ellbogen an. »Der Schnarchsack hier hat die ganze Sache verschlafen.«*

»Zuerst sein Auto, jetzt das«, sagte Jack. »Von wegen Vandalen. Jemand hat es auf Will Hobart abgesehen.«

»Ja«, sagte ich. »So muß es wohl sein.«

Später

Ich fand Seths Plüschpantoffeln weit unter dem Bett. Nur durch Zufall. Suchte nach einer verlorengegangenen Socke. Die Pantoffeln waren naß, das rosa Fell verfilzt, Grashalme klebten an den Sohlen. Demnach war er in der Nacht draußen. Und ich weiß, wo er gewesen ist. Oder nicht?

Schlimm ... aber Gott sei Dank vergrößert sich seine Reichweite nicht, wie ich befürchtet hatte. Das wäre noch schlimmer.

26. Juni 1995

Wartete, bis Herb zur Arbeit gegangen war – ich wollte nicht, daß er geht, er sieht so blaß und krank aus, aber er sagte, er müsse einen wichtigen Bericht beenden und habe am Nachmittag eine große Präsentation –, dann ging ich in den Garten und redete mit Seth.

Er saß in seinem Sandkasten und spielte leise mit seinen MotoKops-Figuren, dem HQ-Krisenzentrum und dem, was Herb scherzhaft »die Ponderosa« nennt. Das ist eine Ranch mit Korral, die Herb eines Tages im März oder April auf dem Nachhauseweg bei einer Haushaltsauflösung gesehen hat. Er wendete um hundertachtzig Grad & fuhr zurück, damit er sie kaufen konnte. Natürlich ist es nicht die Ponderosa aus Bonanza, *aber das Haupthaus mit seinen Holzbalken sieht ihr ein wenig ähnlich. Außerdem gibt es ein Schlafhaus (ein Teil des Daches ist eingebrochen, aber sonst ist es in gutem Zustand) und eine Anzahl Plastikpferde (einige haben nur drei Beine) für den Korral. Herb hat zwei Dollar dafür bezahlt, und es ist seither eines von Seths Lieblingsspielzeugen. Komisch (& ein bißchen unheimlich) ist, wie schnell & mühelos er die Ranch in seine MotoKops-Spiele einbezogen hat. Ich nehme an, alle Kinder sind so, willkürliche Grenzen interessieren sie nicht, schon gar nicht beim Spielen, dennoch stellt es eine schwindelerregende Verschmelzung von Genres dar, wenn man Cassie oder No Face auf einer dreibeinigen Plastikmähre durch den alten Korral reiten sieht.*

Nicht, daß ich an das alles heute morgen auch nur einen Gedanken verschwendet hätte, das kann ich dir sagen. Ich hatte Angst, und das Herz klopfte mir wie eine Trommel in der Brust, aber als er mich ansah, ging es mir ein wenig besser. Es war Seth, nicht der andere. Jedesmal, wenn ich Seths süßes, blasses Gesicht sehe, liebe ich ihn mehr. Das ist vielleicht verrückt, aber es stimmt. Ich will ihn noch mehr beschützen, und ich hasse den anderen noch mehr.

Ich fragte ihn, was bei den Hobarts passieren werde – ich brauche mir nicht länger vorzumachen, er würde im dunkeln tappen, was seinen Dream Floater betrifft –, aber er antwortete nicht. Saß nur da und sah mich an. Ich fragte ihn, ob er sich am Samstagmorgen hinausgeschlichen und ihre Fensterscheiben zerbrochen habe. Immer noch keine Antwort. Dann fragte ich ihn, was er wollte, was passieren müßte, damit er aufhörte. Ich dachte, daß er auch darauf nicht antworten würde. Dann sagte er, für Seth ausgesprochen deutlich: »Sie sollten wegziehen. Sie sollten bald wegziehen. Ich kann es nicht mehr lange zurückhalten.«

»Was zurückhalten?« fragte ich ihn, aber sonst sagte er nichts mehr, sondern zog sich einfach wieder dahin zurück, wo er auch immer hingehen mag. Später, als er sein Mittagessen zu sich nahm (das übliche, Chef Boy-Ar-Dee & Schokomilch), kam ich nach oben & setzte mich auf das Bett & dachte nach. Nachdem mein Bruder und seine Familie getötet worden waren, sprachen Zeugen von einem roten Lieferwagen mit einer Radarschüssel oder einer anderen Telekommunikationseinrichtung auf dem Dach. Die Zeitungen sprachen von einem mysteriösen Lieferwagen.

Tracker Arrow ist rot. Und hat eine Radarschüssel auf dem Dach.

Ich sagte mir, daß ich vollkommen den Verstand verloren hätte, aber dann dachte ich an den Dream Floater, den Herb & ich im Garten gesehen hatten. Selbstverständlich war der nicht real gewesen, aber in Lebensgröße ... und Seth schlief, als wir ihn gesehen hatten. Vielleicht konnte er nicht mit voller Kraft agieren.

Nehmen wir einmal an, der SKJ hat es einmal satt, nur Fensterscheiben zu zerschmettern? Angenommen, er schickt Tracker Arrow (oder Dream Floater, den Justice Wagon oder Freedom Fighter), damit sie die Hobarts vom Wagen aus erschießen?

Ich kann es nicht mehr lange zurückhalten, *hatte Seth gesagt.*

27. Juni 1995

Habe fast den ganzen Tag mit Jan Goodlin in Mohonk verbracht. Ich weiß, das sollte ich nicht tun – es ist ebenso eine Realitätsflucht wie Alkohol oder Drogen –, aber es ist schwer, zu widerstehen. Wir sprachen über unsere Eltern und Peinlichkeiten, die uns an der High School passiert waren, das Übliche. Trivial und wunderbar. Bis zum Ende. Ich sah, daß das kleine Telefon verschwunden war, was bedeutet, es wird Zeit, wieder zurückzukehren, & Jan sagte zu mir: »Du weißt, woher er die Energie bekommt, um den Hobarts einzuheizen, oder nicht, Aud?«

Klar weiß ich es: von Herb. Er raubt sie ihm wie ein Vampir Blut. Und ich glaube, Herb weiß es auch.

28. Juni 1995

Heute am späten Vormittag saß ich am Küchentisch und schrieb einen Einkaufszettel, als ich das Huui-huui-huui *der Sirene des Krankenwagens hörte. Ich ging hinaus und sah, wie er mit laufendem Blaulicht vor dem Haus der Hobarts hielt. Die Notärzte sprangen heraus & rannten in das Haus hinein. Ich ging ebenfalls nach drinnen –* rannte *hinein – und sah von der Küche aus in den Garten. Seth war fort. Die Power Wagons parkten schräg im Sandkasten, wie er sie immer abstellt, wenn er vorübergehend genug davon hat, die Ponderosa war aufgeräumt, alle Plastikpferde ordentlich im Korral, das HQ-Krisenzentrum stand bei der Schaukel … aber kein Seth. Wenn ich sagen würde, daß mich das überraschte, würde ich lügen.*

Als ich wieder nach vorne kam, standen die Leute in der ganzen Straße vor ihren Häusern auf dem Bürgersteig und sahen zum Haus der Hobarts. Dave und Jim Reed standen in ihrer Einfahrt, und ich fragte sie, ob sie Seth gesehen hätten.

»Da ist er, Mrs. Wyler«, sagt Dave und zeigt zum Laden hinunter. Seth stand neben dem Fahrradständer und sah über

die Straße, wie alle anderen auch. »Er muß einen Schokoriegel kaufen gegangen sein.«

»Ja«, antworte ich, wohl wissend, daß a) Seth kein Geld hat; b) Seth kaum mit Herb und mir sprechen kann, geschweige denn mit Verkäuferinnen, die er nicht kennt; c) Seth den Garten niemals verläßt.

Seth *nicht, aber der Staksende Kleine Junge anscheinend manchmal schon. Um in Reichweite zu kommen, denke ich.*

Etwa fünf Minuten später halfen die Notärzte Irene Hobart zur Tür heraus. Hugh, ihr Sohn, hielt ihre Hand & weinte. Ich haßte diesen Jungen von ganzem Herzen, wirklich, aber jetzt nicht mehr. Nun bedaure ich ihn nur & habe Angst um ihn. Die ganze Vorderseite ihres Kleids war blutig. Sie hielt sich eine Kompresse an die Nase & einer der Notärzte drückte ihr die Hand in den Nacken. Sie führten sie zu dem Krankenwagen – Hugh stieg gleich nach ihr ein – & fuhren weg.

Keine zwei Stunden später war sie wieder da (da saß Seth schon wieder wohlbehalten im Erkerzimmer und sah sich alte Western im Kabelfernsehen an). Kim Geller kam auf einen Kaffee vorbei & sagte mir, daß sie unten gewesen wäre, um zu sehen, ob sie etwas für Irene tun könne. Sie ist die einzige im ganzen Viertel, die, könnte man sagen, eine Art freundschaftliches Verhältnis mit den Hobarts unterhält. Sie sagte, es sei alles unter Kontrolle, aber Irene hätte einen gewaltigen Schrecken bekommen. Sie leidet unter Bluthochdruck. Nimmt Medikamente dagegen, trotzdem ist es kaum in den Griff zu bekommen. Sie hatte schon früher Nasenbluten, aber noch nie so schlimm. Sie sagte Kim, daß es auf einmal passiert war, das Blut spritzte *förmlich aus ihren Nasenlöchern, und es hörte auch nicht auf, als sie kalte Umschläge machte. Hugh bekam Angst & rief 911. Die Ärzte bestanden darauf, sie mit ins Krankenhaus zu nehmen, um nachzusehen, ob ihre Nasenschleimhäute geätzt werden müßten, obwohl die Blutung fast aufgehört hatte, als die Ärzte eintrafen.*

Ich holte Seth ins Haus und schüttelte ihn. Ich sagte ihm, daß er aufhören müßte. Er sah mich nur mit bebenden Lippen und Tränen in den Augen an. Ich hörte wütend auf & schämte mich. Ich schüttelte den Falschen.

Ich konnte den anderen jedoch sehen. Ich schwöre es. Er versteckte sich hinter Seths Augen und lachte mich aus. Ich glaube, das Schlimmste ist, daß der SKJ Hugh Hobart einfach in Ruhe läßt. Daß er ihn einfach zusehen läßt.

29. Juni 1995

Ich wachte heute gegen drei Uhr nachts auf und die andere Hälfte des Betts war leer. Das Badezimmer ebenfalls. Ich ging ängstlich nach unten. Niemand in Wohnzimmer, Erkerzimmer, Küche. Ich ging in die Garage & fand Herb weinend & nur in den Boxershorts, die er im Bett trägt, an seiner Werkbank sitzend. Vor zwei Jahren hat er lichtstarke Lampen da draußen angebracht – Lampen mit Metallschirmen, wie man sie manchmal in Billardhallen sieht – & in ihrem Licht konnte ich sehen, wie sehr er abgenommen hat. Er sieht schrecklich *aus. Als würde er an Anorexia nervosa leiden. Ich nahm ihn in die Arme, & er weinte wie ein Baby. Sagte immer, daß er so müde wäre, ständig so müde. Ich sagte ihm, daß ich ihn morgen als allererstes zu Dr. Evers bringen würde. Er lachte nur und sagte, ich wüßte genau, was mit ihm nicht stimmt.*

Selbstverständlich weiß ich es.

1. Juli 1995

Heute nachmittag hielt wieder ein Krankenwagen vor dem Haus der Hobarts. Sobald ich ihn sah, rannte ich nach oben und sah nach Seth, der vermeintlich ein Nickerchen machte. Kein Seth. Fenster offen – Fenster im ersten Stock *– & kein Seth. Als ich nach draußen ging, sah ich ihn auf der anderen Straßenseite, wo er die Hand des alten Tom Billingsley hielt. Ich lief hinüber und packte ihn.*

»Keine Angst, es geht ihm gut, Aud«, sagte Tom. »Ist nur ein bißchen herumgewandert, oder nicht, Sethie-Boy?«

»Geh nie wieder allein über die Straße«, sagte ich zu ihm. »Nie wieder!« *Ich schüttelte ihn wieder, obwohl ich es nicht wollte. Dumm; genausogut könnte ich eine Wachsfigur schütteln.*

Als die Notärzte diesmal herauskamen, schoben sie eine Bahre. Wm. Hobart lag darauf. »Sieht ganz so aus, als wären diese Hobarts in letzter Zeit geradezu vom Pech verfolgt«, sagte Tom.

Dies sollte Mr. Hobarts Urlaub werden, aber er wird mindestens einen Teil davon im County General verbringen. Er fiel die Treppe hinunter, hat sich Bein & Hüfte gebrochen. Kim sagte mir später, daß er trinkt, Diakon von Zion's Covenant hin oder her. Vielleicht trinkt er wirklich, *aber ich glaube nicht, daß er deshalb die Treppe hinuntergefallen ist.*

3. Juli 1995

Es gibt keinen Staksenden Kleinen Jungen. Es gab nie einen. Es ist ein Ding *in Seth – kein Es, keine andere Manifestation seiner Persönlichkeit, kein Anhalter, sondern etwas wie ein*

Bandwurm. Es kann denken. Und reden. Es hat heute mit mir geredet.

Es nennt sich Tak.

6. Juli 1995

Jemand hat gestern nacht die Angorakatze der Hobarts erschossen. Offenbar ist außer Blut & Fell nichts übriggeblieben. Kim sagt, Irene H. ist hysterisch; sie glaubt, daß jeder in der Straße es auf sie abgesehen hat, weil alle wissen, daß die Hobarts in den Himmel kommen & wir anderen in die Hölle. »Darum machen sie uns die Hölle auf Erden«, hat sie zu Kim gesagt. Sie flehte Kim an, ihr zu sagen, wer es getan hat, sie sagte, Hugh sei am Boden zerstört, er würde nicht aus seinem Zimmer herauskommen, sondern nur auf dem Bett liegen, weinen & sagen, daß alles seine Schuld wäre, weil er ein Sünder sei. Als Kim sagte, sie wüßte es nicht und könne sich nicht vorstellen, daß irgend jemand in der Poplar Street die Katze der Hobarts erschießen würde, sagte Mrs. Hobart, Kim wäre genau wie alle anderen & sie seien keine Freundinnen mehr. Kim ist außer sich, aber nicht so sehr wie ich.

Was, in Gottes Namen, soll ich tun? Bis jetzt hat es noch niemanden lebensgefählich verletzt, aber –

8. Juli 1995

O Gott, ich danke dir. Kurz nach neun heute morgen bog ein Lastwagen von Mayflower in die Straße ein und hielt vor dem Haus der Hobarts.

Sie ziehen weg.

16. Juli 1995

O du elender kleiner Dreckskerl, du Miststück. Wie konntest du nur. O du Dreckskerl, wenn ich dich nur in die Finger bekäme. Wenn du Seth gehen lassen würdest & ich dich in die Finger bekäme. O Gott Gott Gott. Meine Schuld? Ja. Die Frage ist WIE SEHR meine Schuld. Gütiger Heiland, wie kann ich nur ohne ihn leben? Wie soll ich es ertragen. Ich wußte nicht, daß es so viel Schmerz auf der Welt geben kann & wieviel ist meine Schuld, WIEVIEL? Du Dreckskerl Tak du Dreckskerl. Ich schreibe nicht mehr in dieses Buch. Was habe ich mir überhaupt eingebildet, könnte es nützen.

O Herb, es tut mir so leid, ich liebe dich, es tut mir leid.

19. Oktober 1995

Bekam heute eine Antwort auf meinen Brief, nachdem ich schon gar nicht mehr mit einer gerechnet hatte. Geschrieben hat mir ein Bergbauingenieur namens Allen Symes. Er arbeitet in der Stadt Desperation, Nevada, in einem Bergwerk, das China-Mine heißt. Er sagt, daß er Bill und seine Familie gesehen habe, aber es sei nichts passiert, er habe ihnen nur die Mine gezeigt, und sie seien weitergefahren, nichts sei passiert.

Er lügt. Warum, oder was da draußen passiert ist, werde ich wahrscheinlich nie erfahren, aber eines weiß ich. Er lügt.

Gott steh mir bei.

Kapitel 10

1

Alles geschah ziemlich schnell, aber Johnnys halb wunderbare, halb schreckliche Fähigkeit, Ereignisse zu sehen und in eine Abfolge zu bringen, hielt damit Schritt.

Entragian, der starb, aber zu schwer verletzt war, um es zu wissen, kroch auf eine der primitiven Kakteen auf der linken Seite des Weges zu und ließ den Kopf dabei so tief hängen, daß er eine Blutspur im Gras zurückließ. Sein Schädel schimmerte zwischen herabhängenden Haarfetzen wie eine stumpfe Perle. Er sah aus wie skalpiert.

Mitten auf dem Weg fand ein bizarrer Tanz statt. Die Kreatur aus der Schlucht – ein bedrohlich aussehender Berglöwe im Stil Picassos, mit ungleichmäßigen orangefarbenen Zähnen – stand auf den Hinterläufen und hatte die Pfoten auf Steve Ames' Schultern liegen. Wenn Steve die Arme gesenkt hätte, als die Katze das kleine Gewehr weggeschlagen hatte, wäre er jetzt schon tot. Statt dessen hatte er sie über der Brust gekreuzt, und nun drückten seine Ellbogen und Unterarme gegen die Brust der Katze.

»Erschießen Sie ihn!« schrie er. *»Um Himmels willen, erschießen Sie ihn!«*

Keiner der Zwillinge griff nach dem heruntergefallenen Revolver. Sie waren keine äußerlich identischen Zwillinge, aber inzwischen hatten ihre Gesichter identische Mienen des Entsetzens angenommen.

Der Berglöwe (es tat Johnny in den Augen weh, ihn auch nur anzusehen) stieß einen weibisch kreischenden Ruf aus und zuckte mit seinem dreieckigen Kopf nach vorne. Steve wich mit dem eigenen Kopf zurück und versuchte, das Tier auf eine Seite zu stoßen. Es hielt sich mit den Klauen fest, worauf die beiden einen trunkenen Tango tanzten, während die Katze ihre Krallen tiefer in Steves Schulter bohrte, und jetzt konnte Johnny sehen, wie blutige Blumen auf dem Hemd erblühten, wo die Klauen – so grotesk übertrieben wie die Zähne, nur schwarz statt orange – sich hineingruben. Der Schwanz des Tiers peitschte wie verrückt hin und her.

Sie führten eine weitere halbe Drehung aus, und Steve stolperte über die eigenen Füße. Einen Augenblick lang schwankte er und drohte das Gleichgewicht zu verlieren, hielt den drängenden Berglöwen aber immer noch mit den gekreuzten Armen auf Distanz. Hinter ihnen hatte Entragian den Kaktus erreicht. Er rammte den blutenden und gräßlich verstümmelten Schädel in die Stacheln, dann brach er zusammen und drehte sich auf die Seite. Johnny fand, er sah wie ein aufziehbares Spielzeug aus, das endlich abgelaufen ist. Kojoten heulten; sie waren immer noch nicht zu sehen, aber viel näher; der Rauch des brennendes Hauses verpestete die Luft.

»*Erschießen Sie das Mistvieh!*« schrie Steve. Es war ihm gelungen, das Gleichgewicht zu behalten, aber nicht mehr lange, und er würde keinen Platz mehr haben, um zurückzuweichen; er stand am Rand des Wegs. Ein Schritt in das dornige Unterholz, bestenfalls zwei, und er würde stürzen. Dann würde ihm das alptraumhafte Geschöpf die

Kehle zerfleischen. »*Erschießen Sie es, bitte, es reißt mich in Stücke!*«

Johnny hatte in seinem ganzen Leben noch nie solche Angst gehabt, fand aber dennoch heraus, daß nur der erste Schritt schwierig war; als er die Lähmung seines Körpers überwunden hatte, schien die Angst nicht mehr zu zählen. Schließlich konnte ihn die Kreatur im schlimmsten Fall töten, und wenn er starb, würde wenigstens das Gefühl aufhören, daß ein Erdbeben in seinem Kopf tobte.

Er hob Entragians Gewehr auf – deutlich größer als das, welches die Katze dem Langhaarigen aus den Händen gerissen hatte –, sah, daß es noch gesichert war, und drückte den Hebel mit dem Daumen in die andere Richtung. Dann drückte er dem Berglöwen die Mündung der .30-06 seitlich an den gewölbten Kopf.

»*Stoßen Sie ihn!*« bellte er, und Steve stieß. Der Kopf der Katze zuckte hoch, weg von Steves Hals. Die Gebirgskette der Zähne glänzte wie giftige Korallen. Das Licht des Sonnenuntergangs spiegelte sich in den grünen Augen, so daß sie aussahen, als stünden sie in Flammen. Johnny konnte sich noch fragen, ob Entragian die Waffe wohl durchgeladen hatte – wenn nicht, würde er wahrscheinlich nie wieder ein Buch über Pat Kitty-Cat schreiben –, dann wandte er den Kopf ein wenig beiseite und drückte ab. Ein zufriedenstellender Peitschenknall ertönte, Feuer loderte aus der Mündung, und dann konnte Johnny außer dem brennenden Haus auch noch versengtes Fell riechen. Der Berglöwe fiel auf die Seite, sein Kopf war größtenteils nicht mehr da, das Fell in seinem Nacken schwelte. Im Innern des aufgerissenen Kopfs war kein Blut, keine Knochen, kein Gewebe, sondern eine fasrige rosa Substanz, die Johnny an die Isolierung erinnerte, die er ein Jahr nach seinem Umzug in das neue Haus im ersten Stock und auf dem Dachboden hatte aufschäumen lassen.

Steve schwankte und ruderte mit den Armen, um das Gleichgewicht nicht zu verlieren. Marinville streckte eine Hand aus, aber er war etwas benommen, und es war mehr eine höfliche Geste. Steve fiel der Länge nach in die Büsche am Wegesrand, direkt neben die zuckenden Hinterläufe des Berglöwen. Johnny bückte sich, ergriff Steves Handgelenk und zog ihn hoch. Schwarze Flecken tanzten vor seinen Augen, und er dachte eine schreckliche Sekunde lang, er würde das Bewußtsein verlieren. Dann war Steve auf den Beinen, und Johnnys Sicht klarte wieder auf.

Wu-hu-huuuuuu …

Johnny sah sich nervös um. Er konnte immer noch nichts erkennen, aber die Mistviecher schienen näher denn je zu sein.

2

Dave Reed dachte unablässig, daß er jeden Moment aufwachen würde. Unwichtig, daß er Schweiß und Blut des Cops riechen konnte, neben dem er kniete; unwichtig, daß er dessen gequälte Atemzüge (und seine eigenen) hören und das eine brechende Auge und das Gehirn des Mannes sehen konnte – sein graues und runzliges *Gehirn* –, das aus einem zerschmetterten Fenster in seinem Schädel herausquoll. Es *mußte* ein Traum sein. Ganz sicher konnte sein Bruder nicht den Kerl von der anderen Straßenseite erschossen haben, einen korrupten Cop, zugegeben, aber derselbe Mann, der Cary Ripton einmal gesagt hatte, daß er einen Baseball mit den Fingern quer über den Nähten statt parallel dazu werfen sollte ... und den Erfolg mit einem atemberaubenden Bogenwurf demonstriert hatte.

Es riecht, als hätte er sich in die Hosen geschissen, dachte Dave, und plötzlich war ihm zum Kotzen zumute. Er riß sich zusammen. Er wollte nicht kotzen, nicht mal in einem Traum.

Der Cop hob einen Arm und krallte die Finger in Daves Hemd.

»Schmerzen«, flüsterte er heiser. »*Tut weh.*«

»Nicht –« Dave schluckte und räusperte sich. »– nicht sprechen.«

Es war unglaublich, aber hinter sich konnte er Johnny Marinville und den Hippie diskutieren hören, ob sie weitergehen sollten. Sie waren wahnsinnig, anders konnte es nicht sein. Und Marinville ... wo war Marinville gewesen? Wie hatte er das zulassen können? Schließlich war er ein verdammter *Erwachsener!*

Vor Anstrengung bebend stützte sich Collie Entragian auf einen Ellbogen. Sein verbliebenes Auge starrte den Jungen voll wilder Konzentration an. »Niemals«, flüsterte er. »*Niemals* –«

»Sir ... Mr. Entragian ... Sie sollten besser nur ...«

Wu-hu-HUUUUUU ...

Diesmal so nahe, daß sich Dave Reeds Haut anfühlte, als wäre die Temperatur plötzlich unter den Gefrierpunkt gefallen. Er hätte Johnny Marinville am liebsten das Gesicht zerkratzt, weil er diesem Wahnsinn nicht Einhalt geboten hatte, bevor es zu spät war. Doch der Blick des Cops hielt ihn fest wie einen aufgespießten Käfer, außerdem hatte der Mann eine blutige Hand in Daves Hemd gekrallt. Möglicherweise hätte er sich losreißen können, aber ...

Aber das war eine Lüge. Er *fühlte* sich wie ein aufgespießter Käfer.

»Niemals habe ich Drogen genommen … verkauft … nichts davon«, flüsterte Collie. »Hab nie einen Cent genommen. Reingelegt. Die Typen von Internal Affairs waren bestochen … hab ich rausgefunden.«

»Sie –« begann David.

»*Hab ich rausgefunden!* Verstehst du … was ich sage?« Er hielt die Hand hoch, die nicht Davids Hemd umklammert hielt, spreizte die Finger, schien sie zu betrachten. »Meine Hände … sauber.«

»Ja, okay«, sagte Dave. »Aber Sie sollten besser nicht sprechen. Sie haben … nun, eine kleine Schramme abbekommen, und –«

»*Jim, nein!*« schrie Marinville hinter ihm. »*Nicht!*«

Plötzlich stellte Dave fest, daß er sich mühelos von dem sterbenden Mann losreißen konnte.

3

»Was sollen wir tun?« fragte Johnny den Langhaarigen, während der dunkelhaarige Zwillingsbruder sich auf der anderen Seite des Wegs neben dem Mann hinkniete, auf den sein Bruder geschossen hatte. Johnny konnte Entragian leise murmeln hören, als wollte er eine gründliche Beichte ablegen, bevor er starb. Johnny hatte heute nachmittag eine grausige Lektion von neuem gelernt: Im allgemeinen starben Menschen nicht leicht, und wenn sie starben, dann ohne Würde … und wahrscheinlich ohne selbst zu merken, daß sie starben.

»*Tun?*« fragte Steve. Er sah Johnny beinahe komisch erstaunt an, strich sich mit einer Hand durch das Haar und zauberte rote Strähnen zwischen die grauen. Blutflecken breiteten sich weiter auf dem Rücken seines Hemds aus, wo die Katze ihre Klauen hineingebohrt hatte. »Was meinen Sie damit, *tun?*«

»Gehen wir weiter oder kehren wir um?« fragte Johnny. Seine Stimme klang rauh und hektisch. »Was liegt vor uns? Was haben Sie gesehen?«

»Nichts«, sagte Steve. »Nein, das nehme ich zurück. Es ist schlimmer als nichts, Es –« Er sah an Johnny vorbei und riß die Augen auf.

Johnny drehte sich um und dachte, der Hippie hätte die Kojoten gesehen, die endlich eingetroffen waren, aber es waren nicht die Kojoten. »*Jim, nein!*« schrie Marinville. »*Nicht!*« Aber er wußte, daß es bereits zu spät war; er sah es dem blassen Gesicht des jungen Jim Reed an, aus dem jeder Ausdruck gewichen war.

4

Der Junge stand gerade lange genug mit an die Schläfe gepreßter Pistole da, daß Steve Ames hoffte, er würde es nicht tun, daß er es sich im entscheidenden Augenblick noch anders überlegte, dieses letzte kleine Vestibül des »Vielleicht nicht« vor dem endlosen Flur des »Zu spät«, und dann drückte Jim Reed ab. Er verzog das Gesicht, als litte er unter mittelschweren Blähungen. Seine Haut schien seitlich vom Schädel zu fetzen, die linke Wange wölbte sich. Dann explodierte sein Kopf; seine Ambitionen, große Essays zu schreiben (ganz zu schweigen von dem Wunsch, Susi Geller an die Wäsche zu gehen) zerstoben zu Dunst in der seltsamen Atmosphäre des Sonnenuntergangs, roter Glibber, der wie Spucke auf eine der verrückten Kakteen klatschte. Er taumelte auf weichen Knien einen Schritt vorwärts, die Pistole fiel ihm aus der zitternden Hand, dann kippte er um. Steve wandte Johnny das wie vom Donner gerührte Gesicht zu und dachte: Ich habe nicht gesehen, was ich gerade gesehen habe. Spulen Sie das Band zurück, lassen Sie es noch mal laufen, dann werden Sie es auch sehen. Ich habe nicht gesehen, was ich gerade gesehen habe. Nein, Mann. Nein.

Aber er hatte es gesehen. Der Junge hatte, von Reue und Entsetzen überwältigt, weil er den Mann vom Ende der Straße erschossen hatte, gerade vor seinen Augen impulsiv Selbstmord begangen.

»*Sie hätten ihn aufhalten müssen!*« schrie Dave Reed und stürzte sich auf Johnny. »*Sie hätten ihn aufhalten müssen, warum haben Sie es nicht getan? Warum haben Sie ihn nicht aufgehalten?*«

Steve versuchte, den Jungen im Vorbeilaufen zu packen, aber die Schmerzen in seinen Schultern waren unerträglich. Er konnte nur hilflos zusehen, wie Dave Reed Johnny packte und zu Boden warf. Sie wälzten sich zweimal von einer Seite des Wegs auf die andere. Johnny landete obenauf, zumindest im Augenblick. »David, hör mir zu –«

»*Nein! Nein! Sie hätten ihn aufhalten müssen! Sie hätten ihn aufhalten müssen!*«

Der Junge schlug Johnny zuerst mit der rechten Hand, dann mit der linken. Er schluchzte, Tränen liefen an seinen blassen Wangen hinab. Steve versuchte wieder, zu helfen, schaffte es aber nur, Johnny abzulenken, der versuchte, die Arme des Jungen mit den Knien festzuhalten.

David stemmte eine Hüfte ruckartig hoch und warf Johnny links vom Weg herunter. Johnny versuchte, den Sturz mit einer Hand abzufangen, bohrte sich aber statt dessen Kaktusstacheln in die Handfläche. Er schrie vor Überraschung und Schmerzen auf.

Steve packte Dave Reeds Schulter mit der rechten Hand – der Arm reagierte wenigstens ein bißchen –, aber der Junge schüttelte ihn mühelos ab, ohne sich auch nur umzudrehen, dann sprang er auf Johnny Marinvilles breiten Rücken, legte ihm die Hände um den Hals und würgte ihn. Und ringsum in der zunehmenden Dämmerung heulten Kojoten – ein perfektes volltönendes Heulen, wie Steve es als Kind nie gehört hatte, obwohl er in Texas aufgewachsen war.

Ein Heulen, wie man es nur in Filmen hörte.

5

Beide Männer wollten sie begleiten, aber das ließ Cynthia nicht zu – einer war alt, der andere betrunken. Das Tor am Ende des Gartens stand noch offen. Kaum hatte sie es hinter sich gelassen, kämpfte sie sich durch Unterholz auf den Weg zu. Sie sah mehrere Kakteen, bis sie dort anlangte (inzwischen waren es noch mehr, sie verdrängten die normale Vegetation des Wäldchens), registrierte sie aber nicht. Sie konnte weiter vorne Geräusche eines Kampfs hören: abgehacktes, gepreßtes Atmen, einen Schmerzensschrei, das Klatschen eines Schlags. Und Kojoten. Sie konnte sie nicht sehen, aber es hörte sich an, als wären sie überall.

Als sie den Weg erreichte, stürmte eine schlanke kleine

Blondine in Jeans an ihr vorbei, ohne sie auch nur eines Blickes zu würdigen. Cynthia wußte, wer sie war – Cammie Reed, die Mutter der Zwillinge. Ihr folgte der schwer atmende Brad Josephson. Schweiß lief ihm in Strömen über die Wangen; im Licht der Abenddämmerung sah es aus, als würde er blutige Tränen weinen.

Die Sonne geht unter, dachte Cynthia, die auf den Weg einbog und den anderen folgte. Wenn wir nicht bald hier rauskommen, werden wir uns verirren. *Das* wird ein Spaß.

Dann ertönte ein Schrei unmittelbar vor ihr. Nein, kein Schrei, ein *Kreischen.* Grauen und Kummer vereint. Mrs. Reed. Cynthia hörte Brad sagen: »O nein, Scheiße«, als sie ihn gerade eingeholt hatte.

Einen Augenblick verdeckte Josephsons breiter Rükken, was sich da abspielte, dann bückte er sich neben Cammie, und Cynthia sah zwei Tote auf beiden Seiten des Wegs liegen. In den düsteren Schatten konnte sie nicht erkennen, wer sie waren – nur, daß sie männlichen Geschlechts waren und auf unerfreuliche Weise gestorben zu sein schienen –, aber sie sah Steve links vom Weg neben dem ganzen Chaos stehen, und sein Anblick erfüllte sie mit Erleichterung. Fast zu seinen Füßen lag der Kadaver eines gräßlich mißgebildeten Tieres, dem der Kopf weggeschossen worden war.

Cammie Reed kniete neben einem Toten, berührte ihn aber nicht, sondern hielt nur die zitternden Hände darüber, Handflächen nach oben, und wimmerte. Ihr Gesicht hatte einen Ausdruck mörderischer Qual angenommen. Cynthia sah die Shorts von Eddie Bauer und begriff, daß es sich um einen ihrer Söhne handelte.

Dabei hatten sie so perfekte Zähne, dachte Cynthia albernerweise. Muß sie und ihren Mann ein Vermögen gekostet haben.

Brad versuchte, den anderen Zwillingsbruder (Dave, dachte Cynthia, so hieß er, möglicherweise auch Doug) von Johnny Marinville herunterzubekommen. Der große Schwarze hatte seine Arme unter die des Teenagers geschoben und seine gewaltigen Hände in Daves Nacken verschränkt, der klassische Doppelnelson, um ihn wegzuziehen. Aber der Junge sträubte sich.

»*Lassen Sie mich los!*« heulte er. »*Lassen Sie mich los, Sie Arschloch! Er hat meinen Bruder getötet! Er hat Jimmy getötet!*«

Mrs. Reed hörte auf zu wimmern. Sie schaute auf, und der ruhige, fragende Ausdruck ihres blassen Gesichts machte Cynthia angst. »Was?« sagte sie so leise, als würde sie Selbstgespräche führen. »Was hast du gesagt?«

»*Er hat Jimmy getötet!*« plärrte Dave Reed. Sein Kopf war unter dem Druck, den Brad ausübte, verkrampft nach vorne geneigt, aber er zeigte immer noch unerschütterlich auf Johnny, der sich gerade aufrichtete. Blut lief dem Schriftsteller aus einem Nasenloch, ein Rinnsal, so dünn wie der Reißstreifen einer Zigarettenpackung.

»Nein«, sagte Johnny mit belegter Stimme. Die Frau hörte ihm nicht zu, das sah Cynthia ihrem starren, aschfahlen Gesicht deutlich an, aber Marinville sah es nicht. »Ich verstehe, was du empfinden mußt, David, aber –«

Die Frau senkte den Blick. Cynthia ebenso. Sie sahen den Fünfundvierziger im selben Augenblick auf dem Boden liegen und stürzten sich beide darauf. Cynthia ließ sich auf die Knie fallen und bekam die Waffe als erste in die Hand, aber es nützte ihr nichts. Finger, so kalt wie Marmor und so kräftig wie die Klauen eines Adlers schlossen sich um ihre Hand und entrissen ihr die Pistole.

»– es war ein schrecklicher Unfall«, murmelte Johnny. Er schien fast ausschließlich zu Dave zu sprechen. Er sah elend aus, als würde er gleich ohnmächtig werden. »So mußt du es sehen. Als –«

»Passen Sie auf!« rief Steve, dann: »Jesus Christus, Lady, nein! Nicht!«

»Sie haben Jimmy getötet?« fragte die Frau mit eiskalter Stimme. »Warum? Warum haben Sie das getan?«

Aber anscheinend interessierte sie die Antwort gar nicht. Sie hob den Revolver und richtete ihn auf Johnny Marinvilles Stirn. Für Cynthia stand außer Frage, daß sie ihn töten wollte. Und sie *hätte* ihn getötet, wäre nicht ein Neuankömmling auf der Bildfläche erschienen, der sich zwischen Cammie und ihr Opfer stellte, bevor sie abdrücken konnte.

6

Brad erkannte den Zombie trotz seines schleppenden, schlurfenden Gangs und seines verzerrten Gesichts. Er wußte nicht, was für eine Macht dafür verantwortlich war, daß sich der liebenswerte Englischdozent aus ihrer Straße in das Ding verwandelt hatte, das er jetzt vor sich sah, und er wollte es auch nicht wissen. Der Anblick war schlimm genug. Es sah aus, als hätte jemand, dessen übermenschliche Kraft nur von seiner sadistischen Grausamkeit übertroffen wurde, Peter Jacksons Kopf zwischen die Hände genommen und zerquetscht. Die Augen des Mannes quollen aus den Höhlen; das linke war tatsächlich geplatzt und hing auf seiner Wange. Sein Grinsen war noch schlimmer, eine groteske, verkrampfte Fratze von einem Ohr zum anderen, bei dem Brad an den Joker in den Batman-Comics denken mußte.

Alle erstarrten in der Bewegung; als wäre Coleridges alter Seefahrer mit seinem funkelnden, verzauberten Blick zwischen sie getreten. Brad spürte, wie sich seine in Daves Nacken verschränkten Finger lösten, aber der Junge unternahm nicht gleich einen Versuch, sich zu befreien. Der Langhaarige im blutigen T-Shirt versperrte Peters Weg teilweise, und Brad dachte im ersten Moment, sie würden zusammenstoßen. Im letzten Augenblick brachte der Hippie einen einzigen unsicheren Schritt rückwärts zustande, so daß der andere an ihm vorbeigehen konnte. Peter wandte ihm seinen seltsam deformierten Kopf zu. Das Dämmerlicht schien auf seine vorquellenden Augäpfel und grinsenden Zähne.

»Muß ... meinen Freund ... finden«, sagte Peter zu dem Hippie. Seine Stimme klang leise und piepsig, als hätte er genug getankt, um ziemlich hinüber zu sein, aber nicht völlig im Arsch. »Muß mich mit ... meinem Freund ... hinsetzen.«

»Machen Sie das, Mann, hauen Sie sich hin«, sagte der Hippie mit unsicherer Stimme, dann drehte er die Schulter von dem grinsenden Mann weg. Der Hippie war irgendwie verwundet worden, und es bereitete ihm eindeutig Schmerzen, das zu tun, aber er tat es dennoch. Brad konnte es ihm nicht verdenken. Er hätte auch nicht von diesem Ding berührt werden wollen, nicht einmal im Vorbeigehen.

Das Ding ging den Weg entlang und trat gegen das Bein des ausgestreckten Tieres, und da sah Brad etwas Unheimliches: Das Tier – es war eine Art Katze gewesen – verweste mit der Geschwindigkeit einer Zeitrafferaufnahme; sein Fell wurde schwarz, übelriechende schwarze Rauchwolken stiegen davon auf.

Sie blieben wie erstarrt – der Hippie mit eingezogenen blutigen Schultern; die Verkäuferin auf einem Knie; Cammie mit der Waffe am ausgestreckten Arm vor dem Mädchen; Johnny mit erhobenen Händen, als hätte er vor, die Kugel zu fangen; Brad und Dave Reed in ihrer Ringkämpferpose –, während Peter, der ihnen mittlerweile den Rücken zudrehte, weiter auf dem Weg nach Süden schlurfte. Der Abend war totenstill und schwebte auf einem schwindenden Strahl des Tageslichts. Selbst die Kojoten waren verstummt, jedenfalls vorübergehend.

Dann spürte Dave, daß die Kraft in den Händen, die seinen Nacken hielten, nachgelassen hatte, und riß sich aus Brads Griff los. Der Junge interessierte sich jedoch nicht für Johnny. Statt dessen lief er zu seiner Mutter.

»*Du auch!*« schrie er. »*Du hast ihn auch getötet!*«

Sie drehte sich mit schockiertem und fassungslosem Gesicht zu ihm um.

»*Warum hast du uns hierher geschickt, Ma? Warum?*«

Er riß ihr die Waffe aus den kraftlosen Händen, hielt sie einen Moment vor das Gesicht und warf sie dann in den Wald ... nur *war* da kein Wald, nicht mehr. Die Veränderungen ringsum waren weiter fortgeschritten, während sie sich miteinander beschäftigt hatten, und nun standen sie in einem stacheligen, fremdartigen Wald aus Kakteen. Sogar der Geruch des brennenden Hauses hatte sich verändert; jetzt roch es nach brennenden Mesquitesträuchern oder vielleicht Salbei.

»Dave ... Davey, ich ...«

Sie verstummte und sah ihn nur an. Er erwiderte ihren Blick, ebenso blaß, ebenso erschöpft. Brad mußte daran danken, daß der Junge vor kurzem noch in seinem Vorgarten gestanden und ein Frisbee geworfen hatte. Daves Gesicht bekam einen verzerrten Ausdruck. Er zog die Mundwinkel nach unten und öffnete den zitternden Mund. Funkelnde Speichelfäden spannten sich zwischen seinen Lippen. Er fing an zu wimmern. Seine Mutter legte die Arme um ihn und wiegte ihn. »Nein, schon gut«, sagte sie. Ihre eigenen Augen glichen glatten, dunklen Steinen in einem trockenen Flußbett. »Nein, schon gut. Nein, Liebes, schon gut. Mom ist hier und alles ist gut.«

Johnny trat wieder auf den Weg. Er warf einen kurzen Blick auf das tote Tier, das mittlerweile schimmerte wie etwas, das man durch Hitzeflimmern sieht und ganze Sturzbäche einer zähen rosa Flüssigkeit absonderte. Dann sah er Cammie und ihren verbliebenen Sohn an.

»Cammie«, sagte er. »Mrs. Reed. Ich habe Jim nicht erschossen. Ich schwöre es. Es hat sich folgendermaßen abgespielt –«

»Seien Sie still«, sagte sie, ohne ihn anzusehen. Dave war fünfzehn Zentimeter größer als seine Mutter und mußte siebzig Pfund schwerer sein, aber sie wiegte ihn so mühelos wie sie es früher getan haben mußte, als er acht Monate alt war und Koliken hatte. »Ich will nicht hören, was passiert ist. Mir ist egal, was passiert ist. Gehen wir einfach zurück. Möchtest du zurückgehen, David?«

Weinend und ohne aufzuschauen nickte er an ihrer Schulter.

Sie richtete den Blick ihrer schrecklichen trockenen Augen auf Brad. »Bringen Sie meinen anderen Jungen mit. Wir lassen ihn nicht hier draußen bei diesem Ding.«

Sie sah kurz zu dem dampfenden, stinkenden Kadaver des Berglöwen, dann zu Brad. »Bringen Sie ihn mit, haben Sie verstanden?«

»Ja, Ma'am«, sagte Brad. »Voll und ganz.«

7

Tom Billingsley stand an der Küchentür, sah in die zunehmende Düsternis hinaus zu seiner offenen Gartentür und versuchte, einen Sinn in den Stimmen und Geräuschen zu erkennen, die er von der anderen Seite hörte. Als ihm Finger auf die Schulter tippten, bekam er fast einen Herzanfall.

Früher wäre er anmutig herumgewirbelt und hätte dem Eindringling mit der Faust oder dem Ellbogen ein Ding verpaßt, ehe beide begriffen hätten, was los war, aber der schlanke und behende junge Mann von damals existierte längst nicht mehr. Er schlug um sich, aber die rothaarige Frau in blauen Shorts und einer ärmellosen Bluse hatte ausreichend Zeit, einen Schritt zurückzuweichen, und Toms arthritisgeplagte Knöchel schlugen widerstandslos durch dünne Luft.

»Herrgott, Weib!« brüllte er.

»Tut mir leid.« Audreys sonst hübsches Gesicht wirkte hager. Auf der linken Wange hatte sie einen handförmigen Bluterguß, ihre Nase war geschwollen, die Nasenlöcher von trockenem Blut verkrustet. »Ich wollte etwas sagen, dachte mir aber, das hätte Sie noch mehr erschreckt.«

»Was ist mit Ihnen passiert, Aud?«

»Spielt keine Rolle. Wo sind die anderen?«

»Einige im Wald, einige nebenan. Es –« Ein schwankendes Heulen ertönte. Das rote Licht des Abends war erloschen, zurück blieb nur die Asche eines Orangerot. »Hört sich nicht gut an für alle, die da draußen sind. Eine Menge Schreie.« Dann fiel ihm etwas ein. »Wo ist Gary?«

Sie trat beiseite und zeigte mit dem Finger auf ihn. Er lag in der Tür zwischen Küche und Wohnzimmer. Er hatte das Bewußtsein verloren, während er die Hand seiner Frau hielt. Jetzt, wo die Schreie und Rufe aus dem Grüngürtel aufgehört hatten – zumindest vorübergehend –, konnte Doc ihn schnarchen hören.

»Ist das Marielle, unter der Decke?« fragte Audrey.

Tom nickte.

»Wir müssen zu den anderen, Tom. Bevor es wieder losgeht. Bevor sie zurückkommen.«

»Wissen Sie, was hier vor sich geht, Aud?«

»Ich glaube, niemand weiß genau, was hier vor sich geht, aber ein wenig weiß ich, ja.« Sie preßte die Handballen an die Schläfen und machte die Augen zu. Tom fand, sie sah wie eine Mathematikstudentin aus, die sich mit einer gewaltigen Gleichung herumschlägt. Dann ließ sie die Hände sinken und sah ihn wieder an. »Wir gehen besser nach nebenan. Wir sollten alle zusammen sein.«

Er nickte zu dem schnarchenden Gary. »Was ist mit ihm?«

»Wir können ihn nicht tragen, und selbst wenn, könnten wir ihn unmöglich über David Carvers Zaun heben. Sie können froh sein, wenn Sie selbst drüberkommen.«

»Ich schaffe es«, sagte er ein wenig gekränkt. »Machen Sie sich um mich keine Sorgen, Aud. Ich werde es schaffen.«

Aus dem Wäldchen ertönte ein Schrei, noch ein Schuß,

dann heulte ein Tier unter Schmerzen auf. Tausend Kojoten, wie es sich anhörte, erwiderten den Ruf.

»Sie hätten nicht da rausgehen sollen«, sagte Audrey. »Ich weiß, warum sie es getan haben, aber es war keine gute Idee.«

Der alte Doc nickte. »Ich glaube, das wissen sie inzwischen auch«, sagte er.

8

Peter kam zu der Gabelung des Weges und sah in die dahinter gelegene Wüste, die im Licht des aufgehenden Mondes weiß wie Knochen aussah. Dann sah er nach unten und erblickte den an dem Kaktus aufgespießten Mann in den geflickten Khakihosen.

»Hallo ... Freund«, sagte er. Er schob den Einkaufswagen des Penners weg, damit er sich neben ihn setzen konnte. Als er sich an den Kaktus lehnte und spürte, wie sich die Stacheln in seinen Rücken bohrten, hörte er einen Schrei, einen Schuß und ein gequältes Heulen. Alles weit entfernt. Nicht wichtig. Er legte dem toten Penner die Hand auf die Schulter. Ihrer beider Grinsen war identisch. »Hallo ... Freund«, sagte der einstige James-Dickey-Experte wieder.

Er sah nach Süden. Sein verbliebenes Augenlicht war fast erloschen, aber den vollkommen runden Mond, der zwischen den Zacken der schwarzen Buntstiftberge aufging, konnte er erkennen. Der Mond war so silbern wie die Rückseite einer alten Taschenuhr und hatte das lächelnde Gesicht mit einem zugekniffenen Auge von Mr. Moon aus einem Kinderbuch mit Mother-Goose-Versen.

Nur schien diese Version von Mr. Moon einen Cowboyhut zu tragen.

»Hallo ... Freund«, sagte Peter zu ihm und lehnte sich noch weiter an den Kaktus. Er spürte die langen Stacheln nicht, die sich in seine Lunge bohrten, auch nicht die ersten Blutstropfen, die aus seinem grinsenden Mund quollen. Er war bei seinem Freund. Er war bei seinem Freund, und jetzt war alles gut, sie betrachteten Mr. Cowboy Moon, und alles war gut.

9

Das Tageslicht erlosch mit einer Geschwindigkeit, die Johnny an die Tropen erinnerte, und wenig später bestand die stachelige Landschaft um sie herum nur noch aus schwarzen Schemen. Der Weg war klar zu erkennen, jedenfalls vorläufig noch – ein etwa sechzig Zentimeter breiter grauer Streifen, der sich durch die Schatten wand –, aber wenn der Mond nicht aufgegangen wäre, würden sie wahrscheinlich noch tiefer in der Scheiße sitzen als so. Er hatte heute morgen den Wetterbericht gesehen und wußte, daß Neumond war, nicht Vollmond, aber unter den herrschenden Umständen schien diese kleine Unstimmigkeit nicht weiter wichtig zu sein.

Sie gingen paarweise den Weg entlang wie Tiere, die Noahs Arche bestiegen: Cammie und ihr überlebender Sohn, dann er und Brad (mit Jims Leichnam zwischen sich), dann Cynthia und der Hippie, der Steve hieß. Das Mädchen hatte die .30-06 aufgehoben, und als der Kojote – ein noch schlimmer mißgebildetes Alptraumgeschöpf, als es der Berglöwe gewesen war – aus einem Kaktusbestand östlich des Wegs kam, war es das Mädchen gewesen, das sein Schicksal besiegelte.

Der Mond brachte überall phantastische Schattengebilde zum Vorschein, und Johnny dachte zuerst, der Kojote wäre eines davon. Dann schrie Brad: »*He, paßt AUF!*« und das Mädchen schoß fast auf der Stelle. Der Rückstoß hätte sie umgeworfen wie einen Kegel, wenn der Hippie sie nicht am Hosenboden festgehalten hätte.

Der Kojote jaulte und überschlug sich; seine mißgebildeten Hinterläufe zuckten. Im Mondlicht konnte Johnny erkennen, daß die Pfoten des Tiers in Extremitäten übergingen, die schreckliche Ähnlichkeit mit menschlichen Fingern hatten, und daß es einen Patronengurt als Kragen trug. Seine Artgenossen erhoben die Stimmen zu einem Geheul, das sowohl Trauer als auch Heiterkeit zum Ausdruck bringen konnte.

Das Ding verweste fast augenblicklich, die Pfotenfinger wurden schwarz, der Brustkorb fiel in sich zusammen, die Augen fielen in den Kopf zurück wie Murmeln in Löcher. Dampf stieg von seinem Fell auf, und mit ihm der Gestank. Kurze Zeit später quollen die rosa Rinnsale aus dem in Auflösung befindlichen Kadaver heraus.

Johnny und Brad legten Jim Reeds Leichnam behutsam ab. Johnny streckte die Hand nach der .30-06 aus und stieß den Kojoten mit dem Lauf an. Er blinzelte vor Überraschung (*gedämpfter* Überraschung; seine Fähigkeit zu intensiveren emotionalen Reaktionen schien ziemlich erschöpft), als der Lauf ohne den geringsten Widerstand durch das nachdunkelnde Fell stieß.

»Als würde man in Zigarettenrauch hineinstechen«, sagte er und gab Cynthia die Waffe zurück. »Ich glaube nicht, daß es überhaupt da ist. Ich glaube, *gar nichts* ist wirklich da.«

Steve Ames kam nach vorne, nahm Johnnys Hand und führte sie zu seiner Schulter. Johnny spürte die unebenmäßigen Wunden der Krallen des Berglöwen. Der Baumwollstoff hatte sich so mit Blut vollgesogen, daß er unter Johnnys Fingern ein schmatzendes Geräusch machte. »Das Ding, das mir das angetan hat, war kein Zigarettenrauch«, sagte Steve.

Johnny wollte antworten, wurde aber von einem seltsamen Rasseln daran gehindert. Es erinnerte ihn an die Cocktailshaker in den BeBop-Bars seiner Jugend. Das war in den fünfziger Jahren gewesen, als man sich nicht ohne Krawatte die Hucke vollsaufen konnte, wenn man zum Country Club Jet-Set gehörte. Das Geräusch kam von Dave Reed, der stocksteif neben seiner Mutter stand. Es war das Klappern seiner Zähne.

»Kommt«, sagte Brad. »Laßt uns schnell zurück ins Haus gehen, bevor noch was anderes kommt. Vielleicht Vampirfledermäuse, oder –«

»Sie sollten besser sofort den Mund halten«, sagte Cynthia. »Ich warne Sie, Großer.«

»Entschuldigung.« Dann, sanfter: »Gehen Sie weiter, Cammie, okay?«

»Sagen Sie mir nicht, was ich tun soll«, entgegnete sie schroff. Sie hatte einen Arm um Daves Taille gelegt. Genausogut hätte sie eine Eisenstange umarmen können, wie Johnny es einschätzte. Das heißt, abgesehen von dem Zittern. Und diesem unheimlichen Zähneklappern. »Sehen Sie nicht, daß er Todesängste aussteht?«

Wieder ertönte Geheul in der Dunkelheit. Der Gestank

des Kojoten, den Cynthia erschossen hatte, wurde immer unerträglicher.

»Doch, Cammie, das sehe ich«, sagte Brad. Seine Stimme war leise und begütigend. Johnny dachte, daß der Mann ein Vermögen als Psychiater hätte verdienen können. »Aber wir müssen weiter. Sonst müssen wir gehen und Sie hier zurücklassen. Wir *müssen* ins Haus. Wir *müssen* einen sicheren Unterschlupf finden. Das verstehen Sie doch, oder nicht?«

»Sehen Sie zu, daß Sie meinen anderen Jungen mitbringen«, sagte sie schneidend. »Sie lassen ihn nicht hier am Wegrand liegen für die ... Sie lassen ihn einfach nicht hier am Wegrand liegen. *Nein!*«

»Wir bringen ihn mit«, sagte Brad mit derselben leisen, beschwichtigenden Stimme. Er bückte sich und ergriff wieder Jim Reeds Beine. »Oder nicht, John?«

»Ja«, sagte Johnny und fragte sich, was am Morgen noch von dem armen, unglückseligen Collie Entragian übrig sein würde ... wenn es denn wieder einen Morgen gab. Collie hatte keine Mutter, die sich für ihn einsetzte.

Cammie sah zu, wie sie den Leichnam ihres Sohnes zwischen sich nahmen, dann stellte sie sich auf die Zehenspitzen und flüsterte etwas in Daves Ohr. Es schien das Richtige gewesen zu sein, denn der Junge setzte sich wieder in Bewegung.

Sie waren nur wenige Schritte weit gekommen, als vor ihnen ein gedämpftes Klappern ertönte, das Knirschen von Schritten auf dem neuen Boden, dann ein gedämpfter, erboster Schmerzensschrei. Dave Reed kreischte so gellend wie ein Starlet in einem Horrorfilm. Bei diesem Schrei zogen sich Johnnys Hoden zusammen, mehr noch als bei der Vorstellung, daß sich Fremde in dem Wäldchen herumtreiben könnten. Aus dem Augenwinkel sah er, wie der Hippie den Lauf des Gewehrs packte, als Cynthia anlegte. Er drückte es wieder nach unten und sagte ihr murmelnd, daß sie abwarten sollte, einfach abwarten.

»Nicht schießen!« rief eine Stimme aus dem Wirrwarr der Schatten links vor ihnen. Es war eine Stimme, die Johnny kannte. »Wir sind Freunde, also bleiben Sie ganz ruhig, ja?«

»Doc?« Johnny, der sein Ende von Jim Reed beinahe fallengelassen hätte, hielt ihn trotz schmerzender Arme und Schultern weiter fest. Bevor die Geräusche ertönt waren, hatte er an etwas aus *Griff in den Staub* gedacht. Die Leute wurden schwerer, sobald sie gestorben waren, hatte Faulkner geschrieben. Es war, als wäre der Tod die einzige Möglichkeit, durch die der dumme Dieb Schwerkraft seine Existenz unter Beweis stellen konnte. »Doc, sind Sie das?«

»Ja.« Zwei Gestalten tauchten aus dem Dunkel auf und kamen vorsichtig auf sie zu. »Ich hab mich ganz gemein an einem gottverdammten Kaktus gestochen. Was haben Kakteen in Ohio zu suchen?«

»Ausgezeichnete Frage«, sagte Johnny. »Wer ist das da bei Ihnen?«

»Audrey Wyler von gegenüber«, antwortete eine Frau. »Können wir jetzt *bitte* diesen Wald verlassen?«

Plötzlich wußte Johnny, daß er sein Ende von Jim Reed unmöglich bis zum Haus der Carvers tragen konnte, geschweige denn Brad helfen, ihn über den Zaun zu heben. Er sah sich um. »Steve? Könnten Sie mich eine Weile ablö–« Er verstummte und dachte an Steves Tanz mit dem Picassoschen Berglöwen. »Scheiße, Sie können nicht, oder?«

»O Go … ott.« Tom Billingsleys Stimme machte aus

einer Silbe zwei, bei der zweiten brach sie wie die eines Teenagers. »Welcher Bruder ist das?«

»Jim«, sagte Johnny. Dann, als sich Tom neben ihn stellte: »Das können Sie nicht, Tom. Sie bekommen einen Schlag oder so was.«

»Ich helfe Ihnen«, sagte Audrey und trat neben sie. »Kommen Sie, gehen wir.«

10

Steve sah, daß der alte Tierarzt und die Frau von gegenüber den Weg an derselben Stelle betreten hatten wie er und Entragian. Ein Rinderschädel war halb im Boden vergraben, wo die weggeworfenen Batterien gelegen hatten, und die Chipstüte war einem rostigen alten Hufeisen gewichen, aber die Verpackung der Baseballkarten war noch da. Steve bückte sich, hob sie auf und hielt sie ins Mondlicht. Tolle Karten. Albert Belle mit dem Schläger hinter dem Kopf und einen raubtierhaften Ausdruck in den Augen. Steve fiel etwas Seltsames auf: *Dies* schien der Anachronismus zu sein, nicht die Kakteen oder der Rinderschädel oder die Mißbildung einer Katze, die in der Schlucht gelauert hatte. Und wir, dachte er. Vielleicht sind wir jetzt die abnormalen.

»Woran denken Sie?« fragte Cynthia.

»An nichts.«

Er ließ die Verpackung aus den Fingern fallen. Auf halbem Weg zum Boden *wurde* sie plötzlich breiter, blähte sich wie ein Segel, und die Farbe wechselte von einem möglichen Hellgrün (es war im Mondschein schwer zu sagen) zu grellweiß. Er keuchte. Cynthia, die sich umgedreht und den Weg hinter ihnen kontrolliert hatte, wirbelte hastig herum. »Was?«

»Haben sie das gesehen?«

»Nein. Was?«

»Das.« Er bückte sich und hob es auf. Die Baseballkartenverpackung war jetzt ein Stück rauhes Papier. Ein Schurke mit Stoppelbart und umwölkten, leicht verstörten Augen war darauf abgebildet. GESUCHT, schmetterte das Plakat. MORD, BANKRAUB, EISENBAHNÜBERFALL, DIEBSTAHL VON RESERVATEIGENTUM, BELÄSTIGUNG UND EINSCHÜCHTERUNG, VERGIFTEN VON STÄDTISCHEN BRUNNEN, VIEHDIEBSTAHL, PFERDEDIEBSTAHL, ERSCHLEICHEN VON SCHÜRFRECHTEN. Das alles über dem Bild. Darunter in großen schwarzen Druckbuchstaben der Name des Schurken: JEBEDIAH MURDOCK.

»Ich fasse es nicht«, sagte Cynthia leise.

»Was meinen Sie?«

»Das ist kein Verbrecher, das ist ein *Schauspieler*. Ich hab ihn schon im Fernsehen gesehen.«

Steve schaute auf und sah, daß die anderen weitergegangen waren. Er nahm Cynthia an der Hand und folgte ihnen hastig.

11

Tak schwebte im Türbogen zwischen Kinder- und Wohnzimmer, so daß Seths schmutzige Zehen kaum den Boden berührten. Seine Augen waren glänzend und fiebrig; es zwang die Lunge des Jungen zu raschen, abgehackten Zügen. Seths Haare standen ab, nicht nur auf dem Kopf, sondern am ganzen Körper. Jedesmal, wenn der feine Flaum des Körperhaars an die Wand kam, ertönte ein leises knisterndes Geräusch. Die Muskeln des Jungen schienen nicht nur zu zittern, sondern zu *schlottern*.

Der Tod des Cops hatte Tak aus seinem Fernsehtran gerissen, und es hatte die Essenz des Cops hastig und instinktiv in sich aufgesogen und war dabei bis an die Grenzen seiner Reichweite gegangen ... und dann darüber hinaus; es war nach der Beute gesprungen wie ein Außenfeldspieler, der einen Homerun runterholt, obwohl er eigentlich schon über dem Zaun des Mittelfelds ist. Und hatte sie bekommen! Energie war in Tak eingeströmt wie Napalm, eine weitere Barriere war gefallen, und es gelangte näher denn je an Seth Garins einzigartiges Zentrum. Tak war noch nicht da – nicht ganz – aber so nahe.

Und seine Wahrnehmung hatte sich ebenfalls sprunghaft gesteigert. Es sah den Jungen mit der rauchenden Pistole in der Hand, begriff, was geschehen war, spürte Entsetzen und Schuldgefühle des Jungen und witterte die Möglichkeiten. Ohne nachzudenken – Tak dachte nicht, nicht im eigentlichen Sinne – war es in Jim Reeds Verstand gesprungen. Auf die Entfernung konnte es ihn nicht körperlich kontrollieren, aber sämtliche Sicherungen, die den emotionalen Schutzschild des Jungen aufbauten, waren vorübergehend kurzgeschlossen und hatten ihn Angriffen gegenüber hilflos gemacht. Tak blieb nur eine Sekunde – höchstens zwei –, um einzudringen, sämtliche Skalen auf Maximum zu drehen und den Jungen mit Rückkopplungen zu überladen, aber eine Sekunde hatte ausgereicht. Der Junge hätte es vielleicht auch so getan. Schließlich hatte Tak nur Emotionen verstärkt, die ohnehin dagewesen waren.

Die Energie, die bei Jim Reeds Selbstmord freigesetzt wurde, hatte Tak wie eine Fackel auflodern und sämtliche vereinnahmten Nerven in den roten Bereich schnellen lassen. Frische Energie – *junge* Energie – strömte ein und verdrängte die gewaltige Menge, die es bislang schon absorbiert hatte. Und nun schwebte er im Türrahmen, summte frisch aufgeladen und war bereit, zu Ende zu bringen, was es angefangen hatte.

Zuerst essen. Es kam fast um vor Hunger. Tak schwebte halb durch das Wohnzimmer und hielt inne.

»Tante Audrey?« rief es mit Seths Stimme. Eine liebliche Stimme, möglicherweise, weil sie so selten benutzt wurde. »Tante Audrey, bist du da?«

Nein. Anscheinend nicht. Manchmal gelang es Tante Audrey – mit Seths Hilfe – ihre Gedanken abzuschirmen, aber niemals das konstante Pulsieren der bloßen Existenz dieser Gedanken; ihre *Präsenz*. Die war jetzt verschwunden, aber nur aus dem Haus. Sie konnte bei den anderen sein, wo sie wahrscheinlich auch war, aber weiter war sie nicht gegangen. Weil die Poplar Street inzwischen von der Wüste Nevadas umgeben war ... nur war es nicht das *richtige* Nevada, mehr ein Nevada des Geistes, das Tak durch seine Vorstellungskraft heraufbeschworen hatte. Natürlich mit Seths Hilfe. Ohne Seth hätte es *nichts davon* bewerkstelligen können.

Tak setzte sich wieder in Richtung Küche in Bewegung. Wahrscheinlich war es am besten, daß Tante Audrey gegangen war. Damit würde Seth leichter zu kontrollieren sein, und es bestand weniger Gefahr, daß er sich in einem entscheidenden Augenblick zu einer Ablenkung entwickelte. Nicht, daß der kleine Bursche überhaupt ein nennenswertes Problem werden konnte; er war mächtig, aber in vielerlei Hinsicht hilflos. Anfangs war es wie ein Armdrücken zwischen gleichstarken Kontrahenten gewesen ... aber sie waren nicht *wirklich* gleich stark. Langfristig ist rohe Kraft richtigem Geschick nie ebenbürtig, und Tak hatte lange Jahrtausende Zeit gehabt, um seine Haken und Kniffe zu verfeinern. Jetzt gewann es langsam aber sicher die Oberhand und setzte Seth Garins außergewöhnliche Kräfte gegen ihn ein wie ein kluger Karatemeister, der es mit einem kräftigen, aber dummen Gegner zu tun hat.

Seth? fragte es, während es zum Kühlschrank schwebte. *Seth, wo bist du, Partner?*

Einen Augenblick glaubte es tatsächlich, Seth könnte fort sein ... aber das war unmöglich. Sie waren inzwischen vollständig miteinander verschmolzen, Partner in einer Beziehung, die so symbiotisch war wie die von an der Wirbelsäule zusammengewachsenen siamesischen Zwillingen. Wenn Seth diesen Körper verließ, würden alle gemeinschaftlichen Systeme – Herz, Lungen, Ausscheidung, Zellbildung, Hirnwellenfunktionen – zusammenbrechen. Tak könnte sie ebensowenig aufrechterhalten wie ein Astronaut die Tausende komplizierter Systeme, die ihn zuerst ins All katapultierten und ihn dann dort in einer stabilen Umgebung hielten. Seth war der Computer, und ohne ihn würde der Anwender sterben. Doch Selbstmord war kein Ausweg für Seth Garin. Tak konnte ihn ebenso davon abhalten, wie es Jim Reed dazu gezwungen hatte. Und es spürte, daß Seth *nicht* Selbstmord begehen wollte. Ein Teil von Seth wollte Tak nicht einmal loswerden. Weil Tak alles verändert hatte. Tak hatte ihm Power Wagons gegeben, die nicht nur Spielsachen waren; Tak hatte ihm Filme gegeben, die real waren; Tak war mit einem Paar Siebenmeilen-Cowboystiefel aus der China-Grube gekommen, die genau richtig waren für einen einsamen kleinen Jungen. Wer würde *wollen,* daß so ein wunderbarer Freund wieder fortging? Besonders, wenn man wieder im Gulag seines eigenen Schädels eingesperrt sein würde, wenn der vertraute Gefährte verschwand.

Seth? fragte Tak wieder. *Wo steckst du, altes Streitroß, du?*

Weit hinten im Netz der Höhlen und Tunnel und Schlupflöcher, die der Junge gebaut hatte (der Teil von ihm, der Tak *nicht* wollte, der Teil, der Angst vor dem Fremden hatte, der jetzt in seinem Kopf wohnte), nahm Tak einen Funken wahr, ein schwaches Pulsieren, das es kannte.

Präsenz!

Es war tatsächlich Seth. Er versteckte sich. Vertraute darauf, daß Tak ihn nicht sehen, hören oder riechen konnte. Was es strenggenommen auch nicht konnte. Aber das Pulsieren war da, eine Art Echolot-Piepsen, und wenn es Seth brauchte, konnte es ihn aufspüren und herauszerren. Das wußte Seth nicht, und wenn er ein braver kleiner Cowboy war, würde er es auch nie herausfinden.

Ja, Sir, dachte es, als es den Kühlschrank aufmachte, ich bin ein regelrechter Ein-Mann-Verfolgertrupp. Aber selbst Verfolgertrupps müssen essen. Sie bekommen schrecklichen Hunger, diese Verfolgertrupps, wenn sie Bankräuber und Viehdiebe jagen.

Auf dem obersten Rost stand frische Schokoladenmilch. Tak nahm mit Seths schmutzigen Händen den hohen weißen Tupperware-Krug heraus, stellte ihn auf den Tresen und inspizierte den Inhalt des Fleischfachs. Es waren Hamburger da, aber Tak konnte nicht kochen, und in Seths Gedächtnisspeicher fanden sich keine Informationen darüber, wie man es machte. Tak hatte nichts gegen rohes Fleisch – es schmeckte ihm sogar –, aber es hatte Hamburger zwei- oder dreimal so gegessen, und jedesmal war Seths Körper krank geworden. Wenigstens behauptete Tante Audrey, daß das rohe Fleisch ihn krank gemacht hatte, und Tak *glaubte* nicht, daß sie log (obwohl man bei Tante Audrey nie ganz sicher sein konnte). Beim letztenmal war es am schlimmsten gewesen – Seth hatte die ganze Nacht gekotzt und geschissen. Tak hatte das Weite gesucht, bis es vorbei gewesen war, und sich nur ab und zu vergewissert, daß keine komischen Sachen abliefen. Es haßte Seths Ausscheidungsfunktionen schon, wenn sie normal waren, aber in jener Nacht waren sie alles andere als das gewesen.

Also keine Hamburger.

Aber es fand Mortadella und ein paar Kraft-Scheibletten – die gelben, die es besonders gern mochte. Es stellte die Nahrungsmittel mit Seths Händen auf den Tresen und nutzte die außergewöhnlichen Geisteskräfte, die sie beide besaßen, um einen Plastikbecher von McDonald's vom Schrank herüberschweben zu lassen, wo sie aufbewahrt wurden. Während es sich ein Sandwich machte, indem es Wurst und Käse auf dick mit Senf beschmierte Weißbrotscheiben klatschte, schwebte der Plastikkrug in die Höhe und füllte den McDonald's-Becher, auf dem ein verblassendes Bild von Charles Barkley zu sehen war, der ein Spiel eins-gegen-eins mit dem Tasmanischen Teufel machte.

Tak trank die halbe Schokoladenmilch mit vier gewaltigen Zügen, rülpste und leerte den Becher vollends. Es schenkte sich mittels Geisteskraft einen weiteren Becher ein, während es in das Sandwich biß, ohne darauf zu achten, daß Senf herausquoll und auf Seths schmutzige Füße tropfte. Es schluckte, biß ab, schmatzte, schluckte, trank, rülpste. Das Brüllen in seinem Magen ließ nach. Das Schlimme am Fernsehen war – besonders wenn *Die Regulatoren* oder *MotoKops 2200* kam –, daß Tak sich dafür interessierte, in seine machtvollen Träume versank und vergaß, Seths Körper zu füttern. Auf einmal waren sie beide dann so heißhungrig, daß Tak kaum klar denken konnte, geschweige denn handeln oder planen.

Es trank sein zweites Glas Schokoladenmilch leer, hielt es über den Mund, um die letzten Tropfen aufzufangen, und warf das Glas in die Spüle zum restlichen schmutzigen Geschirr. »*Nichts* geht über einen Happen am Lagerfeuer, Pa!« rief es mit seiner besten Little-Joe-Cartwright-Stimme. Dann schwebte es wieder zur Küchentür, ein Ballon in Form eines schmutzigen kleinen Jungen mit einem Sandwich in der Hand.

Mondlicht fiel durch das Wohnzimmerfenster herein. Die Poplar Street draußen war verschwunden. Sie war der Main Street von Desperation, Nevada, gewichen, wie sie im Jahr 1858 gewesen war, zwei Jahre, nachdem den letzten verbliebenen Goldschürfern klar geworden war, daß der lästige blaue Ton, den sie aus ihren Claims kratzten, in Wirklichkeit Rohsilber war ... und da war die aussterbende Stadt von enttäuschten Goldsuchern aus den Minen Kaliforniens bevölkert worden. Anderes Land, derselbe alte Ehrgeiz: schnell ein Vermögen aus dem schlafenden Boden zu holen. Tak wußte das alles nicht und hatte es sicher nicht in *Die Regulatoren* erfahren (das in Colorado spielte, nicht in Nevada); es war eine Information, die Seth kurz vor seiner Begegnung mit Tak von einem Mann namens Allen Symes bekommen hatte. Laut Symes war 1858 das Jahr, in dem der Schacht Rattlesnake Nummer eins eingestürzt war.

Auf der gegenüberliegenden Straßenseite, wo die Häuser von Billingsley und den Jacksons gewesen waren, befanden sich nun Lushans chinesische Wäscherei und Worrell's Dry Goods. Anstelle des Hobart-Hauses stand jetzt der Owl County General Store, und obwohl Tak immer noch Rauch riechen konnte, war nicht ein einziges verkohltes Brett an dem Laden zu sehen.

Tak drehte sich um und sah einen der Power Wagons auf dem Boden. Er lugte, fast schüchtern, hinter einem Ende der Couch hervor. Tak ließ ihn in die Luft und quer durch das Zimmer schweben. Vor Seths dunkelbraunen Augen verharrte er und schwebte mit kreisenden Rädern in der Luft, während Tak den Rest des Sandwichs aß. Es war der Justice Wagon. Tak wünschte sich manchmal, es wäre der Justice Wagon von Little Joe Cartwright, und nicht der von Colonel Henry. Dann könnte Sheriff Streeter aus *Die Regulatoren* nach Virginia City ziehen und Bountys blauen Freedom Fighter fahren, statt auf einem Pferd zu reiten. Streeter und Jeb Murdock – der, wie sich herausstellen würde, nur verwundet war, nicht tot – würden Freunde werden ... und sich auch mit den Cartwrights anfreunden ... und dann würden Lucas McCain und sein Sohn von ihrem Anwesen in New Mexico herziehen ... und ... nun ...

»Und ich wäre Pa«, flüsterte Tak. »Boß der Ponderosa und der mächtigste Mann in Nevada. Ich.«

Lächelnd ließ es den Justice Wagon zwei langsame wunderschöne Kreisbahnen um seinen Kopf ziehen. Dann verdrängte es die Wunschvorstellungen aus seinem Denken. Aber es waren so schöne Wunschvorstellungen.

Vielleicht ließen sie sich sogar verwirklichen, wenn es genügend Essenz von den übrigen Leuten auf der anderen Straßenseite bekam – die Substanz, die aus ihnen entwich, wenn sie starben.

»Es wird allmählich Zeit«, sagte Tak. »Zeit für den Zusammentrieb.«

Es machte die Augen zu und benützte die Schaltkreise von Seths Gedächtnis, um sich die Power Wagons vorzustellen … besonders den Meatwagon, der diesmal den Angriff anführen sollte. No Face als Pilot, Gräfin Lili als Kopilotin, und Jeb Murdock im Geschützturm. Weil Murdock der fieseste war.

Mit geschlossenen Augen ließ Tak die Kraft strömen, während frische Energie seinen Geist erhellte wie das Feuerwerk, das am vierten Juli den Sommerhimmel erleuchtet. Es würde eine Weile dauern, aber nachdem die Lage sich so weit entwickelt hatte, hatte Tak Zeit.

Nicht mehr lange und die Regulatoren würden kommen.

»Haltet euch bereit, Leute«, flüsterte Tak. Seths Fäuste waren an ausgestreckten Armen geballt, geballt und zitterten. »Haltet euch bloß bereit, denn wir werden diese Stadt dem Erdboden gleichmachen.«

Anmerkung des Herausgebers: Allen Symes arbeitete sechsundzwanzig Jahre, von 1969 bis 1995, als geologischer Bergbauingenieur für die Deep Earth Mining Corporation. Kurz vor Weihnachten 1995 ließ er sich pensionieren und zog nach Clearwater, Florida, wo er am 19. September 1996 an einem Herzanfall starb. Seine Tochter fand das nachfolgende Dokument in seinem Schreibtisch. Es befand sich in einem versiegelten Umschlag mit der Aufschrift ÜBER DIE SELTSAMEN VORFÄLLE IN DER CHINA-GRUBE und BITTE ERST NACH MEINEM TOD LESEN.

Das Dokument wird nachfolgend exakt so abgedruckt, wie es gefunden wurde.

27. Oktober 1995
An alle, die es angeht:

Ich schreibe dies aus drei Gründen. Erstens: Ich möchte etwas klären, das sich vor fünfzehn Monaten zugetragen hat, im Sommer 1994. Zweitens: Ich hoffe, es beruhigt mein Gewissen, das sich schon etwas beruhigt hatte, aber beträchtlich aufgewühlt wurde, als diese Mrs. Wyler mir aus Ohio geschrieben hat und ich sie in meiner Antwort belogen habe. Ich weiß nicht, ob man sein Gewissen beruhigen kann, indem man etwas in der Hoffnung aufschreibt, daß es später gelesen wird, aber ich schätze, einen Versuch ist es wert; und vielleicht zeige ich es jemandem – vielleicht sogar dieser Wyler-Frau –, wenn ich pensioniert bin. Drittens: Ich kann nicht vergessen, wie dieser kleine Junge gegrinst hat.

Die Art und Weise, wie er *gegrinst* hat.

Ich habe Mrs. Wyler belogen, um die Firma zu schützen und um meinen Job zu schützen, vor allem aber, weil ich lügen *konnte*. Der 24. Juli 1994 war ein Sonntag, es war kein Mensch da, und ich war der einzige, der sie gesehen hat. Ich wäre auch nicht dort gewesen, wenn ich nicht Papierkram aufzuarbeiten gehabt hätte. Wer glaubt, die Arbeit eines Bergbauingenieurs sei aufregend und abwechslungsreich, sollte mal die Tonnen von Berichten und Formularen sehen, durch die ich mich im Lauf der Jahre hindurchackern mußte!

Wie auch immer, ich wollte gerade Feierabend machen, als ein Volvo-Kombi vor dem Gebäude anhielt und eine ganze Familie ausstieg. Ich möchte hier betonen, daß ich in meinem ganzen Leben noch nie so aufgeregte Menschen gesehen habe, die *nicht* in den Zirkus gegangen sind. Sie sahen aus wie die Leute in Fernsehwerbespots, die gerade das große Los der Woche gezogen haben!

Sie waren zu fünft: Dad (das muß der Bruder der Frau aus Ohio gewesen sein), Mom, großer Bruder, große Schwester, kleiner Bruder. K. B. schien etwa vier zu sein, aber nachdem ich den Brief von Mrs. Wyler gelesen habe (der im Juli dieses Jahres abgeschickt wurde), weiß ich jetzt, daß er etwas älter war und nur klein für sein Alter.

Wie auch immer, ich sah ihre Ankunft durch das Fenster am Schreibtisch, wo ich meine sämtlichen Papiere ausgebreitet hatte. Klar und deutlich sah ich sie. Sie standen eine oder zwei Minuten um ihr Auto herum und zeigten auf den Wall südlich der Stadt, so aufgeregt wie Hühner bei einem Gewitter, und dann zog der kleine Bursche seinen Dad zu unserer Bürobaracke.

Das alles spielte sich im HQ von Deep Earth in Nevada ab, einem doppelten Wohnwagen, der etwa zwei Meilen abseits der Hauptstraße (Highway 50) am Stadtrand von Desperation steht, einer Stadt, die zur Zeit des Bürgerkriegs wegen ihrer Silbervorkommen berühmt war. Heutzutage wird vorwiegend in der China-Grube geschürft, wo wir im nassen Verfahren Kupfer gewinnen. Raubbau nennen es die »Grünen«, aber es ist wirklich nicht so schlimm, wie sie es gerne hinstellen.

Jedenfalls zog der kleine Bruder seinen Daddy die Stufen des Wohnwagens hinauf, und ich hörte ihn sagen: »Klopf, Daddy, es ist jemand zu Hause, das weiß ich.« Dad sah unglaublich überrascht aus, obwohl ich mir den Grund nicht erklären kann, da mein Auto direkt davor parkte, »in voller Lebensgröße«. Bald fand ich heraus, daß es nicht darum ging, was der kleine Kerl sagte, sondern daß er überhaupt etwas sagte!

Vater drehte sich zum Rest seines Klans um, und alle sagten dasselbe, klopf an die Tür, klopf an die Tür, geh und klopf an die Tür! Völlig aufgeregt. Und irgendwie komisch und niedlich. Ich war neugierig, das gebe ich offen zu. Ich sah ihr Nummernschild und konnte mir nicht erklären, was eine Familie aus Ohio an einem Sonntagnachmittag so weit hier draußen in Desperation zu suchen hatte. Wenn Dad nicht den Mut aufgebracht hätte, zu klopfen, wäre ich selbst hinausgegangen und hätte ihn begrüßt. Sie wissen ja, was ich nicht weiß, macht mich heiß!

Aber er klopfte tatsächlich, und kaum hatte ich die Tür aufgemacht, lief der kleine Kerl an mir vorbei hinein! Er ging an dasselbe Schwarze Brett, an dem Sally den Brief von Mrs. Wyler festgesteckt hatte, als er hier ankam, mit dem großen roten Vermerk KANN JEMAND DIESER FRAU HELFEN? versehen.

Der kleine Kerl studierte die Luftbilder der China-Grube, die wir am Schwarzen Brett festgesteckt hatten, eines nach dem anderen. Vielleicht hätte man dabeisein müssen, um zu begreifen, wie seltsam es war, aber Sie können es mir getrost glauben. Als wäre der Junge schon ein Dutzend Mal in dem Büro gewesen.

»Da ist sie, Daddy!« sagte er und klopfte auf die Bilder. »Da ist sie! Da ist sie! Da ist die Mine, die Silbermine!«

»Nun«, sagte ich lachend, »eigentlich ist es Kupfer, mein Junge, aber ich würde sagen, das lassen wir gelten.«

Mr. Garin sah mich mit rotem Kopf an und sagte: »Entschuldigen Sie, wir wollten nicht reinplatzen.« Dann platzte er selbst rein und hob seinen kleinen Jungen hoch. Ich war irgendwie amüsiert. Konnte nicht anders.

Er trug den Kerl zur Treppe zurück, wo sie alle seiner Meinung nach offenbar hingehörten. Da sie aus Ohio kamen, schienen sie nicht zu wissen, daß wir hier in Nevada es überwiegend als selbstverständlich ansehen, daß jemand reinplatzt. Der Kerl trat nicht um sich oder bekam einen Wutanfall, aber er ließ die Fotos am Schwarzen Brett nicht aus den Augen. Er sah so süß wie ein Indianerbaby aus, wie er mit seinen strahlenden kleinen Augen über Daddys Schulter sah. Der Rest der Familie drängte sich unten und sah mit großen Augen herauf. Die größeren Kinder platzten fast vor Aufregung, und Mom schien ihre Empfindungen weitgehend zu teilen.

Vater sagte, daß sie aus Toledo kamen, dann stellte er sich, seine Frau und die beiden größeren Kinder vor. »Und das ist Seth«, sagte er zuletzt. »Seth ist ein *besonderes* Kind.«

»Ich dachte, sie wären alle etwas Besonderes«, sagte ich und streckte die Hand aus. »Schlag ein, Seth; ich bin Allen Symes.« Er schüttelte mir freudig die Hand. Der Rest der Familie sah fassungslos aus, besonders Dad, obwohl ich den Grund dafür nicht begriff. Mein eigener Dad hat mir beigebracht, die Hand zu geben, als ich drei war; es ist nicht so schwer wie Jonglieren oder die Asse in einem Kartenspiel nach oben zu zaubern. Aber es dauerte nicht mehr lange, und ich sah klarer.

»Seth möchte wissen, ob er den Berg sehen kann«, sagt Mr. Garin und zeigt zur China-Grube. Die Nordseite sieht *wirklich* ein bißchen wie ein Berg aus. »Ich glaube, eigentlich meint er die Mine –«

»Ja!« sagt der kleine Kerl. »Die Mine! Seth will die Mine sehen! Seth will die Silbermine sehen! Hoss! Little Joe! Adam! Hop Sing!«

Da prustete ich vor Lachen, es war lange her, daß ich diese Namen gehört hatte, aber die anderen nicht. Sie sahen den Jungen weiter an, als wäre er Jesus, der im Tempel die Ältesten unterrichtet.

»Nun, wenn du dir die Ponderosa ansehen möchtest, Junge, ich glaube, das kannst du, auch wenn sie ein gutes Stück westlich von hier liegt. Dort gibt es auch eine Bergwerksführung, wo sie dich mit einer echten Lore nach unten fahren. Am besten wäre es wahrscheinlich in der Betty Carr in Fallon. Aber in der China-Grube gibt es keine Führungen. Da wird noch gearbeitet, und es ist nicht so interessant wie die alten Gold- und Silberschächte. Der Wall da drüben, den du für einen Berg hältst, ist nichts weiter als eine Seite eines großen Lochs in der Erde.«

»Er wird nicht viel von dem verstehen, was Sie sagen, Mr. Symes«, sagt sein großer Bruder. »Er ist ein guter Bruder, aber nicht besonders helle.« Und er klopfte sich an die Schläfe.

Der kleine Kerl verstand aber *doch*, das war nicht schwer zu erkennen, weil er anfing zu weinen. Nicht laut und verzogen, sondern leise, wie ein Kind, das etwas wirklich Wertvolles verloren hat. Die anderen sahen alle niedergeschlagen drein, als sie das hörten, als wäre der Familienhund gestorben. Das kleine Mädchen sagte sogar so was wie, daß Seth niemals weinte. Das stachelte meine Neugier nur an. Ich konnte mir nicht erklären, was mit ihnen los war, und das reizte mich teuflisch. Heute wünschte ich, ich hätte es einfach dabei bewenden lassen, aber das habe ich nicht.

Mr. Garin fragte mich, ob wir uns kurz unter vier Augen unterhalten könnten, was ich bejahte. Er gab den kleinen Kerl seiner Frau – der Junge weinte immer noch auf seine leise Art, große Tränen kullerten seine Wangen hinunter, und der Teufel soll mich holen, wenn seine große Schwester nicht anfing, ein klein wenig mit ihm zu flennen. Dann kam Garin in den Wohnwagen und machte die Tür zu.

Er erzählte mir in kurzer Zeit eine ganze Menge über den kleinen Seth Garin, aber das Wichtigste war, wie gern sie ihn alle hatten. Nicht, daß Garin das je so deutlich aussprach (das hätte mich sowieso mißtrauisch gemacht). Er *zeigte* es einfach. Er sagte, Seth wäre autistisch und würde kaum je ein Wort sprechen, das man verstehen könnte, oder Interesse für das »wirkliche Leben« zeigen, aber als er den Nordwall der China-Grube von der Straße aus gesehen hatte, fing er wie verrückt an zu plappern und zeigte die ganze Zeit darauf.

»Zuerst spielten wir nur ihm zu Gefallen mit und fuhren weiter«, sagte Garin. »Normalerweise ist Seth still, aber ab und zu bekommt er so einen Plapperanfall. June nennt sie seine Predigten. Aber als er sah, daß wir nicht umkehrten oder auch nur abbremsten, fing er an zu sprechen. Nicht nur Worte, sondern ganze *Sätze*. Kehrt bitte um, Seth will Mine sehen, Seth will Hoss und Adam und Little Joe sehen.«

Ich weiß ein wenig über Autismus; mein

bester Freund hat einen Bruder in Sierra Four, der staatlichen Nervenklinik in Boulder City (außerhalb von Vegas). Ich war einige Male mit ihm dort und hab Autismus aus erster Hand studieren können, und ich bin nicht sicher, ob ich Garin geglaubt hätte, wenn ich manches davon nicht mit eigenen Augen gesehen hätte. Viele der Leute in Sierra sprechen nicht nur kein Wort, sie bewegen sich nicht einmal. Im schlimmsten Fall sehen sie wie tot aus, ihre Augen sind glasig und die Brust hebt und senkt sich kaum beim Atmen.

»Er liebt Westernfilme und -fernsehserien«, sagte Mr. Garin, »und ich kann es mir nur so erklären, daß der Wall der Grube ihn an etwas erinnert, das er in einer Folge von *Bonanza* gesehen hat.«

Ich dachte mir, daß er es *tatsächlich* in einer Folge von Bonanza gesehen haben könnte, kann mich aber nicht erinnern, ob ich Garin das gesagt habe. Für diese Fernsehserien wurden eine Menge malerische Außenaufnahmen gedreht (»second unit« nennen sie das), und die China-Grube existiert seit 1957, daher ist es nicht auszuschließen.

»Aber egal«, sagte er, »dies ist ein bedeutender Durchbruch für Seth – nur wäre das Wort *Wunder* weitaus angemessener. Und es ist nicht nur, daß er zusammenhängend geredet hat.«

»Ja«, sagte ich, »er ist zur Abwechslung mal wirklich in dieser Welt, nicht wahr?«

Ich dachte an die Leute in Lacota Hall, wo der Bruder meines Freundes ist. Diese Leute waren *niemals* in dieser Welt. Selbst wenn sie weinten oder lachten oder andere Geräusche von sich gaben, war es immer, als würden sie sie über Telefon durchgeben.

»Ja, so ist es«, sagt Garin. »Es ist, als wäre eine ganze Lichterkette in ihm angegangen. Ich weiß nicht, was das bewirkt hat und wie lange es anhalten wird, aber ... gibt es eine Möglichkeit, daß Sie uns zu der Mine hinaufbringen würden, Mr. Symes? Ich weiß, das dürfen Sie nicht, und ich wette, die bei Ihrer Versicherungsgesellschaft würden einen Anfall bekommen, wenn sie es wüßten, aber es würde Seth so viel bedeuten. Es würde *uns allen* so viel bedeuten. Wir sind ein bißchen knapp bei Kasse, aber ich könnte Ihnen vierzig Dollar für Ihre Bemühungen geben.«

»Ich würde es auch für vierhundert nicht tun«, sagte ich. »So etwas macht man umsonst oder gar nicht. Kommen Sie. Wir nehmen einen der Erzwagen. Ihr ältester Sohn kann ihn fahren, wenn Sie nichts dagegen haben. Das verstößt auch gegen die Vorschriften der Firma, aber ich schätze, darauf kommt es dann auch nicht mehr an.«

Falls jemand dies liest und mich für einen Narren hält (einen *leichtsinnigen*

Narren obendrein), hätte er sehen müssen, wie Bill Garin strahlte. Es tut mir schrecklich leid, was ihm und den anderen in Kalifornien zugestoßen ist – was ich nur aus dem Brief seiner Schwester erfahren habe –, aber glauben Sie mir, wenn ich sage, daß er an jenem Tag glücklich gewesen ist, und ich bin froh, daß ich es ihm ermöglichen konnte.

Es war schon vor unserem »kleinen Schrecken« ein toller Nachmittag. Garin ließ Jack, seinen älteren Sohn, zu der Grube fahren, und ob er das aufregend fand? Ich würde fast sagen, der junge Jack Garin hätte mir seine Stimme gegeben, wenn ich mich um den Job des lieben Gotts beworben hätte. Waren sie eine nette Familie, die den kleinen Jungen hingebungsvoll liebte? Das will ich wohl meinen. Der ganze Klan. Ich schätze, es war schon erstaunlich, daß er plötzlich zu sprechen angefangen hatte, aber wie viele Menschen würden wegen so etwas ihre ganzen Pläne über den Haufen werfen, aus einer Laune heraus, einfach so? Diese Leute haben es getan, und soweit ich das beurteilen konnte, gab es nicht ein einziges Widerwort.

Der Kerl plapperte den ganzen Weg zur Mine hinauf, eine Meile pro Minute. Eine Menge Gestammel, aber nicht nur. Er redete ständig von den Leuten aus *Bonanza*, von der Ponderosa und Gesetzlosen und den Silberminen. Eine Zeichentrickserie ging ihm auch durch den Kopf, glaube ich. Motor Cops hat sie wohl geheißen. Er zeigte mir eine Action-Figur aus der Serie, eine Frau mit roten Haaren und einem Blaster, den man aus dem Halfter nehmen und ihr irgendwie an die Hand stecken konnte. Außerdem tätschelte er immer wieder den Erzwagen und nannte ihn »Justice Wagon«. Da drückte Jack am Steuer plötzlich auf die Tube (er muß an die zehn Meilen pro Stunde gefahren sein) und sagte: »Klar, und ich bin Colonel Henry. Achtung, Energiekorridor direkt voraus!« Sie lachten alle. Ich auch, weil ich mich inzwischen von der allgemeinen Aufregung hatte anstecken lassen.

Ich war so aufgeregt, daß mir ein Ausdruck von ihm erst viel später richtig bewußt wurde. Er sprach immer von der »alten Mine«. Wenn ich damals überhaupt darüber nachdachte, habe ich es wohl für einen Ausdruck aus einer *Bonanza*-Folge gehalten. Ich kam nicht auf den Gedanken, daß er von Rattlesnake Nummer eins sprechen könnte, weil er nichts davon wissen konnte! Nicht mal die Leute aus Desperation wußten, daß wir den Schacht erst eine Woche davor bei Sprengungen freigelegt hatten. Verdammt, eben darum mußte ich mich ja an einem Sonntagnachmittag mit so viel Papierkram herumärgern, einen Bericht an die Hauptstelle schreiben, was wir entdeckt hatten, und verschiedene Vorschläge unterbreiten, wie wir weiter vorgehen sollten.

Als mir der Gedanke dann *doch* kam, daß Seth Garin über Rattlesnake Nummer eins gesprochen haben könnte, fiel mir ein, wie er in den Bürowohnwagen gestürmt war, als wäre er schon hundertmal dort gewesen. Er war schnurstracks zu den Fotos am Schwarzen Brett gegangen. Da bekam ich eine Gänsehaut, aber es wurde noch schlimmer, als ich etwas anderes sah, nachdem die Garins schon weiter nach Carson gefahren waren. Nur noch einen Moment, dann komme ich darauf zurück.

Als wir die Böschung erreichten, tauschte ich Plätze mit Jack und fuhr uns auf der Zufahrt, die sauber geschottert und breiter als mancher Highway ist, nach oben. Wir fuhren über die Kuppe und auf der anderen Seite wieder runter. Alle gaben Oohs und Aahs von sich, und ich schätze, es ist *doch* etwas mehr als nur ein Loch in der Erde. Die Grube ist an der tiefsten Stelle fast dreihundert Meter tief und führt durch Erdschichten, die bis ins Paläozoikum zurückreichen, das war vor dreihundertfünfundzwanzig Millionen Jahren. Manche Schichten des Porphyr sind wunderschön, von funkelnden purpurnen und grünen Kristallen durchsetzt, die wir »Skarngranat« nennen. Von oben sehen die Maschinen unten wie Spielzeuge aus. Mrs. Garin machte einen Witz, daß sie Angst vor der Höhe hätte und sich vielleicht übergeben müsse, aber so witzig ist das eigentlich gar nicht. Manche Leute müssen sich *tatsächlich* übergeben, wenn sie über die Kuppe kommen und sehen, wie tief es runtergeht!

Dann zeigte das kleine Mädchen (kann mich leider nicht an ihren Namen erinnern, ich glaube, Louise) rüber zum Grund der Grube und sagte: »Was ist das Loch dort mit dem ganzen gelben Band davor? Sieht wie ein großes schwarzes Auge aus.«

»Das ist unser Fund des Jahres«, sagte ich. »Etwas so Gewaltiges, daß es immer noch ein gut gehütetes Geheimnis ist. Ich sage es Ihnen, wenn Sie mir versprechen, daß Sie es noch eine Zeitlang hüten werden. Das werden Sie doch, oder nicht? Sonst könnte ich Ärger mit meiner Firma bekommen.«

Sie versprachen es, und ich dachte, es könnte nicht schaden, es ihnen zu erzählen, wo sie doch Durchreisende waren, und so weiter. Außerdem dachte ich mir, der kleine Junge würde es gerne hören, wo er doch so verrückt nach *Bonanza* war, und so. Und wie gesagt, erst viel später kam mir der Gedanke, *daß er es schon wußte*. Um Himmels willen, wieso hätte ich so etwas denken sollen?

»Das ist der alte Schacht Rattlesnake Nummer eins«, sagte ich. »Jedenfalls *glauben* wir es. Wir haben ihn bei Sprengungen freigelegt. Der vordere Abschnitt der Rattlesnake ist 1858 eingestürzt.«

Jack Garin wollte wissen, was im Inneren wäre. Ich sagte ihm, das wüßten wir nicht, aufgrund der MSHA-Vorschriften sei noch niemand drinnen gewesen. Mrs. Garin (June) wollte wissen, ob die Firma den Schacht später erforschen werde, und ich sagte, vielleicht, wenn wir die entsprechenden Genehmigungen bekommen würden. Ich erzählte ihnen keine Lügen, aber ich *habe* die Wahrheit ein bißchen verbogen. Wir hatten die Absperrungsbänder aufgespannt, wie es die MSHA vorschreibt, aber das bedeutete nicht, daß die MSHA von unserem Fund wußte. Wir fanden den Schacht durch reinen Zufall – wir führten eine Sprengung am Südwall durch, und als der Erdrutsch vorbei war und der Staub sich gelegt hatte, war die Öffnung da –, aber niemand in der Firma war sicher, ob wir mit diesem Zufall an die Öffentlichkeit gehen sollten.

Das Interesse wäre groß gewesen, wenn sich die Neuigkeit verbreitet hätte, so viel steht fest. Man erzählt sich, daß vierzig oder fünfzig Chinesen sich in dem Schacht aufhielten, als er damals eingestürzt ist, und wenn das stimmt, müßten sie immer noch dort sein, erhalten wie Mumien in einer ägyptischen Pyramide. Historiker hätten allein wegen der Kleidung und Schürfausrüstung einen Festtag gehabt, ganz zu schweigen von den Toten selbst. Die meisten, die vor Ort dabeigewesen sind, interessierten sich auch ziemlich dafür, aber ohne die Zustimmung der Bosse von Deep Earth in Phoenix konnten wir nicht viel tun, und niemand aus meinem Umfeld glaubte, daß wir die bekommen würden. Deep Earth ist keine gemeinnützige Organisation, was sicher jeder einsehen wird, der diese Zeilen liest, und Bergbau ist, besonders heutzutage, ein riskantes Geschäft. Die China-Grube warf erst seit etwa 1992 Profit ab, und die Leute, die hier arbeiten, können morgens beim Aufstehen nie ganz sicher sein, ob sie noch einen Job haben, wenn sie zu ihrem Arbeitsplatz kommen. Vieles hängt vom Kupferpreis ab (das nasse Verfahren ist nicht billig), aber noch mehr von Umweltfragen. Heutzutage ist es etwas besser; die Politiker, die derzeit am Ruder sind, haben wenigstens ein bißchen Verstand, aber trotzdem sind noch etwa ein halbes Dutzend »Unterlassungsklagen« bei den County- und Bundesgerichten anhängig, von Leuten eingereicht (hauptsächlich von den »Grünen«), die unseren Betrieb dichtmachen wollen. Viele Leute - ich selbst eingeschlossen, das will ich gerne zugeben - waren der Meinung, daß die Bosse sicher kein Interesse daran hätten, unsere Probleme noch zu vergrößern, indem sie aller Welt verkündeten, wir hätten eine alte Mine gefunden, möglicherweise von historischem Interesse. Yvonne Bateman, Ingenieurin bei uns, sagte gleich nach der Sprengung, bei der das Loch freigelegt wurde: »Es würde den Naturschützern ähnlich sehen, wenn sie versuchen würden, die ganze Grube zur historischen Sehenswürdigkeit erklären zu lassen, sei es durch den Bund oder die Historische Kommission von Nevada. Das könnte die Möglichkeit sein, uns endgültig das Wasser abzugraben, nach der sie immer gesucht haben.« Man kann diese Einstellung paranoid nennen, wenn man will (und sicher werden es viele tun), aber wenn jemand wie ich weiß, daß 90 oder 100 Männer von der Mine abhängig sind, damit sie ihre Familien ernähren können, dann bekommt man einen etwas anderen Standpunkt und wird argwöhnisch.

Die Tochter (Louise?) sagte, das Loch würde unheimlich aussehen, und ich antwortete, das fände ich auch. Sie fragte, ob ich trotz Verbot reingehen würde, und ich sagte, auf gar keinen Fall. Sie fragte, ob ich Angst vor Gespenstern hätte, und ich sagte nein, vor Einstürzen. Es ist erstaunlich, daß der Schacht überhaupt noch existierte. Sie hatten ihn direkt in Hornfels und Kristallsyenit hineingetrieben – Überbleibsel der Vulkankatastrophe, die das Große Becken leergefegt hat –, und das ist ein ziemlich instabiler Boden, auch wenn man nicht andauernd ANMO-Ladungen darin zündet. Ich sagte ihr, ich würde überhaupt nicht da reingehen, wenn der Schacht nicht alle fünf Meter mit Stahlbeton verstärkt würde. Ohne zu wissen, daß ich, noch ehe der Tag zu Ende war, so tief reingehen würde, daß ich die Sonne nicht mehr sehen konnte!

Ich nahm sie mit ins Büro und gab ihnen Schutzhelme, dann führte ich sie überall herum und zeigte ihnen alles - Grabungen, Leitungen, Ablaugbecken, Sortieranlagen und die Schwerausrüstung. Wir hatten keinen schlechten Lokaltermin. Inzwischen hatte der kleine Seth wieder aufgehört zu reden, aber seine Augen waren so leuchtend wie die Granate, die wir immer wieder im Gesteinsabfall finden!

Gut, jetzt zu dem »kleinen Schrecken«, der mir so viele Zweifel und Alpträume beschert hat (ganz zu schweigen von dem schlechten Gewissen, was kein Witz für einen Mormonen ist, der seine Religion ziemlich ernst nimmt). Damals kam er keinem von uns so »klein« vor, und mir bis heute nicht, um die Wahrheit zu sagen. Ich habe immer und immer wieder darüber nachgedacht, und als ich in Peru war (dort hielt ich mich auf und besichtigte Bauxitvorkommen, als Audrey Wylers Anfrage der Zweigstelle von Deep Earth in Desperation per Post zugestellt wurde), träumte ich ein Dutzend Mal oder öfter davon. Möglicherweise wegen der Hitze. Es war *heiß* in der Rattlesnake-Mine. Ich bin im Laufe meines Lebens in vielen Schächten gewesen, und normalerweise sind sie kühl oder regelrecht kalt. Ich habe gelesen, daß es in einigen der tiefen Goldminen in Südafrika warm sein soll, aber in so einer bin ich nie gewesen. Und hier war es nicht warm, sondern *heiß*. Und feucht, wie in einem Treibhaus.

Aber ich eile den Ereignissen voraus, und das will ich nicht. Ich will alles der Reihe nach erzählen und Gott danken, daß es so glimpflich ausgegangen ist. Ich kann Gott auch dafür danken, daß so etwas nie wieder geschehen wird. Anfang August, keine zwei Wochen nach den geschilderten Ereignissen, ist der gesamte Schacht eingestürzt. Möglicherweise ein kleines Erdbeben tief unten im Devon, möglicherweise hatte die Luft eine korrodierende Wirkung auf die erhaltenen Stützbalken. Mit Sicherheit werde ich es nie erfahren, aber auf jeden Fall ist alles eingestürzt, eine Million Tonnen Schieferton und Schiefer und Kalkstein. Wenn ich daran denke, wie knapp Mr. Garin und sein kleiner Junge dieser Katastrophe entgangen sind (ganz zu schweigen von Mr. Allen Symes, dem außergewöhnlichen Geologen), bekomme ich Fracksausen.

Jack, der ältere Junge, wollte Mo sehen,

unseren größten Bagger. Er fährt auf Ketten und arbeitet am inneren Hang, wo er hauptsächlich dazu benützt wird, in Intervallen von fünfzehn Metern Terrassen auszubaggern. Anfang der siebziger Jahre war Mo der größte Bagger auf dem Planeten Erde, und die meisten Kinder - besonders Jungs - waren davon fasziniert. Große Jungs auch! Mr. Garin wollte die Maschine ebenso aus der Nähe sehen wie der junge Jack, und ich dachte mir, das würde auch für Seth gelten. Aber da irrte ich mich.

Ich zeigte ihnen die Leiter, die zu Mos Führerkabine hinaufführt, welche sich fast dreißig Meter über dem Boden befindet. Jack fragte, ob sie hinaufsteigen könnten, und ich sagte nein, das wäre zu gefährlich, aber sie könnten auf den Ketten spazierengehen, wenn sie wollten. Es ist ein einmaliges Erlebnis; jedes der Kettenglieder ist so breit wie eine Straße, und jedes der einzelnen Stahlteile, aus denen sie sich zusammensetzen, hat eine Breite von einem Meter. Mr. Garin setzte Seth ab, dann kletterten sie die Leiter zu Mos Raupenketten hinauf. Ich folgte ihnen und hoffte von ganzem Herzen, daß niemand stürzen werde. In diesem Fall wäre ich höchstwahrscheinlich der Sündenbock im Fall eines Schadenersatzprozesses gewesen. June Garin blieb ein Stück zurück, damit sie Fotos von uns machen konnte, wie wir da oben standen, die

Arme umeinander legten und lachten. Wir alberten und kasperten vor der Kamera herum und hatten einen Heidenspaß, bis das kleine Mädchen rief: »Komm zurück, Seth! Sofort! Du hast da nichts zu suchen!«

Ich konnte ihn nicht sehen, weil oben, auf Mos Kette, der Rest des Baggers im Weg war, aber ich sah seine Mutter und ihren erschrockenen Gesichtsausdruck, als sie ihn erblickte.

»*Seth!*« schrie sie. »*Komm sofort zurück!*« Sie rief zwei- oder dreimal, dann ließ sie einfach die Kamera fallen und rannte los. Ich brauchte nur zu sehen, wie sie die teure Nikon fallenließ wie eine leere Zigarettenschachtel. Mit drei Sprüngen war ich die Leiter runter. Ein Wunder, daß ich nicht gefallen bin und mir den Hals gebrochen habe! Wahrscheinlich ist es ein noch größeres Wunder, daß Garin und seinem älteren Sohn Jack nichts passiert ist, aber daran dachte ich in dem Moment nicht mal. Um ehrlich zu sein, dachte ich überhaupt nicht an sie.

Der kleine Junge kletterte schon den Hang zur Öffnung des alten Schachts hinauf, der nur etwa sechs Meter über dem Boden der Grube lag. Ich sah es und wußte, seine Mutter würde ihn nicht mehr erreichen, bevor er reinging. Niemand würde ihn hindern können, da reinzugehen, wenn er es vorhatte. Mein Herz wollte mir in die Stiefel sinken, aber ich ließ es nicht zu. Statt dessen rannte ich, so schnell ich konnte.

Ich überholte Mrs. Garin in dem Moment, als Seth den Eingang des Schachts erreichte. Da blieb er einen Moment stehen, und ich hoffte, er würde vielleicht *nicht* reingehen. Ich dachte mir, wenn ihn die Dunkelheit nicht abschrecken würde, dann möglicherweise der Geruch in dem Stollen - der Geruch eines alten Lagerfeuers, von Asche und angebranntem Kaffee und alten Fleischresten. Dann ging er *doch* hinein, ohne mich eines Blickes zu würdigen, obwohl ich ihm zurief, daß er stehenbleiben sollte.

Ich lief an seiner Mom vorbei und sagte ihr, daß sie um Gottes willen draußen bleiben sollte, daß ich reingehen und ihn herausholen würde. Ich befahl ihr, ihrem Mann und ihrem Sohn dasselbe zu sagen, aber natürlich hörte Garin nicht darauf. Ich glaube, in seiner Situation hätte ich das auch nicht getan.

Ich kletterte den Hang hinauf und unter dem gelben Band durch. Der Kerl war so klein, daß er einfach unten drunter durchlaufen konnte. Ich konnte das leise Tosen hören, das man fast immer in alten Bergwerksschächten hört. Es klingt wie der Wind oder ein ferner Wasserfall. Ich weiß nicht, was es wirklich ist, aber ich mag es nicht und habe es nie gemocht. Ich kenne auch niemanden, der es mag. Es ist ein gespenstisches Geräusch.

Aber an jenem Tag hörte ich darüber hinaus ein anderes, das mir noch weniger gefiel - ein leises, flüsterndes Knirschen. Ich hatte es seit der Freilegung des Schachts noch nie gehört, wenn ich dort gewesen war, um hineinzuschauen, aber ich wußte gleich, worum es sich handelte - Hornfels und Rhyolit, die sich aneinander rieben. Es ist, als würde die Erde sprechen. In alten Zeiten haben Bergleute stets einen Schacht verlassen, wenn sie es hörten, weil es bedeutete, daß er jeden Moment einstürzen konnte. Ich schätze, die Chinesen, die 1858 im Rattlesnake gearbeitet haben, wußten entweder nicht, was das Geräusch zu bedeuten hatte, oder sie durften nicht hinaus.

Ich rutschte ab, als ich die Absperrung hinter mir gelassen hatte, und fiel auf ein Knie. Dabei sah ich etwas auf dem Boden liegen. Es war seine kleine Action-Figur aus Plastik, die Rothaarige mit dem Blaster. Sie mußte dem Jungen aus der Tasche gefallen sein, bevor er den Schacht betrat, und daß ich sie da in den Schottertrümmern liegen sah - die wir Abraumgestein nennen -, schien ein schlimmes Omen zu sein, das mich mit Schrecken erfüllte. Ich hob die Figur auf, steckte sie in die Tasche und vergaß sie bis später, als sich die ganze Aufregung gelegt hatte und ich sie ihrem Besitzer zurückgab. Ich beschrieb sie meinem kleinen Neffen, und der sagte, das sei Cassie Stiles (Schreibweise?), eine Figur aus der MotoKops-Serie, von der der kleine Kerl andauernd sprach.

Ich hörte hinter mir Gestein rutschen und ein Keuchen; drehte mich um und sah Garin den Hang heraufkommen. Die anderen drei standen unten zusammengedrängt. Das kleine Mädchen weinte.

»Kehren Sie sofort um!« sagte ich. »Dieser Schacht kann jeden Moment einstürzen! Er ist verdammte hundertunddreißig Jahre alt! Noch mehr!«

»Von mir aus könnte er tausend Jahre alt sein«, antwortete er, ohne stehenzubleiben. »Es ist mein Junge, und ich werde ihn da rausholen.«

Ich hatte nicht vor, da stehenzubleiben und mit ihm zu streiten; manchmal bleibt einem nichts anderes übrig, als sich in Bewegung zu setzen, in Bewegung zu bleiben und zu hoffen, daß Gott das Dach nicht einstürzen läßt. Und das tat er nicht.

Ich war in meiner Zeit als Bergbauingenieur an einigen furchteinflößenden Orten gewesen, aber die zehn Minuten (es können auch mehr oder weniger gewesen sein; ich hatte jedes Zeitgefühl verloren), die ich im alten Rattlesnake verbracht habe, waren bei weitem die unheimlichsten. Der Stollen führte in einem ziemlich steilen Winkel abwärts, und wir waren noch keine zwanzig Meter weit gekommen, da erlosch der letzte Rest des Tageslichts. Der Geruch des Schachts – Asche, alter Kaffee, verbranntes Fleisch – wurde zunehmend stärker, und auch das war seltsam. Manchmal herrscht in alten Bergwerken ein »mineralischer« Geruch, aber das ist meistens auch alles. Der Untergrund bestand aus Geröllgestein, und wir mußten sehr vorsichtig sein, damit wir uns nicht die Zehen anstießen und vornüber fielen. Die Stützbalken und Querverstrebungen waren mit chinesischen Schriftzeichen bedeckt, manche ins Holz eingeschnitzt, manche nur mit Ruß aufgemalt. Wenn man so etwas sieht, wird einem klar, daß sich alles, worüber man in Geschichtsbüchern liest, wirklich zugetragen hat. Nichts ist erfunden. Dann drückt die Vergangenheit wie ein richtiges Gewicht auf einen.

Mr. Garin rief dem Jungen hinterher, daß er zurückkommen sollte, es wäre nicht sicher. Ich wollte ihm sagen, daß der Klang seiner Stimme ausreichen könnte, die ganze Decke zum Einsturz zu bringen, so wie laute Rufe im Hochgebirge manchmal Lawinen auslösen können. Aber ich ließ es sein. Er hätte nicht aufhören können, zu rufen. Er konnte nur an seinen Jungen denken.

Ich habe ein kleines Taschenmesser, eine Lupe und eine kleine Taschenlampe an meinem

Schlüsselbund. Diese kleine Lampe machte ich ab und leuchtete uns damit den Weg aus. Wir gingen weiter den Schacht hinunter, während der lockere Hornfels um uns herum flüsterte, das leise Rauschen in unsere Ohren drang und der Geruch in unsere Nasen. Ich spürte ziemlich schnell, daß es immer wärmer wurde, und je wärmer es wurde, desto stärker wurde der Geruch. Zuletzt roch es nicht mehr wie ein Lagerfeuer. Es roch wie etwas Verdorbenes. Eine Art Kadaver.

Dann stießen wir auf die ersten Knochen. Wir – ich meine, wir von Deep Earth – hatten mit Scheinwerfern in den Stollen geleuchtet, aber nicht viel gesehen. Wir hatten hin und her diskutiert, ob wirklich etwas da drin sei. Yvonne sagte unmöglich, niemand wäre in einen Schacht gegangen, der in diese Art von Boden getrieben worden war, nicht einmal chinesische Tagelöhner. Sie sagten, es sei alles nur Geschwätz – Legendenmache, so drückte sich Yvonne aus –, aber als Garin und ich etwa zweihundert Meter weit vorgedrungen waren, zeigte selbst das Licht meiner kleinen Taschenlampe, daß Yvonne sich geirrt hatte.

Überall auf dem Boden des Schachts lagen Gebeine verstreut, zertrümmerte Schädel und Beine und Hüftknochen und Becken. Die Brustkörbe waren am schlimmsten, jeder einzelne schien zu grinsen wie die Cheshirekatze aus *Alice im Wunderland*. Wenn wir auf sie traten, knirschten sie nicht einmal, wie man eigentlich erwartet hätte, sondern stoben einfach wie Puder in die Höhe. Der Geruch war stärker denn je, und ich konnte spüren, wie mir der Schweiß über das Gesicht lief. Als wäre man in einem Heizungsraum statt in einer Mine. Und die Wände! Hier unten hatten sie nicht nur ihre Namen oder Initialen verewigt; sie hatten *alles* mit dem Ruß ihrer Kerzen vollgeschrieben. Als hätten sie alle beschlossen, ihr Testament an die Wände zu schreiben, als der Zugang zur Mine eingestürzt war und sie in dem Schacht festsaßen.

Ich packte Garin an der Schulter und sagte: »Wir sind zu weit gegangen. Er hat irgendwo auf der Seite gestanden, und wir haben ihn in der Dunkelheit übersehen.«

»Das glaube ich nicht«, sagte er.

»Warum nicht?« fragte ich.

»Weil ich ihn immer noch vor uns spüren kann«, sagte er, und fügte dann laut hinzu: »*Seth! Bitte, Liebling! Wenn du da unten bist, kehr um und komm zu uns!*«

Was wir dann hörten, sorgte dafür, daß sich meine Nackenhärchen aufrichteten. Tiefer in dem Schacht mit seinem Boden aus zerbröseltem Skarn und Schädeln und Knochen konnten wir Gesang hören. Keine Worte, nur die Stimme des kleinen Jungen, die »La-la-la« und »dumm-diedel-dumm« sang. Eine Melodie war kaum herauszuhören, und doch konnte ich die Titelmusik von *Bonanza* identifizieren.

Garin sah mich in der Dunkelheit mit aufgerissenen weißen Augen an und fragte mich, ob ich immer noch der Meinung wäre, wir müßten an ihm vorbeigegangen sein. Darauf wußte ich nichts zu erwidern, und wir gingen weiter.

Allmählich sahen wir Gegenstände zwischen den Knochen - Tassen, Spitzhacken mit rostigen Klingen und komischen kurzen Stielen, kleine Blechkästen mit Gurten daran, wie ich sie im Bergbaumuseum in Ely gesehen hatte. Kerosiner, so nannten die Bergleute sie. Sie trugen sie wie Reliquienkästchen an der Stirn, und darunter Stirnbänder, damit sie sich die Haut nicht verbrannten. Und dann sah ich, daß nicht nur chinesische Worte mit Kerzenruß an die Wände gemalt worden waren, sondern auch Zeichnungen. Gräßliche Bilder - Kojoten mit Köpfen wie Spinnen, Berglöwen, auf denen Skorpione ritten, Fledermäuse mit Babyköpfen. Seither habe ich mich immer wieder gefragt, ob ich das alles tatsächlich gesehen habe, oder ob es Halluzinationen gewesen sein könnten, hervorgerufen durch die schlechte Luft so weit unten in dem Schacht. Später habe ich Garin nicht gefragt, ob er sie auch gesehen hatte. Ich weiß nicht mehr, ob ich es nur vergessen habe oder nicht zu fragen wagte.

Er blieb stehen, bückte sich und hob etwas auf. Es war ein kleiner schwarzer Cowboystiefel, der zwischen zwei Felsbrocken eingeklemmt worden war. Der kleine Kerl mußte ihn eingeklemmt haben und einfach weitergelaufen sein. Mr. Garin hielt ihn hoch, so daß ich ihn im Licht meiner winzigen Lampe sehen konnte, und steckte ihn in sein Hemd. Das La-la-la und Dumm-diedeldumm konnten wir immer noch hören, daher wußten wir, daß er immer noch vor uns lief. Es hörte sich an, als wären wir etwas nähergekommen, aber ich gab mich keinerlei Hoffnungen hin. Unter der Erde kann man es nie genau sagen. Der Schall geht dort seltsame Wege.

Wir gingen weiter und weiter, ich weiß nicht, wie weit, aber es ging immer tiefer nach unten und wurde immer heißer. Auf dem Boden des Schachts lagen weniger Knochen, dafür mehr heruntergestürzte Felsbrocken. Ich hätte mit dem Licht nach oben leuchten und mir ein Bild von der Beschaffenheit der Decke machen können, wagte es aber nicht. Ich wagte nicht einmal, daran zu denken, wie tief wir inzwischen sein mußten. Es muß mindestens vierhundert Meter von der Stelle entfernt gewesen sein, wo die Explosionen den Schacht aufgerissen hatten. Wahrscheinlich mehr. Und ich war mir langsam ziemlich sicher, daß wir nie wieder rauskommen würden. Die Decke würde einstürzen, und das wär's dann gewesen. Wenigstens würde es schnell gehen, schneller als bei den chinesischen Bergleuten, die in eben diesem Schacht erstickt oder verdurstet waren. Ich dachte immerzu daran, daß ich fünf oder sechs Bücher aus der Bibliothek zu Hause hatte, und fragte mich, wer die jetzt zurückbringen und ob jemand die Strafgebühr aus meinem spärlichen Nachlaß begleichen würde. Komisch, was einem so durch den Kopf geht, wenn man sich am Ende der Fahnenstange glaubt.

Kurz bevor mein Licht auf den kleinen Jungen schien, wechselte er die Melodie. Die neue kannte ich nicht, aber sein Dad sagte mir, als wir wieder draußen waren, daß es die Titelmelodie der MotoKops gewesen sei. Ich erwähne es nur, weil es sich einen Augenblick angehört hat, als hätte *jemand anders* die La-la-las und Dumm-diedel-dumms mit ihm gesungen, gewissermaßen zweistimmig. Ich bin sicher, es war nur das leise Rauschen, von dem ich gesprochen habe, aber trotzdem bin ich zu Tode erschrocken, das kann ich Ihnen sagen. Garin hörte es auch; ich konnte ihn undeutlich im Licht meiner Lampe erkennen, und er sah beinahe so erschrocken aus, wie ich war. Schweiß lief ihm in Strömen übers Gesicht, und sein Hemd klebte ihm wie angeleimt an der Brust.

Dann zeigt er nach vorne und sagt: »Ich

glaube, ich sehe ihn! Ich *kann* ihn sehen! Da ist er! Seth! Seth!« Er lief zu ihm, stolperte über das Geröll und torkelte wie ein Betrunkener, schaffte es aber trotzdem, das Gleichgewicht nicht zu verlieren. Ich konnte nur zu Gott beten, daß er nicht gegen einen der alten Stützbalken fallen würde. Der Balken wäre wahrscheinlich zu Staub zerfallen wie die Knochen, auf die wir getreten waren, um hierherzukommen, und das wär's dann gewesen.

Dann sah *ich* den Jungen auch – man konnte die Jeans und das rote Hemd, das er trug, schlecht übersehen. Er stand an der Stelle, wo der Schacht zu Ende war. Man sah, daß es nicht wieder eine eingestürzte Stelle sein konnte, weil es sich um eine glatte Felswand handelte – eine »Platte« sagen wir dazu –, und nicht um aufgeschichtetes Geröll. In der Mitte verlief ein Riß, und ich dachte einen Moment, der Junge wollte sich da hineinzwängen. Das jagte mir einen großen Schrecken ein, denn er sah schmal genug aus, daß er es schaffen könnte, wenn er es wirklich wollte, und zwei ausgewachsene Männer wie wir hätten ihm dann nicht mehr folgen können. Aber er versuchte es nicht. Als ich ein wenig näher kam, sah ich, daß er vollkommen reglos dastand. Die Schatten, die meine kleine Taschenlampe warf, müssen mich genarrt haben, anders kann ich es mir nicht erklären.

Sein Dad war zuerst bei ihm und nahm ihn in die Arme. Er drückte das Gesicht an die Brust des Jungen, daher sah er nicht, was ich sah, und auch ich sah es nur für einen Sekundenbruchteil. Und diesmal spielten mir meine Augen keinen Streich. Der Junge *grinste*, und es war kein erfreuliches Grinsen. Es sah aus, als wären seine Mundwinkel bis zu den Ohrläppchen gedehnt worden, und ich konnte sämtliche Zähne sehen. Sein Gesicht war so verzerrt, daß seine Augen regelrecht aus den Höhlen zu quellen schienen. Dann hielt ihn sein Vater von sich, damit er ihm einen Kuß geben konnte, und das Grinsen verschwand. Ich war froh. Solange er grinste, hatte er nicht die geringste Ähnlichkeit mit dem kleinen Jungen, den ich kennengelernt hatte.

»Was hast du dir dabei gedacht?« fragt sein Vater ihn. Er sprach ziemlich laut, aber es war trotzdem keine ernstzunehmende Standpauke, weil er dem Jungen praktisch nach jedem Wort einen Kuß gab. »Deine Mutter ängstigt sich zu *Tode!* Warum hast du das getan? Warum, in Gottes Namen, bist du hier reingelaufen?«

Seine Antwort waren die letzten zusammenhängenden Worte, die er sprach, und ich erinnere mich noch gut daran. »Colonel Henry und Major Pike haben es mir befohlen«, sagte er. »Sie sagten mir, ich könnte die Ponderosa sehen. Da drinnen.« Er zeigte auf den Riß in der Felswand. »Aber ich konnte nicht. Ponderosa ist nicht mehr da.« Dann legte er seinem Vater den Kopf auf die Schulter und machte die Augen zu, als wäre er vollkommen erschöpft.

»Gehen wir zurück«, sagte ich. »Ich gehe rechts hinter ihnen, so daß ich den Weg ausleuchten kann. Bummeln Sie nicht, aber laufen Sie auch nicht. Und versuchen Sie um Gottes willen, an keines der Streichhölzer zu stoßen, die die Decke halten.«

Jetzt, wo wir den Jungen hatten, schien das Ächzen in der Erde lauter denn je zu sein. Ich bildete mir ein, daß ich sogar die Holzbalken knirschen hören konnte. Normalerweise bin ich nicht mit einer üppigen Phantasie gesegnet, aber ich bildete mir ein, daß sie etwas sagen wollten. Daß sie uns sagen wollten, wir sollten den Schacht verlassen, solange wir es noch konnten.

Aber ich konnte nicht anders, ich mußte einmal mit der Taschenlampe in den Riß leuchten, bevor wir hinausgingen. Als ich mich bückte, konnte ich einen Luftzug spüren, demnach war es nicht nur ein Riß in der Platte; auf der anderen Seite mußte eine Art Ritze liegen. Vielleicht sogar eine Höhle. Die Luft, die herauswehte, war heiß wie aus einem Brennofen und stank durchdringend. Ein kleiner Luftzug, und ich hielt den Atem an, damit ich mich nicht übergeben mußte. Es war der Geruch nach altem Lagerfeuer, nur tausendmal stärker. Ich habe mir den Kopf zermartert, wie etwas so tief unter der Erde so übel riechen kann, aber mir ist nichts eingefallen. Nur frische Luft kann bewirken, daß etwas derartig stinkt, was bedeutet, daß es einen Luftschacht geben muß, aber Deep Earth gräbt seit 1957 in dieser Gegend, und wenn ein Luftschacht gefunden worden wäre, groß genug, so einen Gestank zu erzeugen, dann hätten sie ihn entweder zugeschüttet oder ihn erforscht, um herauszufinden, wohin er führte.

Der Riß sah wie ein zickzackförmiges S oder ein Blitz aus, und es machte nicht den Eindruck, als gäbe es allzuviel darin zu *sehen*, nur dickes Gestein – mindestens sechzig Zentimeter, wenn nicht neunzig. Aber ich hatte das Gefühl, als würde sich auf der anderen Seite ein Raum auftun, und dazu diese ausströmende heiße Luft. Ich bildete mir ein, ein paar rote Pünktchen wie Glut da drinnen tanzen zu sehen, aber das muß ich mir eingebildet haben, denn als ich blinzelte, waren sie verschwunden.

Ich drehte mich zu Garin um und sagte ihm, daß er losgehen solle.

»Einen Augenblick, lassen Sie mir noch einen Augenblick Zeit«, sagte er. Er hatte den kleinen schwarzen Cowboystiefel aus dem Hemd genommen und zog ihn dem Jungen an. Mit einer ungeheuren Zärtlichkeit. Die Geste drückte alles aus, was man über die Liebe eines Vaters wissen muß. »Okay«, sagte er, als er fertig war. »Gehen wir.«

»Gut«, sagte ich. »Passen Sie nur auf, wo Sie hintreten.«

Wir gingen so schnell wir konnten, und trotzdem schien es eine Ewigkeit zu dauern. In den Träumen, von denen ich gesprochen habe, sehe ich immer den kleinen Lichtkreis meiner Taschenlampe über Schädelknochen gleiten. Es waren gar nicht so viele, als wir durch den Schacht liefen, und einige davon waren verfallen, aber in meinen Träumen scheinen es Tausende zu sein, Schädel von einer Wand zur anderen, die aufragen wie Eier in einem Karton, und sie grinsen alle, so wie der Kleine gegrinst hat, als sein Dad ihn hochgenommen hatte, und in ihren Augenhöhlen sehe ich kleine rote Pünktchen tanzen wie Funken über einem Buschfeuer.

Alles in allem war es ein schrecklicher Rückweg. Ich hielt ständig nach dem Tageslicht Ausschau und konnte es lange Zeit nicht sehen. Als ich es schließlich erkennen konnte (ein winzig kleines Rechteck, das ich anfangs mit dem Daumennagel hätte verdecken können), schien der Hornfels lauter denn je zu ächzen, und ich war überzeugt, daß der Schacht warten würde, bis wir fast draußen waren, um dann über uns zusammenzubrechen wie eine Hand, die Fliegen erschlägt. Als ob ein Loch im Erdboden denken könnte! Aber wenn man sich tatsächlich in so einer Situation befindet, geht die Phantasie mit einem durch. Schall geht seltsame Wege; Gedanken offenbar auch.

Ich kann ruhig sagen, daß mir immer noch die seltsamsten Gedanken über Rattlesnake Nummer eins durch den Kopf gehen. Ich werde nicht sagen, daß es dort gespukt hat, nicht mal in einem »Hintergrundbericht«, den wahrscheinlich nie jemand lesen wird, nein, aber ich werde auch nicht sagen, daß es nicht so war. Wo sollte es schließlich Gespenster geben, wenn nicht in einem Bergwerksstollen voller toter Männer? Was die andere Seite der Felswand betrifft, wenn ich dort *tatsächlich* etwas gesehen habe – diese tanzenden roten Lichter –, dann auf jeden Fall keine Gespenster.

Die letzten dreißig Meter waren die schlimmsten. Es kostete mich alle Anstrengung, mich nicht einfach an Mr. Garin vorbeizudrängen und loszurennen, und ich konnte sehen, daß es ihm nicht anders erging. Aber wir beherrschten uns beide, wahrscheinlich weil wir wußten, daß wir den Rest der Familie noch mehr erschrecken würden, wenn wir voller Panik herausgerannt kämen. Statt dessen schritten wir hinaus wie Männer, Garin mit seinem schlafenden Sohn auf den Armen.

Das war unser »kleiner Schrecken«.

Mrs. Garin und die beiden älteren Kinder weinten und machten ein Riesenaufhebens um Seth, tätschelten ihn und küßten ihn, als könnten sie kaum glauben, daß er da war. Er wachte auf und sah alle lächelnd an, sprach aber kein Wort mehr, sondern stammelte nur noch. Mr. Garin stolperte zum Pulvermagazin, einem kleinen Metallschuppen, wo wir unseren Sprengstoff aufbewahren, und setzte sich mit dem Rücken zur Wand hin. Er verschränkte die Hände zwischen den Knien und ließ den Kopf darauf sinken. Ich wußte, wie ihm zumute sein mußte. Seine Frau fragte ihn, ob alles in Ordnung sei, und er sagte ja, er müßte sich nur ein wenig ausruhen und zu Atem kommen. Ich sagte, ich ebenfalls. Ich fragte Mrs. Garin, ob sie mit den Kindern zum Erzfahrzeug gehen wollte. Ich sagte, vielleicht würde Jack seinem Bruder unseren Mr. Mo zeigen wollen. Sie lachte, wie man eben lacht, wenn nichts komisch ist, und sagte: »Ich glaube, für einen Tag haben wir genug Abenteuer erlebt, Mr. Symes. Ich hoffe, Sie verstehen mich nicht falsch, aber ich will nur noch hier weg.«

Ich sagte ihr, daß ich das verstünde, und ich glaube, *sie* hat verstanden, daß ich mich kurz mit ihrem Mann allein unterhalten mußte, bevor wir unsere Murmeln einsammelten und aufhörten zu spielen. Nicht, daß ich mich nicht ebenfalls wieder hätte einkriegen müssen! Meine Beine fühlten sich an wie Gummi. Ich ging zum Pulvermagazin und setzte mich neben Mr. Garin.

»Wenn wir es melden, gibt es eine Menge Ärger«, sagte ich. »Für die Firma und für mich. Ich würde wahrscheinlich nicht rausgeschmissen werden, aber es wäre möglich.«

»Ich werde kein Wort sagen«, antwortete er, hob den Kopf und sah mir direkt in die Augen. Und ich glaube, niemand wird es ihm verdenken, daß er weinte. Ich glaube, jeder Vater hätte geweint, wenn er solche Angst um seinen Sohn hätte ausstehen müssen. Ich war selbst den Tränen nahe und hatte die Familie an dem Tag zum erstenmal gesehen. Jedesmal, wenn ich daran dachte, wie zärtlich Garin dem Jungen den Schuh angezogen hatte, spürte ich einen Kloß im Hals.

»Dafür wäre ich Ihnen ewig dankbar«, sagte ich.

»Unsinn«, sagte er. »Ich weiß nicht, wie ich Ihnen danken soll. Ich wüßte nicht mal, wo ich anfangen sollte.«

Inzwischen war ich etwas verlegen geworden. »Kommen Sie«, sagte ich. »Wir haben es gemeinsam geschafft, und Ende gut, alles gut.«

Ich half ihm auf die Füße, und wir gingen zu den anderen zurück. Wir waren fast da, als er mir eine Hand auf den Arm legte und mich festhielt.

»Sie sollten niemand da reingehen lassen«, sagte er. »Nicht einmal, wenn die Ingenieure sagen, daß sie den Schacht stützen können. Da drinnen stimmt etwas nicht.«

»Das weiß ich«, sagte ich. »Ich habe es gespürt.« Ich dachte an das Grinsen des Jungen - auch heute, Monate danach, erschauere ich noch, wenn ich daran denke - und hätte Garin fast gesagt, daß der Junge es auch gespürt hatte. Dann beschloß ich, es sein zu lassen. Was hätte es genützt?

»Wenn es nach mir ginge«, sagte er, »würde ich eine Ladung aus Ihrem Pulvermagazin da reinwerfen und das ganze Ding sprengen. Es ist ein Grab. Man sollte die Toten darin ruhen lassen.«

»Keine schlechte Idee«, sagte ich, und das muß Gott auch gedacht haben, denn keine zwei Wochen später hat Er diese Aufgabe persönlich übernommen. Es kam da drinnen zu einer Explosion. Nicht nur zu einem Einsturz, zu einer *Explosion*. Und soweit ich weiß, wurde nie eine Ursache dafür herausgefunden.

Garin lachte, schüttelte den Kopf und sagte: »Zwei Stunden auf der Straße, und ich werde nicht mal mehr glauben können, daß es tatsächlich passiert ist.«

Ich sagte ihm, das wäre vielleicht das beste.

»Aber etwas werde ich nicht vergessen«, sagte er, »nämlich daß Seth heute gesprochen hat. Und nicht nur Worte oder Ausdrücke, die nur seine Familie verstehen konnte. *Er hat richtig geredet*. Sie wissen nicht, wie erstaunlich das ist, aber wir schon.« Er schloß seine Familie, die inzwischen wieder in dem Erzfahrzeug saß, mit einer Handbewegung ein. »Und wenn er es einmal geschafft hat, kann er es wieder schaffen.« Vielleicht hat er wieder gesprochen, ich hoffe es. Ich wüßte es wirklich zu gerne. Ich bin neugierig, was diesen Jungen betrifft, in mehr als einer Hinsicht. Als ich ihm später seine kleine Action-Figur zurückgab, lächelte er und gab mir einen Kuß auf die Wange. Und was für einen reizenden Kuß!

Wir »verabschiedeten« uns freundschaftlich von der China-Grube, dann fuhr ich sie zum Bürowohnwagen zurück, wo ihr Auto parkte. Soweit ich sehen konnte, hat niemand von uns Notiz genommen, obwohl ich einfach die Main Street entlanggefahren bin. Bei dem heißen Wetter ist Desperation am Sonntagnachmittag wie eine Geisterstadt.

Als wir bei ihrem Auto ankamen, schüttelten wir einander reihum die Hände. Ich gab dem kleinen Burschen sein Spielzeug und bekam meinen Kuß. Mrs. Garin gab mir ebenfalls einen Kuß (und eine feste Umarmung dazu) und sagte, sie würden mich nie vergessen. Ich sagte, ich würde sie auch nie vergessen, was bis jetzt auch die reine Wahrheit gewesen ist. Ich erinnere mich am deutlichsten daran, wie Seth lächelte, als er sein Spielzeug nahm, und wie er mir mit seinen Lippen den Schmatz auf die Wange gab. Eines an dem Kuß freilich war nicht angenehm; ich schien einen Hauch des Geruchs aus der Mine auf seiner Haut zu riechen ... diesen Lagerfeuergeruch nach Asche und Fleisch und kaltem Kaffee.

Ich stand vor der Treppe des Wohnwagens und winkte ihnen nach, wie sie dem schrecklichen Schicksal entgegenfuhren, das laut Garins Schwester am Ende ihrer Reise auf sie wartete - sie wurden sinnlos von einem vorbeifahrenden Wagen aus erschossen. Alle winkten zurück - das heißt, außer Seth. Was auch immer in der Mine gewesen sein mag, ich glaube, wir hatten Glück, daß wir rausgekommen sind ... und daß er danach der einzige Überlebende einer Schießerei in San José sein sollte! Man könnte fast sagen, daß er einen Schutzengel hatte, richtig? Und in einer Hinsicht hatte Garin recht. Ich konnte kaum glauben, daß sich alles wirklich abgespielt hatte, als der Staub, den ihr Auto aufwirbelte, noch nicht wieder zu Boden gesunken war. Vielleicht ist es immer so, wenn man gerade noch mal davongekommen ist.

Wie ich schon sagte, ich träumte in Peru davon - hauptsächlich den Traum von den

Schädeln und davon, wie ich mit der Taschenlampe in diesen Riß hineingeleuchtet hatte – aber tagsüber dachte ich kaum daran, bis ich Audrey Wylers Brief las, der am Schwarzen Brett hing, als ich aus Peru zurückkam. Sally hatte den Umschlag weggeworfen, sagte aber, er wäre einfach an »Die Bergbaugesellschaft von Desperation« adressiert gewesen. Als ich ihn las, bestärkte es mich in meiner Überzeugung, daß etwas geschehen sein mußte, als Seth unter Tage war (wie wir in meiner Branche sagen), und es möglicherweise falsch wäre, zu lügen, aber ich log trotzdem. Wie hätte ich anders handeln können, wo ich nicht einmal wußte, was dieses »Etwas« gewesen sein könnte?

Aber dieses Grinsen.

Dieses Grinsen.

Er war ein netter kleiner Junge, und ich bin froh, daß er nicht im Rattlesnake getötet wurde (was ihm hätte zustoßen können, wie uns allen), oder zusammen mit den anderen in San José, aber ...

Das Grinsen schien überhaupt nicht zu dem Jungen zu gehören. Ich wünschte, ich könnte es besser ausdrücken, aber besser kann ich es nicht. Es war, als hätte ich nicht Seth Garin gesehen, sondern etwas *in* Seth Garin, das sich in Seth Garin versteckte. Kann so etwas möglich sein? Ich weiß es nicht. Ich habe immer wieder darüber nachgedacht, und ich weiß es einfach nicht.

Bevor ich zum Ende komme, möchte ich noch eines sagen. Sie erinnern sich vielleicht, wie ich erwähnte, daß Seth von der »alten Mine« sprach, ich aber den Zusammenhang zum Rattlesnake-Schacht nicht herstellte, weil kaum jemand in der *Stadt* davon wußte, geschweige denn Durchreisende aus Ohio? Nun, während ich dastand und zusah, wie sich der Staub ihres Autos senkte, dachte ich wieder darüber nach, was er gesagt hatte. Und darüber, wie er einfach durch das Büro zu den Fotos der China-Grube am Schwarzen Brett gelaufen war, als wäre er schon tausendmal dort gewesen. Als hätte er sich *ausgekannt*. Da hatte ich einen Einfall, und mit ihm kam das Frösteln. Ich ging hinein und sah mir die Bilder an, weil ich wußte, daß ich das Gefühl anders nicht würde abschütteln können.

Alles in allem waren es sechs Fotos, Luftbildaufnahmen, die die Firma im Frühjahr hatte machen lassen. Ich nahm die kleine Lupe vom Schlüsselbund und betrachtete mir eines nach dem anderen genauer. Tief in meinem Innersten wußte ich, was ich entdecken würde, noch bevor ich es sah. Die Luftaufnahmen waren lange vor der Sprengung gemacht worden, die den Rattlesnake-Schacht freilegte, daher war keine Spur davon darauf zu sehen. *Aber man konnte ihn trotzdem erkennen*. Erinnern Sie sich, wie ich sagte, daß er nacheinander mit dem Finger auf die

Bilder getippt und gesagt hatte: »Da ist sie! Da ist sie! Da ist die Mine, die Silbermine?« Wir dachten, er hätte von der *Grube* gesprochen, weil sie auf den Bildern zu sehen war. Aber mit meiner Lupe konnte ich die Fingerabdrücke sehen, die er auf den Hochglanzfotos hinterlassen hatte. *Jeder war auf der Südseite*, wo wir den Schacht freigelegt hatten. *Das* hatte er sehen wollen, den Schacht, der auf den Bildern nicht einmal zu sehen war, und nicht die Grube. Ich weiß, wie verrückt sich das anhören muß, aber ich habe nie daran gezweifelt. Seine Fingerabdrücke auf den Fotos – nicht nur auf einem, sondern auf allen sechs – sind der unwiderlegbare Beweis für mich. Ich weiß, vor Gericht käme ich nicht damit durch, aber das ändert nichts an meiner Überzeugung. Es ist, als hätte etwas in der Mine gespürt, daß er auf dem Highway vorbeifuhr, und ihn gerufen. Und von allen Fragen, die ich habe, ist möglicherweise nur eine wichtig: Ist mit Seth Garin alles in Ordnung? Ich würde Garins Schwester schreiben und sie fragen, und ich hatte ein- oder zweimal sogar schon den Füller in der Hand, aber dann fiel mir ein, daß ich gelogen hatte, und eine Lüge kann ich nur schwer zugeben. Außerdem – will ich wirklich einen schlafenden Hund wecken, der, wie sich möglicherweise herausstellt, große Zähne hat? Ich glaube nicht, aber …

Vielleicht sollte es mehr zu sagen geben, aber es gibt nichts mehr. Alles läuft immer wieder auf das Grinsen hinaus.

Mir gefällt nicht, wie er gegrinst hat.

Das ist meine wahre Schilderung dessen, was sich zugetragen hat. Herrgott, wenn ich nur wüßte, was ich gesehen habe!

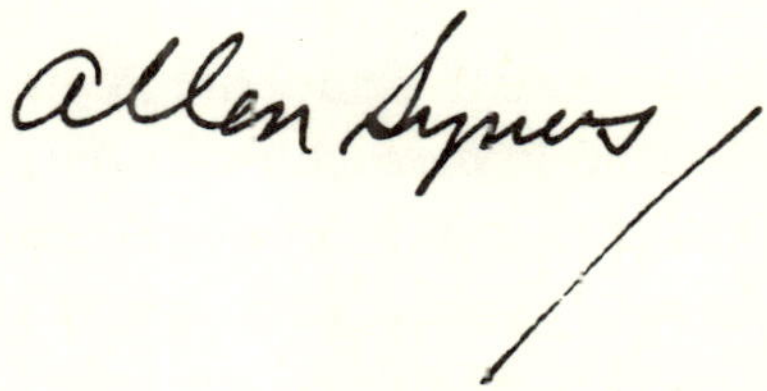

Kapitel 11

1

Doc war der erste, der über den Zaun der Carvers kletterte. Er überraschte alle (einschließlich sich selbst) damit, daß er mühelos hinüberkletterte und sich nur einmal von Johnny schubsen lassen mußte, damit er in die Gänge kam. Oben hielt er eine oder zwei Sekunden inne und plazierte die Hände, wie es ihm am angenehmsten war. Brad Josephson fand, daß er im Mondlicht wie ein magerer Affe aussah. Er ließ sich fallen. Ein leises Grunzen ertönte von der anderen Seite des Zauns.

»Alles klar, Doc?« fragte Audrey.

»Sicher«, sagte Billingsley. »Klar wie Kloßbrühe. Oder nicht, Susi?«

»Ja«, stimmte Susi Geller nervös zu. Dann, durch den Zaun: »Mrs. Wyler, sind Sie das? Wo kommen *Sie* denn her?«

»Ich glaube, das spielt im Augenblick keine Rolle. Wir müssen –«

»Was ist da draußen passiert? Geht es allen gut? Meine Mutter hat einen Koller. Einen *schweren*.«

Geht es allen gut. Das war eine Frage, die Brad nicht beantworten wollte. Alle anderen auch nicht, wie es aussah.

»Mrs. Reed?« fragte Johnny. »David als nächster, dann Sie?«

Cammie maß ihn mit einem trockenen Blick, dann drehte sie sich zu Dave um. Sie murmelte ihm wieder etwas ins Ohr und strich ihm dabei über das Haar. Dave hörte mit gequälter Miene zu, dann murmelte er gerade so laut zurück, daß Brad es hören konnte: »Ich will nicht.« Sie murmelte wieder, diesmal mit mehr Nachdruck. Gegen Ende verstand Brad die Worte *dein Bruder*. Diesmal streckte Dave die Arme aus, hielt sich am Zaun fest und schwang sich gekonnt auf die andere Seite. Er machte es, soweit Brad sehen konnte, ausdruckslos, abgesehen von der Miene leichten Unbehagens. Cammie kam als nächste, Audrey und Cynthia halfen ihr. Als sie oben saß, streckte ihr Dave hilfreich die Hände entgegen. Cammie ließ sich in seine Arme fallen und hielt sich nicht einmal zur Sicherheit am Zaun fest. Brad hatte eine Ahnung, als wäre ihr ein Sturz im Augenblick sogar recht gewesen. Vielleicht sogar ein gebrochenes Genick. *Warum hast du uns hier rausgeschickt, Ma?* hatte der Junge gebrüllt und wahrscheinlich gespürt, daß sein eigener Eifer, zu gehen – und der von Jim – für sie nie als mildernder Umstand gelten würde. Cammie würde immer sich selbst die Schuld geben, und er würde ihr wahrscheinlich nie widersprechen.

»Brad?« Das war eine Stimme, die er wirklich gern hörte, wenn auch selten so leise und besorgt. »Bist du da, Lieber?«

»Ich bin hier, Bee.«

»Alles klar?«

»Bestens. Hör zu, Bee, und flipp nicht aus. Jim Reed ist tot. Entragian von unten an der Ecke auch.«

Ein Stöhnen ertönte, dann schrie Susi Geller Jims Namen, immer und immer wieder. In Brad, der emotional wie körperlich erschöpft war, weckten diese Schreie mehr Ärger als Mitleid … und die Befürchtung, sie könnten etwas viel Unangenehmeres anlocken als die große Katze oder den Kojoten mit den menschlichen Fingern.

»Susi?« Die erschrockene Stimme von Kim Geller aus dem Haus. Dann schrie sie auch, und das Geräusch schien wie eine scharfe, kreisende Klinge aus dem mondhellen Halbdunkel zu kommen. *»Suuuuu-siiiiii! Suuuuu-siiiiii!«*

»Seien Sie still!« rief Johnny. *»Herrgott, Kim, SEIEN SIE STILL!«*

Erstaunlicherweise verstummte sie, aber das Mädchen hörte nicht auf und kreischte wie eine fehlbesetzte Julia im fünften Akt.

»Großer Gott«, murmelte Audrey. Sie preßte die Handflächen auf die Ohren und strich mit den Fingern durch ihr Haar.

»Bee«, sagte Brad durch den Zaun, »bring dieses Küken zum Schweigen. Mir ist gleich, wie du das machst.«

»JIM!« kreischte Susi. *»OHHHH GOOOOTT, JIM! OH GOOOOTT NEIN! OH –«*

Ein Klatschen. Die Schreie verstummten fast augenblicklich. Dann:

»Sie können meine *Tochter* nicht schlagen! Sie können meine *Tochter* nicht schlagen, Sie Schlampe, und mir ist völlig egal, was für seltsame Vorstellungen Sie von … von Gleichberechtigung bekommen haben! Sie fette schwarze *Schlampe*!«

»Ich krieg 'nen Affen«, sagte Cynthia. Sie strich sich selbst durch das zweifarbige Haar und kniff die Augen zu wie ein Kind, das die letzten Minuten eines gruseligen Films nicht sehen möchte.

Brad ließ die Augen offen, hielt den Atem an und wartete darauf, daß Bee explodieren würde. Statt dessen beachtete Bee die Frau gar nicht und rief leise durch den Zaun: »Hievt ihr seinen Leichnam rüber, Bradley?« Sie schien überaus gefaßt zu sein, und dafür war ihr Brad überaus dankbar.

»Ja. Du und seine Mutter und sein Bruder solltet ihn auffangen, wenn es soweit ist.«

»Machen wir.« Immer noch so cool wie eine frisch aus dem Steinguttopf geholte Gurke.

»Kim?« rief Brad durch den Lattenzaun. »Mrs. Geller? Warum gehen Sie nicht wieder ins Haus, Ma'am?«

»Ja!« sagte Kim liebenswürdig. »Ich finde, das ist eine *gute* Idee. Wir gehen zurück ins Haus, Susi, kommst du? Wenn wir uns etwas kaltes Wasser ins Gesicht gespritzt haben, wird es uns gleich besser gehen.«

Schritte waren zu hören. Das Schniefen wurde leiser, und das war gut. Dann fingen die Kojoten wieder an zu heulen, und das war schlecht. Brad sah über die Schulter und erblickte im finsteren Dickicht des Wäldchens silberne Splitter in Bewegung. Augen.

»Wir müssen uns beeilen«, sagte Cynthia.

»Sie wissen nicht mal die Hälfte«, sagte Audrey.

Brad dachte: Genau das hab ich befürchtet. Er drehte sich um und ergriff Jim Reeds Schultern. Ganz schwach konnte er Shampoo und Aftershave riechen, die der Junge heute morgen benutzt hatte. Wahrscheinlich hatte er dabei an die Mädchen gedacht. Johnny warf einen nervösen Blick hinter sich – zu den silbernen Lichtern in Bewegung, vermutete Brad –, dann glitt er an Jim Reeds Leichnam hinab, bis er einen Arm um die Taille des toten Jungen gelegt hatte und mit der anderen seinen Hintern abstützte. Audrey und Cynthia nahmen seine Beine.

»Fertig?« fragte Johnny.

Sie nickten.

»Dann auf drei. Eins ... zwei ... *drei.*«

Sie hoben den Leichnam wie ein Quartett, das die Mannschaftsbank hochhebt. Einen gräßlichen Augenblick lang dachte Brad, die Wirbel seines Rückgrats, das in den letzten zehn Jahren einen unanständig dicken Bauch tragen mußte, würden sich verklemmen. Dann hatten sie Jims Leichnam auf den Zaun gehievt. Die Arme des toten Jungen hingen auf beiden Seiten herab, die Haltung eines Zirkusakrobaten, der auf dem Höhepunkt einer unglaublichen Darbietung zum Applaus auffordert. Mondlicht fiel auf seine Handflächen.

Johnny, der neben Brad stand, hörte sich an wie kurz vor einem Herzinfarkt. Jims Kopf hing schlaff in den Nacken. Ein Tropfen halbgeronnenen Blutes fiel herunter und landete auf Brads Wange. Aus einem irren Grund mußte er an Minzgelee denken, und sein Magen krampfte sich zusammen wie eine Hand in einem geschmeidigen Handschuh.

»Helft uns!« keuchte Cynthia. »Um Gottes willen, jemand soll –«

Hände tauchten auf, verharrten einen Augenblick über den stumpfen Zaunlatten und lösten sich in Finger auf, die Jims Hemd und den Bund seiner Shorts ergriffen. Als Brad gerade überzeugt war, daß er die Leiche keine Sekunde mehr halten konnte (bis zu diesem Augenblick hatte er nie richtig begriffen gehabt, was der Ausdruck *totes Gewicht* bedeutete), wurde sie von ihm weggezogen. Ein fleischiges Platschen ertönte, und ein kleines Stück entfernt (auf der Veranda der Carvers, vermutete Brad) stieß Susi Geller wieder einen kurzen Schrei aus.

Johnny sah ihn an, und Brad war fast überzeugt, daß der Mann lächelte. »Sieht so aus, als hätten sie ihn fallenlassen«, sagte Johnny mit leiser Stimme. Er wischte sich mit einem Arm den Schweiß vom Gesicht, dann senkte er den Kopf. Das Lächeln – wenn es überhaupt da gewesen war – war verschwunden.

»Uups«, sagte Brad.

»Yeah. Uups, verdammt noch mal.«

»He, Doc!« rief Cynthia mit leiser Stimme. »Fangen Sie! Keine Bange, ist gesichert!« Sie hob die .30-06, Kolben voraus, und stellte sich auf die Zehenspitzen, damit sie das Gewehr über den Zaun stoßen konnte.

»Hab es«, sagte Billingsley. Dann, mit leiserer Stimme: »Diese Frau und ihre verblödete Tochter sind endlich ins Haus gegangen.«

Cynthia kletterte auf den Zaun und schwang sich mühelos auf die andere Seite. Audrey mußte geschubst und an der Hüfte gestützt werden, dann war auch sie drüben. Steve ging als nächster, er benützte die verschränkten Hände von Johnny und Brad als Trittbrett und blieb einen Moment oben sitzen, während er darauf wartete, daß die Schmerzen in seiner verwundeten Schulter nachließen. Als es soweit war, schwang er sich auf die Seite der Carvers über den Zaun und sprang, statt sich langsam hinunterzulassen.

»Ich kann da nicht rüber«, sagte Johnny. »Unmöglich. Wenn eine Leiter in der Garage stehen würde –«

Wu-wu-WUHUUUU! … Wu-wu-WUHUUUUUUUU!

Fast direkt hinter ihnen. Die beiden Männer sprangen einander so unbefangen wie kleine Kinder in die Arme. Brad drehte sich um und sah Schemen auf sie zukommen.

Jeder Schemen folgte einem Paar dieser funkelnden, halbkreisförmigen Silberscheiben.

»Cynthia!« rief Johnny. »Feuern Sie das Gewehr ab!«

Als sie antwortete, klang ihre Stimme ängstlich und unsicher. »Sie meinen, ich soll wieder über den Zaun –«

»Nein! Nein! Schießen Sie einfach in die Luft!«

Sie feuerte die .30-06 zweimal ab, und die Schüsse hallten peitschend durch die Luft. Der bittere Geruch von Pulverdampf drang zwischen den Zaunlatten hindurch. Die Schemen, die durch den Grüngürtel auf sie zugeschlichen kamen, verharrten. Sie wichen nicht zurück, zögerten aber immerhin.

»Immer noch außer Puste, John?« fragte Brad leise.

Johnny sah zu den Schemen in den Schatten. Ein seltsam zittriges Lächeln umspielte seinen Mund. »Nee«, sagte er. »Ich hatte gerade meinen zweiten Energieschub. Ich ... was machen Sie denn da?«

»Wonach sieht es aus?« fragte Brad. Er war unmittelbar vor dem Zaun auf Hände und Knie gesunken. »Beeilen Sie sich, Väterchen.«

Johnny stieg auf seinen Rücken. »Mein Gott«, sagte er, »ich komme mir vor wie der Präsident von Südafrika.«

Zuerst schien Brad nicht zu verstehen. Als der Groschen fiel, fing er an zu kichern. Sein Rücken tat höllisch weh, Johnny Marinville schien mindestens fünfhundert Pfund zu wiegen, seine Absätze fühlten sich an, als würden sie Abdrücke in Brads überanstrengter Wirbelsäule hinterlassen, aber er kicherte trotzdem; er konnte nichts dagegen machen. Hier hatte er einen weißen amerikanischen Intellektuellen mit einer Hochschulausbildung von peinlicher politischer Korrektheit – ein Schriftsteller, der einmal in Leonard Bernsteins Haus mit den Black

Panthers Partys gefeiert hatte –, der einen Schwarzen als Schemel benützte. Wenn das nicht die Vorstellung war, die ein Liberaler von der Hölle haben mußte! Er überlegte sich, ob er stöhnen und schluchzen sollte: »Beeilen Sie sich, Massa, Sie bringen diesen armen Boy um!« und da wurde sein Kichern zu regelrechtem Gelächter. Er hatte schreckliche Angst, eine der Bestien da hinten im Wald könnte ihm ein Stück von seinem zarten, in die Höhe gestreckten Hintern abbeißen, aber er lachte trotzdem. Ich werde ihm den Refrain von »Old Black Joe« singen, dachte er und heulte selbst wie ein Kojote. Tränen tropften ihm aus den Augen. Er schlug mit der Faust auf den Boden.

»Brad, was haben Sie denn?« flüsterte Johnny über ihm.

»Unwichtig!« sagte er immer noch kichernd. »Gehen Sie bloß von meinem Rücken runter. Herrgott, was haben Sie denn unter Ihren Schuhen? Spikes?«

Dann verschwand das Gewicht barmherzigerweise. Johnny versuchte grunzend, ein Bein über den Zaun zu schwingen. Brad richtete sich auf, durchlebte wieder einen Augenblick des Schreckens, in dem er einen Hexenschuß befürchtete, dann stemmte er eine seiner breiten Schultern unter Johnnys Hintern. Einen Augenblick später konnte er wieder ein angestrengtes Grunzen hören, dann einen gedämpften Schrei von Johnny, als er auf der anderen Seite landete.

Blieb nur noch er, ohne Schemel.

Brad sah an dem Zaun hinauf und dachte, daß er mindestens dreißig Meter hoch zu sein schien. Dann drehte er sich um und sah, daß die Schemen sich wieder in Bewegung gesetzt hatten und ihren Kreis um ihn herum enger zogen.

Er hielt sich an zwei Zaunlatten fest, und im selben Augenblick fauchte etwas hinter ihm. Es raschelte im Unterholz. Er warf einen Blick über die Schulter und sah eine Kreatur, die mehr Ähnlichkeit mit einem wilden Eber als mit einem Kojoten hatte ... aber sie sah tatsächlich mehr wie eine schlechte, von einem Kind angefertigte Zeichnung aus, nicht mehr als eine hastige Kritzelei, tatsächlich, die irgendwie zum Leben erwacht war. Die Beine waren ausnahmslos von unterschiedlicher Länge und endeten in plumpen Hufen, die weder Ähnlichkeit mit Pfoten noch mit Fingern hatten. Der Schwanz schien mitten aus dem Rücken in die Höhe zu ragen. Die Augen waren blanke Silberkreise. Die Nase eine Schweineschnauze. Die Zähne schienen wirklich echt zu sein, riesige, schiefe Spitzen, die der Bestie rechts und links aus dem Maul ragten.

Adrenalin wurde in Brads Nervensystem gepumpt wie etwas aus einer Pferdespritze des alten Doc. Er vergaß seinen Rücken vollkommen, zog sich in die Höhe und klemmte die Knie zwischen seine Brust und den Zaun, als er das Ding herangaloppieren hörte. Es prallte dicht unter seinen Füßen so fest gegen den Zaun, daß er in seinen Grundfesten erschüttert wurde. Dann packte Johnny ihn an einem und Dave Reed am anderen Handgelenk, und Brad zog sich auf den Zaun hinauf, wobei größere Hautfetzen auf der Strecke blieben. Er versuchte, das linke Bein über den Zaun zu schwingen, stieß sich aber statt dessen den Knöchel an einer der stumpfen Zaunlatten an. Dann fiel er und riß sich im vergeblichen Bemühen, sich mit der rechten Hand an der Oberseite des Zauns festzuhalten, das Hemd auf einer Seite von oben bis unten auf. Er ließ noch rechtzeitig los, daß er sich nicht den Arm brach, aber als er landete (teils auf Johnny, größtenteils auf seiner glücklicherweise üppig gepolsterten Frau), konnte er spüren, wie Blut an seiner Achselhöhle hinabfloß.

»Könntest du in Erwägung ziehen, von mir runterzugehen, mein Hübscher?« fragte die üppig gepolsterte Lady, die sich atemlos anhörte. »Ich meine, wenn es dir keine allzu große Mühe machen würde.«

Brad kroch von den beiden herunter, brach zusammen und rollte sich auf den Rücken. Er sah zu den fremden Sternen hinauf, aufgedunsenen Gebilden, die blinkten wie die Lichterketten, die jeden Tag nach dem Erntedankfest über die Hauptstraßen der Kleinstädte gespannt wurden. Diese Sterne waren ebensowenig echt, wie er der König von Preußen war ... aber sie standen trotzdem da oben. Ja, da waren sie, direkt über seinem Kopf, und wie schlimm mußte die Lage sein, in der man sich befand, wenn der Himmel selbst sich an der verdammten Verschwörung beteiligte?

Brad machte die Augen zu, damit er sie nicht mehr ansehen mußte. Vor seinem geistigen Auge – das am deutlichsten sah, wenn die beiden anderen geschlossen waren – konnte er Cary Ripton sehen, der ihm den *Shopper* zuwarf. Sah seine eigene Hand – mit der er nicht den Gartenschlauch hielt – in die Höhe schnellen und die Zeitung fangen. *Klasse, Mr. Josephson!* rief Cary aufrichtig bewundernd. Sie kam aus weiter Ferne, diese Stimme, als würde sie aus einem Tal heraufhallen. In der Nähe hörte er das Heulen aus dem Grüngürtel auf der anderen Seite des Zauns (nur war es inzwischen ein Wüstengürtel). Ihm folgten einige heftige Erschütterungen, als die Eber-Kojoten sich gegen den Zaun warfen.

Himmel.

»Brad«, sagte Johnny. Leise Stimme. Über ihn gebeugt, wie es sich anhörte.

»Was?«

»Alles in Ordnung?«

»Bestens.« Immer noch mit geschlossenen Augen.

»Brad.«

»Was!«

»Ich hatte gerade eine Idee. Für einen Film.«

»Wirklich? Tolle Geschichte.«

»Es ist die beste Idee, die ich hatte, seit ich die für ein Auto namens Chrysler Cervix hatte. Und Sie können mitspielen.«

»Sie sind ein Irrer, John.« Augen nach wie vor geschlossen. So war es besser. »Aber ich beiße an. Wie soll er heißen, dieser Film, in dem ich mitspielen kann?«

»*Schwarze Männer können nicht über Zäune klettern*«, sagte Johnny und fing schrill an zu lachen. Es hörte sich erschöpft und halb durchgedreht an. »Ich werde den verdammten Mario Van Peebles als Regisseur gewinnen. Und Larry Fishburne wird Ihre Rolle übernehmen.«

»Klar«, sagte Brad und richtete sich unter Schmerzen auf. »Ich liebe Larry Fishburne. Sehr ausdrucksstark. Bieten Sie ihm eine Million als Garantie und einen Chrysler Cervix als Prämie. Wer könnte da widerstehen?«

»Genau, genau«, stimmte Johnny zu, der mittlerweile so sehr lachte, daß er kaum sprechen konnte … aber Tränen liefen an seinen Wangen hinab, und Brad glaubte nicht, daß es Lachtränen waren. Es war noch keine zehn Minuten her, da hätte ihm Cammie Reed um ein Haar den Kopf weggepustet, und Brad bezweifelte, daß Johnny es vergessen hatte. Brad bezweifelte generell, daß Johnny viel vergaß. Das war eine Begabung, die er wahrscheinlich mit Freuden eingetauscht hätte.

Brad stand auf, nahm Bees Hand und half ihr hoch. Das Klatschen und Heulen am Zaun ließ nicht nach, dann folgten Reißlaute, als versuchten die hungrigen Mißgeburten auf der anderen Seite, sich durch die Latten zu fressen.

»Was meinen Sie?« fragte Johnny, der sich ebenfalls von Brad hochhelfen ließ. Er stolperte, gewann das Gleichgewicht wieder und wischte sich die tränenden Augen ab.

»Ich glaube, als es darauf ankam, konnte ich ziemlich gut klettern«, sagte Brad. Er legte einen Arm um seine Frau, dann sah er Johnny an. »Kommen Sie, Bleichgesicht. Sie sind erfolgreich über Ihren ersten Schwarzen geklettert, Sie müssen völlig kaputt sein. Gehn wir ins Haus.«

2

Das Ding, das unsicher durch das Tor am Ende von Tom Billingsleys Garten kroch, war eine kindliche Version der Gila-Echse, die Jeb Murdock etwa in der Mitte von *Die Regulatoren* bei einem Wettschießen mit Candy von einem Felsen ballert. Sein Kopf dagegen sah aus wie etwas, das aus *Jurassic Park* entkommen war.

Es kroch die Treppe hinauf, glitt zum Fliegengitter und drückte mit der Schnauze dagegen. Nichts geschah. Das Gitter ging nach außen auf. Das Gila-Monster streckte seinen Saurierkopf vor und fing an, mit den Zähnen an der unteren Türkante zu nagen. Mehr als drei Bisse waren nicht erforderlich, dann befand es sich in Docs Küche.

Gary Soderson bemerkte vage, wie ihm ein Verwesungsgeruch ins Gesicht wehte. Er versuchte, ihn fortzuwinken, aber der Geruch wurde noch stärker. Er hob eine Hand, berührte etwas, das sich wie ein Krokodillederschuh anfühlte – und schlug die Augen auf. Was sich da in Kußnähe über ihn beugte und ihn mit beinahe menschlich anmutender Neugier ansah, war so grotesk, daß er nicht einmal schreien konnte. Die Augen des Echsendings waren hellorange.

Da haben wir ihn, dachte Gary, meinen ersten richtigen Anfall von Delirium tremens, ahoi, Matrosen, A. A. in Sicht.

Er machte die Augen zu. Er versuchte sich einzureden, daß er keinen Sumpfgeruch wahrnahm und auch nicht das tonlose Klicker-di-klick eines Schwanzes hörte, der über Linoleum geschleift wurde. Er hielt die kalte Hand seiner toten Frau. Er sagte: »Es ist nichts da. Es ist nichts da. Es ist ni–«

Bevor er es das dritte Mal sagen konnte (und jeder weiß, daß man einen Zauberspruch immer dreimal aufsagen muß), hatte das Monster die Zähne in seine Kehle geschlagen und sie aufgerissen.

3

Johnny sah kleine Füße durch die offene Vorratskammertür und sah hinein. Ellie und Ralphie lagen auf einer Art Futon da drinnen und umarmten einander. Sie schliefen trotz der Schüsse von draußen tief und fest, aber nicht einmal im Schlummer hatten sie den Ereignissen völlig entkommen können; ihre Gesichter wirkten blaß und angespannt, ihr Atem hatte einen wäßrigen Unterton, der an unterdrücktes Schluchzen erinnerte, und Ralphies Beine zuckten, als träumte er davon wegzurennen.

Johnny vermutete, daß Ellen den Futon gefunden und für sich und ihren kleinen Bruder in die Vorratskammer geschleppt hatte, damit sie sich hinlegen konnten; Kim Geller hatte es mit Sicherheit nicht getan. Kim und ihre Tochter hatten ihre früheren Plätze an der Wand wieder eingenommen, nur saßen sie jetzt auf Küchenstühlen, statt auf dem Boden.

»Ist Jim wirklich tot?« fragte Susi und sah Johnny mit feuchten, glänzenden Augen an, als er hinter Brad und Belinda eintrat. »Ich kann es nicht glauben, wir haben Frisbee gespielt wie immer, und wir wollten heute abend ins Kino gehen –«

Johnny hatte vollkommen die Geduld mit ihr verloren. »Warum gehst du nicht raus auf die Veranda und vergewisserst dich selbst?«

»Warum sind Sie so gemein?« fragte Kim wütend. »Meine Tochter kommt vielleicht *niemals* über diese traumatische Erfahrung hinweg. Sie hat einen *schweren Schock* erlitten!«

»Da ist sie nicht die einzige«, sagte Johnny. »Und da wir schon mal dabei sind –«

»Hören Sie auf, Mann, wir müssen nicht auch noch untereinander streiten«, sagte Steve Ames.

Das stimmte zweifellos, aber inzwischen war es Johnny egal. Er zeigte mit dem Finger auf Kim, die ihn mit einem glühenden, haßerfüllten Blick anstarrte. »Und da wir schon mal dabei sind, wenn Sie Belinda Josephson noch einmal eine schwarze Schlampe nennen, dann schlage ich Ihnen sämtliche Zähne ein.«

»Herrje, glauben Sie bloß nicht, daß *Ihre* Scheiße nach

Rosen duftet«, sagte Kim Geller und verdrehte theatralisch die Augen.

»Aufhören, John«, sagte Belinda und hielt seinen Arm. »Sofort. Wir haben Wichtigeres zu tun als –«

»Fette schwarze Schlampe«, sagte Kim Geller. Sie sah Belinda nicht an, als sie es sagte, sondern Johnny. Ihre Augen glühten immer noch, aber jetzt lächelte sie. Er fand, es war das giftigste Lächeln, das er je in seinem Leben gesehen hatte. »Fette schwarze *Nigger*schlampe.« Als sie das gesagt hatte, zeigte sie mit dem Finger selbst auf ihre entblößten Zähne wie eine Frau, die bei einer Charade *Selbstmord* darstellen will. Ihre Tochter sah sie mit fassungslosem Blick an. »Okay? Haben Sie es gehört? Also kommen Sie. Schlagen Sie mir die Zähne ein. Lassen Sie sehen, wie Sie es versuchen.«

Johnny setzte sich in Bewegung, um ihrem Wunsch zu entsprechen. Brad packte sich einen seiner Arme. Steve packte sich den anderen.

»Machen Sie, daß Sie rauskommen, Sie dumme Kuh«, sagte Doc. Seine Stimme klang schroff und trocken. Irgendwie drang er zu Kim durch, und sie sah ihn verblüfft und abschätzend an. »Machen Sie sofort, daß Sie hier rauskommen.«

Kim stand von ihrem Stuhl auf und zog Susi aus ihrem. Einen Augenblick lang sah es so aus, als würden sie gemeinsam ins Wohnzimmer gehen, aber dann riß sich Susi los. Kim streckte die Hand nach ihr aus, aber Susi wich weiter zurück.

»Was soll denn das werden?« fragte Kim. »Wir gehen ins Wohnzimmer! Wir gehen weg von diesen –«

»Ich nicht«, sagte Susi und schüttelte rasch den Kopf. »Du vielleicht. Ich nicht. Hnh-hnh.«

Kim sah sie an, dann Johnny. Ihr Gesicht wurde von einer Art haßerfüllter Verwirrung verzerrt.

»Gehen Sie, Kim«, sagte Johnny. Er stellte sich immer noch vor, wie er ihr die Faust in den Mund schlug, aber sein Wutanfall klang ab und seine Stimme hörte sich fast wieder normal an. »Sie wissen nicht, was Sie tun.«

»Susi? Komm hierher. Wir wollen nichts mit diesen abscheulichen Leuten zu tun haben.«

Susi wandte ihrer Mutter, am ganzen Körper zitternd, den Rücken zu. Das änderte nichts an Johnnys Meinung, daß sie ein oberflächliches, flüchtiges Ding war … aber sie schien wenigstens eine oder zwei Stufen über ihrer Mutter in der Nahrungskette zu stehen.

Langsam, wie ein rostiger Roboter, hob Dave Reed einen Arm und legte ihn um sie. Cammie schien etwas einwenden zu wollen, ließ es aber sein.

»Na gut«, sagte Kim. Ihre Stimme klang wieder deutlich und gefaßt, die Stimme von jemandem, der im Traum eine Ansprache hält. »Wenn du mich brauchst, ich bin im Wohnzimmer.« Ihr Blick wanderte zu Johnny, in dem sie die Wurzel all ihres Unglücks zu sehen schien. »Und Sie –«

»Hören Sie auf«, sagte Audrey schroff. Alle drehten sich verblüfft um und sahen sie an, außer Kim, die ins dunkle Wohnzimmer verschwand. »Wir haben keine Zeit für diese *Scheiße*. Wir haben vielleicht noch eine Chance, zu entkommen – eine kleine –, aber wenn Sie Narren hier rumstehen und sich streiten, werden wir alle sterben.«

»Wer sind Sie, Ma'am?« fragte Steve.

»Audrey Wyler.« Sie war groß, ihre Beine lang und gerade und sexy unter den blauen Shorts, aber ihr Gesicht sah blaß und hager aus. Johnny mußte an die Gesichter der Carver-Kinder denken, die einander schlafend in den Armen lagen, und plötzlich versuchte er sich zu erinnern, wann er Audrey zum letztenmal gesehen und mit ihr geplaudert hatte. Es gelang ihm nicht. Es war, als hätte sie sich völlig aus dem beiläufigen Hin und Her des Lebens in der Straße zurückgezogen gehabt.

Klitzekleines Baby Smitten, dachte er plötzlich, *du beißt gern in Mamas Titten.* Dann dachte er an die Lieferwagen, die an dem Nachmittag, als er eine Zeitlang *Bonanza* mit Seth gesehen hatte, auf dem Boden im Kinderzimmer der Wylers gestanden hatten. Und dann setzte eine Art von Erdrutsch in seinem Verstand ein. Gesetzlose, die wie Filmstars aussahen. Major Pike, ein guter Naußerirdischer, der böse geworden war. Die Westernkulisse. Sie am allermeisten. *Er liebt die alten Western,* hatte Audrey an jenem Tag gesagt. Sie hatte ein paar seiner Spielsachen aufgehoben, als sie es sagte, wie Leute es zu tun pflegen, wenn sie nervös sind. Bonanza *und* Westlich von Santa Fé *sind seine Lieblingssendungen, aber er sieht sich alles an, was sie im Kabelfernsehen wiederholen. Das heißt, wenn Pferde mitspielen.*

»Es ist Ihr Neffe, Audrey. Oder nicht? Seth ist für das alles verantwortlich.«

»Nein.« Sie hob eine Hand und wischte sich damit über die Augen. »Nicht Seth. Das Ding, das *in* Seth ist.«

4

»Ich erzähle Ihnen, was ich kann, aber wir haben nicht viel Zeit. Die Power Wagons werden bald zurückkommen.«

»Wer macht das alles?« fragte Doc. »*Wissen* Sie es, Aud?«

»Regulatoren. Gesetzlose. Und dieser Ort, wo wir uns befinden, ist teilweise der Wilde Westen, wie er im Fernsehen existiert, und teilweise ein Ort, der Energiekorridor heißt und nur in einer Zeichentrickversion des dreiundzwanzigsten Jahrhunderts, ebenfalls aus dem Fernsehen, existiert.« Sie holte tief Luft und strich sich mit den Händen durch das Haar. »Ich weiß nicht alles, aber –«

»Erzählen Sie uns so viel wie möglich«, sagte Johnny.

Sie sah auf die Uhr und verzog das Gesicht. »Stehengeblieben.«

»Meine auch«, sagte Steve. »Die von allen, denke ich mir.«

»Ich glaube, wir haben etwas Zeit«, sagte Audrey. »Will sagen, ich glaube, es ist zu früh für eine … eine *Bewegung*.« Plötzlich lachte sie und schreckte Johnny auf. Schreckte alle auf, wie es aussah. Nicht wegen des hysterischen Untertons, sondern wegen der aufrichtigen Heiterkeit, die darüber lag. Sie sah ihre Blicke und brachte sich wieder unter Kontrolle. »Tut mir leid – eine Art Witz. Den müssen Sie nicht verstehen. Wie auch immer. Wir müssen warten. Wenn er die Regulatoren in der Zwischenzeit zurückbringt, müssen wir sie … einfach ertragen, schätze ich.«

»Werden sie stärker?« fragte Cammie plötzlich. »Diese Regulatoren, werden sie mächtiger?«

»Ja«, sagte Audrey. »Und wenn das Ding, das dafür verantwortlich ist, die Energie der Leute aufgesogen hat, die draußen im Wald gestorben sind, dann dürfte der nächste Angriff der schlimmste werden. Ich bete, daß es nicht dazu gekommen ist, fürchte aber, es ist wahrscheinlich doch so.«

Sie sah einen nach dem anderen an, holte tief Luft und begann.

5

»Das Ding in Seth heißt Tak.«

»Ist es ein Dämon, Aud?« fragte Doc. »Eine Art von Dämon?«

»Nein. Es hat keine … keine Religion, könnte man wohl sagen. Es sei denn, das Fernsehen zählt. Ich glaube, es ist mehr wie ein Tumor. Ein Tumor mit Bewußtsein, der Spaß an Grausamkeit und Gewalt hat. Es ist jetzt seit mehr als zwei Jahren in ihm. Ich habe mal eine Geschichte über eine Frau aus Vermont gehört, die eine Schwarze Witwe in ihrer Spüle gefunden hat. Offenbar ist sie mit einer leeren Kiste ins Haus gekommen, die ihr Mann aus dem Supermarkt mitbrachte, wo er arbeitete. In der Kiste waren Bananen aus Südamerika gewesen. Die Spinne war mit hineingeraten, als die Bananen verpackt wurden. Ich glaube, ziemlich auf dieselbe Art ist Tak in die Poplar Street gekommen. Nur sprechen wir hier von einer Schwarzen Witwe mit einer Stimme. Es hat Seth gerufen, als seine Familie die Wüste durchquerte. *Nevada* durchquerte. Es spürte ihn, jemanden, den es benutzten konnte, der ganz in der Nähe vorbeikam, und es *rief* ihn.«

Sie betrachtete ihre Hände, die sie im Schoß fest verschränkt hatte. Kim Geller stand, von Audreys Geschichte angelockt, an der Wohnzimmertür. Audrey sah wieder auf. Sie erzählte die Geschichte allen, aber ihr Blick kehrte immer wieder zu Johnny zurück.

»Ich glaube, anfangs war es schwach, aber nicht zu schwach, um zu begreifen, daß Seths Familie eine Bedrohung für es darstellte. Ich weiß nicht, wieviel sie gewußt oder vermutet haben, ich weiß nur, daß sich mein Bruder bei unserem letzten Telefongespräch *sehr* merkwürdig verhalten hat. Ich glaube, Bill hätte mir eine Menge erzählen können – wenn Tak es zugelassen hätte.«

»Das kann es?« fragte Steve. »Einfach so Macht über Menschen ausüben?«

Sie zeigte auf ihren geschwollenen Mund. »Das war meine Hand«, sagte sie, »aber nicht ich habe sie geführt.«

»Herrgott«, sagte Cynthia. Sie sah nervös zu den Messern, die an magnetischen Stahlschienen über dem Küchentresen hingen. »Das ist schlimm. *Sehr* schlimm.«

»Aber es könnte schlimmer sein«, sagte Audrey. »Körperlich kann Tak nur auf kurze Entfernung Kontrolle ausüben.«

»Wie kurz?« fragte Cammie.

»Normalerweise nicht mehr als sieben bis zehn Meter. Darüber hinaus schwindet sein körperlicher Einfluß ziemlich schnell. *Normalerweise*. Jetzt ist alles offen. Weil es noch nie so mit Energie vollgeladen war.«

»Laßt sie ihre Geschichte erzählen«, sagte Johnny. Er konnte die Zeit beinahe als etwas Greifbares spüren, das ihnen unter den Händen zerrann. Er wußte nicht, ob er das von Audrey empfing oder ob es aus ihm selbst kam, doch das kümmerte ihn auch nicht. Zeit war knapp. Er hatte in seinem ganzen Leben noch nie eine so starke Intuition verspürt. Zeit war knapp.

»Es ist immer noch ein Junge in dem Körper«, sagte sie langsam und mit großem Nachdruck. »Ein süßes, ganz besonderes Kind namens Seth Garin. Und am abscheulichsten ist, daß Tak für seine Morde alles benutzt hat, was das Kind liebt. Im Fall meines Bruders und seiner Familie war es Tracker Arrow, einer der Power Wagons der Moto-Kops. Sie waren nach der Reise durch Nevada in Kalifornien, als es geschah. Ich weiß nicht, woher Tak in diesem

Stadium seiner Entwicklung die Energie genommen hat, um Tracker Arrow aus Seths Gedanken und Träumen heraufzubeschwören. Seth ist seine wesentliche Energiequelle, aber Seth reicht nicht aus. Es braucht mehr, um richtig in die Gänge zu kommen.«

»Demnach ist es ein Vampir?« fragte Johnny. »Nur saugt es psychische Energie aus statt Blut.«

Sie nickte. »Ja. Und die Energie, die es braucht, fließt am reichlichsten, wenn jemand Schmerzen leidet. Im Falle von Bill und den anderen ist vielleicht jemand in der Nachbarschaft gestorben oder wurde verletzt. Oder –«

»Oder es gab jemanden, den es selbst quälen konnte«, sagte Steve. »Zum Beispiel einen Penner, der gerade zur Hand ist. Einen alten Wermutbruder, der einen Einkaufswagen schiebt. Wer auch immer es war, ich wette, er starb mit einem lächelnden Gesicht.«

Audrey sah ihn mit traurigem und niedergeschlagenem Gesicht an. »Sie wissen Bescheid.«

»Nicht viel, aber was ich weiß, paßt zu dem, was Sie sagen«, antwortete Steve ihr. »Da hinten liegt so ein Bursche.« Er deutete mit dem Daumen in die ungefähre Richtung des Grüngürtels. »Entragian hat ihn erkannt. Er sagte, der Penner sei seit Sommeranfang zwei- oder dreimal in der Straße gewesen. Er kam in den psychischen Einflußbereich Ihres Neffen, richtig? Wie?«

»Das weiß ich nicht«, sagte sie resigniert. »Ich muß weg gewesen sein.«

»Wo?« fragte Cynthia. Sie hatte den Eindruck gewonnen, als wäre Mrs. Wyler eine Einsiedlerin.

»Unwichtig«, sagte Audrey. »Eine Zuflucht für mich. Sie würden es nicht verstehen. Wichtig ist, Tak hat meinen

Bruder Bill und den Rest der Familie getötet. Und es hat einen der Power Wagons dazu benutzt.«

»Damals hatte er vielleicht nur eine einsame Posaune zur Verfügung, aber inzwischen spielt er das ganze Orchester, oder nicht?« fragte Johnny.

Audrey hatte sich mittlerweile von ihnen abgewandt und kaute auf Lippen, die trocken und wund aussahen. »Herb und ich haben ihn bei uns aufgenommen, und das hat mir in mancher Hinsicht – sogar in vieler – nie leid getan. Wir selbst konnten keine Kinder haben. Er war ein lieber Junge, ein wahrer Engel –«

»Wahrscheinlich hat auch irgend jemand Typhoid Mary geliebt«, sagte Cammie Reed mit trockener, krächzender Stimme.

Audrey sah sie an, während sie sich auf die Lippen biß, dann Johnny, den sie mit den Augen um Verständnis anflehte. Er *wollte* es nicht verstehen, nicht nach allem, was geschehen war, besonders nachdem er Jim Reeds schrecklich verzerrtes Gesicht gesehen hatte, als die Kugel in sein Gehirn eindrang, aber er dachte, daß er doch ein wenig verstand. Ob es ihm gefiel, oder nicht.

»Die ersten sechs Monate waren die besten. Aber schon damals wußten wir natürlich, daß *etwas* nicht stimmte.«

»Sind Sie mit ihm zum Arzt gegangen?« fragte Johnny.

»Das hätte nichts genützt. Tak hätte sich versteckt. Die Tests hätten nichts ergeben, da bin ich fast sicher. Und dann … später … wenn wir nach Hause gekommen wären …«

Johnny betrachtete ihren geschwollenen Mund und sagte: »Hätte es Sie bestraft.«

»Ja. Mich und –« Ihre Stimme bebte, brach, und sie fuhr wenig mehr als flüsternd fort. »Mich und Herb.«

»Herb hat nicht Selbstmord begangen, oder?« fragte Tom. »Dieses Tak-Ding hat ihn ermordet.«

Sie nickte wieder. »Herb wollte, daß wir vor ihm fliehen. Das hat Tak gespürt. Und es stellte fest, daß es Herb nicht für ... für etwas benützen konnte, das es tun wollte. Sex machen ... Sex *erleben* ... mit mir. Herb ließ es nicht zu. Und das machte Tak wütend.

»Mein Gott«, sagte Brad.

»Es hat Herb getötet und sich wieder aufgeladen. Danach war Seth seine einzige Geisel ... aber es brauchte auch nur Seth, um mich bei der Stange zu halten.«

»Weil Sie ihn lieben«, sagte Johnny.

»Ja, das stimmt, weil ich ihn liebe.« Johnny hörte nicht Trotz in ihrer Stimme, sondern eine unheimliche und schreckliche Scham. Cynthia gab ihr ein Küchentuch, aber Audrey hielt es nur in der Hand, als hätte sie keine Ahnung, was sie damit anfangen sollte. »Ich denke, in gewisser Weise ist meine Liebe für alles verantwortlich, was geschehen ist. Es ist schrecklich, entspricht aber wahrscheinlich der Wahrheit.« Sie richtete den Blick ihrer tränenden Augen auf Cammie Reed, die auf dem Boden saß und einen Arm um den Sohn gelegt hatte, der ihr geblieben war. »Ich hätte nie gedacht, daß es zu so etwas kommen würde. Das müssen Sie mir glauben. Auch als es die Hobarts vertrieben und Herb getötet hatte, hatte ich keine Ahnung von seiner Macht. Welche Macht es besitzen *könnte*.«

Cammie sah sie an, sagte nichts, und ihre steinerne Miene verriet nichts.

»Seit Herbs Tod führen Seth und ich ein ruhiges Leben«, sagte Audrey. Johnny dachte, daß dies wahrscheinlich die erste echte Lüge war, die sie ihnen auftischte, auch wenn sie die Wahrheit bis jetzt ein- oder zweimal etwas verbogen haben mochte. »Seth ist acht, aber die Schule ist kein Problem. Ich erfülle bestimmte Kriterien für die Schulausbildung zu Hause und schicke einmal im Monat ein Formular an die entsprechende Aufsichtsbehörde von Ohio. Eigentlich ist es ein Witz. Seth sieht sich immer wieder seine Filme und Fernsehserien an. Das ist seine *wahre* Ausbildung. Er spielt im Sandkasten. Er ißt – hauptsächlich Hamburger und franko-amerikanische Spaghetti – und trinkt so viel Schokoladenmilch, wie ich ihm machen kann. Meistens *war* es Seth.« Sie sah alle flehentlich an. »Meistens *war* er es. Aber … die ganze Zeit … war Tak in ihm. Und wuchs. Grub seine Wurzeln tiefer und tiefer hinein. Übernahm ihn.«

»Und Sie haben nicht gewußt, daß das alles passierte?« fragte Kim von der Tür. »Oh, Moment, ich hatte ganz vergessen. Es hat Ihren Mann getötet. Aber das haben Sie einfach abgetan, richtig? Möglicherweise als Unfa–«

»*Sie verstehen nicht!*« schrie Audrey beinahe. »Sie wissen nicht, wie es war, mit ihm zu leben, und mit diesem Ding in ihm! Es war Seth, und dann hatte ich einen Gedanken, den ich nicht gut genug abschirmte, und schon lief ich immer wieder gegen eine Wand, als wäre ich ein Aufziehspielzeug und das Kind, dem ich gehörte, wollte mich zerschlagen. Oder ich schlug mir selbst ins Gesicht, oder verdrehte meine … meine Haut …«

Jetzt benutzte sie das Küchentuch, aber nicht, um ihre Tränen zu trocknen, sondern um sich Schweiß von der Stirn zu wischen.

»Einmal hat es mich hinunterfallen lassen«, sagte sie. »Das war letztes Jahr Weihnachten. Ich sagte ihm nur, daß er aufhören sollte, die Päckchen unter dem Tannenbaum zu schütteln. Sehen Sie, ich dachte, ich würde mit Seth sprechen, daß Tak sich tief in sein Inneres zurückgezogen hätte. Schlief. Ruhte. Was auch immer es tut. Dann sah ich, daß seine Augen zu dunkel waren, überhaupt nicht die von Seth, aber inzwischen war es zu spät. Ich stand von meinem Stuhl auf und ging die Treppe hinauf. Ich kann Ihnen nicht begreiflich machen, wie es ist, wie schrecklich es ist … als wäre man Beifahrer in einem Auto, das von einem Irren gefahren wird. Oben drehte ich mich um und dann … trat ich einfach vom oberen Treppenabsatz herunter. Als würde ich von einem Sprungbrett runtergehen. Ich habe mir nichts gebrochen, weil es im letzten Moment meinen Sturz abgebremst hat. Vielleicht war es auch Seth, der das getan hat. Wie auch immer, es grenzt trotzdem an ein Wunder, daß ich mir weder Arm noch Bein gebrochen habe.«

»Oder den Hals«, sagte Belinda.

»Hm-hmm, oder den Hals. Ich will damit nur sagen, daß ich ihn liebte – *ihn* –, aber vor diesem *Es* hatte ich Angst.«

»Seth war die Möhre und Tak der Stock«, sagte Johnny.

»Richtig. Und ich hatte auch meine Zuflucht, wenn es zu verrückt wurde. *Dabei* hat Seth mir geholfen, das weiß ich. Und so ging die Zeit einfach … vorbei. Möglicherweise so, wie sie für Leute mit Krebs vergeht. Man macht weiter, weil man keine andere Wahl hat. Man gewöhnt sich an ein gewisses Maß von Schmerzen und Angst und denkt, daß es da aufhören wird, aufhören *muß*. Ich hatte keine Ahnung, daß es *dies hier* plante. Das müssen Sie mir glauben. Meistens gelang es mir, meine Gedanken abzuschirmen. Auf den Gedanken, daß Tak Pläne haben könnte, die es vor *mir* verbarg, bin ich gar nicht gekommen. Es wartete … und dann, nehme ich an, stand dieser Penner vor unserem Haus, während ich weg war … meine Freundin Jan besuchen … und dann …«

Sie verstummte, riß sich sichtlich zusammen und beruhigte sich.

»Dieser Alptraum, in dem wir uns befinden, ist eine Mischung aus *Die Regulatoren*, seinem Lieblingswestern, und *MotoKops 2200*, seiner liebsten Zeichentrickserie. Speziell eine Folge, die über den Energiekorridor. Ich habe sie oft gesehen; Seth hat sie nicht nur auf einer, sondern gleich auf *drei* seiner Videokassetten. Für eine Zeichentrickserie ist sie sehr, sehr furchteinflößend. Sehr *aufregend*. Seth stand Todesängste aus – er hat drei Nächte hintereinander ins Bett gemacht, als er sie zum erstenmal gesehen hatte –, aber sie hat ihn auch total fasziniert. Hauptsächlich deshalb, weil die Hauptpersonen der Serie, die guten und die bösen, sich zusammentun, um die furchterregenden Außerirdischen zu vernichten, die sich in dem Energiekorridor verstecken. Diese Außerirdischen stecken in Kokons, die Colonel Henry zuerst für Energiegeneratoren hält, und der Teil, wo die Kokons aufplatzen und die Außerirdischen die MotoKops angreifen, hätte jedem angst gemacht. Ich glaube nur, in dieser Version von ›Der Energiekorridor‹ sind unsere *Häuser* die Kokons. Und *wir* …«

»Wir sind die furchterregenden Außerirdischen«, sagte Johnny. Er nickte. Alles ergab auf gräßliche Weise einen Sinn. »Und ich glaube, was beiden Teilen von ihm am besten gefällt, ist die erzwungene Kooperation. Rauft euch zusammen, sonst … Kinder mögen so etwas, weil es sie von der Pflicht enthebt, Urteile zu fällen, worin die meisten sowieso nicht sehr gut sind.«

Audrey nickte ebenfalls. »Erzwungene Kooperation. Ja,

das klingt vernünftig. Die Figuren aus *Die Regulatoren*, die guten und die bösen, und die MotoKops sind bei Seths Sandkastenspielen immer gut miteinander ausgekommen. In seiner Phantasie verstehen sich sogar Sheriff Streeter und Jeb Murdock, obwohl sie in dem Film Todfeinde sind.«

»Ist das, was hier passiert, für Seth immer noch ein Sandkastenspiel?« fragte Johnny. »Was meinen Sie, Aud?«

»Das kann ich wirklich nicht sagen«, antwortete sie, »weil man nur schwer abschätzen kann, wo Tak aufhört und Seth anfängt ... man muß irgendwie nach diesem Punkt *tasten*. Ich meine, auf einer gewissen Ebene weiß er es wahrscheinlich besser, wie ein Kind mit acht oder neun Jahren klug genug ist, nicht mehr an den Weihnachtsmann zu glauben ... aber manche Illusionen streifen wir nur äußerst ungern ab, oder nicht? Die besten ...« Sie verstummte einen Moment. Ihre Unterlippe bebte, straffte sich wieder. »Die besten haben einen reizenden Beigeschmack, der uns hilft, schlimme Erfahrungen zu überwinden. Tak hat Seth ermöglicht, seine Sandkastenspiele und Phantasien auf einer höheren Ebene auszuleben, als wir anderen es je können, das ist alles.«

»Verdammt, er kann seine in virtueller Realität ausleben«, sagte Steve. »Genau das beschreiben Sie uns hier – das ultimative Virtual-Reality-Spiel.«

»Es gibt noch eine andere Möglichkeit«, sagte Audrey. »Seth ist vielleicht nicht mehr imstande, Tak aufzuhalten oder auch nur zu bremsen. Möglicherweise hat Tak Seth gefesselt, geknebelt und in einen Schrank geworfen.«

»Wenn Seth Tak aufhalten *könnte*, würde er es tun?« fragte Johnny. »Was denken Sie? Was sagt Ihnen Ihr *Gefühl*?«

»Mein Gefühl sagt mir, er würde es«, sagte Audrey sofort. »Ich spüre, daß er in seinem tiefsten Inneren schreckliche Angst hat. Wie Micky Maus in *Fantasia,* als die Besen außer Kontrolle geraten.«

»Gehen wir davon aus, daß Sie recht haben. Sagen wir, daß Tak diese Sache mit uns inzwischen ganz alleine betreibt. *Warum* betreibt er sie? Was hat er davon? Welchen Vorteil bringt es ihm?«

»Es«, sagte sie und zog die Mundwinkel zu einer, wie Johnny fand, vollkommen unbewußten Miene des Abscheus nach unten. »*Es,* nicht er.«

»Na gut, *es*. Für Seth ist Poplar Street der Energiekorridor, die Häuser sind die Kokons und wir die bösen Außerirdischen, die darin leben. Die Schießerei am O. K. Korral, interstellare Version. Aber was hat *Tak* davon?«

»Etwas nur für sich«, sagte Audrey, und plötzlich fiel Johnny eine alte Textzeile der Beatles ein: *What do you see when you turn out the light? I can't tell you, but I know it's mine.* »Die Phantasien waren immer nur für Seth, glaube ich – damit klinkt sich Tak in Seths Energiereserven ein, die seine eigenen versorgen. Tak ... ich glaube, Tak gefällt einfach, was mit uns passiert.«

Stille herrschte im Zimmer.

»Es gefällt ihm«, sagte Belinda schließlich. Sie sprach in einem leisen, nachdenklichen Tonfall. »Was meinen Sie damit, es *gefällt* ihm?«

»Wenn wir leiden. Wir geben etwas ab, wenn wir leiden, etwas, das es ... aufleckt wie Eiskrem. Und wenn wir sterben, ist es noch besser. Dann muß es nicht lecken. Dann kann es diesen Stoff in vollen Zügen runterschlingen.«

»Also sind wir seine Mahlzeit«, sagte Cynthia. »Das

wollen Sie damit sagen, richtig? Für Seth sind wir ein Videospiel und für dieses Tak ... das Essen.«

»Wir sind mehr«, sagte Audrey. »Überlegen Sie, was Essen für uns ist: eine Energiequelle. Tak *macht* etwas, das hat Seth mir gesagt. Es *macht* und *baut*. Ich glaube nicht, daß die Wüste, wo Seth es entdeckt hat, seine Heimat war; ich glaube, sie war sein Gefängnis. Ich denke, letztendlich versucht es, hier seine alte Heimat neu zu erschaffen.«

»Auf der Basis dessen, was ich bisher gesehen habe, will ich seine Heimat nicht aus der Nähe kennenlernen, geschweige denn, dort wohnen«, sagte Steve. »Tatsächlich –«

»Hören Sie auf«, sagte Cammie. Ihre Stimme klang schroff und ungeduldig. »Wie können wir ihn töten? Sie haben gesagt, es gäbe vielleicht eine Möglichkeit.«

Audrey sah sie erschrocken an. »Sie werden *Seth* nicht töten«, sagte sie. »*Niemand* tötet *Seth. Das* können Sie gleich vergessen. Er ist nur ein harmloser kleiner Junge –«

Cammie sprang auf sie zu und packte sie an den Schultern. Es geschah, bevor Johnny auch nur daran denken konnte, einzugreifen. Sie grub die Daumen tief in Audreys Brust. »Sagen Sie das Jimmy!« schrie sie der verblüfften Frau ins Gesicht. »Er ist tot, mein Sohn ist tot, also heulen Sie mir nichts vor, wie harmlos Ihr Neffe ist! *Wagen* Sie es nicht! Das Ding ist in ihm wie ein Bandwurm in einem Pferdemagen! *In ihm!* Und wenn es nicht rauskommt –«

»Aber es wird!« sagte Audrey. Sie hatte sich wieder unter Kontrolle und sprach mit gelassener Stimme. »Es wird.«

Cammie lockerte ihren Griff langsam, aber ihr Blick war alles andere als vertrauensvoll. »Wie? Wann?«

Bevor Audrey antworten konnte, sagte Kim: »Ich höre

ein Summen. Wie von Elektromotoren.« Ihre Stimme wurde lauter, zitterte. »O Gott, sie kommen zurück!«

Jetzt konnte Johnny es auch hören. Es war dasselbe elektrische Summen, das er schon zuvor gehört hatte, aber jetzt war es lauter. Irgendwie vitaler. Bedrohlicher. Er sah zur Kellertür und entschied, daß es wahrscheinlich zu spät war, in den Keller zu flüchten, zumal mit zwei schlafenden Kindern in der Vorratskammer.

»Runter«, sagte er. »Alle auf den Boden.« Er sah, wie Cynthia Steves Hand nahm und mit einem zitternden Finger zur Vorratskammertür zeigte. Steve nickte, dann gingen sie beide hinein und schützten die Kinder mit ihren Körpern.

Das Summen schwoll an.

»Betet«, sagte Belinda plötzlich. »Betet alle.«

Johnny hatte zu große Angst, um zu beten.

Aus Audrey Wylers Tagebuch:

7. Februar 1996

Habe etwas Interessantes bemerkt, das ein Schlüssel dazu sein könnte, jederzeit zu entscheiden, wer gerade die Herrschaft über den Körper hat, den sie sich teilen. Beide sind förmlich vernarrt in die Action-Figur Cassandra Styles, aber Taks Zuwendung ist fast ausschließlich sexueller Natur. Es streichelt ihre Plastikbrüste und ihre Plastikbeine. Vorgestern habe ich gesehen, wie es auf der Treppe saß & den Schritt ihrer blauen Shorts leckte & dabei eine ausgeprägte Erektion hatte (kaum zu übersehen, wo es heutzutage fast ausschließlich Unterhosen trägt). Und natürlich ist mir nicht entgangen, daß es mich in für Cassie typischen Kleidungsstücken sehen will und mich gezwungen hat, mir die Haare in Cassie-Styles-Rot zu färben (eine gräßliche Farbe).

Seth dagegen … wenn es Seth ist, der umarmt die Figur von Cassie manchmal nur, streichelt ihr über das steife rote Haar oder gibt ihr einen Kuß auf die Wange. Er tut so, als wäre sie seine Mutter. Ich weiß nicht, woher ich das weiß, aber es ist so.

Muß jetzt aufhören. Weine schon wieder.

Kapitel 12

Main Street, Desperation, Regulatoren-Zeit

Wie bei den vorherigen Besuchen, tauchen die Lieferwagen wie Phantome auf, nur kommen sie diesmal nicht aus dem Nebel, sondern aus verwehtem Wüstensand, der im Schein des alten Mr. Cowboy-Mond wie Lamé glänzt.

Cassies pinkfarbener Dream Floater macht den Anfang, Candy sitzt mit seinem in den Nacken geschobenen Kavalleriehut am Steuer, Cassie selbst neben ihm. Die herzförmige Radarantenne auf dem Dach dreht sich schnell. Wie das Reklameschild auf dem Dach eines Hurenhauses hätte Johnny Marinville vielleicht gesagt, wenn er sie gesehen hätte, aber er sieht sie nicht; er liegt in der Küche der Carvers neben dem alten Doc auf dem Boden, hat die Hände über dem Kopf verschränkt und die Augen fest zugekniffen; sein Gesichtsausdruck ist der eines Mannes, der mit dem Jüngsten Tag rechnet, und zwar bald.

Dream Floater biegt nicht von der Hyacinth Street auf die staubige Main Street ein; die Hyacinth ist nicht mehr da. Wo sie einst verlief, erstreckt sich jetzt nur noch festgestampfter Wüstenboden, fast konturenlos ... und der Himmel in dieser Richtung ist vollkommen ohne Sterne. Es sieht aus, als hätte der Schöpfer jegliche göttliche Eingebung verloren, als Er Sein Auge über die winzige Zusammenballung von Häusern hinweg nach Süden in die Wüste schweifen ließ.

Dream Floaters Stummelfügel sind ausgefahren, die Reifen teilweise eingezogen; das Fahrzeug schwebt etwa neunzig Zentimeter über den ausgefahrenen Radspuren der Straße dahin. Sein Motor pulsiert konstant. Als es den Lady Day Saloon an der Ecke passiert, öffnet sich die Feuerluke. Laura DeMott aus *Die Regulatoren* beugt sich heraus. In den zierlichen Händen hält sie nicht den Derringer, sondern eine Schrotflinte. Nur eine doppelläufige Flinte, aber als sie abdrückt, ist der Knall so laut wie die Detonation eines Raketenwerfers. Dem Knall folgt ein kurzes, schrilles Heulen, dann explodiert die Fassade des Saloons. Die Schwingtür fliegt in die Höhe, flattert einen Augenblick wie verrückt und sieht tatsächlich wie zwei *echte* Schwingen aus. Die verbliebene Fassade des Saloons flackert kurz, wie bei Hitzeflimmern, und wenn jemand hingesehen hätte, dann hätte er in diesem Augenblick das E-Z Stop hinter dem brennenden Lady Day wie ein Phantomgebäude oder ein doppelt belichtetes Foto sehen können; der Laden ist ebenfalls halb zerstört und brennt.

Hinter Dream Floater kommt Tracker Arrow, und hinter Tracker Arrow kommt Freedom. Die getönten Scheiben von Freedom gleiten wieder nach unten. Major Pike, ein guter Canopaleaner, der böse geworden ist, sitzt am Steuer, aber die Konföderiertenuniform und der nach hinten geschobene Hut sind nicht mehr da (Candy trägt den Hut jetzt; die Regulatoren tauschen immer Zubehör und Uniformteile untereinander aus, das gehört mit zu dem Spaß) Der Major trägt wieder seine irisierende Moto-Kops-Uniform, und ohne den Hut kann man seinen blonden Irokesenschnitt gut sehen. Neben ihm, auf dem Platz des Navigators, sitzt der kernige Trappertyp, den Johnny schon gesehen hat: Sergeant Mathis, Jeb Murdocks engster Vertrauter nach der Niederlage und Gefangennahme von Captain Candell.

Collie Entragians Haus ist dem Bekleidungsgeschäft Two Sisters gewichen. Sarge lehnt sich hinaus, peilt die Fassade mit seiner Flinte an und drückt ab. Ein erneuter ohrenbetäubender Doppelknall ertönt, gefolgt von dem langgezogenen Heulen, als würde eine Bombe lotrecht durch den Brunnen der Schwerkraft auf ihr Ziel zufallen.

»*Es soll aufhören!*« kreischt Susi. »*O bitte, jemand soll machen, DASS ES AUFHÖRT!*«

Die obere Hälfte des Bekleidungsgeschäfts scheint in einem Sturm von Brettern und Schindeln und Glas und Nägeln abzuheben. Wieder ist das Flackern zu sehen, fast so schnell wie der Flügelschlag eines Kolibris, und darin kann man Entragians Haus erkennen, möglicherweise könnte man sogar das Fahrrad von Cary Ripton und seinen Leichnam unter der Plastikplane sehen, die schimmern wie die Trugbilder, zu denen sie geworden sind. Dann verschwindet das Phantombild, und es ist wieder das Two Sisters (wo wir in *Die Regulatoren* Laura DeMott, die Saloontänzerin mit dem goldenen Herzen, zum erstenmal sehen, als sie verstohlen schwarzen Stoff kauft, um ein Kleid für die Kirche zu nähen), freilich nur noch mit halbem Dach und geborstenen Fensterscheiben.

Aus dem Ödland (Salbei und trickfilmrunde Felsbrocken) nördlich der Poplar Street, wo jetzt die Bear Street nicht mehr ist, taucht der silberne Rooty-Toot Power Wagon auf. Rooty, dessen Augen blinken wie eine Ampel, sitzt am Steuer; neben ihm auf dem Sitz Little Joe

Cartwright mit seinem Hol's-der-Teufel-Grinsen und einer verchromten, mit futuristischem Brimborium verzierten Flinte in der Hand. Unmittelbar hinter Rooty-Toot kommt der Justice Wagon, und hinter Justice folgt ein summender elektrischer Alptraum. Im knochenfahlen Mondlicht scheint der Meatwagon in schwarze Seide gehüllt zu sein. No Face sitzt in der Steuernische. Gräfin Lili befindet sich in der Navigationsnische, ihre attraktiven dunklen Augen leuchten in dem aschgrauen Vampirgesicht. Jeb Murdock steht über ihnen im Doom-Turm. In der Gefechtszentrale.

Weil er der fieseste ist.

Und so beginnt der letzte Angriff der Power Wagons, drei Lieferwagen schwenken von Norden in den Energiekorridor ein, drei weitere von Süden. Unerträglich verstärkte Flintenschüsse hallen durch die Luft; das pfeifende Heulen der Geschosse aus den Flinten klingt wie eine ganze Schar Klageweiber. Das Cattlemen's Hotel (ehedem das Haus der Sodersons) wird auf den Fundamenten nach hinten gefegt; die linke Seite neigt sich zuerst, stürzt dann ganz ein und speit trockene Bretter und Holzschindeln aus. Das Haus nördlich davon – eine Konstruktion aus grob mit Lehm verputzten Weidenwänden, in denen Brad Josephson nie und nimmer seine liebevoll gepflegte Fassade erkannt hätte – scheint in alle Richtungen zu explodieren, so daß unebenmäßige Holztrümmer und Klumpen getrockneten Lehms durch die Luft fliegen.

Auf der anderen Seite der Straße zerschellt die falsche Fassade von Worrel's Market & Mercantile (einst Tom Billingsleys Haus; die Leichen der Sodersons liegen in einem Flur mit großen, runden Säcken, alle mit der Aufschrift) unter einer Reihe von Gewehrschüssen aus dem Justice Wagon – jeder so laut wie ein Mörserschuß. Colonel Henry fährt; aus dem Geschützstand schaut Chuck Connors heraus, auch als der Rifleman aus *Westlich von Santa Fé* bekannt. Sein Sohn steht direkt neben ihm und grinst von einem Ohr zum anderen. »Guter Schuß, Pa!« ruft er aus, als rauchende Bretter der Fassade den jahrzehntealten Plunder und Staub anzünden, der dahinter verstaut war. Bald wird das gesamte Gebäude in Flammen stehen.

»Danke, Sohn«, sagt Lucas McCain und richtet seine mit Raketen geladene Winchester auf Lushan's chinesische Wäscherei. Lushan's, einst Heimat von Peter und Mary Jackson, ist vom Rooty-Toot schon übel zugerichtet worden, doch davon läßt sich der Rifleman nicht beirren. Sein Sohn mischt jetzt ebenfalls mit und feuert aus einem Revolver. Es ist ein kleiner Revolver, trotzdem hört sich jeder Schuß wie eine Panzerfaust an.

Am Ende dieser Angriffswelle schwebt eine Wolke von Pulverdampf über der Main Street. Mehrere der Häuser an der Westseite – die Lehmziegel-*Cantina*, wo die Gellers einst gewohnt haben, die Blockhütte, wo die Reeds ihre jeweiligen Hüte aufgehängt haben, die lehmverputzte Weidenhütte, die Brad und Belinda einst ihr Zuhause nannten – sind fast vollständig vernichtet worden. Das Two Sisters steht noch – mehr oder weniger –, ebenso Cattlemen's, aber der Krämerladen wird bald, wie das Hobart-Haus, nur noch Asche im Wind sein.

Nur ein Haus auf der Ostseite ist noch so, wie es war, bevor die Regulatoren kamen: das Haus der Carvers. Die Seitenwände weisen Löcher auf, und nach dem vorangegangenen Angriff sind einige Fensterscheiben zertrümmert, aber bei dieser Attacke ist es vollkommen verschont geblieben.

Dream Floater, Tracker Arrow und Freedom Fighter haben das nördliche Ende des einstigen zweiundvierzigsten Blocks der Poplar Street erreicht. Rooty-Toot, Justice und der Meatwagon das südliche. Das Trommelfeuer läßt nach, dann hört es ganz auf. Die Leute im Haus der Carvers können auf der anderen Seite des Zauns Feuer prasseln hören – der Krämerladen Market & Mercantile, den sie immer noch als den Bungalow des alten Doc betrachten –, aber ansonsten herrscht eine tiefe Stille, die wie Balsam auf ihren klingenden Ohren liegt. Die Überlebenden heben vorsichtig die Köpfe.

»Ist es vorbei, was meinen Sie?« fragt Steve im Tonfall von jemandem, der nicht frei heraus sagen will, daß es nicht so schlimm gewesen ist, wie er gedacht hat ... es aber denkt.

»Wir sollten –« beginnt Johnny.

»Ich höre es wieder!« schreit Kim Geller aus dem Wohnzimmer. Ihre Stimme klingt schrill, bebend, am Rand der Hysterie, aber die anderen sehen keinen Grund, ihr nicht zu glauben; schließlich ist sie am dichtesten bei der Straße. »Dieses schreckliche Summen! *Es soll aufhören!*« Sie kommt mit aufgerissenen, irren Augen in die Küche gerannt. »*Es soll aufhören!*«

»Runter, Mom!« ruft Susi, verläßt ihren Platz neben Dave Reed aber nicht, der neben ihr liegt, einen Arm um sie gelegt hat und seine Hand (die seine gruselige Mutter von dort, wo sie liegt, nicht sehen kann) auf ihre Brust drückt. Susi stört das nicht im geringsten; es würde sie mehr stören, wenn er die Hand wegnähme. Ihre Angst und ihre fast mütterliche Sorge um den verbliebenen

Zwillingsbruder haben sie zum erstenmal in ihrem Leben richtig geil gemacht. Im Augenblick wünscht sie sich nur, mit David an einem Ort zu sein, wo sie beide die Hosen ausziehen können, ohne daß es jemand bemerkt.

Kim achtet nicht auf ihre Tochter. Sie geht zu Audrey, packt sie an den Haaren, reißt ihren Kopf hoch. »*Zwingen Sie ihn, damit aufzuhören!*« schreit sie Audrey in das blasse Gesicht. »*Er ist Ihr Neffe, Sie haben ihn hierhergebracht, JETZT ZWINGEN SIE IHN, DAMIT AUFZUHÖREN!*«

Belinda Josephson handelt schnell; sie springt von der Stelle auf, wo sie gelegen hat, sie läuft durch das Zimmer, und hat Kim Gellers freien Arm auf den Rücken gedreht, ehe Brad einmal richtig blinzeln kann.

»*Au!*« schreit Kim und läßt sofort Audreys Haar los. »*Au, lassen Sie mich los, Sie schwarze Schl –*«

Belinda hat sich für einen Tag genug rassistische Scheiße anhören müssen. Sie dreht Kims Arm noch weiter nach oben und unterbricht deren Wortschwall. Susis Mom, die die Girl Scouts unterstützt und die Lady, die für die Krebsforschung sammelt, nie mit leeren Händen wegschickt, heult wie eine Fabriksirene am Feierabend. Dann dreht Belinda sie und wirft sie über die Hüfte, so daß sie zurück ins Wohnzimmer segelt. Kim prallt gegen eine Wand. Um sie herum fallen weitere Hummel-Figuren ihrem Untergang entgegen.

»So«, sagt Belinda mit sachlicher Stimme. »Sie hat es so gewollt. Ich muß mir diese Scheiße nicht länger –«

»Lassen Sie es gut sein«, sagt Johnny. Das Summen ist wieder lauter geworden, lauter denn je: ein konstantes, oszillierendes Brummen wie von einem riesigen Trafo. »Runter, Bee. Sofort. Alle. Steve, Cynthia? *Schützt diese Kinder!*« Dann schaut er fast entschuldigend zu Seth

Garins Tante. »*Können* Sie ihn zwingen, damit aufzuhören, Aud?«

Sie schüttelt den Kopf. »Das ist nicht *er*. Jetzt nicht. Es ist Tak.« Bevor sie den Kopf wieder senkt, erblickt sie Cammie Reed, die sie ansieht, und etwas an diesem trockenen Blick macht ihr mehr angst als das Schreien und Haareziehen von Kim Geller. Es ist ein *todernster* Blick. Keine Hysterie, nur unverhohlene Mordlust.

Aber wen würde Cammie ermorden? Sie? Seth? Beide? Audrey weiß es nicht. Sie weiß nur, sie kann den anderen nicht sagen, was sie vor ihrer Flucht getan hat, diese Kleinigkeit, die alle Probleme lösen könnte – *wenn*. Wenn sich das Fenster in der Zeit auftut, wie sie hofft; wenn sie in dem Augenblick richtig handelt. Sie kann ihnen nicht sagen, daß Hoffnung besteht, denn wenn Tak seine Fühler ausstreckt und ihre Gedanken zu fassen bekommt, ist alle Hoffnung dahin.

Das Summen wird lauter. Auf der Main Street rollen die Power Wagons wieder. Dream Floater, Tracker Arrow und Freedom sind näher beim Haus der Carvers und somit als erste da. Sie parken in einer Reihe, der rote Tracker Arrow mit Snake Hunter am Steuer in der Mitte, wo er die Einfahrt versperrt, in der der tote Herr des Hauses liegt (der inzwischen schon reichlich mitgenommen aussieht). Die drei anderen – Rooty-Toot, Justice und Meatwagon – kommen vom südlichen Ende der Straße und verlängern die Reihe der Fahrzeuge.

Das Haus der Carvers (das, möglicherweise eine Ironie, ein Haus im Stil einer Ranch ist), wird jetzt völlig von den Power Wagons abgeriegelt. Aus dem Geschützstand des Dream Floater richtet Laura DeMott ihre Flinte auf das zertrümmerte Panoramafenster; in der Gefechtsnische des Tracker Arrow haben Hoss Cartwright und ein sehr junger Clint Eastwood – diesmal verkörpert er Rowdy Yates aus *Tausend Meilen Staub* – ebenfalls auf das Haus angelegt. Jeb Murdock steht mit *zwei* Schrotflinten im Doom-Turm des Meatwagon, beide sind zehn Zentimeter hinter den gespannten Hähnen abgesägt, die Kolben hat er auf die Hüftknochen gestützt. Er grinst breit mit dem Gesicht von Rory Calhoun im besten Mannesalter.

Dachluken werden aufgeklappt. Cowboys und Außerirdische besetzen die restlichen Schießstände.

»Kuck mal, Pa, sieht aus wie bei einem verdammten Truthahnschießen!« ruft Mark McCain und stößt ein schrilles Lachen aus.

»*Root-root-root!*«

»*SEI STILL, ROOTY!*« rufen alle im Chor, und darauf fangen sie alle an zu lachen.

Als dieses Lachen ertönt, bricht etwas in Kim Geller, das die ganze Zeit unter starker Spannung gestanden hat, endgültig entzwei. Sie steht im Wohnzimmer auf und geht zur Tür, vor der immer noch Debbie Ross liegt. Kim schreitet mit ihren Turnschuhen über die dabei knirschenden Porzellanscherben von Törtchen Carvers heißgeliebten Hummel-Figuren. Das Geräusch der pulsierenden Motoren draußen – dieses unheimliche *Poch-poch-poch*, wie von einem elektrischen Herz – macht sie wahnsinnig. Aber trotzdem ist es leichter, sich darauf zu konzentrieren, statt daran zu denken, wie diese arrogante Niggerschlampe ihr erst fast den Arm gebrochen und sie dann wie einen Sack Wäsche oder so was ins Wohnzimmer geworfen hat.

Die anderen ahnen nicht, daß sie hinausgegangen ist, bis sie ihre quengelnde und schrille Stimme hören: »Haut ab! Hört auf und haut ab, und zwar *sofort!* Die Polizei ist schon unterwegs!«

Als sie diese Stimme hört, vergißt Susi Geller schlagartig, wie schön es ist, daß Dave Reed ihre Brust berührt und sie ihm gerne helfen würde, den Tod seines Bruders zu vergessen, indem sie ihn mit nach oben nimmt und mit ihm vögelt, bis seine Leber explodiert. »*Mummy!*« keucht sie und will aufstehen.

Dave zieht sie wieder nach unten und klammert einen Arm um ihre Taille, damit sie ganz bestimmt nicht mehr aufstehen kann. Er hat seinen Bruder verloren und ist der Meinung, daß das für einen Tag genug ist.

Komm schon, komm schon, komm *schon,* denkt Audrey ... aber in Wahrheit, glaubt sie, ist es ein Gebet. Sie hat die Augen so fest zugekniffen, daß sie explodierende rote Pünktchen dahinter erkennen kann; die Hände hat sie zu Fäusten geballt, die rauhen Überreste ihrer Fingernägel graben sich in ihre Handflächen. Komm schon, mach dich wie vorgesehen an die Arbeit, tu deinen Job, fang an –

»Laß knacken«, flüstert sie, ohne zu merken, daß sie es laut ausgesprochen hat. Johnny, der den Kopf erhoben hatte, als Kim anfing zu brüllen, sieht Audrey an. »Laß knacken, los. Um Himmels willen, *laß knacken!*«

»Was reden Sie da?« fragt er, aber sie antwortet nicht.

Draußen geht Kim langsam den Fußweg zu den Power Wagons hinunter, die am Bordstein parken. Dies ist die einzige Stelle in der ehemaligen Poplar Street, wo es noch einen Bordstein gibt.

»Ich gebe euch eine Chance«, sagt sie, und ihr Blick wandert von einer schrägen Type zur nächsten. Manche tragen lächerliche Weltraummasken, und der am Steuer des merkwürdigen, speisewagenähnlichen Gefährts doch tatsächlich ein vollständiges Roboterkostüm. Damit sieht er wie eine zu groß geratene Version von R2D2 in den *Krieg-der-Sterne*-Filmen aus. Andere sehen aus, als seien sie einem Square-Dance-Kurs entsprungen. Einige kommen ihr sogar bekannt vor ... aber es ist nicht die Zeit, sich von solchen albernen Wahnvorstellungen ablenken zu lassen.

»Ich gebe euch eine Chance«, wiederholt sie und bleibt genau an der Stelle stehen, wo der betonierte Fußweg der Carvers in den Bordstein mündet. »Verschwindet, solange ihr noch könnt. Andernfalls –«

Die Schiebetür des Freedom Fighter geht auf, und Sheriff Streeter steigt aus. Sein Stern glänzt silbern und stumpf am linken Revers seiner Weste. Er schaut zu Jeb Murdock – alter Feind, neuer Verbündeter – im Doom-Turm des Meatwagon hoch.

»Nun, Streeter«, sagt Murdock. »Was meinen Sie?«

»Ich finde, Sie sollten das keifende Weib abservieren«, sagt Streeter lächelnd, und dann explodieren Lärm und weißes Feuer aus beiden Läufen von Murdocks abgesägter Flinte. Eben noch steht Kim Geller am Ende des Carverschen Fußwegs; im nächsten Augenblick ist sie völlig verschwunden. Nein; nicht ganz verschwunden. Ihre Turnschuhe stehen noch da, und ihre Füße stecken noch darin.

Einen Sekundenbruchteil später klatscht etwas, das ein Eimer dunklen Brackwassers sein könnte, aber nicht ist, gegen die Fassade des Carver-Hauses. Und während der Knall der doppelläufigen Flinte noch verhallt, schreit Streeter: »*Schießt! Schießt, gottverdammt! Macht sie dem Erdboden gleich!*«

»Runter!« ruft Johnny erneut, obwohl er weiß, es wird

nichts nützen; das Haus wird verschwinden wie die Sandburg eines Kindes bei Flut, und sie alle mit ihm.

Die Regulatoren eröffnen das Feuer, und es hält jedem Vergleich mit allem stand, was Johnny in Vietnam erlebt hat. So, denkt er, muß es in den Schützengräben von Ypern oder rund dreißig Jahre später in Dresden gewesen sein. Der Lärm ist unvorstellbar, eine ununterbrochene Kette von KA-BUMMs und KA-BAMMs, und obwohl Johnny denkt, er müsse sofort taub (oder allein durch die brutalen Dezibelwerte getötet) werden, kann er die Geräusche des Hauses hören, das rings um sie herum in Fetzen geschossen wird: berstende Bretter; klirrende Scheiben; Porzellanfiguren, die wie Ziele in einem Schießstand explodieren; das trockene Prasseln von herumfliegenden Mörtelbrocken. Ganz leise kann er auch Menschen schreien hören. Der bittere Geruch von Pulverdampf dringt ihm in die Nase. Etwas Unsichtbares, Riesiges saust heulend über ihnen durch die Küche, und plötzlich besteht der größte Teil der hinteren Küchenwand nur noch aus Trümmern, die über den gesamten Garten verstreut sind oder im bei K-mart erstandenen Pool schwimmen.

Ja, denkt Johnny. Das ist es, das ist das Ende. Vielleicht ist es auch ganz gut so.

Aber dann geschieht etwas Seltsames. Das Schießen hört nicht auf, aber es *schwindet*, als würde jemand die Lautstärke herunterdrehen. Das gilt nicht für die Schüsse selbst, sondern für das Heulen der Geschosse, wenn sie über sie hinwegsausen. Und es geht schnell. Keine zehn Sekunden, nachdem es ihm zum erstenmal auffällt – möglicherweise eher fünf –, sind die Geräusche völlig verstummt. Ebenso das unheimliche, pulsierende Summen der Motoren in den Power Wagons.

Sie heben die Köpfe und sehen sich an. In der Vorratskammer sieht Cynthia, daß sie und Steve weiß wie Gespenster sind. Sie hebt einen Arm und pustet. Puder wirbelt von ihrer Haut hoch.

»Mehl«, sagt sie.

Steve streicht sich durch das lange Haar und streckt ihr eine zitternde Hand entgegen. Einige glänzende schwarze Dinger liegen darin. »Mehl ist nicht schlecht«, sagt er. »Ich hab Oliven.«

Sie glaubt, daß sie zu lachen anfangen wird, aber bevor sie loslegen kann, passiert etwas Erstaunliches und vollkommen Unerwartetes.

Seths Aufenthaltsort / Seths Zeit

Von allen Durchgängen, die er sich während der Herrschaft von Tak – Tak dem Dieb, Tak dem Grausamen, Tak dem Tyrannen – gegraben hat, ist dies der längste. In gewisser Weise hat er seine Version von Rattlesnake Nummer eins geschaffen. Der Schacht führt tief in eine Art schwarzer Erde, die vermutlich er selbst ist, dann steigt er wieder wie eine Hoffnung zur Oberfläche empor. Am Ende befindet sich eine Tür mit Eisenbeschlägen. Er versucht nicht, sie zu öffnen, aber nicht aus Angst, sie könnte verschlossen sein. Ganz im Gegenteil. Diese Tür darf er erst berühren, wenn er völlig bereit ist; hat er sie erst einmal hinter sich gelassen, gibt es kein Zurück mehr.

Er betet, daß sie dorthin führt, wohin er glaubt.

Durch die Ritzen der Tür fällt genügend Licht, um ihm zu zeigen, wo er steht. An den seltsam fleischfarbenen Wänden hängen Gemälde; ein Gruppenbild seiner Familie mit ihm zwischen seinem Bruder und seiner Schwester; ein Foto von ihm, wie er zwischen Tante Audrey und Onkel Herb im Vorgarten ihres Hauses steht. Sie lächeln. Seth ist ernst wie immer, nicht ganz da. Außerdem ein Foto von Allen Symes, der (zwergenhaft) neben einer der Raupenketten von Mr. Mo steht. Mr. Symes trägt seinen Schutzhelm von Deep Earth und grinst. Eine solche Fotografie existiert nicht, aber das spielt keine Rolle. Dies ist Seths Aufenthaltsort, Seths Zeit, Seths Verstand, *und er schmückt ihn, wie es ihm gefällt. Vor nicht allzu langer Zeit hätten hier Bilder der MotoKops und der Figuren aus* Die Regulatoren *gehangen, nicht nur hier, sondern im ganzen Tunnel. Jetzt nicht mehr. Für ihn haben sie ihren Zauber verloren.*

Ich bin herausgewachsen, denkt er, und das ist die Wahrheit. Autistisch hin oder her, erst acht Jahre hin oder her, er ist zu alt für Knall-sie-ab-Western und Zeichentrickserien am Samstagmorgen geworden. Plötzlich begreift er, daß das mit ziemlicher Sicherheit die grundlegende Wahrheit ist, die Tak niemals begreifen würde: Er ist herausgewachsen. Er hat die Figur von Cassie Styles in der Tasche (wenn er eine Tasche braucht, stellt er sich einfach eine vor; das ist praktisch), weil er sie immer noch ein bißchen liebt, aber sonst? Nein. Die Frage ist nur, ob er ihnen entkommen kann oder nicht, diesen süßen Phantasiegebilden, die möglicherweise die ganze Zeit mit Gift getränkt gewesen sind.

Der Zeitpunkt ist gekommen, es herauszufinden.

Neben dem Foto von Allen Symes ragt ein schmales Regal aus der Wand. Seth hat die Regale im Flur der Carvers gesehen und bewundert, von denen jedes seiner eigenen Hummel-Figur vorbehalten war, und dieses hier hat er mit den Regalen der Carvers vor Augen geschaffen. Das Licht, das durch die Ritzen der Tür dringt, reicht aus, um zu zeigen, was darauf steht – kein Schafhirte oder Milchmädchen von Hummel, sondern ein rotes PlaySkool-Telefon.

Er nimmt den Hörer ab und wählt zwei-vier-acht mit der Plastikwählscheibe. Das ist die Nummer im Haus der Carvers. Das Spielzeugtelefon läutet ... läutet ... läutet. Aber läutet es auch am anderen Ende? Kann sie *es hören? Kann* überhaupt jemand *von ihnen es hören?*

»Komm schon«, flüstert er. Er ist voll und ganz bei Bewußtsein und wach; an diesem tiefverborgenen Ort ist er ebensowenig autistisch wie Steve Ames oder Belinda Josephson oder Johnny Marinville ... er ist sogar so etwas wie ein Genie.

Im Augenblick ein ängstliches Genie.

»Komm schon ... bitte, Tante Audrey, bitte hör mich ... bitte geh ran ...«

Denn die Zeit ist knapp, und der Zeitpunkt ist jetzt.

Main Street, Desperation / Regulatoren-Zeit

Das Telefon im Wohnzimmer der Carvers fängt an zu läuten, und als wäre dies eine Art Signal, das direkt auf sein tiefstes und empfindlichstes Nervenzentrum zielt, bricht Johnny Marinvilles Begabung, alles zu sehen und in eine zeitliche Abfolge zu bringen, zum erstenmal in seinem Leben völlig zusammen. Seine Perspektive gerät ins Rutschen, so wie die Umrisse in einem Kaleidoskop in Prismen und leuchtende Trümmer zerbrechen, wenn die Röhre gedreht wird. Wenn der Rest der Welt in Streßsituationen auf diese Weise sieht und wahrnimmt, denkt er, ist es kein Wunder, daß die Leute so viele falsche Entscheidungen treffen, wenn es brenzlig wird. Es gefällt ihm nicht, auf diese Weise wahrzunehmen. Es ist, als ob man hohes Fieber hat und ein halbes Dutzend Leute um das

Krankenbett herumstehen sieht. Man weiß, daß vier davon wirklich da sind ... aber *welche* vier? Susi Geller heult und schreit den Namen ihrer Mutter. Die Kinder der Carvers sind natürlich beide wieder wach; Ellen, deren Fähigkeit, die Dinge verhältnismäßig stoisch hinzunehmen, endgültig verschwunden ist, hat offenbar eine Art Nervenzusammenbruch, sie schreit aus vollem Hals und schlägt Steve, der sie umarmen und trösten will, auf den Rücken. Und Ralphie will seine große Schwester verhauen! »Laß Margrit los!« herrscht er Steve wütend an, während Cynthia versucht, ihn zu bändigen. »Laß Margrit die Made los! Sie hätte mir den *ganzen* Schokoriegel geben sollen! Sie hätte mir den *GANNNNNNZEN* geben sollen, dann wäre das alles nicht passiert!« Brad geht ins Wohnzimmer – wahrscheinlich, um den Hörer abzunehmen –, aber Audrey hält ihn am Arm fest. »Nein«, sagt sie, und dann, mit einer fast unwirklichen Höflichkeit: »Das ist für mich.« Und Susi ist inzwischen aufgestanden, Susi läuft den Flur entlang zur Eingangstür, um nachzusehen, was aus ihrer Mutter geworden ist (keine sehr kluge Idee, Johnnys bescheidener Meinung nach). Dave Reed versucht wieder, sie aufzuhalten, doch diesmal gelingt es ihm nicht, daher folgt er ihr einfach und ruft ihren Namen. Johnny rechnet damit, daß die Mutter des Jungen versuchen wird, *ihn* aufzuhalten, aber Cammie läßt ihn gehen, während hinter dem Haus Kojoten, wie sie noch nie auf Gottes weiter Welt existiert haben, ihre mißgebildeten Schnauzen heben und irre Liebeslieder an den Mond richten.

Das alles auf einmal, kreisend wie Abfall in einem Wirbelsturm.

Er steht auf, ohne es zu merken, und folgt Brad und Belinda ins Wohnzimmer, das aussieht, als wäre der Weiße Riese in einem Wutanfall durchgestapft. Die Kinder schreien immer noch in der Vorratskammer, und Susi heult am Ende des Flurs. Willkommen in der wunderbaren Welt stereophoner Hysterie, denkt Johnny.

Derweil sucht Audrey nach dem Telefon, das nicht mehr auf dem kleinen Tisch neben der Couch steht. Nicht einmal das Tischchen selbst steht noch neben der Couch; es liegt auseinandergebrochen in der Ecke gegenüber. Das Telefon liegt daneben in einem Berg von Glasscherben. Es ist ausgehängt, der Hörer so weit die Schnur es zuläßt vom Apparat entfernt, aber es läutet trotzdem noch.

»Achten Sie auf das Glas, Aud«, sagt Johnny scharf, während sie darauf zugeht.

Tom Billingsley geht zu dem gezackten Loch in der Westwand, wo das Panoramafenster gewesen ist, wobei er über die rauchende, explodierte Ruine des Fernsehers steigen muß. »Sie sind weg«, sagt er. »Die Fahrzeuge.« Nach einer Pause fügt er hinzu: »Die Poplar Street unglücklicherweise auch. Da draußen sieht es aus wie in Deadwood, South Dakota. Etwa zu der Zeit, als Jack Cavendish Wild Bill Hickock in den Rücken geschossen hat.«

Audrey hebt den Hörer auf. Hinter ihnen kreischt Ralphie Carver inzwischen: *»Ich hasse dich, Margrit die Made! Mach, daß Mummy und Daddy zurückkommen, sonst hasse ich dich für immer! Ich hasse dich, Margrit die Made!«* Hinter Audrey kann Johnny sehen, wie Susis Gegenwehr gegen Dave Reeds Umarmung nachläßt; er tröstet sie mit einer in Johnnys Augen bewundernswerten Geduld, bis ihr Entsetzen zu einem leisen Schluchzen abgeflaut ist.

»Hallo?« sagt Audrey. Sie hört zu; ihr blasses Gesicht ist

nervös und ernst. »Ja«, sagt sie. »Ja, mach ich. Sofort. Ich …« Sie lauscht noch einen Moment, aber diesmal sieht sie Johnny Marinville ins Gesicht. »Ja, alles klar, nur er. Seth? Ich hab dich lieb.«

Sie legt den Hörer nicht auf, sondern läßt ihn einfach fallen. Warum auch nicht? Johnny folgt dem Anschlußkabel mit Blicken und sieht, daß der Stecker aus der Wand gerissen wurde, als das Telefon in die Ecke geflogen ist.

»Kommen Sie«, sagt Audrey zu ihm. »Wir gehen über die Straße, Mr. Marinville. Nur wir beide. Alle anderen bleiben hier.«

»Aber –« setzt Brad an.

»Keine Diskussion, keine Zeit«, sagt sie zu ihm. »Wir müssen sofort gehen. Johnny, sind Sie bereit?«

»Soll ich das Gewehr holen, das sie von nebenan mitgebracht haben? Es liegt in der Küche.«

»Ein Gewehr würde nichts nützen. Kommen Sie.«

Sie streckt die Hand aus. Ihr Gesicht ist entschlossen und sicher … abgesehen von den Augen. Aus denen schaut blankes Entsetzen, und sie flehen ihn an, sie nicht alleine tun zu lassen, was immer getan werden muß. Johnny nimmt die dargebotene Hand, während er mit den Füßen durch Schutt und Glasscherben schlurft. Ihre Haut ist kalt, die Knöchel fühlen sich leicht geschwollen an. Er denkt, daß es die Hand ist, mit der das kleine Monster Audrey gezwungen hat, sich selbst zu schlagen.

Sie gehen zum Wohnzimmer hinaus, an den Teenagern vorbei, die einander stumm umarmen. Johnny stößt das Fliegengitter vor der Tür auf und läßt Audrey als erste über den Leichnam von Debbie Ross steigen. Auf der Fassade des Hauses, der Stufe und dem Rücken des toten Mädchens sind die Überreste von Kim Geller verschmiert

– Schlieren und Fetzen und Klumpen, die im Mondlicht schwarz aussehen –, aber sie erwähnen es beide nicht. Vor ihnen, hinter dem Fußweg und dem kurzen Abschnitt des Bürgersteigs, wo die Power Wagons nicht mehr stehen, liegt eine breite, ausgefahrene Straße aus gestampftem Sand. Ein Windhauch streicht Johnny über das Gesicht – er kommt von Norden und weht den Geruch des brennendes Gebäudes nebenan von ihnen weg –, und eine Windhexe rollt wie von unsichtbaren Fäden gezogen vorbei. Johnny findet, sie sieht aus, als sei sie aus einem Zeichentrickfilm von Max Fleischer herübergeblasen worden, aber das überrascht ihn nicht. Schließlich befinden sie sich selbst in einem. In einer Art Zeichentrickfilm. Gebt mir einen Hebel, und ich hebe die Welt aus den Angeln, hatte Archimedes gesagt; das Ding auf der anderen Straßenseite hätte ihm wahrscheinlich zugestimmt. Selbstverständlich hatte es nur einen einzigen Abschnitt der Poplar Street aus den Angeln heben wollen, und mit dem Hebel von Seth Garins Phantasie hatte es das auch ohne große Mühe geschafft.

Was immer sie erwarten mag, es ist eine deutliche Erleichterung, allein von dem Haus hinter ihnen und dem Lärm weg zu sein.

Die Verandastufe des Hauses der Wylers sieht noch unverändert aus, aber damit hat es sich dann auch schon. Der Rest ist jetzt ein langes, flaches Gebäude aus Holzbalken. Pflockstangen stehen an der Vorderseite. Trotz der warmen Nacht raucht der aus Natursteinen gemauerte Kamin. »Sieht aus wie ein Schlafhaus«, sagt er.

Audrey nickt. »Das Schlafhaus der Ponderosa.«

»Warum sind sie fort, Audrey? Seths Regulatoren und futuristische Cops. Wieso sind sie verschwunden?«

»In mindestens einer Hinsicht ist Tak wie der Bösewicht in einem von Grimms Märchen«, sagt sie und führt ihn auf die Straße. Staub wirbelt unter ihren Schuhen auf. Die Wagenspuren sind trocken und hart wie Eisen. »Es hat eine Achillesferse, die man nie vermuten würde, wenn man nicht so lange damit zusammengelebt hat wie ich. Es haßt es, in Seth zu sein, wenn Seth seinen Darm entleert. Ich weiß nicht, ob das eine abgefahrene ästhetische Geschichte oder eine psychische Phobie ist, vielleicht sogar ein körperlicher Aspekt seiner Existenz – wie wir zum Beispiel nicht anders können, als zusammenzuzucken, wenn jemand so tut, als wollte er uns schlagen –, und es ist mir auch egal.«

»Sind Sie da ganz sicher?« fragt er. Sie haben die andere Seite der breiten Main Street erreicht. Johnny schaut in beide Richtungen und sieht keine Lieferwagen; nur felsiges Ödland rechter und Leere – eine Art Unschöpfung – linker Hand.

»Ziemlich«, sagt sie grimmig. Der Betonweg, der zu Poplar Nr. 247 führt, ist zu einem Kopfsteinpflasterweg geworden. Auf halbem Weg sieht Johnny das abgebrochene Rädchen der Sporen eines Weidearbeiters im Mondlicht glitzern. »Seth hat es mir gesagt – ich höre ihn manchmal in meinem Kopf.«

»Telepathie.«

»Hm-hmm, kann sein. Und wenn Seth auf dieser Ebene redet, hat er überhaupt keine geistigen Probleme. Auf dieser Ebene ist er so klug, daß es beängstigend ist.«

»Aber sind Sie ganz sicher, daß *Seth* mit Ihnen gesprochen hat? Und selbst wenn, sind Sie sicher, daß Tak ihn die Wahrheit sagen ließ?«

Sie bleibt auf halbem Weg zu dem Schlafhaus stehen.

Sie hält immer noch eine seiner Hände; jetzt ergreift sie auch die andere und dreht ihn zu sich um.

»Hören Sie zu, ich habe nur Zeit, das einmal zu sagen, und keine Zeit, Ihre Fragen zu beantworten. Wenn Seth sich mit mir unterhält, läßt er Tak manchmal zuhören ... ich glaube, weil Tak auf diese Weise glaubt, daß er *alle* unsere geistigen Gespräche mithören kann. Aber das stimmt nicht.« Sie sieht, daß er etwas sagen will, und drückt seine Hand, damit er schweigt. »Und ich *weiß*, daß Tak ihn verläßt, wenn er seinen Darm entleert. Es zieht sich nicht nur weit zurück, sondern geht aus ihm *heraus*. Ich habe es schon gesehen. Es kommt zu seinen Augen heraus.«

»Aus seinen Augen«, flüstert Johnny fasziniert und entsetzt und ein wenig ehrfürchtig.

»Ich sage Ihnen das, damit Sie Bescheid wissen, wenn es soweit ist«, sagt sie. »Tanzende rote Pünktchen, wie Funken über einem Lagerfeuer. Okay?«

»Himmel«, murmelt Johnny, dann: »Okay.«

»Seth liebt Schokoladenmilch«, sagt Audrey und zieht ihn weiter. »Wie man sie mit Hershey's Sirup macht. Und Tak liebt, was Seth liebt ... sein Pech, könnte man sagen.«

»Sie haben Abführmittel reingetan, nicht wahr?« fragt Johnny. »Sie haben ihm Ex-Lax in die Schokoladenmilch getan.« Ihm ist fast danach, in den Chor der Kojoten einzustimmen und den Mond anzuheulen. Nur würde er vor Lachen heulen. Anscheinend gehen die surrealistischen Aspekte des Lebens nie zur Neige; ihre einzige Überlebenschance ist ein Lausbubenstreich auf dem Niveau von Niespulver streuen oder Stinkbomben werfen.

»Seth hat mir gesagt, was ich tun soll, und ich habe es getan«, sagt sie. »Und jetzt kommen Sie mit. Solange er noch auf Teufel komm raus scheißt. Solange wir noch *Zeit* haben. Wir müssen ihn packen und einfach *laufen*. Ihn außer Reichweite von Tak bringen, bevor es wieder in ihn zurück kann. Und das können wir. Seine Reichweite ist kurz. Wir gehen bergab. Sie tragen ihn. Und ich wette, bevor wir dorthin kommen, wo der Laden war, werden wir eine gewaltige Veränderung unserer Umgebung zu sehen bekommen. Vergessen Sie nur nicht, Schnelligkeit ist das Gebot der Stunde. Wenn wir angefangen haben, gilt kein Zögern und kein Zaudern mehr.«

Sie streckt die Hand nach der Tür aus, und Johnny hält sie zurück. Sie sieht ihn mit einer Mischung aus Angst und Wut an.

»Haben Sie nicht gehört, daß ich sagte, wir müssen *sofort* gehen?«

»Doch, aber eine Frage *müssen* Sie mir beantworten, Aud.«

Von der anderen Straßenseite werden sie ängstlich beobachtet. Belinda Josephson löst sich aus der kleinen Gruppe der Beobachter und geht in die Küche, um nachzusehen, wie Steve und Cynthia mit den Kindern zurechtkommen. Offenbar nicht schlecht. Ellen schnieft, hat sich sonst aber wieder unter Kontrolle, und Ralphie scheint sich erschöpft zu haben wie ein Wirbelsturm, der die nördlichen Gewässer erreicht. Belinda sieht sich kurz in der leeren Küche um, die jetzt zum Garten hin offen ist, dann dreht sie sich zum Flur um, weil sie zu den anderen zurück will. Sie macht einen Schritt, dann bleibt sie stehen. Eine schmale vertikale Falte – ihr Mann nennt sie ihre Denklinie – teilt ihre Stirn. Da vorn bei der Fliegentür ist es nicht völlig dunkel, Mondlicht fällt herein ... und das sind natürlich ihre Nachbarn. Es ist nicht schwer, sie auseinanderzuhalten. Brad kann sie am leichtesten identifizieren, weil er ihr engster Nachbar ist, so eng, daß sie seit fünfundzwanzig Jahren nachts den Arm ausstrecken und ihn berühren kann. Dave und Susi sind leicht zu erkennen, weil sie einander immer noch umarmen. Doc, weil er so dünn ist. Aber Cammie ist nicht leicht zu erkennen. Cammie ist nicht leicht zu erkennen, weil Cammie nicht da ist. Auch nicht hier in der Küche. Ist sie nach oben gegangen oder durch das Loch in der Küchenwand verschwunden? Vielleicht. Und –

»Ihr zwei!« ruft sie plötzlich ängstlich in die Vorratskammer hinein.

»Was?« fragt Steve ein wenig ungeduldig. In Wahrheit fühlt er sich auch ein wenig ungeduldig. Sie haben es endlich geschafft, die Kinder zu beruhigen, und wenn diese Frau das zunichte macht, denkt er, wird er sie mit dem ersten Topf oder der ersten Pfanne erschlagen, die ihm in die Finger kommt.

»Mrs. Reed ist fort«, sagt Bee. »Und sie hat das Gewehr mitgenommen. War es ungeladen? Kommen Sie, machen Sie mich glücklich und sagen Sie, daß es ungeladen war.«

»Ich glaube nicht«, sagt Steve widerstrebend.

»Scheißt Feuer und spart Streichhölzer«, sagt Belinda.

Cynthia sieht sie über eine Schulter von Ralphie hinweg mit vor Schrecken großen Augen an. »Haben wir ein Problem?« fragt sie.

»Wäre möglich«, sagt Bee.

Taks Aufenthaltsort / Taks Zeit

Im Erkerzimmer, wo es so viele glückliche Stunden verbracht hat – an der Brust von Seth Garins blühender Phantasie, könnte man sagen –, wartet Tak und horcht. Auf dem Bildschirm des Zenith-Fernsehers reiten gespenstisch gekleidete Cowboys in Schwarzweiß durch eine Wüstenlandschaft. Sie reiten stumm. Tak, außerhalb von Seth und körperlos, hat den Fernseher mit der besten Fernbedienung leiser gestellt, die es gibt – seinem eigenen Verstand.

Im Badezimmer neben der Küche kann es den Jungen hören. Der Junge gibt das leise Schweinegrunzen von sich, das Tak inzwischen mit seiner Ausscheidungsfunktion assoziiert. Für Tak sind selbst die Geräusche abstoßend, und der Vorgang selbst mit seinen Krämpfen und dem Gefühl eines rutschenden, hilflosen Abgangs ist widerlich. Selbst Erbrechen ist besser – das geht wenigstens schnell, den Hals hoch und raus.

Jetzt weiß es, was ihm die Frau angetan hat: Sie hat die Milch mit etwas versetzt, das nicht nur einen einzigen Akt der Ausscheidung bewirkte, sondern ganze Krämpfe. Wieviel hat sie ihm gegeben? Eine riesige Dosis, wenn man Seths Zustand unmittelbar vor Taks Flucht betrachtet, und jetzt begreift es alles.

Es flackert in der dunklen oberen Ecke des Zimmers – Tak der Grausame, Tak der Tyrann – wie eine kleine Gruppe körperloser Fahrradrücklichter, die pulsieren und umeinander kreisen. Nicht einmal bei dem abgestellten Ton des Fernsehers kann es Tante Audrey und Marinville hören, aber es weiß, daß sie da sind, vor der Eingangstür. Wenn sie aufhören zu reden und hereinkommen, wird es sie töten – zuerst den Mann, um die Energie aufzufrischen, die es verbraucht hat (den Körper des Jungen zu verlassen, ist besonders kräftezehrend), Seths Tante für das, was sie ihm anzutun versucht hat. Es wird sich auch an ihr gütlich tun, und sie wird langsam sterben, von ihrer eigenen Hand.

Die Strafe des Jungen dafür, daß er sich gegen Tak aufgelehnt hat, wird darin bestehen, alles mitansehen zu müssen.

Doch Tak empfindet Respekt für Seth; er war ein würdiger

Gegner. (Wie sollte es bei einem Behältnis, das Tak beherbergen kann, auch anders sein?) Seit der Penner gestern nachmittag hier gewesen ist, haben Tak und der Junge ein nervenaufreibendes Stud-Pokerspiel durchgezogen, genau wie Laura und Jeb Murdock in Die Regulatoren. *Jetzt sind alle Einsätze im Topf, und bis auf die letzten entscheidenden Karten sind alle aufgedeckt. Tak weiß, daß es gewinnen wird. Selbstverständlich wird es gewinnen. Schließlich ist sein Gegner nur ein Kind, wie brillant die tieferen Regionen seines Intellekts auch sein mögen, und letztlich hat der Junge etwas mehr geglaubt, als gut für ihn ist. Tak wußte, daß Seth vorgehabt hatte, es vorübergehend aus seinem Körper zu vertreiben, und auch wenn die genaue Methode sich als Überraschung erwiesen hatte (und als unangenehme obendrein), ist dieses Wissen doch mehr, als Seth ahnte. Aber da ist noch etwas.*

Seth glaubt nicht, daß Tak wieder in ihn eindringen kann, während er den abscheulichen Akt begeht, für den der kleine, an die Küche angrenzende Raum vorgesehen ist.

Seth irrt sich. Tak kann *wieder in ihn eindringen. Es wird unangenehm werden – möglicherweise sogar schmerzhaft –, aber es* kann *wieder eindringen. Und wie kann Tak wissen, daß Seth seinen letzten Trumpf nicht gesehen hat, wie einige der anderen Karten, die Tak auf der Hand hatte, trotz seiner eifrigsten Versuche, sie vor dem Jungen zu verbergen?*

Weil er seine geliebte Tante in das Haus gerufen hat, damit sie ihm bei der Flucht hilft.

Und wenn seine geliebte Tante nicht mehr da draußen auf der Veranda zögert und hereinkommt, wird sie … nun …

Reguliert werden.

Vollkommen reguliert.

Die roten Lichter im Schatten kreisen, von der Vorstellung in Erregung versetzt, noch schneller.

Main Street, Desperation / Regulatoren-Zeit

»Haben Sie nicht gehört, daß ich sagte, wir müssen *sofort* gehen?«

Johnny nickt. Keiner der beiden sieht, wie Cammie Reed vor der Lehmziegelkirche, die einmal Johnny Marinvilles vorstädtische Zuflucht war, über die Straße zu den Trümmern des lehmverputzten Weidenhauses geht, das einmal Brad und Belindas Heim gewesen ist. Sie hat den Kopf gesenkt und die .30-06 in der Hand.

»Doch, aber ich habe trotzdem noch eine Frage, Aud.«

»Welche?« schreit sie beinahe. »Um Himmels willen, *welche?*«

»Kann es in jemand anderen hineinspringen? In Sie oder mich, zum Beispiel?«

Kurz huscht ein Ausdruck der Erleichterung über ihr Gesicht. »Nein.«

»Wie können Sie so sicher sein? Hat Seth es Ihnen gesagt?«

Einen Augenblick denkt er, sie wird nicht antworten, aber nicht einfach nur, weil sie den Jungen herausholen will, solange er noch auf dem Topf sitzt. Er hält ihren Ausdruck erst für Verlegenheit, aber dann sieht er, daß mehr daran ist; nicht Verlegenheit, sondern Scham.

»Seth hat es mir nicht gesagt«, sagt sie. »Ich weiß es, weil es versucht hat, in Herb einzudringen. Damit es mich … Sie wissen schon … nehmen konnte.«

»Es wollte Sie *lieben*«, sagt er. Jetzt fügt sich alles für ihn zusammen – auch das, was sie bis jetzt nur angedeutet hat.

»Lieben?« sagt sie mit kaum beherrschter Stimme. »Nein. O nein. Tak weiß nichts von Liebe und interessiert sich nicht für Liebe. Es wollte mich ficken, das ist alles. Als es herausfand, daß es Herb dazu nicht benutzen konnte, tötete es ihn. Ich glaube nicht, daß es da noch eine andere Wahl hatte.« Tränen laufen an ihrem Gesicht hinab. »Es gibt nicht leicht auf, wenn es etwas haben will, müssen Sie wissen. Es ist gewöhnt, daß es seinen Willen durchsetzen kann. Daher hat es immer wieder *gedrängt*. Versucht, in Herbs Gedanken hineinzukommen, seine Emotionen, seine *Nerven*. Was es ihm angetan hat ... nun, versuchen Sie sich vorzustellen, was mit einem von Ralphie Carvers kleinen Schuhen passieren würde, wenn Sie versuchen, ihn über einen Ihrer ausgewachsenen Füße zu ziehen. Wenn Sie es einfach verbissen weiterversuchen würden, ohne auf die Schmerzen zu achten, ohne sich darum zu scheren, was Sie mit ihrer zwanghaften Besessenheit anrichten, ihn anzuziehen, damit zu laufen ...«

»Gut, gut«, sagt er. Er schaut bergab und rechnet fast damit, daß die Lieferwagen zurückkehren, aber es ist nichts zu sehen. Er schaut die Straße hinauf und sieht ebenfalls nichts; Cammie steht verborgen im Schatten des gefährlich baufälligen Cattlemen's Hotel. Hätte er zuerst nach Norden gesehen, wäre es vielleicht für sie alle anders ausgegangen. »Ich habe verstanden.«

»Können wir dann reingehen? Haben Sie überhaupt *vor*, mit reinzugehen? Oder hat Sie der Mut verlassen?«

»Nein«, sagt er und seufzt.

Ein altmodischer Eisenriegel befindet sich an der Tür des Schlafhauses, aber als er versucht, ihn zurückzuschieben, geht sein Daumen einfach hindurch. Darunter kommt der altbekannte Türknauf zum Vorschein wie etwas, das aus schmutzigem Wasser emporsteigt. Als Johnny den Knauf ergreift, formt sich eine moderne Tür um ihn herum, die alle Dielen und Eisenbeschläge zuerst überlagert und dann völlig verdrängt. Der Knauf dreht sich, und die Tür öffnet sich in einen dunklen Raum, in dem es so abgestanden riecht wie schmutzige Wäsche. Das Mondlicht strömt herein, und was Johnny sieht, ruft Gedanken an Geschichten wach, die er manchmal in der Zeitung gelesen hat, die über alte, zurückgezogen lebende Millionäre, die die letzten Jahre ihres Lebens in einem einzigen Zimmer verbringen, Bücher und Zeitschriften um sich herum aufschichten, Haustiere sammeln, Demerol spritzen und Fertiggerichte aus der Dose essen.

»Rasch, beeilen Sie sich«, sagt sie. »Er ist unten auf der Toilette. Neben der Küche.«

Sie geht an ihm vorbei, wobei sie seine Hand nimmt, und führt ihn ins Wohnzimmer. Dort finden sich keine Bücher- und Zeitschriftenstapel, aber das Gefühl von Einsiedelei und Wahnsinn nimmt eher zu als ab, je weiter sie vordringen. Verschüttetes Essen und Limonade machen den Boden klebrig; ein unterschwelliger saurer Geruch von geronnener Milch liegt in der Luft; sämtliche Wände sind mit Buntstiftzeichnungen vollgekritzelt, deren primitive Beschäftigung mit Blutvergießen und Tod beängstigend ist. Sie erinnern ihn an ein Buch, das er vor nicht allzu langer Zeit gelesen hat, ein Buch mit dem Titel *Blood Meridian*.

Eine Bewegung links von ihm. Er dreht sich mit klopfendem Herzen in diese Richtung, während Adrenalin in seinen Blutkreislauf gepumpt wird, aber keine coltschwingenden Cowboys oder bedrohlichen Außerirdischen tauchen auf, nicht einmal ein angriffslustiger kleiner Junge mit einem Messer. Nur ein Flimmern reflektierten Lichts. Vom Fernseher, denkt er, obwohl kein Ton zu hören ist.

»Nein«, flüstert sie, »gehen Sie nicht da rein.«

Sie führt ihn zu der Tür direkt voraus. Licht scheint heraus und prägt dem verschmutzten Teppich ein helles Rechteck auf. Im Rest der Poplar Street mag die Elektrizität noch nicht erfunden worden sein, aber hier steht sie reichlich zur Verfügung.

Nun kann Johnny Grunzlaute hören, dazwischen leicht angestrengtes Atmen. Geräusche, die so menschlich – und so leicht zu identifizieren – sind wie Schnarchen, Niesen, Keuchen, Pfeifen. Jemand sitzt auf der Toilette. Macht die Nummer zwei, wie sie als Kinder zu sagen pflegten. Ein Reim aus der Grundschule fällt ihm ein: *Mutter hat mir Limo gebracht, die Ecke rum wird Fudge gemacht*. Mann, denkt Johnny, das ist auf einer Wellenlänge mit dem klitzekleinen Baby Smitten.

Als sie die Küche betreten und sich umschauen, kommt Johnny der Gedanke, daß die guten Leute der Poplar Street vielleicht verdient haben könnten, was ihnen zugestoßen ist. Sie lebt schon Gott weiß wie lange so, und wir haben es nicht einmal bemerkt, denkt er. Wir sind ihre Nachbarn, wir haben ihr alle Blumen geschickt, nachdem ihr Mann sich den Gewehrlauf in den Mund gesteckt hatte, die meisten von uns haben an der Beerdigung teilgenommen (Johnny selbst war in Kalifornien und hat vor einem Kongreß von Kinderbibliothekaren gesprochen), aber wir haben von nichts gewußt.

Auf dem Tresen stehen dicht gedrängt Krüge, zerdrückte Kartons, leere Gläser und Limodosen. Viele der letzteren sind zu wahren Ameisenfarmen geworden. Er sieht den Tupperware-Krug mit dem Rest der präparierten Schokoladenmilch darin, und daneben die Kruste von Taks Schinken-Käse-Sandwich. Schmutziges Geschirr stapelt sich in der Spüle. Neben dem Abtropfkorb liegt eine Flasche Geschirrspülmittel, die möglicherweise gekauft wurde, als Herb Wyler noch am Leben war. Um die Öffnung herum hat sich eine längst getrocknete grüne Spülmittelpfütze gebildet. Auf dem Tisch steht noch mehr schmutziges Geschirr, eine Spritzflasche voll Senf, Krümelhaufen (in einem liegt eine Kassette von Van Halen), eine Spraydose Schlagsahne, zwei Flaschen Ketchup, eine fast leer, eine fast voll, offene Pizzakartons mit Krusten darin, Einwickelpapier, Süßigkeitenverpackungen und eine Doritos-Tüte, die wie ein seltsames Kondom über eine leere Pepsiflasche gezogen wurde. Außerdem stapelweise Comics. Johnny kann nur die von Marvels *MotoKops 2200*-Serie erkennen. Sugar Pops sind über den Umschlag einer Ausgabe verstreut, auf dem Cassie Styles und Snake Hunter zu sehen sind, die bis zu den Knien in einem Sumpf stehen und auf Gräfin Lili Marsh feuern, die sie auf etwas angreift, das wie ein düsengetriebenes Skateboard aussieht. SUMPFSAFARI! verkündet der reißerische Titel. In der gegenüberliegenden Ecke des Raums befindet sich ein ganzer Berg aus Plastikabfalltüten, keine davon zugebunden, und aus den meisten quillt von Ameisen wimmelnder Müll. Auf sämtlichen Dosen scheint das lachende Gesicht von Chef Boy-Ar-Dee abgebildet zu sein. Der Herd ist übersät von Töpfen mit den angetrockneten Resten der orangefarbenen Soße des Chefs. Auf dem Kühlschrank steht, als bizarre Krönung, eine alte Plastikstatue von Roy Rogers auf seinem getreuen Trigger. Johnny weiß, ohne fragen zu müssen, daß es ein Geschenk für Seth von seinem Onkel war, möglicherweise eine Erinnerung an Herbs eigene Kindheit, die er geduldig in verstaubten Kartons auf dem Dachboden gesucht hatte.

Hinter dem Kühlschrank befindet sich eine zweite, angelehnte Tür, durch die ebenfalls ein Lichtspalt auf den schmutzigen Linoleumboden fällt. Die Tür ist nicht so sehr angewinkelt, daß Johnny das Schild daran nicht lesen könnte:

ANGESTELLTE MÜSSEN SICH NACH BENUTZUNG
DER TOILETTE DIE HÄNDE WASCHEN
(KUNDEN SOLLTEN ES TUN)

»*Seth!*« flüstert Audrey bühnenreif, läßt Johnnys Hand los und läuft zur Badezimmertür. Johnny folgt ihr.

Hinter ihnen strömen tanzende Lichtpünktchen wie ein Meteoritenschauer aus dem Torbogen des Erkerzimmers; sie sausen durch das dunkle Wohnzimmer zur Küche. Im selben Moment kommt Cammie Reed von draußen herein. Sie hält das Gewehr jetzt in beiden Händen, und während sie sich in dem dunklen Wohnzimmer umschaut, legt sie den rechten Zeigefinger um den Abzug. Sie zögert, da sie nicht weiß, wohin sie als nächstes gehen soll. Ihr Blick wird vom reflektierten Flackern des Fernsehers im Erkerzimmer angezogen, ihr Gehör von dem Geräusch, das Leute in der Küche machen. Die Stimme in ihrem Kopf, die Rache für Jimmy verlangte, ist verstummt, und sie ist nicht sicher, was sie machen soll. Ihre Augen registrieren kurz ein rötliches Flackern, aber ihr Gehirn kann nichts mit der Wahrnehmung anfangen; es ist vollkommen mit der Frage beschäftigt, wie es weitergehen soll. Marinville und Wyler sind in der Küche, da ist sie ganz sicher, aber ist der Killerbalg auch bei ihnen? Sie sieht wieder zweifelnd zum Flackern des Fernsehers. Kein Ton, aber vielleicht sehen autistische Kinder ja ohne Ton fern.

Sie muß *sicher* sein, darauf kommt es an. Wahrscheinlich sind nur noch zwei Schuß in der .30-06 … und sie werden ihr sowieso kaum die Möglichkeit geben, mehr als ein- oder zweimal abzudrücken. Sie wünscht sich, die Stimme würde sich wieder melden und ihr sagen, was sie tun soll.

Und dann tut sie es.

Auf der anderen Straßenseite, auf dem betonierten Weg zwischen der Eingangstür der Carvers und dem Bürgersteig, sieht Cynthia, wie Cammie das Haus von Audrey Wyler betritt. Ihre Augen weiten sich. Bevor sie etwas sagen kann, rempelt Steve sie unsanft an. Sie schaut ihn an und sieht, daß er einen Finger an die Lippen hält. In der anderen Hand hat er ein Messer von der Halterung in der Küche der Carvers.

»Kommen Sie mit«, murmelt er.

»Sie werden das doch nicht benützen, oder?«

»Ich hoffe, es wird nicht nötig sein«, sagt er. »Kommen Sie?«

Sie nickt und folgt ihm. Als sie vom Bürgersteig in Taks Version des Wilden Westens treten, ertönt in Audrey Wylers Haus ein verwirrendes Durcheinander von Rufen und Schreien. *Raus aus ihm*, hört Cynthia, jedenfalls etwas in der Art, dann weitere Sätze, die sie nicht einmal teilweise entwirren kann. Das meiste scheint von Audrey Wyler zu kommen, aber auch Cammie Reed kann sie kreischen hören (»Runter damit?« Ist es das, was sie schreit?) und einen heiseren Aufschrei, höchstwahrscheinlich von

Marinville. Dann zwei peitschende Gewehrschüsse und ein Aufschrei, der entweder von Todesqual oder Todesangst geprägt ist. Cynthia kann es nicht genau sagen und ist nicht sicher, ob sie es überhaupt wissen will.

Als sie und Steve die gegenüberliegende Seite der Main Street von Desperation erreichen, laufen sie beide trotzdem so schnell sie können.

Seths Aufenthaltsort / Seths Zeit

Jetzt. Jetzt ist der Augenblick, der alles entscheidet.

Er wendet sich von dem Regal mit dem PlaySkool-Telefon darauf ab. Auf der anderen Seite ist eine kleine Kontrollkonsole in die Wand eingebaut, nicht unähnlich der in den Navigationszentren der Power Wagons. Sieben Schalter befinden sich in einer Reihe daran, jeder auf der Position EIN. Über jedem Schalter leuchtet ein kleines grünes Licht im Dunkel. Diese Konsole war nicht da, als Seth das Ende des Durchgangs erreicht hatte, nur die Bilder seiner beiden Familien, das Bild von Mr. Symes und das Telefon. Aber dies ist Seths Aufenthaltsort, Seths Zeit, und damit verhält es sich wie mit seinen Hosentaschen: Er kann jederzeit hinzufügen, was er will und wann immer er es will.

Seth streckt eine leicht zitternde Hand nach der Konsole aus. In Filmen und im Fernsehen scheinen die Leute niemals Angst zu haben, und wenn Pa Cartwright handeln muß, um die Ponderosa zu retten, weiß er immer genau, was zu tun ist. Lucas McCain, Rowdy Yates und Sheriff Streeter sind nie unsicher. Aber Seth ist es. Höchst *unsicher. Das Ende des Spiels ist gekommen, und er hat schreckliche Angst, einen nicht wiedergutzumachenden Fehler zu begehen. Im Augenblick weiß er noch, was oben vor sich geht (so bezeichnet er Taks Welt jetzt, als »oben«), aber wenn er diese Schalter umlegt –*

Allerdings bleibt ihm keine Zeit zum Nachdenken. Audrey ist im Badezimmer. Audrey läuft auf den kleinen Jungen zu, der mit um einen schmutzigen Knöchel hängender Unterhose auf der Toilette sitzt, den kleinen Jungen, der – zumindest vorübergehend – nur eine Wachspuppe mit atmenden Lungen und schlagendem Herzen ist, eine menschliche Maschine, die von ihren beiden Geistern verlassen wurde. Sie kniet vor ihm und nimmt ihn in die Arme. Sie bedeckt sein Gesicht mit Küssen und vergißt alles andere darüber – den Raum, die Umstände, Marinville, der hinter ihr an der Tür steht.

Und jetzt spürt Seth, wie der rote Schwarm, der Tak ist, durch die Küche zieht wie ein Schwarm übernatürlicher Bienen, und jetzt muß es sein, ja, jetzt.

Seine Hand greift nach der Konsole, und er drückt die Schalter nach unten. Die grünen Lichter darüber erlöschen; rote Lichter darunter leuchten auf. Mit jedem Schalter, den er umlegt, schwindet sein Wissen um das, was sich oben abspielt. Er schaltet die Sinne der Wachspuppe nicht ab, die seine Tante oben mit Küssen bedeckt, er ist nicht sicher, ob er das könnte, selbst wenn er es wollte, aber er kann *sie blockieren … und das tut er.*

Schließlich ist nur noch sein Verstand übrig. Das muß genügen. Seth legt eine Hand auf die Schalter, die er gerade nach unten gedrückt hat, damit sie nicht wieder nach oben schnappen können, fühlt nach Tante Audrey und betet, daß er sie in der Finsternis finden kann.

Audrey Wylers Haus / Regulatoren-Zeit

In dem Augenblick, als Audrey den Jungen von der Toilette in ihre Arme reißt, saust etwas an Johnny Marinville vorbei, das heiß wie ein Fieber und kalt wie Froschlaich zugleich ist. Grellrotes Licht, bei dem er an die Neonbeleuchtung von Bars und Country-Musik denken muß, strömt in seinen Kopf ein. Als er wieder klar ist, ist auch seine Fähigkeit wieder hergestellt, alles zu sehen und selbst gleichzeitige, sich überschneidende Ereignisse in eine Abfolge zu bringen. Als hätte das Ding, das ihn passiert hat, eine Art von Elektroschock ausgelöst. Außerdem hat es seine Gedanken mit einer ekelhaften Präsenz überzogen, die sich schleimig anfühlt.

Als Audrey mit Seth in den Armen aufsteht (die Unterhose rutscht ihm vom Fuß, er ist jetzt vollkommen nackt), sieht Johnny, wie der Wirbel greller Lichter um den Kopf des Jungen kreist wie ein Heiligenschein auf alten Gemälden des Jesuskinds. Dann läßt sich der Wirbel nieder wie ein Schwarm Termiten und überzieht Wangen, Ohren und das schweißnasse Haar des Jungen. Er schlüpft in die offenen, glasigen Augen und läßt die Zähne scharlachrot aufleuchten.

»Nein!« schreit Audrey. »*Raus* aus ihm! *RAUS mit dir, du Miststück!*«

Sie springt mit dem Jungen auf den Armen zur Badezimmertür. Seths Kopf scheint in Flammen zu stehen. Johnny streckt die Hand aus – nach ihr? Seth? Beiden? Er weiß es nicht, und es spielt auch keine Rolle, weil sie an ihm vorbei in die schmutzige Küche stürmt, kreischt und nach dem Schwarm tanzender Lichtpünktchen um Seths Kopf schlägt. Ihre Hand gleitet nutzlos durch die rote Substanz. Als sie und der Junge ihn passieren, ertönt ein gräßliches, maschinenhaftes Summen in Johnnys Kopf. Er schreit und preßt die Hände auf die Ohren. Es dauert nur den einen Augenblick, bis Audrey vorbei ist, aber es ist ein Augenblick, der trotzdem eine Ewigkeit zu dauern scheint. Wie kann ein Junge hinter diesem Geräusch übrig sein? fragt er sich. Wie, in Gottes Namen, kann *überhaupt* etwas hinter diesem Geräusch existieren?

»*Laß ihn LOS!*« kreischt sie. »*Laß ihn LOS, Schwanzlutscher, laß ihn LOS!*«

Dann ist die Küchentür nicht mehr frei. Cammie Reed steht mit der .30-06 in den Händen dort.

Taks Aufenthaltsort / Taks Zeit

Als es Seth erreicht und alle üblichen Zugänge versperrt findet, bricht sein herablassender Respekt vor den Fähigkeiten des Jungen zum erstenmal zusammen, seit es Seths außergewöhnlichen Verstand im Vorbeifahren gespürt und mit aller Kraft gerufen hat. Die Herablassung weicht zuerst einer Einsicht, der Wut auf dem Fuß folgt.

Anscheinend hat Tak sich geirrt – Seth hat die ganze Zeit gewußt, daß es wieder eindringen kann, selbst während der Entleerung. Er hat es gewußt und dieses Wissen erfolgreich verheimlicht, wie ein gerissener Spieler ein As im Ärmel versteckt. Aber letztlich spielt nicht einmal das eine Rolle; es wird trotzdem reinkommen. Der Junge kann Tak unmöglich draußen halten. Es wird keine Belagerung geben; Seth Garin ist jetzt sein Zuhause, und er wird sich nicht von seinem Zuhause fernhalten lassen.

Als die Frau Seths Körper an dem Schriftsteller vorbei in die

Küche trägt, greift Tak die Augen des Jungen an, die Zugänge, die am dichtesten bei dem wunderbaren Gehirn liegen, und drückt dagegen wie ein vierschrötiger Cop gegen eine Tür, die von einem schwächlichen Mann zugehalten wird. Es erlebt einen Augenblick völlig untypischer Panik, als zuerst nichts passiert – als würde es gegen eine Ziegelsteinwand drücken. Dann weichen die Steine auf und geben nach. Triumph flammt in seinem kalten Verstand auf.

Gleich … noch einen Augenblick … höchstens zwei …

Seths Aufenthaltsort / Seths Zeit

Unter seiner Hand schnalzen zwei Schalter nach oben. Obwohl er seine Anstrengungen verdoppelt, sie unten zu halten, kann er spüren, wie sie sich wie etwas Lebendiges gegen seine Hand wehren. Die Lichter sind noch rot, aber nicht mehr lange. In einem hat Tak recht: Was Geistesgaben anbelangt, mögen die beiden sich inzwischen ebenbürtig sein, aber Taks unbändiger Kraft hat Seth nichts Vergleichbares mehr entgegenzusetzen. Früher vielleicht. Am Anfang. Aber jetzt nicht mehr. Aber wenn er recht hat, spielt das vielleicht keine Rolle. Wenn er recht hat, und wenn er Glück hat.

Er sieht einen Augenblick sehnsüchtig zu dem PlaySkool-Telefon – das Tante Audrey das Tak-Phon nennt –, aber selbstverständlich braucht er kein Telefon, nicht wirklich; es war immer nur ein Symbol, etwas Konkretes, das den telepathischen Austausch zwischen ihnen erleichterte, so wie die Anzeigen und Schalter nur ein Werkzeug sind, das ihm hilft, seine Willenskraft zu konzentrieren. Und Telepathie ist sowieso nicht Seths Hauptsorge. Wenn sich die Gemeinsamkeit auf die Telepathie beschränken würde, wäre alles vergebens.

Die Schalter unter seiner Hand bewegen sich störrisch nach oben, von Taks primitiver Gewalt, Taks primitivem Willen getrieben. Für einen Augenblick erlöschen die roten Lichter unter den Schaltern und die grünen darüber leuchten auf. Seth spürt ein schreckliches, maschinenhaftes Summen im Kopf, das versucht, seinen Geist zu überwältigen; einen Augenblick lang verschwimmt seine innere Sicht in grellrotem Licht, in dem Fünkchen kreisen und wirbeln.

Seth drückt die Schalter mit aller Kraft nach unten. Die grünen Lichter gehen aus. Die roten leuchten wieder. Zumindest im Augenblick.

Der Zeitpunkt ist gekommen, nur noch eine verdeckte Karte ist im Spiel, und jetzt dreht Seth Garin sie um.

Audrey Wylers Haus / Johnnys Zeit

In gewisser Weise ist es wieder wie im Trommelfeuer der Regulatoren, aber diesmal spürt Johnny statt Kugeln Gedanken an sich vorbeipfeifen. Aber sind es nicht immer Gedanken gewesen?

Der erste Gedanke ist an Cammie Reed gerichtet, die mit dem Gewehr in der Hand an der Küchentür steht:

– Jetzt! Tu es jetzt!

Der zweite gilt Audrey Wyler, die zurückzuckt, als wäre sie geschlagen worden, und plötzlich aufhört, in der geisterhaften roten Aura um Seths Kopf herumzuklauben:

– Jetzt, Tante Audrey! Jetzt ist der Zeitpunkt!

Und der letzte, ein schreckliches, unmenschliches Brüllen, das in Johnnys Kopf hallt und alles andere auslöscht:

– NEIN, DU KLEINES AAS! NEIN, DAS KANNST DU NICHT!

Nein, denkt Johnny, *er* kann es nicht. Er konnte es nie. Dann sieht er Cammie Reed ins Gesicht. Ihre Augen quellen aus den Höhlen; ihre Lippen sind zu einem trockenen und schrecklichen Grinsen verzerrt.

Aber *sie* kann es.

Taks Aufenthaltsort / Taks Zeit

Es hat vielleicht drei Sekunden zur Verfügung, während die Frau mit dem Gewehr ruft, um zu der Erkenntnis zu gelangen, daß es übertölpelt worden ist. Wie *es übertölpelt worden ist. Ein paar Sekunden der Fassungslosigkeit, in denen es sich fragen kann, wie das nach den vielen Jahrtausenden geschehen konnte, die es in der Dunkelheit gefangen war, nachdachte und Pläne schmiedete. Als es zu der Einsicht kommt, daß Seth sich gar nicht in dem Körper aufhält, in den es wieder eindringen wollte, eröffnet die Frau an der Tür das Feuer.*

Audrey Wylers Haus / Johnnys Zeit

Cammie ist nicht mehr sicher, ob sie aus freien Stücken handelt, aber das macht nichts; *wenn* sie aus freien Stücken handeln könnte, würde sie nicht anders handeln. Die Wyler hält den monströsen nackten Balg in den Armen wie ein zu groß geratenes Baby, nur sind seine Schenkel statt mit Blut und Nachgeburt mit Scheiße verschmiert. Sie hält ihn wie einen Schild. Cammie könnte fast lachen bei dem Gedanken.

»Lassen Sie ihn runter!« ruft Cammie, aber statt Seth abzusetzen, hebt sie ihn trotzig noch höher an die Brust. Cammie, die immer noch ihr trockenes, tückisches Grinsen sehen läßt und deren Augen fast aus den Höhlen quellen (Johnny sagt sich später, daß es eine optische Täuschung gewesen ist, ganz bestimmt), richtet die Waffe auf das Kind.

»*Nein, Cammie, nicht!*« schreit Johnny, und dann drückt sie ab. Der erste Schuß trifft den achtjährigen Seth Garin, der immer noch von Magenkrämpfen geschüttelt wird, in die Schläfe, reißt ihm die Schädeldecke herunter und bespritzt das unheimlich gelassene Gesicht seiner Tante mit Blut, Haar und Fetzen der Kopfhaut. Die Kugel dringt ganz durch den Kopf und in Audreys linke Brust ein. Inzwischen ist ihre Kraft allerdings so weit erschöpft, daß sie keinen nennenswerten Schaden mehr anrichten kann. Das erledigt der zweite Schuß, der sie in den Hals trifft, als sie unter der Wucht des ersten rückwärts taumelt. Sie prallt mit dem Hintern gegen den überladenen Küchentisch. Aufgestapeltes Geschirr fällt herunter und zerschellt auf dem Boden.

Sie dreht sich zu Johnny um, das blutige Kind noch in den Armen, und Johnny bemerkt etwas Erstaunliches: Sie sieht glücklich aus. Cammie schreit, als Audrey stürzt, vielleicht triumphierend, vielleicht vor Entsetzen darüber, was sie getan hat.

Audrey gelingt es irgendwie, Seth auch sterbend festzuhalten. Und während sie stürzt, erhebt sich das unheimliche rote Ding wie ein Schwarm von Seths Gesicht. Es wirbelt über dem schmutzigen Linoleum durch die Luft, grelle, scharlachrote Fünkchen, die einander umkreisen wie Elektronen.

Johnny und Cammie Reed sehen einander, er weiß nicht wie lange, durch diese Röte hindurch an – es scheint, als wären sie erstarrt –, bis jemand schreit: »*O Scheiße! O* Scheiße, *warum haben Sie das getan, Sie blöde Kuh?*«

Johnny sieht Steve und Cynthia durch das dunkle Wohnzimmer näherkommen, bis sie dicht hinter Cammie stehen. Cynthia springt nach vorne, packt Cammies Arm und schüttelt sie. »*Miststück! Dumme, mordgeile* Fotze, *was haben Sie sich gedacht, daß dies Ihren Jungen zurückbringt? Sind Sie denn nie in der Scheiß-SCHULE gewesen?*«

Cammie scheint sie nicht zu hören. Sie betrachtet das wirbelnde rote Ding mit aufgerissenen, starren Augen, wie hypnotisiert … *und es sieht sie ebenfalls an.* Johnny kann nicht sagen, woher er das weiß, aber es ist so. Und plötzlich rast es auf sie zu wie ein Komet … oder Snake Hunters roter Tracker Arrow bei einem Angriff der Power Wagons.

Er hatte Audrey gefragt, ob Tak in jemand anderen springen könnte. Sie hatte nein gesagt, da wäre sie ganz sicher, aber wenn sie sich nun geirrt hat? Wenn Tak sie getäuscht hat? Wenn es sie –

»*Aufpassen!*« ruft er Cynthia zu. »*Weg von ihr!*«

Die kleine Miss Zweitonfrisur starrt ihn nur über Cammies Schulter hinweg verständnislos an. Steve macht auch nicht den Eindruck, als würde er verstehen, aber er reagiert auf die unmißverständliche Panik in Johnnys Stimme und reißt Cynthia zurück.

Die wirbelnden roten Pünktchen teilen sich in zwei Hälften. Einen Augenblick erinnert Taks äußere Form

Johnny an die Gabeln, mit denen sie als Teenager Marshmallows geröstet haben, wenn sie in Savin Rock um ein Lagerfeuer am Strand saßen. Nur bohren sich die Zinken dieser Gabel direkt in Cammie Reeds Augen.

Die Augen glühen leuchtend rot, blähen sich auf und explodieren förmlich aus den Höhlen. Cammies Grinsen wird so breit, daß ihre Lippen aufreißen und Blut ihr am Kinn hinabläuft. Das Ding ohne Augen stolpert vorwärts, läßt das Gewehr fallen und streckt die Arme aus. Die Hände greifen blindlings um sich. Johnny denkt, daß er in seinem ganzen Leben noch nichts gesehen hat, das so schwächlich und raubtierhaft zugleich war.

»*Tak!*« ruft es mit einer kehligen Stimme, die keine Ähnlichkeit mit der von Cammie aufweist. »*Tak ah wan! Tak ah lah! Mi him en tow!*« Eine Pause. Dann sagt das Ding ohne Augen mit einer knirschenden, unmenschlichen Stimme, die Johnny, das weiß er genau, bis ans Ende seines Lebens in Alpträumen hören wird: »Ich kenne euch alle. Ich *finde* euch alle. Ich werde euch zur Strecke bringen. *Tak! Mi him, en tow!*«

Dann schwillt sein Schädel an; die Überreste von Cammies Kopf sehen aus wie ein monströser Pilz. Johnny hört ein reißendes Geräusch, wie von Papier, und erkennt, daß die dünne Haut über dem Schädelknochen auseinandergezogen wird. Die verschmierten Augenhöhlen dehnen sich und werden zu langen Schlitzen; der aufquellende Kopf verzerrt ihre Nase zu einer Schnauze mit langen, trapezförmigen Nasenlöchern.

Aha, denkt Johnny, Audrey hatte recht. Nur Seth konnte es aufnehmen. Seth oder jemand wie Seth. Jemand ganz Besonderes. Weil –

Als sollte dieser Gedanke auf die spektakulärste Weise

vollendet werden, explodiert Cammie Reeds Kopf. Heiße Fetzen, in denen teilweise noch Leben pulsiert, prasseln gegen Johnnys Gesicht.

Schreiend und bis zum Wahnsinn angeekelt, wischt Johnny das Zeug ab und reibt sich mit den Daumen die Augen frei. Ganz schwach kann er Steve und Cynthia hören, als hätte jemand am anderen Ende der Leitung den Telefonhörer weggelegt, die ebenfalls schreien. Dann zuckt grelles Licht durch den Raum, so plötzlich und unerwartet wie ein Schlag. Johnny denkt zuerst, daß es eine Art von Explosion sein muß – ihrer aller Ende. Aber als sich seine Augen (immer noch brennend und salzig und mit Cammies Blut besudelt) anpassen, sieht er, daß es keine Explosion ist, sondern das Tageslicht – das strahlende, dunstige Licht eines Sommernachmittags. Donner grollt im Osten, ein hustendes, nicht besonders bedrohliches Geräusch. Der Sturm ist vorbei; er hat das Haus der Hobarts angezündet (dessen ist Johnny sicher, weil er den Rauch riechen kann) und ist weitergezogen, um das Leben anderer Leute durcheinanderzubringen. Aber ein anderes Geräusch ist zu hören, auf das sie die ganze Zeit so sehnsüchtig und vergeblich gewartet haben: das Heulen von Sirenen. Polizei, Feuerwehr, Krankenwagen, vielleicht sogar die beschissene Nationalgarde, Johnny weiß es nicht. Und es kümmert ihn auch nicht. Im Augenblick interessiert ihn das Heulen von Sirenen nicht besonders.

Der Sturm ist vorbei.

Johnny denkt, daß auch die Zeit der Regulatoren vorbei ist.

Er läßt sich auf einen der Küchenstühle fallen und betrachtet die Leichen von Audrey und Seth. Sie erinnern ihn an die sinnlosen Todesfälle in Jonestown, Guyana. Sie hat immer noch die Arme um ihn gelegt, und er seine – schwache, dünne, ausgemergelte Arme, die nie einen Kratzer abbekommen haben, weil er auch nur ein einziges Mal mit anderen Jungs seines Alters Fangen oder Verstecken gespielt hätte – um ihren Hals.

Johnny wischt sich mit glitschigen Handrücken Blut und Knochensplitter und Klumpen Hirnmasse von den Wangen und fängt an zu weinen.

Aus Audrey Wylers Tagebuch:

31. Oktober 1995

Wieder Tagebuch. Hätte nie gedacht, daß ich wieder damit anfangen würde, und werde es wahrscheinlich auch nicht mehr regelmäßig tun, aber es kann so tröstlich sein.

Seth kam heute morgen zu mir & schaffte es, mich mit einer Mischung von Worten & Grunzlauten zu fragen, ob er wie die anderen Kinder an Halloween, Süßigkeiten sammeln gehen könnte. Von Tak keine Spur, und wenn er nur Seth ist, kann ich ihm fast nichts abschlagen. Es fällt mir nicht schwer, daran zu denken, daß Seth nicht für alles die Verantwortung trägt, was geschehen ist; tatsächlich ist es sogar ziemlich leicht. In gewisser Weise macht es ja gerade das so schrecklich. Es versperrt mir sämtliche Fluchtwege. Ich nehme an, niemand anders könnte verstehen, was ich meine. Ich bin nicht sicher, ob ich es selbst verstehe. Aber ich spüre *es. O Gott, ja.*

Ich sagte okay, ich würde mit ihm Süßigkeiten sammeln gehen, das würde Spaß machen. Ich sagte, ich könnte ihm vielleicht ein kleines Cowboykostüm machen, wenn ihm das gefiele, aber falls er als MotoKop gehen wollte, müßten wir zu People's und ihm ein Kostüm kaufen.

Er schüttelte den Kopf, noch ehe ich richtig ausgesprochen hatte, heftige Bewegungen hin und her. Er wollte nicht als Cowboy gehen, auch nicht als MotoKop. Die Heftigkeit *seines Kopfschüttelns kam fast Entsetzen gleich. Ich glaube, allmählich hat er Cowboys und Polizisten aus der Zukunft satt.*

Ich frage mich, ob der andere das weiß?

Wie auch immer, ich fragte ihn, ob *er sich denn verkleiden wollte, wenn auch nicht als Cowboy oder Snake Hunter oder Major Pike. Er fuchtelte mit einem Arm und sprang im Zimmer herum. Nach einer gewissen Zeit kam ich dahinter, daß er mit seiner Pantomime einen Schwertkampf zum Ausdruck bringen wollte.*

»Als Pirat?« fragte ich, & sein ganzes Gesicht erstrahlte in dem süßen Seth-Garin-Lächeln.

»Pi-at!« sagte er, dann gab er sich noch mehr Mühe und sprach es richtig aus: »Pi-rat!«

Also suchte ich ein altes Seidentuch, das ich ihm um den Kopf binden konnte und gab ihm einen goldenen Ohrring mit Klip und ein Paar von Herbs alten Pyjamahosen als Pantalons. Ich zog unten Gummiband ein, und sie bauschte sich genau richtig. Mit einem Mascarabart, einer Narbe aus Lidstrich und einem alten Spielzeugschwert (das ich mir von Cammie Reed nebenan borgte, ein Andenken an die Kindheit ihrer Zwillinge) sah er richtig schick aus. Und als ich gegen vier Uhr mit ihm hinausging, um unseren Block der Poplar Street und zwei Blocks der Hyacinth »abzugrasen«, sah er nicht anders aus als alle Kobolde und Hexen und Barneys und Piraten. Als wir zurückkamen, breitete er seine sämtlichen Süßigkeiten auf dem Wohnzimmerboden aus (er ist den ganzen Tag nicht im Erkerzimmer gewesen, um fernzusehen, Tak muß tief schlafen, ich wünschte, der Dreckskerl wäre tot, aber das ist wohl zuviel der Hoffnung) & strahlte, als wären sie wirklich *ein Piratenschatz. Dann umarmte er mich und gab mir einen Kuß auf den Hals. So glücklich.*

Scheiß auf dich, Tak. Scheiß auf dich.

Scheiß auf dich, und ich hoffe, du stirbst.

16. März 1996

Die letzte Woche war schrecklich, einfach schrecklich. Tak hatte fast ununterbrochen die Oberhand und war außer sich. Überall Geschirr, Gläser mit Schokoladenmilchrändern, das Haus ein einziger Schweinestall. Ameisen! Herrgott, Ameisen im März! Es sieht aus wie ein Haus, in dem Irre wohnen, und ist das so weit von der Wahrheit entfernt?

Meine Brustwarzen brennen, so oft hat es mich gezwungen, mich zu kneifen. Natürlich weiß ich, warum; es ist wütend, weil es nicht tun kann, was es mit seiner Version von Cassandra Styles tun will. Ich ernähre es, ich kaufe ihm die neuen MotoKops-Spielsachen, die es haben will (und natürlich die Comics, die ich ihm vorlesen muß, weil Seth nicht lesen kann), aber für diesen anderen Zweck bin ich nutzlos.

Verbrachte so viel Zeit dieser Woche, wie ich konnte, mit Jan.

Heute, als ich versuchte, ein wenig zu putzen (meistens bin ich zu erschöpft und niedergeschlagen, es auch nur zu versuchen) zerbrach ich den Lieblingsteller meiner Mutter, den mit der Schlittenszene von Currier & Ives. Tak hatte nichts damit zu tun; ich nahm den Teller vom Sims im Eßzimmer, wo ich ihn aufgestellt habe, weil ich ihn ein bißchen abstauben wollte, & er rutschte mir einfach aus meinen dummen Fingern und zerbrach auf dem Boden. Zuerst dachte ich, mein Herz wäre ebenfalls gebrochen. Selbstverständlich nicht wegen dem Teller, so sehr ich ihn immer gemocht habe. Plötzlich sah ich mein ganzes Leben, *nicht nur einen alten Porzellanteller, der in Scherben auf dem Eßzimmerboden lag. Billiger Symbolismus, würde Peter Jackson von gegenüber wahrscheinlich sagen. Billig & sentimental. Das stimmt wahrscheinlich, aber wenn wir leiden, sind wir selten kreativ.*

Ich holte einen Müllsack aus Plastik aus der Küche & hob die Scherben auf, wobei ich die ganze Zeit schluchzte. Ich hörte nicht einmal, wie der Fernseher ausgeschaltet wurde – Tak & Seth haben fast den ganzen Tag ein MotoKops 2200-*Festival veranstaltet –, aber dann fiel ein Schatten über mich, ich schaute auf, und da stand er.*

Zuerst dachte ich, es wäre Tak – Seth war fast die ganze letzte Woche weg oder hat sich im Hintergrund gehalten –, aber dann sah ich die Augen. Sie benützen beide dasselbe Paar, man sollte meinen, daß Augen sich nicht verändern, nicht verändern können, *aber es ist trotzdem so. Seths Augen sind heller und können ein Gefühlsspektrum ausdrücken, zu dem Tak niemals imstande wäre.*

»Ich habe den Teller meiner Mutter zerbrochen«, sagte ich. »Er war mein einziges Andenken an sie, und er ist mir einfach aus der Hand gerutscht.«

Dann ging es schlimmer denn je los. Ich schlang die Arme um die Knie, preßte das Gesicht darauf & weinte *einfach. Seth kam näher, legte einen Arm um meinen Nacken & umarmte mich. Dann geschah etwas Wunderbares. Ich kann es nicht erklären, aber es war so schön, daß meine Besuche bei Jan in Mohonk dagegen fade wirken. Tak kann dafür sorgen, daß ich mich richtig schlecht fühle – sozusagen miserabel, als wäre die ganze Welt nur ein Schlammklumpen, in dem sich Würmer wie ich winden. Tak* gefällt *es, wenn ich mich schlecht fühle. Er leckt mir diese schlechten Gefühle förmlich von der Haut, wie ein Kind mit einem Lutscher. Das weiß ich.*

Dies war genau das Gegenteil … und noch mehr. Meine Tränen versiegten, & meine Traurigkeit wich einem solchen Gefühl der Freude und … nicht Ekstase, aber etwas Ähnlichem. Ausgeglichenheit & Optimismus in einem, als müßte zwangsläufig alles gut werden. Als ob alles schon gut wäre

& ich es in meiner gewöhnlichen Verfassung einfach nicht sehen könnte. Ich fühlte mich zufrieden, wie nach einem guten Essen. Ich fühlte mich wie neugeboren.

Das hat Seth getan. Er hat es getan, als er mich umarmte. Und er hat es, glaube (weiß) *ich, genauso gemacht, wie Tak mich das Schlimme und Traurige fühlen läßt. Ich nenne es kastanienbraun. Wenn Tak will, dann macht er, daß ich mich kastanienbraun fühle. Aber das kann es nur tun, weil es auf Seths Energie zurückgreifen kann. & ich glaube, als Seth heute nachmittag meine Traurigkeit weggenommen hat, hat er das deshalb tun können, weil er auf Taks Energie zurückgegriffen hat. Und ich glaube nicht, daß Tak gewußt hat, daß er das tat, sonst hätte es ihn gezwungen, damit aufzuhören.*

Eines ist mir bis zum heutigen Tag nie in den Sinn gekommen: Seth könnte stärker sein, als Tak ahnt.

Viel *stärker.*

Kapitel 13

1

Johnny wußte nicht, wie lange er mit gesenktem Kopf auf dem Küchenstuhl saß, während sein Körper von einem Schluchzen geschüttelt wurde, das in seiner Heftigkeit fast Krämpfen gleichkam, bis er eine sanfte Hand im Nacken spürte, aufschaute und das Mädchen aus dem Laden sah, die mit dem Schizo-Haar. Steve war nicht mehr bei ihr. Johnny sah zum Panoramafenster des Wohnzimmers hinaus – der Winkel ermöglichte ihm genau, das von seiner Position aus zu tun – und sah ihn auf dem traurigen Rasen vor Audrey Wylers Haus stehen, wo er die Straße hinabsah. Einige Sirenen waren verstummt, als die Fahrzeuge, zu denen sie gehörten, in die Straße eingebogen waren und angehalten hatten; andere heulten immer noch wie Indianer, während sie näherkamen.

»Alles in Ordnung, Mr. Marinville?«

»Ja.« Er versuchte, mehr zu sagen, brachte aber statt dessen nur ein bebendes, halbersticktes Schluchzen zuwege. Er wischte sich mit dem Handrücken Rotz von der Nase und versuchte zu lächeln. »Cynthia, richtig?«

»Cynthia, jawoll.«

»Und ich bin nur Johnny.«

»Okay.« Sie sah auf die Toten hinab, die einander umarmt hielten. Audreys Kopf lag nach hinten, sie hatte die

Augen geschlossen, und ihr Gesicht wirkte so ruhig und verklärt wie eine Totenmaske. Und der Junge sah in seiner zierlichen Nacktheit immer noch wie ein Neugeborenes aus, das im Kindbett gestorben war.

»Sehen Sie sich das an«, sagte Cynthia leise. »Wie er die Arme um ihren Hals geschlungen hat. Er muß sie so sehr geliebt haben.«

»Er hat sie getötet«, sagte Johnny tonlos.

»Das kann nicht sein!«

Er hatte Verständnis für ihren betroffenen Gesichtsausdruck, doch das änderte nichts daran, was er wußte. »Stimmt aber. Er hat Cammie hereingerufen.«

»Hereingerufen? Was meinen Sie damit, hereingerufen?«

Er nickte, als hätte sie zugestimmt. »Er hat es genauso getan, wie Offiziere im Dschungel von Vietnam Artilleriefeuer auf Dörfer des Feindes gelenkt haben. Er hat sie sogar dazu gebracht, sie beide zu erledigen. Ich habe es selbst gehört.« Er pochte sich an die Schläfe.

»Sie wollen damit sagen, daß Seth Cammie befohlen hat, sie beide zu *töten?*«

Er nickte.

»Vielleicht der andere. Sie haben ihn gehört ... es –«

Johnny schüttelte den Kopf. »Nichts da. Es war Seth, nicht Tak. Ich habe seine Stimme erkannt.« Er machte eine Pause, sah auf das tote Kind hinab, dann wieder Cynthia an. »Sogar in meinem Kopf hat er durch den Mund geatmet.«

2

Steve sah, daß die Häuser wieder ihr ursprüngliches Aussehen angenommen hatten, was aber nicht bedeutete, daß sie wieder normal aussahen; sie hatten eindeutig ziemlichen Schaden davongetragen. Das Haus der Hobarts brannte nicht mehr, so viel stand fest; der Wolkenbruch hatte das Feuer auf düstere Glut reduziert, wie bei einem Vulkan nach der Haupteruption. Den Bungalow des alten Tierarztes hatte es schlimmer erwischt, Flammen loderten aus den Fenstern, schwarze, verkohlte Stellen breiteten sich über die Erker, und die Fassadenfarbe warf Blasen. Das Haus von Peter und Mary Jackson dazwischen war eine eingestürzte, zusammengeschossene Ruine.

Zwei Feuerwehrautos standen bereits in der Straße, andere waren unterwegs. Die ersten Schläuche, die wie dicke beigefarbene Pythons aussahen, lagen kreuz und quer auf dem Rasen gegenüber. Polizeiwagen waren ebenfalls eingetroffen. Sie parkten vor Entragians Haus, wo der Zeitungsjunge (und Hannibal, nicht zu vergessen) unter der Plastikplane lagen, in deren Falten sich nach dem Regenguß Pfützen gebildet hatten. Die roten Lichter der Streifenwagen blinkten. Zwei weitere Streifenwagen parkten am oberen Ende der Straße und riegelten die Bear Street völlig ab.

Das wird nichts nützen, wenn sie zurückkommen, dachte Steve. Wenn die Regulatoren zurückkommen, Jungs, werden sie eure kleine Straßensperre einfach über die nächste polare Eiskappe wegpusten.

Aber sie würden nicht wiederkommen. Das bewiesen das Sonnenlicht und der abziehende Donner. Alles war wirklich passiert – Steve mußte sich nur die brennenden und zusammengeschossenen Häuser ansehen, um das zu wissen –, aber es hatte sich in einer seltsamen Enklave der Zeit zugetragen, von der diese Cops nie eine Ahnung haben würden. Er sah auf seine Uhr und stellte ohne Überraschung fest, daß sie wieder ging. 17:18, zeigte sie an, und er dachte, daß seine Timex die richtige Zeit niemals genauer anzeigen würde.

Er sah die Straße hinunter zu den Cops. Manche hatten die Waffen in der Hand, manche nicht. Keinem schien so richtig klar zu sein, wie sie sich verhalten sollten. Das konnte Steve verstehen. Schließlich befanden sie sich in einem Schießstand, und wahrscheinlich hatte niemand in den umliegenden Straßen die Schüsse auch nur gehört. Möglicherweise Donner, aber Schrotflinten, die sich wie Mörser anhörten? Nee.

Sie sahen ihn im Vorgarten, und einer von ihnen winkte. Gleichzeitig gaben ihm zwei andere durch Handzeichen zu verstehen, daß er wieder in das Haus von Audrey Wyler zurückgehen sollte. Alles in allem sahen sie wie ein ziemlich konfuser Haufen aus, und das konnte Steve ihnen nicht verübeln. Irgend etwas war hier passiert, das konnten sie sehen, aber *was?*

Ihr werdet eine Weile brauchen, bis ihr dahinterkommt, dachte Steve, aber am Ende werdet ihr euch etwas zusammenreimen, mit dem ihr leben könnt. Wie immer. Ob es sich um eine abgestürzte fliegende Untertasse in Roswell, New Mexico, handelt, ein verlassenes Schiff mitten auf dem Atlantischen Ozean oder eine Vorortstraße in Ohio, die zu einem Feuerkorridor geworden ist, ihr bastelt euch immer was zurecht. Ihr Jungs werdet nie jemanden festnehmen, darauf würde ich die alles andere als beträchtlichen Ersparnisse meines Lebens verwetten, und ihr werdet kein Sterbenswörtchen von dem glauben, was wir euch erzählen (tatsächlich wird es für uns wahrscheinlich um so einfacher, je weniger wir euch erzählen), aber am Ende wird euch etwas einfallen, das euch ermöglicht, die Waffen wieder ins Halfter zu stecken … und nachts ruhig zu schlafen. Und wißt ihr, was ich dazu sage?

KEIN PROBLEM,

das sage ich!

KEIN … VERDAMMTES … PROBLEM!

Einer der Cops hielt jetzt ein Megaphon in seine Richtung. Es machte Steve nicht besonders glücklich, aber lieber ein Megaphon als eine Waffe, dachte er.

»SIND SIE EINE GEISEL?« brüllte Mr. Megaphon. »SIND SIE EIN GEISELNEHMER?«

Steve grinste, legte die Hände um den Mund und rief: *»Ich bin Waage! Freundlich zu Fremden, weiß eine nette Unterhaltung zu schätzen!«*

Eine Pause. Mr. Megaphon beratschlagte mit mehreren seiner Kollegen. Eine Menge Köpfe wurden geschüttelt, dann drehte er sich zu Steve um und hob wieder das Megaphon. »DAS HABEN WIR NICHT MITBEKOMMEN, WÜRDEN SIE BITTE WIEDERHOLEN?«

Das tat Steve nicht. Er hatte fast sein ganzes Leben im Showbusineß verbracht – nun, sozusagen – und wußte, wie leicht man einen Witz in den Sand setzen konnte. Immer mehr Cops trafen ein; ganze Konvois schwarzweißer Wagen mit roten Blinklichtern. Noch mehr Löschfahrzeuge. Zwei Krankenwagen. Etwas, das wie ein gepanzertes Gefechtsfahrzeug aussah. Die Cops ließen nur die Feuerwehr durch, jedenfalls im Augenblick, obwohl keiner der Brände, dank des Regens, für Steve eine große Sache zu sein schien.

Auf der gegenüberliegenden Seite kamen Dave Reed und Susi Geller Arm in Arm aus dem Haus der Carvers. Sie schritten vorsichtig über das tote Mädchen auf der Schwelle und kamen zum Bürgersteig herunter. Hinter ihnen folgten Brad und Belinda Josephson, die die Kinder der Carvers führten und vor dem Anblick ihres toten Vaters abschirmten, der immer noch so tot wie ehedem in der Einfahrt lag. Hinter ihnen kam Tom Billingsley. Er schien so etwas wie ein weißes Tischtuch in der Hand zu halten. Dieses schüttelte er aus und legte es über das tote Mädchen, ohne auf den Mann unten am Block zu achten, der mit dem Megaphon nach ihm rief.

»Wo ist meine Mom?« rief Dave Steve zu. Seine Augen blickten wild und erschöpft zugleich drein. »Haben Sie meine Mom gesehen?«

Und Steve Ames, dessen Leitspruch fürs Leben

NULLO IMPEDIMENTUM

lautete, hatte nicht die geringste Ahnung, was er darauf sagen sollte.

3

Johnny ging auf Zehenspitzen ins Wohnzimmer und bemühte sich, so gut es ging über die Schweinerei hinwegzusteigen, die Cammie Reed hinterlassen hatte. Als er dieses Hindernis überwunden hatte, ging er zielstrebiger und sicherer zur Tür. Er hatte seine Tränen unter Kontrolle, jedenfalls vorerst, und er ging davon aus, daß das ein gutes Zeichen war. Warum, wußte er nicht, er ging einfach davon aus. Er sah zu der Uhr auf dem Kaminsims. Sie zeigte 17:21 Uhr, und das schien zu stimmen.

Cynthia hielt ihn am Arm fest. Er drehte sich ein wenig ungeduldig zu ihr um. Durch das Panoramafenster konnte er sehen, wie sich die anderen Überlebenden der Poplar Street auf der Straße versammelten. Bis jetzt achteten sie nicht auf die Rufe der Cops, die nicht zu wissen schienen, ob sie heraufkommen oder die Stellungen halten sollten, und Johnny wollte zu seinen Nachbarn, bevor sie sich so oder so entschieden.

»Ist es fort?« fragte sie. »Tak – das rote Ding – was immer es war – ist es fort?«

Er sah noch einmal in die Küche. Es bereitete ihm fast körperliche Schmerzen, aber er schaffte es. Da drinnen war jede Menge Rot zu sehen – die Wände waren förmlich damit bemalt, und die Decke ebenfalls, was das betraf – aber keine Spur von dem leuchtenden Fünkchending, das versucht hatte, sicheren Unterschlupf in Cammie Reeds Kopf zu finden, nachdem sein ursprünglicher Wirtskörper getötet worden war.

»Ist es mit ihr gestorben?« Das Mädchen sah ihn mit flehentlichem Blick an. »Sagen Sie, daß es so ist, damit ich mich besser fühle.«

»Es muß so sein«, sagte Johnny. »Wenn nicht, würde es wahrscheinlich schon längst versucht haben, einen von uns anzuprobieren.«

Sie stieß den angehaltenen Atem in einem Schwall aus. »Ja. Das klingt logisch.«

Das traf zwar zu, aber Johnny glaubte es nicht. Nicht einen Augenblick. *Ich kenne euch alle,* hatte es gesagt. *Ich finde euch alle. Ich werde euch zur Strecke bringen.* Vielleicht tat es das. Und vielleicht würde Tak ein etwas anstrengenderer Kampf ins Haus stehen, als es angenommen hatte, falls es das versuchen würde. Wie auch immer, es hatte keinen Sinn, sich jetzt deswegen den Kopf zu zerbrechen.

Tak ah wan! Tak ah la! Mi him en tow!

»Was ist?« fragte Cynthia. »Was haben Sie?«

»Wie meinen Sie das?«

»Sie zittern.«

Johnny lächelte. »Wahrscheinlich ist gerade eine Gans über mein Grab gelaufen.« Er nahm ihre Hand von seinem Arm und verschränkte seine Finger mit ihren. »Kommen Sie, gehen wir hinaus und sehen nach, wie die anderen zurechtkommen.«

4

Sie waren fast auf der Straße und bei den anderen, als Cynthia stehenblieb. »Mein Gott«, sagte sie mit leiser, kraftloser Stimme. »Mein Gott, sehen Sie.«

Johnny drehte sich um. Das Gewitter war weitergezogen, aber westlich von ihnen schwebte eine versprengte schwarze Wolke. Sie hing über der Innenstadt von Columbus und war durch eine dunstige Nabelschnur von Regen mit Ohio verbunden, und sie hatte die Form eines riesigen Cowboys, der auf einem sturmfarbenen Hengst dahingaloppierte. Das grotesk in die Länge gezogene Maul des Pferdes zeigte nach Osten, zu den Großen Seen; der Schweif streckte sich lang in die Richtung der Prärien und Wüsten. Der Cowboy schien seinen Hut in einer Hand zu haben, möglicherweise schwenkte er ihn zu einem Hurra, und während Johnny mit offenem Mund und starrem Blick zusah, zuckten Blitze im Kopf des Mannes.

»Ein Geisterreiter«, sagte Brad. »Heilige Scheiße, ein gottverdammter Geisterreiter am Himmel. Siehst du ihn, Bee?«

Cynthia stöhnte hinter der Hand, die sie auf den Mund preßte. Sah mit großen Augen zu dem Cowboyumriß am Himmel hinauf und schüttelte den Kopf, eine sinnlose Geste der Verneinung. Die anderen sahen jetzt auch hin – nicht die Feuerwehrleute und Polizisten, die bald aus ihrer Unentschlossenheit erwachen und sich zu der Party gesellen würden, sondern die Leute aus der Poplar Street, die den Angriff der Regulatoren überlebt hatten.

Steve nahm Cynthia an ihren dünnen Armen und zog sie behutsam weg von Johnny. »Hören Sie auf«, sagte er. »Es kann uns nicht weh tun. Es ist nur eine Wolke, und sie kann uns nicht weh tun. Sie löst sich schon auf. Sehen Sie?«

Das stimmte. An manchen Stellen riß die Flanke des Himmelspferds auf, an anderen schmolz sie zusammen und ließ lange, dunstige Sonnenstrahlen durch. Es war wieder nur ein Sommernachmittag, der *Dachfirst* des Sommers, alles dreht sich nur um Wassermelonen und Fruchtsaft und Fehlschläge mit der Spitze des Schlägers.

Steve schaute die Straße hinab und sah ein Polizeiauto, das sich ganz langsam bergauf in Bewegung setzte, in ihre Richtung, und dabei über das Gewirr der Feuerwehrschläuche fuhr. Er sah Johnny an. »Jou.«

»Was jou?«

»Hat er Selbstmord begangen, der Junge?«

»Ich weiß nicht, wie man es sonst nennen sollte«, sagte Johnny, glaubte aber zu wissen, warum der Hippie fragte; irgendwie war es einem nicht wie Selbstmord vorgekommen.

Der Streifenwagen hielt an. Der Mann, der ausstieg, trug eine Khakiuniform mit schätzungsweise einer Tonne Goldlitzen. Seine leuchtendblauen Augen verschwanden fast in dem komplexen Netz von Runzeln. Seine Waffe, eine ziemlich große Waffe, hielt er in der Hand. Er hatte Ähnlichkeit mit jemandem, den Johnny schon mal gesehen hatte, und nach einem Moment fiel es ihm ein: Ben Johnson, der heiligenähnliche Rancher (für gewöhnlich mit wunderschönen Töchtern) und satanische Banditen mit demselben Charme und derselben Glaubwürdigkeit gespielt hatte.

»Könnte mir jemand sagen, was im Namen Jesu des barmherzigen Erlösers sich hier abgespielt hat?« fragte er.

Niemand antwortete, bis Johnny Marinville nach einem Moment feststellte, daß alle ihn ansahen. Er machte einen Schritt nach vorne, las das kleine Namensschild an der Brusttasche des gestärkten blauen Uniformhemds des Mannes, und sagte: »Gesetzlose, Captain Richardson.«

»Pardon?«

»Gesetzlose. Regulatoren. Deserteure aus der Wüste.«

»Mein Freund, wenn Sie das irgendwie komisch finden –«

»Tu ich nicht, Sir. Wirklich nicht. Und es wird noch viel weniger komisch, wenn Sie da reinschauen.« Johnny zeigte auf Audrey Wylers Haus und mußte plötzlich an seine Gitarre denken. Es war, als würde man an ein Glas Eistee denken, wenn man verschwitzt und durstig und müde ist. Er dachte, wie schön es wäre, auf seiner Veranda zu sitzen, zu klampfen und »The Ballad of Jesse James« in D-Dur zu singen. Der Text ging so: *»Oh Jesse had a wife to mourn for his life, three children they were brave.«* Er vermutete, daß seine alte Gibson durchlöchert sein würde, sein Haus sah ziemlich in Trümmer geschossen aus (es sah aus, als würde es nicht mehr richtig auf den Fundamenten stehen), aber andererseits konnte sie auch vollkommen unversehrt sein. Einige von ihnen hatten es doch schließlich auch ganz gut überstanden

Johnny ging auf sein Haus zu und hörte im Geiste schon, wie der Song unter seiner Hand und aus seinem Mund Gestalt annehmen würde: *»Oh Robert Ford, Robert Ford, I wonder how you must feel? For you slept in Jesse's bed, and you ate of Jesse's bread, and you have laid Jesse James down in his grave.«*

»Hey!« rief der Cop, der wie Ben Johnson aussah, streitlustig. »Wo, zur Hölle, glauben Sie, daß Sie hingehen?«

»Um ein Lied über die Guten und die Bösen anzustimmen«, sagte Johnny. Er senkte den Kopf, spürte die dunstige Hitze der Sommersonne im Nacken, und ging weiter.

Mohonk
Mountain House
A NATIONAL HISTORIC LANDMARK

Brief von Mrs. Patricia Allen an Katherine Anne Goodlow aus Montpelier, Vermont

19. Juni 1986

Liebe Kathi,

dies ist das wunderschönste Fleckchen auf der ganzen Welt, davon bin ich überzeugt. Die Flitterwochen waren die bezauberndsten neun Tage meines ganzen Lebens, und die Nächte! Ich wurde in dem Glauben erzogen, daß man über gewisse Dinge einfach nicht spricht, daher will ich Dir nur sagen, daß meine Befürchtungen, zu spät herauszufinden, daß der schlimmste Fehler meines Lebens war, »es für die Ehe aufzusparen«, sich als unbegründet erwiesen hat. Ich komme mir vor wie ein Kind, das in einer Fabrik für Zuckerstangen lebt!

Aber genug davon; ich schreibe Dir nicht, um Dir vom Liebesleben der frischgebackenen Mrs. Allen zu erzählen (so grandios es auch sein mag), auch nicht davon, wie schön die Catskills sind. Ich schreibe, weil Tom im Moment unten ist, um Billard zu spie-

Lake Mohonk, New Paltz, New York 12561

Mohonk
Mountain House

A NATIONAL HISTORIC LANDMARK

len, und ich weiß, wie sehr Dir Spukgeschichten gefallen. Besonders, wenn ein altes Hotel darin vorkommt; Du bist der einzige Mensch, den ich kenne, der nicht nur ein Exemplar von Shining in Fetzen gelesen hat, sondern zwei! Aber wenn das alles wäre, hätte ich wahrscheinlich nur gewartet, bis Tom und ich zurück sind, und Dir die Geschichte dann persönlich erzählt. Aber ich besitze möglicherweise Andenken an diese »Geschichte aus dem Jenseits«, und das hat mich veranlaßt, an diesem wunderschönen Vollmondabend zur Feder zu greifen.

Das Mountain House wurde 1869 eröffnet, daher kann man es sicher als ein altes Hotel bezeichnen, und auch wenn es vermutlich nicht viel Ähnlichkeit mit Stephen Kings Overlook aufweist, hat es sein gerüttelt Maß an seltsamen Nischen und unheimlichen Korridoren. Natürlich auch sein gerüttelt Maß an Gespenstergeschichten, aber die, von der ich Dir heute erzählen will, ist schon irgendwie seltsam – es kommen weder eine Dame der Jahrhundertwende noch ein Selbstmörder nach dem Börsenkrach von 1929 darin vor. Die beiden Gespenster – ganz recht, ein Paar, zwei zum Preis von einem – spuken erst in den letzten vier Jahren oder so hier, soweit ich herausfinden konnte, und ich

Lake Mohonk, New Paltz, New York 12561

konnte eine Menge herausfinden. Das Personal ist ausgesprochen hilfreich gegenüber Besuchern, die nebenbei ein wenig auf »Gespensterjagd« gehen wollen; ich nehme an, das kommt dem Charme des Hotels zugute!

Wie auch immer, es gibt mehr als einhundert Unterstände hier, exzentrische Holzhütten, die die Gäste manchmal »Follies« nennen, und die in den Broschüren von Mohonk als »Pavillons« bezeichnet werden. Von ihnen hat man eine reizende Aussicht. Einer davon liegt am nördlichen Ende einer Hochlandwiese, etwa drei Meilen vom Mountain House selbst entfernt. Auf der Karte hat diese Wiese keinen Namen (ich habe heute vormittag sogar in den topographischen Plänen nachgesehen), aber das Personal hat einen Namen dafür; sie nennen sie die »Mutter-und-Sohn-Wiese.«

Die Gespenster von Mutter und Sohn, die der Wiese den Namen gaben, wurden erstmals im Sommer 1982 von den Gästen gesehen. Man sieht sie immer an diesem speziellen Pavillon, der auf einem Hügel mit Blick auf eine Steinmauer liegt, die weitgehend von Geißblatt und wilden Rosen überwuchert ist. Es ist nicht der atemberaubendste Fleck des Geländes, aber ich glaube,

Lake Mohonk, New Paltz, New York 12561

Mohonk
Mountain House
A NATIONAL HISTORIC LANDMARK

wenn ich in kommenden Jahren an meine Flitterwochen zurückdenke, wird es mein Lieblingsplatz sein. Eine Aura der Heiterkeit liegt über allem, die angemessen zu beschreiben meine schwachen Kräfte eindeutig übersteigt. Teilweise liegt es am Duft der Blumen und an den Geräuschen der Bienen, nehme ich an – ein konstantes, schläfriges Summen. Aber vergiß die Bienen und Blumen und malerischen Steinmauern; wenn ich meine Kath richtig einschätze, kann sie es kaum erwarten, von den Gespenstern zu lesen. Sie sind überhaupt nicht gruselig, also mach Dir keine falschen Hoffnungen, aber wenigstens existiert eine Menge Material über sie. Adrian Givens, der Concierge, hat mir erzählt, daß etwa drei Dutzend Gäste sie immer an derselben Stelle gesehen haben, seit sie zum erstenmal aufgetaucht sind. Obwohl sich die betreffenden Gäste nicht kannten und man daher eine Verschwörung ausschließen kann, sind die Schilderungen bemerkenswert ähnlich. Die Frau wird als Mitte Dreißig beschrieben, hübsch, lange Beine, kastanienfarbenes Haar. Ihr Sohn (mehrere Zeugen haben von der Ähnlichkeit zwischen den beiden gesprochen) ist klein und sehr schlank, etwa sechs Jahre alt. Braunes Haar, wie die Frau. Sein Gesicht wurde als »intel-

Lake Mohonk, New Paltz, New York 12561

ligent«, »lebhaft« und sogar »wunderschön« beschrieben. Obwohl verschiedene Leute sie über einen Zeitraum von vier Jahren gesehen haben, tragen sie stets dieselben Kleidungsstücke: sie weiße Shorts, eine ärmellose Bluse und flache Turnschuhe; er Basketballhosen, ein T-Shirt und Cowboystiefel. Die Cowboystiefel überzeugen mich am meisten, Kath! Wie groß ist die Wahrscheinlichkeit, daß verschiedene Leute diese unwahrscheinliche Kombination von Sporthosen und Cowboystiefeln wählen würden, wenn alles nur erfunden wäre? Die Verteidigung hat keine weiteren Fragen.

Mehrere Leute haben die Theorie aufgestellt, daß es richtige Menschen sind, möglicherweise sogar eine Angestellte des Mohonk mit ihrem Kind, weil sie für Gespenster eine Menge empirische, handfeste Beweise hinterlassen haben (obwohl Gespenster, wie Du ja weißt, höchstens einen kalten Luftzug und vielleicht ein wenig schmieriges Ektoplasma hinterlassen). Alle möglichen Souvenirs wurden in dem betreffenden Pavillon gefunden. Willst du die merkwürdigsten wissen? Halb leergegessene Teller mit franko-amerikanischen Spaghetti! Ja! Ich weiß, das klingt verrückt, lächerlich, aber denk einen Moment nach.

Mohonk
Mountain House

A NATIONAL HISTORIC LANDMARK

Abgesehen von Hot dogs, gibt es etwas, das Kinder auf der Welt mehr lieben als franko-amerikanische Spaghetti?

Aber auch noch andere Dinge – Spielsachen, ein Malbuch, ein kleiner silberner Schminkkoffer, der gut und gerne der hübschen Mom eines kleinen Jungen gehören könnte –, aber ich muß gestehen, diese halbaufgegessenen franko-amerikanischen Spaghetti beschäftigen mich am meisten. Wer hätte je von einem Gespenst gehört, das Spaghetti ißt? Spaghetti aus der Dose? Oder wie ist es damit? Im Herbst 1984 fand eine Gruppe Wanderer den Plastikplattenspieler eines Kindes in dem Pavillon, mit einer Single auf dem Teller – Strawberry Fields Forever von den Beatles. Passend, was?

Adrian, mein Freund am Tresen des Concierge, lächelt und nickt, wenn man andeutet, daß alles organisiert ist, daß Gespenster keine festen Gegenstände liegenlassen (oder das Gras niedertrampeln oder Fußspuren in dem Pavillon hinterlassen). »Jedenfalls keine gewöhnlichen Gespenster«, sagt er, »aber vielleicht sind das keine gewöhnlichen Gespenster. Jeder, der sie gesehen hat, behauptet, daß sie stofflich sind. Man kann nicht durch sie hindurchsehen, wie durch die Gespenster in Ghostbu-

Lake Mohonk, New Paltz, New York 12561

Mohonk
Mountain House

A NATIONAL HISTORIC LANDMARK

sters. Vielleicht sind sie gar keine Gespenster, haben Sie daran schon gedacht? Sie könnten richtige Menschen sein, die auf einer etwas anderen Ebene leben als wir.« Ich schätze, man muß nicht Gast in Mohonk sein, um etwas esoterisch zu werden; hier zu arbeiten reicht schon aus.

Adrian sagte, daß von Leuten, die alles für einen Jux hielten, mindestens dreimal Versuche unternommen wurden, Mutter und Sohn zu fangen, und alle drei Versuche blieben fruchtlos (obwohl die Häscher einmal mit einem dieser Spaghettiteller zurückgekommen sind). Außerdem, sagte er – und das fand ich weitaus interessanter –, tauchen die Erscheinungen jetzt schon seit vier Jahren in und um den Pavillon auf. Wenn sie richtige Menschen wären, Witzbolde oder Betrüger oder beides, wie könnte der Junge da immer noch sechs oder sieben sein?

Okay, an dieser Stelle würde ich in einer klassischen Gespenstergeschichte jetzt damit herausrücken, daß ich die Gespenster oder die Phantomrikscha auch gesehen habe und mein Interesse daher rührt. Aber so ist es nicht. Ich habe immer noch in meinem ganzen Leben kein Gespenst gesehen. Aber ich kann bestätigen, daß diese Wiese etwas ganz Besonderes hat, etwas

Lake Mohonk, New Paltz, New York 12561

Mohonk
Mountain House

A NATIONAL HISTORIC LANDMARK

Gedämpftes und – wage ja nicht, zu lachen – fast Heiliges. Ich habe keine Gespenster gesehen, aber man hat durchaus den Eindruck einer Präsenz dort. Ich war ohne Tom dort und will offen zugeben, daß mich das noch empfänglicher gemacht hat, aber ich wußte gleich, daß es sich um einen außergewöhnlichen Ort handelt. Und ich spürte ein Kribbeln im Nacken, ein Gefühl – ganz deutlich und klar –, beobachtet zu werden.

Als ich zu dem Pavillon selbst ging, um mich hinzusetzen und ein wenig von dem Spaziergang auszuruhen, fand ich die Sachen, die ich dem Brief beilege. Du siehst, sie sind durchaus real, kein bißchen gespenstisch, und doch haben sie etwas sehr Seltsames an sich, findest du nicht?

Die kleine weibliche Figur in den blauen Shorts ist das Interessantere der beiden. Es handelt sich offensichtlich um das, was die Kinder eine »Action-Figur« nennen, aber ich unterrichte jetzt seit drei Jahren in der Vorschule und dachte, ich würde sie alle kennen. Aber diese kenne ich nicht. Zuerst hielt ich sie für Scarlet aus dem Team von G. I. Joe, aber das Haar dieser kleinen Lady hat eine ganz andere rote Farbe. Heller. Und normalerweise halten Kinder so etwas in Ehren und kämpfen auf dem

Lake Mohonk, New Paltz, New York 12561

Mohonk
Mountain House

A NATIONAL HISTORIC LANDMARK

Spielplatz darum. Diese lag in einer Ecke, als wäre sie weggeworfen worden. Heb sie für mich auf, Kath, ich werde sie nächsten Herbst meinem fünfjährigen Neffen zeigen ... aber ich wette jetzt schon, daß keiner sie kennen wird, aber alle sie haben wollen! Ich habe daran gedacht, was Adrian gesagt hat, daß die Gespenster von Mutter und Sohn auf einer etwas anderen Ebene leben könnten, vielleicht auf einer Astralebene, vielleicht auf einer anderen Zeitebene, und manchmal (eigentlich ziemlich oft) denke ich, daß die kleine Miss Rotschopf von einer anderen Zeitebene stammt! (Bekommst Du bei dem Gedanken eine Gänsehaut? Ich schon!)

Okay, okay, draußen ist starker Wind aufgekommen und die Kerzen flackern. Vielleicht liegt es auch daran.

Dann ist da das Bild. Du hast einen Abschluß in Kunstgeschichte, also sag Du mir, was Du davon hältst. Ist es eine Art von Scherz – oder ein Streich von einem der hiesigen Kinder, dem es Spaß macht, Schabernack mit den Gästen zu treiben? Oder habe ich ein Bild gefunden, das ein Gespenst gemalt hat? Was für eine Vorstellung, hm?

Okay, Mädchen, das ist meine Gruselgeschichte zur Nacht.

Lake Mohonk, New Paltz, New York 12561

Mohonk
Mountain House

A NATIONAL HISTORIC LANDMARK

Ich werde alles in einen kleinen wattierten Umschlag aus dem Geschenkshop packen, und dann werde ich versuchen, Tom zu überzeugen, daß es Zeit wird, mit Billardspielen aufzuhören und ins Bett zu kommen. Offen gesagt, ich glaube nicht, daß das schwierig wird.

Es gefällt mir, verheiratet zu sein, und dieser Ort gefällt mir auch, mit Gespenstern und allem.

Stets die Deine,
Pat

PS: Bitte heb das Bild für mich auf, okay? Ich will es behalten. Schabernack hin oder her, ich finde, es drückt viel Liebe aus. Und fast das Gefühl, nach Hause zu kommen. P.

Lake Mohonk, New Paltz, New York 12561

TAK! Ein Monster, das für doppelte Gänsehaut sorgt, denn es treibt sein Unwesen auch in »Desperation«, dem neuen Bestseller von Stephen King.

Leseprobe aus: Stephen King, »Desperation«

2

Mary hatte immer noch die Hand an seiner Schulter, und als Peter an den Straßenrand fuhr, grub sie wieder die Nägel hinein.

»Was machst du da? Peter, was *machst* du da?«

»Rechts ranfahren. Er hat das Blaulicht eingeschaltet und hält mich an.«

»Das gefällt mir nicht«, sagte sie und sah sich nervös um. Es gab nichts zu sehen, außer Wüste, fernen Hügeln und meilenweit blauem Himmel. »Was haben wir getan?«

»Geschwindigkeitsüberschreitung scheint logisch zu sein.« Er sah in den Seitenspiegel. Über den Worten VORSICHT – OBJEKTE KÖNNTEN NÄHER SEIN, ALS SIE ZU SEIN SCHEINEN, konnte er sehen, wie die staubige weiße Fahrertür des Polizeiautos aufgestoßen wurde. Ein Bein in Khakihose schwang heraus. Es war riesig. Als der Mann, dem es gehörte, nachfolgte, die Autotür zuschlug und sich die Smokey-Bear-Mütze aufsetzte (er konnte sie im Auto nicht tragen, vermutete Peter; nicht genug Platz), drehte sich Mary um und sah ihn an. Sie riß den Mund auf.

»Großer Gott, der ist so groß wie ein Footballspieler!«

»Mindestens«, sagte Peter. Er nahm das Autodach als Anhaltspunkt – ein Meter sechzig – und rechnete rasch im Kopf aus, daß der Cop, der jetzt zu Deirdres Auto geschlendert kam, mindestens einsfünfundneunzig groß sein mußte. Und über zweihundertzwanzig Pfund wog. Wahrscheinlich über zweihundertfünfzig.

Mary ließ ihn los und rückte so weit sie konnte zur Tür,

weg von dem Riesen, der näherkam. Der Cop trug eine Waffe an der Hüfte, die so groß war wie der Rest von ihm, kam aber mit leeren Händen – kein Schreibbrett, kein Stift. Das gefiel Peter nicht. Er wußte nicht, was es zu bedeuten hatte, aber es gefiel ihm nicht. In seiner gesamten Karriere als Autofahrer, die vier Strafzettel wegen überhöhter Geschwindigkeit als Teenager und eine Verwarnung wegen Alkohols am Steuer (nach einer Weihnachtsfeier der Fakultät vor drei Jahren) einschloß, war nie ein Cop mit leeren Händen auf ihn zugekommen, und das gefiel ihm ganz entschieden nicht. Sein Herz, das ohnehin schon schneller schlug, legte noch einen Zahn zu. Es pochte nicht, jedenfalls noch nicht, aber er spürte, es *könnte* pochen. Es könnte ganz schnell anfangen zu pochen.

Du bist albern, das ist dir schon klar, ja? fragte er sich. *Geschwindigkeitsüberschreitung, das ist alles, nur eine Geschwindigkeitsüberschreitung. Das Limit liegt hier draußen immer noch bei fünfundfünfzig Meilen, und obwohl das ein Witz ist, was jeder weiß, muß der Bursche zweifellos eine Quote erfüllen. Und wenn es um Strafzettel wegen Geschwindigkeitsüberschreitung geht, sind Ortsfremde immer die besten Opfer. Das weißt du. Also ... wie heißt diese alte Platte von Van Halen? Eat It And Smile – Schluck es und lächle?*

Der Cop blieb neben Peters Fenster stehen, so daß die Schnalle seines Sam-Browne-Gürtels in Peters Augenhöhe war. Er bückte sich nicht, sondern hob eine Faust (die Peter so groß wie eine Dose Daisy-Schinken vorkam) und machte eine kurbelnde Bewegung.

Peter zog die runde randlose Brille ab, steckte sie in die Tasche und kurbelte das Fenster herunter. Er war sich Marys rascher Atemzüge auf dem Beifahrersitz nur zu bewußt. Sie hörte sich an, als wäre sie seilgesprungen oder hätte sich vielleicht den Freuden der Liebe hingegeben.

Der Cop bückte sich immer noch nicht. Peter vermutete, bei dieser Größe stellte man, noch bevor man ausgewachsen war, fest, daß man sich nicht sein ganzes Leben lang bücken konnte, um die zwergenhafte Welt ringsum zu betrachten. Wenn man das tat, hätte man sich wahrscheinlich mit dreißig den Rücken ruiniert.

Statt sich zu bücken, machte der Cop langsam eine anmutige Kniebeuge und brachte sein breites, unverbindliches Gesicht ins Blickfeld der Jacksons. Ein Schattenstreifen von der Krempe seines Trooper-Huts fiel auf seine Stirn. Seine Haut sah unnatürlich rosa aus, und Peter vermutete, daß der Mann trotz seiner Größe die Sonne nicht besser vertrug als Mary. Seine Augen waren hellgrau und direkt, aber ohne Gefühlsregung. Jedenfalls konnte Peter keine darin erkennen. Aber er konnte etwas riechen. Möglicherweise Old Spice, dachte er.

Der Cop würdigte ihn nur eines kurzen Blickes, dann betrachtete er die Kabine des Acura, zuerst Mary (Amerikanerin aus dem Bilderbuch, weiß, hübsches Gesicht, gute Figur, geringe Kilometerzahl, keine sichtbaren Narben), dann die Kameras und Tüten und den Abfall auf dem Rücksitz. So viel Abfall lag da noch nicht; sie hatten Oregon erst vor drei Tagen verlassen, und davon anderthalb bei Gary und Marielle Soderson verbracht, wo sie alte Schallplatten gehört und sich über alte Zeiten unterhalten hatten.

Der Blick des Cops verweilte auf dem herausgezogenen Aschenbecher. Peter wurde klar, daß er nach Kippen suchte, nach dem Aroma von Pot oder Hasch schnupperte, und er verspürte Erleichterung. Er hatte seit fast fünfzehn Jahren keinen Joint mehr geraucht, nie Kokain versucht und nach der unseligen Weihnachtsparty kaum mehr etwas getrunken. Heutzutage bestanden seine einzigen Drogenerlebnisse darin, bei einem Rockkonzert ein wenig *Cannabis* zu schnuppern, und Mary hatte das Zeug überhaupt nie genommen – sie bezeichnete sich manchmal selbst als »Drogenjungfrau«. Im Aschenbecher lagen nur ein paar zusammengeknüllte Kaugummiverpackungen, und keine leeren Bierdosen oder Weinflaschen auf dem Rücksitz.

»Officer, ich weiß, ich bin etwas zu schnell gefahren –«

»Bleifuß, was?« fragte der Cop liebenswürdig. »Heiliger Strohsack! Sir, könnte ich Ihren Führerschein und die Zulassung sehen?«

»Klar.« Peter zog die Brieftasche hinten aus seiner Jeans.

»Aber das Auto gehört nicht mir. Es gehört meiner Schwester. Wir bringen es für sie nach New York zurück. Von Oregon. Sie war am Reed. Reed College, in Portland.«

Er plapperte, das wußte er, war aber nicht sicher, ob er aufhören konnte. Es war unheimlich, wie Cops einen derartig zum Plappern bringen konnten, als hätte man eine zerstükkelte Leiche oder ein entführtes Kind im Kofferraum. Er erinnerte sich, daß er ähnlich reagiert hatte, als der Cop ihn nach der Weihnachtsparty auf dem Long Island Expressway an den Straßenrand gewunken hatte; er hatte geredet und geredet, Rhabarber-Rhabarber-Rhabarber, während der Cop kein Wort gesagt, sondern nur systematisch seine Pflicht getan und zuerst seinen Papierkram erledigt hatte, bevor er sein kleines blaues Blasröhrchen herausholte.

»Mare? Würdest du bitte die Zulassung aus dem Handschuhfach holen? Sie steckt mit Dees Versicherungskarte in einem Plastikumschlag.«

Zuerst bewegte sie sich nicht. Er konnte aus dem Augenwinkel sehen, daß sie einfach sitzenblieb, während er die Brieftasche aufklappte und nach seinem Führerschein suchte. Der Führerschein hätte da sein müssen, in einer der Fensterlaschen vor dem Geldscheinfach, in Lebensgröße, aber er war nicht da.

»Mare?« fragte er wieder, ein wenig ungeduldig und erneut ängstlich. Wenn er den gottverdammten Führerschein nun irgendwo verloren hatte? Vielleicht hatte er ihn bei Gary auf den Boden fallen lassen, als er seinen Kram (auf Reisen schien man immer *viel mehr* Kram mit sich herumzuschleppen als sonst) von einer Jeans in die andere gesteckt hatte. Das stimmte natürlich nicht, aber wäre es nicht geradezu *typisch* gewesen, wenn –

»Hilfst du mir ein bißchen, Mare? Die verdammte Zulassung? *Bitte!*«

»Oh. Klar, okay.«

Sie beugte sich nach vorne wie eine alte, rostige Maschine, die ein plötzlicher Stromstoß gerade zu neuem Leben erweckt hat, und machte das Handschuhfach auf. Sie kramte darin herum und holte ein paar Sachen heraus (eine halbvolle Tüte Studentenfutter, eine Kassette von Bonnie Raitt, die in Deirdres Kassettenrecorder eine Fehlgeburt gehabt hatte, eine Karte von Kalifornien), damit sie an das Zeug dahinter rankam. Peter konnte Schweißperlen an ihrer linken Schläfe sehen. Haarsträhnen klebten ihr naß am Kopf, obwohl die Klimaanlage ihr kalte Luft direkt ins Gesicht blies.

»Ich kann sie nicht –« begann sie, und dann, mit unüberhörbarer Erleichterung: »Oh, da ist sie ja.«

Im selben Augenblick sah Peter in das Fach, wo er Visitenkarten aufbewahrte, und sah den Führerschein. Er konnte sich nicht erinnern, daß er ihn da reingesteckt hatte – warum, in Gottes Namen, hätte er das tun sollen? –, aber da war er. Auf dem Foto sah er nicht wie ein Assistenzprofessor für Englisch an der Universität von New York aus, sondern wie ein arbeitsloser Tagelöhner (und möglicher Serienkiller). Aber er war es, erkennbar *er*, und er spürte, wie sich seine Stimmung verbesserte. Sie hatten ihre Papiere, Gott war in seinem Himmel, und die Welt war in Ordnung.

Außerdem, dachte er und gab dem Cop seinen Führerschein, *sind wir hier nicht in Albanien. Vielleicht nicht in unserer gewohnten Umgebung, aber auf jeden Fall nicht in Albanien.*

»Peter?«

Er drehte sich um, nahm den Umschlag, den sie ihm hinhielt, und blinzelte ihr zu. Sie versuchte, tapfer zu lächeln, aber es gelang ihr nicht besonders gut. Draußen schleuderte eine Windbö Sand gegen das Auto. Winzige Körnchen prasselten Peter ins Gesicht, und er kniff die Augen zu. Plötzlich wollte er mindestens zweitausend Meilen von Nevada entfernt sein, egal in welcher Richtung.

Er nahm Deirdres Zulassung und hielt sie dem Cop hin, aber der studierte immer noch seinen Führerschein.

»Wie ich sehe, sind Sie Organspender«, sagte der Cop und sah auf. »Finden Sie das wirklich klug?«

Peter war verblüfft. »Nun, ich …«

»Ist das die Fahrzeugzulassung, Sir?« fragte der Cop barsch. Jetzt sah er das kanarienvogelgelbe Stück Papier an.

»Ja.«

»Bitte geben Sie sie mir.«

Peter reichte sie zum Fenster hinaus. Nun hielt der Cop, der immer noch wie ein Indianer vor dem Auto kauerte, Peters Führerschein in einer und Deirdres Zulassung in der anderen Hand. Er sah ziemlich lange zwischen den beiden hin und her. Peter spürte einen leichten Druck auf dem Oberschenkel und zuckte zusammen, bis ihm klar wurde, daß es Marys Hand war. Er nahm sie und spürte sofort, wie sie die Finger um seine schlang.

»Ihre Schwester?« sagte der Cop schließlich. Er sah sie mit seinen hellgrauen Augen an.

»Ja –«

»Ihr Name ist Finney. Sie heißen Jackson.«

»Deirdre war ein Jahr verheiratet, zwischen High School und College«, sagte Mary. Ihre Stimme klang fest, freundlich, unerschrocken. Peter hätte es ihr rückhaltlos abgekauft, wenn er nicht den Druck ihrer Finger gespürt hätte. »Sie hat den Namen ihres Mannes behalten. Das ist alles.«

»Ein Jahr, hmmm? Zwischen High School und College. Verheiratet. *Tak!*«

Sein Kopf blieb über die Dokumente gesenkt. Peter konnte die Spitze seines Smokey-Bear-Huts wippen sehen, als er sie wieder studierte.

Peters Erleichterung verschwand langsam.

»Zwischen High School und College«, wiederholte der Cop mit gesenktem Kopf und verborgenem Gesicht, und im Geiste hörte Peter ihn sagen: *Wie ich sehe, sind Sie Organspender. Finden Sie das wirklich klug? Tak!*

Der Cop sah auf. »Würden Sie bitte aus dem Auto aussteigen, Mr. Jackson?«

Marys Finger packten fester zu, ihre Nägel gruben sich in Peters Handrücken, aber das brennende Gefühl war weit, weit entfernt. Plötzlich kribbelten seine Eier und sein Magen vor Nervosität, und er kam sich wieder wie ein Kind vor, ein verwirrtes Kind, das nur mit Sicherheit weiß, daß es etwas Schlimmes getan hat.

»Was –« begann er.

Der Cop aus dem Streifenwagen von Desperation stand auf. Es war, als würde man einen Lastenaufzug hochfahren sehen. Der Kopf verschwand, dann das offene Hemd mit der glänzenden Marke, dann der diagonal geschnallte Gurt des Sam-Browne-Gürtels. Dann sah Peter wieder die schwere Gürtelschnalle, die Waffe und den Khakistreifen über dem Hosenschlitz des Mannes.

Diesmal stellte die Stimme, die von oberhalb des Fensters ertönte, keine Frage. »Steigen Sie aus dem Auto aus, Mr. Jackson.«